dtv

Rebell und Zauderer, Urgestein und Dissident, Polit-Idol und Frauenheld. Als charismatischer Botschafter der Poesie hat er Stadien gefüllt, Heere von Zensoren beschäftigt und eine ganze Generation begeistert. In seiner Autobiographie erzählt der Unangepaßte und »politisch Unzuverlässige« heiter, scharfsichtig und ironisch von seinem an Skandalen und skurrilen Begebenheiten reichen Leben und dem oft abenteuerlichen Weg durch die »Korridore der Macht und die Kaschemmen der Vorstadt«. Sein Buch ist Spiegel einer Gesellschaft im Umbruch und enthält Jewtuschenkos ganz persönliche Porträts seiner Zeitgenossen, von Pasternak, Schostakowitsch und Sacharow bis zu Picasso und Fellini, Che Guevara und Robert Kennedy.

Jewgeni Jewtuschenko wurde 1932 (später geändert in 1933) in Sima/ Sibirien geboren. Durch Gedichte wie »Stalins Erben« oder »Babij Jar« schon in den sechziger Jahren in der Sowjetunion wie in der übrigen Welt als der große Poet gefeiert, war er eine tragende Figur des Widerstands gegen das repressive kommunistische Regime. Seine Gedichte wurden in 72 Sprachen übersetzt, und er erhielt zahlreiche internationale Auszeichnungen. Zwischen 1988 und 1991 war er Parlamentsabgeordneter. Während des Militärputsches 1991 verlas Jewtuschenko vom Balkon des Weißen Hauses in Moskau ein Gedicht, das den Verteidigern der Freiheit gewidmet war.

Jewgeni Jewtuschenko

Der Wolfspaß

Abenteuer eines Dichterlebens

Aus dem Russischen
von Thomas Reschke

Deutscher Taschenbuch Verlag

Von Jewgeni Jewtuschenko
sind im Deutschen Taschenbuch Verlag erschienen:
Stirb nicht vor deiner Zeit (12658)
Wo die Beeren reifen (12841)

Ungekürzte Ausgabe
Februar 2002
Deutscher Taschenbuch Verlag GmbH & Co. KG,
München
www.dtv.de

Titel der russischen Originalausgabe:
»Volčij pasport« (Verlag Vagrius, Moskau 1998)

Die Kapitel »Auf dem Weg zu Heinrich Böll« und »Werfen
Sie die Hölle aus dem Kopf« sind nicht in der russischen
Originalausgabe enthalten (© 1999 Jewgeni Jewtuschenko).
Das Kapitel »Die Nacht vor dem Putsch« (aus »Stirb nicht
vor deiner Zeit«) mit freundlicher Genehmigung
des Europa Verlages, Hamburg.
Nachdichtungen auf S. 269 von Andreas Koziol,
S. 274 Rolf-Dietrich Keil, S. 288 Elke Erb.
Alle weiteren Nachdichtungen von Katja Lebedewa.
Umschlagkonzept: Balk & Brumshagen
Umschlagfoto: Nicole Bengiveno
Satz: deutsch-türkischer fotosatz, Berlin
Druck und Bindung: Druckerei C. H. Beck, Nördlingen
Gedruckt auf säurefreiem, chlorfrei gebleichtem Papier
Printed in Germany · ISBN 3-423-12947-6

Inhalt

Das Leben als Abenteuer

Warum ich nicht Karten spiele
(Nach einer Erzählung meines Vaters)

> Ein Ende dem Drama bereitend,
> Wirf spöttisch mit letztem Ruck
> Ein Epigramm in die Zeiten
> Vom Fuße des Berges Maschuk …
> Alexander Gangnus, 1932

In der Nacht vom 17. auf den 18. Juli 1932 spielte der zweiundzwanzigjährige Moskauer Geologe Alexander Rudolfowitsch Gangnus, der sanfte braune Augen und die ebenso sanften Manieren eines noch nicht umgebrachten Intelligenzlers hatte, mit dem Vorsteher der sibirischen Eisenbahnstation Nishneudinsk in dessen verqualmtem Dienstzimmer Siebzehnundvier.

Von der Wand beobachtete sie mißbilligend das Porträt Stalins, der damals schon manchmal »Führer« und sogar »großer Führer« genannt wurde, auch von dem unvorsichtigen noch nicht erschossenen Karl Radek.

Zwischen den am Fenster hängenden Fliegenfängern hindurch, an denen krepierte Fliegen klebten, sah der junge Geologe auf der anderen Seite des kleinen Bahnhofsplatzes mit den schwindsüchtigen Bäumchen und der zwerghaften silbrigen Lenin-Figur das Entbindungshaus, wo einzelne Fenster schon erleuchtet waren und wo sich in diesem Moment in schmerzhaften Wehen seine Frau wand, Sinaida Jewtuschenko, ebenfalls zweiundzwanzig und ebenfalls Geologin.

Der noch in ihr steckende Sohn war im Vorjahr in einem Zelt oberhalb der Angara beim Rauschen der Wellen und beim Knacken des langsam erlöschenden Lagerfeuers gezeugt worden, an der Stelle, wo später das Bratsker Wasserkraftwerk entstehen sollte, über das ihr Sohn mehr als dreißig Jahre später ein Versepos schreiben würde.

Gleich nach der Geburt würde er von Nishneudinsk zu seiner Großmutter gebracht werden, in den Nachbarort Sima, den er mit Recht als seine Heimat ansah.

Aber noch war er, dieser Sohn, nicht da, und in Erwartung seines Erscheinens vertrieb sich der künftige Vater die Zeit mit Kartenspiel, wobei er unverschämtes Glück hatte.

Vor ihm türmte sich auf dem grünen Tischtuch ein Berg zerknitterter Geldscheine, die er gewonnen hatte.

Am Tisch, der vollgestellt war mit leeren Wodkaflaschen und Tellern voller Kippen, die in Resten von blutrotem Salat mit vereinzelten blinkenden Heringshappen steckten, saßen mehrere stark betrunkene ortsansässige Liebhaber scharfer Empfindungen – der Stationsbuchhalter, der Tierarzt und ein Journalist von der Kreiszeitung, aber die waren schon ausgeschieden, denn sie hatten alles verspielt, und es kämpften nur mehr Alexander Gangnus und der Bahnhofsvorsteher, ein früherer Koltschak-Offizier, der zu den Roten übergelaufen war und sich jetzt zusammen mit den einstigen Klassenfeinden allmählich dem Suff ergab.

Die Stirn des Vorstehers war mit Schweißperlen besät, die Haare klebten, die Augen irrlichterten. Schon ein paarmal hatte er den Buchhalter zu sich gewinkt und ihm etwas ins Ohr geflüstert, worauf der sich unbehaglich krümmte, aber gehorsam verschwand, um bald darauf wieder zu erscheinen und dem Vorsteher unter dem Tisch Geld zuzustecken, schamhaft in die »Ostsibirische Prawda« gewickelt, die zur Industrialisierung und Entkulakisierung aufrief.

Vor dem Vorsteher lag in der umgedrehten Eisenbahnermütze mit den zwei gekreuzten Hämmerchen ein stark abgemagertes, von einem Gummiband zusammengehaltenes Geldpäckchen, das mit jedem neuen Spiel unerbittlich dahinschmolz.

Anfangs hatte der Stationsvorsteher öfters die Taktik geändert und mal kleine, mal große Beträge gesetzt, doch nachdem er nur noch den Moskauer, der die anderen arm gespielt hatte, gegen sich sah, war er wie von der Kette losgelassen und spielte ausschließlich va banque, denn er wähnte, einmal müsse er doch verlieren, dieser verdammte gutaussehende Glückspilz mit seiner aufreizenden vorrevolutionären Höflichkeit und dem ausländischen Nachnamen rätselhafter Herkunft.

»Alexander Rudolfowitsch, Sie könnten uns doch mal verraten, wo Sie diesen, wie soll ich sagen, pikanten Namen herhaben«, löcherte ihn der angetrunkene Journalist, der Provinz-Chronist. Wenn er gewußt hätte, daß er vierzig Jahre später, schon längst im Rentenalter, versuchen würde, diese Nacht in allen Einzelheiten zu beschreiben, würde er damals sicherlich weniger getrunken haben.

»Und woher haben Sie den Rubin auf Ihrem Schlips?« fragte Gangnus ihn schmunzelnd.

»Was für ein Rubin?« Der Journalist fuhr erschrocken zusammen, schaltete dann endlich und schnippte beleidigt und ein bißchen enttäuscht den Rote-Bete-Krümel von seinem speckigen Schlips.

»Haben Sie jemals einem Eber eine Injektion verpaßt? Wissen Sie, wie ein Tierarzt in einem Landkreis lebt? Und wenn Sie's nicht wissen, wie wollen Sie dann die russische Seele begreifen? Sie müssen doch zugeben, Alexander Rudolfowitsch, daß Ihr Name für unser russisches Ohr sonderbar klingt.« Der Tierarzt, der unabwaschbar nach Schweinestall roch, versuchte, aus einer leeren Flasche einen letzten Tropfen Wodka in ein kantiges Schnapsglas zu quetschen, wütend, daß er kein Geld zum Spielen mehr hatte. Für die nationale Herkunft anderer interessieren sich in der Regel Menschen, die über etwas wütend sind.

»Selten ist er«, verbesserte ihn Gangnus.

»Trotzdem, wo haben Sie den Namen her? Die Leute fragen schon. Entschuldigen Sie gütigst unsere hinterwäldlerische Neugier, Alexander Rudolfowitsch!« stichelte der Buchhalter.

»Ein andermal. Das ist eine lange Geschichte«, entgegnete der

Geologe freundlich, doch fest dem nicht sehr taktvollen Druck, dann sagte er mit einem Seufzer kameradschaftlicher Solidarität zum Stationsvorsteher: »Entschuldigung, Sie haben sich überkauft, Vitali Sewastjanowitsch.«

Der Geologe war noch ganz jung und hatte gebeten, ihn Sascha zu nennen, doch alle nannten ihn, selbst wenn sie es nicht wollten, höflich »Alexander Rudolfowitsch«, wie auch er sie siezte und mit Vor- und Vatersnamen anredete.

In den wenigen Tagen seines Verweilens in diesem Städtchen mit den knarrenden Holztrottoiren, mit den Erdbänken vor den Blockhäusern, wo blumengeschmückte Harmonikas seufzten, voller Sehnsucht nach dem lockenden fremden Leben, das in den Fernzügen vorbeisauste, hatte der junge Geologe die Nishneudinsker sehr beeindruckt, indem er ihnen Gedichte vortrug, eigene und fremde, die waren wie Stückchen von dem Unbekannten, das mit den beleuchteten Waggonfenstern von dannen glitt:

Versteckt euch im Schiffsbauch als Menge im Schweigen,
Versteckt eure Seele im Körper darüber.
»Ihr seid nicht gefährlich ...«, pfeift Wind in den Seilen.
Das Meer sagt schon wieder: »Ihr seid mir längst über.«

Vergessen der Frühling und mutige Zeiten,
Und Feigheit, im Schiffsbauch das düstere Hoffen,
Seid anders geworden, habt euch neu gekleidet,
Ihr tragt nun Kostüme aus Covercoatstoffen.

Wie irgendwo, irgendwann – habt ihr vergessen –
Die Sehnsucht nach Sonne, nach Himmel, nach Fernen,
Ihr eiltet geflügelt auf einer Corvette,
Zu suchen den Weg in verzauberten Sternen.

»Entschuldigung, Sehnsucht nach Sonne und gleichzeitig den Weg in den Sternen suchen?« hatte einmal, sich den Hinterkopf kratzend, der Frauenarzt gefragt, der für seinen Skeptizismus berühmt war und daher als der klügste Mann in der Stadt galt. In diesem Falle aber hätten ihn seine Nishneudinsker Patientinnen fast in Stücke gerissen, ungeachtet dessen, daß er, bildlich gesprochen, die Geheimnisse ihrer intimsten Stellen in den Händen hielt. Doch selbst er hatte, von ihrem Standpunkt aus, nicht das Recht, an einem der drei geologischen Messiasse zu zweifeln, die von Zeit zu Zeit, nach Lagerfeuern duftend, aus den Taigabergen herabgestiegen kamen in ihre aus gewaltigen Baumstämmen errichteten Festungen mit den schweren Fensterläden an eisernen Bolzen, mit den schneeweißen Kissenbergen auf den Betten, mit den Fensterbrettern voller dunkelroter Geranien und Dreilitergläsern mit »Teepilzen«, die wie rostige Quallen aussahen.

Gangnus deklamierte ohne heulende Nebentöne, nur ein wenig singend, ohne den Sinn um der Musik willen oder die Musik um des Sinns willen zu vernachlässigen, und neigte dabei den schön aufgesetzten Kopf mit der sorgsam zur Seite gekämmten Stirntolle, die so braun war wie seine Augen.

Sein Kartenspiel war durchaus leidenschaftlich, doch zugleich etwas lässig, leicht abwesend; er gab sich dem Spiel nicht gänzlich hin, so als ob in seinen Gedanken ein ganz anderes, wesentlich interessanteres Spiel ablief. Das nervte die anderen, die sich an jede neue Karte wie an die letzte Hoffnung klammerten und vielleicht deshalb verloren.

Gekleidet war er wie die meisten Geologen – tarnfarbene Allwetterjacke mit Kapuze, Schürferhemd aus kariertem Flanell, Hose aus »Teufelsleder« und verstaubte, von den Felsen bestoßene Stiefel, aber alles an ihm hatte eine aristokratische Eleganz.

Mit dem Stationsvorsteher lief alles schon lange andersherum. Was er auch anzog, wie gestärkt auch seine Hemden, wie gebügelt auch seine Hosen waren – von seiner Frau, die das Bahnhofsrestaurant unter sich hatte –, nichts saß richtig, alles sah sackartig aus. Die militärische Haltung war dahin. Er verging vor Neid auf diesen Gangnus, doch zwangen ihn die Reste seiner Offiziersehre zu der Einsicht, daß Neid nicht schön ist. Er spürte, daß er herunterkam, zum Plebejer wurde, kriegte sich aber nicht mehr in den Griff. Seine Eheliebste hingegen schmolz förmlich hin angesichts dieses Gangnus, der beim Kartenspiel solches Glück hatte, als hätte er die Karten ebenso verzaubert wie die Frauen.

So auch jetzt – obschon das Restaurant längst geschlossen sein sollte, kam die Eheliebste hoheitsvoll hereingeschwebt, in der Dauerwelle kokett eine dunkelrote Georgine, die sie vom Stationsbeet gepflückt hatte, und flötete schmachtend:

»Männer, noch bißchen Wodka und dazu Baikallachs? Der Schaffner vom Irkutsker Schnellzug hat mir grad eben ein Fäßchen dagelassen. Vom Fischer eingesalzen. Zergeht auf der Zunge.«

Der angespannt Bank haltende Stationsvorsteher machte eine abwehrende Geste, um ihre Gastlichkeit zu unterbinden. Seiner Frau kam es überhaupt nicht in den mit der Georgine dekorierten Kopf, wie schlimm es um seine Angelegenheiten bestellt war.

»Ich gern«, rief Alexander Gangnus. »Ich bin verrückt nach Baikallachs. Wie soll ich bloß ohne den in Moskau leben!« Den Blick mit unwillkürlich verführerischer Eindringlichkeit auf ihre mächtige Büste gerichtet, fügte er hinzu: »Und überhaupt ohne Sibirien und seine Menschen!«

»Und wie sollen wir hier ohne Sie leben, Alexander Rudolfowitsch«, seufzte die Stationswirtin aus voller Büste.

»Wie vorher auch«, fiel ihr der Vorsteher ins Wort. »Geh lieber nach Hause.«

»Ich will wenigstens den Tisch aufräumen.« Die Wirtin, die sichtlich nicht gehen wollte, ließ kein Auge von dem Geologen.

»Das machen wir schon selber.« Der Stationsvorsteher, den ihr ungebetenes Erscheinen nervte, rutschte auf dem Stuhl herum.

»Nein, ich geh nicht, bevor ich wenigstens ein Gedicht von Alexander Rudolfowitsch gehört habe.« Die Wirtin kreuzte trotzig die Arme vor der Brust. Diese Arme waren rot vom Waschen und Geschirrspülen und von gewaltigem Umfang, und doch wirkten sie niedlich vor der unermeßlichen Büste. »Alexander

Rudolfowitsch wird ja gleich nach der Entbindung von hier abreisen, und von wem hör ich dann Gedichte in unserer Einöde? Bitte, Alexander Rudolfowitsch, ein ganz kleines, besser natürlich ein längeres.«

»Ich wage nicht, nein zu sagen«, antwortete der Geologe galant, warf einen Blick auf seine Karte und legte sie dann hin.

Wir sind füreinander wie Fremde,
Doch reichten auch wir uns dereinst,
In tödlichen Stürmen die Hände,
Wer rettete uns so gemein?

Die Rettung erniedrigte beide,
Zerschlug das Risiko blind,
Ein Anfall von Aufruhr ist leider,
Wie unnützer Ausbruch von Wind.

Wir beide, die grob und verwegen
Geschaut in den Abgrund der Zeit,
Mit Lippen voll Argwohn begegnen
Nun Lyrik und Seltsamkeit.

Unhörbar den Vers entlang gleiten
Mit eiskalten Augen versiert,
Sie – weiß ich – maßen die Zeiten,
Die durch uns hindurch marschiert.

Kein Vers kann vom Leben erzählen,
Und das sagten Sie zu mir, da
Wo hustend sich Windstöße quälen
Am grauen Granit der Newa.

»Wie traurig, wie schön«, hauchte die Wirtin mit feuchten Augen. »Aber in einem Punkt bin ich anderer Meinung, Alexander Rudolfowitsch. Wie soll man denn sonst vom Leben erzählen, wenn nicht in Versen? Früher haben Sie ja auch Gedichte geschrieben, Vitali Sewastjanowitsch, eines sogar für mich. Ja, ja, ich geh ja schon.« Die Tür schloß sich widerwillig und auch traurig hinter ihr.

»Wir spielen jedenfalls weiter«, erinnerte der Stationsvorsteher für alle Fälle. »Alexander Rudolfowitsch, sind Sie jetzt auch nicht mit Ihren Gedanken beim grauen Granit an der Newa?«

»Da bin ich auch«, sagte der Geologe langsam. »Offen gestanden, ich weiß mein Blatt nicht mehr.« Er warf einen Blick auf seine Karte, die umgedreht auf dem Tisch lag.

Er wird uns alle vergessen, kaum daß er weg ist, dachte der Stationsvorsteher.

»Na, Sie sagen was.«

»Ja, ich weiß wirklich nicht, was ich sagen soll«, murmelte der Geologe, der wieder auf seine Karte guckte, aber mit seinen Gedanken sichtlich ganz woanders war.

Dieses Geld bedeutet ihm nichts, mir aber alles. Und das begreift er nicht. Vielleicht gewinnt er deshalb immer wieder? Der geniale Dostojewski hat beim Kartenspiel andauernd verloren, sicherlich weil er unbedingt gewinnen wollte, das hat selbst seinen großen Geist geschwächt. Man darf nichts unbedingt wollen, das nimmt ein böses Ende. Der Stationsvorsteher klopfte mit den Fingerknöcheln auf den Tisch. »Also, Alexander Rudolfowitsch, kaufen, na?«

»Na, wenn Sie meinen.« Der Geologe nahm gemächlich, ja, absichtlich träge, wie es dem gereizten Stationsvorsteher schien, eine zweite Karte.

Der vereiste in der Erwartung, doch der Geologe, wie um ihn zu ärgern, drehte ohne Begeisterung, gleichsam widerwillig, beide Karten um.

»Soviel ich weiß, zählen zwei Asse wie einundzwanzig. Entschuldigen Sie schon, Vitali Sewastjanowitsch. Vielleicht hören wir auf? Denn ich sitz ja heute unverschämt im Glück.«

Womöglich ist er ein Falschspieler? Ein intelligenter, taktvoller, dichtender Falschspieler? Alle Falschspieler müssen gute Schauspieler sein, durchzuckte es fieberhaft den Stationsvorsteher, und obwohl er sich seines Verdachts schämte, tastete er für alle Fälle mit den Fingerspitzen die Karten ab, aber da gab es keinen Einschnitt mit der Rasierklinge in der Mitte der Bilder, und die Zehnen waren nicht an den Seiten abgeknipst, um sie leichter herausziehen zu können. Auch die Rückseiten schienen in Ordnung zu sein, da waren keine Tüpfel zu erkennen. Und überhaupt, dieser Gangnus sah ganz ekelhaft anständig aus, an den war nicht ranzukommen. Aber wenn er ein anständiger Mensch war, wieso hatte er dann solches Schwein? Das war geradezu teuflisch ungerecht gegenüber der übrigen Menschheit und insonderheit gegenüber ihm, dem Stationsvorsteher. Hatte er es etwa nicht verdient, wenn schon nicht zu gewinnen, so doch das Verlorene zurückzubekommen?

»Jetzt halten Sie die Bank.« Der Stationsvorsteher stieß das verhexte Kartenspiel von sich.

Gangnus nahm es ohne Freude auf, doch während er mischte, klopfte er das Spiel ein paarmal mit einer gekonnten Bewegung auf den Tisch.

Der Stationsvorsteher hatte das erniedrigende Gefühl, als würden ihm lässig Nasenstüber versetzt.

Er verfiel in finsteren Eifer, spielte zweimal um die Bank und verlor beide Male.

»Letzte!« sagte Gangnus, mischte die Karten und ließ den Stationsvorsteher mit betonter Höflichkeit abheben. Der zählte auf dem Grund seiner Eisenbahnermütze sein Geld. Es war mal grade ein Fünfer mehr als in der Bank.

»Um die Bank!« sagte er mit trockenem Mund.

Die Kiebitze erstarrten, der Buchhalter zuckte nervös, und mit gutem Grund.

»Sind Sie sicher, Vitali Sewastjanowitsch?« fragte Gangnus, bemüht, sein Mitleid zu verbergen, doch so wurde es erst recht spürbar. »Vielleicht nur um die Hälfte? Denn danach müssen Sie ja die Bank halten. Und wenn Sie verlieren, was wollen Sie in die Bank einzahlen?«

Der Stationsvorsteher, den die Obsorge des Geologen beleidigte, lief puterrot an und streckte die seinem Verstand nicht gehorchende Hand nach einer Karte aus.

»Alexander Rudolfowitsch, finden Sie nicht, daß Sie zu jung sind, um mein Kindermädchen zu sein?«

Als erstes bekam der Stationsvorsteher den Kreuzbuben; dieser hatte eine gewisse Ähnlichkeit mit jenem blutjungen Fähnrich, der im Gegensatz zu ihm seinerzeit nicht zu den Roten übergelaufen war, nicht den zum Untergang verurteilten Admiral Koltschak im Stich gelassen hatte, sondern bis zum Ende bei ihm geblieben war, bis zu dem Eisloch im Baikalsee.

Die zweite Karte war ein As, und das wäre ein schönes Geschenk gewesen, wäre es als erstes gekommen, doch jetzt war es ganz überflüssig und sogar gefährlich. Insgesamt waren nun dreizehn beisammen, für den einen eine Glückszahl, für den anderen nicht. Es war eine schlüpfrige Zahl. Man mußte dazukaufen, aber man konnte sich überkaufen. Der Stationsvorsteher malte sich mit dem verspäteten Gespür eines in die Bärenhöhle geratenen Tierchens aus, daß die nächste Karte eine für ihn mörderische Zehn sein konnte, und hauchte heiser mit gespieltem Triumph, die Karten in den schweißigen Händen:

»Jetzt Sie.«

Gangnus deckte sein Blatt auf. Es war das Herzas, daran klebte ein einsames Zwiebelringlein, das von den Salatresten auf den Tisch gesprungen war.

An diesem Gangnus bleibt sogar die Zwiebel kleben. Gleich kriegt er 'ne Zehn, dachte der Stationsvorsteher wehmütig.

Aber statt der Zehn zog Gangnus die vom Leben tüchtig beschabte, doch als Frau noch durchaus akzeptable Karodame. Auch sie hatte Ähnlichkeit mit irgendwem, nur mit wem, er kam nicht gleich drauf, und als er drauf kam, runzelte er die Stirn. Sie hatte

Ähnlichkeit mit seiner strahlenden Gattin, dieser Frau aus dem einfachen Volke, die jetzt in den Händen dieses moskowitischen Geologen lag.

Der guckte unter gesenkten Augenbrauen hervor, doch nicht ins Gesicht des Stationsvorstehers, sondern auf dessen Finger, welche die zwei Karten viel zu krampfhaft preßten, als daß er zwanzig haben konnte oder wenigstens siebzehn oder achtzehn.

Da machte Gangnus etwas, was sein Kartengegner keineswegs hatte voraussehen können – er ließ es bei seinen vierzehn bewenden!

»Entschuldigen Sie, Alexander Rudolfowitsch«, rief der Buchhalter hektisch. »Sie müssen nicht glauben, daß wir Provinzler hier die Regeln nicht kennen. Wir kennen sie sehr genau! Der Bankhalter muß bei fünfzehn dazukaufen! So ist es festgelegt!«

»Bei fünfzehn ja, aber nicht bei vierzehn«, sagte der Geologe schmunzelnd und schüttelte den Kopf.

»Bei vierzehn erst recht! Hier ist Sibirien und nicht Moskau! Wir sind nicht von gestern!« spektakelten die anderen, die dem Stationsvorsteher aus der Patsche helfen wollten, doch sein lebloses Gesicht zeigte ihnen, daß er geblufft hatte und nun wohl in der Patsche saß. Der Geologe war ihnen zwar sympathisch, aber er war immerhin ein Zugvogel, während der Stationsvorsteher, wenngleich ein ehemaliger Kontra, den man vielleicht eines Tages würde erschießen müssen, jetzt einer von ihnen war.

»Entscheiden Sie, wer recht hat, Vitali Sewastjanowitsch«, wandte sich Gangnus an den Stationsvorsteher.

Der schwieg und sah ihn nicht an. In der angespannten Stille war nur sein röchelnder Atem zu hören. Er verachtete sich für sein Schweigen, aber seine bleigrauen Lippen brachten das Eingeständnis einer weiteren Niederlage, diesmal im Kartenspiel, nicht heraus.

»Gut. Ich kaufe dazu«, sagte Gangnus entschlossen, um ihm zu helfen, in der Hoffnung, sich zu überkaufen, zog noch eine Karte und warf sie auf den Tisch.

»Einundzwanzig!« ächzten die Versammelten. Es war eine Sieben.

Der Stationsvorsteher knirschte mit den Zähnen und stieß seine Eisenbahnermütze mit dem verlorenen Geld zu Gangnus hinüber.

»Wozu die Mütze?« Der Geologe breitete die Arme aus, nahm das Geld heraus und schnippte die Mütze mit den Fingerspitzen zurück.

Der Provinz-Chronist, der es nicht verwinden konnte, daß aus dem Wodka mit Baikallachs nichts geworden war, zischte halb schmeichelnd, halb wütend:

»Gibt es etwas auf der Welt, womit Sie wenigstens einmal kein Glück hatten, Alexander Rudolfowitsch?«

»Ja, die Epoche.« Gangnus lächelte mit den Mundwinkeln, und niemand begriff, wie scherzhaft und zugleich ernst das gemeint war.

»Nein, sagen Sie mir, haben Sie jemals einem Eber eine Injektion verpaßt?« leierte der Tierarzt seine Platte, wenn auch schon mit stolpernder Zunge.

»O weh, ich versteh nichts von Impferei
und war noch in keiner Schlägerei«,

improvisierte Gangnus bedauernd.

»Das mit der Schlägerei läßt sich organisieren.« Der Tierarzt wuchtete sich ungefüg hoch, doch es klappte schlecht. Der Journalist brachte grade noch seine Schulter unter den taumelnden Rumpf und beförderte ihn an die frische Luft wie ein flinker Schlepper einen riesigen verrosteten Lastkahn.

Der Stationsvorsteher erwischte den Buchhalter am Kragen; der hatte sichtlich flitzen wollen, doch ein fieberhaftes Flüstern bohrte sich in seine Ohren.

Diese Ohren waren groß und knorpelig, und je tiefer sich das Flüstern hineinbohrte, desto mehr verwandelte sich ihr neckisches Rosa in tödliches Weiß.

Die Augen des Buchhalters waren von verschiedener Größe und Farbe, überdies schielten sie ein wenig, und sie schielten jetzt nach verschiedenen Seiten, denn von überall her konnten finstere Spezialisten für den Kampf gegen den Diebstahl sozialistischen Eigentums auftauchen.

»Aber der Safe ist doch leer, Vitali Sewastjanowitsch, mein Ehrenwort als Kommunist, er ist leer. Ich hab Ihnen doch schon die Einnahmen für die Fahrkarten gegeben, bis auf die letzte Kopeke.« Der Buchhalter schluchzte fast.

Alexander Gangnus hatte das Flüstern halb mitbekommen, er runzelte die Stirn. Es machte ihm Spaß zu gewinnen, aber der Gewinn hatte eine unvermeidliche Kehrseite, die er noch nie gemocht hatte – den Verlust der anderen.

»Ich darf Sie bitten hinauszugehen«, rettete er den unglücklichen Buchhalter. »Ich habe mit Vitali Sewastjanowitsch unter vier Augen zu sprechen.«

Als sie dann zu zweit waren, schob Gangnus das gewonnene Geld in die Mitte des Tischs.

»Wir beenden das Spiel. Sagen Sie mir ehrlich – wieviel von dem Geld gehört Ihnen und wieviel dem Staat? Ich behalte nur Ihr eigenes Geld, das übrige tun Sie dahin zurück, wo es herkommt.«

»In meinem früheren Leben war ich Offizier. Wissen Sie, was Offiziersehre ist? Aber das könnt ihr heutigen Jungen nicht verstehen«, sagte der Stationsvorsteher scharf.

»Mein Lieblingsdichter ist Lermontow«, sagte Gangnus achselzuckend.

Vielleicht tu ich den Jungen unrecht. Ich werde zum Nörgler. Dieser Moskauer ist natürlich ein Pfau, spreizt gern das Gefieder, aber Würde ist ihm nicht abzusprechen. Und wie sieht's mit meiner Würde aus? dachte der Stationsvorsteher. Plötzlich wurde ihm kalt.

Er hob den Kopf und sah im Fenster, vor dem der Julimorgen graute, Schneeflocken auf die Helme der Rotarmisten niedersinken. Die führten den Admiral Koltschak und den Fähnrich, der ihn nicht im Stich gelassen hatte, übers Eis des Baikalsees. Bei einem Eisloch blieben sie stehen. Koltschak klappte sein silbernes

Zigarettenetui auf, nahm sich eine Papirossa und gab die andere dem Fähnrich.

Sie rauchten. Koltschak klappte das Etui knackend zu und reichte es einem der Rotarmisten.

»Zur Erinnerung«, sagte er.

Die Papirossy dufteten, aber sie verbrannten viel zu schnell. Die Schneeflöckchen, die auf den rasch wachsenden perlgrauen Aschesäulchen landeten, zischten ein wenig. Koltschak und der Fähnrich umarmten sich.

»Wir sind bereit«, sagte der Admiral zu den Rotarmisten.

Der Stationsvorsteher hatte nicht gesehen, wie sich das in Wirklichkeit abgespielt hatte. Vielleicht war es nur eine Legende, und alles hatte sich viel dreckiger und einfacher zugetragen.

»Der Nachfahr wird gestrenge als Richter und als Bürger«, dachte der Stationsvorsteher laut.

»Verächtlich unsre Asche mit bösen Versen schmähn«, setzte Gangnus fort.

»Die voll vom bösen Spott des schwer getäuschten Sohnes. Ist das nicht vielleicht Ihr Spott über mich, Alexander Rudolfowitsch?« Der Stationsvorsteher lachte bitter auf. »Und ›Über den Vater, der sein ganzes Geld vertan‹ – das trifft mich nicht auf die Braue, sondern ins Auge. Übrigens, ich hab mal ein satirisches Opus geschrieben ›Über die leckere und gesunde Schwiegermutter‹, die eine leidenschaftliche Frau war in allen ihren Vergnügungen, auch beim Kartenspiel. Darin kamen die Zeilen vor:

›Hol mir zurück den Spielverlust von Schwiegermutter ich?
Nein‹, rief der Schwiegersohn. ›Lieber erschieß ich mich!‹

Also kann ich meinen Verlust nicht aus Ihren Händen zurücknehmen, Alexander Rudolfowitsch. Nicht weil Sie mich, sondern weil ich mich danach selbst verachten würde. So ist das. Gehen Sie jetzt zu Ihrer Frau. Vielleicht ist Ihr Sohn schon geboren.«

»Warum mein Sohn und nicht meine Tochter?«

»Na, Sie wünschen sich doch einen Sohn, also werden Sie auch einen haben. Sie sind doch ein glückhafter Mensch. Ihr Sohn soll genauso werden. Irgendwer muß doch Glück haben in unserm glücklosen Rußland. Und nun sehen Sie mich nicht mit solchen mitleidsvollen Nekrassow-Augen an. Sie sehen ja, ich lächle schon.«

Als Alexander Gangnus mit seinem Rucksack voller gewonnenem Geld den Bahnhofsvorplatz überquerte, kam ihm aus dem Entbindungshaus, freudig die Arme schwenkend, unterwegs die gestopften Latschen verlierend, eine ältere Frau entgegengelaufen.

»Alexander Rudolfowitsch – ein Sohn!«

Gleichzeitig mit dem Schrei des Neugeborenen ertönte wie jeden Morgen um sechs die mächtige Sirene des Bahndepots. Gangnus wußte zu seinem Glück nicht, daß das Gebrüll der Sirene an diesem Morgen im letzten Jahr des ersten Fünfjahrplans den Schuß im Arbeitszimmer des Stationsvorstehers übertönte, der sich mit seinem alten Smith & Wesson das Leben nahm. Wer weiß, vielleicht war die Waffe ein Geschenk des Admirals Koltschak.

Der Schrei des Kindes, die Sirene, der Schuß – so begann mein Leben.

Man wollte diesen Selbstmord vor Alexander Gangnus geheimhalten, aber die Station war viel zu klein.

Mein Vater hat mir diese Geschichte erzählt, als ich zweiundzwanzig war, auch nächtelang um Geld Karten spielte – Siebzehnundvier, Poker, Preference, King und sogar Believe-it-or-not – und als ich ebenso unverschämtes Glück hatte.

»Wenn du mit schlechten Menschen Karten spielst, schadet es nichts, ihnen Geld abzunehmen«, sagte mein Vater. »Aber wenn du ständig mit Halunken umgehst, wirst du so wie sie. Mit Freunden dagegen darfst du nicht spielen, denn wenn du gewinnst, verlierst du sie. Mit Leuten, die du kaum kennst, ist es auch nicht gut – denk an den Stationsvorsteher.«

Seitdem spiele ich nie Karten um Geld.

Die Glaskugel von Urgroßvater Wilhelm

Naturkraft will ich ehren:
Geburt wird ewig währen,
Völker werden sich mehren,
Herzlose sich verzehren.
Dshumber Betaschwili

Die Schwester meines Vaters, die Architektin Irina Rudolfowna Kosinzewa, geborene Gangnus (als Kind nannte ich sie Tante Ra), war der erste Mensch auf der Welt, der mir sagte, daß Stalin ein Mörder sei.

So etwas im Jahre fünfundvierzig zu hören, in Moskau, wo sich am Himmel die bunten Fächer der Siegessalute entfalteten und unterm Bauch eines Fesselballons das gigantische seidene Stalin-Porträt mit dem Schnauzbart flatterte, war beinahe unvorstellbar, und doch hatte Tante Ra es gesagt.

Um genau zu sein, sie hatte es nicht gesagt, sondern geschrien – mir ins Gesicht. Unter ihrer Brille hervor kullerten böse, fast hoffnungslose Tränen des Entsetzens, und ausgelöst hatte ich sie, ihr dreizehnjähriger Neffe, dünn wie eine Gedächtniskerze, indem ich ihr meine ekelerregend aufrichtigen Verse über Stalin vorlas, der meine beiden Großväter und meinen Onkel hinter Stacheldraht gebracht hatte.

Tante Ra wußte, was sie riskierte. Meiner Erziehung als Jungpionier entsprechend, war ich verpflichtet, sie zu denunzieren. Aber wenn mein Vater mein erster Lyrik-Lehrer war, so war sie meine erste Politik-Lehrerin. Sie erzählte mir von den Lagern, von den Erschießungen, von all dem, was Vater und Mutter mir nie gesagt hatten, um die furchtbare Wahrheit von mir fernzuhalten. Nur einmal war meinem Vater in einem Gedicht etwas herausgerutscht:

Dann, wenn alle ihre Messer legen
Auf den Tisch, der hell vom Nichtstun blinkt,
Krümm ich mich als rostig alte Feder,
Langsam, während Zweifel in mich dringt.

Kannst auf nichts dir nirgends Antwort holen.
Wenn erstickt am Fenster Mitternacht,
Mit dem letzten Seufzer der Pistole
Reißt die Stille krachend auf mit Macht.

Ruhig geh ich fort, leicht abgemagert.
Blut ringsum – was sonst an Schmutz ihm gleicht.
Wenn die Jugend geht, schwer zu ertragen,
Freunde zu erschießen ist nicht leicht.

Mein Vater hatte niemanden erschossen, doch er selbst konnte jeden Tag abgeholt und erschossen werden, denn er war der Sohn eines »Volksfeindes«. Warum dachte er an Selbstmord, als rings um ihn gemordet wurde? Vielleicht hat er sich sein Leben lang den Selbstmord des Stationsvorstehers zu Herzen genommen, weil er selbst mehr als einmal kurz davor stand und wußte, wie furchtbar es ist, einen so irreparablen Entschluß zu fassen? Aber vielleicht hat ihn auch der Selbstmord des Stationsvorstehers vor dem eigenen bewahrt?

Einen Menschen, der sein Gewissen noch nicht verloren hat, quält die schweigende Duldung eines Verbrechens so, als wäre er selbst daran beteiligt.

Von meinem Vater stammen die Zeilen: »Schwer ist es, den kreisenden Becher zu leeren und für alles nicht mit Silber zu bezahlen.« Damals konnte man den kreisenden Becher der Schmach nur um den Preis des Todes ausschlagen. Wenn sie ihn auch nicht leeren mußten, daran genippt haben selbst Mandelstam, Pasternak und Achmatowa, und Schostakowitsch kippte ihn mit zuckendem Adamsapfel und verschüttete ihn auf seine genialen Noten.

Aber was meinte der Vater mit »und für alles nicht mit Silber zu bezahlen«? Womit bezahlte er dafür, daß sie ihn nicht anrührten? Er hatte sich niemals von seinem verhafteten Vater losgesagt, wie es damals viele taten. Er war weder in den Komsomol noch in die Partei eingetreten. Unter »nicht mit Silber zu bezahlen«, was ihn so quälte, verstand er offenbar das Sichabfinden mit dem, was er verachtete, obwohl er es vielleicht nicht haßte, denn Haß war unserer Familie nie eigen.

Das Gebet, das Kurt Vonnegut in seinem »Schlachthof 5« anführt, lautet: »Laß Gott mich akzeptieren, was ich nicht ändern kann.«

Doch was tun, wenn man etwas nicht ändern, aber auch nicht akzeptieren kann?

Wenn man nicht das Recht hat zu reden, bleibt das Recht zu denken.

Tante Ra hatte mir damals, indem sie Stalin einen Mörder nannte, ein unerwartetes, verblüffendes Geschenk gemacht – das Recht zu denken.

Kürzlich aber machte sie mir ein anderes, diesmal langersehntes Geschenk – die wunderschöne Glaskugel mit den bizarren bunten Mustern in ihrem Innern, die einem Kandinsky alle Ehre gemacht hätten.

Ich kenne diese Kugel von klein auf.

Bis zum Verschwinden meines Großvaters väterlicherseits, des Mathematikers Rudolf Wilhelmowitsch Gangnus, der siebenunddreißig wegen »Spionage für Lettland« verhaftet wurde, diente die Kugel als Briefbeschwerer auf seinem Schreibtisch, und wenn die Sonnenstrahlen sie trafen, lächelte sie über alle ihre Kristallwangen wie eine kleine Sonne. In ihrem Innern waren silbrige Bläschen und kristallene bunte Wasserpflanzen eingefroren, die das Glasbläserrohr hineingetrieben hatte wie Töne aus einer Flöte.

Durch die Kugel las es sich leichter, denn sie vergrößerte die Buchstaben. Man konnte hineinsehen wie in die Spiegel eines Lachkabinetts, dann zerrte sie das Gesicht mal in die Länge, mal in die Breite und verwandelte es in ein Dutzend Gesichter. Man konnte sie streicheln – sie fühlte sich kühl und zärtlich an, ließ aber die neugierige Knabenhand nicht eindringen, und sie tat recht daran. Ihre in sich geschlossene Welt war wie ein kugelrundes Aquarium, selbst die gewitztesten Fischlein konnten nicht in sein undurchdringliches Kristall hineinschwimmen, und nichts brachte die Pflanzen auf seinem Grund in Wallung.

Diese Kugel war eine Familienreliquie, und ihre kristallenen Wasserpflanzen waren so verworren wie mein Stammbaum.

Während des Krieges haßte ich die Deutschen natürlich wie die meisten sowjetischen Kinder, aber mein nicht ganz astreiner Nachname »Gangnus« löste außer Scherzen auch böse Verdächtigungen aus – ob ich nicht selbst ein Deutscher sei.

Ich hatte Gangnus stets für einen lettischen Namen gehalten, weil mein Großvater in Lettland geboren war. Nachdem die Sportlehrerin in unserem Ort Station Sima den anderen Kindern geraten hatte, mit mir keine Freundschaft zu halten, weil ich ein Deutscher wäre, änderte meine Großmutter Maria Iossifowna den Nachnamen meines Vaters in den meiner Mutter und verlegte mein Geburtsjahr von 1932 auf 1933, damit ich neunzehnhundertvierundvierzig ohne Passierschein aus der Evakuierung nach Moskau zurückkehren konnte.

Weder im Ausland noch in der UdSSR bin ich jemals dem Namen Gangnus begegnet. Außer meinem Vater trugen ihn nur noch meine Brüder Sascha und Wolodja.

Aber 1985 hatte ich in Düsseldorf eine Lesung. Hinterher kam ein Mann mit einer Papierrolle zu mir und sagte zu meiner Verblüffung schmunzelnd:

»Ich habe Ihr Versepos ›Mutter und die Neutronenbombe‹ gelesen. Wissen Sie, die Sportlehrerin in Sima hatte so ganz unrecht nicht. Darf ich mich vorstellen: Ich bin Lehrer für Geographie und Latein am Dortmunder Gymnasium und mit Ihnen verwandt – Gustav Gangnus.«

Er zog die Rolle auseinander und zeigte mir meinen Stammbaum väterlicherseits.

Demnach war mein ältester ermittelter Vorfahr der in Hagenau (bei Strasbourg) geborene Jakob Gangnus, während des Dreißigjährigen Krieges Rittmeister im kaiserlichen Heer. 1640 heiratete er in Sinzheim die Bäuerin Anna aus Wimpfental. Seine Kinder, Enkel und Urenkel waren Hirten und Ackerbauern, sie zogen von Stadt zu Stadt, von Land zu Land und hatten, allem Anschein nach nicht viel Glück.

1767 entschloß sich der Urenkel von Jakob Gangnus, der bettelarme kinderreiche Landwirt Georg Gangnus, der zuvor ohne Erfolg sein Glück in Dänemark gesucht hatte und enttäuscht von dort zurückgekehrt war, mit seiner Familie nach Rußland zu gehen und Lohnarbeit anzunehmen. In Deutschland wütete in jenem Jahr eine Epidemie, und Georg, der in Lübeck auf das Schiff wartete, verstarb und hinterließ seine Frau Anna Margarethe mit acht Kindern. Sie war eine willensstarke Frau; nachdem sie ihren Mann beerdigt hatte, fuhr sie mit den Kindern nach Kronstadt, wohin er es nicht mehr geschafft hatte, und landete in dem livländischen Dorf Hirschenhof (heute Irschi).

Anna Margarethe verschmähte keine grobe Arbeit, sie pflügte, mistete Kuhställe aus, wusch und nähte, und vor Verzweiflung und aus Einsamkeit als Frau ließ sie sich manchmal dermaßen volllaufen, daß die Dorfversammlung sie eines Tages moralisch verurteilte. Aber sie kriegte ihre acht Kinder groß. Die konnten sich aus dem Elend herausarbeiten, nicht aber aus der Armut. Sie alle waren Bauern oder kleine Handwerker – keiner bekam Hochschulbildung, keiner erwarb Reichtum.

Nur Anna Margarethes Enkel, mein Urgroßvater Wilhelm, wurde ein berühmter Glasbläser. Er arbeitete in der Glasfabrik Mordangen und heiratete Karoline Luise Kannberg, die Witwe seines älteren Bruders. 1883 wurde ihnen der Sohn Rudolf geboren, der spätere Vater meines Vaters.

Die Glaskugel hatte Wilhelm gefertigt, um sie seinem neugeborenen Sohn zu schenken. Aber Rudolf wollte kein Glasbläser werden wie sein Vater. Mit neunzehn bezog er nach glänzend bestandenen Examina die mathematische Fakultät der Universität Moskau. Er verdiente seinen Lebensunterhalt mit Algebra- und Geometriestunden.

Als junger Mann war er verliebt in die berühmte Rigaer Schauspielerin Aspasia, die die »lettische Kommisarshewskaja« genannt wurde. Im Archiv des Lettischen Theatermuseums ist der Briefwechsel zwischen den beiden erhalten. Aber es war ihm nicht beschieden, sie zu heiraten.

Wenn Rudolf Gangnus damals aufmerksam in die Glaskugel geschaut hätte, die sein Vater Wilhelm für ihn geblasen hatte, würde er womöglich einen Schlitten mit Sarg gesehen haben, der langsam durch die verschneiten Straßen der ihm unbekannten sibirischen Stadt Tobolsk kroch, gefolgt von einer riesigen Menschenmenge, deren Tränen auf den Wangen gefroren, und in der Menge das verwaiste Mädchen Anna Plotnikowa, seine spätere Frau und meine spätere Großmutter.

Sie war es, die meinem Vater die unwiderstehlichen braunen Augen und die entwaffnende Sanftheit schenkte.

Ihr Vater war ein in weitem Umkreis beliebter Arzt gewesen, Wassili Alexandrowitsch Plotnikow, der für seine medizinische Arbeit geadelt worden war. Als er früh starb, folgte seinem Sarg ganz Tobolsk.

Die Mutter von Anna und drei weiteren Kindern war Marja Michailowna Plotnikowa, geborene Rasumowskaja, Tochter eines Dorfgeistlichen, Absolventin des Instituts für Höhere Töchter, meine Urgroßmutter, die ich als Kind die Alte Oma nannte. Gerüchtweise war sie entfernt verwandt mit dem Schriftsteller Danilowski und – über ihn – noch entfernter mit der Familie eines Försters aus der georgischen Stadt Bagdadi Majakowski.

Marja Michailowna Plotnikowa zog nach Moskau, fand eine Stelle als Kontoristin in der Werkzeugfabrik Koltschugin, nahm

Arbeit mit nach Hause und zog, wie ein Jahrhundert zuvor die ihr unbekannte Anna Margarethe, ihre Kinder allein groß.

Ihre Tochter Anna studierte Naturwissenschaften bei Pjotr Lesgaft, ihr Sohn Michail wurde Biologe.

Marja überlebte zu ihrem tiefsten Schmerz zwei ihrer Kinder.

Ihr Sohn Alexander war zwanzig, als er sich aus unglücklicher Liebe zu einer Zigeunerin erschoß.

Der Jüngste, Jewgeni Plotnikow, war zuerst Kommissar der Provisorischen Regierung in Nowochopjorsk, dann lief er zu den Bolschewiken über und wurde Stellvertreter des Volkskommissars für Gesundheitswesen Kaminski.

Aber all das war noch Zukunft, als die junge russische Studentin Anna Plotnikowa 1909 Rudolf Gangnus heiratete und ihm Kinder gebar – 1909 meinen späteren Vater Alexander und 1914 meine spätere »Tante Ra«.

Rudolf Wilhelmowitsch Gangnus sprach fließend Russisch, Deutsch und Lettisch, aber er war natürlich ein Deutscher.

Kurz und gut, meine Sportlehrerin hatte offenbar ein außerordentliches Gespür für Deutschtum.

Da ich während des Krieges gegen alle Deutschen Haß empfand, haßte ich also auch meinen Großvater Rudolf und seinen Vater Wilhelm, der die kristallene Zauberkugel geblasen hatte.

Aber die größte Erschütterung hatte ich noch vor mir.

Von dem Dortmunder Gangnus erfuhr ich, daß es auch in Österreich Gangnusse gab, Nachfahren des Bruders meines Großvaters Rudolf, des Bankangestellten Siegfried, der gleich nach Kriegsausbruch von Riga in die Heimat der »Geschichten aus dem Wienerwald« gezogen war.

Als ich zur Begegnung mit der mir unbekannten Sippe in das alte Wiener Kaffeehaus ging, hegte ich die Befürchtung, diese Menschen könnten sich als tödlich langweilig entpuppen.

Zum Glück gefielen sie mir sehr gut, es waren kultivierte Leute ohne Snobismus: ein Apotheker, eine Krankenschwester, ein Bauingenieur, der übrigens meinem Halbbruder Wolodja so ähnlich sah wie ein Ei dem anderen, nur dicker und grauhaarig. Sie alle hatten mein Gedicht »Mutter und die Neutronenbombe« gelesen, aus dem sie vom Schicksal der russischen Gangnusse und von meiner Existenz wußten.

Natürlich zeigten wir uns unsere Familienfotos. Das Clan-Oberhaupt der österreichischen Gangnusse, die achtzigjährige Hermine Gangnus, Witwe des Bruders meines Großvaters Rudolf, stieß einen Seufzer aus.

»Wie schade, daß Siegfried diesen Tag und die Bekanntschaft mit dir nicht mehr erlebt hat, ihr wärt Freunde geworden. Er war ein bezaubernder Karikaturist und ein vorzüglicher Holzschnitzer, überhaupt eine Künstlernatur.«

Mit einem kleinen Schluchzer reichte sie mir das Foto meines Großonkels.

Ich erstarrte.

Von dem Foto blickte mich ein gutgewachsener Offizier der Hitler-Wehrmacht an, in der Hand einen Fliederzweig. Er lächelte freundlich, wenngleich ein wenig entschuldigend, als wollte er sagen: Na bitte, nun haben wir uns kennengelernt. Hättest du während des Krieges gedacht, daß du solch einen Verwandten hast?

Hermine, die meine Gefühle etwas verspätet erkannte, legte das Foto betreten weg und sagte rasch:

»Er hat es sich so zu Herzen genommen, als er eingezogen wurde. Aber was konnte er machen? Gottlob haben sie ihn nicht nach Rußland geschickt, sondern nach Italien. Dort hat es ihm so gut gefallen, besonders in Florenz. Aus den Uffizien bekam man ihn überhaupt nicht mehr heraus. Er fing sogar an, Italienisch zu lernen.«

In dem Wiener Kaffeehaus kam mir der Gedanke, daß es ganz früher auf der Welt nur sehr wenig Menschen gab, von denen wir alle abstammen; darum sind wir eigentlich alle Verwandte, die einander nur noch nicht begegnet sind. Und so ist jeder Krieg letztlich ein Bruderkrieg.

Wie soll das gehen, ins Innere der Stammbaum-Glaskugel einzutauchen und mit den Fingerspitzen ihren Grund zu berühren?

Hat sie überhaupt einen Grund?

Als die Bürger von Charkow mich 1989 in den Rat der Volksdeputierten der UdSSR wählten, sagte meine Mutter:

»Versuch doch mal, in Charkow die Villa deiner Urgroßtante in der ehemaligen Millionnaja-Straße zu finden. Ich glaube, die heißt jetzt Leninstraße.«

Ich erstarrte.

»Villa? Urgroßtante?«

»Sie hat vier Etagen. Die Urgroßtante hat dort ganz allein mit zweihundert Katzen gelebt.«

»Warte mal, Mama. Du hast mir selber erzählt, daß deine Vorfahren am Ende des neunzehnten Jahrhunderts aus dem Gouvernement Shitomir nach Sibirien verbannt wurden, nach Sima, wegen eines Bauernaufstands. Wo sollte eine einfache Bäuerin eine Vieretagenvilla herhaben und noch dazu zweihundert Katzen? Weshalb hast du mir dann erzählt, daß dem Gutsbesitzer der ›rote Hahn‹ aufs Dach gesetzt wurde und daß unsere Vorfahren bis Sima zu Fuß gehen mußten und in Ketten?« murmelte ich verwirrt, bestürzt.

»Es stimmt alles, der ›rote Hahn‹ und die Ketten«, beruhigte meine Mutter mich teilweise. »Nur war dein Ururgroßvater Iossif Baikowski keineswegs ein Bauer, sondern ein polnischer Schlachtschitz, der das Gut verwaltete und den Bauernaufstand anführte. Das blaue Blut half ihm nicht, die Ketten waren für alle die gleichen.«

Damit war die Legende von meiner Arbeiter-und-Bauern-Herkunft prasselnd eingestürzt. Also war ich sowohl von seiten meines Urgroßvaters Wassili Plotnikow als auch von seiten meines Urgroßvaters Iossif Baikowski ein Adliger. Darauf wäre ich nie gekommen.

Die Frau von Iossif Baikowski, die mit ihm nach Sibirien ging, war Ukrainerin.

Ihre Töchter, Jadwiga und Maria, sprachen zu Hause untereinander nicht nur russisch, sondern auch polnisch und ukrainisch. Als Kind hörte ich von ihnen neben den Gedichten von Puschkin auch Schewtschenko und Mickiewicz im Original.

Die Schwestern waren vollkommene Gegensätze.

Jadwiga Iossifowna, die den russischen Schlosser Iwan Dubinin aus Sibirien geheiratet hatte, war von kleinem Wuchs und hatte einen fast unhörbaren Gang. Sie hatte mich als Kind stets gegen den gerechten, doch erbarmungslosen Knüppel ihrer gestrengen mächtigen Schwester verteidigt, vor der ich mich in Sicherheit brachte, indem ich den höchsten Torpfosten unseres Hauses erklomm.

Die hochgewachsene, geradlinige, nie lächelnde Maria Iossifowna, die spätere Mutter meiner Mutter, heiratete den Belorussen Jermolai Naumowitsch Jewtuschenko, ursprünglich zweifacher Träger des Georgskreuzes, danach Roter Kommandeur mit zwei Rhomben am Kragenspiegel und schließlich »Volksfeind«.

Wer bin ich also?

Ich bin ein russischer, nicht ein russischsprachiger Dichter.

Ich bin meinem Selbstverständnis nach ein Russe.

Selbstverständnis ist Nationalität.

Meine Eltern liebten einander nicht lange, aber ich liebe sie für immer.

Ich liebe alle Frauen, die ich jemals geliebt habe.

Ich liebe meine Frau Mascha.

Ich liebe meine fünf Söhne.

Ich liebe Puschkin und Wolodja Sokolow, Schostakowitsch und Bulat Okudshawa, Petrow-Wodkin und Oleg Zelkow, meinen Onkel, den großen sibirischen Kraftfahrer Andrej Dubinin, und auch den berühmten Fußballer Wsewolod Bobrow.

Ich liebe Sima, Peredelkino und Gulripsch, wo von meinem abgebrannten Haus nur Asche übrig ist.

Ich liebe das Knirschen des Schlittens im Schnee, das Dampfbad mit den Birkenreisern, Speck mit Schwarzbrot, schwach gesalzenen Baikallachs, eingemachte Antonow-Äpfel.

Ich trinke fast nie Wodka, der das Gedächtnis erschlägt, aber Wodka ist unersetzlich bei Totenfeiern, und an solchen muß ich immer öfter teilnehmen, und sie fließen allmählich zusammen zu einem Großen Totengedenken für jenes Große Land, in dem ich geboren bin und das es nicht mehr gibt und nie wieder geben wird.

Aber ich liebe auch ein anderes – das Allergrößte Land – die Menschheit.

Ich liebe den Grand Canon nicht minder als den Baikalsee.

Ich liebe das »Mädchen auf der Kugel« von Picasso nicht minder als die »Troika« von Perow.

Ich liebe Edith Piaf und Jacques Brel nicht minder als Ruslanow und Wyssozki. Ich liebe Gabriel García Márquez nicht minder als Andrej Platonow.

Ich liebe den Film »Fahrraddiebe« nicht minder als »Die Kraniche ziehen«.

Ich liebe meine Freunde – den Georgier Dshumber Betaschwili, der während des abchasisch-georgischen Gemetzels ums Leben kam, den Amerikaner Albert Todd, den Australier Geoffrey Datton, den Schweden Per Hedin, die Italienerin Evelina Pascucci, mit denen ich mich auf Anhieb gut verstand – nicht minder als meinen Schulfreund, den Elektromonteur Ljoscha Tschinenkow, oder Ljonja Schinkarjow, mit dem ich sieben sibirische Ströme befuhr, oder den »Jewtuschenkologen Nr. 1«, den U-Boot-Fahrer Jura Nechoroschew.

Unsere vaterländischen Hüter des reinen Blutes versuchen seit langem, mein »Russentum« in Zweifel zu ziehen, indem sie das Gerücht streuen, ich sei ein getarnter Jude, obwohl ich keinen Tropfen jüdisches Blut in den Adern habe. Sie klammern sich freudig an das Trigonometrie-Lehrbuch für die Mittelschule aus der Vorkriegszeit, verfaßt von meinem Großvater Gangnus und seinem Koautor Gurwiz, und nennen mich auf ihren Judenfresserversammlungen nur im Plural: diese »Gangnusse-Gurwize«.

Meine Mutter Sinaida Jewtuschenko wurde 1990 achtzig Jahre alt, arbeitete aber weiter als Zeitungsverkäuferin im Kiosk vor dem Rigaer Bahnhof.

An ihrem Geburtstag wurde sie mit Blumen und Geschenken überschüttet von den Leuten, die in der Nähe wohnten oder arbeiteten und seit vielen Jahren aus ihren guten Händen Zeitungen kauften, nicht immer mit guten Nachrichten, wofür sie natürlich nichts konnte.

Etwas länger als vorgesehen hielt ein Obus, und die Fahrerin, die immer die Zeitschrift »Die Bäuerin« bei ihr kaufte, schenkte meiner Mutter eine große ägyptische Blume, die wie ein Flamingo aus dem Nildelta aussah. Der Lokführer eines Schnellzugs brachte ihr eine Flasche Likör, der Fleischer von nebenan kam mit einem ganzen Sack erlesener Knochen für ihren Hund Kapa.

Es hielt auch ein Touristenbus, dem entstiegen Budapester Reisende – sie hatten die Adresse von dem Kiosk aus der ungarischen Übersetzung von »Mutter und die Neutronenbombe«. Sie schenkten ihr Souvenirs und baten um Autogramme.

Es waren so viele Blumen, daß der ganze Kiosk sich in eine duftende Orangerie verwandelte.

Aber plötzlich erschienen vier kurzgeschorene junge Männer in schwarzen Feldblusen mit knarrenden Schulterriemen und kriegerischen kalten Augen.

Einer von ihnen, der dem Alter nach ihr Enkel hätte sein können, sagte, mit einer geflochtenen Kosakenpeitsche spielend:

»Wann packst du dich endlich in dein Israel, du alte Jiddsche, mitsamt deinem zionistischen Sohn und all diesen stinkenden Gangnussen-Gurwizen?«

Mutter erzählte mir diese Geschichte und seufzte.

»Es war scheußlich, so was anhören zu müssen, besonders von so jungen Leuten. Wenn ich nun wirklich Jüdin wäre, wie wär mir dann zumute!«

Dann fügte sie hinzu:

»Ich idealisiere dich nicht, Shenja, denn ich kenne dich zu gut mit all deinen Macken. Aber als ich diese Schwarzhemden sah, hab ich mir gedacht: Wenn diese Lumpen meinen Sohn so hassen, muß er wohl doch was wert sein.«

Und sie lächelte, obwohl ihr das nicht besonders leichtfiel.

Die Glaskugel von Urgroßvater Wilhelm –
Geschenk des Glasbläsers aus der Boheme
in Lifland nah bei Riga, wo die Düfte
von Thymianbroten wehten durch die Lüfte …

Und ich flieg los – wenn sie mich nur nicht stören –
mit diesem Glas – von Luft mag ich nichts hören,
wo glasgeblasen tief im Innern tanzen
die Gene, wie verschlungne Wasserpflanzen.

Wer bin ich? Wer gebar mich wohl im Rennen?
Soll Petschenegen ich als Vorfahrn nennen?
Vielleicht vereinigten sich in mir Mythen
von alten Griechen, Wikingern und Skythen?

Zum Ärger mancher, wurd ich als Mongole
geboren und als Deutscher, Russe, Pole,
und Ukrainer, insgesamt genommen,
bin ich als nacktes Kind zur Welt gekommen.

In mir dröhnt rauh der Rhythmus von Darjal.
Wie ein Gascogner geb ich an, wie D'Artagnan.
In meinem aufrüttelnden lauten Stil
ist auch was Flämisches vom Sänger Till.

Was immer auch in meinen Genen steht,
ich bin ein Mensch – von Nationalität.
Es leuchten viele Gene wie im Erdball,
in Urgroßvater Wilhelms Glaskristall.

Wer bist du, Rußland – Asien? Europa?
Selbst unsre Sprache ist ein Kind Äthiopias.
Und falls wir keine Mißgeburten werden,
entstammen allen Völkern wir auf Erden.

Der Irrtum des Isaak Borissowitsch Pirjatinski

Ein jeder Pädagogenrat
vereinfacht sich das Leben;
für Rumtreiber – den Rat parat:
nach Marjina Rostscha geben.
J. J.

Der Direktor der Moskauer Schule Nummer zweihundertvierundfünfzig Iwan Iwanowitsch war ein hochgewachsener Albino, der ständig aus seiner alpinen Höhe etwas Belehrendes auf seine Schüler herunterschrie, als wären die eine ungehorsame Hammelherde. In der Hand hielt er ein riesiges Schlüsselbund, und wenn er seine didaktischen Gesten vollführte, rasselte es unheildrohend. Einmal hatte ich ihm besonders zugesetzt, und da schlug er mir das Bund sacht über den Kopf. Das mag verdient gewesen sein, tat aber weh.

Ich war kein Raufbold und kein Radaubruder, doch was ich wirklich war, noch dazu mit unverhohlenem Vergnügen – ein »böswilliger Schwänzer«.

Die Schule schwänzen – das war damals die einzige greifbare Freiheit. Selbst die Straßen rochen anders, wenn man schwänzte.

Die Ursache des Schwänzens war eine neue Leidenschaft, die mit der für die Lyrik wetteiferte – das Fußballspiel.

Ich entwischte durch den Hintereingang oder durch ein Fenster aus der Schule und spielte mit anderen Schwänzern bis in die Dunkelheit auf Ödplätzen mit einem derben Kunststoffball, der die Hände des Torwarts übel zurichtete.

Einmal führte mich meine Großmutter Maria Iossifowna an der Leine in die Schule wie ein Kälbchen. Aus den Fenstern guckten, sich schief lachend, all die Jungs, die auch gern geschwänzt hätten, sich aber nicht trauten.

Das Ganze endete damit, daß ich in der siebenten Klasse sitzenblieb, nachdem ich in Physik und Chemie durchgefallen war, auch in Mathematik, und das war besonders schmählich, da mein aus der Verbannung zurückgekehrter und schon erlöschender Großvater Rudolf mir geholfen hatte.

Aber dann ließ ich mir etwas noch Schärferes zuschulden kommen als Schwänzen und Sitzenbleiben.

Eines Tages erschien in unserer Schule ein Instrukteur vom Stadtbezirkskomitee des Komsomol und hielt einen Vortrag über die Rede von Shdanow. Er verstand von Literatur rein gar nichts und sagte statt Sostschenko immer »Glustschenko«.

Der Instrukteur tat mir leid, aber er war so widerlich, daß mir mein Mitleid schnell verging. Ich hob die Hand. Ich war ein wißbegieriger Junge und hatte einen Band der Literaturenzyklopädie aus den dreißiger Jahren mitgebracht. Den schlug ich jetzt auf, ebenso die Broschüre mit der Shdanow-Rede, die in Millionenauflage verbreitet worden war. Ich faßte mich kurz.

»Uns wurde immer beigebracht, daß Abschreiben nicht schön ist. Aber schauen Sie, was hier über die Dichterin Anna Achmatowa steht. In der Enzyklopädie und in der Rede wird sie ›Nonne und Hure‹ genannt. Schauen wir nach, wann die Enzyklopädie erschienen ist. Vor fünfzehn Jahren. Also ist klar, daß Shdanow abgeschrieben hat. Ich schlage vor, daß unsere Schule einen kollektiven Brief an den Genossen Stalin schreibt und ihn bittet, dem Genossen Shdanow zu sagen, er soll künftig nicht mehr abschreiben.«

Totenstille.

Der Instrukteur kam zu mir gelaufen, riß mir die Enzyklopädie aus der Hand und bohrte die Augen hinein. Seine Lippen begannen zu zittern, als ihm klar wurde, daß ich recht hatte.

Ein Schüler der siebenten Klasse, noch dazu ein Sitzenbleiber, trumpfte gegen einen Sekretär des ZK der KPdSU (B) auf!

Dem Instrukteur brach der kalte Schweiß aus.

Ihn und damit auch mich rettete der Komsomolführer unserer Schule, der Zehntkläßler Dima Kalinski, der einzige bei uns, der sich eine etwas längere Frisur erlaubte und eine, wenn auch unauffällige, elegante Krawatte trug.

»Ich glaube, Shenja, du bist nicht gesund«, sagte er und legte mir zärtlich die Hand auf die Stirn. »Du hast eindeutig erhöhte Temperatur. Jungs, bringt Shenja nach Hause. Und was er hier gesagt hat, sollte unter uns bleiben. Was reden Menschen nicht alles im Fieberwahn.«

Wo mag er heute sein, Dima Kalinski, mein Retter? Ob er sich selbst retten konnte?

Es war eine seltsame Zeit – manchmal zerbrachen gerade die flexibleren Menschen, und die eher unflexiblen hielten durch.

Aber der Vorfall muß wohl doch unserm Direx Iwan Iwanowitsch zu Ohren gekommen sein, denn er versetzte mich gar zu gern in die eben erst eröffnete Schule Nummer sechshundertsieben, die mit den sogenannten »Unverbesserlichen« aus ganz Moskau vollgestopft wurde.

Der Stadtbezirk, in dem diese Schule lag, Marjina Rostscha (Marienwäldchen), war nach dem Dorf Marjino benannt. Im achtzehnten Jahrhundert verlief hier die Moskauer Zollgrenze. Ende des neunzehnten Jahrhunderts gab es nur noch den Namen, das Wäldchen selbst war abgeholzt worden, dort standen nun Holzhäuser, in denen Schnitzer, Ikonenmaler, Zinngießer, Vergolder, Weber wohnten, ein Handwerkervölkchen. Nach dem Krieg war hier das Reich der vaterlosen Jungganoven, die ihre Streitigkeiten mit dem Finnenmesser austrugen. Die Straßenlaternen waren immer zerschlagen, denn Dunkelheit war wichtiger als Licht. Es gab einen Scherz: »Kommunismus ist Sowjetmacht plus Elektrifizierung des ganzen Landes minus Marjina Rostscha.«

Die »Schule der Unverbesserlichen« paßte ihrem Charakter nach in diesen unverbesserlichen Bezirk.

Der Direktor der Schule Nummer sechshundertsieben, Isaak Borissowitsch Pirjatinski, war ein kleiner kräftiger Frontsoldat mit angegrautem Bürstenschnitt und gescheiten energischen Augen, erfüllt von wohlwollender Neugier des Vaters und Kommandeurs für die ihm anvertrauten Soldaten, das heißt Schüler.

Zur Arbeit kam er in einer Militäruniform mit den Spuren der abgetrennten Schulterklappen, mit einer Reihe von Auszeichnungsspangen und einer einzigen in die Feldbluse geschraubten Medaille, auf der nur ein stolzes Wort stand: »Garde«.

Aber er war kein Kommißhengst.

Wir nannten ihn verschleifend »Isaak Brissytsch«, und er redete uns mit Vornamen an, was damals ungewöhnlich war, und er kannte uns alle von Angesicht.

Mir gefiel er, denn er war das genaue Gegenteil von Iwan Iwanowitsch, er brüllte nicht herum, fuchtelte nicht drohend mit einem Schlüsselbund, spielte manchmal Volleyball mit uns oder Schach. Es wäre ihm, selbst wenn er das gewollt hätte, nicht leichtgefallen, uns loszuwerden, denn die Schule Nummer sechshundertsieben stand am Steilhang des sowjetischen Bildungswesens, und unten war der Abgrund.

Er mochte meine Gedichte, und über unsere Schwänzerei sah er hinweg. Kurz und gut, solch einen prima Direx hatten wir gar nicht verdient.

Aber da geschah etwas.

Eines Nachts brach jemand das Lehrerzimmer auf und stahl alle Klassenbücher. Die verkohlten Reste wurden später auf einer Müllkippe entdeckt. Der Verdacht fiel auf mich, denn genau an diesem Tag hatte ich in Deutsch eine miese Zensur bekommen, und da war es logisch, daß ich in Wut geriet und auf Rache sann.

Ehrlich gesagt, die Klassenbücher zu verbrennen, das hätte ich bei großem Ärger tun können. Aber es war noch Schlimmeres passiert – jemand hatte den alten Wächter auf den Kopf geschlagen, und dazu wäre ich nicht imstande gewesen.

Isaak Brissytsch war ein militärisch geradliniger Mann, eine gute und zugleich gefährliche Eigenschaft. Nichts ist so zerbrechlich wie eiserne Logik.

Er berief eine Vollversammlung ein, die stundenlang dauerte – er flehte und forderte, der Schuldige möge sich melden. Dafür stellte er völlige Straffreiheit in Aussicht.

Alle schwiegen. Anfangs mied mich sein Blick, er kämpfte sichtlich mit sich. Es war geradezu unnatürlich, daß er alle ansah, nur mich nicht, während er vor uns auf und ab ging mit seinen Stiefeln, die in der allgemeinen Stille durchdringend knarrten. Ich spürte, daß er mich ansah, ohne mich anzusehen.

»Ich möchte nicht, daß ihr eure Kameraden denunziert«, sagte er. »Ich verachte Spitzel. Denunziantentum ist Feigheit. Ich bitte denjenigen, der das getan hat, um Ehrlichkeit vor sich und den anderen. Wenn ihr weiter schweigt, nenne ich euch jetzt den mutmaßlichen Schuldigen. Aber ich kann mich ja irren, und das Schweigen des wirklichen Schuldigen wäre dann gleichbedeutend mit der erlogenen Denunziation eines Kameraden. Nun, faßt euch endlich ein Herz!«

Seine Ungeduld und Logik zwangen ihn, den Blick auf mich zu richten. Dieser Blick redete mir zu, suchte mich zu überzeugen, befahl mir zu gestehen. Endlich hielt es Isaak Brissytsch nicht mehr aus, zeigte mit dem Finger auf mich und nannte mich zum erstenmal nicht Shenja, sondern beim Nachnamen:

»Jewtuschenko, das warst du!«

»Nein«, sagte ich aufstehend, »ich war's nicht.«

»Doch! Doch! Doch!« wiederholte er, wütend auf mich wegen meiner vermeintlichen Feigheit oder auf sich aus Furcht, einen nicht mehr gutzumachenden Fehler zu begehen.

Tags darauf wurde ich von der Schule geworfen.

Noch bevor ich überhaupt einen »menschlichen« Paß besaß, hatte ich einen »Wolfspaß«.

»Wolfspaß«, dieser Ausdruck stammt aus der Zeit vor der Revolution.

Im zaristischen Rußland war das ein Dokument der Unzuverlässigkeit, das den Zugang zum Staatsdienst und zu Lehranstalten versperrte. In der Sowjetzeit war der »Wolfspaß« eine offizielle negative Beurteilung, ausgestellt von der Schule, dem Institut, der Gewerkschaft, der Komsomol- oder der Parteigruppe. Ganz ohne Beurteilung kam man nirgends unter und mit solch einer Beurteilung schon gar nicht.

Aber es gab Leute, die an mich glaubten und mir Bücher zu lesen gaben, die mir nicht erlaubten, selbst mit einem »Wolfspaß« ein Wolf zu werden.

Wir alle sind das Werk derer, die an uns glauben. Mein Vater, die Dichter Andrej Dostal und Nikolai Tarassow, der Kritiker Wladimir Barlas, der Prosaiker und später berühmte Fußballberichterstatter Filatow sind Mitautoren des Besten, was ich geschrieben habe. Später haben mich Wladimir Sokolow, Alexander Meshirow, Boris Sluzki »fertig geschrieben«.

Als ich fünfzehn war, druckte die Zeitung »Der Sowjetsport« mein erstes dümmliches Gedicht, das sich heute wie eine Parodie ausnimmt. Es begann so:

Bei krachendem Knarren in warmen
Sälen
an stickigem Ort
brechen sie sich
Rippen
und Arme –
und das heißt
bei ihnen
Sport!

Bis heute begreife ich nicht, wie Nikolai Tarassow, dem ich diese Kinderei brachte, erraten konnte, daß es lohnte, für mich Zeit zu opfern. Aber er hat es erraten.

1952 erschien mein banal-romantisches Büchlein »Kundschafter der Zukunft«, aber dann tauchten aus dem Papiermeer der erfundenen Gedichte über erfundene Menschen von Zeit zu Zeit echte Verse auf, so wie aus den Ölflecken auf dem Baikalsee manchmal Seehunde auftauchen.

Ich hatte schon Leser, meine Gedichte wurden in Hefte abgeschrieben und auswendig gelernt, da rief mich eines Tages Isaak Brissytsch an.

»Ich lese deine Gedichte und bin stolz auf dich. Besonders gut finde ich ›O Hochzeiten im Kriege‹, ›Das Fenster blickt hinaus auf weiße Bäume‹ und ›Neid‹. Aber ehrlich gesagt, es wäre leichter für mich, wenn du kein guter Dichter wärst. Schließlich habe ich dich von der Schule gewiesen. Bist du mir böse, Shenja?«

»Aber nein, Isaak Brissytsch. Von der Logik her waren Sie ja im Recht.«

»Was heißt das, von der Logik her?« fragte er verdutzt.

»Daß ich die Klassenbücher nicht gestohlen habe.«

Die Antwort war ein längeres Schweigen im Hörer.

»Du streitest es immer noch ab? Na schön, lassen wir das. Wir haben heute in einer Woche ein Absolvententreffen. Komm auch, du kannst Gedichte vortragen. Wir trinken was, plaudern.«

»Aber ich bin ja kein Absolvent, bin vorher rausgeflogen.«

»Schon wieder. Ein Dichter darf nicht nachtragend sein.«

Ich fuhr hin, und wir umarmten uns aufrichtig.

Doch da geschah etwas Unvorhergesehenes.

Unser Klassenkamerad Prjachin, der später korrespondierendes Mitglied der Akademie der Wissenschaften wurde, sagte nach ein paar Schlucken warmen Wodkas aus dem Pappbecher:

»Leute, ich möchte mich bei Shenja, bei Isaak Brissytsch und euch allen entschuldigen. Ich war's, der damals die Klassenbücher verbrannt hat.«

Alle erstarrten.

»Aber warum hast du das gemacht?« entfuhr es Isaak Brissytsch. »Du hattest doch immer die besten Zensuren!«

»Ich hatte zum erstenmal eine Eins minus bekommen«, sagte Prjachin schuldbewußt und doch irgendwie rechtfertigend und zuckte die Achseln. »An Minusse war ich noch nicht gewöhnt.«

»Warum hast du das nicht früher gesagt, du Hundesohn?« lärmten meine ehemaligen Klassenkameraden. »Du hast den Mund gehalten, und der Junge ist auf die Straße geflogen!«

»Aber ich hab's doch jetzt zugegeben. Besser spät als gar nicht. Wieso fallt ihr über mich her? Ihr müßt doch meine Gewissensbisse respektieren«, sagte Prjachin beleidigt, erhob sich und setzte den Hut auf.

»Auch wenn sie zu spät kommen?« fragte einer giftig.

»Gewissensbisse kommen nie zu spät.« Mit diesem würdevollen Aphorismus entfernte sich das künftige Akademiemitglied.

Aber er interessierte mich weit weniger als Isaak Brissytsch.

Ich hätte es nie für möglich gehalten, daß Isaak Brissytsch weinen könnte. Er weinte nicht mit den Augen, sondern mit den Schultern.

»Warum habe ich dir damals nicht geglaubt, warum nicht? Warum habe ich dir den ›Wolfspaß‹ geschrieben? Du hättest vor Verzweiflung zum Verbrecher werden können, vielleicht sogar zum Mörder. Daran wäre ich schuld gewesen. So ein furchtbarer Irrtum«, entfuhr es ihm krampfhaft.

Seit diesem Treffen habe ich Isaak Brissytsch nicht mehr gesehen.

Unlängst war ich auf dem Wagankowskoje-Friedhof, da zuckte ich plötzlich zusammen, denn auf einem Grabstein nicht weit vom Grab meines Vaters sah ich vier Zeilen aus meinem Gedicht »Marjina Rostscha« eingemeißelt:

Diese Schule jedenfalls
lehrte den Preis für Brot und Salz,
übten im Tor aus morschem Holz,
Freiheit und Willen und Stolz.

Die Inschrift auf dem Grabstein lautete: »Isaak Borissowitsch Pirjatinski, Pädagoge.«

Sechzig Jahre sind vergangen, seit meine Kinderhand etwas Gedichtähnliches in ein kariertes Schulheft kritzelte:

Ich erwachte früh am Morgen,
dachte – was ich werden will.
Will zu den Piraten gehen,
Raube Schiffe aus.

Bei Bagrizki haben wir in »Die Schmuggler« eine deutliche Zweiteilung der Absichten: »Zieht auf Dunkelheit, läg ich jederzeit / mit gesträubtem Bart auf dem Schiff bereit …« Und dann völlig entgegengesetzt: »Ist es vielleicht richtiger, mit dem Nagant / zu verfolgen den Dieb, der im Nebel entkam …«

Für den fünfjährigen Schlingel gab es keinen Dualismus: jemanden »verfolgen« war ihm fremd.

Ich gestehe, in Lermontows »Taman« gefallen mir das Mädchen und der blinde Junge mit ihrem Wagemut und ihrem freien Geist noch heute besser als der schön, aber vorsichtig reflektierende Offizier.

Kurz, der Junge von damals wünschte sich sehnlichst Abenteuer – und nicht solche von Abc-Schützen und Jungpionieren mit dem Segen der pädagogischen Aufpasser, sondern solche, von denen aufs strengste abgeraten wurde.

Wer wünscht sich nicht als Kind Abenteuer? Ich aber dehnte den Wunsch aufs ganze Leben aus und bin bis heute nicht frei davon. Seeräuberei und das Ausplündern von Schiffen waren in meiner kindlichen Unabhängigkeitserklärung freilich nur Bilder für das Aufbegehren.

Es war der Durst nach der gefährlichen, doch verlockenden Konterbande der Freiheit, des jubelnden Raubes von Eindrücken.

Damals war das noch Instinkt des Lebens, später wurde es das Leben selbst.

»Möchte in allen Ländern geboren sein, alle Pässe besitzen,

dem Ministerium zur Pein ...«(1972), »Und betrat genauso den Planeten, wie das Viertel Marjina Rostscha ...«(1983)

Als ich diese Zeilen schrieb, gab es die erniedrigenden Ausreisekommissionen noch. Niemand konnte damals ahnen, daß ich der erste Deputierte in der Geschichte der UdSSR sein würde, der die Abschaffung dieser Kommissionen forderte.

Es war mein Schicksal, in der widernatürlich zweigeteilten Welt nach Maßgabe meiner schwachen Kräfte an dem rostigen, doch noch immer eisernen Vorhang zu rütteln und mich durch seine Löcher mit den rachsüchtig scharfkantigen Rändern in die uns gestohlene übrige Welt zu zwängen.

Ich habe immer gern Präzendenzfälle geschaffen. Irgend jemand ist stets der erste, dem andere folgen – möglichst nicht über den Körper des ersten hinweg.

Alle, die über Menschen hinweggehen, werden dafür bestraft werden.

Aber nicht alle, die über uns hinweggehen, sind im Unrecht.

Wir sind auch über Menschen hinweggegangen, die wir geliebt haben, um das zu tun, was sie nicht hatten tun können. Aber wir sind nicht auf sie getreten.

Es tut weh, sich in Menschen zu irren, denen man vertraut.

Aber Gott verhüte, sich mit seinem Mißtrauen zu irren, so wie sich Isaak Borissowitsch mit seinem Mißtrauen mir gegenüber irrte.

Wir entstehen nicht nur aus der Vergangenheit.

Wir entstehen aus dem, was entsteht.

Wir entstehen nicht nur aus unseren Vorfahren, sondern auch aus uns selbst.

Wir entstehen aus unseren Hoffnungen, Irrtümern, Enttäuschungen und erneuten Hoffnungen.

Unsere Entstehung geht weiter.

Vorzeitige Autobiographie

(Fragmente)

Die Autobiographie eines Dichters, das sind seine Gedichte. Alles übrige sind nur Anmerkungen zu seiner Autobiographie. Ein Dichter ist nur dann ein Dichter, wenn er mit allen seinen Gefühlen, Gedanken und Handlungen deutlich sichtbar vor seinen Lesern steht.

Wenn der Dichter das Recht haben will, über andere gnadenlos die Wahrheit zu schreiben, muß er über sich selbst gnadenlos die Wahrheit schreiben. Eine Persönlichkeitsspaltung des Dichters – in eine reale und eine poetische Persönlichkeit – führt unausweichlich zum schöpferischen Selbstmord.

Als Arthur Rimbaud Sklavenhändler geworden war und sein Leben den früheren poetischen Idealen zuwiderlief, hörte er auf, Gedichte zu schreiben. Das war ein ehrlicher Ausweg.

Leider setzen viele Dichter, wenn ihr Leben und ihre Lyrik auseinanderklaffen, ihr Schreiben fort, stellen sich jedoch nicht so dar, wie sie wirklich sind.

Aber es kommt ihnen nur so vor, als ob sie Gedichte schreiben.

Die Poesie läßt sich nicht betrügen.

Und die Poesie geht von ihnen weg.

Die Poesie ist eine rachsüchtige Frau: sie verzeiht die Unwahrheit nicht.

Aber sie verzeiht auch eine unvollständige Wahrheit nicht. Es gibt Menschen, die stolz darauf sind, in ihrem ganzen Leben noch kein unwahres Wort gesagt zu haben. Sie sollten sich fragen, wie oft sie die Wahrheit nicht gesagt haben und dafür das bequeme Schweigen vorzogen.

Wer über sich selber schweigt, kommt in der Dichtung unweigerlich an den Punkt, da er auch die Leiden und Kümmernisse anderer Menschen verschweigt.

Viele sowjetische Dichter haben innerhalb einer langen Zeitspanne nicht über ihre Gedanken, ihre Schwierigkeiten und inneren Widersprüche geschrieben – und natürlich auch nicht über die Schwierigkeiten und Widersprüche der Menschen. Ich rede nicht von dem »wir« der Proletkultler, das wie Trommelwirbel von allen Buchseiten prasselte und die feinen und einmaligen Melodien der menschlichen Individualität übertönte. Auch viele Gedichte, die nach dem Zerfall des »Proletkults« in der ersten Person Singular geschrieben wurden, trugen gleichwohl noch das Gepräge dieses gigantischen requisiteartigen »wir«. Das poetische »ich« blieb rein nominell. Selbst das schlichte »ich liebe« war manchmal so unkonkret, so deklarativ, daß es so klang wie »wir lieben«.

In dieser Zeit kreierte unsere Kritik den Terminus »lyrischer Held«. Der Dichter sollte in seinen Gedichten nicht er selbst sein, sondern ein Symbol.

Die Verse vieler Dichter enthielten autobiographische Details – die Namen ihrer Geburtsorte, von Städten, die sie besucht hatten, Ereignisse aus ihrem Leben. Trotzdem waren diese Gedichte körperlos. Ein paar begabtere Autoren waren an ihrer Schreibweise zu erkennen, aber sie anhand ihrer Denkweise zu unterscheiden war ziemlich schwierig. Daher wurden die Autoren auch nicht als lebendige, real existierende Menschen empfunden, denn jeder real existierende Mensch denkt und fühlt auf seine unwiederholbare Weise.

Eine äußere Autobiographie bedeutet nichts ohne die innere Autobiographie: die der Gefühle und Gedanken.

Das Werk eines wirklichen Dichters ist nicht nur ein sich bewegendes, atmendes, klingendes Porträt der Zeit, sondern auch ein Selbstporträt, ebenso umfangreich und expressiv gezeichnet.

Das, wogegen ich kämpfe, ist vielen Menschen verhaßt.

Das, wofür ich kämpfe, ist vielen Menschen wichtig.

Es gibt Menschen, die tragen ihre persönlichen Ideen in die Gesellschaft hinein und bewaffnen sie damit. Das ist sicherlich die höchste Stufe der Kreativität. Zu diesen Menschen gehöre ich nicht.

Meine Lyrik ist lediglich Ausdruck der neuen Stimmungen und Ideen, die in unserer Gesellschaft schon vorhanden waren und die nur noch niemand poetisch ausgedrückt hatte. Gäbe es mich nicht, so würde ein anderer sie poetisch ausgedrückt haben.

Widerspreche ich nicht meinen vorhergehenden Worten, wonach der Dichter vor allem Individualität besitzt?

Kein bißchen.

Nur eine stark ausgeprägte Individualität kann etwas allen Menschen Gemeinsames in sich vereinen.

Ich möchte gern mein Leben lang die noch nicht ausgesprochenen Ideen anderer Menschen ausdrücken, aber zugleich ich selbst bleiben. Und wenn ich nicht ich selbst bleibe, werde ich sie nicht ausdrücken können.

Ich bin mit meinen Eltern oft zu Demonstrationen gegangen und habe den Vater gebeten, mich hochzuheben.

Ich wollte Stalin sehen.

Und wenn ich dann, von Vaters Händen hochgehalten, mein rotes Fähnchen schwenkte, konnte ich mir einbilden, daß Stalin mich auch sah.

Ich war schrecklich neidisch auf meine Altersgefährten, denen die Ehre zufiel, Stalin Blumensträuße zu bringen, und denen er dann zärtlich den Kopf streichelte, wobei sein berühmtes Lächeln seinen berühmten Schnauzbart umspielte.

Den Personenkult um Stalin nur mit Zwang erklären zu wollen wäre zu einfach. Stalin besaß zweifellos hypnotischen Zauber.

Viele Bolschewiken, die damals verhaftet wurden, weigerten sich, zu glauben, daß dies mit seinem Wissen und manchmal sogar auf seinen persönlichen Befehl geschehen war. Sie schrieben ihm

Briefe. Manche von ihnen schrieben nach der Folter mit ihrem Blut an die Wand ihrer Gefängniszelle »Es lebe Stalin!«.

Begriff das Volk, was in Wirklichkeit vorging?

Ich denke, die breiten Massen begriffen es nicht. Sie spürten instinktiv etwas, wollten aber nicht glauben, was das Herz ihnen sagte. Das wäre zu furchtbar gewesen.

Das Volk zog es vor, nicht zu analysieren, sondern zu arbeiten. Mit einer historisch einmaligen Beharrlichkeit errichtete es ein Kraftwerk, eine Fabrik nach der anderen. Es schuftete verzweifelt, übertönte mit dem Dröhnen der Werkbänke, Traktoren und Bulldozer das Stöhnen, das durch die Stacheldrahtumzäunungen der sibirischen Konzentrationslager drang.

Gar nicht zu denken war dennoch unmöglich.

Es drohte eine Gefahr, die für jedes Volk furchtbar ist – die Nichtübereinstimmung von äußerem und innerem Leben.

Das bemerkten sogar wir Kinder. Die Eltern hielten uns sorgfältig fern von der Erkenntnis dieser Nichtübereinstimmung, betonten sie aber dadurch noch mehr.

Mein Eltern hatten sich im Geologieinstitut kennengelernt, wo sie beide in den zwanziger Jahren studierten.

Damals nahmen die höheren Lehranstalten hauptsächlich Arbeiter- und Bauernkinder auf. Das war eine ganz natürliche Reaktion darauf, daß in der zaristischen Zeit hauptsächlich die Kinder von wohlhabenden Eltern Bildung erhalten hatten. Die Gerechtigkeit sollte auf diese Weise wiederhergestellt werden. Aber wie das oft so zugeht, bei allzu eifriger Wiederherstellung der Gerechtigkeit kommt es zu neuer Ungerechtigkeit.

In der russischen Sprache bekam dies die genaue und bildhafte Bezeichnung »peregib« (Überspitzung).

Durch die Überspitzung im Aufnahmesystem wirkten die Kinder von Intellektuellen in den höheren Lehranstalten wie weiße Raben. So war es auch mit meinem Vater.

Einmal wurde er auf einer Versammlung des Instituts bürgerlicher Ansichten bezichtigt, weil er eine Krawatte trug.

(Mein Vater erzählte mir das schmunzelnd, als wir eines Abends versuchten, ein Moskauer Restaurant zu betreten – erfolglos, weil wir keine Krawatte trugen.)

Aber die Krawatte hinderte meinen Vater nicht, sich mit einem spindeldürren Mädchen anzufreunden, das aus revolutionärer Prinzipienfestigkeit ein rotes Russenhemd und Stiefel trug, meiner Mutter. Die beiden heirateten bald.

Meine Mutter, in Sibirien geboren, war nicht so belesen wie mein Vater, aber dafür wußte sie gut, was Land und was Arbeit ist.

Ich bin meinem Vater dankbar dafür, daß er mich von klein auf die Liebe zu Büchern lehrte, und meiner Mutter dafür, daß sie mich die Liebe zum Land und zur Arbeit lehrte. Wahrscheinlich werde ich mich bis ans Ende meiner Tage halb als Intellektueller, halb als Bauer fühlen.

Wie schon gesagt, war mein Vater ein belesener Mann. Auch in Geschichte. Er konnte mir, dem noch unverständigen Kind, stundenlang erzählen vom Fall Babylons, von der spanischen Inquisition, vom Krieg der Roten und der Weißen Rose, von Wilhelm von Oranien.

Der Vater trug mir viele Gedichte auswendig vor, er hatte ein sagenhaftes Gedächtnis. Besonders liebte er Lermontow, Goethe, Poe und Kipling. Dessen »Vermächtnis an den Sohn« sprach er so gefühlvoll, wie man nur eigene Gedichte vorträgt. Er dichtete auch selbst. Ohne Zweifel besaß er eine echte Begabung.

Vier Zeilen, die er mit vierzehn schrieb, beeindrucken mich noch heute durch ihre Geschliffenheit:

> Ich schoß mich frei von Traurigkeit,
> Ich wollte fort in jene Ferne,
> Jedoch zu hoch ihr Sterne seid
> Und hoch der Preis für all die Sterne.

Dank meinem Vater konnte ich schon mit sechs lesen und schreiben, und mit acht verschlang ich wahllos Dumas, Flaubert, Schiller, Balzac, Dante, Maupassant, Tolstoi, Boccaccio, Shakespeare, Gaidar, London, Cervantes und Wells. In meinem Kopf herrschte ein unvorstellbarer Wirrwarr. Ich lebte in einer illusorischen Welt, nahm ringsum nichts und niemanden wahr.

Ich bemerkte nicht einmal, daß meine Eltern sich getrennt hatten und es vor mir verbargen.

Vierundvierzig kehrte ich mit meiner Mutter aus Sibirien nach Moskau zurück. Mutter fuhr sogleich mit einer Konzertbrigade an die Front.

Eines Tages sah ich zum erstenmal unsere Feinde. Wenn ich mich nicht irre, dürften es zwanzigtausend deutsche Kriegsgefangene gewesen sein, die in einer Kolonne durch Moskau gehen mußten.

Die Fahrbahnen waren von Soldaten und Miliz abgesperrt, und die Gehsteige waren voller Menschen.

Es waren hauptsächlich Frauen.

Russische Frauen mit Händen, rissig von der schweren Arbeit, mit Lippen, die keinen Lippenstift kannten, mit mageren gebeugten Schultern, auf denen sie die halbe Last des Krieges getragen hatten. Wohl jeder von ihnen hatten die Deutschen den Vater oder den Mann oder den Bruder oder den Sohn getötet.

Voller Haß blickten die Frauen dorthin, wo jeden Moment die Kolonne der Gefangenen erscheinen mußte.

Und da war sie.

Vornweg schritten die Generäle mit hochmütig erhobenem Kopf. Die Mundwinkel waren verächtlich eingekniffen. Ihr ganzes Aussehen zeigte die aristokratische Überlegenheit gegenüber den Plebejern, von denen sie besiegt worden waren.

»Nach Eau de Cologne riechen sie, die Halunken!« sagte jemand in der Menge haßerfüllt.

Die Arbeiterhände der Frauen ballten sich langsam zu Fäusten.

Die Soldaten und Milizionäre hielten sie mit letzter Kraft zurück.

Und plötzlich sah ich, wie eine nicht mehr junge Frau in derben Stiefeln einem Milizionär die Hand auf die Schulter legte.

»Laß mich durch!«

Und es war etwas in ihr, in dieser Frau, daß der Milizionär beiseite trat.

Sie ging zu der Kolonne, holte ein in Kattun geschlagenes Päckchen hervor und wickelte es auf. Es war ein Kanten Schwarzbrot.

Die Frau stopfte es ungeschickt einem erschöpften Soldaten, der sich kaum noch schleppen konnte, in die Tasche.

Und plötzlich liefen Frauen von allen Seiten hin und gaben ihnen Brot und Papirossy.

Das waren keine Feinde mehr.

Das waren Menschen.

Mutter kam von der Front nach Hause.

Sie sah sehr verändert aus – unglaublich mager, die hellblonden Haare ganz schwarz.

Erst dachte ich, sie hätte die Haare gefärbt. Ich fragte sie.

Mit traurigem Lächeln nahm sie die Perücke ab. Darunter hatte sie eine jungenhafte Bürste. An der Front hatte sie Typhus bekommen, und im Lazarett waren die Haare geschoren worden. Auch mit ihrer Stimme war etwas passiert. An der Front hatte sie mehrmals am Tag gesungen, stehend auf einem Laster oder Panzer vor den Soldaten, die hinterher in den Tod gingen.

Sie erzählte mir, das seien ihre dankbarsten Zuhörer gewesen.

Mutter hatte bei Regen und bei Schnee gesungen und hatte sich manchmal nur mit Wodka aus einer Feldflasche aufwärmen können.

Ihre früher so schöne und starke Stimme war schwächer geworden. Sie hatte es nicht ausgehalten.

Mutter fand eine Arbeit, wo, das sagte sie mir nicht.

Meine Klassenkameraden fragten mich:

»Ist deine Mama Sängerin?«

Ich bejahte stolz.

»Wo tritt sie denn auf?«

»Weiß nicht, im Theater wohl.«

»Im Theater.« Die Jungen feixten. »Im Kino singt sie, im ›Forum‹.«

Es war der Tag des Sieges.

Leuchtkugeln stiegen in den Himmel. Die kleinen Jungs liefen die Gehsteige entlang, wollten die blendend hellen Funken auffangen.

Die Menschen umarmten einander, weinten und lachten. Sie glaubten, alle Prüfungen lägen hinter ihnen, und nun würde ein wunderbares wolkenloses Leben beginnen.

Ich ging ins Kino »Forum«.

Das Foyer war proppenvoll mit Frauen und Soldaten. Es roch nach Bier und billigem Parfüm. Mitgebrachte Wodkaflaschen gingen von Hand zu Hand. Getrunken wurde gleich aus der Flasche, und die Beihappen waren gierige Küsse. Heute war alles erlaubt.

Niemand beachtete das kleine Orchester, das auf einer winzigen Bühne bravouröse Märsche spielte.

Ich zuckte zusammen.

Auf der Bühne erschien eine Frau in einem Kleid voller Glitzerpünktchen und vergoldeten Schuhen, mit dichten schwarzen Haaren, unter denen sie, wie ich schon wußte, die schüchterne jungenhafte Bürste trug.

Es war meine Mutter. Sie trat ans Mikrophon und begann zu singen. Ihre Stimme klang unsicher, und ihre frühere Schönheit war kaum noch zu erahnen.

Niemand hörte ihr zu.

Man zog es vor, zu küssen und zu trinken, zu trinken und zu küssen. Man hatte ja gesiegt! Für diesen Sieg hatten 20 Millionen Menschen ihr Leben und meine Mutter ihre Stimme gegeben.

Hinterher gingen Mutter und ich durch das nächtliche Moskau, mitten durch Geschrei, Gelächter und Musik. Ich trug ihr Köfferchen, darin lagen ihr zusammengefaltetes Kleid mit den Glitzerpünktchen und die vergoldeten Schuhe. Jetzt trug sie wieder ihre Soldatenstiefel.

»Habe ich schlecht gesungen?« fragte sie mich.

»Ach wo, sehr schön«, antwortete ich hastig.

Mutter sah mich mit einem langen Blick an und strich mir traurig über den Kopf.

Bald darauf gab sie das Singen auf und wurde Konzertmanagerin. Das war eine enervierende, zermürbende Arbeit, die schlecht bezahlt wurde. Mit ihrem kleinen Gehalt zog sie uns groß, mich und mein Schwesterchen Jelena, das im Krieg geboren war.

Sie hatte es schwer mit mir.

Ich hatte einen entsetzlichen Charakter, die Neugier auf das Leben zernagte mich förmlich und ließ mich in die unwahrscheinlichsten Geschichten hineinschlittern.

Mal geriet ich in die Gesellschaft richtiger Krimineller, mal in die von Bücherspekulanten.

Und jedesmal holte Mutter mich wieder raus.

Sie verlangte von mir, daß ich lernte, lernte und nochmals lernte.

Ich aber lernte besonders schlecht.

In einigen Fächern versagte ich völlig, zum Beispiel in Physik. So begreife ich bis heute nicht, was Elektrizität ist und woher sie kommt.

Schlechte Zensuren hatte ich auch in Grammatik. Ich schrieb fast fehlerfrei, wozu sollte ich da grammatische Regeln pauken?

Schon in der Schule begann die Differenzierung meiner Generation. In den Schulbänken saßen kleine Wahrheitssucher, kleine Helden, kleine Zyniker und kleine Dogmatiker.

Ich konnte schon damals die untätigen Zyniker nicht leiden, die alle und alles ironisierten, aber ebenso wenig mochte ich die sinnlosen Streber, die alles wie eine Religion aufnahmen.

In der Schulbank unter dem Stalinbild sitzend, schaute ich sehnsüchtig aus dem Fenster, wo weiße Flocken durch die Luft gaukelten.

Ich kam in eine andere Schule, eine lärmende Stadtschule; hier roch es nach Schnee, Zigaretten, Benzin und den dampfenden Piroggen, die frostgerötete Frauen aus dem Bauchladen verkauften.

Nachmittags setzte ich mich zu Hause an den Schreibtisch, breitete artig die Schulhefte aus, und wenn meine Mutter mich zufrieden allein ließ, schrieb ich Gedichte, in denen ich mir ein anderes Leben auszudenken versuchte. Damit hörte ich erst auf, wenn meine Hand erlahmte. Manchmal schrieb ich an einem Tag zehn bis zwölf Gedichte. Damit bombardierte ich die Redaktionen, die mir natürlich Absagen erteilten. Ich ahne, was sich die Redakteure der »Pionerskaja Prawda« dachten, wenn sie von einem Schüler ein Gedicht dieses Kalibers bekamen:

Es floß unendlich lang mein Weg dahin.
Ich eilte, hab die Schattennacht verjagt.
Mich liebtet ihr, Freundinnen, wo ich ging,
Um zu vergessen mich am nächsten Tag.

Eines Tages schrieb ich alle meine Gedichte in ein großes Heft und schickte es an die Redaktion der Zeitschrift »Molodaja Gwardija«.

Ich erhielt ein Schreiben mit der Bitte, mal vorbeizuschauen. Unterschrieben war der Brief von dem Dichter Andrej Dostal. Ich ging hin.

Andrej Dostal, ein hagerer junger Mann mit einer Augenklappe, die ihn einem Piraten ähnlich machte, fragte verwundert:

»Zu wem willst du, Junge?«

Ich zeigte ihm den Brief.

»Dein Papa ist wohl krank und kann nicht selber kommen?« fragte Dostal.

»Das habe ich geschrieben, nicht mein Papa«, antwortete ich nervös und preßte krampfhaft mit den Händen meine Schulmappe.

Dostal sah mich ungläubig an. Dann lachte er schallend.

»Hast mich ganz schön reingelegt. Ich hatte erwartet, einen angegrauten Mann zu sehen, der schon durch dick und dünn gegangen ist. Deine Gedichte handeln doch von Krieg und Leiden und Liebestragödien.«

Die anderen im Zimmer sahen mich an und schmunzelten.

Ich dachte, daß sie sich über mich lustig machten. Meine Augen füllten sich langsam mit Tränen.

Aber Dostal, der das spürte, legte mir den Arm um die Schulter, bot mir einen Stuhl an und sprach mit mir über das Heft, das ich ihm geschickt hatte. Später wurden wir Freunde. Er selbst war ein eher unbedeutender Dichter, aber er liebte die Lyrik und wollte in mir den sehen, der er nicht hatte werden können. Überhaupt haben mir in meinem Dichterleben zumeist unbedeutende Dichter geholfen. Sie sind aufmerksamer als die »großen«.

Gedruckt wurde ich nach diesem Gespräch aber noch nicht.

Auf meinem Schreibtisch lag immer Jack Londons »Martin Eden«, dessen erste Seiten mir Hilfe und Ansporn waren. Später waren mir die letzten Seiten am wichtigsten.

Mutter wollte nicht, daß ich Dichter werde.

Nicht weil sie nichts von Lyrik verstanden hätte, sondern weil sie eines sicher wußte: Ein Dichter ist ein nicht etablierter, nicht versorgter, aufmüpfiger, leidender Mensch. Fast alle russischen Dichter hatten ein tragisches Schicksal: Puschkin und Lermontow wurden im Duell getötet, das Leben Blocks, der sich in Nächten des Rauschs verbrannte, war eigentlich wie ein schrittweiser Selbstmord, Jessenin hängte sich auf, Majakowski erschoß sich. Mama sprach nicht mit mir über die vielen Dichter, die in Stalins Lagern umgekommen waren, aber sie wußte natürlich davon. Darum fürchtete sie um meinen Weg als Dichter, zerriß meine Hefte mit Gedichten und versuchte, mich zu etwas Ernsthaftem, wie sie sagte, zu überreden.

Aber für mich war dies das Ernsthafteste.

Und ich schrieb weiter, mit der Hartnäckigkeit eines kleinen Irren.

In der Schule kämpfte ich mit Verleumdern, Speichelleckern und Lehrerlieblingen.

Sehr bald hatte ich den Ruf eines Hooligans. Nach der siebenten Klasse kam ich in eine neue Schule; hier saßen faule Schüler aus ganz Moskau, deren sich die Lehrer entledigt hatten. Meines Bleibens war hier nicht lange, denn selbst hier fiel ich durch meine Aufsässigkeit auf.

Eine Zeitlang versuchte ich, Mutter meinen Ausschluß aus der Schule zu verheimlichen, denn ich wußte, wie sehr es sie betrüben würde, doch es gelang mir nicht. Sie bat mich unter Tränen, zum Direktor zu gehen und um Nachsicht zu bitten, und wollte sich selber irgendwohin wenden, aber ich hatte meinen Stolz.

Ich fuhr zum Vater nach Kasachstan.

Damals war ich fünfzehn.

Ich wollte ein selbständiger Mensch werden.

Mein Vater war Leiter einer geologischen Expedition.

Er sah mich an, ich war mager und abgerissen, und sagte:

»Also hör zu. Wenn du wirklich ein selbständiger Mensch werden willst, soll niemand wissen, daß ich dein Vater bin.«

Ich wurde Arbeiter in der Expedition.

Ich lernte, die Erde mit der Spitzhacke zu bearbeiten, mit dem Hammer ein handflaches Gesteinsmuster aus einem Fels zu schlagen, mit einer Rasierklinge das letzte Streichholz in drei Teile zu spalten und bei Regen ein Lagerfeuer zu entfachen.

Als ich zu Mutter zurückkehrte, war ich braungebrannt und zum Mann geworden.

Nachdem sie mich vom Bahnhof abgeholt hatte, fuhren wir mit der Straßenbahn und unterhielten uns über alles mögliche.

Plötzlich sah ich, daß die Fahrgäste mich verwundert ansahen und Mutter weinte.

Ich hatte im Gespräch mit meiner Mutter aus Gewohnheit die unübersetzbaren saftigen Ausdrücke benutzt, die in meinem bisherigen Kreis niemand beachtet hatte.

Aber Mutter weinte.

Seitdem benutze ich keine schweinischen Ausdrücke mehr. Fast nicht mehr.

Als wir zu Hause ankamen, trennte ich die Hose auf, in die mein ehrlich verdientes Geld eingenäht war, und warf es auf den Tisch.

»Wie schön, daß wir jetzt Geld haben«, sagte Mutter. »Da können wir endlich die Wohnung renovieren lassen.«

»Nein, Mama«, sagte ich fest. »Für dieses Geld kaufe ich mir eine Schreibmaschine.«

»Wie habgierig du bist«, sagte sie bitter.

»Ein bißchen Geduld, Mama. Die Schreibmaschine wird uns die Wohnung renovieren«, antwortete ich.

Ich schrieb wie verrückt und bombardierte wieder die Redaktionen mit Gedichten. Aber die Schreibmaschine half mir nicht, die Gedichte wurden nicht gedruckt. Außerdem hatte ich noch eine Passion – Fußball.

Nachts schrieb ich Gedichte, und am Tag spielte ich Fußball in Höfen und auf Ödplätzen. Wenn ich nach Hause kam, waren meine Schuhe abgewetzt, und aus den zerrissenen Hosen guckten die blutenden Knie. Mein Lieblingsgeräusch war der Ton des Stoßes gegen den Lederball.

Eine Vielzahl von Gegnern mit überraschenden Finten und Dribblings zu umspielen und dann das Leder todsicher an den hilflos ausgebreiteten Armen des Torwarts vorbei ins Netz zu schießen – all das empfand ich, empfinde ich heute noch als Poesie.

Vom Fußball habe ich viel gelernt.

Später wurde ich Torwart, und das lehrte mich nicht nur hinzufallen, sondern auch, die kleinsten Bewegungen des Gegners zu beobachten und vorauszuahnen, wenn sie täuschen wollten.

Das hat mir später bei meinem literarischen Kampf geholfen.

Beim Fußball ist es in vielem leichter. Wenn du ein Tor geschossen hast, gibt es dafür einen direkten Beweis – der Ball ist im Netz. Eine unbestreitbare Tatsache, wie man so sagt. (Zwar können die Schiedsrichter ein Tor für ungültig erklären, aber das ist die Ausnahme.) Hast du dagegen ein poetisches Tor geschossen, so ertönen meistens Tausende von Schiedsrichterpfeifen, die es für ungültig erklären, und Beweise gibt es nicht.

Sehr oft jedoch werden Bälle am Tor vorbei offiziell zu Toren erklärt.

Der Sport ist trotz aller schmutzigen Machenschaften sauberer als die Literatur.

Manchmal tut es mir sehr leid, daß ich kein Fußballer geworden bin.

Ich wäre es fast geworden.

Bei einem Spiel mit einer Jungenmannschaft zeichnete ich mich besonders aus. Ich hielt drei Elfmeter nacheinander. Nach dem Spiel kam der Trainer einer berühmten Mannschaft zu mir und lud mich ein, »auf Probe« hinzukommen. Die Jungs beneideten mich glühend.

Aber es kam etwas dazwischen, was mein Schicksal bestimmte.

Ich hatte schon lange vorgehabt, der Zeitschrift »Der Sowjetsport« Gedichte zu bringen. Das war wohl die einzige Zeitschrift, der ich noch kein Opus von mir geschickt hatte.

Nach einem Spiel ging ich hin, angetan mit verblichenem blauen Turnhemd, Sporthose und zerrissenen Schuhen. In der Hand hatte ich ein Gedicht, in dem die sowjetischen und amerikanischen Sportler einer vergleichenden Analyse unterzogen wurden. Es war »à la Majakowski« geschrieben.

Die Redaktion von »Der Sowjetsport« befand sich in einem großen Zimmer in der Dzierżyński-Straße. In dichtem Tabakqualm zeichneten sich mystisch ein paar Gestalten ab, die auf der Schreibmaschine klapperten, mit Füllhaltern quietschten und mit Druckfahnen raschelten.

Ich fragte schüchtern nach der Lyrik-Abteilung. Aus dem Nebel heraus wurde ich angeblafft, eine solche Abteilung gebe es nicht.

Aber plötzlich legte sich eine Hand freundlich auf meine Schulter, und eine Stimme fragte:

»Gedichte? Zeigen Sie mal.«

Zu dieser Hand und dieser Stimme faßte ich sofort Vertrauen. Und ich irrte mich nicht.

Vor mir saß ein schwarzhaariger Mann um die dreißig mit schönen orientalischen Augen. Er hieß Nikolai Alexandrowitsch Tarassow und leitete gleich vier Abteilungen: Ausland, Partei, Fußball und Literatur.

Er bot mir einen Stuhl an und überflog die Gedichte.

Dann fragte er. »Haben Sie noch mehr?«

Ich zog das schmierige Heft aus dem Gürtel und sagte verschämt: »Aber nicht über Sport.«

Tarassow griente.

»Um so besser.«

Er las die Gedichte laut vor, ohne das Rattern der Schreibmaschinen zu beachten. Dann rief er eine Frau und las ihr die Zeile vor, in der eine Weintraube mit einem Bündel Luftballons verglichen wurde.

Dann las er wieder Gedichte laut vor.

Um seinen Schreibtisch drängten sich schon ein paar Leute – Journalisten, Fotografen, Stenotypistinnen. Sie hörten zu.

Schließlich ließ Tarassow den Blick über die Anwesenden gleiten und fragte:

»Na, wird aus ihm ein Dichter?«

»Ja«, antworteten alle im Chor.

»Ich denke auch«, sagte Tarassow lächelnd.

Ich wundere mich bis heute, wie diese Leute in mir den Dichter ahnen konnten. Vielleicht kam es daher, daß sie sich nicht mit Literatur beschäftigten und ihre Köpfe nicht mit allen möglichen Vorurteilen vermüllt waren.

Alle gingen wieder zu ihren Schreibtischen.

Tarassow und ich blieben allein.

Er nahm mein Gedicht »Zweimal Sport«.

»Es ist das schlechteste. Aber für uns geht es.«

Und er schrieb auf das Blatt die von mir langersehnten magischen Worte: »In den Satz«. Dann entschwebte es.

»Glauben Sie nicht, die anderen Gedichte wären sehr gut. Aber es gibt darin starke Zeilen.«

Ich machte ein tiefsinniges Gesicht und tat so, als wüßte ich, was »starke Zeilen« sind.

»Welche Dichter mögen Sie?« fragte Tarassow rasch.

»Majakowski«, stieß ich hervor.

»Gut, aber zu wenig. Kennen Sie Pasternak?«

»Ja.«

»Sie schwindeln! Wenn Sie ihn kennen, dann kennen Sie …«

Und er trug mir auswendig Zeilen von Pasternak vor, die ich tatsächlich nicht kannte.

»Nikolai Alexandrowitsch, Sie zitieren schon wieder Pasternak!« Die Stenotypistin drohte ihm scherzhaft mit dem Finger und zeigte ironisch auf die Tür, wo mit Großbuchstaben »Chefredakteur« stand.

»Gottlob sind wir hier eine Sportredaktion«, sagte Tarassow auflachend.

Er beugte sich mit mir über das Heft und erklärte mir, was gut war und was schlecht. Besonders unerträglich fand er alles Lasche, Verwässerte. Alles Experimentelle hingegen, selbst wenn es am Rande der Geschmacklosigkeit war, lobte er.

Dann fragte er mich:

»Müssen Sie weg? Ich möchte Sie mit einem Freund bekannt machen, einem Physiker.«

Er telefonierte. Nach einiger Zeit erschien in der Redaktion ein bleicher Mann, auch um die dreißig, mit einer mächtigen Stirn und ruckhaften Bewegungen. Unterm Arm trug er ein Schachbrett.

»Das ist mein Freund, der Physiker Wladimir Barlas«, sagte Tarassow. »Und das ist der Dichter Jewgeni Jewtuschenko.«

Tarassow war der erste Mensch, der mich Dichter nannte.

»Dichter?« Barlas zog ungläubig die Brauen hoch. »Wissen Sie, das ist ein großes Wort.«

Und er brummte ungläubig.

Mir kam er von Anfang an unnormal vor.

Wir gingen zu dritt aus der Redaktion in das Moskau des Jahres 1949, in dem das junge Junilaub rauschte.

»Dichter«, wiederholte Barlas nachdenklich. »Na, und was wollen Sie der Welt sagen?«

»Er will ihr sagen, daß er Dichter ist. Das ist schon was für den Anfang«, verteidigte mich Tarassow. Er wirkte erregt.

Der seltsame Mann mit dem Schachbrett unterm Arm und dem mächtigen Marsmenschenschädel schien ihm viel zu bedeuten. Und offenbar bedeutete auch ich ihm schon etwas.

Im Gehen sagte ich Gedichte auf: eines, noch eines, ein drittes.

»Also«, sagte Barlas schließlich und sah mich durchdringend an. »Natürlich sind Sie begabt. Sie haben Wucht, Sie haben ein Klingen und Summen in den Zeilen. Aber einstweilen sehe ich nichts als Ihren Wunsch, die Welt zu überzeugen, daß Sie Talent haben. Und das wird nicht leicht sein. Aber mal angenommen, die Welt beginnt an Sie zu glauben. Sie wird von Ihnen sehr wichtige Worte erwarten. Was sagen Sie dazu?«

»Wolodja, er ist doch erst fünfzehn«, trat Tarassow wieder für mich ein.

»Er soll schon jetzt daran denken. Hinterher ist es zu spät«, sagte Barlas hart.

»Das kommt doch alles von selbst. Hauptsache, er schreibt, ohne nachzudenken. Du übertreibst das rationale Prinzip in der Lyrik«, widersprach Tarassow.

»Von selbst kommt gar nichts. Emotionen, das ist gut. Aber nur Emotionen, das ist zu wenig.«

Ich bin dem Schicksal für immer dankbar, daß es mir die Begegnung mit diesen Männern schenkte, die meinen weiteren Weg in vielem bestimmt hat. Beide hatten Schriftsteller werden wollen, ohne Erfolg. Sie sahen in mir gewissermaßen ihre nicht verwirklichte Jugend und wollten deren Hoffnungen in mir verwirklicht sehen. Wir gingen die ganze Nacht durch die Stadt. Als wir uns im Morgengrauen trennten, sagte Tarassow freundlich mit einem Blick auf die Uhr:

»So, in einer Stunde kommt die Zeitung mit Ihrem Gedicht heraus.«

»Denken Sie daran, Sie gehören jetzt nicht mehr nur sich selbst«, fügte Barlas hinzu.

Aber ich achtete nicht auf seine besorgten Worte.

Nachdem ich mich von meinen neuen Freunden verabschiedet hatte, bummelte ich durch die Moskauer Straßen und wartete zitternd auf den Moment, da die Zeitungskioske aufmachten, zusammen mit den Säufern, die auf die Öffnung der Bierbuden warteten.

Um sieben nahm ich dem Verkäufer die nach Druckerschwärze riechende Zeitung »Der Sowjetsport« aus der Hand, schlug sie auf und sah das Gedicht mit meinem Namen darunter.

Ich kaufte dem Kiosk alle Exemplare der Zeitung ab – an die fünfzig! – und ging, sie schwenkend, die Straße entlang.

Die Erde summte unter meinen Füßen.

Ich kam mir vor wie ein Genie.

»Lesen Sie, steht was sehr Interessantes drin«, sagte ich zu wildfremden Passanten, die mich anglotzten.

Zu Hause schlug ich vor meiner Mutter triumphierend die Zeitung auf. Daß sie freudig reagierte, kann ich nicht behaupten.

»Ja, ab heute bist du endgültig verloren«, sagte sie seufzend.

Vielleicht hatte sie recht.

Tarassow richtete es so ein, daß ich ein kleines Honorar bekam. Da ich noch keinen Paß besaß, mußte ich meine Geburtsurkunde vorlegen. Die junge Frau von der Buchhaltung konnte sich das Lachen kaum verbeißen, als sie mein Turnhemd, die zerrissenen Schuhe und meine sich schälende Nase sah.

»Er sieht aus wie ein häßliches Entlein«, hörte ich hinter mir eine kichernde Stimme. Aber ich schob das Geld in die Hose, verabschiedete mich höflich und ging mit der Miene eines Schwans, den man durchaus noch als Schwan erkennen würde.

Von meiner Mutter und aus Büchern wußte ich, daß alle Dichter Säufer sind.

Da ich jetzt ein Dichter war, beschloß ich, mein Honorar zu vertrinken. Um herauszufinden, wie das am besten zu tun sei, zog ich meinen Freund, den fünfzehnjährigen Sohn unseres Hausmeisters, zu Rate. Er sagte ernsthaft, dazu müsse man natürlich ein Restaurant aufsuchen und selbstredend mit Frauen.

Die Rolle der Frauen übertrugen wir zwei siebzehnjährigen Mädchen, einer Friseuse und einer Fräserin, und begaben uns auf ihre Empfehlung hin in das Restaurant »Aurora«.

Die schreierische und geschmacklose Gaststätte mit den gigantischen Karyatiden und an der Decke flatternden Liebesgöttern war für mich eine andere, verzauberte Welt.

Ich studierte die Speisekarte, fand dort »trockenen Wein« und bestellte ihn sogleich. Als die Flasche gebracht wurde, war ich schrecklich enttäuscht. Ich hatte fest angenommen, es handle sich um Wein in Tablettenform.

Erst gegen Morgen lieferten mich die beiden Mädchen bei meiner Mutter ab. Nach der verzauberten Welt hatte es mir das Innerste nach außen gekehrt.

Mutter weinte. Ich hatte ganz vergessen, daß ich um zehn im Stadion sein mußte.

Mit einem Kopf, der zu zerspringen drohte, stand ich auf, zog mich irgendwie an und trottete hin.

Ich stand im Tor und kriegte nichts mit.

Der Ball verdoppelte und verdreifachte sich vor meinen Augen.

Ich hielt keinen einzigen Ball.

Der Trainer kam zu mir und fragte teilnahmsvoll:

»Bist du krank?«

Aber dann beugte er sich zu mir und prallte erschüttert zurück. Händeringend sagte er zu den anderen Fußballern:

»Um zehn Uhr morgens! Ein fünfzehnjähriges Kind, volltrunken! Ich schäme mich, in diesem verderbten Jahrhundert zu leben!«

So ruhmlos endete meine Fußballerkarriere.

Wie schon erwähnt, spielten Wladimir Barlas und Nikolai Tarassow, die ich neunundvierzig kennenlernte, und ihr Schulfreund Lew Filatow eine gewaltige Rolle bei meiner Entwicklung als Mensch und Dichter.

Ich verstehe nicht, daß sie es bei meinem rastlosen Charakter nicht satt bekamen, mich zu bemuttern.

Barlas war für mich eine lebendige Bibliothek. Er eröffnete mir die Anfangsgründe der zeitgenössischen Philosophie. Von ihm erfuhr ich, daß es Hemingway gab. Erst jetzt wird Hemingway in Rußland in Millionenauflagen verbreitet. Damals waren seine Bücher bibliographische Raritäten. »In einem andern Land«, »Fiesta«, »Haben und nicht haben«, »Schnee auf dem Kilimandscharo« erschütterten mich durch ihre gedrängte Sprache und ihre konzentrierte Männlichkeit.

Später wurde »Wem die Stunde schlägt« mein Lieblingsroman von Hemingway. Im Westen halten manche diesen Roman für zweitrangig. Vielleicht bin ich voreingenommen, aber die alte Frau und das junge Mädchen gehören für mich bis heute zu den eindrucksvollsten Gestalten der Weltliteratur. Und die Figur des Marty, der das Problem aufwirft, daß Fanatiker bei aller objektiven Ehrlichkeit oft zu Verbrechern werden! In dieser Figur ist vieles vorweggenommen, was später in der Geschichte geschah.

Durch Barlas lernte ich die damals noch raren Bücher so unterschiedlicher Schriftsteller wie Hamsun, Joyce, Proust, Steinbeck, Faulkner, Saint-Exupéry kennen.

Ich war bezaubert von der fast biblischen Metaphorik in Nietzsches »Also sprach Zarathustra«, und ich war erschüttert, als ich erfuhr, daß die Faschisten seine Bücher als ideologische Waffen benutzt hatten.

Mich erdrückte die geistige Höhe von Thomas Manns »Zauberberg«, der aus den Leiden der Menschheit gebaut war. Ich berauschte mich an dem Schwung von Whitman, an dem Ungestüm von Rimbaud, an der Saftigkeit von Verhaeren, an der nackten Tragik von Baudelaire, an der Zauberei von Verlaine, an der Raffinesse von Rilke, an den unheimlichen Visionen von Eliot.

Die klassische russische Literatur, die ich wegen des ungeschickten Unterrichts als langweilig empfunden hatte, erschloß sich mir in der Schönheit ihrer Sprache und in ihrer ganzen Tiefe.

Puschkin, der mir in der Schule zum Halse heraushing wie die tägliche Buchweizengrütze, zerschlug mit fröhlicher junger Faust das Glas seines offiziellen Bildes und trat aus dem Rahmen zu mir – verschmitzt, frech, nach Schnee und Champagner duftend. Sein tragischer Antidoppelgänger Lermontow sprengte aus den Lesebuchseiten auf schaumbedecktem Roß daher, eingehüllt in seine nach Kaukasus und Pulverqualm riechende Burka. Die dunkel umschatteten Prophetenaugen Blocks, die verwirrt schreienden hellblauen Kinderaugen Jessenins, die aufmüpfig spöttischen und zugleich bitter betrogenen Augen Majakowskis sahen mich durchdringend an.

Pasternak verstand ich damals noch nicht. Er war für mich viel zu kompliziert, und ich verlor den Faden des Gedankens im Chaos seiner Bilder. Barlas sprach mir seine Gedichte mehr als einmal vor, erklärte und deutete sie mir mit großer Geduld. Ich litt sehr darunter, daß ich nichts verstand. Die hochmütige Pose von Leuten, die diesen oder jenen Künstler nicht verstanden und daran nicht sich, sondern ihm die Schuld gaben, war mir stets fremd.

Und eines Tages widerfuhr mir ein Wunder – Pasternaks Gedichte gewannen plötzlich Klarheit, und seitdem ist er für mich einer der einfachsten Dichter, so einfach wie Himmel und Erde.

Diese Zeit war für mich also der Beginn meiner literarischen Bildung, für die mir das Schicksal wunderbare Lehrer geschenkt hatte. In dem, was ich damals schrieb, hat sich das noch nicht gespiegelt. Meine literarische Bildung und mein literarisches Leben verliefen eher parallel. Nach der ersten Veröffentlichung druckte »Der Sowjetsport« fast jeden Tag etwas von mir. Ich schrieb Gedichte über Fußball, Volleyball, Basketball, Boxen, Bergsteigen, Rudern und Schlittschuhlaufen, aber auch Gedichte zu verschiedenen feierlichen Anlässen: Neujahr, Erster Mai, Tag des Eisenbahners, Tag des Panzerfahrers usw. Diese Form der Zeitungslyrik war bei uns sehr verbreitet und ist leider bis heute nicht verschwunden. Aber für mich war das keineswegs nur Brotarbeit.

Ich schrieb draufgängerisch, voller Feuer.

Mein Denken war noch nicht ausgereift, ich trainierte meine poetischen Muskeln. Wie mit Hanteln übte ich mit Alliterationen, Reimen und Metaphern.

Tarassow war in diesem Sinne ein großartiger Trainer. Worüber ich schrieb, war mir nicht so wichtig.

Aber das unschuldige Kinderspiel drohte unbemerkt in Degeneration überzugehen.

Ich weiß noch, wie Tarassow mich eines Tages in die Redaktion bestellte. Ich hatte in der nächsten Nummer ein paar Gedichte zum Ersten Mai.

»Shenja, der Chefredakteur ist in Panik«, sagte er und lächelte verkrampft. »Er hat festgestellt, daß in Ihren Gedichten kein Wort über Stalin vorkommt. Und herausnehmen geht nicht mehr, zu spät.«

»Was tun?« fragte ich.

»Wissen Sie, Shenja, um Sie nicht zu peinigen, hab ich selber vier Zeilen dazugeschrieben.«

»Gut, ist mir recht«, sagte ich fröhlich. Mir war egal, ob mit oder ohne Stalin.

Bald hatte ich es bestens raus: Damit ein Gedicht durchkam, mußte es Zeilen über Stalin enthalten. Ich fand das sogar ganz in Ordnung.

Nun brauchte mir niemand mehr solche Zeilen dazuzuschreiben – ich schrieb sie selbst.

Ich wurde ein zünftiger Zeitungsdichter.

Alle Moskauer Zeitungen waren fortan zu Feiertagen mit meinen tönenden, hohlen, formalen Übungen bestückt.

Ich hielt mich für einen Nachfolger von Majakowski. Aber das war ein Irrglauben.

In Wirklichkeit lernte ich nicht von Majakowski, sondern von Semjon Kirssanow, einem erstaunlich talentierten Experimentator, der gute Gedichte geschrieben hatte, in den Zeitungen jedoch damals eine Masse effektvoller, wenngleich etwas hohler Verse veröffentlichte.

»Shenja, Sie haben gelernt, wie man schreibt«, sagte mir Tarassow eines Tages, »nun gilt es zu überlegen, was man schreibt.«

Barlas schüttelte mißbilligend den Kopf.

»Shenja, Schluß jetzt mit den Unarten. Hab ich Ihnen all die Bücher etwa umsonst gegeben?«

Da beschloß ich, meinen damaligen Abgott Kirssanow aufzusuchen, in der Hoffnung, bei ihm Unterstützung zu finden.

Der schon ergrauende Dichter sah mich traurig an.

»Sie glauben bestimmt, Ihre Gedichte gefallen mir, weil sie den meinigen ähneln?« fragte er. »Aber genau darum gefallen sie mir nicht. Ich, ein alter Formalist, sage Ihnen: Lassen Sie den Formalismus sein. Ein Dichter muß unbedingt eines erfüllen: Egal, ob er schlicht schreibt oder kompliziert, die Menschen müssen ihn brauchen. Wahre Dichtung ist kein Automobil, das sinnlos in einem geschlossenen Kreis herumrast, sondern ein Wagen der ›Schnellen Hilfe‹, der rast, um jemanden zu retten.«

Kirssanows Worte trafen mich bis ins Innerste, aber die Kraft der Trägheit war zu groß. Ich schrieb weiter wie bisher.

1952 erschien mein erstes Bändchen »Kundschafter der Zukunft«; der Umschlag war himmelblau, passend zu seinem Inhalt.

Die Presse lobte mein Buch über den grünen Klee, aber wenn ich eine Buchhandlung betrat, sah ich es reihenweise in keuscher Unberührtheit dastehen.

Einmal beobachtete ich einen jungen Mann, der sich die Gedichtbände auf dem Ladentisch ansah. Als er zu meinem Buch gelangte, erstarrte ich voller Hoffnung. Aber er blätterte nur darin und legte es dann seufzend wieder weg.

»Nicht das richtige«, sagte er zur Verkäuferin. »Das sollen Gedichte sein? Getrommel ist das!«

Ich war wie erschlagen.

Zu Hause las ich mein Bändchen noch einmal und begriff plötzlich ganz klar, daß niemand es wirklich brauchte.

Wem können schöne Reime und grelle Bilder etwas bedeuten,

wenn sie nur Schnörkel rund um die Leere sind? Was sind formale Experimente wert, wenn sie vom Mittel zum Selbstzweck werden?

Ich verließ das Haus und trottete ganz allein durch die abendlichen Straßen. Leute kamen von der Arbeit, müde, in den Händen Brot und Pappkartons mit Pelmeni. Die Jahre des Aufbaus und des Krieges, der großen Siege und des großen Betruges hatten in den Gesichtern ihren tragischen Schatten hinterlassen. Die müden Blicke und gebeugten Rücken verrieten – die Menschen glaubten nicht mehr daran, irgendwas begreifen zu können. Sie brauchten etwas ganz anderes als meine schönen Reime.

Eine Zeitlang konnte ich gar nichts schreiben. Ich ging ins Literaturinstitut und lebte vom Stipendium. Man hatte mich ohne Reifezeugnis aufgenommen, fast zeitgleich auch in den Schriftstellerverband – in beiden Fällen wurde mein Buch als hinreichende Grundlage angesehen. Aber ich wußte, was es wert war. Und ich wollte anders schreiben. Ich schrieb über meine Selbstzweifel, über mein Warten auf die große Liebe, über den Unterschied zwischen Echt und Falsch, über die Leiden und Kümmernisse der Menschen.

Als ich meine neuen Gedichte in die Redaktionen brachte, trauten sie dort ihren Augen nicht, fragten, was mit mir los sei. Der junge Dichter K. (Wladimir Kotow – J. J., 1998), der meine früheren Gedichte über internationale Themen oder anläßlich von Feiertagen stets begeistert gedruckt hatte, sagte: »Deine Traurigkeit beunruhigt mich. Bist du vielleicht vorzeitig vergreist, Shenja? Wir brauchen muntere Gedichte, die vorwärts weisen.«

Ich war einfach erwachsen geworden. K. war es nicht gegeben, den Zustand des Erwachsenwerdens zu erleben, und so sah er das Erwachsenwerden anderer als vorzeitige Vergreisung an. Überlegungen mit einem Hauch von Traurigkeit dünkten ihn bereits gefährlicher Pessimismus. Als ob wirkliches Nachdenken ohne einen Hauch von Traurigkeit überhaupt möglich wäre! Wer Traurigkeit für gefährlich hält, ist selbst eine gewaltige Gefahr für die Menschheit. Künstliche Munterkeit erweckt ja nur den Anschein, vorwärts zu weisen. Sie zwingt die Menschen, auf der Stelle zu tanzen. Wie sagte doch unser weiser Dichter Swetlow so schön: »Ich muß nicht so sein wie eine Lokomotive, die, statt den Dampf für die Bewegung zu nutzen, ihn für begeisterte Pfiffe verbraucht.« Aufdringlich rosige Munterkeit, die ihre Bizepse zur Schau stellt, wirkt demobilisierend und zersetzend. Hilflos erscheinende Traurigkeit hingegen, wenn sie rein und aufrichtig und nicht kleinlich und sentimental ist, ruft uns vorwärts und schafft mit ihren dünnen zerbrechlichen Händen die großen geistigen Werte der Menschheit.

Der Dichter K. irrte, als er mich, aufgeschreckt von meinen traurigen Untertönen, für einen Pessimisten hielt.

Ich war nach wie vor Optimist. Nur war mein Optimismus früher ausschließlich rosa, während er jetzt alle Farben des Spektrums aufwies, darunter auch Schwarz.

Aber ein solches Verständnis von Optimismus mußte erst noch erkämpft werden.

Ich stieß auf spürbaren Widerstand und konnte fast nichts mehr veröffentlichen. Unsere Literaturkritiker hielten sich damals an die berüchtigte Theorie der Konfliktlosigkeit. Sie hatten sich darauf verständigt, daß es in unserem sowjetischen Leben keinen Konflikt zwischen Gut und Schlecht geben könne, sondern nur zwischen Gut und Besser.

Von den Buchumschlägen blickten seelenlos lächelnde Arbeiter und Kolchosbauern.

Fast alle Romane und Erzählungen gingen glücklich aus.

Auf Gemälden wurden immer öfter Regierungsbankette, Hochzeiten, Festversammlungen und -umzüge dargestellt.

Apotheose dieser Richtung war ein Film, dessen Finale aus einem grandiosen Festmahl Tausender von Kolchosbauern vor dem Hintergrund eines Kraftwerks bestand.

Unlängst sprach ich mit dem Regisseur, der diesen Film gedreht hatte, einem klugen und begabten Mann.

»Wie konnten Sie solch einen Film machen?« fragte ich. »Zugegeben, ich habe auch Gedichte dieser Art geschrieben, aber ich war noch ein grüner Junge und Sie schon ein gestandener Mann.«

Der Regisseur lächelte traurig.

»Wissen Sie, das schlimmste für mich selber ist, daß ich ganz aufrichtig war. Ich dachte, das wäre notwendig für den Aufbau des Kommunismus. Und außerdem glaubte ich an Stalin.«

Warum ließen sogar kluge, begabte Leute sich täuschen?

Erstens war Stalin eine starke, charismatische Gestalt. Stalin konnte Menschen bezaubern. Er bezauberte Gorki und Barbusse. 1937, im Jahr der fürchterlichsten Repressionen, bezauberte er sogar einen so erfahrenen und nicht zur Romantisierung eines Menschen neigenden Mann wie Lion Feuchtwanger.

Zweitens war der Name Stalin im Bewußtsein des sowjetischen Volkes untrennbar mit dem Namen Lenin verbunden. (Viele historische Fakten über Lenins Intoleranz, die oft in blutige Grausamkeit umschlug, wurden damals noch streng geheimgehalten – J. J., 1998.) Stalin trug auf jede erdenkliche Weise zur Geschichtsfälschung bei, so daß seine Beziehungen zu Lenin freundschaftlicher aussahen, als sie je waren.

Stalins Theorie, wonach die Menschen Schräubchen des Kommunismus seien, hatte in der Praxis fürchterliche Folgen.

Die Arbeit als Symbol wurde höher geschätzt als die Arbeitenden selbst.

Die Helden vieler Bücher kochten Stahl, bauten Häuser, säten Weizen, aber sie dachten nicht, liebten nicht, und wenn sie es doch taten, dann irgendwie leblos, unnatürlich.

Die russische Lyrik, die sich in den Kriegsjahren so hervorgetan hatte, wurde schwächer. Wenn manchmal gute Gedichte erschienen, dann wieder über den Krieg, darüber zu schreiben war einfacher.

Die Auflagen der Gedichtbände hingen damals nicht von der Nachfrage ab, sondern von der öffentlichen Stellung eines Dichters. Darum waren alle Buchläden voll von Büchern, die niemand wollte. Gekauft wurden nur die »Zeilen der Liebe« von Stschipatschow und die Nachauflagen der Kriegslyrik von Simonow.

Ein schlichtes, rührendes Gedicht des jungen Lyrikers Wanschenkin über die erste Liebe eines Knaben war vor dem Hintergrund der ganzen Industrie- und Kolchosdichtung beinahe eine Sensation. Die ersten Bücher von Jewgeni Winokurow wirkten inmitten der allgemeinen Glattgekämmtheit wie gegen den Strich gebürstet und wurden begierig aufgesogen – sie strahlten Wärme aus. Aber das änderte nichts an der allgemeinen Situation. Die Lyrik war nicht populär. Die alten Dichter schwiegen, und wenn sie etwas schrieben, war das schlimmer als Schweigen. Die Dichtergeneration, die auf dem Höhepunkt des Krieges bekannt geworden war und zu großen Hoffnungen berechtigt hatte, war verwelkt. Das friedliche Leben war komplizierter als der Krieg.

Sabolozki und Smeljakow, zwei große Dichter, saßen im Lager. Der junge Lyriker Mandel (Korshawin) lebte in der Verbannung. Sein Name wird vielleicht nicht in die russische Literaturgeschichte eingehen, aber zweifellos in die des russischen gesellschaftlichen Denkens. Er war der einzige Dichter nach Mandelstam, der zu Lebzeiten Stalins Gedichte gegen Stalin schrieb und öffentlich vortrug. Dieser Umstand mag ihn gerettet haben, denn man hielt ihn sicherlich für nicht normal und verbannte ihn nur.

Der großartige Dichter Martynow wurde, nachdem über ihn der Artikel »Wir haben nicht den gleichen Weg, Leonid Martynow« erschienen war, mehrere Jahre nicht gedruckt. Boris Pasternak und Anna Achmatowa hielten sich mit Übersetzungen über Wasser. Dichterlesungen waren eine Seltenheit und zogen das Publikum nicht an.

So mancher Lyriker schrieb damals nicht für die Leser, sondern um den Stalinpreis zu kriegen.

Eines Tages geriet ich zufällig in eine Präsidiumssitzung des Schriftstellerverbands, auf der Kandidaten für den Stalinpreis nominiert wurden. Ich war erschüttert über die fast kommerzielle Richtung der Diskussion.

Mein Eindruck war, daß hier das Wichtigste der Literatur vergessen wurde: Werden die erörterten Bücher von den Menschen gebraucht? Ich weiß noch, wie Twardowski plötzlich aufstand und gereizt die Redner rügte, die sich in Lobpreisungen eines Lyrikers ergingen:

»Wozu verschwendet ihr eure Zeit? Solche Gedichte zu schreiben kann ich einem Kalb beibringen!«

Der zur Diskussion stehende Lyriker »kam nicht durch«. Was mochte er empfinden nach so erniedrigenden Worten? Scham? Selbstzweifel? Kein bißchen! Mit böse funkelnden Augen sagte er so, daß es eigentlich niemand hören konnte und doch alle es hörten: »Macht nichts, ich krieg ihn schon noch!« Am Abend nach der Diskussion sah ich einen anderen Dichter, der auch »nicht durchgekommen« war. Er hatte sich vollaufen lassen und schrie durchs Restaurant: »Einem Toten haben sie ihn gegeben! Was soll der damit? Ich lebe noch – ich brauch ihn!«

Der Stalinpreis bedeutete viel: sofort hohe Nachauflagen, Fotos und begeisterte Artikel in allen Zeitungen, einen offiziellen Posten, ein Auto, eine Wohnung und vielleicht eine Datscha außer der Reihe.

Während im Schriftstellerverband hektisch um Gold- und Silbermedaillen gestritten wurde, lief der wunderbare Dichter Boris Sluzki unbeschwert durch Moskau. Er hatte nur ein Gedicht veröffentlicht, und das schon 1940. Und seltsam, er war gelassener und zuversichtlicher als all die nervösen Preiskandidaten. Grund zur Gelassenheit schien er nicht zu haben. Trotz seiner fünfunddreißig Jahre wurde er nicht in den Schriftstellerverband aufgenommen. Er schlug sich mit kleinen Rundfunksendungen durch und ernährte sich von billigen Konserven und Kaffee. Eine Wohnung besaß er nicht, lebte als Untermieter in einem winzigen Zimmerchen. Auf seinem Tisch türmten sich bittere, finstere, zuweilen baudelairehaft furchterregende Gedichte, mit Schreibmaschine abgetippt, und es hatte gar keinen Zweck, sie überhaupt zum Druck anzubieten.

Nichtsdestoweniger war Sluzki gelassen. Stets umringten ihn junge Dichter und lernten von ihm, Vertrauen in den morgigen Tag zu entwickeln. Als ich ihm einmal die Weste naßheulte, weil meine besten Gedichte nicht gedruckt wurden, öffnete er wortlos seinen Schreibtisch und zeigte mir einen dicken Stoß Manuskripte.

»Ich war im Krieg«, sagte er, »ich bin mit Kugeln gespickt. Unser Tag kommt. Wir müssen nur darauf warten können und etwas in der Schublade haben. Verstehst du?«

Ich verstand.

Ich schrieb weiter und dachte an den Tag, der kommen würde, nicht daran, ob die Gedichte gedruckt würden oder nicht.

Ich schrieb nicht nur Gedichte, sondern meldete mich auch bei literarischen Podiumsdiskussionen zu Wort. Als Redner besaß ich keinerlei Erfahrung. Einmal kippte mir die Stimme über wie bei einem Hahn, im Saal wurde gelacht, ich lief rot an und ratterte den Schluß meiner Rede herunter. Ein andermal kritisierte ich einen zweifachen Preisträger, der in der »Prawda« scheußliche Verse veröffentlicht hatte (Nikolai Gribatschow – J. J., 1998), da wurde ich rabiat vom Vorsitzenden unterbrochen, einem grauhaarigen Dichter (Alexej Surkow – J. J., 1998), der behauptete, meine Redezeit wäre abgelaufen. Ich starrte ihn entgeistert an – laut Reglement hatte ich noch fünf Minuten. Es überstieg meine Vorstellungskraft, daß dieser grauhaarige Mann, dessen Bild ich seit meiner Kindheit kannte, log. Bedrückt verließ ich das Rednerpult.

Viele unbegabte Leute machten »Literaturpolitik«, in die sie alle möglichen übelriechenden Elemente hineinbrachten, bis hin zum Antisemitismus.

Der Dichter K., mit dem mich eine anspruchslose Jugendfreundschaft verband, war nicht frei von diesem, milde ausgedrückt, Defekt. Er versuchte mich zu überzeugen, daß die ganze Geschichte des Opportunismus, angefangen beim Jüdischen Arbeiterbund und fortgesetzt von Trotzki, einen bestimmten nationalen Untergrund habe. Ich stritt mit ihm bis zur Heiserkeit. Er zieh mich der politischen Kurzsichtigkeit.

Nach einem solchen Streit blieb er einmal über Nacht bei mir. Am Morgen weckte mich sein Freudengeschrei. Nur mit Turnhose bekleidet, tanzte er einen afrikanischen Triumphtanz und schwenkte die Zeitung, in der die Verhaftung der Giftmischerärzte gemeldet wurde.

»Da siehst du's! Was hab ich dir gesagt? Alles Juden!«

Ich muß sagen, daß ich der Meldung glaubte. Sie bedrückte mich außerordentlich, weckte in mir aber keinen Antisemitismus, und die Freude des Dichters K. war mir unangenehm.

Am selben Tag gingen K. und ich ins Kino, um einen alten Revolutionsfilm anzuschauen. Eine Episode zeigte einen Judenpogrom in Odessa. Als Krämer und Kriminelle unter der Losung »Schlagt die Jidden, rettet Rußland« über die Leinwand liefen, in den Händen Pflastersteine, an denen blutige Haare von jüdischen Kindern klebten, beugte ich mich zu K. und sagte:

»Möchtest du wirklich so sein wie die?«

Er lehnte sich zurück und sagte kalt mit metallischem Unterton in der Stimme:

»Wir sind Dialektiker. Nicht alles aus der Vergangenheit ist zu verwerfen, Shenja!«

Seine Augen hatten einen Hitlerjugendglanz.

Auf seinem Jackettrevers blinkte das Komsomolabzeichen.

Ich sah ihn verstört an, außerstande zu begreifen, was für ein Mensch da neben mir saß.

Heute, nachdem zehn Jahre vergangen sind, verstehe ich, daß Stalins größtes Verbrechen nicht darin bestand, daß auf seinen Befehl Menschen verhaftet und erschossen wurden. Ein nicht geringeres Verbrechen war es, daß er menschliche Seelen moralisch zersetzte. Natürlich hat Stalin selbst den Antisemitismus nicht gepredigt, das tat die stalinistische Praxis. Er selbst hat auch Karrierismus, Arschkriecherei, Grausamkeit, scheinheilige Heuchelei nicht gepredigt. Das tat die stalinistische Praxis.

Am fünften März 1953 trat ein Ereignis ein, welches das Land erschütterte – Stalin starb. Ihn mir tot vorzustellen war fast unmöglich, so sehr war er für mich ein untrennbarer Bestandteil des Lebens.

Es herrschte eine allgemeine Erstarrung. Die Menschen waren dazu erzogen, daß Stalin an sie alle dachte, und waren, nun ohne ihn, hilflos. Ganz Rußland weinte, ich auch. Es waren aufrichtige Tränen des Leids und, vielleicht, der Angst um die Zukunft.

Auf einer Schriftstellerversammlung sprachen Dichter, von Schluchzen gebeutelt, Verse über Stalin. Die Stimme Twardowskis, der ein großer und starker Mann war, zitterte.

Nie werde ich vergessen, wie die Menschen zu Stalins Sarg gingen.

Ich war in der Menge auf dem Trubnaja-Platz. Der Atem der Zehntausende aneinandergepreßten Menschen, der wie eine weiße Wolke über der Menge aufstieg, war so dicht, daß er die schwankenden Schatten der märzkahlen Bäume reflektierte. Es war ein unheimliches, phantastisches Schauspiel. Die Menschen, die von hinten in den Strom hineinflossen, drängten und drängten. Die Menge wurde zu einem entsetzlichen Strudel. Der trieb mich zu einem Verkehrsampelmast, der unerbittlich auf mich zurückte. Plötzlich sah ich, wie die Menge ein kleines Mädchen an den Mast quetschte. Ihr Gesicht verzerrte sich zu einem verzweifelten Schrei, der in dem allgemeinen Schreien und Stöhnen nicht zu hören war. Die Bewegung preßte mich gegen das Mädchen, und ich hörte nicht, sondern spürte mit dem Körper, wie ihre zarten Knochen an dem Mast knackend zerbrachen. Vor Entsetzen schloß ich die Augen, außerstande, ihre weit aufgerissenen hellblauen Kinderaugen zu sehen. Es trug mich vorbei. Als ich die Augen wieder öffnete, war das Mädchen nicht mehr zu sehen.

Die Menge hatte sie sicherlich niedergetrampelt. Ein anderer Mensch, gegen den Mast gepreßt, breitete die Arme aus wie gekreuzigt. Plötzlich spürte ich unter den Füßen etwas Weiches. Es war ein menschlicher Körper. Ich zog die Beine hoch, und die Menge trug mich fort. Lange hatte ich Angst, die Füße herunterzulassen. Die Masse preßte sich immer mehr zusammen. Mich rettete meine Länge. Kleinere Menschen erstickten und starben. Wir waren eingequetscht auf der einen Seite von den Häuserwänden, auf der anderen von einer Absperrung durch Militärlaster.

»Schafft die Laster weg! Laster weg!« schrie die Menge gellend.

»Ich kann nicht! Kein Befehl!« rief ein blutjunger Milizoffizier verwirrt von einem Laster, er weinte beinahe vor Verzweiflung. Die Menschen, von der wogenden Bewegung gegen die Fahrzeuge geworfen, zerschlugen sich die Köpfe an den Bordwänden. Die Bordwände trieften von Blut. Und plötzlich erfaßte mich wilder Haß auf all das, was dieses »Kein Befehl« hervorgebracht hatte; wegen jemandes Stumpfheit mußten Menschen sterben. In diesem Moment dachte ich an den Mann, den wir hier zu Grabe trugen, zum erstenmal voller Haß. Es konnte nicht sein, daß er daran unschuldig war. Eben dieses »Kein Befehl« hatte das blutige Chaos bei seiner Beerdigung hervorgebracht. Von da an wußte ich ein für allemal, daß man nicht auf Befehle warten darf, wenn davon Menschenleben abhängen, dann muß man handeln. Ich weiß nicht, woher ich die Kräfte nahm, aber ich stieß die Menschen energisch mit Fäusten und Ellbogen auseinander und schrie ihnen zu:

»Bildet Ketten! Bildet Ketten!«

Man verstand mich nicht. Da steckte ich Menschenhände ineinander und fluchte dazu mit den greulichsten Ausdrücken aus meinem Geologenwortschatz. Ein paar kräftige junge Männer unterstützten mich. Da begriffen die Leute. Sie faßten sich bei den Händen und bildeten Ketten. Die jungen Männer und ich bemühten uns weiter. (Neben mir war German Plissezki, der später darüber das geniale Gedicht »Die Trompete« schrieb – J. J., 1998.) Der Wasserstrudel schwächte sich ab. Die Menge hörte auf, eine Bestie zu sein.

»Frauen und Kinder auf die Laster!« brüllte einer der jungen Männer.

Über die Köpfe hinweg schwebten, von vielen Händen weitergereicht, Frauen und Kinder zu den Lastern. Eine der Frauen zappelte hysterisch und schrie immer wieder etwas. Ein Milizoffizier strich ihr ungeschickt über den Kopf, um sie zu beruhigen. Plötzlich zuckte die Frau ein paarmal, dann wurde sie still. Der Offizier nahm die Mütze ab, legte sie auf das erstarrte Gesicht der Frau und heulte wie ein Kind. Ich sah, daß vor uns der Strudel weitertobte.

Ich drängte mich zusammen mit anderen jungen Männern dorthin durch. Mit Hilfe von Fäusten und Flüchen organisierten wir wieder Ketten, um die Menschen zu retten.

Schließlich half uns auch die Miliz. Alles beruhigte sich.

Ich hatte keine Lust mehr, zu Stalins Sarg zu gehen. German Plissezki und ich entkamen wie durch ein Wunder dem Strudel, kauften einen halben Liter Wodka und gingen zu mir.

»Hast du Stalin gesehen?« fragte meine Mutter.

»Ja«, antwortete ich wortkarg und stieß mit German an.

Das war nicht gelogen. Ich hatte ja tatsächlich Stalin gesehen, denn all das, was sich dort zugetragen hatte, war Stalin.

Dieser Tag war ein Umbruch in meinem Leben und folglich auch in meiner Dichtung.

Ich hatte begriffen, daß künftig niemand mehr für uns denken würde und daß vielleicht auch früher niemand für uns gedacht hatte. Ich hatte begriffen, daß wir selber denken müssen, denken, denken und nochmals denken. Ich will nicht sagen, daß ich sofort das ganze Maß von Stalins Schuld erfaßt hätte. Eine Zeitlang idealisierte ich ihn noch. Von vielen seiner Verbrechen wußten wir noch nichts.

Die verhafteten Ärzte wurden rehabilitiert.

Diese Nachricht erschütterte das Volk, das an ihre Schuld geglaubt hatte. Unser leichtgläubiges Volk verstand allmählich, daß Leichtgläubigkeit gefährlich sein kann.

Ich sah das Raubvogelgesicht von Berija, der am Fenster eines langsam fahrenden Autos nach der nächsten Frau Ausschau hielt. Danach wandte sich derselbe Mann gewöhnlich mit einer Ansprache ans Volk und redete pathetisch vom Kommunismus.

Die Kugel, die Berija tötete, war gerecht, aber sie kam zu spät! Die Gerechtigkeit ist, frei nach Marina Zwetajewa, ein Zug, der sich fast immer verspätet.

Die ersten Rehabilitierten kamen aus den fernen Lagern zurück.

Sie brachten die Kunde von den fürchterlichen Ausmaßen der verübten Untaten.

Das Volk dachte angespannt nach. Diese Anspannung war in allem zu spüren.

Sie ließ sich nicht mildern durch die Reden Malenkows, eines Mannes mit Weibergesicht und wohlgesetzter Diktion, der davon sprach, daß man die Probleme der Ernährung, der Kleidung und der Kurzwaren lösen müsse.

Ich war verwirrt.

Aber vielleicht herrschte diese Aufregung nur in Moskau, im Mittelpunkt der wie Wellen aufeinander einpeitschenden politischen Ereignisse? Vielleicht gab es irgendwo in den Tiefen Rußlands ein geistiges Gleichgewicht? Ich fuhr nach Sima, weg von meinen Grübeleien, die mich manchmal erschreckten. Doch ich erkannte die Grübeleien wieder in den Gesprächen meiner Abteilnachbarn – Ingenieure, Agronomen. Und ich begegnete ihnen in Sima, schon bei den ersten Fragen meiner beiden Onkel – Chef des Fuhrparks der eine, Schlosser der andere. Ich war in meine Heimat gekommen, um Antwort auf die Fragen, die mich quälten, zu erhalten, aber die Heimat erwartete diese Antworten von mir. In Moskau und in Sima wurde über das gleiche nachgedacht. Ganz Rußland war ein gewaltiges Grübeln, Tausende Kilometer zwischen Baltikum und Pazifik.

Aber es lauerte eine gewaltige Gefahr – vom blinden Glauben überzugehen zur Ungläubigkeit. Das betraf vor allem die junge Generation.

1954 war ich in Moskau in einer Studentenrunde. Bei Apfelwein und Zucchinimus trugen wir unsere Gedichte vor und stritten uns. Plötzlich sagte eine achtzehnjährige Studentin (Junna Moriz – J. J., 1998) mit der Stimme einer sechzigjährigen Bauchrednerin:

»Die Revolution ist krepiert, und ihr Leichnam stinkt.«

Da erhob sich ein anderes achtzehnjähriges Mädchen mit rundem Kindergesicht und dickem rötlichen Zopf und schrie, wobei ihre schrägen Tatarenaugen funkelten:

»Schäm dich! Die Revolution ist nicht tot! Sie ist krank! Man muß ihr helfen!«

Das Mädchen hieß Bella Achmadulina. Sie wurde bald danach meine Frau.

Intime Lyrik, die unter Stalin beinahe eine verbotene Frucht gewesen war, füllte nun, nachdem der Damm gebrochen war, alle Zeitungen und Zeitschriften. Aber sie hatte keinen besonderen Erfolg. Angesichts der gigantischen historischen Prozesse im Land wirkte sie ein wenig infantil.

Flöten gab es schon. Gebraucht wurden Fanfaren.

Der Gedichtband von Martynow, nach einer langen Pause veröffentlicht, war genaugenommen eine Flöte, aber die Jugend vernahm in ihren Tönen die Stimme einer Fanfare, denn sie wollte sie leidenschaftlich gern hören. Martynows komplizierte Hyperbeln und Metaphern machten es möglich, in den Gedichten weit mehr zu vermuten als drin war. Überraschend für ihn selbst, klang Martynow plötzlich wie ein staatsbürgerlicher Dichter, emporgetragen von den Wellen der aufgeschäumten Zeit. Nach seinen eigenen Worten: »Erstaunlich das machtvolle Echo – das liegt wohl an der Epoche!«

Tatsächlich, selbst eine leise ausgesprochene Wahrheit gewann Macht und Donner eines politischen Echos.

Ein älterer Schriftsteller (Alexej Surkow – J. J., 1998) sagte einmal in einer Ansprache belehrend zu jungen Schriftstellern:

»Wieso fahrt ihr alle so weit weg, nach Sibirien, nach Kamtschatka! Das kostet den Staat viel Geld. Steigt doch in die Straßenbahn, kauft einen Fahrschein für fünfzehn Kopeken und fahrt in eine Moskauer Fabrik.«

Da stand ein junger Schriftsteller (Michail Rostschin – J. J., 1998) auf, sah den Älteren traurig an und sagte:

»Alexej Alexandrowitsch, ein Straßenbahnfahrschein kostet schon seit fast zehn Jahren nicht mehr fünfzehn, sondern dreißig Kopeken!«

Ich wollte schon seit langem ein Gedicht über den Antisemitismus schreiben. Aber dieses Thema fand eine poetische Lösung erst, als ich in Kiew war und den schrecklichen Ort Babi Jar mit eigenen Augen sah.

Ich brachte das Gedicht in die Redaktion der »Literaturnaja Gaseta« und las es meinem Freund vor, der dort arbeitete (Wsewolod Rewitsch – J. J., 1998). Er holte sofort seine Kollegen aus dem Nachbarzimmer und ließ es mich noch einmal lesen. Dann fragte er:

»Darf ich mir eine Abschrift machen? Ich möchte es sehr gerne haben.«

»Wir auch, wir auch«, baten die Kollegen.

»Wieso denn Abschriften?« fragte ich verständnislos. »Ich bring's doch zum Drucken.«

Alle sahen sich schweigend an. Das war keinem von ihnen in den Sinn gekommen.

Dann sagte einer der Journalisten mit bitterem Auflachen:

»Der verfluchte Stalin sitzt noch in uns allen.«

Und befürwortete das Gedicht für die nächste Nummer.

»Geh nicht weg«, sagte mein Freund. »Der Chef hat's noch nicht gelesen. Vielleicht hat er Fragen.«

An die zwei Stunden saß ich nervös in einem der Redaktionszimmer. Alle Naselang kamen Journalisten herein und sagten etwas Beruhigendes, aber mit sehr unsicherer Stimme. Sekretärinnen brachten Süßigkeiten. Plötzlich ging die Tür auf, und ein alter Setzer im Arbeitskittel kam herein.

»Bist du Jewtuschenko? Gib mir die Hand, Söhnchen. Ich habe dein ›Babi Jar‹ gesetzt. Recht so! Bei uns in der Druckerei haben's alle Arbeiter gelesen und finden's gut. Ich habe in meiner Jugend in einer Arbeiterkampfgruppe mitgemacht. Wir haben die Juden vor Pogromhelden beschützt.«

Der Alte sprach noch weiter, und ich wurde ruhiger.

Endlich bat mich der Chefredakteur herein. Kossolapow, nicht mehr jung, sah mich mit seinen pfiffigen Bauernaugen unter buschigen weißen Brauen an. Diese Augen hatten schon viel gesehen im Leben.

»Gutes Gedicht«, sagte er langsam und blickte mich prüfend an.

Aus Erfahrung wußte ich: Wenn er so begann, ging nichts mehr.

»Richtiges Gedicht«, fuhr er ebenso langsam fort. Nun war ich mir ganz sicher, daß das Gedicht nicht durchkam.

»Wir drucken es«, sagte er.

Die Pfiffigkeit war aus seinen Augen verschwunden. Sie blickten finster.

»Natürlich kann alles mögliche passieren. Halte dich bereit.«

»Das mach ich«, antwortete ich.

Ich kehrte in das Redaktionszimmer zurück. Die Zeitung kam gewöhnlich um neunzehn Uhr heraus. Die Journalisten, die schon Feierabend hatten, blieben, um auf die Ausgabe zu warten. Die Uhr schlug sieben. Der Chef hatte noch nicht abgezeichnet. Es schlug acht. Der Chef hatte aus irgendwelchen Gründen den Chauffeur zur Datscha geschickt, um seine Frau zu holen. Es schlug neun. Eine schöne junge Frau, die Chefingenieurin der Druckerei, kam zu mir herein und zeigte mir schweigend die fertigen Seiten; da, wo mein Gedicht stehen sollte, war ein weißer Fleck. Es schlug elf. Die Frau des Chefs traf ein. Um halb zwölf bat mich der Chef zu sich.

»Ich komme mit!« sagte die Ingenieurin nervös. »Wenn etwas schiefläuft, sag ich, da läßt sich nichts mehr ändern, beruf mich auf technische Probleme.«

Wir gingen hinein.

Der Chef und seine Frau, schon im Mantel, standen über die Seiten gebeugt.

Die Ingenieurin sah, daß die Seiten mit meinem Gedicht vom Chef abgezeichnet waren, schnappte sie sich und hüpfte fröhlich wie ein kleines Mädchen in die Druckerei.

»Ich wollte mich vorher mit meiner Frau beraten«, sagte der Chefredakteur. »Sie ist mein bester Freund. Sie sehen, sie hat es gutgeheißen. Gehen Sie und schauen Sie sich an, wie Ihr Gedicht aus der Maschine saust.«

Ich ging hinunter in die Druckerei. Die Arbeiter drückten mir die Hand. Die Ingenieurin gab ein Zeichen, und die Maschine lief an. Plötzlich krachte und knatterte etwas, und die Maschine blieb stehen. Ich stand stocksteif da. Der alte Setzer legte mir beruhigend die Hand auf die Schulter.

»Eine Minute Geduld noch, Söhnchen.«

Die Maschine lief wieder an, und die ersten Zeitungsexemplare fielen mir vor die Füße.

»Morgen ist diese Zeitung eine bibliographische Rarität«, sagte die Ingenieurin und reichte mir einen Packen Exemplare. Ich umarmte sie und die Arbeiter. Mir war, als hätten wir alle miteinander dieses Gedicht geschrieben.

Tags darauf war die »Literaturnaja Gaseta« an den Kiosken blitzartig ausverkauft. Ich bekam einen Haufen Telegramme von mir unbekannten Leuten. Sie gratulierten mir von ganzem Herzen. Aber es freuten sich nicht alle.

Ein paar Tage später veröffentlichte die Zeitung »Literatur und Leben« ein Gedicht von Alexej Markow als Antwort auf »Babi Jar«, darin wurde ich als ein Pygmäe bezeichnet, der sein Volk vergessen hat, und nach weiteren drei Tagen bezichtigte mich dieselbe Zeitung in einem ausführlichen Artikel, die Leninsche internationalistische Politik mit Füßen getreten und Feindschaft zwischen den Völkern gesät zu haben. Eine ungeheuerlichere und absurdere Beschuldigung war kaum vorstellbar. Das Gedicht von Markow und der Artikel lösten eine gewaltige Welle öffentlicher Empörung aus. Ich wurde mit Briefen aus dem ganzen Land überschüttet.

Eines Morgens erschienen bei mir zwei junge Männer, beide etwa eins neunzig groß, mit dem Abzeichen »Meister des Sports« am Jackett, und erklärten, die Komsomolorganisation ihres Instituts habe sie geschickt, um mich zu beschützen.

»Beschützen? Vor wem?« fragte ich verwundert.

Die jungen Männer erklärten verlegen, die Bevölkerung habe mein Gedicht natürlich sehr gut aufgenommen, doch gebe es bei uns auch Lumpenpack. Sie begleiteten mich also ein paar Tage lang wie Schatten. Ich lernte sie näher kennen, und es stellte sich heraus, daß sie keineswegs Lyrikkenner waren. Die Komsomolorganisation hatte sie mir geschickt, weil der eine Boxer, der andere Ringer war. Das war ein bißchen lächerlich, zugleich aber auch rührend.

In einem Pariser Café sagte mir mal ein Student, nicht gerade ein treuer Enkel der Französischen Revolution:

»Ich bin ja auch für den Sozialismus. Aber ich möchte warten, bis es bei euch solche Läden gibt wie unsere ›Galeries Lafayette‹. Dann werde ich vielleicht für den Sozialismus kämpfen.«

Er wünschte die Zukunft bitte schön auf einem silbernen Tablett serviert zu bekommen, gut durchgebraten und knusprig und mit einem Zweiglein Dill im Mund. (Obwohl wir natürlich gern solche Läden hätten wie die Galeries Lafayette – J. J., 1998.)

Wir haben die Zukunft selbst gemacht, unter Verzicht auf das Notwendigste, unter Qualen und mit Irrtümern, aber wir haben sie selbst gemacht.

Und ich bin stolz, nicht Beobachter, sondern Teilnehmer dieses Kampfes um die Zukunft zu sein.

Die Nacht vor dem Putsch – Die Beichte

Während jener Augustnacht in Peredelkino jaulte mein Hund Bim ohne Ende, zerrte mit seinen Zähnen am Staketenzaun und versuchte, ihn mit Brust und Schnauze einzudrücken. Er jaulte nicht etwa, weil ihn politische Vorahnungen quälten, sondern weil er – koste es, was es wolle – auf die andere Seite des Zauns wollte, dorthin, wo sie, seine Liebste, genauso struppig und riesig wie er selbst, sich nach ihm verzehrte.

Beide waren Abkömmlinge ein und derselben, den Bernhardinern verwandten Rasse Moskauer Wachhunde, und ihre Tragödie bestand darin, daß der arme Bim keine Dokumente hatte, die seine Reinrassigkeit bestätigen konnten, die Besitzer seiner Liebsten sich jedoch dagegen sträubten, daß ihre Hündin ihre Leidenschaft daran verschwenden sollte, Welpen von einem ausweislosen und deshalb aus Sicht der Hundebürokratie zweifelhaften Vater zu bekommen.

Als ich in den Hof trat, um Bim zu beruhigen, war er durch den Kampf mit dem Zaun bereits so entkräftet, daß er im Gras unter dem Apfelbaum lag und seine wahrscheinlich heiße Nase an der seiner Liebsten rieb, die diese durch einen Spalt im Zaun gesteckt hatte, und die beiden jaulten nicht mehr, sondern winselten nur noch kläglich.

Der Mond leuchtete freigebig, und in seinem kalten Licht glänzten wie grüne Lämpchen die in diesem Jahr nur spärlich wachsenden Äpfel, die bernsteinfarbenen Halsketten des Sanddorns, die Achatcolliers der schwarzen Johannisbeeren, die verliebten und tränennassen Hundeaugen und die Tautropfen auf den Grashalmen, die wie kleine Augen der Erde aussahen. Und auch die roten

Beeren der Lichter an den Tragflächen der über Peredelkino dahinfliegenden Flugzeuge schienen ein Teil der Natur.

Bim war vor lauter Traurigkeit so still geworden, daß nicht einmal ein Nachtfalter Angst hatte, sich auf seinen zotteligen, vor Leidenschaft durchnäßten Nacken zu setzen. Der Falter glich einer weißen Blume mit zitternden Blütenblättern, die Bim von seiner Liebsten durch den Zaun hindurch hätte zugeworfen werden können – als Dank für seine leider nicht mit Liebe belohnte Treue.

Ich kehrte ins Haus zurück, wo mein Jüngster, der einjährige Mitja, ruhig schlummerte und im Schlaf wie eine kleine Schildkröte aussah, während mein Älterer, der zweijährige Shenja, sich mit geschlossenen Augen von der einen auf die andere Seite wälzte, den Kopf schüttelte, die Decke von sich warf und auf jede nur erdenkliche Art im Bett herumtobte, so als hätte er von seinem Vater mit dem Namen auch die völlige Unfähigkeit geerbt, still zu sitzen oder zu liegen.

»Der Gestreifte kommt, der Gestreifte«, brummte er im Schlaf, wobei dieses Wort für ihn alles Tigerhafte, Fürchterliche, Unerwartete und Beißende beinhaltete.

»Es kommt kein Gestreifter, hab keine Angst, Papa ist bei dir«, flüsterte ich und deckte ihn zu. Er beruhigte sich. Ich war der einzige, auf den er hörte.

Meine Frau Mascha schlief, und nur die blauen Äderchen unter der durchsichtigen Haut ihres nordischen Gesichts schlummerten nicht, sondern pulsierten und bebten wie winzige Flüßchen unter der ersten hauchdünnen Eisschicht; und mir stockte der Atem vor Liebe, wie damals, als wir vor fünf Jahren allein in diesem karelischen Hexenhäuschen waren, als die weiße Nacht mit zitterndem Leuchten das Zimmer übergoß und ich Angst hatte, Mascha zu küssen, als hätten meine Küsse sie zerstören können wie ein aus Nebel gewebtes Gespenst. Ich hatte Mascha gerade erst kennengelernt, und ohne überhaupt etwas von ihr zu wissen, erzählte ich ihr plötzlich mein ganzes Leben, das ich mir so verpfuscht hatte, daß von mir selbst nichts mehr übriggeblieben schien.

Ich erzählte Mascha von meinen drei Lieben.

Die erste erlebte ich, als ich noch sehr jung war und ein Mädchen liebte, noch jünger als ich.

In ihren Adern galoppierte ungezähmtes tatarisches Blut neben dem majestätisch dahinfließenden italienischen, auf dem sich wie auf den langsamen venezianischen Kanälen die goldenen Fenstergitter aristokratischer Palazzi schaukelten.

Von tatarischer Seite war sie zweifellos mit dem Blut eines Chans gesegnet, denn sie nahm die Bemühungen der in sie verliebten, allgegenwärtigen Verehrer wie etwas Selbstverständliches hin, so als sei sie eine in durchschimmernde Pumphosen gehüllte Schönheit aus Bachtschissarai. Sie hatte den leichten Silberblick einer Siamkatze, die nachsichtig gestattet, daß man sie ansieht, jedoch niemandem ihre unter einem weichen, aber undurchdringlichen Fell versteckten Gedanken preisgibt, und die Stimme einer Nachtigall, die wie eine Folge rieselnder Koloraturen aus ihr hervordrängte.

Sie sah nicht aus wie eine Frau aus Fleisch und Blut, sondern wie ein von Botticellis Pinsel erschaffenes Kunstwerk – und das, obwohl ihr tatarischer Papa als Beamter im Moskauer Flughafenzollamt arbeitete, wo er sich durch das Betrachten all der Brillanten, die er aus Schuhabsätzen herausbohrte, in einen resignierten und schweigsamen Menschen verwandelt hatte und obwohl ihre halbitalienische Mama als Übersetzerin im Rang eines Majors beim KGB diente, was nichts an ihrer hilflosen Sentimentalität und ihrer panischen Angst vor dieser Behörde änderte, in die sie höchstwahrscheinlich nur aufgrund eben jener Angst geraten war.

Als die Mama für zwei Jahre nach New York geschickt wurde – sie sollte dort etwas für die UNO übersetzen –, überließ sie der Tochter fürsorglich eine Vollmacht über einen Teil ihres Gehalts, denn wir lebten zwar fröhlich, aber doch ziemlich ärmlich. Wenn man viele Freunde hat, reicht das Geld nie.

Einmal wurde meine Frau krank und bat mich, mit Hilfe der Vollmacht an ihrer Stelle das Geld ihrer Mutter abzuholen. Zu diesem Zweck wurde auf meinen Namen eine Vollmacht für die Vollmacht ausgestellt. Meine Frau erklärte mir, daß sich die Buchhaltung des KGB in einer kleinen Villa gegenüber dem Hauptgebäude am Lubjanka-Platz befinde und daß dort ein spezielles Reglement beachtet werden müsse – die Besucher gingen durch eine Tür hinein und durch eine andere wieder hinaus, um nicht mit dem nächstfolgenden Ritter ohne Furcht und Tadel zusammenzutreffen.

Mit begeisterter Neugierde, wenn auch ziemlich weich in den Knien, ging ich los, schon im voraus die Berührung mit dem Staatsgeheimnis genießend. Der Eingang zum Staatsgeheimnis lag in einem Hinterhof. An der mit Kunstleder bezogenen Tür gab es kein Schild, aber hinter ihr stand ein von seiner eigenen Bedeutsamkeit durch und durch überzeugter, stupsnasiger Wachtposten. Er überprüfte meinen Studentenausweis sowie die Vollmacht und ließ mich dann eintreten, wobei er mich warnend informierte, daß ich durch eine andere Tür am Ende des Korridors hinausgehen müsse. Doch ich wußte das bereits und hatte diesbezüglich einen Streich ausgeheckt.

In der Buchhaltung standen ein paar Tische, an denen so gewöhnliche Frauen saßen wie in jeder anderen Buchhaltung auch. Der einzige Unterschied bestand darin, daß die dickliche Buchhalterin alle anderen Namen mit einer Plastikschablone zudeckte, als sie mir das Ausgabenbuch zur Empfangsunterschrift zuschob, so daß nur ein schmaler Ausschnitt für meine Unterschrift blieb. Nachdem ich unterschrieben hatte, vergaß ich absichtlich meinen Studentenausweis auf dem Tisch, verließ die Buchhaltung, ging aber nicht zum Ausgang, sondern kehrte unerwartet und entgegen allen Anweisungen wieder zurück.

»Verzeihen Sie, ich habe meinen Studentenausweis ... auf dem Tisch«, sagte ich und machte ein unschuldiges Gesicht.

Die Buchhalterin, mit keinem geringeren Dienstrang als dem eines Obersts ausgestattet, zischte mich erbost an wie eine Gans, doch es war bereits zu spät.

Ich hatte mein Ziel erreicht – ich hatte den nächstfolgenden Gehaltsempfänger gesehen.

Zur Unterschrift in derselben Lohnliste beugte sich ein zwergenhafter Literat über den Tisch, der in seinen Kriminalromanen im Brustton zweifelhafter Spionageromantik die mutigen Helden der sowjetischen Mantel-und-Degen-Geschichten besang, wobei die detaillierte Kenntnis der Sache an sich keinen Zweifel über seinen eigentlichen Beruf offenließ. In seinem karierten Tweedjackett, den kirschroten Schuhen auf Gummisohlen und mit seiner Dunhill-Pfeife im Mund ähnelte er selbst einem dieser von ihm so oft beschriebenen amerikanischen Spione.

Später, wenn wir bei literarischen Versammlungen aufeinandertrafen, näherte er sich mir aus konspirativen Gründen kein einziges Mal, sondern grüßte mich lediglich kaum merkbar mit den Augen, in welchen das tiefe Wissen um unsere gemeinsame Bedeutsamkeit für die Menschheitsgeschichte stand.

Meine Liebste, der ich von diesem denkwürdigen Treffen erzählte, brach von Stund an jedesmal in unbändiges Gekicher aus, wenn sie in einem Restaurant auf diesen Zwerg traf. Wir waren noch sehr jung, der Schmutz blieb an unserer jungen Haut nicht haften, und wir konnten sogar über Spitzel, die unter anderen Umständen durchaus zu unseren Mördern hätten werden können, fröhlich lachen.

Überhaupt lebte meine Liebste in einer anderen Dimension – da, wo es weder Partei noch KGB gab, sondern nur Pasternak, Achmatowa, Zwetajewa und die ganze Schönheit dieser Welt, einschließlich ihrer eigenen.

Alle verliebten sich in sie – der für sein Alter ungewöhnlich lebhafte Komponist, der einem Amor aus gesprungenem Marmor ähnelte und ihr Körbe voller Blumen schickte, mit denen wir dann die Ziege des Nachbarn fütterten, die neben uns im siebten Stock wohnte, der Besitzer dieser Ziege selbst, ein zu Schlaganfällen neigender Major, der es sich in den Kopf gesetzt hatte, daß frische Ziegenmilch ihn vor zu hohem Blutdruck bewahren würde, was ihn nicht daran hinderte, auf dem Gasherd in unserer Gemeinschaftsküche unter Verwendung von Zucker, Mull, Holzspänen und hochkomplizierten Glaskonstruktionen giftig-gelblichen Selbstgebrannten zu fabrizieren, und schließlich zwei junge Lyriker aus der Provinz, deren Gesichter aufgrund all der unbefriedigten Wünsche mit Pickeln übersät waren; der eine hätte seinem Leben beinahe ein Ende gesetzt, als die Angebetete unerwartet die Tür des hölzernen Toilettenhäuschens in Peredelkino aufriß und ihren Verehrer breitbeinig hockend und mit einer »Komsolmolskaja Prawda« in der Hand erblickte.

Aus lauter Verwirrung angesichts dieser ganz unsowjetischen Schönheit ließen die Klempner der Wohnungsverwaltung ihre Werkzeuge in die Toilette fallen, obwohl sie, ganz von der Frage eingenommen, wie aus den Kunden ein Fläschen Hochprozentiges herauszuholen sei, doch eigentlich schon beinahe all ihre Geschlechtsmerkmale verloren hatten.

Einmal erblickte ich in der Küche meiner Liebsten einen betäubend stinkenden Menschen, dessen Socken nach Roquefort und dessen Hände nach Strychnin rochen. Sie las ihm Gedichte vor, und die Modulationen ihrer Nachtigallenstimme brachten ihn dazu, sich immer wieder verängstigt umzublicken und aufzuschluchzen.

»Das ist Fedot Porfirjewitsch«, stellte sie ihn begeistert vor. »Sieh dir dieses wunderbare Gesicht eines beleidigten Kindes an. Sieh nur, welch unberührte Tiefen seiner Seele die Poesie zum Schwingen gebracht hat. Wieviel Reines in ihm ist, obwohl böse Menschen ihn aus Rache für diese Reinheit in den vielleicht schmutzigsten Beruf getrieben haben. Er ist nämlich – ich finde es fürchterlich, dieses Wort auch nur auszusprechen – ein Rattentöter. Dabei haben die Ratten sicherlich auch ihre eigenen großartigen Poeten, und wir töten auch die und ziehen solch reine Menschen wie Fedot Porfirjewitsch in dieses Verbrechen mit hinein. Dabei fällt es ihm doch so schwer.«

»Ja, es könnte mir kaum schwerer fallen«, schniefte Fedot Porfirjewitsch in seinen speckigen Schal. »Früher, da hat man uns freizügig mit Strychnin beliefert, ohne es groß abzuwiegen. Aber jetzt sparen sie ja sogar am Strychnin. Da streust du die halbe Portion, und die Ratte schluckt es, stirbt aber nicht – sie windet sich nur in Schmerzen. Und dabei piepsen sie so kläglich – es ist der reinste Ratten-Schwanengesang.«

Als ich sie zur Neujahrsfeier 1954 das erstemal in das Haus des Schriftstellerverbandes einlud, war sie ganz aufgeregt und richtete sich mit besonderer Sorgfalt her – schließlich stand ihr die Bekanntschaft mit »lebenden Schriftstellern« bevor. Sie war ganz verzweifelt, weil sie keine passenden Schuhe hatte, und ich kaufte ihr die ersten Stöckelschuhe ihres Lebens – chinesische aus grünem Wildleder mit ebenso wildledernen Röschen.

Die Schriftsteller, die sich abends versammelten, waren alle viel älter als wir, aber ich war schon immer gern mit Leuten befreundet gewesen, die älter waren als ich. Erschüttert blickte sie sie an wie Porträts, die sich in lebende Menschen verwandelt hatten.

Zum Tamada wurde ein Prosaiker aus dem Kaukasus gewählt, der – stets unverzagt frisch und voll festlicher Energie – mit seiner langen kecken Nase wie ein unaufhörlich hin und her flitzendes Spermium aussah. Damals hörte er das Wort »Tamada« zum erstenmal. Und als erste Amtshandlung zog sich der frischgewählte Tamada den Gürtel aus der Hose und schnürte ihn über seinem Jackett zusammen, so als wäre dies eine nur ihm bekannte alte kaukasische Tradition.

Dieses so wenig erhabene Benehmen eines Stalinpreisträgers wirkte niederschmetternd auf meine Liebste.

Ein bekannter Kriegsdichter, ebenfalls Stalinpreisträger, ehemals Fußballspieler mit der plattgedrückten Nase eines Boxers, zerknüllte eine Papierserviette und begann, diese mit der Virtuosität eines Hinterhofspielers mit der Innenseite seines Fußes in der Luft zu kicken. Dieses Spiel spielten die Hinterhofbanden damals einfach so zum Spaß oder sogar für Geld – mit einem Ball aus einem Stück Fell und einem Bleiplättchen in der Mitte.

Ein anderer Dichter, ein schmächtiger Lyriker, eben erst aus dem Lager zurückgekehrt, wo er insgesamt vierzehn Jahre verbracht hatte, schlug sich hastig den Magen voll und betrank sich in Windeseile, wahrscheinlich weil ihn die Lagerangst, der Wodka und das Essen könnten schon bald zur Neige gehen, wie eine Krankheit auffraß. Dann leckte er sich mit der langen roten Zunge eines Ameisenbärs die Lippen und begann ohne böse Absicht, doch völlig ungehemmt, mit jenen deftigen russischen Ausdrücken um sich zu werfen, die nicht zum offiziellen, von der Pädagogik und der Zensur gebilligten Kanon gehörten. Aber für die achtzehnjährige Italo-Tatarin, für die die Poesie etwas Religiöses war wie für eine Opferpriesterin der Wohlgeruch im Tempel, waren vulgär schimpfende Dichter ebenso ungeheuerlich wie eine mit Fischtran beschmierte Orchidee.

Einer der »lebenden Schriftsteller« war noch dazu einäugig, ein anderer bucklig, und ein dritter lief mit offenstehendem Hosenschlitz herum.

Mit einem Wort, diese »lebenden Schriftsteller« stellten in den von aufrichtigem Grausen erfüllten achtzehnjährigen Augen eine Ansammlung von Monstern dar. Enttäuscht in ihrer zitternden Erwartung, endlich »lebenden Schriftstellern« zu begegnen, die sich wie überirdische Wesen ausschließlich von Eis aus Flieder und Pasteten aus Nachtigallenzungen ernähren, stand sie leise auf, zog mich mit flehendem Blick aus dem Büroraum, in dem wir zechten, und verlangte, daß wir unverzüglich gingen.

Ich wurde wütend auf sie, da ich dies für eine überhebliche Laune hielt. Mit der Grausamkeit der Jugend und um sie zu strafen, weigerte ich mich, sie nach Hause zu bringen.

Sie ging allein durch die schneeverwehte Moskauer Neujahrsnacht, und ihre grünen chinesischen Wildlederschuhe versanken im Schnee.

Der Gerechtigkeit halber muß gesagt werden, daß sie in einigen dieser Leute, die sie anfangs für Monster gehalten hatte, nach einer gewissen Zeit, obzwar unter dem struppigen Fell von Schimpfworten und Saufgelagen verborgen, zarte Seelen entdeckte und diese scheinbaren Monster ihre Freunde wurden.

Wir stritten uns oft, aber wir vertrugen uns auch schnell wieder. Wir liebten einander, liebten auch die Gedichte des anderen. Ein neues Gedicht, das ich ihr gewidmet hatte, hängte ich an einen mit Knospen übersäten Frühlingszweig, und der Baum auf dem Zwetnoi-Boulevard winkte uns noch lange mit diesem zitternden, von langsam zerlaufenden violetten Buchstaben bedeckten Heftblatt zu.

Einander an den Händen haltend, schlenderten wir stundenlang durch Moskau, und ich lief oft voraus und schaute ihr in die krimtatarischen Augen, denn von der Seite war nur eine Wange, nur ein Auge zu sehen, und ich wollte kein Stückchen dieses geliebten und deshalb schönsten Gesichts der Welt aus dem Blick verlieren. Die Passanten drehten sich nach uns um, denn wir ähnelten dem, was sie selbst nicht erreicht hatten.

Ich wollte ihr das allerschönste, das allergrößte Geschenk machen. Das Allerschönste und Allergrößte war für mich das Meer.

Ich hatte es zum erstenmal 1952 erblickt, als ich meine Liebste noch nicht kannte. Mein Schulfreund und ich waren bei der Abzweigung nach Tuapse begeistert aus dem glutheißen Zug Moskau–Suchumi herausgesprungen, hatten uns die am Leibe klebenden Hemden und Hosen heruntergerissen und uns in den knielangen schwarzen Satinunterhosen unserer Generation, die keine Badehosen kannte, in den kühl köchelnden Smaragd gestürzt, der vor uns in einer riesigen Schale lag, deren Rand sich außerhalb unseres Blickfeldes befand.

Auf dem Bahngleis in Suchumi drängten sich nach Petroleumkochern und gebratenen Fischen duftende Pensionswirtinnen um uns und lockten mit lauten Stimmen, aber wir gingen nicht zu ihnen, sondern zu einer traurigen Frau in Schwarz, die einsam und stumm am Rande stand. Sie hatte eine häßliche und doch schöne gebogene Nase und erloschene, doch stolze schwarze Augen. Wie sie uns erzählte, war sie eine Griechin mit vielen Kindern und so gut wie verwitwet, denn ihren Mann hatte man mit vielen anderen Griechen für nichts und wieder nichts nach Kasachstan deportiert, und ehrlich, aber voller Bitterkeit setzte sie uns junge Moskauer sofort davon in Kenntnis, um uns keine Unannehmlichkeiten zu bereiten. Doch wir wählten ihr Dach als Unterkunft, denn der Krieg hatte uns gelehrt, daß Unglück und Schande zwei verschiedene Dinge sind.

Ich bin nie wieder so gut bekocht worden wie unter diesem griechischen Dach, vielleicht, weil die Hausherrin für uns all das zubereitete, was ihr Mann gern gegessen hätte, wenn er mit dem Staub Asiens an den Stiefeln plötzlich auf der Schwelle erschienen wäre. Seit damals liebe ich Fisch auf griechische Art mehr als alles andere auf der Welt: Fisch in Tomatensoße mit dünn geschnittenen Möhren, gedämpften Auberginen, Tomaten und Zwiebeln – im Kaukasus heißt dieses Gericht Adshap-Sandal, in Frankreich Ratatouille.

Abends ging die Griechin oft an den Strand, setzte sich in ihrem schwarzen Spitzenumhang, der wie Rauhreif aus Asche auf ihr lag, auf die Steine an der Anlegestelle und wartete darauf, daß das Meer ihr ihren Mann zurückbrächte, wenngleich die asiatischen Wüsten, die ihn verschluckt hatten, in der entgegengesetzten Richtung, hinter ihrem Rücken, lagen. Aber wahrscheinlich ist seit den Zeiten Penelopes in den Genen aller Griechinnen festgeschrieben, daß der Abschied vom Liebsten und seine Wiederkehr untrennbar mit dem Meer verbunden sind.

Einige Jahre später bekamen meine Liebste und ich von einem unserer Freunde den Schlüssel zu einer leer stehenden Wohnung in Suchumi. Wir stellten unsere Koffer in die Wohnung, ohne uns genauer umzusehen, faßten uns wie die Kinder an den Händen, liefen zum Strand und warfen uns kopfüber in das schäumende grüne Wunder, das aus unerfindlichen Gründen Schwarzes Meer genannt wird.

Dieses Meer hatte unter dem goldenen Vlies der bunten Wolken in der Morgendämmerung der Menschheit die Tiere der Argonauten geschaukelt, und es hatte die genuesischen Galeeren getragen, auf denen afrikanische Sklaven mit schwarzen Muskeln, violetten Lippen und elfenbeinweißen Augen, gequält von den geflochtenen Peitschen der Aufseher, mit den Buchsbaumrudern den späteren Saint Louis Blues schlugen, ebenso die türkischen Feluken mit den roten Tupfen der Fese, die Eichenkähne der Schmuggler voller Kognak, Seidenstrümpfe und Präservative sowie den aufrührerischen Panzerkreuzer »Potjomkin«, auf dem sich die Bänder der Matrosenanzüge, die in Suppenteller voller Borstsch und Würmer hinabhingen, in einen genialen Kinostreifen verwandelt hatten, und schließlich das letzte Rußland verlassende Schiff der Weißgardisten, auf dem sich Wrangel in seinem trauerfarbenen Tscherkessenrock so fest an der Reling festkrallte, daß sich schneeweiße Schiffssplitter unter seine Nägel bohrten.

Wir prusteten, schluckten das Meer, diese uns bis zum Hals reichende flüssige Geschichte, und unsere salzigen Lippen fanden einander sogar unter Wasser, wo ausgelassene Fischschwärme die Füße kitzelten. Heute spricht jeder von der romantischen Geschmacklosigkeit des frühen Gorki – aber das, was er am Ufer des Schwarzen Meeres empfunden hat, war die reine Wahrheit. Ja, das Meer lachte! Ja, mit tausendfachem silbernem Lächeln!

Aber als wir ans Ufer zurückkehrten, erblickte ich wieder die Griechin, die in ihrem schwarzen Spitzenumhang auf den Steinen saß und noch immer darauf wartete, daß das Meer ihr den Mann zurückgeben würde. Wir gingen zu ihr hin, und sie erkannte mich, lud uns ein in ihr Haus, wo sie meiner Liebsten beibrachte, wie man Adshap-Sandal zubereitet. Die Griechin teilte unsere Mahlzeit nicht, doch sie genoß es zuzusehen, wie wir das Essen mit vollen Backen in uns hineinschlangen, halb lächelnd, halb weinend blickte sie uns an, denn ich war der einzige Mann im Haus, und ihre kleinen griechischen Männer waren noch nicht erwachsen.

Zum Abschied bekreuzte die Griechin meine Liebste und mich auf orthodoxe Art und Weise, so als könne ihr Unglück uns segnen und glücklich machen.

Meine Liebste und ich kehrten in die uns noch fremde Wohnung zurück; nachdem wir flüchtig den Staub abgewischt hatten, der sich auf den Möbeln gesammelt hatte, gingen wir eilig ins Bett wie alle Liebenden der Welt, für die es kein größeres Glück geben kann, als miteinander allein zu sein. Doch diese Nacht hielt noch so manche Überraschung für uns bereit.

Ich wachte als erster auf, obwohl vor dem Fenster noch die von Magnolien und anderen Düften geschwängerte Nacht stand. Irgend etwas kroch über meine Haut. Ich schaltete voller Panik das Licht an, und, o Graus! erblickte ein Horde vor Hunger ganz durchsichtiger Wanzen, die wie braune Pest Wände, Bett und uns selbst bedeckten. Voller Verzweiflung weckte ich meine süß schlummerde Liebste, indem ich diese Mini-Braunhemden, die sich an dem Blut der Erbin Achmatowas und Zwetajewas bereits schwer und satt getrunken hatten; von ihrem Rubenskörper wischte. Und voller Angst kletterte ich dann auf den Tisch, wo mir meine nackten zitternden Beine einknickten und ich zu weinen begann.

Meine Liebste hingegen offenbarte italienisches Temperament, verbunden mit tatarischer Beharrlichkeit. Ohne sich im geringsten zu genieren, weckte sie mitten in der Nacht unseren Etagennachbarn – einen abchasischen Heimatforscher und Spezialisten für die Suche der Argonauten nach dem Goldenen Vlies –, organisierte bei ihm Petroleum und erklärte mit einem Lappen bewaffnet, den unglücklichen und ausgehungerten Blutsaugern den Krieg, während ich weiterhin schmachvoll auf dem Tisch thronte, nackt und mit gefalteten Händen wie ein Brahmane, der inmitten einer Überschwemmung betet.

Die Wanzen wurden vernichtend geschlagen.

Was war das für eine wunderbare, junge Zeit!

Wir liefen in unseren damals modernen gestreiften Pyjamas, mit Plastiknasenschützern und nach Schafskäse riechenden weißen Filzhüten durch Suchumi und probierten auf dem Markt den erdbeersüßen duftenden Wein »Isabella«, dessen Farbe dem Sonnenuntergang bei schönem Wetter glich und den man uns großzügig aus fliederfarbenen Schläuchen in klebrige kantige Gläser einschenkte. Oder wir kosteten in einem kühlen Keller von dem würzigen, leicht bräunlichen Ratschinskoje-Wein, und ein dickbäuchiger, schnauzbärtiger Wirt in einer Lederschürze voller violetter Weinflecke schnitt mit dem Messer geschmeidig-löchrige Scheiben von einem noch feuchten Suluguni-Käse ab und legte sie auf das Weinfaß. Und dann kehrten wir in unsere inzwischen wanzenfreie Wohnung zurück und liebten uns, streichelten uns wie eine Welle die andere, schmiegten unsere nach Brandung duftenden Körper aneinander, und wenn uns die Liebe müde gemacht hatte, ließen wir an einer langen Wäscheleine unser Einkaufsnetz mit den leeren Flaschen – in einer von ihnen steckte ein Fünfrubelschein – von der dritten Etage hinab. Gleich darauf kehrte das Netz zurück, gefüllt mit eiskaltem Mineralwasser und dem inzwischen aus dem Handel verschwundenen samtigen Rotwein »Alexandreuli«, den der Inhaber des Straßenkioskes mit seinen haarigen Händen verkaufte. Er hieß Gogi, und sein Traum war es, einen Mercedes zu erwerben, um mit diesem in die hypothetische Urheimat der Georgier, nach Baskonien, zu fahren. Und wir tranken den Wein einer von den Lippen des anderen, und wir schwammen in die Augen des anderen hinein und kehrten von dort nicht mehr zurück. O Gott, wie haben wir uns geliebt, ohne uns auch nur im geringsten vorzustellen, daß wir uns einmal nicht lieben würden.

Aber als sie ein Kind von mir erwartete, wollte ich das nicht. Ich war selbst fast noch ein Kind und begriff noch nicht, daß ein Mann, der eine liebende Frau zwingt, ihr gemeinsames Kind schon im Mutterleib zu töten, gleichzeitig beginnt, ihre Liebe zu ihm zu töten.

Ich befürchtete, daß ein lebendiges Kind, das in die Hosen macht und schreit, mir jene Freiheit nehmen könnte, an der mir damals so unsinnig viel lag. Doch das auf mein Drängen hin getötete Kind hat mir mehr genommen – die Liebe seiner Mutter.

Gott strafte mich mit dem Verlust der Liebe dafür, daß sich in meiner Seele eine als Freiheit geltende sklavische Abhängigkeit vom Körper eingenistet hatte, welche uns zu neugierigen und armseligen Sex-Touristen macht. Die Liebe verzeiht diese Neugier immer dann nicht, wenn sich der Körper über die Liebe zu stellen versucht.

Als ich das erste Mal spät in der Nacht nach Hause kam, schlief meine Liebste noch nicht, sondern wartete auf mich, im Sessel sitzend und ein Buch des von ihr angebeteten Marcel Proust lesend, so wunderschön angezogen, als wollten wir ausgehen.

Auf dem Tisch in unserem winzigen Zimmerchen standen zwei Teller, die mit zwei anderen Tellern zugedeckt waren – unser Abendessen. Sie schlug fröhlich das Buch zu, stürzte mir entgegen und sagte kein Wort – sie rieb sich nur zärtlich an meiner Schulter und blickte mich mit noch liebenden und noch verzeihenden Augen vorwurfsvoll an.

Als ich das zweite Mal spät nach Hause kam, las sie abermals etwas sehr Intellektuelles, aber sie lag bereits im Bademantel unter der Decke, mit Lockenwicklern in den Haaren und einem Handtuch-Turban auf dem Kopf. Auf dem Tisch stand nur ein einziger stehengelassener Teller.

Als ich das dritte Mal spät nach Hause kam, schlief sie schon, und es stand kein Teller auf dem Tisch.

Als ich das vierte Mal spät zurückkehrte, fuhren unsere beiden Taxen gleichzeitig vor dem Hauseingang vor, und als sie den Fahrer bezahlte, bat sie mich sogar, ihr einen Zehner zu wechseln.

Und schließlich, als ich das fünfte Mal spät zurückkehrte, war sie überhaupt nicht da und tauchte erst gegen Morgen auf, nach Wein und fremden Zigaretten riechend, denn damals rauchte sie noch nicht.

Dann später, in dem Versuch, noch alles zu retten, bat sie mich beiseite blickend, sie mit nach Sibirien zu nehmen. Doch ich begriff nicht, welche Ausmaße das Ganze bereits angenommen hatte, und sagte mir, daß sie mir dort nur zur Last fallen würde. Abermals gab ich der Freiheit den Vorzug vor der Liebe, denn ich glaubte, daß die Liebe warten könne, sich schon nicht davonmachen würde. Aber die Liebe machte sich davon, wohin allerdings – ich weiß es nicht.

Wenn eine Frau zu lieben aufhört, legt sie sich neue Gewohnheiten zu. Diese neuen Gewohnheiten sind das erste Zeichen dafür, daß sie einen Liebhaber hat.

Früher hatte sie nie geraucht und weder harte Sachen noch Kaffee getrunken. Das einzige, was sie liebte, waren Bier und Kuchen. Ich hatte ganz unfein gegen diese harmlosen Sünden gekämpft, indem ich von ihr verlangte abzunehmen. Sie versteckte Kuchentüten hinter dem Küchenschrank oder im Bücherregal hinter den Proust-Bänden, bei deren Lektüre ich stets von intellektuellen Minderwertigkeitskomplexen erfaßt wurde, da sie mich unwiderruflich zum Einschlafen brachten.

Als ich aber nach einigen Monaten aus Sibirien zurückkehrte, empfing mich eine völlig veränderte, mir unbekannte Frau. Sie hatte nicht abgenommen – sie war förmlich ausgetrocknet, als sei sie von innen her ausgebrannt. Der dunkelblonde Schulmädchenzopf war von einer kupferdrahtfarbenen Kurzhaarfrisur abgelöst worden. Sie hatte Schuhe mit hohen Absätzen an, auf denen sie früher nicht hätte gehen können. Auf dem Tisch standen Kognak und Kaffee, die weder sie noch ich jemals getrunken hatten, zwischen ihren manikürten, silbern lackierten Fingern qualmte eine lange Zigarette, und sie hatte eine völlig ungewohnte Art angenommen, an ihrem Gesprächspartner vorbeizusehen und zu sprechen, ohne eine Antwort abzuwarten oder zuzuhören.

Wir haben uns nicht gestritten. Unsere Liebe ist nicht gestorben – sie hörte einfach auf zu sein. Wir trennten uns, und ich zog in ein Zimmerchen über dem Jelissejew-Laden, das derart winzig war, daß die mich dort besuchenden Frauen der Liege nicht entgehen konnten. Nach ein paar Monaten war ich fast verrückt geworden in dem Strudel, in den ich aus eigener Schuld geraten war. Jetzt war ich es, der einen verzweifelten Versuch machte, unsere Liebe zu retten. Ohne mich anzukündigen, fuhr ich eines Nachts zu ihr und drückte mit dem silbernen Korken einer Sektflasche auf den Klingelknopf. In der anderen Hand hielt ich die Möhre der Chruschtschowschen Tauwetterperiode – eine Ananas – an ihrem grünen Schwänzchen.

»Wer ist da?« erklang es hinter der Tür mit der schönsten Stimme der Welt.

»Ich bin's«, brachte ich nur mühsam über die Lippen. »Ich habe dir eine Ananas mitgebracht.«

Die Antwort war Schweigen. Endlich kam unsicher und falsch: »Du bist betrunken. Ich mache dir nicht auf ...«

Alles war zu Ende. Ich war zu spät gekommen.

Dann quälte mich noch lange der Gedanke, daß sie aufgrund meiner jugendlichen dummen Grausamkeit keine Kinder mehr bekommen konnte – das hatten mir die Ärzte damals gesagt. Als ich dann einige Jahre später erfuhr, daß sie eine Tochter geboren hatte, dankte ich Gott dafür, daß er Mitleid mit mir gezeigt und mich von dem auf mir lastenden Fluch befreit hatte.

Aber bis heute könnte ich in Tränen ausbrechen, wenn ich sie von nahem oder von weitem sehe oder wenn ich einfach nur ihre Stimme höre ...

Die Tochter meiner ersten Liebsten und der Sohn meiner zweiten Liebe sind miteinander befreundet. Seine Geburt wurde nicht weniger herbeigesehnt und war nicht weniger qualvoll als die des Mädchens. Die Mutter meines Sohnes war nämlich vollkommen verbrannt, verstrahlt, von Chirurgen zerschnippelt, und man hatte ihr nicht nur gesagt, daß sie niemals Kinder haben könne, sondern auch, daß sie nicht mehr lange zu leben habe.

Aber sie hatte in den Krallen des NKWD überlebt, als man sie neunjährig in ein Waisenhaus für Kinder von Volksfeinden steckte, nachdem man ihren Vater, ihre Mutter, ihren Großvater und ihre Großmutter verhaftet hatte. Und sie überlebte in den Krallen der verfluchten Krankheit, besiegte sie, indem sie aufhörte, daran zu denken, und sich ganz an ihren endlich geborenen Sohn verschenkte.

Als ich sie zum erstenmal küßte, kannte ich sie schon zehn Jahre, ich war der Freund ihres Mannes, war oft in ihrem Haus zu Besuch gewesen und hatte nicht einmal zu denken gewagt, daß zwischen uns je etwas sein könne. Es geschah auch erst, als ihre wie meine Ehe auseinandergebrochen war und sich zwei Unglückliche – ohne selbst damit gerechnet zu haben – aneinanderdrängten in der Hoffnung, dadurch glücklich zu werden.

Mit der Frau eines Freundes kann so etwas überhaupt nur dann gutgehen, wenn sie dann auch die eigene Frau wird. Aber besser ist es, wenn es gar nicht erst geschieht.

Es wird erzählt, daß der Pianist Heinrich Neuhaus seinem Freund Pasternak den Klavierauszug der Oper »Die Hugenotten« von Meyerbeer über den Kopf schlug, nachdem dieser ihm die Ehefrau ausgespannt hatte, dann aber zu ihm stürzte, voller Angst, diesen genialen Kopf vielleicht verletzt zu haben. Nichtsdestoweniger ist es Pasternak ganz recht geschehen.

Ich habe es kein einziges Mal bereut, ein zweites Mal geheiratet zu haben, doch ich habe immer bereut und bereue es auch heute noch, meinen Freund damit verletzt zu haben.

Meine zweite Frau schrieb keine Gedichte, aber sie gehörte zu den wenigen Menschen, für die es sich lohnt, Gedichte zu schreiben.

Sie hatte granitgraue Augen mit kleinen rötlichen Flecken um die Pupillen und die zusammengewachsenen, gleichsam miteinander kämpfenden schwarzen Augenbrauen einer jüdischen Axinja.

Sie hat sich vor nichts je gefürchtet.

Einmal fuhren wir mit unserem zerkratzten Moskwitsch, und ich hatte irgendeine Verkehrsregel mißachtet. Ein älterer Major der Miliz überprüfte meinen Führerschein, wobei sein Blick gleichzeitig forschend über meine Frau glitt, und plötzlich wurden seine Augen scharf und leuchteten in ganz undienstlichem Interesse. Er bat mich auszusteigen. Milizionäre benehmen sich des öfteren so, um auf diese Art ein Bestechungsgeld einzufordern. Diesmal lag die Sache anders.

»In welchem Verhältnis stehen Sie zu dieser Frau?«

»Sie ist meine Ehefrau.«

»Ich habe sie wiedererkannt«, sagte der Major. »Früher einmal habe ich im Paßamt gearbeitet, und obwohl Tausende von Menschen mein Büro passiert haben, erinnere ich mich an sie. Ihr Mädchenname ist Sokol. Der Geburtsurkunde nach ist ihr Vater Russe und ihre Mutter Jüdin. Beide verbannt, und sie selbst kam aus dem Waisenhaus. Sie brauchte für die Berufsschule einen Paß. Und sie hat mir leid getan. Gejagt wie ein kleines Tierchen, es brauchte nur eine Kleinigkeit – und schon biß sie zu. Ich sage zu ihr: ›Na, was ist, soll ich dich als Russin eintragen?‹ Und sie fragt mich in scharfem Ton: ›Wozu das?‹ Ich komme ihr auf die nette Art: ›Na, vielleicht wird das einiges erleichtern.‹ Und da kommen ihr fast die Tränen – aber nicht etwa Tränen des Jammers, nein, des Zorns, der Weißglut geradezu: ›Aber ich‹, sagt sie, ›will es gar nicht leichter haben!‹ Steht auf und schreit durch das ganze Paßamt: ›Schreib Jüdin hin!‹ Wie könnte man so eine vergessen! Sie haben eine mutige Frau.«

Ja, sie war mutig. Nachdem ihre Tante sie aus dem Waisenhaus herausgeholt hatte, wurde aus dem Aschenputtel eine regelrechte Schönheit, und der zwergenhafte Literat, von dem bereits die Rede war, machte ihr und ihrer Freundin – ebenfalls ein Kind von Volksfeinden, genauso alt und genauso schön wie sie – den Hof. Eines Tages gedachte er den sich aufopfernden Helden zu spielen und machte den beiden Freundinnen gleichzeitig einen Heiratsantrag – sie sollten selbst entscheiden, welche seine Frau werden wolle. Anderenfalls würde es, so erklärte jene in Tweed gewandete Hyäne mit einem zärtlichen Lächeln, schwer für ihn sein, sie vor der Verhaftung zu bewahren, die, wie er wisse, unmittelbar bevorstehe.

Um der Erpressung und vielleicht tatsächlich auch dem Gefängnis zu entgehen, heiratete eine der beiden Freundinnen schleunigst einen dicklichen, gemütlichen Dichter.

Als meine zukünftige Frau in eine Cocktailbar trat, erblickte sie, noch bevor sie das Gesicht erkennen konnte, den starken zuverlässigen Nacken eines Mannes – ihres späteren ersten Mannes, der auf einem hohen Hocker an der Bar saß, und beschloß sofort, sich in Zukunft auf diesen Nacken zu verlassen. Sie sollte es nicht bereuen.

Der zwergenhafte Literat kam, um sich nach der Entscheidung der zwei Freundinnen zu erkundigen, und war erschüttert. Beide waren mit berühmten Dichtern verheiratet, von denen der eine zudem noch Stalinpreisträger war.

Als Stalins Tod bekanntgegeben wurde, ging meine zukünftige Frau auf den Roten Platz, wo sie freudetrunken direkt vor dem Mausoleum einen Zigeunertanz hinlegte, dabei sich immer wieder von ihrem ersten Mann losriß, der sie nur knapp vor dem »Volkszorn« derer schützen konnte, die an diesem Tag weinten.

Auf der Totenfeier des Dichters Lugowskoi traf, nachdem sich alle anderen bereits gesetzt hatten, der allmächtige Verlagsdirektor ein, der die Werke jener Schriftsteller verlegte, die er noch nicht hinter Gitter gebracht hatte, verspätet und mit frischer Friedhofserde an den Halbstiefeln, mit seiner ihn ständig begleitenden, von offenbar wichtigen Papieren prall gefüllten Aktenmappe im Arm.

Die Schriftsteller und die Schriftstellerwitwen, die auf die eine oder andere Weise von diesem geschäftig und finster wirkenden Unhold mit den unter respektablen grauen Brauen gut versteckten Henkersaugen abhängig waren, sprangen auf, um ihm ihren Stuhl anzubieten und ihm einen würdevollen Ehrenplatz zu verschaffen. Aber er lehnte jovial ab und drückte seine Aktenmappe, in der vielleicht schon neue Denunziationen lagen, an seine Brust. Da erklang plötzlich ihre Stimme und ein heiseres Hexenlachen:

»Nicht doch, wer andere sitzen läßt, soll ruhig stehen!«

Alle hatten Angst vor ihr – so auch ich.

Sie sagte jedermann alles ins Gesicht.

Als ich einmal spätabends ohne Vorwarnung einen Moskauer Parteisekretär mit nach Hause brachte, der keine Angst gehabt hatte, eine Dichterlesung für mich zu organisieren, obwohl ich damals schwer in Ungnade war, sagte sie ihm, als sie ihn auf der

Schwelle erblickte – ohne eine Ahnung zu haben, wer er war –, mit unfehlbarer Grausamkeit direkt ins Gesicht:

»Was ist denn das für eine Parteivisage?«

Als ich 1961 in Kiew das gerade erst geschriebene »Babi Jar« zum erstenmal vortrug, mußte man sie gleich nach meinem Auftritt im Krankenwagen wegbringen, weil sie so unerträgliche Unterleibsschmerzen bekommen hatte, als hätte sie selbst dieses Gedicht unter Qualen zur Welt gebracht. Sie war fast ohne Bewußtsein. Die jüdische Ärztin aus Kiew, die eben noch unter meinen Zuhörern war, hatte ihre Tränen nach dem Gedicht noch nicht wieder getrocknet, und doch wollte sie alles, was in ihrer Macht stand, für die Rettung meiner Frau tun. Nachdem sie sie untersucht hatte, brach sie ganz unprofessionell in Tränen aus und lehnte es ab, die unerwartet riesige Geschwulst zu operieren.

»Verzeihen Sie mir, aber ich kann Ihre Frau nach Ihrem ›Babi Jar‹ nicht aufschneiden, ich kann nicht«, sagte sie unter Tränen.

Ich flog mit meiner Frau noch in derselben Nacht nach Moskau, und das, was erst wie eine bösartige Geschwulst ausgesehen hatte, entpuppte sich zum Glück als harmlose Zyste.

Doch gleich nach der Operation – noch gar nicht richtig wieder zu sich gekommen und kreideweiß im Gesicht – beschimpfte sie dieses neue Gedicht mit zitternden Lippen und beschwor mich, es nicht drucken zu lassen.

»Das schmerzt so sehr, daß man darüber nicht schreiben sollte«, sagte sie.

Das war ihr Charakter.

Ganz und gar vergessend, daß sie selbst, als wir beide in Kuba waren, wenn auch nur für kurze Zeit wie verzaubert gewesen war von dem damals noch sehr jungen Fidel – er wirkte mitreißend, wenn er die Menge und sich selbst in vierstündigen Reden in einen Rausch versetzte, der in einer Art hysterischem »oralen« Orgasmus kulminierte: *Patria o muerte! Venceremos!* –, machte sie sich nicht nur, wenn wir allein waren, sondern auch vor anderen Leuten über meine romantischen Gedichte zur kubanischen Revolution lustig. Sie wollte nicht, daß man meine Gedichte druckte, und manchmal dachte ich sogar, sie wolle, daß man mich verhaftet, damit sie stolz auf mich sein und mir Lebensmittelpakete bringen könne.

»Was willst du eigentlich von mir?« fragte ich sie einmal. »Daß ich mir Benzin über den Kopf gieße und eine Selbstverbrennung vor dem Mausoleum veranstalte?«

»Na ja, vielleicht wäre das das Ehrlichste, was man zur Zeit machen kann«, antwortete sie, ohne nachzudenken.

Als jedoch unsere Panzer in Prag einrollten und ich das Gefühl hatte, sie ratterten mit ihren Ketten knirschend über mein Rückgrat, und ich dann, vor Scham und Schande jeglichen Selbsterhaltungstrieb vergessend, ein Protesttelegramm an Breshnew schrieb, sah ich meine Frau zum erstenmal erschrecken. Nicht um sich selbst hatte sie Angst, sondern um mich. Sie hatte keine Angst um sich selbst, als sie Pullover strickte und Geld und Kleidung sammelte für die in den poststalinistischen Lagern und psychiatrischen Anstalten sitzenden Dissidenten. Sie hatte keine Angst um sich selbst, als Sacharow ihr als einzigem Menschen für die Zeit seiner Verbannung nach Gorki den Schlüssel zu seiner Moskauer Wohnung anvertraute, in dessen Hausflur ständig mindestens zwei KGB-Agenten Posten standen.

Doch das war erst viel später. 1968 saß ich mit meiner Frau nachts in Peredelkino, wo wir für den Fall einer Hausdurchsuchung und Verhaftung alle verbotenen Bücher ins Feuer warfen. Sie wandte mir ihr Gesicht zu, auf dessen strengen Backenknochen sich die sterbenden Seiten spiegelten, und ich sah, daß in ihren Augen Tränen standen – Tränen der mütterlichen Angst um mich.

»Hättest du lieber Gedichte über Kuba geschrieben«, sagte sie seufzend.

Doch als sie sah, daß man mich trotz allem nicht verhaftete, fing sie bald wieder an, endlos über meine unzureichende Kompromißlosigkeit zu spotten und mir den Schriftsteller, dem es als erstem gelungen war, die Wahrheit über die stalinistischen Lager zu drucken, als Beispiel vorzuhalten.

Als meine Frau erfuhr, daß ihr Idol uns besuchen würde, war sie ganz erschüttert, daß ihr Held sich zu einer Visite bei einem so wenig ernst zu nehmenden Schriftsteller wie ihrem Mann herablassen wollte.

»Haben wir Wodka im Haus?« fragte ich für alle Fälle.

»Wozu denn Wodka«, sagte sie mit verletztem Stolz. »Glaubst du etwa, daß er ist wie du und deine Trinkkumpane?«

Es war ein eisig kalter Wintertag, und unser Gast erschien, sich die frierenden Hände reibend, mit blanken Eisperlen im Bart.

»Haben Sie etwas zu essen da?« fragte er sofort. »Und vielleicht kippen wir einen kleinen Wodka? Ich bin bis auf die Knochen durchgefroren.«

Meine zweite Frau war nicht nur eine unversöhnliche Privatpolitikerin, sondern auch eine linguistische Puristin. Das plebejische Interesse an Wodka in Verbindung mit dem Ausdruck »kippen«, diesem bei einem lebenden Klassiker nicht vorstellbaren Lieblingswort aller russischen Alkoholiker, schockierte sie. Ihr Idol geriet ins Wanken.

Verletzt rauschte sie davon, um einen »kleinen Wodka« zu holen, und später saß sie nur einen Augenblick mit uns am Tisch, wobei sie es vermied, ihr Idol anzusehen. Er war zu normal für ein Genie und scherzte zu viel für einen tragischen Schriftsteller. Ihrem Verständnis nach mußte ein Genie genial sein und ein tragischer Schriftsteller immer tragisch.

Nachdem ich unserem Gast das ihm gewidmete Gedicht vorgelesen hatte, sagte sie sofort:

»Ein schlechtes Gedicht. Wenn ich dichten könnte, hätte ich es besser gemacht.«

Als unser Gast seiner abgewetzten Aktentasche meine in Samisdat erschienene, damals verbotene Autobiographie entnahm, die er zu meiner Überraschung sorgfältig durchgearbeitet hatte, und mir seine Bemerkungen dazu mitteilte, resignierte sie ob der

Tatsache, daß ein so großer Kämpfer gegen den Kommunismus seine kostbare Zeit an derartige Nichtigkeiten verschwendete, und verschwand in die Küche.

Damals hatte ein Schriftsteller keine Wahl: Entweder er ging und druckte alles, was er wollte, im Westen – wodurch er in seiner Heimat alle Publikationsmöglichkeiten verlor –, oder er blieb und schlängelte sich durch die Zensur wie durch einen Stacheldrahtzaun, in dem er Fetzen der eigenen Haut ließ. Seine Entscheidung war so oder so tragisch.

Als dritter Ausweg blieb die innere Emigration, aber diesen Weg wählten nicht nur solch wunderbare, reine Menschen wie Sacharow oder Kopelew, sondern auch ambitionierte Sektierer von unerträglicher Bosheit, hochtrabende Snobs, Schigaljows und Petja Werchowenskis, die Dostojewskis »Dämonen« direkt entsprungen zu sein schienen, und schließlich jene mittelmäßigen Schriftsteller, für die die Politik die einzige Möglichkeit war, sich einen Namen zu machen

Einmal kam ein junger Dichter zu mir, den seine Unbekanntheit beinahe umbrachte. Er hatte die komplexbeladenen Augen eines Mucius Scaevola, der bereit war, seine linke Hand ins Feuer zu legen, um in der rechten voller Stolz die »New York Times« zu halten, in der sein Name erwähnt war.

»Wissen Sie, was Sie mit Surkow gemeinsam haben?« fragte ich ihn; der ehemalige Maschinengewehrschütze aus dem Bürgerkrieg und spätere Generalsekretär des Schriftstellerverbandes hatte mit Wonne Pasternak »entlarvt«.

»Ich hoffe nichts«, antwortete der junge, angehende Mucius Scaevola, während seine Hand in einem unsichtbaren Feuer verkohlte.

»Surkow schreibt: ›Es lebe die Sowjetmacht!‹, Sie schreiben ›Nieder mit der Sowjetmacht!‹, aber beide schreiben Sie mit denselben künstlerischen Mitteln«, antwortete ich ehrlich.

»Nichts für ungut – Sie werden noch von mir hören«, antwortete der junge Antistalinist, ohne auch nur zu ahnen, daß der ihm verhaßte junge Stalin dem georgischen Dichter Tschawtschawadse, der dessen lyrische Fähigkeiten nicht über-, dessen politische jedoch weit unterschätzt hatte, einmal fast genauso geantwortet hatte.

Meine Frau konnte politische Gedichte nicht ertragen – weder die offiziellen noch die der Dissidenten. Ihr Haß auf das System war jedoch so allumfassend, daß sie in ihrer Unversöhnlichkeit mehr Dissidentin war als alle anderen zusammen. Sie war kompromißlos bis zur Unerträglichkeit.

In diesem Geist erzog sie auch unseren Sohn.

Später rächte sich dies. Ständig zitierte man sie in die Schule. Als Zwölfjähriger hatte unser Sohn seiner unglücklichen Lehrerin folgende Frage gestellt:

»Wenn der Sozialismus tatsächlich besser ist als der Kapitalismus, wie Sie uns sagen, warum flüchten dann alle von hier nach dort, während zu uns nicht einmal die Neger flüchten?«

Seine Kompromißlosigkeit konnte sich aber auch in Grausamkeit verkehren. Als sie sich eines Tages ein neues Kleid gekauft hatte, versuchte sie aus ihm herauszukriegen, ob es ihr stehe. Er hüllte sich lange in Schweigen, dann brummte er: »Es ist fürchterlich … Noch dazu in deinem Alter.«

Doch auch seine Mutter war in ihrer unablässigen Wahrheitsliebe grausam.

Im übrigen war ich ein Dummkopf, weil ich ihre Angriffe tatsächlich für politisch hielt. Sie war mir eine wunderbare Ehefrau und eine vorzügliche Hausfrau. Sie hatte meinetwegen mit ihrem bisherigen Familienleben gebrochen, ich war ihr letzter Trumpf, auf den sie alles gesetzt hatte. Ich hatte meine Neugier noch immer nicht befriedigt, mich noch immer nicht ausgetobt, und zerfleischte sie, stach sie mit spitzen Nadeln, drängte sie in eine Ecke, aus der sie mir dann etwas Politisches zuknurrte, denn ihr Stolz ließ es nicht zu, ihre verletzte Weiblichkeit zu zeigen.

Glauben Sie einer Frau niemals, wenn sie Sie in politischen Fragen allzu heftig angreift. Denken Sie lieber nach, ob sie vielleicht als Frau verletzt worden ist. Schließlich sammelten sich zu viele

Kränkungen als Anwort auf vorangegangene Kränkungen an. Es wurde uns unmöglich zusammenzubleiben.

Ich liebte sie noch, aber gleichzeitig bemühte ich mich schon, mich in eine andere zu verlieben – »bemühen« ist hier das passende Wort. Man bemüht sich nicht, sich neu zu verlieben, wenn es einem gutgeht. Und es gelang mir, mich zu verlieben. Ich verließ mein Zuhause.

Aber wie zur Warnung wurde auf meinem Weg Blut vergossen.

Der jungen Schauspielerin, die im Schlußakt meines lyrischen Schauspiels barfuß einen Twist tanzen sollte, warfen unbekannte Verehrer eine Handvoll Nägel zu, und sie tanzte bis zum Ende der Premiere mit blutigen Füßen.

Meine Frau schnitt sich die Pulsadern auf und wurde erst im letzten Moment gerettet.

Ich kehrte zu ihr zurück, brach aber schon bald überstürzt zu einer langen und verworrenen Reise durch Südamerika auf. Ich machte Zwischenstation in einem winzigen Hotel in Kopenhagen, betrank mich ein wenig auf dem Bankett, das sich an meinen Auftritt anschloß, und bestellte, nach allen Komplimenten und Autogrammen wieder einsam und allein, eine Flasche Champagner auf mein Zimmer.

Als mir der würdevolle Herr, der mit seiner leicht gebogenen Nase einem Sterlet im Smoking ähnelte und nachts die Funktionen des Portiers und Kellners gleichzeitig innehatte, ein Tablett brachte, auf dem sich in einem silbernen Eimerchen der smaragdgrüne, mit eisigem Schweiß bedeckte Nixenkörper einer Flasche Veuve Clicquot aalte, stellte er zwei Sektkelche, die zwei gläsernen Ballerinen glichen, auf den Tisch und sah sich mit erstauntem Blick nach einer Frau um. Aber es gab keine.

»Wie? Sie sind allein, Sir?« wunderte er sich mitleidig und bot mir mit einschmeichelndem Mitgefühl an: »Das ist ein Verbrechen – allein Champagner zu trinken. Wir haben einige Kundinnen, die in der Nachbarschaft wohnen. Machen Sie sich keine Sorgen, es sind keine Prostituierten. Ausschließlich Hausfrauen mit Familie.

Sie verdienen sich lediglich ein wenig Nadelgeld dazu. Wir garantieren den Damen Diskretion und unseren Gästen ihre Gesundheit. Es ist natürlich kostspielig – hundert Dollar die Stunde, aber dafür sparen Sie die Arztkosten.«

Die »Hausfrau« – in ihren Duft »Mitsouko« wie in einen Panzer gehüllt, mit einem langen Nerz, einem großen Saphir in Form einer Träne an ihrem Finger, einem gut organisierten weißblonden Lockenchaos auf dem Köpfchen – kam mit einem ebenso weißblonden Schoßhündchen an der Leine zu mir. Wie mir diese Hüterin des heimischen Herdes erzählte, hatte sie sich von ihrem Ehemann nur für kurze Zeit losmachen können – unter dem Vorwand, den Hund spazierenzuführen. Sie hatte es sehr eilig, rührte den Champagner nicht einmal an, und nachdem sie die Leine des Schoßhündchens am Bein des monumentalen Himmelbetts festgemacht hatte, entkleidete sie sich sachlich und schnell, um auf Stachanowsche Art ihre Aufgabe der Kundenbefriedigung zu erfüllen.

Ihr Körper bewegte sich wie eine eingeschaltete, aber kalte Genußmaschine heftig unter dem meinen. Ihr Blick war vollkommen gleichgültig und abwesend, und mir schien es, als betrachte sie das Tapetenmuster an der Decke, so als wolle sie dort irgend jemandes Profil ausmachen.

Welch erniedrigender Unterschied lag zwischen ihr und jenen Frauen, die sich meinetwegen quälten, die mich quälten, aber dennoch liebten. Damals gab ich mir das Versprechen, daß ich nie wieder eine Prostituierte anfassen würde. Und ich habe Wort gehalten.

Während meiner langen Reise verließ mich die Verliebtheit langsam, und in mein Herz kehrte die Liebe zurück. Die Trennung brachte mich meiner Frau näher, aber meine Rückkehr trennte uns abermals. Die alten Kränkungen wurden wieder in ihr wach. Sie war eine wunderbare Frau, aber sie konnte weder verzeihen noch vergessen.

Als unser Sohn zwei Jahre alt war, ging ich eines Abends in Peredelkino mit ihm durch den von Mondlicht überfluteten Schnee, der unter meinen Skischuhen laut krachte, unter seinen winzigen Filzstiefeln jedoch nur ein leises Knirschen vernehmen ließ. Im Spiel mit dem Kind versteckte ich mich hinter einem Schneehaufen neben einem Gartentor, und er, der dachte, ich hätte ihn für immer verlassen, lief mit zu Tode erschrockenem Gesichtchen an dem Schneehaufen vorbei und schrie verzweifelt »Papa!«, so daß mir vor Mitleid und vor Scham ob meines dummen Scherzes fast das Herz zersprang. Es war, als hätte er geahnt, daß ich ihn eines Tages tatsächlich verlassen würde. So ist es dann auch gekommen.

Meine zukünftige dritte Frau traf keine Schuld an dieser Trennung – die war unvermeidlich.

Wir lernten uns auf recht banale Art und Weise kennen. Sie saß mit einer Freundin am Nachbartisch in dem georgischen Restaurant Aragwi, erkannte mich und sah mit ihren veilchenblauen Augen voller Schreck und Neugier zu mir herüber. Sie hatte eine Stupsnase und den zerzaust-goldenen Kopf eines kleinen Löwen. Durch die georgische Musik des kleinen Orchesters hindurch, die von einem Balkon im Saal wie ein murmelnder Bergwasserfall herunterrieselte, hörte ich mit halbem Ohr, daß sie und ihre Freundin englisch sprachen.

»Aus welchem Staat kommen Sie?« fragte ich sie, überzeugt, daß sie Amerikanerin sei.

»Ich bin keine Amerikanerin«, lachte sie. »*I am a grandmother* aller Amerikanerinnen – eine Engländerin.«

Es war ihr erster Tag in der Sowjetunion.

Sie hatte England voller Verzweiflung verlassen, auf der Flucht vor der quälenden Liebe zu einem Mann, der Bücher über das Schachspiel schrieb und für den sie lediglich eine Holzfigur war in seinen Fingern, die kühl in der Luft kalkulierten, bevor sie den nächsten Zug taten.

Sie war als Touristin gekommen, und es gelang ihr, eine Arbeitsstelle zu finden, was damals eigentlich unmöglich war. Aber ihren veilchenblauen Augen und der entwaffnenden Stupsnase konnten nicht einmal die KGB-Verantwortlichen in der Kaderabteilung des Progreß-Verlags widerstehen, und so gaben sie ihr einen Arbeitsvertrag als Übersetzerin russischer Literatur. Allerdings wartete sie vergeblich darauf, Tolstoi oder Tschechow übersetzen zu dürfen. Meistens wurde ihr die sogenannte »Generalsekretärsliteratur« angedreht – Romane, die die Generalsekretäre des Schriftstellerverbandes schrieben, wenn sie gerade keiner Versammlung beiwohnten.

Sie krümmte sich vor Lachen, wenn man ihr Sachen zu übersetzen gab wie diese: »›Komm zu mir, mein Liebster. Hast du dich wieder so abgerackert und all deine Kraft der Partei und dem Volk geopfert?‹ sagte die Kolchosvorsitzende Anfisa Charitonowna, und ihre Stimme klang vor Verlangen plötzlich ganz heiser. Und sie drückte den Schüchternen mit ihren Bäuerinnenarmen krachend an sich, und keiner der beiden konnte sich später erinnern, wie sie auf den Teppichläufer in seinem Büro geraten waren, auf dem noch die feuchten Stiefelabdrücke der Ackerbauern zu sehen waren – jener Bauern, auf denen die russische Erde immer ruhte, heute noch ruht und immer ruhen wird.«

Nie wieder habe ich einen Ausländer kennengelernt, der Rußland auf so wenig ausländische Art geliebt hätte wie sie. Obwohl sie einen Akzent hatte, wurde ihr Russisch schnell weitaus deftiger und schillernder als die Sprache vieler gebürtiger Russen.

Sie begeisterte mich durch ihre Großherzigkeit bei der Wahl ihrer Freunde: Tatarenkinder mit listigen Äuglein – der Nachwuchs des Hausmeisters in Sokolniki –, die aus ihren ausländischen Händen die Weltzivilisation in Form des vergötterten Kaugummis empfingen; langhaarige, düster romantische Heizer, die im Widerschein der höllischen Flammen in den leidvoll stöhnenden rostigen Heizkesseln sowjetischer Bauart Baudelaires »Les Fleurs du Mal« im Original lasen; Wächter öffentlicher Kantinen, die sich abends in halbkonspirative Nachtclubs verwandelten, in denen die Empörer wider die staatlichen Grundfesten ihre antistaatlichen Reden schwangen, während sie gleichzeitig die siedend heiße staatliche Suppe mit riesigen Schöpfkellen aus ebensolch riesigen Töpfen löffelten und die dampfenden, gleichsam von Mammuts stammenden Knochen nicht etwa mit billigem »Schemelgeist«, sondern vielmehr mit einem Schluck echten »Beefeaters« herunterspülten, den sie mit illegalen Devisen – von ausländischen Verlagen für ihren mutigen Nonkonformismus gezahlt – in einem »Berjoska-Laden« gekauft hatten und auf dessen Etikett ein mit einem Zeremonienstab, einer roten Livree sowie einem schneeweißen Falbelkragen ausgestatteter Haushofmeister diesen ihm völlig unbegreiflichen Russen mit britisch distanzierter Höflichkeit in den Mundwinkeln zulächelte.

Manchmal konnte ich in Zorn geraten, wenn ich zusah, daß viele die hilflose Freigebigkeit dieser jede Bitte verständnisvoll erfüllenden Engländerin ausnutzten und sie schonungslos als »Goldenen Fisch« mit fremdländischem Akzent für sich einspannten.

Wenn sie auf Urlaub nach England fuhr, kehrte sie wie ein »Erste-Hilfe-Kamel« mit Medikamenten, Jeanshosen, Turnschuhen, Pullovern, Elektrobatterien, Tennisbällen und Toastern beladen zurück. Als sie selbst jedoch der Hilfe bedurfte, verschwanden viele ihrer Kaugummi- und Klamottenfreunde auf Nimmerwiedersehen.

Nachdem sie ihr erstes Zimmerchen in Sokolniki erhalten hatte, machte sie sich heldenhaft daran, die Berge von Gerümpel, die von den vorigen Hausherren zurückgelassen worden waren, wegzuschaffen. Einmal blieb sie mit einem zerschlissenen, sich mit allen Sprungfedern sträubenden alten Sofa in der offenen Fahrstuhltür stecken. Ihr Etagennachbar – ein Schlosser, der auf den Spitznamen Slawunja hörte und dessen Hose derart lange, inzwischen stabilisierte Fransen aufwies, daß das Beinkleid aus verblichenen Fahnen mit ehemals goldenen Troddeln genäht zu sein schien – half ihr, das Sofa bis zur Müllgrube zu schleppen. Nachdem dies geschehen war, nahm er seine Mütze ab, zerknüllte sie in der Hand und nuschelte mit einer gewissen Verlegenheit:

»Jetzt ist ein Magarytsch fällig, Nachbarin.«

Die Engländerin verstand nicht.

»Verzeihen Sie, was bedeutet Magarytsch? Ist das ein Name?«

»Nein – das ist Geld oder auch ein Fläschchen.«

Die Engländerin begriff, brachte ihm eine angebrochene Flasche Whisky und goß den Rest in ein Glas. Slawunja stürzte das Glas in einem Schluck herunter, ging dann aber nicht, sondern druckste, druckste.

»Legst du vielleicht noch einen Fünfer drauf – für ein Bierchen? Immerhin sind wir Nachbarn. Und ich kann dir wieder mal behilflich sein.«

Das erschütterte sie. Sie konnte nicht verstehen, daß ein Mann, noch dazu ein Nachbar, von einer Frau Geld und Schnaps für seine Hilfe verlangte.

Genauso wenig fassen konnte sie in der ersten Zeit, wenn sie in den Moskauer Straßen die vielen Menschen sah, die in überquellenden Einkaufsnetzen Apfelsinen schleppten, welche manchmal durch die aufreißenden Maschen rutschten, so daß orangefarbene Kugelblitze ausgelassen unter die Autoräder hüpften.

»Warum gibt es bei euch in der Sowjetunion diese Apfelsinenmanie? Warum kaufen alle so *many oranges*?«

Aber das Leben im Sozialismus, der sich selbst besiegt hatte, lehrte sie schnell, welche Weisheit hinter derartig umfangreichen Gelegenheitskäufen steckte.

Eines Tages bewirtete sie mich mit Ananas – keine aus der Konserve. Hinter dem harten, beinahe schildkrötenartigen Panzer versteckte sich der zarte goldene Leib, der sich mit allen Fasern in der Süße des eigenen Saftes aufzulösen schien.

Die erste Ananas meines Lebens hatte mir mein Vater schon vor dem Krieg mitgebracht. Niemand in unserer Familie wußte, wie man sie essen sollte. Die Ananas war mexikanischer Herkunft, und in ihrem Geruch lag nichts Sowjetisches. Sie verströmte den betörenden Duft der uns verschlossenen restlichen Welt. Dank eines unerwarteten Anfalls guter Laune im Staatshandel tauchten Ananas in den Moskauer Läden zum allererstenmal nach der Oktoberrevolution ausgerechnet zur Zeit der Massenverhaftungen Ende der dreißiger Jahre auf, so als sollten sie das Leben immerhin ein wenig versüßen und in den Schaufenstern den Anschein erwecken, als sei man von der Zivilisation dieser Welt nicht ganz so isoliert. Allerdings verschwanden diese die Phantasie der einfachen sowjetischen Bevölkerung allzusehr anregenden Früchte aufgrund irgendeiner, vielleicht höchst politischen Entscheidung genauso schnell wieder, wie sie aufgetaucht waren.

Die zweite echte Ananas ergatterte ich erst wieder zur Zeit des nicht lange währenden Chruschtschowschen Tauwetters, als man in Moskau zum erstenmal Bilder von Picasso ausstellte, Yves Montand einlud, den Jazz von Benny Goodman zuließ und italienische Mokassins zu verkaufen begann, die sich biegen ließen wie die scheinbar aus Gummi bestehenden knochenlosen Zirkuskinder. Diese Ananas war es, mit der ich zu meiner ersten Frau gefahren war, um mich mit ihr zu versöhnen, doch nicht einmal mehr die Ananas hatte mir helfen können.

Der dritten Ananas meines sowjetischen Lebens begegnete ich schließlich in Sokolniki, in der winzigen Küche der Engländerin.

»Woher kommt das?« brachte ich überwältigt hervor und traute meinen Augen nicht.

»From the local Laden ›Obst und Gemüse‹«, sie lächelte überlegen, *»discover your own country.«*

»Warum hast du denn nur eine gekauft?« konnte ich mir nicht verkneifen.

»Ich halte nichts von dieser sowjetischen Angewohnheit, den ganzen Shop leer zu kaufen«, lautete ihre stolze Antwort.

Da sie allerdings während der elf folgenden Jahre, die sie in der Sowjetunion verbrachte, in keinem einzigen *local »Obst und Gemüse«* auch nur eine einzige weitere Ananas sah, verwandelte sie sich schnell in eine ausgekochte sowjetische Warenbeschafferin und schleppte sogar während ihrer Schwangerschaft riesige Einkaufstaschen heldenhaft nach Hause. Wenn sie im Urlaub zu ihren Eltern nach England fuhr, tuschelten diese alarmiert, welch unnormal riesige Mengen an Lebensmitteln ihre Tochter immerzu einkaufe – schließlich könne man dasselbe doch in kleinen frischen Portionen jeden Tag kaufen. Aber sie scherzte im Brustton fröhlicher Überzeugung, daß sich eben nur Sowjetmenschen so aufrichtig freuen könnten, wenn sie unter größten Mühen endlich irgendein Kleidungsstück oder irgendeine Delikatesse erhascht hätten.

Einmal traf ich verfrüht an der Metrostation Sokolniki zu einer Verabredung mit ihr ein und sah sie, ohne daß sie mich bemerkt hätte. Von den vierzig Grad Frost rot wie ein Hefekuchen, schlug sie sich den Bauch mit dampfend heißen Piroggen voll, die ihr die riesige, an einen Feuerwehrturm erinnernde Verkäuferin in fettverschmierter weißer Schürze hervorholte.

Dies Engländerin verschlang die Piroggen mit typisch russischem Vergnügen, und durch ein Loch im Hosenbein ihrer abgewetzten Jeans war ein vor Kälte rotgefrorenes Stück ihres jungen, sommersprossigen, mit goldenen Härchen bedeckten Beins zu sehen, das keine Angst gehabt hatte, sich auf russisches Terrain zu wagen, das bekanntlich voller gefährlicher Schlaglöcher ist und auf dem man so leicht ins Stolpern geraten kann.

Sie liebte das stille Grab von Pasternak, auf dem es immer frische Blumen gab – entweder lagen sie einfach auf dem kleinen Hügel, oder sie standen in mit Wasser gefüllten Gläsern und Kefirflaschen neben den Zweigen einer Eberesche oder neben einem einsamen Apfel.

Sie liebte die Lieder von Okudshawa, die still und geisterhaft sind wie die nächtlichen Trolleybusse, die in der Nacht über den nassen Asphalt gleiten und deren Lichter sich in den Pfützen wie Wasserpflanzen schaukeln; die Prosa von Juri Kasakow, die dem Nebel über den Mooren des Nordens ähnelt, in denen Faulhölzer schimmern; die zarten und dennoch furchteinflößenden Mißgeburten auf den Bildern von Oleg Zelkow, die so nachdenklich Blumen kauen und ihre Füße in den rosaroten unschuldigen Leib einer Wassermelone stecken; das Theater an der Taganka, wo Wolodja Wyssozki in einer Matrosenjacke die Eintrittskarten auf das Bajonett eines Gewehrs spießte; die Episode aus dem Film »Andrej Rubljow« über den Jungen, der während der Tatarenherrschaft im Leib der russischen Erde eine riesige Glocke gießt und dann am Straßenrand weint, weil er so Großes vollbracht und weil die jubelnde Menge ihn vergessen hat.

Sie liebte meinen lahmen, halbblinden Hofhund Bim, den man mit einer Zange aus dem Bauch seiner Mutter ans Licht dieser Welt gezogen hatte; unseren »Familienfotografen«, den Kybernetiker Israil Borissowitsch, der früher bei den Luftlandetruppen gewesen war und jetzt stets begeistert wie ein Kind und gleichzeitig voller Furcht vor etwas Unbekanntem oder nur vor einem Pogrom umherlief; den Kunsthistoriker Ljoscha Gastew, den fünfzehn Jahre Lagerhaft zum Krüppel gemacht hatten und der sein ganzes Leben lang über Michelangelo schrieb, obwohl man ihn kein einziges Mal nach Italien gelassen hatte. Sie liebte Schwarzbrot, eingemachte Antonow-Äpfel, usbekischen Plow, den georgischen Wein Odshaleschi, riechenden Omul aus dem Baikalsee, die Pilzcreme meiner Mutter, meine Mutter und mich, so wie ich war.

In Rußland liebte sie es sogar, Schlange zu stehen, denn dabei lernte sie oft nette Menschen kennen, die lud sie dann zu uns nach Hause ein, wo sie im Backofen ihren geliebten *Sheppards Pie* zubereitete, um die Gäste mit etwas Englischem zu bewirten.

In meine erste Frau verliebten sich alle. Vor meiner zweiten Frau hatten alle Respekt. Meine dritte Frau vergötterten alle. Fast alle.

Ein Schriftsteller, der ganz versessen auf Spionagegeschichten war und immer nur in der fleckig-froschfarbenen Uniform der afghanischen Rotmützen ins Restaurant ging, wurde einmal in meiner Anwesenheit unverschämt und sagte: »Mädchen, nun erzählen Sie mir bloß nicht das Märchen, daß Sie als armes Aschenputtel nach Rußland gekommen sind, um sich hier einen Mann wie einen Kristallschuh zu angeln. In England war es wie bei uns noch nie eine Schande, etwas für die Heimat zu tun. Denken wir nur an Somerset Maugham und Graham Greene.«

Ich rief ihn in den Vorraum und sagte, daß er sich ganz schnell Schläge einhandeln würde, wenn er nicht sofort mit seinem betrunkenen Geschwätz aufhörte.

»Mein Alter, du verstehst doch überhaupt nichts von diesen Engländerinnen. Sie hat das als Kompliment aufgefaßt ... Sie und ich, wir sind doch Profis.« Er zuckte friedfertig die Achseln.

Und als mir der Sekretär des Zentralkomitees für Ideologie den Kopf wusch wegen meiner in »Life« erschienenen Reportage über die Mongolei, die »unsere mongolischen Freunde« schwer empört habe, fügte er plötzlich noch streitsüchtig hinzu: »Und Ihre Heirat mit einer Engländerin ist ja auch ziemlich schrullig. Wie kann man bloß auf so was kommen! Warum müssen Sie sich immer wieder der Gesellschaft entgegenstellen und sie reizen?«

Ich stand auf und sagte: »Sie sprechen von der Mutter meiner beiden Kinder. Wenn Sie sich nicht augenblicklich entschuldigen, werde ich sofort gehen.«

Mit hastiger Wendigkeit legte er mir den Arm um die Schultern und drückte mich auf meinen Sitz zurück.

»Na gut ... Lassen wir die persönlichen Dinge ... Aber trotzdem sollte man die Gänse nicht reizen ... Weder die mongolischen noch die einheimischen ...«

Und die Gänse begannen tatsächlich zu schnattern.

Bei meinen Auftritten wurden mir Zettel zugesteckt wie: »Gibt es in Rußland etwa so wenige würdige Frauen, daß Sie sich per Anzeige eine aus England kommen lassen mußten? Damit haben Sie Ihre Landsmänninnen beleidigt.«

Keine von ihnen kam auf die Idee, daß ich keine Engländerin geheiratet hatte, sondern einfach die Frau, die ich liebte. Es müssen wohl noch einige Generationen in Rußland geboren werden, bevor die Menschen begreifen, daß Liebende immer derselben Nationalität angehören. Aber meine Engländerin lebte nach einer weisen Regel: Vergiß die Welt, in der man dich nicht liebt, und lebe nur in der, in der du liebst und wiedergeliebt wirst.

Die Georgier und Abchasier vergötterten sie, als ich am Ufer des Schwarzen Meeres in Gulripsch das einzige Haus, das mir in meinem Leben gehörte, aus rosarotem Tkwartscheli-Tuffstein baute und wo wir – sie und ich – mit eigenen Händen unter der Leitung meines Nachbarn Bitschiko zarte Mandarinen- und Apfelsinensetzlinge in die Erde eingruben, während sie sich mit ihren durchgescheuerten Arbeitshandschuhen aus Segeltuch die Schweißperlen von der Stupsnase wischte, mich mit ihren verschmitzten veilchenblauen Augen ansah und flüsterte: »*It seems to me*, daß englische Rosen sehr gut zu den Feijoa *of* Gulripsch passen würden.«

Als ich aufbrach zu einer Flußfahrt auf der Kolyma und sie damit betraute, für das Haus in Gulripsch Möbel zu organisieren, erreichte mich irgendwo in Sinegorje, zehntausend Kilometer von ihr entfernt, ein fast schon verzweifeltes, aber dennoch fröhlich klingendes Telegramm: »Kämpfe mit den Möbeln. In Liebe.«

In Swanetien bat sie um ein Pferd, schwang sich leicht in den Sattel und flog über die Felsspalten, als säße sie auf dem geflügelten Roß Merani, dessen schwarzer Schweif im Wind lodert wie eine schwarze Fackel. Die vor Erstaunen völlig verwirrten Swanen konnten sie nicht einholen, doch als echte Gentlemen beugten sie sich der Überlegenheit dieser einzigartigen Engländerin. Voller Begeisterung warfen sie ihre mit schwarzen Troddeln geschmückten Wollmützen, aus denen man, wie sich später zeigte, sogar Champagner trinken konnte, in die Luft. Sie schenkten ihr einen Berg und sagten, daß sie ihn mitnehmen könne, wann immer sie wolle.

Meine Freunde von der Flußfahrt auf der Kolyma tauften unser Motorboot ganz ohne mein Zutun nach ihrem Mädchennamen »Jan Butler«.

In Sima war sie seit den Verbündeten Koltschaks die erste Ausländerin. Furchtlos lenkte sie den Lastwagen meines Onkels, dessen Räder mit schweren Ketten umwickelt waren, durch die Sümpfe, und bei Wologda saß sie am Steuer eines Streifenwagens, auf dessen Dach unsinnig, aber furchteinflößend das Blaulicht loderte, während auf dem Rücksitz der bis zur Bewußtlosigkeit betrunkene Chef der Verkehrsmiliz schnarchte.

In einem aus Holzhäuschen bestehenden kleinen Dorf hoch im Norden kramte ein uralter Greis ihr zu Ehren einen nach Mottenpulver riechenden Anzug aus einer Truhe. Er hatte ihn vor dem Ersten Weltkrieg für seine Hochzeit nähen lassen und forderte uns nun auf, an dem Stoff zu reißen, und zwar kräftig. Der Stoff hielt es aus.

»Ängisch!« sagte der Greis mit einer Hochachtung, die sich auch auf meine Frau übertrug.

Eines Abends besuchten wir in einem ehemaligen Moskauer Kaufmannshaus, das längst in eine Gemeinschaftswohnung umgewandelt war, ein privates Gitarrenkonzert.

»Ich möchte Ihnen eine Freude machen, bezaubernde Lady aus dem Land von Geoffrey Chaucer und Jack the Ripper«, krächzte einer der Alteingesessenen des Hauses, Autor vieler Estradenhumoresken und ehemaliger Lagerinsasse, mit knirschender Stimme, denn in seine Kehle war nach einer Krebsoperation ein Röhrchen eingebaut. »Aber zu diesem Zwecke müssen wir, Pardon, die Gemeinschaftstoilette aufsuchen, und zwar, Pardon, im Kollektiv.«

Ich schloß mich dieser Exkursion an.

Der Humorist und Lagerinsasse öffnete eine Tür, deren Außenseite mit Dutzenden von Telefonnummern beschrieben war, während auf der Innenseite Anal-Folklore prangte. Mit theatralischer Majestät wies er mit einem knorrigen Stock, dessen Knauf von Schnitzkünstlern im Lager von Magadan gearbeitet worden war und den Kopf von Leo Tolstoi darstellte, in die Mitte des Toilettenraums.

»Also, was sehen Sie vor sich, bezaubernde Lady aus dem Land von Oscar Wilde und Aubrey Beardsley?«

»*We call it ›watercloset‹*. In der Sowjetunion heißt es ›Klosettbecken‹. Ich zitiere Ihren Dichter Nikolai Glaskow: ›Man sagt mir oft, die Fenster der TASS seien von größerem Nutzen als meine

Gedichte. Auch ein Klosettbecken ist von Nutzen, nur ist es eben nicht Poesie‹«, bestand die Engländerin gelassen die Prüfung.

»Bravo, bezaubernde Lady aus dem Land von Isaac Newton und Vivian Leigh. Und was glauben Sie, wie alt dieses, Pardon, Klosettbecken ist?«

»*Old enough*«, zögerte die Engländerin.

»Wenn Sie geruhen wollen, Ihr wunderschönes goldenes Köpfchen ein wenig näher zu jenem Altar der Hygiene hinabzubeugen, wobei Sie nicht versäumen sollten, Ihre unnachahmliche Stupsnase zuzuhalten, um einen Aromaschock zu vermeiden. Haben Sie Ihr Köpfchen hinabgebeugt? Halten Sie Ihre Nase zu? Wunderbar ... Darf ich Ihnen nun mit einem Streichholz leuchten? Dort, auf dem Boden des Klosettbeckens, gibt es eine Aufschrift. Heutzutage nennt man das ein Firmenzeichen.«

Auf dem Grund des früher einmal schneeweißen, inzwischen durch das sowjetische kommunale Leben geschwärzten Klosettbeckens erblickte die erstaunte Engländerin zwischen den Spinnweben der trauerfarbenen Sprünge folgende Schrift:

»Prescott Sparks and Sons. Made in England 1891«.

»Nun, bezaubernde Lady aus dem Land von Doktor Flemming und Prescott Sparks, habe ich zur Steigerung Ihres Nationalstolzes beitragen können, ja?« fragte der Humorist und Lagerinsasse zufrieden. »Können Sie sich vorstellen, auf welche Anthologie von Hinterteilen dieses unverwüstliche Monument angelsächsischer Zivilisation zurückblicken kann – da es Alexander III. und Nikolaus II., Kerenski und Lenin, Stalin und Chruschtschow überlebt hat und jetzt ebenso stoisch Breshnew erträgt?«

Der Humorist und Lagerinsasse beugte sich zu dem rosaroten englischen Ohrläppchen mit dem vor Neugier zitternden Ohrring und zischelte in vertraulichem Flüsterton: »Dieses Klosettbecken, meine bezaubernde Lady aus dem Land, in dem Marx begraben liegt und in dem die Ladenkette ›Marks and Spenser‹, die einzige gewinnbringende Spielart des Marxismus, floriert und gedeiht, dieses Klosettbecken birgt in sich die Erinnerung an die rosigen

Hinterteile der Kaufleute aus der vorrevolutionären Ära, an die mit nervösem Ausschlag bedeckten Hinterteile der Tschekisten, an die tätowierten Hinterteile der Banditen, wo eine Katze auf einer Pobacke eine Maus auf der anderen jagt, an die des Wackelns müden Hinterteile der Prostituierten aus den Zeiten der NÖP, an die fast schon rosig gewordenen, dann aber gänzlich verschwundenen Hinterteile der NÖP-Männer, an die siegreich rosigen Hinterteile der Parteiapparatschiks vor ihrem langersehnten Umzug von diesem kommunalen auf ein persönliches Klosettbecken und schließlich an unsere zeitgenössischen, vor Hast zuckenden Hinterteile, die sich eilig bemühen, ihren wenig beeindruckenden Inhalt der Ewigkeit zu überantworten.

Die Biographie dieses Klosettbeckens, meine bezaubernde Lady aus dem Land des Spions Philby, wo auf dem fruchtbaren Boden eines Aktenordners mit dem Stempel ›Streng geheim‹ die kommunistische Romantik in prachtvollen Farben erblühte, die Biographie dieses Klosettbeckens offenbart zwei Spielarten der Beziehung zwischen Mensch und Klosettbecken – diesem schweigsamen, aber treuen Freund des Menschen. Die erste Spielart drückt sich darin aus, daß jene Menschen, die den Prozeß der Befreiung ihres Organismus von überflüssigen Schlacken respektieren, ihre weichen Körperteile ordentlich auf dem dafür bestimmten Rahmen niederlassen, den sie zuvor ordentlich mit Toilettenpapier abgedeckt haben. Die zweite Spielart liegt vor, wenn man mit den Sohlen eisenbeschlagener Stiefel direkt auf dieses leidgeprüfte Klosettbecken steigt, dort in der sogenannten Adlerstellung verharrt und so den schneeweißen Leib des Klosettbeckens erbarmungslos zerstört.

Aber darin liegt ja die Größe eines Prescott Sparks und seiner Söhne, daß sie im Gegensatz zu Marx und Engels, die unsinnigerweise auf die Vervollkommnung des Menschen vertrauten, die zweite Spielart menschlichen Verhaltens, nämlich diese aggressive Unvollkommenheit, prophetisch vorhersahen und ihre Vorahnung in die Berechnung der Haltbarkeit eines Klosettbeckens mit einbezogen. Ich bin nicht etwa gegen den Sozialismus, ich bin vielmehr für den Sozialismus der Klosettbecken mit angelsächsischem Antlitz.

Falls Sie, meine bezaubernde Lady, eines Tages die Nachkommen des Mister Prescott Sparks treffen sollten, sagen Sie ihnen, daß ihre Idee ungeachtet der moralischen Unterentwicklung im sogenannten entwickelten Sozialismus noch immer lebt, daß die zähesten Klosettbecken, vom Genie ihrer Vorfahren erschaffen, aufgrund ihrer Qualität nun als Veteranen der Welthygiene, die der Exkrementenlawine der gesamten Menschheit widerstanden haben, den Weg ins einundzwanzigste Jahrhundert finden werden.«

So begegnete meine Frau an den überraschendsten Orten – sogar auf dem Abort einer Gemeinschaftswohnung – dem tiefen Respekt der russischen Herzen vor der angelsächsischen Kultur ihres Vaterlandes.

Ein aus Angst vor der eigenen Minderwertigkeit ständig angespannter Gedichteschreiber – die Angst hatte ihn trotz seiner tatarischen Wangenknochen zu einem wütenden Kämpfer des russischen Chauvinismus gemacht – war mit uns zu einem Geburtstag eingeladen und drängte sich dort meiner Engländerin förmlich auf, um sie für seine Auffassung der Rassenreinheit zu gewinnen.

»Wir Russen und ihr Engländer müssen uns endlich vereinigen ... Man muß Tolstoi und Dickens vor der jüdischen Weltverschwörung retten.«

»Und woher wissen Sie, daß Sie kein Jude sind?« fragte ihn meine Engländerin spöttisch.

»Was wollen Sie damit sagen?« fragte er nervös, und seine Augen hüpften hinter den Brillengläsern wie zwei Raubtiere im Käfig.

»Ich kann beispielsweise nicht hundertprozentig von mir sagen: *I am not a jew*. Was weiß ich denn schon von den Sünden meiner Urgroßmutter«, lachte sie, »also seien auch Sie lieber vorsichtig.«

Manchmal vergaß sie, daß sie Ausländerin war, was damals gefährlich war. Einmal bat sie mich, sie nach Gorki mitzunehmen, wo ich einen Wagen direkt im dortigen Autowerk abholen wollte. Nach den schweinischen Gesetzen, die auch heute noch nicht außer Kraft sind, mußte sie als Ausländerin für jeden Punkt der Sowjetunion, an den sie reisen wollte, ein zusätzliches Visum beantragen. Aber ich war sehr in Eile, und so hatten wir keine Zeit, ein Visum nach Gorki zu beantragen. Ich glaubte für alles Vorsorge getroffen zu haben, um jeden Konflikt mit der Miliz zu vermeiden. Da die Pässe aller Flugreisenden kontrolliert wurden, hatte ich Bahnfahrkarten gekauft und meinen Bekannten, einen Dirigenten aus Gorki, angerufen, um ihn zu bitten, mich und »eine gute Bekannte« bei sich aufzunehmen. Er hatte begeistert zugestimmt, was uns vor der Paßkontrolle im Hotel bewahrte, und sich geschäftig erkundigt, was ich und meine Bekannte gern zum Frühstück äßen. Ich sagte im Scherz, daß wir Ananas in Sekt, Haselhuhn in Sahne sowie schwarzen Kaviar bevorzugten. Frühmorgens holte uns der Dirigent mit offenen Armen am Bahnhof voller Freude, liebe Gäste aufnehmen zu dürfen, und in jeder Hand glänzte ein frischer, violett-silberner Fliederstrauß, beide so festlich, so musikalisch, als steckte in jedem der Sträuße ein Zauber-Dirigentenstab.

Er brachte uns sofort zum alten Kreml von Gorki und erzählte – ungeachtet seiner jüdischen Herkunft – mit dem Stolz eines russischen Fast-Nationalisten von der Geschichte Altrußlands, das sich hier, am Ufer der Wolga, behauptet hatte. Die benzingeschwängerte, radioaktive Luft des zwanzigsten Jahrhunderts war urplötzlich erfüllt vom Zischen der fliegenden, mit Habichtsfedern geschmückten tatarischen Pfeile und vom Geläut der Sturmglocken in den verkohlten Kirchen mit ihren goldenen Kuppeln. Seine Hände, wollten sie die über uns fliegenden Düsenjets an den Schwänzen packen, flogen über dem Wolgahügel hin und her; in seinen jüdischen Augen standen auf ewig die Gespenster der Pogromhelden, die in ihren Fäusten Pflastersteine mit den daran klebenden blutigen Haaren ermordeter Kinder hielten.

»Wie merkwürdig, daß es hier überhaupt keine ausländischen Touristen gibt. Es ist hier so wunderschön«, sagte meine Engländerin.

»Wieso merkwürdig?« Der Dirigent zuckte die Achseln. »Gorki ist eine für Ausländer absolut verbotene Stadt. Schließlich haben wir hier eine riesige Panzerfabrik und auch sonst noch viel Strenggeheimes.«

Mir wurde vor Schrecken ganz kalt, als ich begriff, daß meine Engländerin durch meinen Leichtsinn des Verstoßes gegen die Paßordnung sowie der Spionage beschuldigt werden konnte. Aber in ihren veilchenblauen Augen tanzten ausgelassene Teufelchen wie Piraten mit Dolchen zwischen den Zähnen, die über unsichtbare Masten ihre Pupillen erstürmt hatten.

Mir fehlten die Worte, und so schwieg ich bedrückt, während der Dirigent fortfuhr, zu erzählen und uns seine Stadt zu zeigen, ohne noch zu ahnen, daß sie schon sehr bald zum Verbannungsort für Sacharow werden sollte, gerade weil sie für Ausländer gesperrt war. Während der Dirigent vor seiner Wohnungstür in allen Taschen nach dem Schlüssel suchte, erblickte ich an der gegenüberliegenden Tür die in eine Messingtafel eingravierte, imposante Aufschrift: General der Miliz soundso.

»Ich habe lustige Nachbarn, was?« schmunzelte der Dirigent. »Dafür brauche ich keine Angst vor Dieben zu haben.«

Aber mir wurde im Gegensatz zu ihm ganz schlecht.

»Ihr verzeiht, ich habe das Frühstück in der Küche vorbereitet, auf Junggesellenart«, entschuldigte sich der Dirigent. Als wir dann in die winzig kleine Küche traten, erstarrten wir.

Auf dem Fußboden stand ein Eimer – zwar nicht aus Silber, sondern aus Plastik – mit halbgeschmolzenem Eis, aus dem vier Flaschen Sekt ragten, und auf dem mit einem schneeweißen Tuch bedeckten Tisch prangte tatsächlich eine Ananas, die vierte in meinem sowjetischen Leben. Sie ähnelte einer Miniatur des unvergeßlichen Pavillons auf der amerikanischen Nationalausstellung 1959 in Sokolniki. Daneben, mit durchsichtiger Folie abgedeckt, Haselhühner mit Preiselbeeren und ein tiefer Suppenteller, gefüllt mit gewildertem, grobkörnigem schwarzem Kaviar, der aussah wie frischer, von der Stahlwalze noch nicht festgefahrener Asphalt.

»Oh, das ist das schönste Frühstück meines Lebens!« rief meine Frau.

»Sie haben einen leichten Akzent«, bemerkte der Dirigent und blickte sie forschend an. »Sind Sie aus dem Baltikum?«

Sie schwieg verwirrt und wurde rot wie eine Schülerin, die beim Schummeln erwischt wird.

»Verzeihen Sie, daß ich es Ihnen nicht gleich gesagt habe. Ich bin aus England.«

Ich glaubte, daß unser Gastgeber einen Infarkt bekommen würde, aber es kam ganz anders.

»Daß Sie aus dem Baltikum sein könnten – das war nur eine schwache Hoffnung. Ich habe längst begriffen, daß Sie nicht von hier sind«, sagte er unerwartet gefaßt.

»Aber wie denn nur?« entfuhr es ihr.

»Wir Sowjetmenschen haben alle eine gewisse Befangenheit. Selbst wenn wir uns lässig und rüpelig geben. Man kann uns von Kopf bis Fuß in Kleider von Saint Laurent oder Christian Dior stecken, wir sind trotzdem gleich zu erkennen. Sie – Sie sind aus einer anderen Welt. Sie haben nicht von Kindheit an Schlange gestanden.«

»Aber jetzt stehe ich Schlange«, entgegnete meine Engländerin sogar mit Stolz. »Verzeihen Sie, aber wir wußten nicht, daß Gorki eine verbotene Stadt ist.«

»Sie brauchen keine Angst zu haben«, sagte der Dirigent. »Wenn sie uns ins Gefängnis werfen, dann uns alle zusammen.«

Es klingelte. Wir sahen einander an. Das Klingeln wiederholte sich.

»Sollte in unserem Land etwa noch jemand arbeiten? Na, vielleicht der KGB«, scherzte der Dirigent unfroh und ging zur Tür.

Durch die Tür trat nicht, sondern stürmte ein dicker Mann um die sechzig, Hausschuhe an den nackten Füßen, in Dynamo-Trainingshosen mit ausgebeulten Knien und einem Unterhemd, aus dem oben das graue Gestrüpp der Brusthaare herausquoll, es wucherte wie Steppengras um eine Tätowierung herum, die aus den ungewöhnlichen Worten bestand: »Allein trete ich auf die Straße hinaus«.

»Nachbar, hast du nicht ein Schlückchen gegen den Kater? Nein, nein – Sekt nicht. Irgend etwas Stärkeres ...«

Ich und meine Engländerin begriffen, daß dies niemand anderes als der Milizgeneral war.

Erfüllt von gutnachbarlichen Gefühlen, die sich mit geheimem Grausen vor der Staatsmacht mischten, selbst wenn diese in Hausschuhen auftrat, blickte der Dirigent in den Kühlschrank, in das Küchenbuffet und unter das Spülbecken, um dann bekümmert die Arme auszubreiten.

»Aber vielleicht hast du wenigstens ein bißchen Eau de Cologne?« fragte der General hoffnungsvoll und legte die schmerzende Stirn gequält in Falten.

»Gestern habe ich dem Klempner den letzten Flakon Chypre gegeben«, bekannte der Dirigent schuldbewußt.

»Ich habe ein Parfüm dabei«, rief da meine Engländerin mit wohltätigem Enthusiasmus, öffnete geschäftig ihr Täschchen und zog einen Flakon heraus, der sofort in der ausgestreckten Pranke des vor Durst verschmachtenden Generals verschwand.

»Das ist ›Opium‹«, erklärte meine Engländerin.

Der General, der den Deckel abschraubte, fuhr zusammen wie ein Wachhund, und selbst seine Ohren spannten sich.

»Rauschgift?« fragte er, und seine trüben Augen nahmen einen zielgerichteten, professionellen Ausdruck an, während auf dem Goldenen Stern des Helden der Sowjetunion, der ihm von Breshnew persönlich für die Aufdeckung des größten Rauschgiftvergehens im Gebiet Gorki überreicht worden war, Lichtreflexe zu funkeln begannen.

»Nein, das ist nur der Name.« Meine Engländerin brach in ein klingendes, vom sowjetischen Gerenne nach Büstenhaltern und Toilettenpapier unbeschadet gebliebenes Lachen aus.

»Ach so«, der General beruhigte sich ein wenig enttäuscht und stürzte das Parfüm direkt aus dem Flakon hinunter, dessen Wirkung ein Ächzen hervorrief. »Das Zeug stinkt zum Gotterbarmen, hol's der Teufel, aber die Prozente stimmen. Trotzdem, unser Eau de Cologne ist besser.«

Da plötzlich sah ich, daß aus dem sorglos geöffneten Täschchen der blau-goldene Einband ihres britischen Passes herauslugte, auf dem zwei durch das parlamentarische System preisgesenkte Löwen die Königskrone umarmen wie treue Wächter. Gott sei Dank gelang es mir, den britischen Paß lässig mit der Zeitschrift »Sowjetische Musik« zu bedecken. Ja, es gab so einiges, woran wir uns nach unserer Gorki-Reise erinnern konnten.

Und dann lud sie mich nach England ein, und ich war zum erstenmal nicht als Dichter, sondern als Verwandter im Ausland.

Ihr Großvater war Millionär, nicht im amerikanischen, sondern im englischen Sinne des Wortes: Er besaß ungefähr eine Million Pfund. Als Junge hatte er als Verkäufer in einem Gemüseladen angefangen und war dann mit Treibhäusern reich geworden. Einmal hatte er sogar damit experimentiert, in England Ananas anzubauen. In seinem Sechzehnzimmerhaus, in dem er und seine Frau lebten, gab es mit Ausnahme der Bibel kein einziges Buch.

»Wozu soll ich noch andere Bücher kaufen, wenn doch alles in der Bibel steht und ich nicht einmal die ganz durchgelesen habe«, sagte er mir.

Er begegnete mir mit Respekt, nachdem er gesehen hatte, daß ich meine Cordhosen selbst bügelte.

»Cord ist ein schwieriges Material«, bemerkte er. »Sie tun gut daran, Cord durch eine Zeitung zu bügeln. Das ist auch das einzige, wozu Zeitungen gut sind.«

Eine ziemlich reiche Verwandte meiner Frau erschien plötzlich mit einem Nerzmantel über dem Arm bei ihr.

»Probier doch mal an.«

Nachdem meine Frau den Mantel angezogen hatte, rief die Verwandte aus: »Wie für dich gemacht. Es ist beschlossene Sache – er gehört dir.«

Meine Frau errötete, küßte die Verwandte dankbar auf die Wange und warf mir verstohlen einen stolzen Blick zu – sieh mal, was ich für Verwandte habe.

Aber die Verwandte nahm ihr das Geschenk kichernd wieder ab.

»Ich halte mein Wort. Er gehört dir, meine Liebe, dir allein ... aber erst nach meinem Tod.« Und sie fuhr fort zu kichern, denn sie fand ihren Scherz wohl geistreich.

Ich konnte meiner Frau nicht ins Gesicht sehen – so niedergeschmettert und gedemütigt sah sie aus.

Am nächsten Tag ging ich zu meinem Londoner Verleger, schwatzte ihm einen Vorschuß auf einen Fotobildband ab und kaufte meiner Frau einen Nerzmantel. Ich habe sie nie so strahlen gesehen. Es ging natürlich nicht um den Mantel – ihr waren Klamotten ganz egal! –, sondern um ihren Stolz.

Ihre Finger waren ein Beweis für ihre »niedere« Herkunft – sie waren dick wie Taue aus Manilahanf und knorrig wie die Wurzeln der Eichen im Sherwood Forest. In ihrer Sippe, die von französischen Haudegen und englischen Piraten abstammte, war sie die erste, die eine akademische Ausbildung erhalten hatte, noch dazu in Cambridge. Davor war sie an dem strengen Mädchencollege in Cheltenham gewesen und hatte dort, den Kopf unter dem Federbett, mit einer Taschenlampe, solche wohl kaum zur Lektüre empfohlenen Bücher wie »Lady Chatterley« oder »Lolita« gelesen. Sie war Mannschaftskapitän des Colleges beim Rasenhockey gewesen, konnte vorzüglich schwimmen und beherrschte alle Handgriffe des Boxens und des Jiu-Jitsu.

Als mir einmal im Restaurant des Theaterklubs ein betrunkener unbedeutender Schauspieler auf die Pelle rückte und seine speckige Krawatte in meinen Salat baumeln ließ, machte sie mit einem bezaubernden Lächeln auf den Lippen eine blitzartige Bewegung, so daß er gegen die Wand krachte und dann zu Boden glitt wie ein Sack voller Knochen. Später bekam auch ich zweimal die Kraft ihres Schlags zu spüren – einmal ins Gesicht, worauf ich ein paar Tage lang mit der Haltung eines disziplinierten Soldaten umherlief, der immerzu nur nach rechts blickt, und ein zweites Mal mit dem Fuß genau an die Stelle, die es verdient hatte.

Sie war ein verwegenes Mädchen. Als wir auf der Fahrt nach Londonderry in eine Schießerei zwischen Protestanten und Katholiken gerieten, die verschiedene Seiten der Chaussee besetzten, drückte sie kurz entschlossen mit der Handfläche meinen Kopf nach unten und trat, ihren eigenen Kopf tief über das Lenkrad gebeugt, grimmig auf das Gaspedal. In meiner zusammengekauerten Haltung sah ich überhaupt nichts, vernahm nur das Heulen des Motors, Schüsse und grobe englische Schimpfwörter aus ihrem herzförmigen Mündchen. Plötzlich hörte das Schießen auf, dafür stürzte etwas Schweres auf die Motorhaube unseres winzigen Mini-Clubs und knurrte laut. Ich hob den Kopf und sah auf der Motorhaube eine waschechte Löwin, die ihren bodenlosen zartrosa Rachen mit den perlweißen Reißzähnen weit aufsperrte und mit bekrallter Pfote gegen die Frontscheibe patschte.

Vor dem Auto liefen winselnd zwei erschrockene Löwenjungen hin und her.

Ich versuchte ganz benommen, einen klaren Gedanken zu fassen. Wo kamen in Ulster Löwen her? Meine Engländerin dagegen verlor nicht die Fassung und kurvte im Slalom um die Bäume, wobei sie abwechselnd Gas gab und scharf bremste. Schließlich gelang es ihr, die neugierige oder vielleicht nur um ihre Jungen besorgte Löwin von der Motorhaube abzuwerfen und durch das Tor aus dem mit einem Metallgitter umzäunten Gehege zu entkommen, über dem folgendes Schild hing: »SAFARI IN ULSTER. Eintritt pro Auto fünf Pfund. Wir bitten Sie, die Fenster zu schließen und nicht anzuhalten.«

Meine Engländerin beschloß, ihr Kind in ihrer Heimat zur Welt zu bringen. In England ist es üblich, daß der Mann bei der Geburt seines Kindes dabei ist. Ich überwand meine russische Verlegenheit, vielleicht auch Scheinheiligkeit oder Feigheit oder alles zusammen.

Als die Wehen begannen, bat mich meine Frau, ihre Hand zu halten, und obwohl sie große Schmerzen hatte, lächelte sie. Das Kind kam blau wie eine Wasserleiche aus ihrem Körper, seine Augen waren geschlossen, und ich kriegte Angst, daß es tot sein könnte. Aber der dickliche, glatzköpfige, ein wenig nach Bier riechende Doktor Seed, der aussah wie ein russischer Landarzt aus den Zeiten Weressajews, klatschte meinem Sohn ein paarmal auf den faltigen Po, so daß er aus vollem Halse mit verzerrtem Gesichtchen zu schreien begann.

»Ich habe da eine unwissenschaftliche Vermutung, warum alle neugeborenen Kinder so faltig aussehen«, sagte Doktor Seed lächelnd, während er seine blutigen Chirurgenhandschuhe auszog und sich zu meinem Entsetzen eine Zigarette anzündete (deren Rauch er allerdings durch das Fenster blies). »Sie runzeln die Stirn im voraus, weil sie instinktiv fühlen, wieviel Niedertracht sie auf dieser Welt erwartet. Was wollen Sie denn von Ihrem Sohn? Er war an einem so gemütlichen, warmen Plätzchen, durch Mamas Körper von allen Seiten geschützt. Und jetzt ist ihm kalt, er fühlt sich schutzlos und einsam und kann nicht begreifen, wohin seine Mama verschwunden ist.«

Als meine Frau sah, wie glücklich ich war, flüsterte sie mir zu: »Ich möchte noch einen Sohn. Sie werden sich *together* besser fühlen. *I promise* – zusammen werden sie stark sein wie der Kreml.«

Eines Nachts erlebten wir in Peredelkino etwas Seltsames.

Ich erwachte von einem Flugzeuggetöse, das unser Haus zum Wanken zu bringen schien. Wir wohnten unweit des Flugplatzes, aber ein derartiges Getöse hatte es noch nie gegeben. Es war nicht der Lärm eines einzigen Flugzeugs, sondern von vielen, die, wie es schien, Flügel an Flügel und mit wenig guten Absichten dahinbrausten. Dann kam eine ohrenbetäubende Explosion, und über die Wände des Zimmers loderte magnesiumweißes Licht.

Der Atomkrieg. Das Ende, durchblitzte es mich wie ein Lichtreflex.

Ich küßte meine schlafende Frau und unseren Sohn mit dem klaren Gedanken, daß es besser sei, wenn sie diesen schrecklichen Tod schlafend erlebten, und ging langsam wie ein Todgeweihter zum Terrassenfenster. Ebenso langsam zog ich die Gardinen zur Seite, wobei ich in Erwartung des blendenden Atompilzes schon im voraus instinktiv die Augen zukniff. Es war kein Atompilz zu sehen. Aber die Explosionen tosten nach wie vor einmal rechts, dann links um das Haus herum und erhellten die dunklen Wolken immer wieder für einen kurzen Augenblick. Es sah nicht aus wie ein Gewitter, denn es war weder Wind noch Regen zu spüren. Und das Flugzeuggetöse ging weiter. Krieg. Aber immerhin kein Atomkrieg, dachte ich mit einiger Erleichterung. Trotzdem werden wir offensichtlich bombardiert.

Ich weckte meine Frau. Sie ging mit mir auf die Terrasse hinaus, und nachdem sie um sich geblickt hatte, umarmte sie mich, um mich zu beruhigen.

»Das ist kein Krieg. Das ist ein regenloses Gewitter. In Cambridge hatten wir auch einmal so ein Gewitter, und ich habe auch Angst gehabt. Aber hör dir lieber das *heart beating* unseres zweiten Sohnes an. Er wird dem ersten bald zu Hilfe kommen.« Und sie legte meine Hand auf ihren Bauch, der sich bereits mit meinem Sohn zu füllen begann.

Als sie kurz vor der Entbindung stand, kam sie einmal spätabends, als ich zu schreiben versuchte und mir nichts gelingen wollte, mit irgendeiner Alltagslappalie in mein Arbeitszimmer.

»Siehst du nicht, daß ich arbeite«, fauchte ich böse und machte, ohne hinzusehen, eine heftige Bewegung mit dem Arm. Unglücklicherweise traf ich sie direkt am Bauch.

»Ich bin doch schwanger!« schrie sie mit fremd klingender Stimme, ähnlich dem Knurren jener Löwin auf der Motorhaube, die um ihre Jungen fürchtete, und in ihren veilchenblauen Augen stand zum erstenmal Haß.

Unser zweites Kind litt an einer pränatalen Krankheit mit dem schwer auszusprechenden Namen »Zytomegalievirus«.

Wie oft mir die Ärzte auch erklärten, daß mein Schlag in den Bauch mit dem Kind darin keinesfalls der Grund für die Erkrankung sein könne, ist mir bis zum heutigen Tag die Angst geblieben, daß ich die Schuld trage an all dem, was mit meinem zweiten Sohn geschehen ist. Meine Frau tat heldenhaft alles nur Erdenkliche, um ihn großzukriegen, aber seine Krankheit stand zwischen uns. Der in ihr entflammte Haß verschwand nicht mehr, sondern wurde zu einer rachsüchtigen Verletztheit, zu einer ständigen Gereiztheit ob meiner angeblichen Gleichgültigkeit gegenüber unserem Sohn.

Wenn der Schlag in ihren Bauch auch nicht der Grund für die Krankheit unseres Sohnes war, wurde er doch zum Grund für das Ende ihrer Liebe. Es stellte sich heraus, daß sie sich trotz all ihrer scheinbaren Offenheit aus ihrer Zeit in Cheltenham die Fähigkeit bewahrt hatte, verschlossen zu sein, wenn es ihr notwendig erschien. Die Engländer sind die Japaner Europas.

Als in Gulripsch einmal ein Sturm wütete und an den Wänden der weiße Widerschein der Blitze tanzte, drückte ich mich wie damals an meine schlummernde Frau, aber sie stieß mich im Schlaf heftig von sich. Das war die Antwort auf meinen Schlag.

Sie beschloß, sich von mir scheiden zu lassen, und sie gehörte zu den Menschen, deren Stolz es nicht zuläßt, eine einmal getroffene Entscheidung zurückzunehmen. All meine Überredungsversuche führten zu nichts. Die schöne und, wie ich später erfuhr, einsame Richterin konnte nicht begreifen, warum sich diese beiden wunderbaren Eltern zweier wunderbarer Kinder, diese Eheleute, die sich im Gegensatz zu vielen anderen Scheidungspartnern nicht mit Dreck bewarfen, sondern einander sogar noch zu lieben schienen, warum sich diese beiden trotzdem scheiden lassen wollten.

Meine frühere Frau heiratete bald darauf wieder und fuhr zusammen mit ihrem Mann und meinen beiden Kindern nach England.

Als alles vorbei war, kroch ich wie ein verwundetes Tier in unser Haus in Gulripsch. Heutzutage kriecht man per Flugzeug nach Hause. Auf dem Meer zog sich das Mondlicht dahin wie meine eigene Blutspur. Die von meinem Nachbarn Bitschiko gemauerten Steine blickten mich an, als wären sie salzige Augen aus Stein. Auf zwei ovalen Keramiktöpfen mit violetten Blumen glänzten die Namen unserer Geburtsorte: Sima auf russisch und *Berry Hill* (Beerenhügel) auf englisch. Ich hatte versucht, unsere Geburtsorte für immer zu vereinen, doch es war mißlungen.

Ich sagte mir matt, daß ich jemanden finden müsse, der das bunte Mosaik auf dem einen Topf umarbeitete. Die glühenden Lämpchen auf den Tragflächen meines zurückfliegenden Flugzeuges streiften die weinbewachsene Gartenlaube mit den geknoteten Tauenden der Kinderschaukel. Die Knoten waren so fest gewesen, daß wir sie nicht mehr aufbinden konnten, und so hatten wir die Schaukel bei unserer letzten Abreise nach Moskau einfach abschneiden müssen. Die Knoten waren geblieben.

Das hölzerne Gymnastikgerät, auf dem mein jüngerer Sohn Toscha seine Übungen gemacht hatte, stand klobig und erschreckend wie ein Galgen im Hof.

Ich trat ins Haus und nahm als erstes die riesige Fotografie von der Wand, die mich und meine frühere Frau zeigte, wie wir vor zehn Jahren einander umarmend am Inguri-Wasserfall standen, ohne zu ahnen, daß wir uns eines Tages trennen würden. Ich stopfte die Fotografie hinter den Schrank, damit die beiden am Wasserfall, die einander ewige Liebe versprochen hatten, nicht sahen, daß ich jetzt allein zurückgeblieben war.

Ich trat auf die Terrasse hinaus und legte die Hände um das erst vor kurzem frisch gestrichene eiserne Geländer mit seinen vom Meersalz stammenden Beulen, und ganz mechanisch stellte ich ärgerlich fest, daß man nicht einfach über die Beulen hätte streichen, sondern das Geländer vor dem Streichen mit einer Drahtbürste hätte abscheuern sollen.

Vor langer Zeit hatte ich selbst auf einer Trittleiter gestanden und mit einer Drahtbürste den Rost von den Rohren der Gartenlaube gescheuert, um sie dann mit roter Schiffsfarbe zu streichen. Ich war bis zum Gürtel nackt, mein Körper beschmiert wie eine Malerpalette, und mir war ganz schwindelig vom Geruch der Farbe und der Magnolien. Weit draußen auf dem dunkelnden Meer entzündete ein weißes Dampfboot seine Lichter. Aus meinem Blickwinkel sahen sie aus, als seien sie unabsichtlich in den Rahmen aus frisch glänzenden blutroten Rohren geraten. Mein unvorsichtiger Pinsel hatte auf deren rauher Oberfläche einen zufällig vorbeifliegenden Falter festgeklebt, der dann unter dem Zappeln seines einen nicht haftenden kleinen Flügels starb. Ich stand auf der Terrasse, und aus dem Dachboden über mir flogen, meinen Kopf mit staubigen Flügeln streifend, Fledermäuse zum Hexensabbat. In Italien hat man ihnen zärtlich den musikalischen Namen »Pipistrello« gegeben, was dem georgischen Wort »Zizinatella« (Glühwürmchen) sehr ähnelt. So wie diese beiden Worte scheinen auch die beiden großzügigen, gastfreundlichen, fröhlichen und vielleicht uneuropäischsten aller europäischen Völker einander irgendwie zu ähneln.

Ich stand auf der Terrasse und wußte, daß niemand im Haus war. Aber plötzlich spürte ich mit allen Fasern einen starren Blick im Rücken. Dieser Blick durchdrang mich wie etwas Greifbares, Festes.

Ich drehte mich ganz langsam um, so als sei ich ein Spieler, der alles auf die letzte Karte gesetzt hat und diese nun vorsichtig und abergläubisch an einer ihrer Ecken herauszieht.

Durch die geöffnete Terrassentür sah ich im Zimmer, da wo unsere Kinder geschlafen hatten, zwei aus der Dunkelheit blinkende Augen.

Ich zuckte zusammen und ging langsam darauf zu, denn sie schienen mich zu rufen – traurig, aber nachdrücklich.

Ich näherte mich diesen Augen fast auf Zehenspitzen und gab mir alle Mühe, sie nicht durch ein Knarren der Dielenbretter zu verscheuchen. Ich hatte mir das Ganze nicht eingebildet. Die Augen waren da. Die Augen schauten.

Es waren die gläsernen Augen eines abgewetzten Spielzeuglöwen, mit dem meine Kinder gespielt hatten.

Als ich bereits auf nichts mehr hoffte, schickte Gott mir doch noch eine weitere Liebe.

Ein alter Studienfreund schien zu spüren, wie schlecht es mir ging, und lud mich, um mich aufzuheitern, nach Karelien ein, wo er alles aufs fürsorglichste für mich organisierte.

Wer aber hatte organisiert, daß die schmächtige Bibliothekarin der dortigen Universität, die wie ein durchsichtiger, vor Liebe zur russischen Literatur erbebender Schmetterling wirkte, gerade an diesem Tag und zu dieser Stunde als Katalogaufsicht bestimmt wurde, als der Dichter ihrer Generation, von dem sie viele Gedichte auswendig wußte, endlich einmal in ihrer Stadt eine Lesung abhalten sollte, wo es ihr mit solcher Mühe gelungen war, eine Eintrittskarte zu ergattern?

Wer hatte organisiert, daß das mit Touristen aus Astrachan überfüllte Kreuzfahrtschiff »Nadeshda Krupskaja« wegen stürmischen Wetters nicht zu den Schären auslaufen konnte und im Hafen liegenblieb und so die Tochter der Universitätsbibliothekarin an diesem Tag von ihrer Verpflichtung als Stadtführerin befreit war, mit der die Medizinstudentin sich ein wenig Geld hinzuverdiente?

Die Mama gab der Tochter die Eintrittskarte, steckte ihr den hastig hervorgesuchten zweiten Band einer Ausgabe des Dichters zu und bat sie, sich ein Autogramm geben zu lassen – nicht für die Tochter, sondern für sie, die Mutter –, denn immerhin gehörten sie und der Dichter derselben Generation an.

Die Tochter schnaubte ohne Begeisterung: »Wenn es wenigstens Okudshawa wäre!« Ihre Beziehung zu dem angereisten berühmten Dichter beschränkte sich nämlich darauf, daß sie früher einmal, als sie in der Schule eines seiner Gedichte bei einem Wettbewerb vortragen sollte, dieses erbarmungslos um die Hälfte gekürzt hatte. Und überhaupt interessierte sie sich weit mehr für Gerichtsmedizin als für moderne Lyrik.

Der Ort, an dem die Lesung stattfinden sollte, war von ihrem Haus ziemlich weit entfernt, und es blieb nur wenig Zeit bis zum Beginn, so daß sie, als sie auf den hoffnungslos verspäteten Bus wartete, schon ohne Autogramm im Buch wieder nach Hause zurückkehren wollte.

Wer aber hatte es organisiert, daß plötzlich ein Taxi – in dieser Gegend und überhaupt in diesem Land sonst so selten – wie selbstverständlich an sie heranrollte und der Fahrer mit dem Lächeln eines Mephistos, der seine Margarita zu verführen gedenkt, die Tür öffnete und ihr zurief: »Na, wo soll's denn hingehen?«

Als ich nach der Lesung die mir entgegengestreckten Bücher signierte, wobei ich – ich gestehe! – nicht immer den Blick hebe, um in die Gesichter zu schauen, sah ich plötzlich eine blasse Hand mit schutzlosen blauen Adern, mit durchscheinenden, wie Eiszapfen zerbrechlichen Fingern. Die Hand war in die Länge gezogen wie auf einem Bild von Modigliani. Sie hielt meinen zweiten, schwarz eingebundenen Gedichtband.

Ich hob den Blick und sah ein wunderbar junges, dennoch reifes Gesicht mit Augenbrauen wie von Wasnezow gemalt, mit den tiefen Grotten nixenhaft kühler Augen und durchscheinender Haut, auf der die Adern wie die Maserung im Marmor aussahen.

»Bitte signieren Sie dieses Buch für meine Mutter«, erklang eine unvergleichlich russische Stimme, so als käme sie aus dem alten Nowgorod, wo einst ebensolche weißgesichtigen Mädchen in roten Sarafanen und hohen Kokoschniks auf ihren Schultern das Joch mit den Eimern voll Quellwasser, so klar wie ihre Augen, trugen.

Nur die leichte aristokratische Biegung ihrer Nase mit den feingeschnittenen, ein wenig zitternden Nasenflügeln verriet den polnischen Kleinadel in ihrem Blut. (Der wurde später bestätigt, doch die Herkunft der gebogenen Nase war eine ganz andere: Als Kind hatte sie auf der Schlittschuhbahn im Hof beim Eishockey den Torwart gespielt, und dabei war ihr der Puck mitten auf die Nase geknallt.)

»Und warum ein Autogramm für Ihre Mutter und nicht für Sie?« versuchte ich Zeit zu gewinnen, um sie näher anzusehen und so viel wie möglich über sie zu erfahren.

»Weil das ihr Buch ist und nicht meins«, erklärte sie, und ich wünschte, dieser Stimme immer weiter zuhören zu können.

Allerdings kränkte mich diese Antwort ein wenig, was ich jedoch zu verbergen versuchte.

»Und warum nur der zweite Band?« forschte ich weiter.

»Weil ich es sehr eilig hatte und der erste nicht zu finden war.«

Das war noch kränkender, aber ich wollte ihren Namen erfahren.

»Nein, ich werde das Buch nicht für Ihre Mutter signieren«, sagte ich. »Ich werde es für Sie signieren. Wie heißen Sie?«

»Mascha«, antwortete sie, und in diesem »M« war etwas vom Muhen der Kühe, die ihre Hufe weich in den Nebel über den Wiesen tauchen, in dem doppelten »a« schwang das getragene Lied des Nordens mit, das auf ein anderes Lied von der anderen Seeseite antwortet, und in dem »sch« zwischen den beiden »a« war das Rascheln des Schilfs zu hören, das auf seinen schwarzen Spitzen die aus dem Wasser steigende Sonne in die Höhe hebt.

Ich habe niemals wieder eine Frau getroffen, die dem Namen »Mascha« so sehr entsprochen hätte. Aber vielleicht ist dieser Name ein so besonderer, daß er der Person, die ihn trägt, geradezu angehext wird?

Ich signierte das Buch für sie, aber plötzlich lenkte mich jemand ab, und ich wandte mich für einen Augenblick um. Als ich erneut etwas fragen wollte, war sie verschwunden.

Ich versuchte, mir nicht anmerken zu lassen, daß ich ihr nachrannte, dennoch verblüffte ich meinen Freund mit meinem mehr als zügigen Schritt, mit dem ich ihr nachstürzte.

Sie hatte es eilig und flog fast durch die Luft, hochgewachsen, vom Wind umarmt, dem festen vibrierenden Mast eines Segelbootes gleichend, das über die schäumenden Weiten des Onegasees gleitet.

Ich holte sie auf der Straße ein und bot ihr an, sie im Auto mitzunehmen.

»Ich kann nicht. Ich habe eine Exkursion«, sagte sie, ohne anzuhalten.

»Was für eine Exkursion?«

»Ich arbeite als Stadtführerin. Entschuldigen Sie, ich hab's eilig. Nochmals vielen Dank für das Buch.« Und schon war sie hinter einer Straßenecke verschwunden.

Soll ich sie etwa nie mehr wiedersehen? dachte ich mit plötzlicher Angst.

Am nächsten Tag stellte das gesamte Touristikbüro von Petrosawodsk erschüttert die Arbeit ein, als ich dort anrief und um die Telefonnummer einer Stadtführerin bat, die Mascha hieß, hochgewachsen war und blaue Augen hatte.

Die Telefonnummer bekam ich zwar, doch sie wurde mir von einer versteinerten und beleidigten Frauenstimme mitgeteilt, so als ob ich jemanden eindeutig überschätzte, jemand anderen jedoch eindeutig unterschätzte.

Aus dem kleinen karelischen Dorf, in dem mein Freund wohnte, rief ich Mascha an.

Ihre Großmutter nahm den Hörer ab und sagte, daß Mascha nicht zu Hause sei. Ich fragte, wann sie käme. In diesem Moment erklang im regionalen Radiosender meine Stimme, es war die Aufzeichnung einer Lesung. Die Großmutter, die mich nun gleichzeitig im Radio und im Telefon hörte, geriet in Verwirrung und schien sogar zu überlegen, ob sie nicht um den Verstand gekommen sei. Aber die altgediente Bolschewikin verlor nicht die Fassung und reichte den Hörer ihrer Enkelin, die in Wirklichkeit zu Hause war, sich jedoch vor einem lästigen Verehrer versteckte, dem sie auch ihre Abneigung gegen die Lyrik zu verdanken hatte, da er ihr ständig und immer wieder Gedichte vorlas.

Mascha und ich unterhielten uns lange, vielleicht eine Stunde lang, doch es war ein gehemmtes Gespräch, so als ob es vor unerwünschten Zeugen geführt würde. Was im übrigen auch zutraf.

Mitten in unserem Gespräch fragte Mascha: »Und was halten Sie von den Amerikanern? Wenn ich mir ihre Krimis ansehe, kommen sie mir manchmal recht dümmlich vor ...«

»Nein, die Amerikaner – die sind in Ordnung. Aber sie haben etwas, was ich ›McDonaldisierung der Kultur‹ nennen würde«, sagte ich und begann, mich wichtig zu machen, meinen Pfauenschweif vor ihr auszubreiten, indem ich einen Telefonvortrag über Amerika hielt – so eine halbe Stunde lang, doch, wie sich später herausstellte, völlig ins Leere, denn man hatte unsere Verbindung genau nach dem Satz »die Amerikaner – die sind in Ordnung« unterbrochen.

Später gewöhnte sich Mascha voller Ironie daran, daß ihr Telefon auf ständige Abhörung geschaltet worden war, und wirklich böse machte sie nur, daß die Mithöranlage immer wieder ausfiel und so unsere Gespräche unterbrach.

Unser erstes Treffen unter vier Augen fand in einem Restaurant statt, das sich in dem ehemaligen Gebäude der städtischen Polizeiverwaltung befand. Es gab dort ein winziges Séparée für zwei Personen, das mit seinem niedrigen Gewölbe einer Mönchszelle glich, jedoch »Kasematte« genannt wurde. In zaristischen Zeiten hatten hier nämlich die Gefangenen während ihrer Untersuchungshaft eingesessen. Genau hier fand mein wichtigstes Gespräch mit Mascha statt.

In allen anderen Sälen rauschte ein Meer von Wodka, der außerhalb des Restaurants gegen Gorbatschow-Bezugsmarken verkauft wurde. Der mittlere Tanzsaal ähnelte einem dampfenden Kochtopf, darin brodelte eine Suppe aus der besseren Gesellschaft der Stadt, bestehend aus Vertretern des Handels, der Unterwelt und des Jugendverbandes Komsomol, gewürzt mit allerlei gut singbaren Volksliedern, darunter »Frejlechsom«, das in Rußland mit großem Vergnügen selbst von denen getanzt wird, die sonst jederzeit bereit sind, die Ärmel aufzukrempeln, um »den Juden das Maul zu stopfen«.

Wir aber saßen zu zweit in der »Kasematte«, und ich erzählte diesem dreiundzwanzigjährigen Mädchen, von dem ich nichts wußte, mein ganzes Leben.

Ich erzählte, wie ich meine zwei Lieben verloren hatte und jetzt versuchte, die dritte zu retten.

Ich erzählte, wie ich von Land zu Land, von Stadt zu Stadt hetzte und wie schrecklich es sei, daß mich niemand verabschiedet, wenn ich wegfahre, und niemand abholt, wenn ich zurückkehre.

Und plötzlich sagte sie einfach und direkt: »Soll ich Sie verabschieden, wenn Sie wegfahren, und Sie abholen, wenn Sie zurückkehren?«

»Ja«, antwortete ich, und als ich ihre fast durchsichtige Hand küßte, spürte ich mit den Lippen, wie die Adern auf dem Marmor pulsierten.

Und dann fragte ich sie: »Wollen Sie mir raten, was ich jetzt tun soll?«

Da sagte sie reif und streng: »Sie müssen jetzt alles tun, um Ihre Familie zu retten. Sonst würden Sie sich das niemals verzeihen. Wenn Ihnen das gelingt, werde ich für immer aus Ihrem Leben verschwinden.«

Ich begriff sofort – dies war eine Frau zum Heiraten.

Da ich nichts über Mascha wußte, malte ich mir aus, daß sie neunundzwanzig, dreißig Jahre alt sein müsse, geschieden sei und mit ihrem kleinen Verdienst ganz allein eine kleine Tochter aufziehen müsse, aber ich irrte mich in allem.

Vielleicht kam sie mir erwachsener vor, als sie war, weil sie sofort verstanden hatte, wie schlecht es mir ging.

In der Liebe ist die Frau immer erwachsener. In der Ehefrau suchen wir instinktiv eine zweite Mutter, denn die erste verlieren wir früher oder später.

Mascha flog mit mir für drei Tage nach Moskau, um mich vor meiner Spanienreise zu verabschieden.

Auf dem Flughafen empfingen uns zwei meiner alten Freunde; der eine ein Schulfreund, mit dem ich schon unter Stalin auf den Ödplätzen jener Zeit Fußball gespielt hatte, wegen einer widerwärtigen Kriminalsache viele Jahre schuldlos hinter Gittern gesessen und später in meinem Film »Stalins Begräbnis« ziemlich überzeugend einen der von ihm so grimmig gehaßten Tschekisten gespielt hatte, der andere ein U-Boot-Matrose, der ganz zufällig, dafür für immer zum Jewtuschenkologen geworden war, als sein U-Boot während der Kuba-Krise lange in der Karibik dümpelte und das einzige Buch, das er in Erwartung eines nur vierzehntägigen Tauchmanövers mitgenommen hatte, ein Band mit meinen Gedichten war.

Sie wußten beide, wie beschissen mir zumute war. Beide hatten versucht, meine englische Frau von einer Scheidung abzubringen, doch beide hatten begriffen, daß dies aussichtslos war.

Auf dem Flughafen stand zuerst nur vorsichtiges Mißtrauen in ihren Augen, so als wären sie zwei erfahrene Bauern, denen ein Zigeuner auf Teufel komm raus einen zweifelhaften Gaul andrehen will. Nachdem sie jedoch Mascha genauer angesehen hatten, nickten sie einander zu.

»Eine Frau zum Heiraten«, flüsterte mir der erste zu.

»Ein Mensch«, brummte der andere zustimmend.

In Peredelkino bellten meine Hunde Mascha nicht an.

Mit einigen anderen Leuten war es schwieriger, aber das hatte ich erwartet.

Auch mit Mascha war es nicht immer so leicht.

Manchmal vergaß ich, daß sie sehr jung war und vieles nicht wußte oder anders verstand als ich.

Als wir an der Manege vorbeifuhren, wo eine Menschenmenge stand und darauf wartete, zur Ausstellung eines berühmten Malers eingelassen zu werden, drückte Mascha flehend meinen Ellbogen und deutete mit den Augen auf den Eingang.

»Er ist der Lieblingsmaler meiner besten Freundin.«

Dieser Maler, früher verfolgt und dann von den Liberalen gehätschelt wie alle Verfolgten Rußlands, war schon seit langem flach geworden, doch in der Provinz galt er noch immer als ein in Ungnade gefallenes Genie.

Ich runzelte die Stirn, ging aber mit ihr in die Ausstellung. Für mich war das eine ernsthafte Prüfung Maschas – nicht ihres Geschmacks, sondern ihrer Fähigkeit zum Geschmack. Geschmack kann man formen, doch wenn ein Mensch keine Fähigkeit zum Geschmack hat, kann da nichts geformt werden. Voller Angst wartete ich darauf, wie ihr die Bilder gefallen würden.

Das »in Ungnade gefallene Genie« hatte diesmal das Breshnew-Porträt nicht ausgestellt. Offensichtlich fand der Künstler den Porträitierten nach dessen Tod nicht mehr so sympathisch und menschlich wie zu Lebzeiten, als der mit einer Viertelbewegung der gefürchteten Augenbraue lässig befehlen konnte, diesem Porträtisten, der zwar ein wenig zudringlich war, dessen Bilder jedoch Ähnlichkeit, ja sogar mehr als nur Ähnlichkeit mit dem Porträtierten aufwiesen, die Bezeichnung »Volkskünstler der UdSSR« zu verleihen.

Erstaunlicherweise gefielen Mascha, die dreißig Jahre jünger war als ich, auf der Ausstellung die dumpfen bodenlosen Schächte der Petersburger Hinterhöfe, die einander gehetzt umarmenden kleinen Figuren, das strenge Antlitz Blocks vor dem Hintergrund eines Karussells aus selbstzufriedenen Fratzen, Xenia Nekrassowa, die wie eine unbedacht als Haushaltshilfe angestellte Wahnsinnige vom Dorf mit hellseherischen Augen aussah: all das, was mir vor dreißig Jahren, als ich in Maschas Alter gewesen war, ebenfalls gefallen hatte. Aber als sie den getöteten Zarewitsch erblickte, dessen durchgeschnittene Kehle so schlecht gemalt war, daß sich die Gerichtsmedizinerin in ihr empörte, als sie die stupiden hohlen Fratzen der Karatekämpfer vom Komsomol als Retter des Vaterlandes sah, die Operettenkönige mit den gestriegelten Schnauzen von Dobermannpinschern, Gagarin als süßen Jungen, die einsam leidenden Augen von Aljoscha Karamasow und Gina Lollobrigida, die alle von demselben Fließband stammten, als sie dieses kitschige Menü von Berühmtheiten des zwanzigsten Jahrhunderts erblickte – von Nikolaus II. bis hin zu Charlie Chaplin, die Strohhüte vietnamesischer Bauern, die aussahen, als stammten sie von Christian Dior, und schließlich den Präsidenten Allende, der seine Brust mit der blauen Präsidentenschärpe so pompös hervorstreckte, daß er Pinochet zu ähneln begann, da entfuhr es ihr enttäuscht: »Das ist ja geschmacklos ...«

Ich atmete erleichtert auf.

Zwei Jahre später, als Mascha am Ende eines langen Korridors im New Yorker Museum of Modern Art ganz aus der Ferne und ohne jede Möglichkeit, die Signatur zu erkennen, ein Bild sah, einen Regenbogen, der erst zerbrochen und dann wieder zusammengewachsen war, wenn auch nicht Farbe an Farbe, antwortete sie auf meine arglistige Frage »Von wem ist das Bild« ruhig und überlegen: »Von Kandinsky, natürlich.«

Mit der Politik war es schwierig.

Sie war keine Stalinistin, hielt Stalin jedoch für einen »großen Mann, der viele Fehler gemacht hat«. Mascha war zehn Jahre nach Stalins Tod geboren.

Die Mädchen und Jungen ihrer Generation haßten, genauer gesagt verachteten nicht Stalin, sondern Breshnew, und zwar dafür, daß man sie zwang, seine abgeschmackten Memoiren durchzuackern. Sie machten sich lustig über den keuchenden Asthmatiker Tschernenko, über den niemals lächelnden, stets düster wie ein Inquisitor blickenden Andropow, über die Mitglieder des Politbüros, deren Porträts sie auf Stöcken bei den Demonstrationen am 1. Mai und am Tag der Revolution herumtragen mußten. Diese Porträts wechselten so schnell, daß es schwer war, sich die Gesichter und Namen einzuprägen. Einmal hatte Mascha sich an einem schlecht abgeschmirgelten Stock mit dem Bild eines Mannes, von dem weder sie noch sonst jemand unter den Studenten Name oder Funktion kannte, einen bösen Splitter in die Hand gerissen.

Überhaupt war Stalin diesen jungen Leuten völlig gleichgültig. Sie fanden die neuen Platten der Bee Gees, die Gerüchte darüber, wen Elizabeth Taylor gerade wieder geheiratet hatte oder wen Vitka aus dem fünften Studienjahr der Medizinischen Fakultät jetzt endlich heiraten würde, Rita von der Biologie oder Tomka von den Philologen, weitaus interessanter. Doch immerhin war Stalin in der ganzen Welt bekannt. Immerhin hatte er Hitler besiegt. Und wenn er auch vielleicht ein Übeltäter war, so war er für sie doch weit weg, fast so weit wie Iwan der Schreckliche, der einem ja auch nicht tagtäglich auf die Nerven fiel.

Ich fragte Mascha: »Was glaubst du, wieviel Menschen in der Stalinzeit verhaftet worden sind?«

»Ich weiß nicht«, antwortete sie. »Das hat man uns in der Schule nicht erzählt. Vielleicht zweihunderttausend.«

»Chruschtschow hat gesagt, daß es zwanzig Millionen waren.«

»Aber das sind ja genauso viele, wie die Faschisten während des Krieges umgebracht haben«, sagte Mascha nachdenklich.

Später fragte ich ihre Mutter: »Warum haben Sie Mascha nicht erzählt, was unter Stalin geschehen ist?«

Sie zuckte mit ihren Schmetterlingsflügeln.

»Wozu? Lohnt es sich denn, daß die Kinder von neuem all das durchleiden, was wir bereits hinter uns haben?«

Ich beschloß, Mascha nicht sofort den »Archipel GULAG« zu geben. Sogar mich, der ich bereits vieles wußte, hatte dieses Buch seinerzeit betäubt, als hätte man mir all die im Dauerfrostboden erstarrten Leichen auf einmal über den Kopf geschlagen.

Ein Kriegsdichter, der das Gedicht »Die Artillerie schießt auf die eigenen Leute« geschrieben hatte, kam, nachdem ich ihm das Buch für eine Nacht geliehen hatte, am nächsten Morgen mit einem Gesicht zu mir, das von Schmerz und Entsetzen so entstellt war wie ein Schlachtfeld nach einem nächtlichen Bombardement, und brachte stammelnd und nur mühsam hervor: »Das ganze Leben ist zum Teufel. Verstehst du – das ganze Leben.«

Ich führte Mascha behutsam, langsam in die Vergangenheit, damit sie nicht über die Leichen stolperte und stürzte. Unser Liebesgeflüster während der drei Nächte in Peredelkino vor meiner Abreise vermischte sich mit Gesprächen über die Geschichte. Vielleicht war ihr späterer Widerwille gegen die Politik entstanden, weil die Politik sie fast betrogen hätte.

Ich begriff schnell, daß meine Vorstellung von Mascha als zartes Dunstwölkchen der karelischen Seen, aus dem sich mit ein wenig Phantasie alles mögliche formen ließe, wenig Bestand haben würde. Das Dunstwölkchen erwies sich als hart und unnachgiebig.

Ich fand heraus, daß Mascha ihrem Charakter nach schrecklich halsstarrig und selbständig sein konnte. Oft war sie eine den karelischen Seen entstiegene Nixe mit verhangenen Augen. Wenn man sie aber in Wut brachte, konnte sie genausogut zum Hecht werden, und dann sollte man ihr lieber nicht zwischen die spitzen Zähne geraten. Sie konnte es auf den Tod nicht ertragen, wenn man ihr etwas eintrichtern wollte, wenn man sie belehrte, wenn man ihr befahl oder ihr etwas verordnete. Manchmal konnte sie einfach auch aus dem Gefühl heraus, widersprechen zu müssen, etwas steif und fest behaupten, maulen oder sogar bösartig werden, selbst wenn sie wußte, daß sie im Unrecht war. War sie aber mit ihrem eigenen Verstand zu einem Ergebnis gekommen, dann stand sie bis zum letzten Atemzug dafür ein. Deshalb versuchte ich, sie selbst zu einer Meinung über Stalin gelangen zu lassen, und half ihr nur ganz unmerklich dabei.

Mascha war für die Todesstrafe. Ich war dagegen, weil ich Menschen nicht für berechtigt halte, andere zu töten. Wenn jemand hingerichtet wurde, kann man ihn im Falle eines Justizirrtums nicht mehr auferstehen lassen. Wenn es die Todesstrafe gibt, dann sind auch Henker unerläßlich, selbst wenn sie nur auf Knöpfe drücken. Und das bedeutet, daß wir, wenn wir Mörder bestrafen, unweigerlich neue in die Welt setzen, da wir sie benötigen. Mascha war kürzlich durch den beruflichen Kontakt mit der Gerichtsmedizin mit einem Fall konfrontiert worden, daß ein völlig betrunkener Vater und seine Saufkumpane ein dreijähriges Mädchen grausam vergewaltigt und ihr dabei alle Innereien zerfetzt hatten.

»Diese Unmenschen haben kein Recht zu leben! Sogar lebenslange Haft ist ein zu kostbares Geschenk für Sie!«

Da sagte ich ihr: »Mascha, du kannst den Mördern eines einzigen Mädchens nicht verzeihen. Wie kannst du dann gleichzeitig sagen, daß der Mörder von Millionen ein ›großer Mann‹ sei, der ›viele Fehler gemacht hat‹?«

Gott sei Dank war sie jung und konnte sich noch ändern. Sie verwandelte sich wie durch Zauberei aus einem spitzzahnigen Hecht wieder in eine zarte Nixe.

»Was findest du an Hechten überhaupt Schlechtes? Sie lieben ihre kleinen Hechtkinder. Und ihre spitzen Zähne – die sind doch nur zur Selbstverteidigung da«, lachte sie, wenn ich sie wegen ihrer Bissigkeit aufzog.

Es rührte mich zu Tränen, als sie mir einen Merkzettel schrieb: »Shenja, laß im Hotelbadezimmer bitte keine Seife auf dem Boden liegen. Du könntest sie übersehen, darauf ausrutschen und dir den Kopf aufschlagen.«

Sie ist nicht plötzlich meine Frau geworden – sie wurde es ganz langsam.

Ihre Mutter, erschüttert über meine Verwandlung von einem Begriff aus dem Buchkatalog der städtischen Universität zum potentiellen Verwandten, vergoß anfangs ein paar Tränen, fand sich dann jedoch damit ab wie mit einem Meteoriten, der auf ihre Schmetterlingsflügel gestürzt war.

»Was finden Sie denn nur an unserer Mascha?« fragte mich ihre Großmutter. »Sie ist doch ein ganz gewöhnliches Mädchen. Sie werden sich mit ihr langweilen.«

»Er ist ein Schürzenjäger«, sagte die »beste Freundin«, wobei ihr schwarzer Damenbart unheilvoll zuckte.

»Vielleicht leidet er einfach nicht an Impotenz?« Die Nixe zeigte wie ein Hecht die Zähne.

»Aber warum du? Du mit deiner sexuellen Provinzialität? Obwohl du Medizinerin bist, hast du doch keine Ahnung, wo bei den Männern die erogenen Zonen liegen ... Ich würde viel besser zu ihm passen als du«, entfuhr es schließlich der »besten Freundin«.

Meine eigene Mutter war die härteste Nuß. Ich und meine Schwester Ljolja, die Mascha mühsam, doch tapfer als historische

Notwendigkeit akzeptiert hatte, wir dachten uns einen regelrechten Schlachtplan aus, um Mutters Segen zu erhalten.

Ohne Mutter von meinen verschwörerischen Absichten zu informieren, lud ich sie in die Oper ein, wobei ihr Sitzplatz zwischen meinem und Maschas lag. (Die Ironie des Schicksals wollte es, daß »Margarethe« gespielt wurde, und mich besänftigte nur die Tatsache, daß mein alter Freund aus Kasan, Eduard Treskin, sang.) Mascha sollte allein ins Theater kommen und dann plötzlich neben Mutter sitzen. Ich fuhr mit dem Auto zu meiner nichtsahnenden Mutter und ließ auf halbem Weg ins Theater wie etwas Nebensächliches die Bemerkung fallen, daß sie im Theater »jemanden kennenlernen« werde.

Mutter zuckte zusammen wie ein altes Schlachtroß, das den Geruch familiären Zwists aufs neue schnuppert.

»So ... Und wie alt ist dieser jemand?«

»Dreiundzwanzig«, antwortete ich niedergeschlagen, als träfe mich persönlich die Schuld daran.

»Bist du auf deine alten Tage verrückt geworden?«

»Wir lieben uns.«

»Ein Mädchen, das dreißig Jahre jünger ist als du, kann dich nur wegen deines Geldes oder wegen deines Ruhms lieben.«

»Mutter, du kennst sie doch überhaupt nicht.«

»Und ich will sie auch gar nicht kennenlernen. Halt das Auto an, ich steige aus«, erklärte Mutter kategorisch. »Ich will an dieser Schande nicht teilhaben.«

Es war aussichtslos, mit ihr zu streiten.

Mascha reagierte gelassen auf meine Auseinandersetzung mit Mutter.

»Ich verstehe sie«, sagte sie. »Sie liebt dich und hat Angst, daß ich dich betrüge.«

Trotz allem kam Mutter zu unserer Hochzeit, die wir in der Neujahrsnacht feierten, und als ihr nun endgültig übergeschnappter Sohn, der weder Stimme noch musikalisches Gehör hatte, zur Begleitung eines Orchesters, das ebenso betrunken war wie er, das

Lied »Die Boote voller Äschen« sang, zuckte sie mit dem bitteren Seufzer einer ehemaligen Berufssängerin die Schultern.

(Hätte ich mir damals vorstellen können, daß meine Mutter und Mascha nur fünf Jahre später ein Militärbündnis im Kampf gegen all meine Mängel abschließen und daß Mutter Mascha ihren einzigen Ring schenken würde, an dem sie immer so gehangen hatte? »Daß du mir Mascha nicht kränkst« – das ist es, was ich heute von meiner einst so unversöhnlichen Mutter zu hören bekomme.)

In ihrer guten alten Universität liebte man Mascha keineswegs mehr, als man erfuhr, daß sie mich heiraten würde. Das paßte nicht ins Bild. Das ging auf keine Kuhhaut. Das ... das ... das war etwas, was nicht sein durfte.

Eine Dame aus der Berufslenkungskommission, die sich mit einem silbernen Stift ihre Lippen schminkte, teilte Mascha mit süßem Lächeln mit, daß man ihr für drei Jahre einen Arbeitsplatz in einem abgelegenen Dorf von fünfzehn Höfen zugewiesen habe.

»Aber mein Mann lebt und arbeitet doch in Moskau.« Mascha bedeckte sich langsam mit spitzen Hechtschuppen.

»Sonderrechte bei der Entsendung einer Ehefrau zu einem Arbeitsplatz an den Wohnort des Ehemannes kommen nur dann in Frage, wenn der Ehemann eine unersetzbare Fachkraft ist. Aber Schriftsteller gehören nicht zu den unersetzbaren«, wies die Verwaltungsdame dieses anmaßende Mädchen zurecht, und all die schnell zu ersetzenden Puschkins, Tolstois, Dostojewskis, Turgenjews wimmelten wie Käferchen zu ihren Elefantenfüßen in betroddelten griechischen Flechtsandalen.

»Wer sind denn diese Unersetzbaren?« fragte Mascha, zum Hecht geworden.

»Mitarbeiter der Partei und des Komsomol, Wissenschaftler mit Zugang zu Verschlußsachen, Offiziere des KGB, des Innenministeriums, der Sowjetarmee. Ihr Mann jedoch ist laut Fragebogen nur ein einfacher Soldat gewesen, noch dazu ein ungelernter. Übrigens hat er überhaupt keinen Hochschulabschluß«, seufzte die Dame in triumphierendem Kummer und fügte giftig hinzu: »Ihr Mann sollte, wenn auch nur ein Quentchen staatstreuer Würde in ihm ist, dorthin gehen, wohin seine Frau als junge Fachkraft geschickt wird. Und dorthin schickt sie nicht irgend jemand, sondern die Heimat.«

Die Verwaltungsdame war sicher, daß diese Rotznase, die sich sonst was einbildete, es gleich nicht mehr ertragen und mit dem Namen ihres sattsam bekannten Mannes hausieren gehen würde, und genau da könnte man sie dann zu fassen kriegen, könnte diese Berühmtheit mit den Elefantenfüßen traktieren und so auch alle anderen Berühmtheiten, die da dachten, daß die Gesetze nicht für sie geschrieben seien.

Aber Mascha durchschaute sie, hielt ihre Zähne versteckt und schwieg.

Die städtische Universität bekam dann doch noch das idiotische, aber rettende Papier vom Schriftstellerverband, in dem bestätigt wurde, daß ich eine unersetzbare Fachkraft sei.

Mascha begann ihre Arbeit im Krankenhaus von Gulripsch. Man gewann sie dort lieb, und diese Liebe drückte sich auch materiell aus. Das Volk verstand sehr gut, daß sich ein Arzt mit seinem Gehalt nicht über Wasser halten konnte. Man brachte ihr Geschenke, die sie nicht zurückweisen konnte: mal eine Truthenne für die Behandlung eines Bronchialasthmas, mal ein Säckchen Bohnen für eine Flimmerarrhythmie, mal eine Wassermelone für Darmkoliken, mal Motorenöl für einen entzündeten Ischiasnerv.

Einmal nahm ich einen buckligen, grauhaarigen georgischen Bauern in Wollsocken, Schnürgaloschen und einem riesigen Filzumhang mit, der kaum in meinen Niwa paßte.

»Du hast eine Moskauer Nummer am Wagen, Genazwale«, sagte er, »bist du ein Urlauber?«

»Nein, Schriftsteller.«

»Hör mal, du vielleicht der Mann von diese weiße Doktor, die meine Galle behandelt? Ihr Mann auch Schriftsteller.«

Später arbeitete sie in Kunzewo auf der Intensivstation und kam manchmal mit leeren starren Augen nach Hause. Sechzigmal mit den Händen auf einen Brustkorb gedrückt und fünfzehnmal in die schon erkalteten Lippen eines Menschen geatmet, den man dem Tod vielleicht noch entreißen konnte. Manchmal brachen die Rippen unter ihren Händen, und sie hatte das fürchterliche Gefühl, versehentlich einen Verstorbenen getötet zu haben, der eigentlich noch nicht tot war.

Einmal mußte sie nach einer Magenspülung bei einem Schlosser, der sich mit Frostschutzmittel betrunken hatte, in die Krankengeschichte schreiben: »Spülungsflüssigkeit von himmelblauer Färbung«.

Während ihrer Arbeit als Stationsärztin sah sie viele alte Menschen, die ihr Leben in völliger Einsamkeit fristeten, vergessen, verlassen und von niemandem gebraucht.

Die einsamsten dieser Einsamen waren die »abgeschobenen Großmütter«, die von ihren Kindern und Enkeln zum Sterben in ein Krankenhaus gegeben wurden, während sie sich auf- und davongemacht hatten, um auf den Kommandeurinseln hilflose Robben zu erschlagen oder um in Libyen Atomkraftwerke zu bauen oder auch um in Paris bei der UNESCO zu arbeiten, wo sie dann fremde Nationen vor dem Aussterben schützten, während sie ihre eigenen Leute dem Tod überließen.

Eine Patientin, die zwar noch nicht Großmutter, aber dennoch eine einsame Frau war, hatte Mascha mit vor die Lippen gelegtem Finger zugeflüstert: »Leise, sonst wecken Sie die Pferde, und sie fangen an zu wiehern.«

»Was für Pferde?« Mascha blickte sich unwillkürlich um. Schließlich hatten ein paar umsichtige Moskauer schon damit begonnen, auf den Balkonen ihrer Wohnungen Schweine und Ziegen zu halten.

»Diese Pferde – sie sind verschieden ... Es gibt braune, es gibt graue Apfelschimmel, und ein Pferd ist schwarz wie ein Mönch ... Sehen Sie den Wassereimer? Der ist für die Pferde. Wenn sie trinken, schmatzen sie mit den Lippen. Und ihre Lippen sind groß und samtig. Ich möchte dieses schwarze Pferd zu gern küssen ... Aber ich habe Angst vor ihm ...« Die Frau trat an Mascha heran und raunte ihr ins Ohr: »Und dann – aus diesen Pferden wachsen Reiter heraus. Direkt aus den Rücken. Die Pferde sind groß, aber die Reiter sind klein wie Gnome. Sie haben keine Beine, aber Arme sind dran, und in jeder Hand halten sie ein Messer. Und ich sehe sie an und zittere wie Espenlaub – wenn sie mich nun erstechen?«

Mascha konnte jede noch so schreckliche Realität ruhig ertragen, als handle es sich um einen sezierten Toten in der Leichenhalle. Dies lag nicht nur daran, daß sie Ärztin war. Sie hatte wie viele andere ihrer Generation nicht einmal in frühester Jugend romantische Illusionen gehabt. In unserer Familie war ich der junge Romantiker, und der reife Skeptiker war sie.

Von der Perestroika hatte sich Mascha im Unterschied zu mir von Anfang an nicht täuschen lassen. Man brauchte in ihrer Gegenwart nur von Politik zu sprechen, und sofort wurde aus der Nixe ein Hecht. Sowohl die Parteibonzen, die sich an ihre Sessel klammerten, als auch die Demokraten, die ihnen diese Sessel wegzuziehen versuchten, um sich selbst darauf niederzulassen, bezeichnete sie alle mit demselben deftigen, so vieles umfassenden Ausdruck ihrer Generation: »Böcke«.

»Unser Volk leidet am Dumping-Syndrom oder am Syndrom des Reizmagens. Das wird nach schweren Operationen häufig beobachtet«, meinte sie spöttisch, nachdem wir von einem Meeting zurückgekehrt waren, auf dem die zur Demokratie aufrufenden Redner auf die Bühne gestürmt waren und sich dort ganz undemokratisch mit den Ellenbogen vorgedrängt hatten – Hauptsache, sie konnten das Mikrophon packen, Hauptsache, sie würden in die Geschichte eingehen. »Der Magen dieses Landes ist verstimmt und nicht in der Lage, etwas bei sich zu behalten. Eruptionsartiges Erbrechen. Oraler Durchfall. Das, was ich sehe – das ist wie ein Auskotzen der Demokratie ...«

Sie haßte die Politik und verachtete das sogenannte gesellschaftliche Leben. In diesen beiden Erscheinungen sah sie die Feinde unserer Familie.

»Man hat mich betrogen«, stichelte sie. »Ich habe einen Dichter geheiratet, aber man hat mir einen Deputierten ins Bett gemogelt, der sich dort im übrigen auch noch rar macht. Wieviel könntest du schreiben, wenn du nicht ständig auf deine Meetings, Versammlungen und ähnliche Treffs gingest.«

Als mein Freund jedoch bei seiner Nominierung als Volksdeputierter Unterstützung brauchte, nachdem ihm das Pack der »Pamjat« bereits eine vorangegangene Versammlung torpediert hatte, begleitete sie mich dorthin, obwohl sie im siebten Monat schwanger war. Zehntausend Menschen waren dabei, die Schule mit dem Versammlungssaal im Sturm zu nehmen, sie versuchten, den Sicherheitskordon der Miliz zu durchbrechen. Ein schwitzender unglücklicher Oberst der Miliz bemühte sich, per Megaphon zu erklären, daß die Schule bereits zum Bersten voll sei. Die Belagerer schrien, daß dies gelogen sei und sich drinnen nur die schon am Nachmittag durch den Hintereingang eingelassenen Parteibonzen und ihre Spießgesellen befänden.

Ich riß dem Oberst das Megaphon aus der Hand und bat die Menge wie auch die Miliz zurückzutreten, um mich und andere Vertrauenspersonen des Kandidaten durchzulassen. Ich rief, daß meine schwangere Frau bei mir sei. Das wirkte.

Die Menge trat auseinander. Mascha ging voran, und wir folgten ihr, heldenhaft hinter ihrem Bauch versteckt. Plötzlich tauchte wie ein Pilz aus dem Boden ein rothaariges Männlein in einem fröhlich karierten Kindermäntelchen vor ihr auf, dessen Kopf nur bis knapp über ihren Bauch reichte.

»Ich bin aus dem Zirkus, Genossen, aus dem Zirkus. Ich bin zwar nur ein ehemaliger Jongleur, aber immerhin … Ich bin ausschließlich als Aufpasser hier … So ist das Gesetz der Manege. Jetzt das Wichtigste – die Deckung des Bauches …«

Anfangs hielt ich ihn für einen gerissenen Schwätzer, der sich unter dem Vorwand der Ritterlichkeit hineinmogeln wollte. Doch sobald die Miliz uns die Schultür geöffnet hatte, geriet die Menge erneut in Raserei, drängte in den Korridor und trug uns wie eine unlenkbare Naturgewalt davon, schleuderte uns von der Tür weg, drückte uns an die Wand. Aber der rothaarige Kopf des Jongleurs schaukelte wie eine gelbe Warnblinkanlage um Maschas Bauch herum, um ihn zu beschützen. Mit dem Gesicht Maschas Bauch zugewandt, stemmte sich der Jongleur mit seinen feingliedrigen, aber starken Kinderärmchen an ihre Hüften und bildete so ein rettendes Vakuum zwischen sich und ihrem Bauch. Mit dem Hintern voran schob er sich auf die offene Tür zu, wobei er all die wie rasend Drängelnden und Schreienden mit seinen Füßen in spielzeugkleinen Cowboystiefeln wegstieß. Endlich gelang es ihm, sich mit dem Körper durch die Tür zu schrauben. Er ergriff Mascha an den Händen und zog sie nach innen, aber seine Kräfte reichten nicht. Da packte ein Kerl von der Größe eines Basketballspielers mit den Pranken eines Ilja Muromez den in der Tür feststeckenden Jongleur am Kragen seines Kindermäntelchens, das daraufhin mit lautem Krachen an der Rückennaht zerriß, und zerrte ihn und Mascha in die Schule. Der Kindermantel des Jongleurs, den er, wie er später mit traurigem Lächeln erklärte, auf dem letzten Gastspiel seines Lebens in Melbourne gekauft hatte, war in zwei Teile zerrissen, doch der zukünftige kleine Shenja Jewtuschenko in Mascha war gerettet. Jetzt ist er zwei Jahre alt, und obwohl ich ihm diese Geschichte noch nicht erzählt habe, liebt er den Zirkus und vergöttert Jongleure.

Als ich eines Tages vor Wut mit den Füßen aufstampfte und Mascha des politischen Negativismus und der Verachtung der demokratischen Bewegung bezichtigte, fletschte sie zur Antwort nicht auf Hechtmanier die Zähne, sondern erstrahlte in sanfter Erinnerung und sagte mit verlegener Nixendankbarkeit: »Ach, weißt du, wer der beste aller Demokraten ist? Der rothaarige Jongleur, der den kleinen Shenja gerettet hat.«

Sie liebte auch Sacharow sehr – wahrscheinlich, weil er einem Politiker überhaupt nicht glich.

Auf seiner Beerdigung weinte sie – das erste Mal in ihrem Leben weinte sie öffentliche Tränen.

Diese Schwangerschaft war ihre zweite. Während der ersten war sie an einer völlig ebenen Stelle ausgerutscht und hatte das Kind verloren. Dabei wünschte sie sich so sehr eine kleine Tochter, Daschenka. Und deshalb fürchtete sie so um Shenja.

Als sie mir, befreit und wie erleuchtet, Shenja durch das Krankenhausfenster zeigte, glich sie einer Gottesmutter in einem Schrein aus frühlingshaften Eiszapfen. So filmte ich sie in »Stalins Begräbnis« – allerdings bereits mit unserm zweiten Sohn Mitja. Während Shenja wie sein Vater ein unbändiger rastloser Raufbold und Schürzenjäger war, wurde Mitja ein zärtlicher, sanfter, klug-verschmitzter, eigensinniger, träger, aber bissiger Hecht und Nixenmann.

Anfangs machte Shenja uns große Sorgen. In der Geburtsklinik hatte man ihn vorsorglich mit derart vielen Antibiotika vollgepumpt, daß die zarten Kinderdärme es nicht aushielten und die Nahrung verweigerten. Er begann vor unseren Augen dahinzusiechen. Ich verlor jede Hoffnung. Zum erstenmal in meinem Leben ging ich nicht in eine Kirche, weil sie ein schöner Ort mit schöner Musik ist, sondern weil ich beim Patron der Ärzte, dem heiligen Pantaleon, der in seinen schmalen Fingern einen Löffel und eine Schachtel mit Arzneimitteln hält, Fürbitte für mein Kind leisten wollte. Nach einem Mütterchen, in deren schwarzem Plüschmantel ein winziges Kätzchen piepste, beugte ich mich ehrerbietig über das von den Küssen warme Glas der Ikone und traf mit dem Mund auf die feuchte Spur der alten Lippen, da, wo das Glas von Atem beschlagen war. Dem heiligen Pantaleon kamen allerdings der keinesfalls heilige, deshalb aber nur noch anziehender wirkende Doktor Stanislaw Dolezki und die großartige Masseurin Lidia Wlassowa zu Hilfe, die die Muskeln der schwächlichen, einknickenden Beinchen unseres Söhnchens knetete, und das Wunder geschah – Shenja überlebte.

Mascha war aus rein hechtischer Schläue – damit die anderen

großen Hechte sie nicht fraßen – eine Zeitlang Komsomolzen-Ideologin an der Medizinischen Fakultät gewesen. Lag vielleicht hier der Grund für ihren Haß auf die Politik? Doch auch mit Religion hatte sie nichts zu tun. Obwohl sie Reisegruppen nach Kishi und in die anderen in Museen umgewandelten Kirchen des Nordens führte, hatte sie Angst, in die tatsächlich »funktionierenden« Kirchen zu gehen – dafür wurde man aus dem Komsomol und aus der Universität ausgeschlossen.

Ich war nur so religiös wie wahrscheinlich die undankbare Mehrheit der Menschheit – ich bettelte Gott um etwas an, vergaß dann aber danke zu sagen. Dennoch war ich der erste, der Mascha an der Hand nahm und in eine Kirche führte. Es war die Kirche »Aller Gramerfüllten« auf dem Kalitniki-Friedhof neben dem Vogelmarkt.

Mascha und ich waren dorthin gefahren, nachdem das schreckliche Geheimnis dieses Friedhofs gelüftet worden war. Selbst alteingesessene Moskauer hatten nicht geahnt, daß sich unter den frischen Gräbern ein altes Massengrab mit Zehntausenden Toten verbarg, die in den »Bartholomäusnächten« der dreißiger Jahre erschossen worden waren. Wie durch ein Wunder waren einige alte Frauen, die damals noch kleine Mädchen gewesen waren, mit dem Leben davongekommen. Fast fünfzig Jahre lang waren ihre Münder verschlossen geblieben, aber plötzlich hatten sie zu sprechen begonnen.

Damals, in den Dreißigern, hatten sie mit kindlicher, alles registrierender Neugier nachgesehen, was die Leute wohl machten, die abends in geschlossenen Planwagen in den Park gefahren kamen. Im Gebüsch versteckt, erblickten die Mädchen ein grauenerregendes Schauspiel: Der Planwagen rollte heran, die Rückwand wurde aufgeklappt, und das sowjetische Sonderkommando in langen Schürzen, Gummistiefeln und Gummihandschuhen stieß mit speziellen Haken eine nackte Leiche nach der anderen – mit Lappen verstopfte Einschußlöcher in den Schädeln – in die Grube hinab. Viele der Leichen waren nicht mehr ganz frisch, hatten aufgeblähte Bäuche und zerplatzten im Fallen mit einem ganz eigenen, furchteinflößenden Geräusch.

Gegenüber dem Friedhof lag das Mikojan-Fleischkombinat, über dessen Gebäude nachts Stalins Porträt strahlte und, mit elektrischen Glühbirnen übersät, seine Opfer beobachtete, während die Hunde des Fleischkombinats zu der Grube liefen und dort, im Mondlicht blau leuchtend, über den Leichen heulten.

Als Stalin gestorben war, verfügte Berija, diese Grube schnellstens zuzuschütten und die eines natürlichen Todes Gestorbenen über den Ermordeten zu beerdigen. So sollten die alten Leichen mit neuen verdeckt werden.

Das Ergebnis war kafkaesk: ein Sandwich-Friedhof.

Wir kamen von diesem Friedhof wie aus einer nicht enden wollenden Hölle unserer Gedanken, und plötzlich hielt Mascha mich zurück und deutete mit den Augen auf die Kirche »Aller Gramerfüllten«. Es hing leiser Gesang unter dem Gewölbe, als wir in die von Stimmen erfüllte kirchliche Reinheit traten wie die Heiden in die Wasser des alten Dnjepr.

Der Pope taufte Neubekehrte.

Unter ihnen war nur ein Kind. Es war wohl nicht einmal ein Jahr alt und schlief tief und fest, wobei es süß durch das rosa Radieschen seiner Nase schniefte. Es wurde zusammen mit seinem Papa getauft – einem kräftigen schönen Mann mit schwarzem Schnurrbart und dem Abzeichen der Afghanistan-Veteranen. Er zog nur den linken Schuh aus, denn den rechten trug er über einer Prothese. Die Mama war ein üppiges Dickerchen, aber über ihr rundes Quarkkuchengesicht, das zum Gekicher-Geschnatter geradezu geschaffen schien, rollten langsam und schwer ein paar wenige, dafür riesige Tränen, die den Perlen auf den Ikonenbeschlägen glichen.

Es wurden linkische Jugendliche getauft, die ganz verlegen wurden, wenn man sie ansah und dabei ihre Pickel bemerken konnte.

Es wurde ein Paar von vielleicht siebzig Jahren getauft, das sich mit vor Ergriffenheit getrübten Augen ansah.

Es wurde eine junge Schönheit mit buntschillerndem Haar getauft, die sich zwar die Schminke aus dem Gesicht gewischt hatte, nach dem Besuch der Kirche aber eindeutig vorhatte, zur Arbeit in eine Devisenbar zu gehen. Sie trug nämlich schwarze Strümpfe mit aufgestickten silbernen Rosen und einen derart minimalen Minirock, daß darunter das Spitzendreieck ihrer Unterwäsche hervorblitzte.

Es wurde ein Liliputaner mit dem faltigen Gesicht eines Bratapfels getauft, während eine Liliputanerin seines Alters, vielleicht seine bereits getaufte Frau, die feuchten Puppenaugen mit einem Batisttüchlein trocknend, neben mir und Mascha in der kleinen, rührend keuschen Gruppe stand, die die Taufe verfolgte.

Der duftende Rauch des über den Köpfen der Täuflinge geschwenkten Weihrauchfasses, der im Gedächtnis haftende Leichengeruch so vieler unschuldig Ermordeter, das zarte Aroma der auf dem Blut dieser Toten wachsenden Heckenrosen, der stockende Atem der frisch geweihten Christen – all das war wie der Hauch einer Heimat, die es nur einmal im Leben geben und die durch nichts ersetzt werden kann.

»Ich möchte unsere Kinder taufen lassen, selbst getauft werden und dich kirchlich heiraten«, flüsterte Mascha.

Als ich im Frühling 1991 in der Universität von Pennsylvania russische Lyrik lehrte, fand meine erste kirchliche Trauung in der dortigen russisch-orthodoxen Kirche statt, die von Matrosen des in der Werft von Philadelphia erbauten berühmten Kreuzers »Warjag« Ende des vergangenen Jahrhunderts gegründet worden war.

Über unseren Köpfen schaukelten in den Händen unserer Freunde die Hochzeitskronen im Takt zur singenden Stimme des belgischen Popen Mark, der die russische Sprache bis hin zum Sankt Petersburger Akzent vor der Revolution beherrschte.

Der weiße Spitzenumhang auf dem Kopf meiner Braut und Ehefrau sah aus, als ob der Nebel von einem karelischen See, um sie zu segnen, nach Amerika geflogen sei, und über den Kirchenboden krabbelten unsere Kinder, deren Aufziehautos unbändig summten.

Bald darauf kehrten wir nach Moskau zurück, ohne zu ahnen, was in diesem Jahr mit unserer Heimat und uns selbst noch alles geschehen würde, ohne zu ahnen, daß wir uns noch an die Zeilen aus dem Lied über den Kreuzer »Warjag« erinnern sollten:

> Genossen, auf Gefechtsstation!
> Die letzte Parade beginnt.

Nach der schlaflosen Nacht in Peredelkino vom 18. auf den 19. August, als Bim mich, fast wölfisch heulend und vor hoffnungsloser Liebe vergehend, nicht schlafen ließ und ich selbst, voller Qual und Zärtlichkeit mein ganzes Leben überdenkend, lautlos mit ihm mitheulte, gelang es mir erst gegen Morgen einzuschlafen.

Aber ich sollte nicht lange schlafen.

Gegen neun Uhr morgens weckte mich das Klingeln des Telefons und die heisere Stimme meiner Schwester Ljolja:

»Sie haben Mischa abgesetzt.«

»Mischa Kaz?« fragte ich und meinte unseren gemeinsamen guten Genius – Ingenieur aus Donezk, der zwar wenig äußere Reize, dafür aber ein wunderbares Herz hatte und zu der aussterbenden Rasse von Menschen gehörte, die anrufen und sich erkundigen: »Kann ich dir mit irgend etwas helfen?«

Weshalb hätten sie Mischa absetzen sollen – Mischa, der an Feiertagen voller Stolz das kleine Metallabzeichen mit der Aufschrift »Garde« ansteckte und ein so sentimentaler Internationalist war, als sei er weder als Jude noch als Russe geboren worden, auf der ganzen Welt vielleicht das einzige Exemplar eines geglückten kommunistischen Menschen? Weshalb hätten sie Mischa absetzen sollen – Mischa, der uns wie ein Weihnachtsmann, für den Neujahr in den Sommer fällt, über die Donezker Zugbegleiterinnen schon einmal einen Eimer rubinrot blinkender Kirschen zukommen ließ, dann wieder einen Korb mit Auberginen, groß wie Torpedos, oder eingesalzene Wassermelonen, deren Geheimnis er wie unter einem einsamen Strauch unter einer der letzten schwarz-graumelierten Locken am Rande seiner Glatze vergraben hatte, dieser Glatze, die der Menschheit so voller Güte leuchtete, als sei sie ein kleiner Leuchtturm der Gutherzigkeit?

»Nein, doch nicht Mischa Kaz«, unterbrach mich Ljolja, »Gorbatschow haben sie abgesetzt. Schalt den Fernseher ein!«

Die Zensur, die beste Leserin

Der Goldsucher und der Portier vom »National«

In letzter Zeit fehlt mir etwas. Ich habe Sehnsucht. Und ich schäme mich zu gestehen wonach – nach der Zensur. Um diese krankhafte Nostalgie zu erklären, will ich hier eine wahre Geschichte wiedergeben, die mir ihr Held erzählt hat.

In der Stalinzeit lebte ein blutjunger Seemann, Vadim Tumanow, einer der besten Boxer des Fernen Ostens. Er liebte Gedichte, schrieb aber nicht selbst, sondern deklamierte selbstvergessen an Bord des Dampfers »Uralmasch« Gedichte von Jessenin, der damals noch als dekadent galt. Zusätzlich zu seinen sonstigen Sünden hatte Jessenin Selbstmord begangen (heute spricht man allerdings auch von Mord). Nach damaligen Begriffen war das nachgerade eine antipatriotische Tat, denn Pessimismus galt als bourgeoises Überbleibsel. In seiner Schwärmerei für Jessenin erlaubte sich Tumanow spöttische Bemerkungen über Majakowski, den der Genosse Stalin persönlich den »besten, talentiertesten Dichter der Sowjetepoche« genannt hatte.

Ein anderer literarischer Geschmack als der des Genossen Stalin war zu seinen Lebzeiten sehr gefährlich. Jemand denunzierte Tumanow, mit ihm befaßte sich die Marineabteilung des KGB, und 1949 kam der zweiundzwanzigjährige Kapitänsgehilfe wegen antisowjetischer Agitation ins Lager. Aber das Leben hinter Stacheldraht war für den freiheitsliebenden Seemann und Boxer nicht zu ertragen, und Tumanow entfloh mit ein paar Kriminellen. Unterwegs raubten sie eine Sparkasse aus. Sie wurden gefaßt, gnadenlos geschlagen und wieder hinter Stacheldraht gesetzt, und die Haftdauer wurde auf 25 Jahre erhöht. Nach dem ersten Versuch entfloh Tumanow noch ein paarmal, doch er wurde immer wieder mit Hilfe von Schäferhunden eingefangen. Mit Flüchtlingen kannte man an der Kolyma keine Gnade. In der Strafgoldmine »Schiroki« hielt man sie in Zellen, die aus Stahlplatten zusammengeschweißt waren. Die wurden im Sommer glühend heiß, und im Winter verbrannten sie die Haut mit Eiseskälte. 1952 entflohen drei Männer. Bei ihrer Ergreifung wurden zwei getötet und zur Abschreckung in dem kleinen Freiganghof zwei Monate liegengelassen, wo sich die Leichen in der Sommerhitze zersetzten. Man wartete auf den dritten, und der wurde ebenfalls getötet. Der Offizier Saal Georgijewitsch Matschabeli stand angetrunken mit offenem Waffenrock stolz vor den drei Leichen. Er befahl, die anderen Sträflinge zur Abschreckung aus ihren Zellen zu holen, damit sie nicht auf Fluchtgedanken kämen, und zwang sie, vor ihm auf den Knien zu kriechen. Tumanow weigerte sich. Er wurde ein paarmal mit dem Gewehrkolben geschlagen, aber er kroch nicht. Matschabeli hätte ihn natürlich erschießen können, damit sich die anderen kein Beispiel nähmen, aber er tat es nicht, vielleicht aus Respekt vor dessen Würde. Aus dem romantischen Lyrikfreund Tumanow war allmählich die oberste Lagerautorität geworden, und mit ihm mußten selbst die Natschalniks rechnen.

Als er nach einem neuerlichen Fluchtversuch im Straflager »Slutschainy« landete, geschlagen und voller Wunden, traf er einen alten Bekannten, Hauptmann Ponomarjow, der Matschabeli an Brutalität nicht nachstand. Ponomarjow und Tumanow kannten einander aus dem Lager »Tschelbanja«. Der Hauptmann mit dem Spitznamen »Fläschchen« war klein von Wuchs und von sich eingenommen wie Napoleon. Er hatte stets ein Kartenbrett dabei, voll von wohlgespitzten Bleistiften, mit denen er Namen und Vergehen notierte, und die Messingknöpfe auf dem grauen Militärmantel, mit Kreide blank geputzt, glänzten wie aus Gold. »Hier kommst du niemals raus. Wir lassen dich verfaulen«, sagte Hauptmann Ponomarjow triumphierend. Aber er irrte. Tumanow war ein talentierter Goldsucher, und bei überplanmäßiger Goldausbeute wurden den Sträflingen drei Jahre für eines angerechnet.

1956 kam Tumanow frei, die Vorstrafe wurde ihm gestrichen, und der Ministerrat der UdSSR erlaubte ihm, ein Goldschürferartel zu gründen. Das Gold der Schürfer war fünfmal billiger als das staatliche und ihr Lohn, je nach der Arbeitsproduktivität, fünfmal höher als der staatliche. Tumanow wurde der erste legale sowjetische »Millionär«, natürlich in unseren bescheidenen Maßstäben. Man versuchte mehrmals, ihn bei Unregelmäßigkeiten zu ertappen, um ihn zu kriminalisieren, aber alle seine Finanzpapiere waren sauber, und er gewann mehrere Gerichtsprozesse, darunter einen gegen die Zeitung »Die Sowjetindustrie«. Als Tumanow einmal in Tbilissi war, erfuhr er, daß Matschabeli stellvertretender Direktor der Akademie der Künste geworden war. Für Menschen, die nie gesessen haben, ist das wohl schwer zu erklären, aber Tumanow suchte ihn auf, und sie verbrachten den ganzen Tag zusammen in einem Restaurant an der Seilbahn. Tumanow hatte nicht vergessen, daß Matschabeli ihm einmal geholfen hatte, als er an einer vereiterten Wunde fast gestorben wäre. Da hatte der Offizier aus seiner eigenen Tasche einen Hunderter hergegeben für vier Semmeln, vier Stücke Margarine, vier Schüsseln Heidelbeerkonfitüre, die Tumanow vielleicht das Leben retteten. In dem Tbilissier Restaurant fragte Matschabeli Tumanow: »Und, bist du mir böse?« Tumanow antwortete: »Wozu alte Rechnungen begleichen? Wenn nicht Sie, dann wären's andere gewesen.«

Matschabeli ist vor kurzem, gänzlich erblindet, gestorben. Über die Goldmine »Schiroki« hat Wladimir Wyssozki das von Tumanows Erzählungen angeregte Lied geschrieben: »Und unsre Knochen hat der Bagger durchgewaschen, demnach war Gold in ihnen drin, mein Lieber.«

Als Tumanow und ich 1977 von einer gemeinsamen Reise durch Kolyma nach Moskau zurückkehrten, versuchten wir, zum Abendessen in das für Sowjetmenschen nahezu unzugängliche Restaurant »National« zu gelangen. Die schweren Mahagonitüren mit bronzenen Griffen wurden zuverlässig von Portiers in goldbetreßter Livree bewacht. Sie glichen Statuen, die aus Wachsamkeit gemeißelt waren. Aber Tumanow und ich wußten, daß der Anschein strengster Unbestechlichkeit bei diesen Wächtern endete, sobald in der Hand des Einlaß begehrenden Gastes ein Geldschein auftauchte. Unser legaler sowjetischer Millionär winkte dem Portier durch die Türscheibe mit einem Fünfundzwanzigrubelschein, und der reagierte, wenngleich mit ruhig lässigem Gang. Als die Tür einen Spalt aufging, schob Tumanow sogleich die Banknote hindurch, und sie verschwand wie in der Hand eines Fakirs. Der Portier war klein von Wuchs und von sich eingenommen wie Napoleon, und die Messingknöpfe, mit Kreide blank geputzt, glänzten wie aus Gold. Für uns bekundete er keinerlei Interesse, nur die lakaienhafte Erwartung, ob diese guten Herren ihm nicht noch etwas in die grauhaarige Pratze steckten. Er öffnete die Tür, ließ uns ein, und plötzlich geschah etwas mit seinem Gesicht – es kroch auseinander vor Angst und Freude, doch die Freude überwog.

»Tumanow? Vadim Iwanowitsch?«

»Hauptmann Ponomarjow?« murmelte Tumanow und lächelte ungläubig, als hätte er überraschend einen Busenfreund wiedergefunden, den er für unwiederbringlich verloren gehalten hatte.

Zwar rückte der Hauptmann im Ruhestand Ponomarjow den Fünfundzwanzigrubelschein nicht wieder heraus, aber der ehemalige Gefängniswärter und der ehemalige Sträfling umarmten sich fast brüderlich. Eine klassische Geschichte, sie erinnerte an die Beziehung des Zuchthäuslers Jean Valjean zu dem Polizeiinspektor Javert aus den »Elenden« von Victor Hugo. Der gegenseitige Haß war zur gegenseitigen Gewöhnung geworden.

Solche Beziehungen entstanden bei vielen sowjetischen Schriftstellern, auch bei mir, zur Zensur.

Wenn wir versuchten, ein Wort aus dem Stacheldraht der Parteidogmen in die Freiheit zu schicken, warfen sich die ideologischen Schäferhunde, von ihren Herren trainiert, auf uns und rissen uns mit ihren Reißzähnen das lebendige Fleisch vom Leibe. Die Herren wollten, daß wir vor ihnen auf den Knien krochen.

Wenn wir uns jedoch weigerten, bekamen sowohl die Herren wie die Schäferhunde Achtung vor uns, natürlich nur wenn sie uns nicht vorher schon zerfleischt hatten.

Die Feile im Apfelkuchen

Selbstverständlich sind die, die fangen, und die, die gefangen werden, Feinde. Aber waren Schriftsteller und Zensoren etwa nicht Gefangene in demselben gewaltigen Konzentrationslager? Kann man in der heutigen, für uns seltsamen und ungewohnten Zeit der Zensurlosigkeit etwa so aufmerksame, nachdenkliche, für jede Nuance feinfühlige Leser finden wie die Zensoren? Hat uns Schriftstellern die Tatsache, daß die Zensur Metaphern, Reime, Epitheta als staatsgefährdend ansah, etwa nicht hohes Ansehen verschafft, in den Augen der Leser ebenso wie in den eigenen Augen? Mit welcher Feinheit enträtselte die Zensur politische Anspielungen in dem Spitzenklöppelwerk eines Gedichts, ähnlich den Suchbildern aus der Kindheit, wo in den verflochtenen Zweigen eines gezeichneten Waldes die Konturen des Jägers mit Flinte gefunden werden mußten! Mit welch geschärftem Gehör erhorchte sie das Ticken von Sprengmechanismen inmitten von Jamben und Trochäen, mit welch chirurgischer Eleganz entfernte sie Dynamit aus Sonetten!

Das russische gedruckte Wort hat fast niemals Zeiten ohne Zensur gekannt, weder vor noch nach der Revolution. Wie hat die russische Literatur dennoch überlebt? Wie haben selbst in den schwersten Zeiten Romane und Gedichte, die scheinbar durch kein Tor paßten, es fertiggebracht, sich durch die Zensur hindurchzuzwängen? Genauso, wie manchmal Fische auf wundersame Weise mit dem Wasser Turbinenschaufeln passieren. Die russische Zensur war wie eine Harmonika: Wenn ihre Falten eng zusammengepreßt waren, steckten die Gedichtzeilen wie Schmetterlinge darin fest. Aber kaum wurde der Balgen ein wenig auseinandergezogen, entflatterten die eben noch scheinbar toten Schmetterlinge in die Luft. Die zaristische Zensur war am Ende des 19., Anfang des 20. Jahrhunderts müde und kurzsichtig geworden und begann sich zu liberalisieren, existierte aber noch wie ein klappriger Kettenhund, der trotz seiner Zahnlosigkeit noch seine Treue beweisen möchte. Die erste vollkommene Zensurlosigkeit in Rußland war die kurze Zeitspanne zwischen der Februarrevolution 1917 und dem Jahr 1918. Die zaristische Zensur, alt, erschlafft, podagrisch, machte der neuen Zensur Platz, und die war jung und grausam. Es war eine historische Gesetzmäßigkeit, daß das erste Opfer der bolschewistischen Zensur Gorki wurde, der die Bolschewiken vor der Revolution moralisch und ökonomisch unterstützt hatte. Ein Teil der Auflage seines politischen Essaybandes »Unzeitgemäße Gedanken«, in dem er sich gegen die Gewalt und Grausamkeit der Revolution wandte, wurde vernichtet. Die neue Macht gab deutlich zu verstehen, daß sie, gewitzt durch die Erfahrungen der Zarenmacht, keinerlei Äußerungen gegen sich dulden würde. Die Zensur der zwanziger Jahre erstreckte sich noch ausschließlich auf den politischen Inhalt, berührte aber nicht die Form der Kunst. Die Avantgarde ließ sich auf inhaltliche Kompromisse ein, damit die Macht ihr die Freiheit der Form gewährte, und unterschrieb damit ihr eigenes Todesurteil. In den dreißiger Jahren überschwemmte das Plasma der Farblosigkeit und Eintönigkeit das ganze riesige Land und saugte allmählich nicht nur den Inhalt, sondern auch die Form in sich ein. Die Avantgarde starb zusammen mit vielen Avantgardisten, die in den Lagern zu Tode gequält oder in Armut und Namenlosigkeit gestürzt wurden. Die Form der offiziellen Kunst glich sich dem Inhalt an – pompös, tortenartig. Jedes Druckerzeugnis bis hin zu Postkarten und Fußball- oder Konzertplakaten brauchte den Erlaubnisstempel der Zensur. Die Redakteure wußten genau, was ging und was nicht, und in hoffnungslosen Fällen wurden sie gleich selbst zu Zensoren. Der hoffnungsloseste Fall vor und nach der Revolution war der Artikel »Philosophische Briefe« von dem geistigen Lehrer Puschkins, Pjotr Tschaadajew, geschrieben 1831 und erst 1914 von der zaristischen Zensur zum Druck freigegeben. Auf die Genehmigung der sowjetischen Zensur mußte dieses Buch von 1917 bis 1987 warten! Ich war Zeuge, wie in den sechziger Jahren die sowjetische Zensur versuchte, aus einer Aufführung im Theater an der Taganka Puschkins Gedicht über die zaristische Zensur herauszunehmen. Gnadenlos wurden Zitate von Marx, Engels und sogar Lenin gestrichen, wenn sie in einem Kontext standen, der getarnt nicht konkrete Details, sondern das System kritisierte.

War die Zensur der Stalinzeit wie eine Axt und bediente sich keiner feineren Werkzeuge, so war die nachstalinsche Zensur viel raffinierter und arbeitete mit Hilfe eines ganzen Systems von Mikroskopen, Lupen, ideologischen Scannern, Skalpellen, Lanzetten und Pinzetten. An der gewachsenen Lesekultur der Zensoren trugen vor allem die Dichter meiner Generation »Schuld«. Anfangs täuschten wir die Zensoren mühelos mit Gedichttiteln, welche die Handlung angeblich ins kapitalistische Umland verlegten: »Monolog eines Beatniks«, »Monolog eines Blaufuchses in einer Tierfarm in Alaska«, »Monolog der Marylin Monroe«, »Liedchen eines amerikanischen Soldaten«, »Monolog eines amerikanischen Dichters«, »Monolog einer Broadway-Schauspielerin«. Wir gingen zurück in die Geschichte, und unsere historischen Helden, die das härene Hemd des Stenka Rasin, das schwarze Kleid mit weißem Krägelchen der Narodowolzin Vera Figner oder sogar die Studentenuniform der Universität Kasan trugen, schrien ihren zeitgenössischen Schmerz heraus. Aber nach und nach enttarnten uns die Zensoren. Ihr Lieblingswort wurde »Allusion«; sie sprachen es mit der Wollust und dem Triumphgefühl des Gefängniswärters aus, der in einem Apfelkuchen eine eingebackene Feile für das Zellengitter gewittert hat.

Das Jesuitentum der Zensur war raffiniert.

1964 zeigte mir der vom Liberalismus weit entfernte Chefredakteur der Zeitschrift »Snamja«, Koshewnikow, einen Bürstenabzug seiner Zeitschrift mit Gedichten von mir, die jemand mit Rotstift gesprenkelt hatte. Ich fragte ihn: »Hauptverwaltung Literatur?« Er schüttelte den Kopf und zeigte mit dem Bleistift nach oben, höher als die Hauptverwaltung. Ich denke mir, er wollte wenigstens in diesem Falle als anständiger Mensch erscheinen.

»Wenn du die Gedichte retten willst, geh zu Iljitschow«, sagte er, »beschwer dich über mich.« Ich begriff, daß die Rotstiftnotizen nicht von gewöhnlichen Zensoren stammten, sondern vom Ideologiechef der Partei. Ich ging in seine Sprechstunde, legte den Bürstenabzug vor ihn hin und beschwerte mich über den Dershimordismus des Chefredakteurs von »Snamja«. Für Koshewnikow war das ungefährlich – wegen Dershimordismus war noch niemand abgesetzt worden. Iljitschow nahm den Bürstenabzug in die Hand, als ob die Rotstiftnotizen nicht von ihm stammten, und las aufmerksam, wobei er mit Interjektionen seine Begeisterung zeigte. Nachdem er den Gedichtzyklus zu Ende gelesen hatte, holte er tief Luft, zog die Stirn kraus und sah mich über die Brille, die ihm auf die blanke Stumpfnase gerutscht war, hinweg mit feigen Äuglein an.

»Schlecht geht's dem kleinen Matrosen, oh, schlecht«, sagte er plötzlich kopfschüttelnd, fast schluchzend, und durchbohrte mich mit einem prüfenden Blick.

»Welchem Matrosen?« fragte ich verständnislos.

»Welchem? Ihrem Matrosen, Ihrem ...« Iljitschow stieß den Finger auf das Gedicht »Bürger, hört mich an«. »Da ist er, Ihr kleiner Matrose, Jewgeni Alexandrowitsch, er sitzt auf Deck, mutterseelenallein, keiner braucht ihn, und singt ein Lied zur Gitarre. Aber niemand hört ihm zu, Jewgeni Alexandrowitsch, kein Mensch. Ich war ja auch mal Matrose, schauen Sie.«

Und Iljitschow, Ideologiesekretär des Zentralkomitees der Partei, streckte mir über dem grünen Billardtuch des staatlichen Schreibtischs sein mit rötlichen Haaren bewachsenes kräftiges Fäustchen entgegen, das eine halbverblaßte, aber noch erkennbare Tätowierung zeigte. Er sprang auf und ging mit den schnellen Trippelschrittchen des dicken, aber kräftigen Mannes um mich herum.

»Ihr Matrose, Jewgeni Alexandrowitsch, fährt auf einem Schiff. Das ist kein gewöhnliches Schiff, sondern heißt ›Friedrich Engels‹. Und was spielt sich auf diesem Schiff ab? Alle trinken Wodka oder klopfen Karten oder tanzen – aber für den unglücklichen kleinen Matrosen null Aufmerksamkeit. Das Ganze wird zum Symbol, Jewgeni Alexandrowitsch, zum Symbol. Das Schiff ist unser Land. Die Menschen auf dem Schiff, die da Wodka saufen, Pardon, das ist unser russisches Volk. Und der unglückliche kleine Matrose, das sind Sie, Jewgeni Alexandrowitsch. Und wie unglücklich müssen Sie sein, daß Sie so was zusammenphantasieren! Und wer hat Sie so unglücklich gemacht – vielleicht die Sowjetmacht?«

Iljitschow stoppte seinen gehetzten Lauf, setzte sich und schob mir den abgekühlten Tee und ein Schüsselchen mit Kringeln hin.

»Langen Sie zu. Kosten Sie unser Parteigebäck, Jewgeni Alexandrowitsch. Sie kennen doch bestimmt den Maler Kuindshi. Ich habe in meiner bescheidenen Sammlung ein Bild von ihm. Na, mit Ihrer ist meine Sammlung nicht zu vergleichen. Man hört, man hört. Wissen Sie eigentlich, daß Kuindshi auch ein bekannter Vogelarzt war? Manchmal hat ein Singvögelchen plötzlich Sehnsucht nach der Freiheit gekriegt und sich aus dem Käfig gedrängt und dabei ein Flügelchen beschädigt. Bitter ist es, in Unfreiheit Lieder zu singen, Jewgeni Alexandrowitsch, oh, bitter. Ich sitze ja hier in meinem Arbeitszimmer auch wie in einem Käfig. Aber reden wir nicht von mir. Kuindshi hat vielen Singvögeln die Flügelchen gerettet oder die Knöchlein geschient, ihnen auch Kräutertropfen gegeben, wenn ihnen der Hals weh tat. Und als Kuindshi starb, da sollen die Besitzer der Vögel, die er geheilt hatte, mit ihren Käfigen zum Begräbnis gekommen sein, und als sie die Käfige öffneten, flogen die Vögel heraus und setzten sich auf den Sarg und sangen ihm ein dankbares Abschiedslied.«

Iljitschow beugte sich über den Schreibtisch zu mir, lächelte schief, und dann flüsterte er, aber so, daß ich unwillkürlich zurückprallte:

»Wenn ich sterbe, Jewgeni Alexandrowitsch, werden dann etwa Singvögel mit ihrem Lied meiner gedenken? Also, wer von uns beiden ist der unglückliche kleine Matrose, Sie oder ich? Na?«

Er lehnte sich müde zurück, schloß die Augen und stöhnte leise. Als er sie wieder aufschlug, blickten sie energisch, gesammelt, sachlich. Die rothaarige Hand mit der Tätowierung gab mir meinen Bürstenabzug zurück. Die Stimme klang nach Alltag und Arbeit:

»Mit Koshewnikow reden wir, Jewgeni Alexandrowitsch. Er sitzt schon sehr lange in seinem Redakteurssessel, sehr lange. Aber Sie selbst müssen mir helfen, diese Gedichte zu drucken. Denken Sie sich einen anderen Namen für das Schiff aus statt ›Friedrich Engels‹.«

Er kicherte, rutschte auf seinem Stuhl hin und her und versuchte, mich mit seinem masochistischen Humor zu bestechen.

»Aber nicht ›Karl Marx‹. Sonst wird nicht Koshewnikow abgesetzt, sondern ich.«

Was hatten die russischen Dichter doch für feinfühlige Leser! Gebe Gott, daß sie nicht zurückkommen.

Der Preis für ein Stückchen Wahrheit

Die Zensur bestand aus der Zensur als solcher und aus der Selbstzensur. Es gab die Selbstzensur vor der Niederschrift, wenn einem der Selbsterhaltungstrieb – rettend und zugleich schmählich – nicht erlaubte, mit der Feder hinzukritzeln, was man auf dem Herzen hatte. Und es gab die Selbstzensur, die einen zwang, bereits Geschriebenes wieder zu streichen.

Die Selbstzensur war natürlich nicht freiwillig, sondern erzwungen. Für das Recht, ein Stückchen Wahrheit zu drucken, mußte man bezahlen, entweder mit dem Verlust von Zeilen oder mit verharmlosenden Zusätzen. »Babi Jar« hatte großes Glück, es wurde ohne Korrekturen gedruckt, nur kamen als Gegengewicht zwei Kuba-Gedichte von mir auf dieselbe Seite. Aber für die Dreizehnte Sinfonie von Schostakowitsch mußte ich wegen der Androhung des Verbots dieses genialen Musikwerks Zeilen hinzufügen, die am Sinn des Textes nichts änderten, aber einfach überflüssig waren: »Ich stehe hier gleichwie an einer Quelle, die mir den Glauben an die Brüder gab. Es liegen hier wie Russen auch Ukrainer und Juden alle in demselben Grab.« Die Sinfonie wurde freilich sehr selten aufgeführt und das Gedicht in der UdSSR 23 Jahre nicht nachaufgelegt. 1984 wollte der Direktor des Verlags Chudoshestwennaja Literatura »Babi Jar« in eine dreibändige Ausgabe meiner Gedichte nur unter der Bedingung aufnehmen, daß ich in einer Vorbemerkung die Grausamkeiten des Staates Israel gegen die Palästinenser verurteilte. Ich antwortete ihm, die Opfer von Babi Jar hätten damit nichts zu tun, denn zu ihren Lebzeiten habe es den Staat Israel noch nicht gegeben. Ossipow stritt nicht mit mir, sagte aber seufzend, sonst könne er die dreibändige Ausgabe nicht zum Druck freigeben, aus Gründen, die nicht von ihm abhingen. Da schlug ich ihm einen Kompromiß vor: Er solle die Vorbemerkung im Namen des Verlags drucken, nicht in meinem Namen. Da zuckte er nur die Achseln und verdrehte vielsagend die Augen nach oben. Ich mußte mich entscheiden. Ich überlegte. In den 23 Jahren seit der Erstveröffentlichung von »Babi Jar« war eine ganze Generation nachgewachsen, die meinen Fluch gegen den Antisemitismus, mein Requiem auf die vielen unschuldig Getöteten nicht hatte lesen können. In diesen 23 Jahren war der Antisemitismus aufgegangen wie ein Hefeteig; er trieb die sowjetischen Juden in die Emigration und legte ihnen zugleich bei der Ausreise sadistisch viele Hindernisse in den Weg. Die Ausreiseanträge der Juden wurden zum Anlaß für noch größeren Antisemitismus – ein

Teufelskreis. Es erschienen mehrere antisemitische Broschüren. Die Gesellschaft »Pamjat« schlummerte nicht, denn sie war ein Teil der Gesellschaft. Zugleich bekundeten unsere Führer, bei uns existiere keine jüdische Frage. Ich entschloß mich zu einem Kompromiß, um den Lesern »Babi Jar« zu geben, selbst wenn ich dafür mit der überflüssigen Vorbemerkung bezahlen mußte. Ich hoffte auf die Findigkeit der Leser. Allerdings hatte ich noch nie Grausamkeiten gutgeheißen, auch nicht israelische gegen die Palästinenser und palästinensische gegen Israelis. »Babi Jar« war den neuen Generationen wieder zugänglich, aber um den Preis dieser Vorbemerkung, die mit dem Gedicht nichts zu tun hatte und bei Nachauflagen von mir einfach entfernt wurde. Hatte ich recht mit diesem vorübergehenden Kompromiß? Vom Standpunkt des maximalistischen Purismus nicht, aber vom Standpunkt des Kampfes für die Wahrheit, für die man bezahlen mußte? Findet es heraus, ihr Nachfahren.

Ihr wollt Lieder? Ich hab welche!

Anfang der sechziger Jahre rief mich der georgische Dichter Simon Tschikowani an, Chefredakteur der Tbilissier Zeitschrift »Mnatobi«, ein enger Freund des kürzlich verstorbenen Pasternak, der die Hetze gegen ihn nicht ausgehalten hatte.

»Genazwale, ich bin hier auf dem Flughafen. Bin eben gelandet und muß gleich ins ZK. Das Sekretariat hat mich hinbestellt. Sie wollen mir eine Gehirnwäsche verpassen. Und weißt du, wer mich verraten hat? Georgier! Was ist bloß los mit dem georgischen Volk, wie tief ist es gefallen! Ich schäme mich, ein Georgier zu sein.«

Solche Worte hört man selten aus georgischem Mund.

»Was ist passiert, Simon Iwanowitsch?« fragte ich beunruhigt.

»Als ich erfuhr, daß sie die Autobiographie von Boris Pasternak auf russisch nicht drucken wollen, hab ich sie eben in meiner ›Mnatobi‹ auf georgisch gedruckt. Ich war mir sicher, daß sich in

Georgien kein Mensch findet, der mich verrät und nach Moskau verpfeift. Und was denkst du – ein Georgier hat mich verraten. Was ist bloß los mit dem georgischen Volk.«

Ich mußte lächeln über Tschikowanis Entrüstung, denn die Auflage seiner »Mnatobi« lag irgendwo bei fünfzigtausend, und daß eine Veröffentlichung der Autobiographie des »Feindes des Sozialismus« Boris Pasternak, selbst auf georgisch, nicht gemeldet wurde, war praktisch unmöglich. Verrat war ja zum Normalverhalten erklärt worden. Zum Glück machten sich das nicht alle zu eigen.

Ein paar Stunden später kam Tschikowani direkt vom ZK zu mir, viel fröhlicher und noch dazu beschwipst! Er erzählte mir, die Gehirnwäsche im Sekretariat sei nur kurz gewesen. Dmitri Alexejewitsch Polikarpow, Leiter der Kulturabteilung des ZK, habe das Problem selber vorgetragen, aber auch dafür gesorgt, daß die Rüge »ohne Eintragung« blieb. Dann habe er ihn, Tschikowani, in sein Arbeitszimmer eingeladen.

»Na, wir haben gesiegt«, sagte er mit einem Seufzer der Erleichterung, obwohl er eigentlich sich selbst hatte besiegen müssen. »Jetzt können wir feiern. Meinst du, ich hätte deine Gastfreundschaft in Georgien vergessen?«

Polikarpow öffnete seinen Safe und holte eine Flasche Wodka und Wurstbrote heraus. Sie tranken.

»Mach mir aber keine Unannehmlichkeiten mehr!« sagte Polikarpow mit belehrend erhobenem Zeigefinger. Sie tranken ein zweites und dann ein drittes Glas. Als die Flasche leer war, ging Polikarpow, ein wenig schwankend, nochmals zum Safe und holte ein altmodisches Grammophon heraus, das mit einer Kurbel aufzuziehen war. Tschikowani war überzeugt, er würde jetzt ein russisches Volkslied auflegen, aber Polikarpows Geschmack erwies sich als überraschend »dekadent« – in seinem muffigen ideologischen Safe bewahrte er außer Wodka eine Platte des ehemaligen Emigranten Alexander Wertinski auf, der in einem seiner Lieder die von den Bolschewiken ermordeten jungen Junker beweint hatte.

Tschikowani erzählte mir das Geheimnis von Polikarpows Safe fast im Flüsterton, obwohl wir unter vier Augen waren.

»Weißt du, Genazwale, als er Wertinski auflegte, nachdem er mich wegen ungenügender parteilicher Wachsamkeit fertiggemacht hatte, wurde mir ganz unheimlich. Das war genauso, wie wenn der Vorsitzende einer vegetarischen Gesellschaft in der Nacht heimlich Fleisch frißt, noch dazu aus fremden Töpfen.«

Ich kannte Polikarpow schon lange vor Tschikowanis Erzählung. Trotz dieser sentimentalen »faulen Stelle« war er ein überzeugter Vertreter der alten stalinistischen Garde. Nach Chruschtschows Rede gegen Stalin auf dem zwanzigsten Parteitag hatte Polikarpow seine abweichende Meinung an das Politbüro geschrieben und war daraufhin für einige Zeit in Ungnade gefallen. Er war der letzte kommunistische Fanatiker, den ich erlebte – nach ihm kamen nur noch Zyniker. Ein Meister heimtückischer Intrigen war er nicht, er sagte den Schriftstellern das, was er dachte, ins Gesicht, nur war das, was er dachte, entsetzlich. Die Partei stand für ihn über allem, auch über den Menschen, ihn selber eingeschlossen. Während des Krieges soll er als Vorsitzender des Rundfunkkomitees vierundzwanzig Stunden am Tag gearbeitet haben. Das glaube ich sofort. Diese Leute schonten sich selber nicht. Aber andere auch nicht. Später wurde Polikarpow gegen die Schriftsteller eingesetzt.

Folgende wahre Geschichte wurde später zur Anekdote: Polikarpow war auf einer Audienz bei Stalin und bat ihn um Versetzung, denn die Schriftsteller seien, wie er traurig meldete, Säufer, Weiberhelden und heimliche oder offene Sowjetfeinde. Stalin hörte ihm zu und sagte dann, seine Pfeife paffend:

»Alles richtig, Genosse Polikarpow, alles richtig. Unsere Schriftsteller sind tatsächlich fast alle Säufer, Weiberhelden und heimliche oder offene Sowjetfeinde. Aber der gerechte Zorn unseres Volkes hat bereits die begabtesten der schädlichen Schriftsteller vernichtet. Was tun mit den übrigen? Jedes Land, das auf sich hält, Genosse Polikarpow, kann nicht ganz ohne Schriftsteller sein.

Ich habe keine anderen Schriftsteller für Sie, Genosse Polikarpow. Also arbeiten Sie mit diesen.«

Ich gehörte zu diesen Schriftstellern, mit denen Polikarpow auf Weisung Stalins »arbeitete«. Das erstemal war ich ihm begegnet, als er in Ungnade gefallen und ans Literaturinstitut versetzt worden war. Natürlich mochte er mich nicht, denn er war Stalinist und ich Antistalinist. Vielleicht verachtete er solche wie mich sogar, da er uns für Konjunkturritter hielt. Ein paarmal wollte er mich aus verschiedenen Anlässen aus dem Institut werfen, aber daraus wurde nichts. Einmal bestellte er mich zu sich und reichte mir mit mürrischem Triumph ein Milizprotokoll. Darin stand schwarz auf weiß, der Student des Literaturinstituts Jewgeni Alexandrowitsch Jewtuschenko, geboren am 18. Juli 1933 in Sima im Gebiet Irkutsk, wohnhaft in der Vierten Mestschanskaja-Straße 7, Wohnung 2, habe in stark betrunkenem Zustand eine Taxifahrerin belästigt und verlangt, sie solle ihn zu sich nach Hause mitnehmen, dann habe er ihr ein Autofenster zerschlagen und ihr ins Gesicht gespuckt.

»So, jetzt bist du erledigt«, sagte Polikarpow, der mich, wie bei der alten Parteigarde üblich, mit »du« anredete.

»Es stimmt alles«, antwortete ich, »Geburtsdatum und -ort, auch die Adresse. Nur die Unterschrift ist nicht von mir.«

Polikarpow dachte wohl, ich wolle mich herauswinden, und fuhr sofort mit mir in das betreffende Milizrevier. Dort wurde bestätigt, daß die Angaben von jemand anderem gemacht worden waren. Später stellte sich heraus, daß es sich um den Verseschmied Lew Chalif handelte, der ein paarmal meine Gastfreundschaft genossen hatte und sie mir auf diese Weise lohnte. Polikarpow war von da an etwas vorsichtiger mit voreiligen Schlüssen gegen mich.

Dem Schicksal gefiel es, uns beide noch viele Male zusammenstoßen zu lassen. Zensoren aus der Hauptverwaltung Literatur habe ich nie gesehen. Sie wurden nicht ohne Grund die »Unsichtbaren« genannt. Mit ihnen bekamen nur höhere Funktionäre und Chefredakteure zu tun. Mit Ausnahme Twardowskis. Der sagte, er werde sich niemals so weit erniedrigen, mit einem Zensor zu reden, denn das käme einer Anerkennung des Existenzrechts der Zensur gleich. Es galt die heuchlerische Regel, daß die Redakteure den Schriftstellern die Bemerkungen der Zensur so mitzuteilen hatten, als wären es ihre eigenen. Als mein Roman »Beerenreiche Gegenden« von Romanow, dem offiziellen Oberzensor und Vorsitzenden des Komitees zum Schutz von Staatsgeheimnissen in der Presse, gestoppt wurde und ich ihn deshalb anrief, sagte er mir nicht ohne Herrenvergnügen mit väterlich-samtenem Baß:

»Lieber Jewgeni Alexandrowitsch, jemand hat Sie falsch über unsere Aufgaben informiert. Wir verbieten nichts. Wir lenken nur die Aufmerksamkeit einer Redaktion auf diese oder jene Nuance, die für unser Land schädlich sein könnte. Jetzt liegt zum Beispiel auf meinem Schreibtisch ein Artikel von einem bekannten Journalisten über eine Reise nach Japan. Er schreibt scheinbar nur über Japan. Von dem Land ist er fortwährend begeistert, zum Beispiel von der japanischen Höflichkeit. Die beschreibt er so liebevoll, daß sonnenklar wird – das hat nur den einen Zweck, sie unserer sowjetischen Rüpelhaftigkeit gegenüberzustellen. Gibt es bei uns Rüpelhaftigkeit? Natürlich gibt es die. Ich habe nicht das geringste dagegen, wenn unsere Schriftsteller diese Rüpelhaftigkeit entlarven, und das möglichst erbarmungslos. Aber an Hand von konkreten Vorfällen, lieber Jewgeni Alexandrowitsch, von konkreten Vorfällen, nicht verallgemeinert und nicht über Japan! Also, wie auch im Falle Ihres Romans, wir teilen der Redaktion unsere Meinung mit, und dann ist es Sache der Redaktion, ob sie das Ganze drucken will oder nicht. Wir verbieten nichts, wir lenken nur die Aufmerksamkeit. Sie sind also an der falschen Adresse, lieber Jewgeni Alexandrowitsch, an der falschen Adresse.«

Solche Spiele spielte Polikarpow nicht. Wenn er etwas verbot, tat er das offen. Nach seiner Meinung hatte solch ein Verbot nichts Schmähliches – es gehörte sich so. Er konnte die Redaktion der »Literaturnaja Gaseta« wegen meines »Babi Jar« schelten, zugleich konnte seine Seele gerührt sein, wenn er, sich vom täglichen

Klassenkampf ausruhend, Wertinski hörte. Aber vielleicht lag in seinem Safe neben der Platte von Wertinski eine von ihm unterschriebene Anweisung an den Rundfunk, den gar zu »ästhetischen« Sänger nicht zu sehr zu popularisieren? Polikarpows Nachfolger Schauro führte einmal mit mir ein »väterliches« Gespräch, das neun Stunden dauerte! Als ich zu ihm kam, war es 10 Uhr, und als ich ging, 19 Uhr. Mitten in dem Gespräch fragte er, todmüde wie ich auch: »Entspannen wir ein bißchen, Jewgeni Alexandrowitsch?« Ich hoffte, er würde mir statt der »Parteikringel« etwas Reelleres anbieten. Aber Schauro verschwand im Nebenzimmer und kam mit einem japanischen Kassettenrecorder wieder. Und was hörte ich im Hauptquartier unserer Ideologie, nachdem hier unter Polikarpow die Lieder des »dekadenten« Wertinski erklungen waren? Die noch »dekadenteren« Lieder Wyssozkis, von denen es zu seinen Lebzeiten keine einzige LP gab. Von wem hing das Erscheinen einer LP ab? Eben von dem Mann, der mir so liebevoll eine inoffizielle Aufzeichnung auf dem japanischen Recorder vorspielte. Zwar ließ Schauro eine Wyssozki-Single durch. Für eine LP reichte seine Liebe nicht aus.

Ich hatte ein spaßiges Erlebnis mit meinem harmlosen Lied »In unsrer Stadt, da regnet's«, vertont von Kolmanowski. 1963 war dieses Lied in der Zeitschrift »Sowjetskaja Kultura« ebenfalls als »dekadent« verteufelt worden. Es durfte nicht mehr gesungen werden. Als ich im Estradentheater eine Abendveranstaltung hatte, sagte mir vor dem Beginn die Sängerin Maija Kristalinskaja, sie sei gewarnt worden: Wenn sie dieses Lied singe, würden für sie wichtige Gastspiele ins Wasser fallen. »Singen Sie es«, sagte ich zu Mark Bernes, der im Programm mitwirkte. »Sie sind so berühmt, daß Sie nichts zu fürchten haben.« Aber Bernes sträubte sich, das Lied sei nichts für seine Stimme, überdies könne er kein Lied singen, dessen Text er nicht auswendig wisse. »Sing doch selber«, sagte er. »Du kennst den Text und die Melodie.« Da begann ich, eine Viertelstunde vor Beginn des Konzerts, das Lied zu proben. Mich rettete, daß Bernes bei meinem Gesang erbleichte und mich mit brüderlichem Mitleid umarmte. »O weh, mein Lieber, Gesang ist nicht dein Ding.«

Am 29. November 1963 las ich im Theaterklub Auszüge aus dem noch unfertigen Versepos »Das Bratsker Wasserkraftwerk«. Besonders ausdrucksvoll las ich das Kapitel »Der Revolver Majakowskis«. Es endet mit den Zeilen:

> Ist auch der Schuß letztendlich nicht zu klären,
> wollt er ein Beispiel geben uns zum Schluß?
> Er schießt erneut,
>   man kann das Donnern hören
> Epochenweit dröhnt der Revolverschuß.
> Er lehrte uns,
>   daß gegen starre Lüge,
> Die Revolution man schützen muß.
> Für uns ließ Majakowski eine Kugel,
> Für diesen Schuß,
>   den Schuß,
>   den Schuß,
>   den Schuß …

Kaum hatte ich zu Ende gelesen, da kam ein junges Mädchen in den Saal gelaufen und schrie: »John F. Kennedy ist ermordet worden!« Seitdem gehe ich mit dem »Schießen« vorsichtiger um, meide es selbst im symbolischen Sinne.

Die Ermordung John F. Kennedys erschütterte nicht nur die Amerikaner, sondern auch ihre künstlichen Antagonisten, die Russen. Das aufrichtige Leid und Mitgefühl der sogenannten »einfachen Sowjetmenschen« zeigte, daß sich zum Glück das in so vielen Jahren aufgebaute »Feindbild« der Amerikaner nicht eingebürgert hatte.

Bernes legte mir nahe, auf den Tod Kennedys ein Lied zu schreiben. Die erste Variante gefiel ihm nicht, und er hatte recht. Sie enthielt zu viele Beschuldigungen an die Adresse der Mörder und zu wenig Mitgefühl mit dem amerikanischen Volk. Das war politische Polemik, die in einem Requiem nichts zu suchen hat. Ich schrieb eine zweite Variante, die so anfing:

> Die Glocken in Amerika laut flehen,
> und Vögel halten ein in ihrem Flug,
> die Freiheitsstatue kann man dort sehen,
> wie sie umherstreift ohne auszuruhn.
>
> Sie streift umher im Dunkel, um zu mahnen,
> verließ sie ihr gewohntes Postament.
> Verbittert fragt sie die Amerikaner
> und streng: »Sagt, wo ist euer Präsident?«

Die letzte Zeile wiederholte sich dreimal als Refrain.

Das Lied, gesungen von Bernes in der Musik von Kolmanowski, machte auf die Zuhörer einen gewaltigen Eindruck. Es wurde vom Rundfunk angenommen, und wir warteten voller Ungeduld auf die Ausstrahlung. Wenige Tage vorher wurde ich plötzlich ins ZK zu Polikarpow bestellt. Zu angenehmen Anlässen war das noch nie geschehen. Er empfing mich finster wie eine Gewitterwolke. Doch das war bei ihm ein Dauerzustand. Ich habe ihn niemals lächeln sehen. Als er einmal den Dichter Lukonin traf, der eine Sportmütze mit verspielten Glitzerpünktchen trug, zeigte er ihm seinen grauen Velourshut und sagte finster:

»Daß du mir morgen auch solch einen Hut hast wie ich.«

Einmal rügte er Konstantin Simonow, weil der seine Lebensmittel aus dem Sonderladen für Privilegierte nicht abholte.

»Willst du damit sagen, daß du was Besseres bist als andere, Kostja? Wenn die Partei beschlossen hat, daß dir das zusteht, dann steht es dir auch zu.«

In dem gleichen mürrisch belehrenden Stil des knurrigen Mastodons begann er mit mir das Gespräch über mein Lied, das John F. Kennedy gewidmet war.

»Was ist, soll uns dein Lied etwa mit den Amerikanern entzweien?«

»Ich verstehe Sie nicht, Dmitri Alexejewitsch. Früher haben Sie mir andauernd vorgeworfen, ich ginge der amerikanischen Propaganda auf den Leim, und jetzt auf einmal sind Sie besorgt, die Amerikaner könnten beleidigt sein. Gibt es denn in dem Lied auch nur ein Wort, das für das amerikanische Volk beleidigend wäre?«

»Es ist insgesamt beleidigend.«

»Wieso?«

»Weil du immer wieder fragst: ›Amerikaner, wo ist euer Präsident?‹ Wo soll er sein? Der amerikanische Präsident ist da, wo er hingehört – im Weißen Haus. Und er hat einen Namen: Lyndon Johnson.«

»Ja, aber ich meine doch Kennedy.«

»Wen du nicht alles meinst. Der eine wurde ermordet, aber der andere könnte beleidigt sein.«

Das Lied wurde also verboten, doch die Musik benutzte Kolmanowski, »damit sie nicht umkam«, für ein Lied, das dem meinen thematisch nahestand: »Solang es Mörder noch auf Erden gibt«. (Die Politverwaltung der Roten Armee, die mein Gedicht »Meint ihr, die Russen wollen Krieg« lange verboten hatte, wollte, daß Kolmanowski sich einen anderen Dichter suchte, der zu seiner Musik einen anderen Text schreiben würde.)

Der Parteiideologe Polikarpow war natürlich nicht auf einmal in Liebe zu Lyndon Johnson entbrannt. Mein Lied wurde verboten, weil nicht im sowjetischen Rundfunk ein berühmter sowjetischer Sänger ein Lied von einem sowjetischen Dichter singen sollte, das um einen Mann trauerte, der dem kapitalistischen System angehörte.

Ebenso scheinheilig war der Vorwand, unter dem mein Schauspiel »Unter der Haut der Freiheitsstatue« im Taganka-Theater verboten werden sollte – der zu einem offiziellen Besuch erwartete Nixon könnte beleidigt sein. In Wirklichkeit wollte man es nicht erlauben, weil es nicht nur in Amerika spielte, sondern auch im Jahre achtundsechzig. Damals hing alles blutig zusammen – die Ermordung Robert Kennedys und Martin Luther Kings und die Panzer in den Straßen von Prag. Es ging um die globale Amoralität der damaligen Ereignisse. Als es dennoch gelang, das Stück durchzusetzen, veröffentlichte die »New York Times« einen Artikel »Erfolg eines antiamerikanischen Stücks in Moskau«. Der Bürochef Smith war damals in Urlaub. Als er wiederkam, beschwerte ich mich bei ihm über den Autor des Artikels, der den Text zu simpel interpretiert habe. Smith besuchte die Aufführung und sagte hinterher achselzuckend: »Verzeihen Sie dem Journalisten – er versteht noch nicht sehr gut Russisch und kann nicht zwischen den Zeilen lesen. Soll ich die Wahrheit über das Stück schreiben? Aber das würde so aussehen, als wollte ich Sie bei Ihrer Zensur denunzieren. Erinnern Sie sich, was für Unannehmlichkeiten Ljubimows ›Hamlet‹-Inszenierung hatte, als in Amerika ein Artikel erschien, in dem es hieß, das Gespenst Stalins gehe auf der Bühne zwischen den Shakespeare-Helden um? Schwer ist es, mit euch Russen zu arbeiten. Ihr mögt es nicht, wenn man euch nicht versteht, und ihr erschreckt, wenn man euch zu gut versteht.«

Leider hatte er recht.

So sehen in Rußland die Biographien von Liedern und Dichtern aus. Wollt ihr nach alldem noch immer Lieder? »Ich hab welche, aber immer weniger …«

Das Ende des Mastodons

Polikarpow war sicherlich ein tief unglücklicher Mensch, denn seine Treue zur Partei war gepaart mit Schwerfälligkeit. Sie wurde ihm zum Verhängnis, als es zunehmend darauf ankam, sich ebenso gut zu biegen wie die Parteilinie. Und die war so biegsam wie eine Kautschuktänzerin. Im politischen Zirkus war ein Mann wie Polikarpow wie ein ehemaliger Artist, der alle seine Rollen ausgespielt hat und nun aus Gnade behalten wird, um die Manege zu harken. In seinem strengen und ernsten Pflichtbewußtsein wirkte Polikarpow manchmal kafkaesk absurd vor dem Hintergrund der Geschickten, die auf dem politischen Schlappseil balancierten. Olga Iwinskaja hat in ihrem Buch »Bei der Zeit in Gefangenschaft« die parodistische Geschichte angeführt, wie Polikarpow nach Peredelkino kam, um Pasternak für den nächsten Tag ins ZK zu einem Gespräch »mit einer sehr wichtigen Person« einzuladen. Pasternak, der annahm, es handle sich um Chruschtschow, fuhr hin. Wie groß war sein unfrohes Erstaunen, als er in das Arbeitszimmer geführt wurde und sah, daß die einzige anwesende »wichtige Person« Polikarpow war.

1964 wurde Chruschtschow im Schnellschußverfahren abgesetzt. In den Materialien des Oktober-Plenums, das auf seinen Posten Breshnew wählte, steht keine einzige vernünftige Erklärung, warum Chruschtschow abgesetzt worden war. Genau in dieser Zeit war ich zu einer Lesereise nach Italien eingeladen. Am Tag vor meiner Abreise wurde ich zu Polikarpow bestellt.

»Es gibt die Meinung«, sagte er, ohne mir in die Augen zu sehen, »du solltest deine Reise verschieben. Und überhaupt – was willst du in diesem Italien? Ich zum Beispiel war noch nicht mal auf der Krim.«

»Aber Dmitri Alexejewitsch, diese Reise haben Menschen organisiert, haben Kraft und Zeit investiert.«

»Macht nichts, sie werden's überstehen. Also schick ein Telegramm, daß du krank geworden bist.«

»Ich werde kein Telegramm schicken. Ich habe schon mal nach Amerika telegrafiert, und hinterher war's mir peinlich. Soll denn der neue Erste Sekretär der Partei seine Tätigkeit damit beginnen, daß er Schriftstellerreisen verbietet? Denn genauso wird es die reaktionäre Presse interpretieren.«

Polikarpow überlegte. Er hatte das Gesicht eines römischen Legionärs, das sich nun in tiefe Falten legte.

»Warte hier auf mich«, sagte er und ging hinaus.

Nach einer halben Stunde kam er noch finsterer zurück.

»Die politische Situation hat sich geändert«, sagte er sachlich, »es gibt die Meinung, du sollst nach Italien reisen.«

Er nahm sogleich den Hörer ab und rief über das Direkttelefon den Schriftstellerverband an.

»Schicken Sie den Genossen Jewtuschenko morgen nach Rom. Mit seinem Ticket ist doch alles in Ordnung?«

Als ich sah, daß bei mir alles in Ordnung war, konnte ich es mir nicht verkneifen, ihn zu fragen:

»Dmitri Alexejewitsch, aber was soll ich sagen, wenn sie mich bei einer Pressekonferenz fragen, was der Grund für die Ablösung Chruschtschows ist? Immerhin geben die Materialien des Oktober-Plenums keine Klarheit.«

Polikarpow blätterte mit übertriebener Aufmerksamkeit in einem Stapel Akten auf dem Schreibtisch, als wäre dort die Klarheit verborgen, deren die Menschheit so sehr bedurfte.

»Machen wir's so – wir treffen uns um sieben bei Surkow. Ich versorge dich mit allen notwendigen Materialien.«

Surkow war zu dieser Zeit Sekretär für internationale Beziehungen im Schriftstellerverband.

Ich erzählte ihm von dem Gespräch mit Polikarpow, und wir beide brannten vor Ungeduld, die »notwendigen Materialien« zu sehen, die endlich Licht in die Absetzung Chruschtschows bringen sollten. Genau um sieben erschien vor dem Fenster der riesige schwarze Tschaika, Polikarpow stieg aus, traditionell bekleidet mit grauem Veloursmut und grauem Gabardinemantel, unterm Arm eine orangefarbene Wachstuchmappe, die von seiner farblichen Ärmlichkeit lebhaft abstach. Das Gespräch war überraschend kurz.

»Du fährst also?« fragte Polikarpow, ohne mir in die Augen zu sehen.

Ich bejahte mit einiger Befürchtung.

»Nach Italien?«

»Ja, nach Italien«, versicherte ihm Surkow beruhigend, als wollte er den Verdacht ausräumen, daß ich auf Einladung der Rassisten nach Südafrika flog. »Das Ticket hat er schon. Abflug morgen früh.«

»Na schön«, Polikarpow seufzte, stand plötzlich auf und gab mir die Hand. »Also, halt dich wacker.«

»Und die Materialien, die Sie mir versprochen haben?« Ich konnte es mir nicht verkneifen.

Polikarpow legte die orangefarbene Wachstuchmappe auf den Tisch.

»Hier ist alles Notwendige drin«, sagte er und sah mich wieder nicht an. »Halt dich wacker. Aber mach die Mappe erst in der Luft auf.«

Der schwarze Tschaika vor dem Fenster nahm Polikarpow wieder in sich auf und fuhr ab. Surkow und ich betrachteten angespannt die orangefarbene Mappe auf dem grünen Tuch des Tischs.

»Machen wir sie auf, Alexej Alexandrowitsch?« schlug ich vor.

»Ich bin seit dem Bürgerkrieg Parteimitglied«, sagte er auflachend. »Die Parteiinstruktion lautet: Erst in der Luft aufmachen.«

Aber ich sah ihm an, daß er ein wenig auf meine Parteilosigkeit hoffte. Ich nahm die Mappe in die Hände – sie fühlte sich klebrig an – und klappte sie verantwortungslos auf. Surkow steckte noch vor mir seine Nase in die Papiere, die darin lagen. Und obwohl er, das Parteimitglied, und ich, der Parteilose, literarische Feinde waren, brachen wir – anfangs nervös und ungläubig, dann fröhlich und unaufhaltsam in Gelächter aus. Die geheimnisvollen »Materialien«, die ich erst in der Luft hätte öffnen dürfen, bestanden aus »Prawda«-Ausschnitten, TASS-Informationen und der Broschüre des Politisdat-Verlags über das Oktober-Plenum, die allesamt nichts über die Gründe der Absetzung Chruschtschows aussagten. Und da plötzlich explodierte Surkow. Noch immer von Lachen gebeutelt, schüttelte er die nichtssagenden Papiere und schrie keuchend, mit Augen voller Wut und Tränen: »Und so geht es das ganze Leben! Das ganze Leben!«

Wer weiß, vielleicht hatte auch Polikarpow solche Momente, doch ich bekam sie nicht zu sehen. Aber einmal war ich Zeuge, wie er eine demütigende Niederlage erlitt. Das war im Herbst 1967. Ich hatte eine Einladung der Universität Santiago de Chile für einen Monat und wollte auf dem Wege dorthin drei Tage in Kopenhagen bleiben, um auf Einladung der Kommunistischen Partei Dänemarks einen Lyrikabend zu gestalten. Und da kam es zu einer klassischen Situation – Polikarpow bestellte mich zu sich.

»Was ist das für eine Reise?« fragte er gereizt. »Was hat Dänemark mit Chile zu tun?«

»Es liegt auf dem Wege«, erklärte ich möglichst behutsam.

»Auf dem Wege liegt alles mögliche. Du fährst nach Chile, kommst zurück nach Hause, und dann kannst du nach Dänemark fahren. Ihr mit eurem Reisefimmel.«

In der Psychologie Polikarpows, der in den Zeiten des Eisernen Vorhangs erzogen worden war und andere erzogen hatte, war eine solche ganz normale Reise unvorstellbar.

»Im übrigen gibt es die Meinung, nicht nur meine, daß es jetzt keinen Sinn macht, nach Dänemark zu reisen«, schloß er. »Es geht auch ohne.«

»Aber Dmitri Alexejewitsch, ich hab doch dort übermorgen meinen Auftritt. Das steht in allen Zeitungen, in den Straßen hängen Plakate. Das ist doch die Kommunistische Partei Dänemarks.«

»Denen sagen wir schon Bescheid.« Polikarpow stand auf und gab mir zu verstehen: Die Frage Dänemark ist erledigt.

Aber ich gab nicht auf. Ich verließ Polikarpow und ging eine Treppe höher, ins Sprechzimmer von Suslow. Dort stand ein junger Soldat Posten. Er erkannte mich, lächelte und ließ mich durch. Es hätte auch anders kommen können, denn um zu einem Mitglied des Politbüros vorgelassen zu werden, brauchte man einen besonderen Passierschein. In Suslows Vorzimmer glänzte die Glatze seines vielerfahrenen Assistenten Woronzow. Der hielt sich für einen Literaten, denn er hatte etwas über Majakowski geschrieben und plante einen Sammelband von Aphorismen berühmter Leute. Bei dieser Beschäftigung traf ich ihn an, er klebte eben ausgeschnittene Aphorismen auf weißes Papier. Ich erzählte ihm von meinem Gespräch mit Polikarpow und legte besonderes Gewicht auf den Umstand, daß die dänischen Kommunisten es als Beleidigung ansehen könnten, wenn ich das Treffen absagte. Überdies, so fügte ich hinzu, gebe Polikarpow das nicht nur als seine Meinung aus, sondern auch als die der ZK-Führung. Woronzow nahm einen der zahlreichen Telefonhörer auf seinem Schreibtisch.

»Wie sind derzeit unsere Beziehungen zur KP Dänemarks? Nicht schlecht? Gibt es irgendwelche Einwände gegen Reisen sowjetischer Schriftsteller, insbesondere des Genossen Jewtuschenko, auf Einladung der dänischen Kommunisten? Keine? Danke für die Information.«

Woronzow legte auf und schüttelte vorwurfsvoll den Kopf.

»Polikarpow macht Dummheiten, Dummheiten. Er ist launisch. Nichts ist ihm recht. Na schön. Genosse Suslow hat gerade Janos Kadar zu Besuch, na, nicht mehr lange. Schreib ihm ein Zettelchen, ich geb's ihm mit anderen eiligen Papieren zur Unterschrift.«

Ich schrieb den Zettel. Woronzow schrieb darunter: »Laut Information der Abteilung für internationale Beziehungen gibt es keine Einwände gegen die Reise des Genossen Jewtuschenko nach Dänemark.«

Woronzow legte meinen Zettel zuoberst auf andere Papiere und schwebte mit dem silbernen Tablett in Suslows Zimmer, bemüht, nicht mit der Tür zu knarren. Eine Minute später kam das ewige Lämpchen seiner Glatze zurückgeschwebt. Woronzow strahlte über seine gute Tat. Auf meinem Zettel stand: »Reise nach Dänemark genehmigt. Suslow.«

»Gehen Sie zu Polikarpow«, sagte Woronzow, überaus zufrieden, daß er seinen gar zu selbständigen Kollegen auf den Platz verwiesen hatte. Als ich eine Treppe tiefer zu Polikarpow kam, hielt der noch den Hörer in der Hand und legte ihn hastig auf. Sein Gesicht war noch finsterer und sorgenvoller als gewöhnlich.

Er senkte die Augen und hob sie bis zum Ende des Gesprächs nicht mehr.

»Wo warst du?«

»Kurz bei Bekannten.«

»Gut, daß du noch mal kommst. Also, die politische Situation mit Dänemark hat sich geändert. Es gibt die Meinung, und nicht nur meine, du mußt nach Dänemark fahren.«

Ich hätte gern einen Scherz mit ihm gemacht, mich dumm gestellt, die Dänemarkreise abgesagt, aber er tat mir leid. Das Mastodon fühlte schon sein nahendes Ende. Ich rächte mich nicht an ihm, obwohl sich viele Rechnungen angesammelt hatten. Besonders groß war die Rechnung wegen meines Versepos »Das Bratsker Wasserkraftwerk«. Es war meine schmerzlichste Geburt, und die Zensur hatte das Gedicht gequält, wenn nicht totgequält. Geschrieben hatte ich es hauptsächlich aus Verzweiflung über die offizielle Verhöhnung meiner aufrichtig romantischen, von politischen Illusionen erfüllten, frühreifen Autobiographie, die ich in einer Eingebung im letzten Moment immerhin »vorzeitig« genannt hatte. Im »Bratsker Wasserkraftwerk« hatte ich versucht, die Splitter meiner von der Realität zerschlagenen Illusionen zu kleben, Unrettbares zu retten. Naiv hatte ich das Bratsker Wasserkraftwerk als Symbol des Sozialismus höher bewertet als die ewige Weisheit der ägyptischen Pyramide und Lenin, den ich Stalin vorzog, Lenin, von dessen vielen Grausamkeiten ich damals noch keine Ahnung hatte, in eine Reihe mit Giganten unserer Literatur wie Puschkin und Tolstoi gestellt, die natürlich inkommensurabel sind. Ich hatte meinen Illusionen eine letzte Chance gegeben, aber das damalige System zensurierte sogar Illusionen.

»Das Bratsker Wasserkraftwerk« scheiterte als politischer Plan, realisierte sich aber als sozialer Plan. Anmaßend versuchte ich, darin Fragen zu beantworten, auf die es keine Antworten gab. Das Versepos erwies sich als ein Block, den ich nicht »stemmen« konnte. Aber anheben konnte ich ihn immerhin, obwohl er mir aus den Händen fiel und mir fast die Füße zerquetschte.

»Das Bratsker Wasserkraftwerk« wurde keine ernsthafte philosophische Verallgemeinerung historischer Fakten, blieb dafür aber selbst ein historischer Fakt, ein Denkmal der unerfüllten Hoffnungen der sechziger Jahre.

Die Kapitel »Die Hinrichtung Stepan Rasins«, »Der Jahrmarkt zu Simbirsk«, »Der Dispatcher des Lichts« und »Njuschka« bleiben dennoch meine persönlichen Höhepunkte, über die ich nie hinausgekommen bin.

Aber niemand hat mein Versepos so hoch geschätzt wie die Zensur.

Die Zensur ist die beste Leserin.

Keines meiner Versepen vorher und nachher ist durch solche Teufelszähne und Messingtrompeten hindurchgegangen.

Kehren wir zurück zur Editionsgeschichte des Versepos. Sie ist einzigartig.

1963 war ich in tiefste Ungnade gefallen und hielt mich bei meinen Verwandten in Sima auf. Da bekam ich einen Anruf vom Leiter des Globusklubs und Dispatcher des Bratsker Wasserkraftwerks, der mich im Namen der Erbauer einlud. Ich fuhr mit dem Dampfer »Friedrich Engels« nach Bratsk und schrieb an Bord »Bürger, hört mich an«. Die Bauleute, begeisterte Lyrikfreunde, begrüßten mich, indem sie mit Booten dem Dampfer entgegenruderten und mit Jagdflinten in die Luft schossen. Viele »Bratsker« wurden mir Freunde fürs ganze Leben.

Ich schrieb das Versepos im Künstlerheim in Senesh und im Architektenheim in Suchanow und kam nur gelegentlich nach Moskau, das für mich so gefährlich war wie ein Minenfeld. Der stellvertretende Chefredakteur der Zeitschrift »Junost« Preobrashenski half mir, wo er nur konnte. Er warnte mich: »Wenn du den Text gedruckt sehen willst, steck die Nase nicht raus, solange du schreibst.« Aber wie sollte ich sie nicht rausstecken, wo ich doch solch eine auf alles neugierige lange Buratino-Nase habe?

Am 23. Februar 1964 wurde ich vom Allrussischen Theaterklub eingeladen, auf einem festlichen Abend zum Tag der Sowjetarmee etwas zu lesen. In der ersten Reihe saßen Marschall Budjonny und noch ein paar hochrangige Militärs. Budjonny mit seinem berühmten Schnauzbart, mit Orden und Medaillen behängt wie ein preisgekrönter Zuchtbulle auf der Landwirtschaftsausstellung, hielt seine haarigen Pranken auf dem Griff des Säbels, der kampfbereit zwischen seinen Kavalleristenbeinen stand. Ich malte mir schon aus, wie der Säbel aus der Scheide sprang, um alle noch nicht niedergesäbelten Feinde der Revolution zu säbeln, darunter auch mich. Da plötzlich geschah etwas Unwahrscheinliches. Der Marschall nahm die Pranken vom Säbelgriff und applaudierte so ohrenbetäubend, als hätte ich die Kapitulation New Yorks vor der Ersten Reiterarmee bekanntgegeben. Den anderen blieb nichts anderes übrig, als sich anzuschließen und schwächlich zu klatschen. Auf dem anschließenden Bankett leerte Budjonny drei oder vier randvolle Kognakschwenker und sagte:

»Ich habe ein Rätsel für Sie. Welche Truppengattung wird in einem Atomkrieg die wichtigste sein?«

»Die Raketentruppen«, sagten ein paar Stimmen gleichzeitig.

»Eben nicht.« Der Marschall zwirbelte stolz den Schnauzbart. Sein Blick wanderte triumphierend um den Tisch. »Die Rote Kavallerie.«

Alle wechselten verständnislose Blicke. War der Marschall übergeschnappt?

»Wenn Atombomben alles auf der Welt zerstören, wer, so frage ich Sie, galoppiert über Leichen, Asche und Ruinen? Die Rote Kavallerie! Und wer besingt sie? Die Dichter!«

So rettete mich die Achtung des Marschalls vor unserem Beruf, die der Achtung vor seiner Roten Kavallerie nicht nachstand.

Aber nicht alles ging so glatt wie im Raketenbereich.

Das Versepos, viereinhalbtausend Zeilen, hatte ich erstaunlich schnell geschrieben – von September 1963 bis April 1964.

Und plötzlich rief Gagarin mich an. Vor Jahresfrist hatte er auf einer Beratung Junger Schriftsteller eine von jemandem verfaßte Rede abgelesen, in der es hieß, es sei unangebracht, daß Jewtuschenko sich in seiner Autobiographie damit brüste, er habe keine Ahnung, wie Elektrizität entstehe.

Man erzählte mir, einer unserer führenden Physiker, Kapiza, habe Gagarin auf einer wissenschaftlichen Konferenz getroffen und ihm mit verschmitztem Zwinkern gesagt:

»Juri Andrejewitsch, mein Lieber, Sie sollten der Menschheit Ihr Wissen um die Entstehung der Elektrizität mitteilen. Ich schlage mich nun schon so viele Jahre mit diesem Problem herum und kriege es nicht in den Griff. Sie haben Jewtuschenko voreilig geschmäht.«

Gagarin bat mich, ihm nicht böse zu sein, und lud mich für den 12. April in das Sternenstädtchen ein, dort am Tag der Kosmonautik zu lesen. Er wollte mir helfen – die Veranstaltung sollte im ganzen Land übertragen werden.

Ich hatte großes Lampenfieber, ging hinter den Kulissen auf und ab und memorierte die Zeilen aus dem Kapitel »ABC der Revolution«, die ich vortragen wollte. Meine Bewegung in den Kulissen wurde von General Mironow wahrgenommen, der in der Armee und im ZK einen hohen Posten bekleidete.

»Wer hat Jewtuschenko eingeladen?« fragte er Gagarin.

»Ich.«

»Mit welchem Recht?« knurrte der General.

»Als Kommandeur der Kosmonautenabteilung.«

»Du bist der Hausherr im Kosmos, ich auf der Erde«, fuhr der General ihn an.

Er ging zum Moderator, dem berühmten Sprecher Juri Lewitan, dessen Donnerstimme während des Krieges die Eroberung von Städten verkündet hatte, zeigte ihm das rote Büchlein und verlangte, mich aus dem Programm zu nehmen. Lewitan fügte sich und teilte mir stammelnd mit, mein Auftritt entfalle. Zutiefst beleidigt lief ich Hals über Kopf aus dem Klub des Sternenstädtchens, setzte mich ans Lenkrad und steuerte meinen klapprigen »Moskwitsch« durch den Sturzregen. Wegen des Regens und meiner Tränen sah ich fast nichts, ein Wunder, daß ich keinen Unfall baute. Gagarin war mir nachgelaufen, hatte mich aber nicht eingeholt. »Sucht ihn, egal wo«, befahl er zwei jungen Kosmonauten.

Urgroßmutter von Jewgeni Jewtuschenko mit ihrer Tochter Maria, seiner späteren Großmutter, Ende XIX. Jahrhundert

Jewgeni Jewtuschenko mit Großvater Rudolf Gangnus und Mutter Sinaida Jewtuschenko, 1933

Vater Alexander Rudolfowitsch Gangnus, 1928

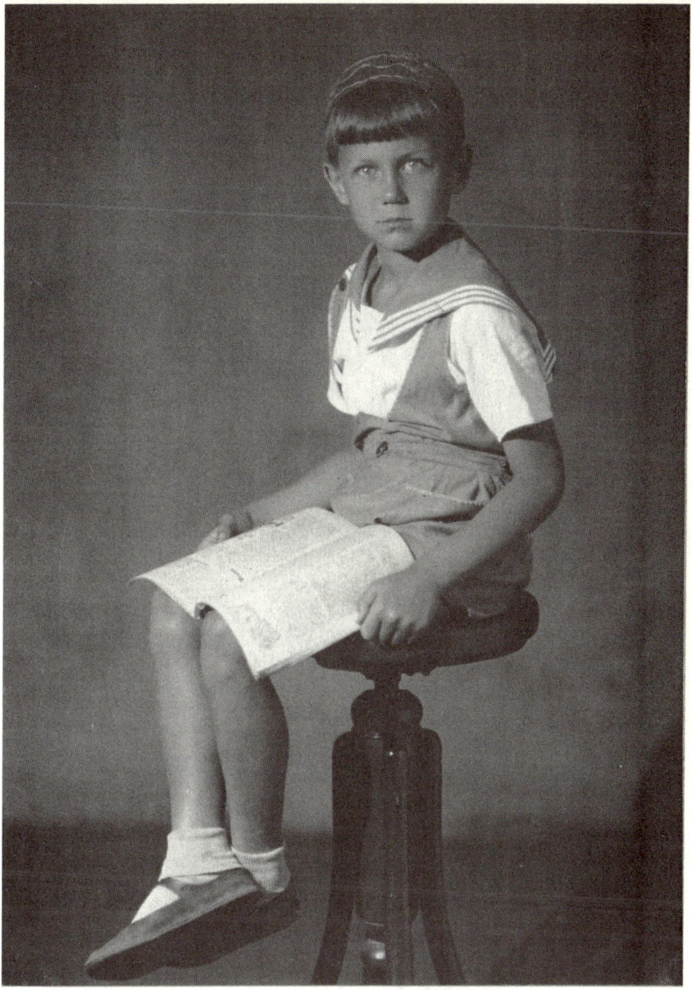

Jewgeni Jewtuschenko, 1939

Mit Robert Lee Frost in Moskau, 1957

Bella Achmadulina,
Jewtuschenkos erste Ehefrau, 1955

Der erste »Tag der Lyrik« in Moskau (ca. 50.000 Zuhörer hatten sich auf dem Majakowski-Platz versammelt), 1956

Jewgeni Jewtuschenko, 1961

Mit zweiter Ehefrau Galja, 1962

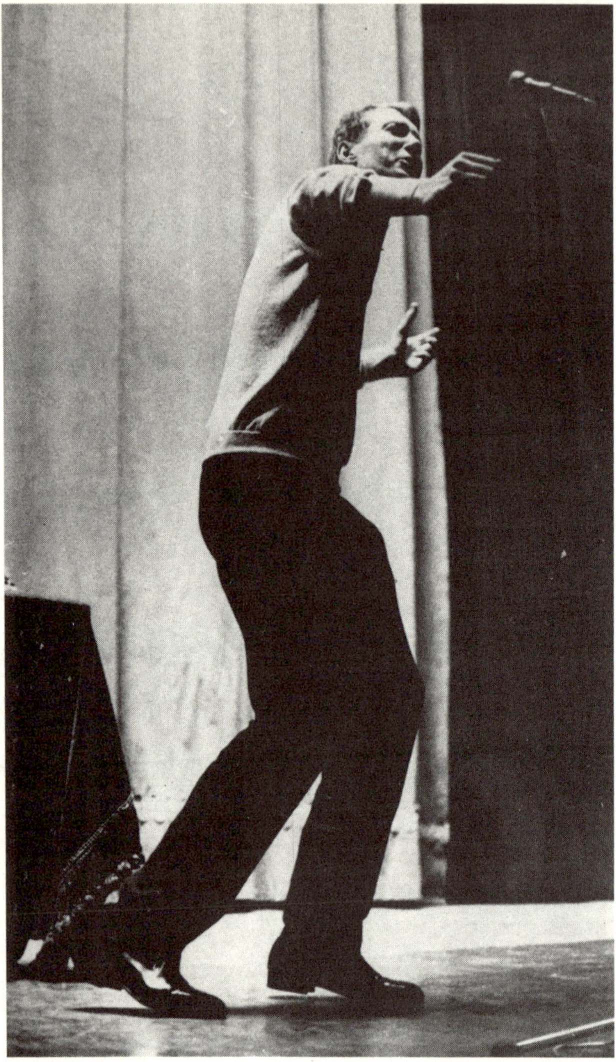

Jewgeni Jewtuschenko im Moskauer Polytechnischen Museum, 1959

Mit Fidel Castro in Havanna, 1961

Mit Maria und Maximilian Schell in der BRD, 1962

Mit Dmitri Schostakowitsch nach der Uraufführung der Dreizehnten Symphonie im Moskauer Konservatorium, 1962

Mit Pablo Picasso in dessen Atelier in Frankreich, 1962

Mit Heinrich Böll in Köln, 1962

Jewgeni Jewtuschenko vor einem Porträt von Boris Pasternak, 1966

Jewgeni Jewtuschenko während einer Reise durch Sibirien, 1966

Mit Federico Fellini in Rom, 1964

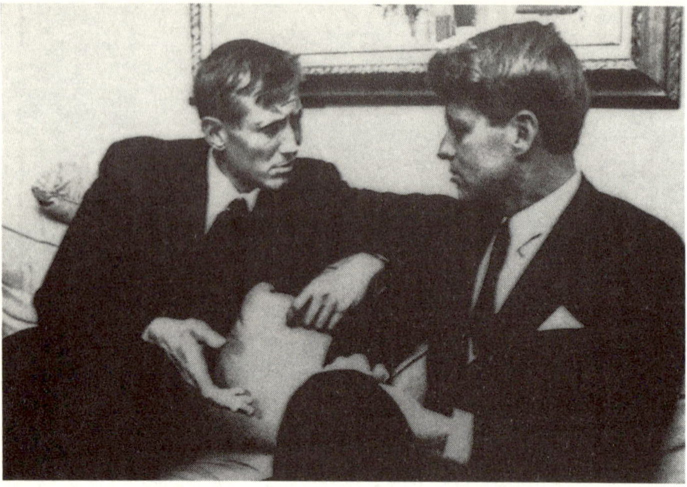

Mit Robert F. Kennedy in Washington, 1966

Mit John Updike und Arthur Miller in den USA, 1966

Mit Igor Strawinski und seiner Frau in Los Angeles, 1966

Mit Luis Armstrong in Mexiko, 1968

Mit Richard Nixon und Henry Kissinger im Weißen Haus, 1972

Mit Juri Ljubimow und Sohn Petja, 1973

Jewgeni Jewtuschenko in Moskau, 1972

Mit seiner dritten Frau Jan Butler in Peredelkino, 1981

Dreharbeiten zum Film »Der Kindergarten«;
unten: mit Klaus Maria Brandauer, 1982

Jewgeni Jewtuschenko im Berliner »Theater im Palast«,
1983

Jewgeni Jewtuschenko bei Lesungen in Berlin, 1983;
unten: im Verlag Volk & Welt

Jewtuschenko in der Rolle des Bildhauers im Film »Stalins Begräbnis«, 1989

Mit Vanessa Redgrave bei der Musikeinspielung zu »Stalins Begräbnis«, 1989

Andreas Schmidt, Jewgeni Jewtuschenko, Heiner Müller im Berliner Ensemble, 1995

Ehefrau Mascha und Mutter Sinaida bei einer Lesung von Jewgeni Jewtuschenko in Moskau, 1998

Mit Ehefrau Mascha und den vier Söhnen Mitja, Shenja, Sascha und Toscha, 1993

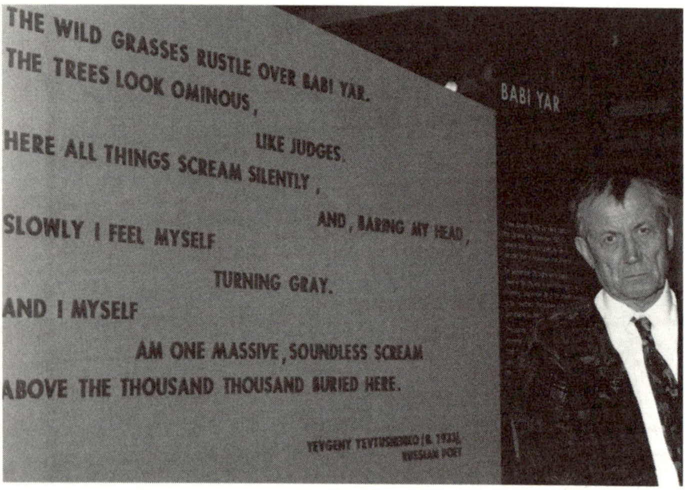

Jewgeni Jewtuschenko vor einer Gedenktafel im Holocaust-Museum Washington (Zitat aus seinem Gedicht »Babi Jar«), 1997

Sie fanden mich in der Hallenbar des Schriftstellerklubs, wo ich gläserweise Wodka trank und die nicht vorgelesenen Manuskriptseiten zerknüllte. General Mironow kam einen Monat später ums Leben, als das Flugzeug mit der sowjetischen Regierungsdelegation, zu der er gehörte, an dem jugoslawischen Berg Avala abstürzte, und mit Gagarin bin ich nie wieder zusammengetroffen. Sein tragischer Tod ist mir sehr zu Herzen gegangen.

Die Beleidigung im Sternenstädtchen wurde vollständig aufgewogen von der begeisterten Aufnahme des Versepos in Bratsk. Ich las es viereinhalb Stunden ohne Pause. Ins Kulturhaus der Bauschaffenden waren außer den Arbeitern auch viele alleinerziehende Mütter mit ihren Kindern gekommen. Als ich mit dem Kapitel »Njuschka« fertig war, das auch von alleinerziehenden Müttern handelt, standen die Frauen wie auf ein magisches Signal alle gleichzeitig auf und zeigten mir ihre Kinder – ein mütterlich-frauliches Dankeschön. Was ist dagegen ein Nobelpreis?

Ich fuhr nach Moskau zurück wie auf Flügeln, aber die wurden mir rasch beschnitten. Zwar war das Versepos von der Zeitschrift »Junost« angenommen worden, aber mir wurde plötzlich ein speziell dafür bestellter Redakteur vorgeschlagen. Ich hatte nichts dagegen, denn es handelte sich um den hochbegabten Dichter Jaroslaw Smeljakow, mit dem ich befreundet war. Sein Leben war nicht sehr fröhlich verlaufen: In den frühen Dreißigern war er berühmt geworden, als er noch keine zwanzig zählte. Damals arbeitete er in einer Druckerei und setzte sein erstes Büchlein selbst. Sein Gedicht »Ljubka Fejgelman« wurde von den Moskauer Jugendlichen nur so verschlungen. Nach dem frühen Ruhm blieben ihm weder die Stalinschen Lager noch die finnische Gefangenschaft, noch eine weitere Lagerhaft erspart. Als ich ihn nach seiner letzten Haft kennenlernte, erinnerte er an einen Sack, gefüllt mit den eigenen zerbrochenen Knochen. Sein Talent war nicht gestorben, aber verstümmelt. In seinem politischen Urteil war Smeljakow mal ein aggressiver Dogmatiker rechts von Polikarpow, mal ein schlimmerer Antisowjet als die Emigrantenzeitschriften »Grani« und

»Kontinente« zusammen. Mein Instinkt sagte mir natürlich, daß Smeljakow nicht zufällig zum Redakteur meines Versepos bestellt worden war, aber ich ahnte nicht, welch hohe Instanzen darin verwickelt waren. Als Smeljakow anfing, mir nicht poetische, sondern politische Vorhaltungen zu machen, hielt ich ihn für übergeschnappt, und wir beschimpften uns tagelang. Meine besondere Wut weckte der Umstand, daß er dauernd neue Bemerkungen zu Kapiteln machte, die ich für fertig redigiert gehalten hatte. Die Arbeit war dauernd von seinen scheußlichen Flüchen begleitet. Wenn er mir neue Korrekturen, Kürzungen, Streichungen vorschlug, tobte er, wütete nicht nur gegen mich, sondern auch gegen sich selbst und gegen Gott und die ganze Welt. Hätte ich ihn nicht gern gehabt und hätte er nicht Jahre in Lagern verbracht, so würde ich mich mit ihm zerstritten haben. Außerdem kam ich nicht sofort, sondern erst nach und nach dahinter, daß er als Übermittler der Vorhaltungen anderer Leute diente. Eines Tages verlangte er plötzlich, ich solle das Kapitel »Njuschka« ganz herausnehmen.

»Nein«, sagte ich diesmal fest. »Ohne das Kapitel wird es das Versepos nicht geben.«

Da stampfte er mit den Füßen auf und schrie:

»Aber mit diesem Kapitel drucken sie es nicht! Auf keinen Fall! Du weißt ja selber nicht, was du da geschrieben hast! Das ist doch ein Bild von Rußland! Dem betrogenen, lebenslang erniedrigten Rußland, noch dazu mit einem fremden Kind! Es ist doch schrecklich zu lesen, was für ein Bild von unserem Leben du in deiner Njuschka ausbreitest: ›Telefone sind allüberall und Särge und Särge und Särge!‹ Hör mal, ich habe meine ganze Jugend in Lagern verbracht. Wenn du weiter so schreibst, landest du auch noch hinter Gittern. Wenigstens du sollst haben, was ich in meiner Jugend nicht kriegen konnte. Ich will, daß wenigstens du glücklich bist, daß du in dein dämliches Ausland fahren und deinen geliebten Sekt trinken kannst.«

Er griff krampfhaft nach dem Wodka und trank direkt aus der Flasche. In seinen Augen waren Tränen.

»Nein, Jaroslaw Wassiljewitsch«, sagte ich, »die ›Njuschka‹ nehme ich nicht raus.«

Später einmal erzählte mir seine Frau heimlich, wie er zu meinem Redakteur geworden war. Vom Staat viele Male gedemütigt, hatte er stets insgeheim davon geträumt, der erste Dichter des russischen Staates zu werden. Aber der Staat schenkte ihm keine Aufmerksamkeit, und wenn doch, dann solche, gegen die keine Gebete halfen. Und da bekam Smeljakow, der ehemalige Lagersträfling, zum erstenmal im Leben einen Anruf aus dem ZK – man bat ihn sehr höflich zu einer Unterredung mit dem ZK-Sekretär für Ideologie, Iljitschow. Smeljakow zog seinen Sonntagsanzug an und begab sich feierlich ins ZK, in der naiven Hoffnung, seine Anerkennung als Staatsdichter stünde nun endlich bevor. Außer Iljitschow war nur noch Polikarpow im Zimmer. Und da stellte sich heraus, daß sie diesen wirklich hervorragenden russischen Dichter keineswegs herbestellt hatten, um seine Gedichte zu loben, sondern vielmehr, um ihn zum Redakteur, das heißt, zum Zensor des »Bratsker Wasserkraftwerks« von Jewtuschenko zu machen. Zynisch erklärten sie ihm, da ich ihn ja liebte und achtete, könnten ihre Bemerkungen nur Wirkung auf mich haben, wenn er sie als seine eigenen ausgebe. Selbstverständlich stellten sie all das als den aufrichtigen Wunsch dar, mir aus der Ungnade herauszuhelfen und Smeljakow höchstes staatsbürgerliches Vertrauen zu erweisen. Mein Gott, sie wollten den Dichter, den das Polizistenpack so viele Male hinter Stacheldraht geworfen hatte, zum Polizisten machen! Meinen Lehrer zu meinem Zensor!

Nach unserm Gespräch über »Njuschka« fuhr Smeljakow ins ZK, dann rief er mich an – schon von der Datscha.

»Komm her, aber bring einen halben Liter mit. Du mußt einen ausgeben. Ich hab deine ›Njuschka‹ durchgesetzt. Das Versepos geht in Satz.«

Ich fuhr hin, und wir ließen uns tierisch vollaufen.

Der Abdruck war für das Januarheft 1964 der »Junost« vorgesehen. Im Dezember rief plötzlich Iljitschow den Chefredakteur Boris Polewoi an.

»Nehmen Sie ›Das Bratsker Wasserkraftwerk‹ raus.«

Polewoi traute seinen Ohren nicht.

»Aber wir haben doch alle Ihre Bemerkungen berücksichtigt.«

»Haben Sie gehört, was ich gesagt habe?« fragte Iljitschow mit erhobener Stimme.

»Ich das ein Rat oder eine Weisung?«

»Wenn Ihnen ein Sekretär des Zentralkomitees einen Rat gibt, ist das eine Weisung.« Und Iljitschow legte auf.

Polewoi ließ den verantwortlichen Redaktionssekretär kommen und trug ihm auf, das Versepos herauszunehmen. Und da geschah etwas für damalige Zeiten Unglaubliches. Der frühere persönliche Assistent Fadejews und stellvertretende Chefredakteur der »Junost«, Preobrashenski, war gleichzeitig Sekretär der Parteigrundorganisation der Zeitschrift. Er berief sofort eine Versammlung ein. Die zwanzig Mitglieder verabschiedeten eine Resolution: Das Parteimitglied Polewoi solle verpflichtet werden, »Das Bratsker Wasserkraftwerk« nicht herauszunehmen und sich an das Politbüro des ZK der KPdSU zu wenden mit einer Beschwerde über die Handlungsweise des ZK-Sekretärs Iljitschow. Der Brief wurde umgehend dem ZK übergeben. Nach einer Woche rief Polikarpow an und bat, in der Druckerei 15 Abzüge des Versepos für die Mitglieder und Kandidaten des Politbüros herzustellen. Das geschah. Zwei Wochen lang standen die Druckmaschinen der »Prawda«, auf denen die »Junost« gedruckt wurde, still. Endlich rief mich Preobrashenski an, und der Telefonhörer barst beinahe von seiner triumphierenden Stimme:

»Sieg! Das Politbüro hat das Versepos gutgeheißen! Ich habe gerade auf allen fünfzehn Abzügen ›dafür‹ gesehen! Und Kossygin hat noch dazugeschrieben: ›Ein hervorragendes Versepos‹. Heute um drei erwartet Polikarpow uns alle – dich, Polewoi, Smeljakow und mich. Er hat noch ein paar kleine Bemerkungen. Hauptsache – Sieg! Es muß jetzt freilich auf das Aprilheft verschoben werden, aber das ist Kleinkram. Hauptsache – Sieg! Das überlebt Iljitschow nicht.«

Polikarpow zählte mit dem Blick die Anwesenden, fummelte sich die Brille auf die Nase, entnahm einem Aktendeckel mit der Aufschrift »Streng geheim« ein einziges Blatt, mit Schreibmaschine getippt, und begann vorzulesen. Leider habe ich dieses einzigartige Dokument nie in die Hand bekommen, darum rekonstruiere ich es aus der Erinnerung und versuche, den unnachahmlichen Stil und den wesentlichen Sinn zu erhalten:

»Das Politbüro des ZK der KPdSU hat sich mit dem Versepos ›Das Bratsker Wasserkraftwerk‹ des Genossen Jewtuschenko bekanntgemacht und hält es für ein wichtiges Werk im Schaffen des Autors wie auch in der gesamten Sowjetliteratur. In dem Versepos ist die Rede von den wichtigen Etappen in der Geschichte unseres Landes – vom Kampf des russischen Volkes gegen die Selbstherrschaft, vom Sieg der sozialistischen Oktoberrevolution, vom heutigen kommunistischen Aufbau. Das Versepos übt berechtigte Kritik am Personenkult, den die Partei seinerzeit verurteilt hat, und an den damit verbundenen Verstößen gegen die Leninschen Normen der Demokratie. Das Politbüro des ZK der KPdSU empfiehlt das Versepos zum Druck.«

Alle Anwesenden atmeten tief erleichtert auf.

Aber der Triumph war verfrüht. Polikarpow brachte mit der überraschenden Flinkheit des Zauberkünstlers Kio ein weiteres Papier zum Vorschein und las es vor, mit anderer, weniger religiöser Stimme, woraus ich schloß, das Papier komme aus einer anderen Ebene, unterhalb des Politbüros. Wer es geschrieben hatte, Iljitschow oder Polikarpow selbst, blieb für mich und die Redaktion ein Geheimnis. Preobrashenski behauptete allerdings hypothetisch, alle diese Vorschläge seien das Werk von Polikarpow selbst. Der Text dieses Ergänzungspapiers sah etwa so aus:

»Unter Berücksichtigung der künstlerischen und politischen Bedeutung des Versepos ›Das Bratsker Wasserkraftwerk‹, das gleichsam ein Lehrbuch der Geschichte des Sowjetstaates in poetischer Form ist, ergeht an den Genossen Jewtuschenko die nachdrückliche Bitte, folgende Ergänzungen vorzunehmen:

1. die Industrialisierung unseres Landes und den Enthusiasmus der ersten Fünfjahrpläne zu gestalten,

2. die Großtat des Sowjetvolkes im Großen Vaterländischen Krieg und seine Millionen Opfer für den Frieden in der Welt zu besingen,

3. in dem Kapitel ›Njuschka‹ hervorzuheben, daß das schwere Leben in den Dörfern nach dem Krieg nicht nur eine Folge bürokratischer Geringschätzung, sondern vor allem eine Folge des Krieges selbst war,

4. eine Hymne auf die Partei einzuarbeiten, der beflügelnden und organisierenden Kraft unseres Volkes.«

Polikarpow beendete das Verlesen dieses bedeutenden literaturkritischen Dokuments und blickte siegesbewußt unter der Brille hervor die Anwesenden an. Alle schwiegen bedrückt.

Smeljakow hielt es nicht aus:

»Was verlangen Sie von ihm? Soll er einen neuen Kurzen Lehrgang der Geschichte der KPdSU (B) schreiben? Das schafft niemand.«

»Man kann nicht in einem Versepos alles auf einmal ausdrücken«, sagte Polewoi achselzuckend.

»Wir haben es schon aus der Eins herausgenommen und auf die Aprilnummer verschoben.« Preobrashenski schüttelte den Kopf. »Das hier sind mindestens drei Monate Arbeit. Sollen wir es also auf den Herbst verschieben?«

Ich erkannte in Polikarpows Augen spöttischen Triumph. Ich dachte an die Worte meiner Frau Galja, die mir gedroht hatte, sich von mir scheiden zu lassen, wenn ich den Text noch weiter verstümmelte. Aber ich vergaß auch etwas anderes nicht, als ich in diesem Moment in Polikarpows Arbeitszimmer alles gegeneinander abwog. Es wurde schwerer und immer schwerer, etwas über die Verbrechen Stalins zu drucken. Das Land geriet in die Phase der Breshnewschen Stagnation. Im ZK und beim Militär arbeiteten sie schon an einem Dokument über die Rehabilitierung Stalins. Eine solche Rehabilitierung, wenn auch nur teilweise, konnte das Land zurückwerfen. »Das Bratsker Wasserkraftwerk«, das nur noch aus historischem Beharrungsvermögen gedruckt werden konnte, war womöglich für lange Zeit eine der letzten in Bibliotheken zugänglichen Quellen, aus der die Jugend wenigstens einen Teil der Wahrheit über die Zeit des Terrors und der Folterungen erfahren konnte. Macht nichts, dachte ich, irgendwann schmeiße ich alles wieder raus, was sie mich jetzt reinzuschreiben zwingen. Ich hatte ja seinerzeit recht, als ich »Stalins Erben« mit aufgezwungenen Zusätzen drucken ließ. Nun gut, ich nehme die Sünde auf mich und werde sie verantworten. Aber nur vor Gott, nicht vor denen, die kein Zehntel dessen taten, was ich getan habe. Bei Galilei war am wichtigsten, daß er sagte: »Und sie dreht sich doch«, nicht das, was er sagte, als sie ihm das Messer an die Kehle setzten.

»Um all das zu machen, brauche ich nicht drei Monate, sondern drei Tage«, sagte ich, und das spöttische Siegesbewußtsein in Polikarpows Augen verblaßte.

Drei Tage später trafen wir uns wieder in dem Dienstzimmer.

Ich nötigte Polikarpow, in unserer Anwesenheit alles vorzulesen. Er trug die Punkte vor:

1. Kapitel »Beton des Sozialismus« – über die ersten Fünfjahrpläne.

2. Kapitel »Ich bin gefallen« – über die Millionen Opfer während des Krieges.

3. Ergänzung des Kapitels »Njuschka« – über die Kriegsfolgen auf dem Lande.

4. Kapitel »Das Parteibuch!« (16 Zeilen, mehr hatte ich nicht aus mir herausquetschen können.)

Polikarpow fraß sich buchstäblich hinein in die zusätzlichen Kapitel, aber mit gemischten Gefühlen – der Furcht, etwas ideologisch Fehlerhaftes zu überlesen, und dem heimlichen Stolz des partiellen Koautors.

»Scheint nicht schlecht zu sein«, sagte er vorsichtig und ließ auf der Suche nach Verbündeten den Blick über uns gleiten. »Nur über die Partei, das ist zu kurz. Vielleicht arbeitest du noch ein bißchen, schreibst uns noch siebenhundert Zeilen, vielleicht auch tausend?«

Smeljakow explodierte.

»Was reden Sie da! Majakowski hat in seinem ganzen Leben nur zehn Zeilen über die Partei geschrieben. Und ich keine einzige.«

»So?« fragte Polikarpow zurück. Seine Augen blickten schwer, liefen bleigrau an wie bei einem Staatsanwalt. Er sah Smeljakow gleichsam zum erstenmal und speicherte zweifellos etwas in seinem strengen Gedächtnis.

Dann wandte er sich an Polewoi:

»Hör mal, Boris, vielleicht druckst du die sechzehn Zeilen mit Großbuchstaben, am besten mit roter Farbe? Damit sie sich in dem Versepos abheben und gleich ins Auge fallen.«

»Nein, das geht nicht.« Polewoi schüttelte den Kopf. »Natürlich nicht aus politischen Gründen, sondern aus typografischen. Sie wissen doch, was wir für vorsintflutliche Maschinen haben. Ich habe deswegen schon dreimal ans ZK geschrieben.«

Polikarpow fiel ihm ins Wort.

»Später, später.« Plötzlich sprach er mich mit Vor- und Vatersnamen an: »Na, Jewgeni Alexandrowitsch, vielleicht arbeitest du doch noch ein bißchen, schreibst uns hundert oder zweihundert Zeilen über die Mutter Partei?«

»Er kann nicht mehr! Er kann nicht!« Smeljakow sprang wütend vom Stuhl auf.

Polikarpow maß ihn mit einem kühlen Blick. Zum »Staatsdichter« schien Jaroslaw Wassiljewitsch Smeljakow doch nicht zu taugen.

»Das Bratsker Wasserkraftwerk« erschien im Aprilheft 1964. Hinausgeflogen war das Kapitel »Der Gauner«, hinzugeschrieben waren drei Kapitel und eine große Menge abmildernder Zwischenzeilen, die ich später rauswarf. Es gab 593 Zeilenkorrekturen.

Als ich 1964 im Atelier des Malers Oleg Zelkow Arthur Miller die Fahnen des Versepos zeigte, die mit Rotstift gesprenkelt waren, war er entsetzt.

»Wie können Sie unter solchen Bedingungen schreiben? Was sind das für Leute, die Sie so quälen?«

Ich zeigte auf das Bild von Zelkow, wo selbstzufriedene Mißgeburten mit Messern den lebendigen Körper einer Melone zerstückeln.

Eines Tages rief ich in irgendeiner Angelegenheit Polikarpow an. Die Sekretärin brach in Weinen aus.

»Wissen Sie es denn noch nicht, Jewgeni Alexandrowitsch? Dmitri Alexejewitsch ist doch gestern abend verschieden. Was für ein Mensch! Als ich ihn das letztemal besuchte, hat er zu mir gesagt: ›Ich muß wohl abtreten. Sag meiner Frau, sie soll das Lebensmittelpaket für diese Woche nicht abholen, es steht mir nicht mehr zu.‹ Solche Menschen gab es in unserm Land, Jewgeni Alexandrowitsch! Sie und ich hatten das Glück, ihn zu kennen.«

Ich war einer der wenigen Schriftsteller, die an Polikarpows Bestattung teilnahmen. Man erzählte mir, sein Gesicht sei von einer unmenschlichen Todesgrimasse verzerrt gewesen und man habe die Hilfe eines Chirurgen in Anspruch nehmen müssen. Im Sarg sei er so stark geschminkt gewesen, daß man sein wirkliches Gesicht nicht sehen konnte, das er möglicherweise zu Lebzeiten versteckt und auch nach dem Tode unter der Schminke getarnt hatte.

Vielleicht bestand seine Tragödie eben darin, daß er kein eigenes Gesicht besaß, sondern nur eine Gesichtsuniform? Er war auch ein Opfer dessen, woran er geglaubt oder zu glauben sich bemüht hatte. Ob er wirklich glaubte oder nicht – dieses Geheimnis hat er ins Grab mitgenommen.

Der Tod Polikarpows, dieses Mastodons der Stalinära, das auf tragische Weise in die Epoche der Zersetzung alles dessen hineingeraten war, dem er so eifrig gedient hatte, war ein Umbruchmoment in der Ideologie des Primats von Partei und Staat über den Menschen. Vom Moment seines Todes war es noch weit bis zur

Abschaffung der Zensur, Artikel sechs der Verfassung. Damals glaubten wir Schriftsteller, man müsse nur die Zensur beseitigen, und schon würde das Leben herrlich werden. Es war viel komplizierter. Wenn wir uns der Freiheit als unwürdig erweisen, werden wir wieder um Zensur bitten und wieder für lange Jahre in sie hineingeraten wie in einen Tierkäfig.

Das Gerücht von meinem Selbstmord

»Gestern verbreitete sich das Gerücht,
Jewtuschenko habe sich erschossen. Warum
auch nicht? Das System, das Mandelstam,
Gumiljow, Korolenko, Dobytschin, Mirski,
Zwetajewa und Liwschiz tötete
und Belinkow zu Tode quälte, kann wohl
auch Jewtuschenko zum Selbstmord treiben.«

Kornej Tschukowski, 12. April 1969.
Tagebuch 1930 – 1969. Buch 1.

»Das Gerücht von meinem Selbstmord ist mir
zu Ohren gekommen.«

Jewgeni Jewtuschenko,
1963. Aus dem Notizbuch.

Fast jedesmal, wenn ich in Ungnade fiel, gingen Gerüchte über meinen Selbstmord um.

Eines schönen Morgens in den unvergeßlichen Tagen des Jahres 1963, als unsere Zeitungen mich um die Wette mit Schmutz bewarfen, schrillte die Türklingel.

Auf der Matte stand ein Milizionär mit erschrockenen Augen.

»Er lebt, Gott sei Dank, er lebt.« Mit einem erleichterten Seufzer zog er mich zum Balkon. »Die Leute sind aufgeregt. Irgendeine ›Stimme‹ hat gesendet, Sie hätten sich umgebracht. Zeigen Sie sich dem Volk.«

Die »aufgeregten Leute« waren nicht gar so zahlreich, vielleicht dreißig Personen.

»Beruhigen Sie sie ... Winken Sie. Was macht es Ihnen schon aus«, flüsterte der Milizionär hinter mir.

Mich halb wie Kerenski, halb wie de Gaulle fühlend, »winkte ich«.

Nach einem schütteren »hurra« gingen die Leute auseinander, obwohl der eine oder andere vielleicht enttäuscht war.

Bald darauf klingelte es wieder.

Es war mein Freund Shenja Urbanski, trotz seiner jungen Jahre schon ein berühmter Schauspieler.

Er hielt ein Dreiliterglas Tomatensaft im Arm.

»Du lebst, du Hundesohn«, sagte er und schloß mich in seine mächtigen Arme, daß mir die Rippen knackten. »Ich wußte ja, daß es Schwindel ist. Solch eine Gemeinheit wie Selbstmord kannst du deinen Freunden doch nicht antun.«

Wir setzten uns in die Küche und begannen zu trinken, wobei wir den Tomatensaft natürlich nur zum Nachtrinken nutzten.

Aber es klingelte immer wieder.

Es kamen Leute, die ich am wenigsten erwartet hatte: ein ehemaliger Budjonny-Reiter, dann ein Tschekist, der viele hinter Gitter gebracht hatte, so auch den Großvater meiner Frau Galja und den Leiter des sowjetischen Filmwesens Schumjazki, später dann selber ein Jahrzehnt in einer von Berijas Einzelzellen verbracht hatte und jetzt KGB-General im Ruhestand war, ferner der Orgsekretär des Moskauer Schriftstellerverbandes Viktor Iljin und der Parteisekretär Iwan Winnitschenko, der stets ein ölig-schmeichelndes Lächeln aufsetzte, selbst in den unpassendsten Situationen. Sie alle warfen verwunderte Blicke auf Urbanski und mich und auf das Dreiliterglas Tomatensaft und traten von einem Fuß auf den anderen.

»Was hockt ihr hier in der Küche und versteckt euch vor dem eigenen Volk«, sagte Iljin und schüttelte vorwurfsvoll den Kopf. »Ich habe natürlich gleich gewußt, daß die Information über Ihren Selbstmord wieder mal eine westliche Ente ist. Bei Ihrer unbändigen Lebensfreude.« Er lachte nicht ohne Neid. »Und bei Ihrer Liebe zu den Frauen. Aber das Volk ist verwirrt. Kurzum, Sie sollten nicht zu Hause sitzen. Zeigen Sie sich dem Volk, besuchen Sie Restaurants, schießen Sie Sektkorken gegen die Decke, und nehmen Sie Ihren Kumpel Ernst Neiswestny mit.«

»Wir haben Ihnen einen bescheidenen Geldbetrag für die Restaurantausgaben mitgebracht.« Winnitschenko griente wie eine fettige Plinse und legte verstohlen einen Briefumschlag auf die Tischkante.

Als sie weg waren, machten Urbanski und ich unter schallendem Gelächter den Umschlag auf, auf den, unpassend zum April, »Frohes Neues Jahr« gedruckt war. Der Betrag war wirklich bescheiden – 100 Rubel, doch wenn man sich beim Essen zurückhielt, konnte man dafür ordentlich was trinken.

Wir fuhren zu Ernst Neiswestny ins Atelier und begannen zu dritt, uns »dem Volk zu zeigen«, schossen im Restaurant des Theaterklubs Sektkorken gegen die Decke und zielten dabei so, daß sie abprallend in der gläsernen Lampenschale landeten.

Etliche Tage später fand in der Moskauer Philharmonie, wo meine Mutter arbeitete, eine Parteiversammlung statt. Der Kreisparteisekretär trat auf und rief pathetisch:

»Die Genossin Sinaida Jewtuschenko soll uns doch mal erklären, wieso sie das hooliganartige Benehmen ihres Sohnes duldet, der, statt auf die kameradschaftliche Kritik mit ehrlicher Arbeit zu antworten, in Restaurants herumsitzt, noch dazu mit dem nicht ganz unbekannten Bildhauer Neiswestny, und Sektkorken gegen die Decke schießt.«

Im Präsidium erhob sich überraschend der Ideologiesekretär der Moskauer Parteiorganisation und erklärte finster:

»Zur Information: Genosse Jewtuschenko besucht die Restaurants im Auftrag des Parteikomitees der Moskauer Schriftstellerorganisation.«

Donnerndes Gelächter.

Unsere Sektkorken lagen lange Jahre sichtbar in der Lampenschale, bis der Theaterklub abbrannte, und erinnerten mich an Shenja Urbanski, der bei Filmaufnahmen in der Wüste tragisch ums Leben kam (er hatte es abgelehnt, sich von einem Double vertreten zu lassen, und selber den Jeep zum tödlichen Sprung über eine Düne gesteuert); auch an Ernst Neiswestny, den sie schließlich doch noch in die Emigration geekelt hatten, und an unsere gemeinsamen Hoffnungen, die von der Geschichte verräterisch zertreten worden waren – vielleicht aber hatte die Geschichte unsere Hoffnungen lediglich auf ihre Überlebensfähigkeit testen wollen?

Das Gerücht von meinem Selbstmord hielt sich damals ziemlich lange.

Eines Morgens erschien bei mir ein sportlicher Journalist mit edlem Grauhaar, das freilich verwegen gekräuselt war. Er war wie immer makellos gekleidet, aus der Brusttasche guckte ein schneeweißes Tucheckchen, und er trug eine hellgelbe Lederaktentasche, an deren nichtsowjetischer Herkunft kein Zweifel bestand, selbst das Knarren des Leders klang anders als bei uns, und die vergoldeten Metallecken und eleganten Schlösser glänzten ganz unsowjetisch optimistisch.

Die Herkunft des Journalisten selbst war noch geheimnisvoller, denn beinahe glaubwürdigen Gerüchten zufolge war er ein illegitimer Sohn von Alexander Block, obwohl das mürrische Wesen des mutmaßlichen Vaters in gar keiner Weise zu dem permanenten harmlosen Strahlen im Gesicht des mutmaßlichen Sprößlings paßte.

Der Block-Sohn bekleidete keinen großen Posten und glänzte auch nicht mit Artikeln, aber er saß in zahlreichen Kommissionen, Sektionen und Redaktionskollegien und – was dazumal besonders beeindruckend war – fuhr im Winter gewöhnlich zum Skifahren in die Schweiz.

Für mich hegte er seit langem deutliche Sympathie, an der zu zweifeln ich keinen Grund hatte, überdies verband uns eine gemeinsame Leidenschaft – Cocktails.

In seiner Wohnung in der Aeroportowskaja-Straße gab es ein

Zimmerchen mit einer Minibar. Dort saßen wir manchmal und experimentierten mit den damals noch seltenen ausländischen Getränken, mit einem Shaker und Eiswürfeln.

Nachdem der Block-Sohn, ohne zu klingeln, hereingekommen war, stellte er als erstes eine Flasche Cinzano mit dem Aufkleber des Berjoska-Ladens auf den Tisch, legte ein Päckchen der damals noch seltenen Trinkhalme aus Kunststoff dazu und äußerte seine, wie ich glauben möchte, vollkommen aufrichtige Empörung über den Schmutz, mit dem mich in jenen Tagen die Zeitungen übergossen. Dann bot er mir an, mich mit litauischen Models bekannt zu machen, die seit langem meine Fans seien und den Wunsch hegten, mir ihre Solidarität auszudrücken.

Wie hätte ich etwas gegen weibliche Solidarität mit mir haben können? Ich wollte schließlich nicht unhöflich sein.

Wir stiegen in seinen mit lateinamerikanischen Teppichläufern aus Antilopenfell dekorierten nagelneuen Moskwitsch, natürlich ein Exportmodell, und fuhren zur Volkswirtschaftsausstellung, wo im litauischen Pavillon die Vilniuser Modenschau stattfand.

Mir gefielen buchstäblich alle Mädels – langbeinig, großäugig, vibrierend, besonders aber das Chefmannequin – nicht sehr groß, mit Türkisaugen, flachsblonden Haaren, die am Ende eingerollt waren wie bei der Königin meiner Kindheitsträume, der amerikanischen Filmschauspielerin Dina Durbin; sie hatte einen unnachahmlichen Tänzelgang, der die kräftigen Waden mit dem kaum erkennbaren Goldflaum und die schmalen Fesseln bei jedem Schritt zur Geltung brachten, den verzaubernden Gang der Königin Berenike, von der ich auch schon als Kind gelesen hatte. Dieser Gang konnte Tote wiedererwecken.

Als der Block-Sohn mich ihr vorstellte, zitierte sie sofort aus dem Gedächtnis »Mit mir ist folgendes geschehen« mit einem hinreißenden Akzent, von dem mir mein Gedicht gleich noch besser gefiel, obwohl mir meine Gedichte eigentlich nie ganz mißfielen.

Sie hieß, sagen wir mal, Auschra.

Nach der Modenschau bog der Moskwitsch des Block-Sohns

von der Rjasaner Chaussee in einen grünen Waldweg ein, in dem es, wie er meinte, »kein allessehendes Auge und keine alleshörenden Ohren« gab.

Der Block-Sohn hatte sich gut auf die Fahrt vorbereitet. In seinem Kofferraum stand ein tragbarer Kühlschrank, wohl gefüllt mit mehreren Sektflaschen in Eiskrümeln, mit silbrig glitzerndem, goldgeädertem Stör und Brathähnchen mit schokoladenbrauner Kruste. Der Kofferraum enthielt ferner ein schneeweißes Tischtuch mit gestickten roten Hähnen, Plastikbecher und -gabeln, eine bunte Westbüchse mit Salzmandeln und zwei sowjetische Luftmatratzen für Kinder.

Dazu die beiden gepflegten Rassefrauen, deren eine meine Augen in die ihren hineinzog, die so blendend türkisfarben waren, daß ich unwillkürlich blinzelte – wie konnte ich da an eine unzeitgemäße Absurdität denken wie Selbstmord?

Wir waren umgeben von einem Hain weißstämmiger Birken, der an Hunderte nackter Frauen in der Morgenröte des Christentums erinnerte; sie laufen eine Böschung hinunter zum Fluß, um im Wasser die Taufe zu empfangen.

Ich konnte es mir nicht verkneifen, dies Auschra zu sagen, da flüsterte sie ihrer Freundin etwas zu, sie verschwanden hinter den Birken, dann kamen sie wieder, nur in Gazeüberwürfe gehüllt, die ihre nackten Körper durchschimmern ließen, gleichsam zu lebendigen Frauen gewordene Birken, die sich einen zarten Abendnebel umgehängt hatten; barfuß umtanzten sie im Gras das Tischtuch, bald sich auf die Zehenspitzen erhebend, so daß ihre grünen Fersen mit daran haftenden Grashalmen zu sehen waren, bald auf die Fußsohlen niederfedernd, wodurch ihre eben noch dünnen Beine wieder schwellende Muskeln bekamen.

Bald zogen sich der Block-Sohn und das andere Model taktvoll irgendwohin zurück, Auschra und ich blieben allein. Als uns dann das Große Etwas widerfuhr, das nicht zu trennen war vom Rauschen der Wipfel über unseren verschmolzenen Körpern, vom Schwanken der Margeriten und Glockenblumen und von den

Ameisen, die unsere Haut kitzelten, sah ich Auschras Augen noch größer und tiefer werden von unerwarteten Tränen, deren Grund ich nicht kannte. Und ich tauchte in sie ein, ich schwamm in ihrer erfrischenden, leicht fröstelnden Kühle und vergaß alle Kränkungen, die irgendwo weit weg auf mich niedergeprasselt waren.

Tags darauf flog sie nach Vilnius, und ich mußte auf eine Dienstreise nach Sibirien, nach Sima und zum Bratsker Wasserkraftwerk.

Als das Flugzeug in Swerdlowsk zwischenlandete, hielt ich es nicht aus und rief Auschra an.

Sie war schon zu Hause.

»Soll ich das Ticket umtauschen und zu dir fliegen?« fragte ich.

Sie schwieg.

»Liebst du mich?« fragte ich.

»Sehr«, sagte sie, und ich hörte in ihrer Stimme zurückgehaltene Tränen. »Aber vielleicht ist es besser, wenn wir uns nicht mehr sehen.«

Ich tauschte das Ticket um und flog nach Vilnius.

Händchenhaltend streiften wir durch die Gassen ihrer Heimatstadt, von deren Geschichte sie mir viel erzählte, besuchten auch das einmalige Ciurliónis-Museum und verbrachten die Abende in den reizenden Vilniuser Cafés mit meinen alten Freunden. Ich fühlte mich unglaublich wohl mit Auschra, und wenn ich tatsächlich an Selbstmord gedacht hätte, würde ich es mir jetzt anders überlegt haben. Sie war die erste makellos höfliche Frau in meinem Leben, bei der ich nie das hysterische Umkippen von lodernder Leidenschaft in Gezeter und Gekeife sah. Sie erriet meine kleinsten Wünsche im Alltag und in der Liebe und erfüllte sie mir, noch ehe ich sie darum bitten konnte.

Sie war die erste Frau in meinem Leben, die mir Frühstück ans Bett brachte, und ich will nicht verhehlen, daß es mir wohltat. Möglicherweise war sie die einzige wirklich europäische Frau in meinem Leben.

Eines Tages aber, sie war in die Küche gegangen, um mir Kaffee zu machen, bekam ich Lust zu rauchen und öffnete ihre Handtasche, in der sie immer Zigaretten hatte.

Da erblickte ich plötzlich ein an sie adressiertes seltsames Telegramm. Statt Buchstaben sah ich nur lauter Zahlen. Als ich genauer hinguckte, fand ich, mit Bleistift geschrieben, die russische Entschlüsselung in Schönschrift:

»Setzen Sie die Beobachtung des Ihnen übertragenen Objekts fort. Bringen Sie ihn vom Gedanken an Selbstmord ab. Den könnten unsere ideologischen Feinde ausnutzen. Tun Sie alles, um ihn optimistisch zu stimmen.«

Die Unterschrift war kurz: »Zentrale«.

Ich hätte mich vielleicht freuen sollen, daß es irgendwo in einer »Zentrale« Menschen gab, die sich um mich sorgten. Aber ich war niedergedrückt von dem, was ich gelesen hatte.

Als Auschra hereinkam, in den Händen ein Tablett mit einer dampfenden Tasse Kaffee, einem goldenen Zitronenscheibchen, sorgsam gebräunten Toasts und hausgemachter Himbeerkonfitüre, ließ sie es nicht fallen, wie es wahrscheinlich eine russische Frau getan hätte, sie sank auch nicht auf die Knie, um Verzeihung zu erbitten.

Sie war wie versteinert, hatte sich in eine litauische Madonna verwandelt, wie sie an den Kreuzungen der Landstraßen stehen.

Dann stellte sie das Tablett sacht auf den Nachttisch neben dem Bett und holte aus demselben Täschchen ein anderes Blatt, beschrieben mit Buchstaben und da und dort mit Zahlen.

»Wenn du das gelesen hast, lies auch dies.«

Es war die Antwort auf das Telegramm von der »Zentrale«.

»Das mir übertragene Objekt hat bei allen Begegnungen mit der litauischen Intelligenz mehrmals Toaste auf die russisch-litauische Freundschaft und auf die Gesundheit von Nikita Chruschtschow ausgebracht. Gleichzeitig verurteilte er scharf Versuche der ausländischen Presse, die Gerüchte über seinen Selbstmord auszuschlachten. Von Vilnius fliegt er in seine sibirische Heimat, um die Arbeitsleistungen der Werktätigen des Bratsker Wasserkraftwerks zu besingen. Die mir übertragene Aufgabe, ihn optimistisch zu stimmen, habe ich erfolgreich durchgeführt.« Dann folgte die Unterschrift: »Glöckchen«.

»Warum haben sie dir den Decknamen ›Glöckchen‹ gegeben?« fragte ich bedrückt.

»Sie wollten elegant sein«, sagte sie. »Sie haben mich angeworben, als meine Tante, eine Millionärin, die bei Kriegsende nach dem Westen gegangen war, zum erstenmal aus Kanada wieder Litauen besuchte. Erpreßt haben sie mich damit, daß ihr verstorbener Mann, mein Onkel, irgendwann einen deutschen Offiziersklub unterhalten hatte. Zuerst haben sie mich höflich gebeten, meine Tante zu begleiten und alles, was sie sagte, für sie aufzuschreiben. Sie wollten auch wissen, wem sie ihr Geld zu hinterlassen gedachte. Ich sollte ihnen unterschreiben, daß ich mich verpflichte, falls ich die Erbin sein würde, dem Staat fünfundsiebzig Prozent abzutreten. Sie haben mich nicht oft belästigt, allenfalls mal gebeten, Ausländer zu begleiten, für die sie sich interessierten, und hinterher zu berichten, was die so redeten. Aber ich habe niemandem geschadet. Nur mir selber, als ich mich ins Bockshorn jagen ließ und einwilligte, ihr ›Glöckchen‹ zu sein. Als sie aber versuchten, mich irgendwelchen Moskauer Natschalniks unterzuschieben, habe ich nicht mitgespielt, und sie haben fast ganz von mir abgelassen. Und plötzlich, auf der Landwirtschaftsausstellung, kam der Mann, der mich dir vorgestellt hat, hinter die Bühne. Er kannte meinen Decknamen und die Parole. Er war sehr gebildet und fragte mich, ob ich deine Gedichte gelesen hätte. Ich sagte ihm, daß ich viele sogar auswendig kenne. Da erklärte er mir, du würdest jetzt scharf kritisiert und befändest dich in einem Zustand, von dem es zum Selbstmord nicht weit sei. Und er bat mich, dir zu helfen. Ich hatte dich schon im Fernsehen erlebt, und mir gefielen nicht nur deine Gedichte, sondern auch du selbst. Da stimmte ich zu. Nun kannst du mich verurteilen, wenn du willst.«

Wie sollte ich mich dazu verhalten? Ich hatte niemals auf die russisch-litauische Freundschaft getrunken, meine Freunde liebte ich auch ohne Toaste und sie mich ebenso.

Während der Reise hatte ich kein einziges Mal das Glas auf Chruschtschow gehoben, sein grobes Geschrei gegen die Schriftsteller und Künstler gellte mir noch zu sehr in den Ohren.

Ja, sie hatte mich sozusagen denunziert. Aber ihre Berichte hatten mir genützt.

Dennoch wußte ich, daß ich sie nicht mehr lieben konnte.

Es war schlimm, zu erfahren, daß dieselbe Hand, die mich nachts liebkoste, am Morgen chiffrierte Telegramme über mich an eine »Zentrale« schrieb.

Sie begriff das auch selbst und sagte von sich aus:

»Verstehst du jetzt, warum ich nicht wollte, daß du herkommst?«

Am nächsten Morgen flog ich nach Sibirien.

Zehn Jahre später kam sie mit ihrem achtjährigen Sohn zu meiner Lesung in Leningrad. Der Junge hatte ihre türkisfarbenen Augen geerbt.

»Ich bin von Vilnius hierher gezogen und habe geheiratet. Dies ist mein Sohn, mein Schutz gegen die übrige Welt, der Sinn meines Lebens. Ich habe mit den Leuten von damals für immer gebrochen. Manchmal freilich setzen sie mir noch mit neuen Wünschen zu. Aber mein Mann soll jetzt eine Arbeit in Jugoslawien übernehmen, und ich hoffe, daß ihre Hände nicht bis dorthin reichen.«

Danach verlor sich ihre Spur.

Vor kurzem hörte ich, daß sie drei Jahre nach unserer letzten Begegnung bei einem Autounfall in den jugoslawischen Bergen ums Leben gekommen war. Ihr Mann und der Junge hatten überlebt.

Fechten gegen einen Misthaufen

Ist diese Bande zu allem fähig?

Am Abend des 22. August 1968 trafen sich in Koktebel mehrere Schriftsteller, um Geburtstag zu feiern; wessen es war, weiß ich nicht mehr. Dabei waren der ehemalige Frontkämpfer Boris Balter, Autor der klaren, traurigen Kriegserzählung »Auf Wiedersehen, Jungs!« und drei Schriftsteller, die man sich heute, bedauerlicherweise, nicht mehr an einem Tisch vorstellen kann – Axjonow, Gladilin und Jewtuschenko.

Wir saßen auf der schneeweißen Terrasse, über uns das niedrige schwüle Dach des Firmaments, von dem, so schien es, jeden Moment Sterne auf unsern Tisch fallen würden; wir tranken den wohl besten Sekt der Welt, Brut aus Nowy Swet, und sprachen über das, was damals die russische liberale Intelligenz am meisten beunruhigte – die Ereignisse in der Tschechoslowakei. Selbstverständlich waren wir alle auf seiten des »Prager Frühlings«.

Eines quälte uns am meisten: Würde die Breshnew-Regierung es wagen, diesen Frühling zu ersticken? Wenn nicht, gab es auch für uns russische Schriftsteller Hoffnung.

Meinem damaligen, noch nicht gänzlich zerstörten Idealismus folgend, war ich der einzige am Tisch, der behauptete, ein Einmarsch sei unmöglich: immerhin sei es ein »sozialistisches Bruderland«, in dem niemand vorhabe, Kommunisten aufzuhängen, folglich gebe es keine logischen Motive für ein militärisches Eingreifen.

Axjonow sagte finster:

»Diese Bande ist zu allem fähig.«

Dieser Ausdruck – »Bande« – war dem haßerfüllten Axjonow zum erstenmal entfahren, als wir im Dezember 1963 nach den groben Angriffen Chruschtschows auf die Schriftsteller und Künstler betrunken und bedrückt aus der Wohnung des Filmregisseurs Gija Danelija die Treppe hinunterstiegen, die nach Katzen und Urin roch. Die ganze tödliche Wut auf die Lager und Gefängnisse, die ihm schon in der Kindheit den Vater und die Mutter geraubt hatten, ballte sich in diesem haßerfüllten Wort »Bande! Bande!«, das er keuchend aus sich herauskotzte. Axjonow hatte damals an der »zweiten historischen Begegnung mit der Intelligenz« bei Chruschtschow teilgenommen, er war eben erst zurück aus Lateinamerika und schon in hysterischem Zustand, denn er hatte dort aus Presseberichten erfahren, daß zu Hause etwas Scheußliches vorging. Im Kreml-Foyer beugte er sich zu mir und flüsterte pfeifend:

»Bist du verrückt geworden, deine Autobiographie ohne Erlaubnis in der BRD zu veröffentlichen? Hast du vergessen, wo du lebst? Du hast uns alle reingelegt. Ich steige in Buenos Aires ins Flugzeug und schlage die Zeitung auf, und da ist dein Bild, noch dazu lächelnd. Und wir?«

Die zweite Begegnung mit der Intelligenz begann damit, daß Chruschtschow, der schon am Vormittag besoffen oder einfach schlecht gelaunt war, mit wutverzerrtem Gesicht brüllte:

»Wenn hier ausländische Agenten sind, die alles, was in diesem Saal gesprochen wird, sofort an die westlichen Zeitungen weitermelden, sollen sie rausgehen und anstandshalber so tun, als ob sie aufs Klo müssen.«

Im Saal beflissenes Kichern und Rufe: »Schande!«

Chruschtschow fuhr fort:

»Ich sage das nicht einfach so, Genossen. Ich als Parteiführer kriege jeden Tag auf meinen Schreibtisch Informationen nicht nur über den Zustand unserer Landwirtschaft und unserer Industrie, sondern auch über den Zustand der Seelen. Also, heute früh bekam ich eine Mitteilung, daß gestern in einem Restaurant ein Schriftsteller, der übrigens hier anwesend ist, laut getönt hat, Chruschtschow habe die Schriftsteller und Künstler angegriffen, um von dem schlechten Zustand der Landwirtschaft abzulenken.«

»Den Na-men, sagen Sie den Na-men!« rief ein sogenannter Kinderbuchautor begeistert stotternd – auf ihn konnte dieser Verdacht nicht fallen.

»Den Namen, den Namen!« heulte ein Teil des Auditoriums und sprang patriotisch auf, um wahrgenommen zu werden.

Ich fühlte mich scheußlich, denn ich hatte gestern im Theaterklub mit Ernst Neiswestny gezecht und im Kreis einer angeblich progressiven Meute genau diese Worte gesagt. Natürlich hätte das auch ein anderer Schriftsteller in einem anderen Restaurant sagen können, aber meine Fingerspitzen wurden etwas kalt.

Wer mag das verpfiffen haben? dachte ich. Dafür kamen viele in Betracht.

Das Spiel – »Ich sag's, ich sag's nicht«

Mit dem Anschwellen des patriotischen Geheuls verwandelte sich der Triumph der Entlarvungsdrohung in Chruschtschows Augen in ängstliche Verachtung für den Saal. Er hob die Hand, um das Aufbranden der von ihm selbst provozierten aggressiven Arschkriecherei zu stoppen.

»Nein, Genossen«, sagte er kopfschüttelnd. »Was werden einem nicht alles für Informationen untergeschoben, manchmal auch falsche. Darum werde ich keinen Namen nennen.«

Aber die aufgedrehte Kamarilla gab keine Ruhe, sie skandierte:

»Den Na-men! Den Na-men!«

»Na, soll ich ihn sagen?« Chruschtschow zauderte.

»Ja, sagen!« brüllte die Kamarilla, berauscht von der sich andeutenden Möglichkeit, jemanden in Stücke zu reißen.

»Nein, ich sag's doch nicht.« Chruschtschow warf beinahe den erwarteten Knochen hin. »Oder doch?«

Ein Weilchen noch setzte er das lustige Spiel »Ich sag's, ich sag's nicht« fort, dann holte er entschlossen tief Luft und verkündete:

»Nein, Genossen. Es geht nicht. Wenn das stimmt, möge der Schriftsteller sich besinnen. Aber wie, wenn es einfach eine Verleumdung ist? Nein, Genossen, eine Rückkehr zu der verfluchten Zeit, in der Sowjetmenschen auf Grund verlogener Denunziationen verhaftet und sogar vernichtet wurden, wird es nicht geben!«

Und was glauben Sie wohl: Der sogenannte Kinderbuchautor sprang als erster auf und applaudierte wie rasend. Schostakowitsch, der neben mir unentwegt etwas in sein Notizbuch kritzelte, flüsterte mir undeutlich zu:

»Ich habe meine Methode, nicht zu applaudieren, Jewgeni Alexandrowitsch. Ich tue so, als ob ich mir große Gedanken notiere. Gottlob sehen so alle, daß meine Hände beschäftigt sind.«

All das trug sich während der »zweiten historischen Begegnung« zu. Davor aber hatte es die erste gegeben.

Wen werden die Amerikaner aufhängen?

Vor der ersten Begegnung hatte es freilich noch eine »allererste« gegeben, wenn ich mich nicht irre, siebenundfünfzig, in einer Regierungsresidenz außerhalb der Stadt. Ich war damals nicht eingeladen, aber aus Erzählungen von Augenzeugen kann ich mir genau vorstellen, was sich dort abspielte.

Der »Petöfi-Klub« in Ungarn, den unsere Propaganda als ein »Schlangennest der Konterrevolution« hinstellte, hatte Chruschtschow erschreckt. Unser ideologischer Informationsdienst suggerierte ihm ständig, in Ungarn habe »auch alles mit Schriftstellern angefangen«, und zog Vergleiche zu Pomeranzews Artikel »Über Aufrichtigkeit« und Dudinzews Roman »Der Mensch lebt nicht von Brot allein«. Bei einer Diskussion dieses ersten »Perestroika-Romans« – lange vor der Perestroika – im Zentralen Schriftstellerklub hielt der sanfte Aquarellist Paustowski eine donnernde Rede; seine lyrische Prosa war in der Stalin-Zeit eine der wenigen Oasen für die einfache sowjetische Intelligenz gewesen. In dieser Rede – mit ihr begann der Samisdat, denn sie kursierte in unzähligen Abschriften im Land – beschrieb Paustowski unsere »neue Klasse« der Parteibürokratie, die er zu seinem Entsetzen während der ersten sowjetischen Kreuzfahrt im Ausland kennengelernt hatte. Die selbstzufriedene Unwissenheit der sozialistischen Neureichen hatte ihn erschüttert. Aber Paustowskis Rede wurde nur von einem impulsiven kurzen Beitrag Alexander Beks unterstützt. Die anderen Redner trachteten buchstäblich, Dudinzew zu vernichten, ganz wie in den Stalinschen Zeiten der Literaturpogrome. Dudinzew, die Haare vom kalten Schweiß verklebt, mit gehetzten Augen, die als Antwort auf die Beschuldigungen Haßblitze über die auf die Nase gerutschte Brille hinweg schickten, hielt sich wacker wie ein in die Ecke gedrängter Hofhund, der ein ihn von allen Seiten bedrängendes Wolfsrudel anknurrt. Ich war zutiefst bestürzt, als er in seiner Rede daran erinnerte, wie 1941 unsere unglücklichen Soldaten im Bombenhagel unzähliger deutscher Kampfflugzeuge flohen, während ein einziger sowjetischer »Habicht« sie aussichtslos bekämpfte. In diesem mörderischen Bombardement hatte Dudinzew zum erstenmal begriffen, wie verbrecherisch die Prahlerei der Parteibürokraten mit unserer gar nicht existierenden Militärmacht war. Maria Prileshajewa, die sentimentale Lenin-Biographin, kreischte vom Rednerpult: »Genossen, wenn die Amerikaner kommen, werden sie uns alle aufhängen, nur Dudinzew nicht.«

Ich war damals Student am Literaturinstitut und jüngstes Mitglied des Schriftstellerverbands. In meiner Rede fragte ich boshaft die Prileshajewa: »Wieso sind Sie eigentlich so überzeugt, daß die Amerikaner kommen? Glauben Sie etwa nicht an die Kraft unserer Roten Armee?« Die Prileshajewa geriet in Panik und schrieb jämmerliche Erklärungszettel an das Präsidium. Um Dudinzew zu verteidigen, trug ich das noch unveröffentlichte Gedicht »Die Artillerie schießt auf die eigenen Leute« von Meshirow vor. Die Atmosphäre war so geladen, daß ich auf Meshirows Bitte als Autor einen bei Stalingrad gefallenen unbekannten Dichter nannte. Meshirow hörte seine eigenen Verse wie die eines anderen; er saß auf der Galerie, und ich sah ihn. Sein Kinn zuckte, seine Augen waren voller Tränen. Nach der Versammlung sagte er mit bitterer Ironie zu mir: »Es stimmt doch. Alle Dichter meiner Generation, selbst die überlebt haben, sind im Krieg gefallen.«

Bald nach diesem Auftritt flog ich aus dem Literaturinstitut. Diese traurig berühmte Versammlung habe ich in einem Gedicht beschrieben, das dreißig Jahre warten mußte und erst 1987 gedruckt wurde. Auf dem Höhepunkt der damaligen »revisionistischen Schwankungen« lud Chruschtschow die Schriftsteller zu der »allerersten« historischen Begegnung außerhalb der Stadt ein.

Während der »allerersten« Begegnung spielte Leonid Sobolew eine üble Rolle. Er, der sich immer mit seiner untertanentreuen Parteilosigkeit dicketat, konnte sich nun endlich über die Unterschätzung seiner Person durch die von ihm so heißgeliebte Sowjetmacht beschweren. Kategorisch distanzierte er sich von sämtlichen »Verleumdern« vom Typ Dudinzew und Pomeranzew und führte eine schamlos pragmatische Metapher an:

»Nikita Sergejewitsch, hier anwesend ist der Vorsitzende des Moskauer Stadtsowjets Genosse Bobrownikow. Ich habe ihm schon ein paarmal geschrieben und ihn gebeten, mir eine beheizbare Garage zuzuweisen, ohne Ergebnis. Ein Verleumder würde dieses konkrete Faktum zum Anlaß nehmen, die Arbeit des Stadtsowjets und des Genossen Bobrownikow persönlich negativ zu verallgemeinern. Aber wir Schriftsteller müssen uns über Kränkungen erheben und uns daran erinnern, daß all das leicht zu behebende Kleinigkeiten sind, verglichen mit den Interessen unseres Volkes.«

Auf solch hemmungslose Weise bekam dieser Behelfsintelligenzler nicht nur eine beheizbare Garage, sondern auch den

Schriftstellerverband der RSFSR, dem er prinzipienlos und pompös viele Jahre vorsaß; er verübte zehntägige »Überfälle« auf die autonomen Republiken und Gebiete Rußlands, die mit Banketten für Hunderte von Personen zu enden pflegten.

Als Konstantin Simonow bei der »allerersten« Begegnung versuchte, Sobolew und andere sich gegen die Brust schlagende »unterschätzte Patrioten« zu zügeln, indem er Chruschtschow daran erinnerte, daß Schriftsteller und Parteimitarbeiter Frontkameraden gewesen seien, fiel Chruschtschow ihm scharf ins Wort:

»Was wollen Sie, Genosse Simonow – sollen wir speziell für Sie einen neuen Krieg organisieren, damit Sie wieder Ihren Patriotismus demonstrieren können?«

Chruschtschow unterbrach auf taktlose Weise Margarita Aliger, als sie ihre Schriftstellerkollegen in Schutz zu nehmen versuchte.

Diese »allererste« Begegnung hat der Künstler Laktionow in einem Artikel beschrieben, der auf der »heißen Spur« gedruckt wurde. Mit parodistischer Schmeichelei schildert Laktionow darin seine begeisterten Eindrücke darüber, wie er in einer Regierungsallee solche legendären Persönlichkeiten wie Budjonny und Woroschilow traf, die ihn wie im Märchen freundschaftlich am Bart zupften. (Damals war noch unvorstellbar, daß die Stadt Woroschilowgrad wieder in Lugansk zurück umbenannt wird.)

Fünf Jahre später, 1962, geschah es, daß sie uns bei der offiziellen »ersten historischen Begegnung mit der Intelligenz« nicht am Bart zupften, sondern an der Kehle packten.

Scholochow und »Babi Jar«

Ein Schriftsteller, der sich nicht gern mit der Intelligenz identifizierte und sie auch gar nicht mochte, war Scholochow. Während der Stalinschen Säuberungen forderte er gnadenlose Abrechnung. Auf dem Höhepunkt der Ärzteprozesse und des antisemitischen Hexensabbats rund um diese kollektive sowjetische Dreyfusiade trat er mit der chauvinistischen Forderung hervor, die Pseudonyme abzuschaffen. Ehrenburgs Roman »Tauwetter« nannte er höhnisch »Matschwetter«. Nach dem ersten Dissidentenprozeß 1966 gegen Sinjawski und Daniel, in dessen Ergebnis zum erstenmal nach Stalins Tod wieder Schriftsteller hinter Stacheldraht geworfen wurden, entblödete Scholochow sich nicht, den Richtern Laschheit vorzuwerfen, und er fügte mit Genuß hinzu, daß solche Feinde während des Bürgerkriegs an die Wand gestellt worden seien. All das aufzuzählen ist bitter, denn sein Kosaken-Hamlet Grigori Melechow, Axinja, Pantelej Prokofjitsch und der Stille Don selbst, das sind große Gestalten, die für immer in die Seele jedes russischen Lesers eingegangen sind, so wie auch Onegin, Petschorin, Anna Karenina, Aljoscha Karamasow und Akaki Akakijewitsch. Selbst wenn Scholochow bei der Arbeit an dem Roman die Manuskripte eines anderen benutzt haben sollte, bin ich ihm dankbar, daß er diese Manuskripte vor dem Verschwinden bewahrt hat. Er hätte es nur beizeiten einräumen sollen. Aber auch in den »Don-Erzählungen« gibt es wunderbare Beschreibungen von Menschen und der Natur, und selbst in dem konzeptionell verlogenen Roman »Neuland unter dem Pflug« sind Makar Nagulnow, Luschka und der alte Stschukar einzigartige Figuren. Wenn man den »Stillen Don« aufmerksam liest, erkennt man, wie künstlich die Gestalten der Bolschewiken sind, so als ob sie im letzten Moment vor der In-Satz-Gabe hineingeschrieben worden wären – auf jemandes Drängen oder aus eigenem Antrieb, um den Roman als Ganzes zu retten, oder aber als hätte sie ein anderer geschaffen. Vielleicht auch liegt des Rätsels traurige Lösung darin, daß es zwei Scholochows gab – der eine ein einmaliger Künstler und der andere ein arglistiges, böses kleines Männlein? Vielleicht auch hat er aus Angst vor der Verhaftung einmal ein Verbrechen gegen die Sittlichkeit begangen und sich Aufrufen des Typs »Wenn sich der Feind nicht ergibt, wird er vernichtet«, angeschlossen und ist dann bald als Persönlichkeit und Berufsschriftsteller heruntergekommen? Der professionelle Verfall Scholochows ist ein lehrreiches

Beispiel für alle Künstler: Sittenlosigkeit in der Kunst führt unerbittlich zur Deprofessionalisierung.

1961 attackierte die Zeitung »Literaturnaja Rossija« mein Gedicht »Babi Jar« mit Versen von Markow und dann mit einem Artikel von Starikow, in dem er unter Berufung auf Scholochow und andere Schriftsteller mit mir abrechnete. Ich beschloß, mich an Scholochow selbst zu wenden und ihn zu bitten, er möge nicht erlauben, daß Chauvinisten und Antisemiten seinen Namen mißbrauchen. Ich rief ihn in Wjoschenskaja an. Sein Sekretär nahm den Hörer ab, aber dann kam er selber an den Apparat, und obwohl wir uns nicht persönlich kannten, begrüßte er mich fröhlich, freundschaftlich:

»Ah, mein Lieblingsdichter. Na, fressen dich die Antisemiten auf? Halt dich wacker, Kosak, dann wirst du Ataman.«

Beflügelt von dem unerwartet herzlichen ungezwungenen Ton und davon, daß Scholochow über mich Bescheid wußte, bat ich ihn, kommen zu dürfen. Freudig lud er mich ein.

Am nächsten Morgen flog ich über Rostow nach Wjoschenskaja. Auf dem Rostower Flughafen erwarteten mich Sokolow, Sekretär der örtlichen Schriftstellerorganisation, und ein Instrukteur vom Gebietsparteikomitee. Sie wußten schon, daß ich zu Scholochow wollte. Sie benahmen sich vorsichtig, beinahe furchtsam, und stellten keine Fragen, aber im letzten Moment, bevor ich das winzige Flugzeug der örtlichen Fluglinie bestieg, sagte Sokolow mit gleichsam entschuldigendem Lächeln:

»Jewgeni Alexandrowitsch, wir achten Sie als Dichter. Aber Michail Scholochow sollte nicht in die Moskauer Angelegenheiten hineingezogen werden. Ich hoffe, Sie verstehen uns richtig.«

Von dem gigantischen, gar nicht zu der Staniza Wjoschenskaja passenden Flugplatz – er war kürzlich eigens zu Ehren des Besuchs Chruschtschows bei dem lebenden Klassiker gebaut worden – brachte mich ein staubiger kleiner Autobus zur Fähre. Am anderen Ufer lag die Landschaft der berühmtesten Kosakenstaniza der Welt. Direkt vor uns erhob sich hinter einem dichten Zaun ein gewaltiges weißes Haus mit Säulen, eine Art Adelssitz aus Bondartschuks Verfilmung von »Krieg und Frieden«.

»Ist das euer Kulturhaus?« fragte ich eine ältere Kosakin.

»Sie sind wohl nicht von hier«, sagte sie auflachend. »Das ist das Haus unseres Herrn.«

Ich war erschüttert, daß sie Scholochow so nannte. Ich hatte geglaubt, daß er für die hiesigen Leute eine Art Heiliger war. Und nun plötzlich »Herr«. Dazu das böse Auflachen. Neid? Aber als ich auf Scholochows Haus zuging, begriff ich das Auflachen. Neben dem geschlossenen hohen Tor stand ein richtiges Milizschilderhäuschen, und darin war ein richtiger Milizionär! In seiner Heimatstaniza! Der Milizionär gähnte gelangweilt und wollte meinen Namen wissen. Aber damit war die Einlaßprozedur noch nicht zu Ende. Er telefonierte, und aus dem Tor kam Scholochows Gehilfe, ein ehemaliger Abteilungsleiter im Gebietsparteikomitee, wie ich später erfuhr, der sein früheres Gehalt dafür erhielt, daß er den Klassiker bediente. Aber das war noch immer nicht alles. Ich wurde in den Hof geleitet, und da kam mir Scholochows Frau entgegen, nicht er selbst. Sie führte mich in sein Arbeitszimmer. Auf dem Weg dorthin fiel mir in der Diele ein Hirschkopf mit schönem Geweih auf.

»Eine Trophäe«, erläuterte die Hausfrau. »Auf der Krim war er mit Nikita Chruschtschow jagen. Gehen Sie ins Arbeitszimmer, mein Mann kommt gleich.«

Ich betrat das helle geräumige Zimmer und setzte mich in einen Sessel gegenüber dem Schreibtisch. Auf diesem lag ein Haufen Briefe, zumeist aus dem Ausland. Ich guckte genauer hin und bemerkte, daß ein paar der Stempel zwei und drei Jahre alt waren, doch die Briefe waren so kunstvoll arrangiert, als wären sie eben erst eingetroffen.

Scholochow kam unhörbar, fast verstohlen herein, mit dem weichen Gang eines Luchses. Ich hatte ihn bisher nur auf Fotos gesehen oder aus weiter Entfernung am Rednerpult und staunte nun, wie klein er war. In meiner Vorstellung mußte er mit Beschmet,

Reithose und Schaftstiefeln bekleidet sein, aber nichts dergleichen. Er trug einen schwedischen Pullover mit modischem Muster. Von sich selbst sprach er ausschließlich in der dritten Person.

»Gut, daß du kommst. Michail Alexandrowitsch beobachtet dich seit langem. Du hast ein Riesentalent. Manchmal schießt du natürlich übers Ziel hinaus. Na ja, das Vorrecht der Jugend. Was ist, mein Lieber, haben dich unsere Betonköpfe noch nicht gefressen wegen ›Babi Jar‹? Michail Alexandrowitsch weiß alles. Keine Sorge, Michail Alexandrowitsch kann die Schwarzhunderter nicht ausstehen. Er war an der Front mit einem jüdischen Politarbeiter befreundet, und da hat doch ein General zu ihm gesagt: ›Sie sind doch sozusagen ein russischer Klassiker, wieso halten Sie Freundschaft mit solch einem?‹ Na, dem hat Michail Alexandrowitsch aber Bescheid gestoßen, und wie. Starke Gedichte hast du geschrieben, notwendige.«

Da faßte ich Mut. Ich sah schon einen Artikel von Scholochow in der »Prawda« gegen den Antisemitismus, hörte, wie er auf einem Parteikongreß »Babi Jar« verteidigte.

Doch plötzlich beugte sich Scholochow über den Schreibtisch zu mir und fragte rasch mit gesenkter Stimme, mit billigender und zugleich besorgt tadelnder Sachlichkeit:

»Daß du ›Babi Jar‹ geschrieben hast, ist gewiß löblich. Aber warum hast du's drucken lassen?« Und er durchbohrte mich mit den Augen.

Ich erstarrte.

»Warum? Sie haben doch gerade gesagt, es sei ein starkes, notwendiges Gedicht. Wieso sollte ich es nicht drucken lassen?«

Scholochow grinste, hob den Zeigefinger, wie um die strenge Vertraulichkeit unseres Gesprächs zu fixieren, dann klopfte er auf den Schreibtisch.

»Weißt du, was ich hier in den Schubladen habe? Neue Kapitel von ›Sie kämpften für die Heimat‹, der reinste Sprengstoff!« Er beugte sich vor und flüsterte fieberhaft: »Du meinst wohl, Michail Alexandrowitsch hat keine Feinde? Und was für welche. Also, wenn Michail Alexandrowitsch diese Kapitel in Druck gäbe, würden seine Feinde ihn zerfleischen. Aber Michail Alexandrowitsch ist klug und gibt seinen Feinden niemals Waffen gegen sich selbst in die Hand. Warum hast du ihnen die Waffe gegen dich gegeben, warum hast du ›Babi Jar‹ drucken lassen und dich ausgeliefert?«

Ich war erschüttert von dieser zynischen Logik und davon, daß der Schreibtisch, als Scholochow darauf klopfte, von innen keine Resonanz hören ließ, die darauf hingedeutet hätte, daß er mit bedeutenden, aus strategischen Gründen der Menschheit vorenthaltenen Manuskripten vollgestopft war. Aber Scholochow, der wohl mitbekommen hatte, daß er einen bedrückenden Eindruck auf mich machte, verlegte sich geschmeidig auf väterliche Obsorge.

»Michail Alexandrowitsch weiß, er weiß, was bei euch in Moskau für Dichterlesungen stattfinden. Da kann kein Apfel zu Boden fallen. Berittene Miliz. Wann soll man auch Lärm schlagen, wenn nicht in der Jugend!«

»Wir laden Sie ein«, sagte ich, und meine Phantasie malte mir ein romantisches Bild: Der Autor des »Stillen Don« lauscht mit Tränen der Rührung Achmadulina, Okudshawa, Wosnessenski und Jewtuschenko, drückt die mit Gips und Lehm verschmierte Pranke von Ernst Neiswestny, zwirbelt in nachdenklicher Begeisterung den grauen Schnauzbart vor den Bildern von Oleg Zelkow, unterschreibt einen kollektiven Brief zur Verteidigung des sowjetischen Jazz.

»Danke. Michail Alexandrowitsch kommt unbedingt und hört euch mit Vergnügen zu. Man darf sich nicht von der Jugend lösen, man darf nicht. Aber einstweilen mußt du abwarten«, meinte Scholochow freundlich. »Was hast du überhaupt für Pläne?«

»Ich will nach Kuba.«

»Das ist gut. Dort kannst du abwarten. Und Michail Alexandrowitsch fährt zum Parteikongreß. Er muß auf die Bürokratie, auf die Betonköpfe, auf die Antisemiten einschlagen. Und unsere talentierten jungen Leute unterstützen und verteidigen. Also geh auf Reisen und sorge dich nicht, Michail Alexandrowitsch wird sein Wort zu deinem Schutz sagen.«

Scholochow stand auf, gab mir zu verstehen, daß unser Gespräch beendet sei, und umarmte mich zum Abschied kräftig.

Es sei angemerkt, daß mir, der ich eine weite Reise hinter mir hatte, niemand einen Happen zu essen anbot. Obwohl mir in seinem Haus und an ihm selbst längst nicht alles gefallen hatte, ging ich doch von Hoffnung beflügelt, denn Scholochow hatte versprochen, mein Gedicht »Babi Jar« zu verteidigen und gegen Bürokraten, Chauvinisten und Antisemiten aufzutrumpfen.

Der scharfsinnige Don Alejandro

In Kuba angekommen, erzählte ich dem Ersten Sekretär der sowjetischen Botschaft, Alexejew, Don Alejandro, wie ihn die Kubaner nannten, von Scholochows Versprechen, »Babi Jar« zu verteidigen. Alexejew war sicherlich der einzige unverheiratete Diplomat der Sowjetunion. Er schrieb »für sich« traurige, einsame, sogenannte dekadente Gedichte, und er hatte früher den offiziellen Status eines »Lateinamerikajournalisten« gehabt. Als er in Mexiko dem jungen aristokratischen Dissidenten Fidel Castro aus Kuba begegnete, der dort Geld für ein höchst abenteuerliches Unternehmen sammelte, eine bewaffnete Expedition auf der »Granma«, begriff er mit dem Gespür des inoffiziellen Profis, daß der junge Mann eine Chance hatte. Er versuchte, Moskau zu überzeugen, daß man Fidel finanzieren müsse, aber Moskau holte nach alter Gepflogenheit erst mal die Meinung der kubanischen Kommunisten ein. Blas Roca und Anibal Escalante, Apparatschiki Stalinscher Prägung, charakterisierten Fidel eifersüchtig als Kalifen für eine Stunde, und die »Hand Moskaus« setzte ihn mitnichten an Bord der »Granma«. Aber Fidel hatte sich die Bemühungen Alexejews gemerkt, und eine seiner Bedingungen für die Aufnahme diplomatischer Beziehungen zur UdSSR lautete: Einer der leitenden Mitarbeiter der Botschaft müsse Don Alejandro sein. Später wurde dieser zum Botschafter ernannt.

Dieser von Berufs wegen scharfsinnige Don Alejandro also, der mich 1961 mit Truthahn bewirtete, den ihm »el caballo« (das Pferd, Spitzname Fidels) geschickt hatte, lachte schallend, als ich ihm begeistert von meiner Reise zu Scholochow erzählte und von seinem Versprechen, »Babi Jar« zu verteidigen.

»Und das hast du ihm geglaubt?«

Ich erschrak.

»Ich verstehe nicht.Er ist ja doch ein großer Schriftsteller.«

»Genau – ja doch.« Alexejew brach das Gespräch ab.

Ich kehrte spätnachts ins Hotel »Havana Libre« zurück. Kaum hatte ich mich hingelegt, klingelte das Telefon.

Es war die Stimme Alexejews – fröhlich, triumphierend.

»Na los, camarada poeta, immediatamente a la embajada sovietica!«*

»Was ist passiert? Hat das nicht Zeit bis morgen früh?« fragte ich schläfrig, aber erschrocken, denn in meinem sowjetischen Kopf hüpften sogleich Gedanken, die für unsere Erziehung typisch sind – wer mich aus welchem Anlaß verpfiffen haben könnte.

Alexejew drohte mir halb im Scherz:

»Ich habe dir schon einen Wagen geschickt con un verdadero barbudo, armado hasta los dientes.«**

In der Botschaft erwartete mich Don Alejandro, in der einen Hand eine vor Kälte beschlagene Flasche Wodka, in der anderen eine Prawda.

»So, nun schau mal, was für ein Geschenk dir die letzte Post gebracht hat«, sagte er grinsend.

Ich schlug die Zeitung auf und stieß sogleich auf die Rede Scholochows, die er vor dem Parteikongreß gehalten und auf die ich so

* Genosse Dichter, komm gleich in die sowjetische Botschaft (span.).

** mit einem bärtigen Fahrer, bis an die Zähne bewaffnet (span.).

gewartet hatte. An eine Verteidigung von »Babi Jar« war überhaupt nicht zu denken. Ich las grobe Kasernenwitze, statt des versprochenen Schlags gegen Bürokraten und Chauvinisten waren da kleine persönliche Gemeinheiten, und das Scheußlichste, er richtete höhnische Angriffe gegen unsere Dichtergeneration, verspottete unsere literarischen Abende, von denen er keinen besucht hatte, und beleidigte die Leser, indem er sie hysterisch nannte. Ich ließ entgeistert die Zeitung fallen.

»Wie kann das sein«, murmelte ich. »Ich hatte doch den Eindruck, daß er es mit mir aufrichtig meinte. Also war er es in Wirklichkeit nicht?«

»Warum soll er nicht aufrichtig gewesen sein?« fragte Don Alejandro. »Nur hat er massenhaft Aufrichtigkeiten, und sie sind alle verschieden. Ein ganzes Schaltpult mit vielen, vielen Knöpfen. Er schaltet die Aufrichtigkeit ein, die er braucht, und die aus, die er nicht braucht.«

Das war die Theorie von der Aufrichtigkeit nach Knöpfen, die mir Don Alejandro 1961 in Havanna mitteilte. Scholochow glaubte ich nicht mehr, dafür aber Fidel, der damals noch jung und voller Zauber war.

Ein Orden kann stechen

1982 drehte ich auf dem Roten Platz eine Episode des Films »Der Kindergarten«, in der Soldaten ein Aquarium mit Goldfischen tragen. Meine Laune war miserabel. Richtige Goldfische hatten wir nur wenige, und die Ärmsten krepierten einer nach dem anderen, weil sie die Einstellungen nicht aushielten. Die Reservefische, die der Dekorateur aus Goldpapier gemacht hatte, sahen gräßlich aus und konnten nicht gefilmt werden. Ich kratzte mein Geld zusammen und schickte den Requisiteur auf den Vogelmarkt, entließ das Team zum Mittagessen und ging in den Kreml. Genau an dem Tag, an dem wir uns auf dem Roten Platz abmühten, sollte ich im

Kreml den Orden des Roten Arbeitsbanners bekommen. Während mir der stellvertretende Vorsitzende des Präsidiums des Obersten Sowjets, ein Aserbaidshaner, dessen Name mir ums Verrecken nicht mehr einfällt, den Orden ans Revers heftete und mich zur Jagd nach Aserbaidshan einlud, machte er eine unvorsichtige Bewegung und stach mir die Nadel durch Jacke und Hemd bis auf die Haut. Es tat ein bißchen weh. Im Kreml hatte man mir schon öfters Schmerzen zugefügt. Natürlich nicht nur mir.

Das Folter-Gespenst geistert unsichtbar über das Kreml-Gelände. Einmal hatte ich sogar den Eindruck, daß der Kreml-Saal sich in einen Folterturm verwandelt hatte. Das war, als nach der Rede des Afghanistan-Veteranen Tscherwonopisski ein Teil unserer Parlamentarier ein Hetzgeheul gegen Sacharow anstimmte.

Als ich 1983 im Georgssaal einen Staatspreis für das Versepos »Mutter und die Neutronenbombe« erhielt, welches die Hauptverwaltung Literatur vergeblich zu verbieten versucht hatte, hörte ich die Glückwünsche nicht, als wären mir die Trommelfelle geplatzt vom Echo eines anderen Hetzgeheuls, das diesen Saal im März 1963 erschüttert hatte.

Vor mir bekam ein Architekt für einen Sportpalast den Preis. Er ging fast auf Zehenspitzen zur Tribüne, dankte Partei und Regierung und kehrte auf Zehenspitzen zu seinem Platz zurück.

»Er geht auf Zehenspitzen, weil er Angst hat, sein Sportpalast könnte einstürzen«, scherzte Bondartschuk böse. Aber dann hielt er genau solch eine Rede.

Ein armenischer Schriftsteller setzte sich zu mir und bat mich, seinen schriftlichen Redetext zu prüfen.

»Wozu brauchst du das?« fragte ich ihn.

»Es gehört sich doch wohl so. Alle sagen etwas«, meinte er verlegen.

Ich machte ein paar Korrekturen in seinem Text.

Dann war ich an der Reihe. Ich bekam meine Medaille und die Urkunde und kehrte schweigend auf meinen Platz zurück. Ich wollte niemandem danken. Da zerknüllte der Armenier seinen

Text und steckte ihn in die Tasche. Auch die lettische Malerin unterließ die traditionelle Dankesrede. Und plötzlich begriffen alle, daß man nicht zu danken brauchte. Auf dem Weg zum Bankett trat der damalige sowjetische Kulturminister Melentjew auf mich zu und zischte böse:

»Konntest du nicht wenigstens zwei Worte der Dankbarkeit für die Partei finden?«

»Nein, konnte ich nicht«, antwortete ich geradezu. Und plötzlich tönte in meinen Ohren wieder das wütende Hetzgeheul von 1963 in diesem Georgssaal. Und dafür sollte ich danken?

MPi-Schützen der Partei

Damals, im März 1963, als Chruschtschows Stimmung deutlich wurde, sprangen dieselben Leute, die noch vor kurzem, unter Stalin, antisemitische Literaturpogrome veranstaltet hatten, wie die Teufelchen aus der Tabaksdose zum Rednerpult. Eine Zeitlang hatte es so ausgesehen, als ob diese Straßenhändler auf dem Müllhaufen der Geschichte gelandet wären, aber sie wurden wieder gebraucht. Einer von ihnen, Gribatschow, der später zusammen mit Chruschtschows Schwiegersohn Alexej Adshubej den Leninpreis bekam, schoß mit seiner polierten Glatze drohende Blinklichter vom Rednerpult, als er die langersehnte Chance hatte, der Partei seine Untertanentreue zu beteuern. Gribatschow war es, der die erstaunlich präzise Bezeichnung für Literaten wie er selbst fand – »MPi-Schützen der Partei«. Er gebrauchte diesen Ausdruck natürlich positiv, aber die Geschichte bewahrt ihn im Lexikon der schmählichsten Begriffe.

Besonders eifrig taten sich diejenigen »MPi-Schützen der Partei« hervor, die kürzlich in einem offiziellen Beschluß des Parteibüros der Moskauer Schriftstellerorganisation für rüdes Administrieren und Herabsetzung ihrer Schriftstellerkollegen verurteilt worden waren. Sie attackierten den Vorsitzenden des Moskauer

Verbandes, Stepan Stschipatschow, einen unbedeutenden Lyriker, aber großartigen, warmherzigen Menschen, und beschuldigten ihn, ein neues Präsidium aus »Revisionisten« geschaffen zu haben. Dazu gehörten unter anderen Wassili Axjonow, Andrej Wosnessenski und ich.

Chruschtschow brüllte:

»Und wo war da die Parteigruppe?«

Aufs Rednerpult krochen, zitternd im Vorgeschmack des Entlarvungsorgasmus, weitere »MPi-Schützen« und heulten etwas von einer parteifeindlichen Moskauer Schriftstellerorganisation, die es gewagt habe, sie, die Makellosen, die im »ideologischen Kampf« Unentbehrlichen zu verurteilen.

»Auseinanderjagen muß man solch eine Parteigruppe, und basta!« Chruschtschow, von allen Seiten aufgestachelt, schlug mit der Faust auf den Präsidiumstisch.

Schriftsteller im Zoo registriert

Man jagte sie tatsächlich auseinander, obwohl das gegen das Parteistatut verstieß. Statuten, Gesetze. «Du bist schuld, daß ich Hunger habe« – das ist das oberste Gesetz der Gesetzlosigkeit.

Die Schriftsteller, die in der Partei waren, mußten laut Statut irgendwo registriert sein und ihre Beiträge entrichten. Gewöhnlich gehörten sie zur Parteigruppe ihres Wohngebiets, manche aber, mit Sinn für Humor, hatten sich in die des Zoos eingetragen, der nicht weit vom Haus des Schriftstellerverbands liegt. Ein paar Tage nach der Beratung im Kreml trat das Schriftstellerpräsidium von Moskau zusammen. Erschienen war der Ideologiesekretär Kusnezow vom Moskauer Stadtparteikomitee, um Stepan Stschipatschow abzusetzen. Wosnessenski und Axjonow waren nicht gekommen, von unserer Generation war ich der einzige. Stschipatschow war totenbleich und verlas mit lebloser Stimme eine Erklärung, daß er auf eigenen Wunsch zurücktrete. Ich sagte, ich würde nur dann zustimmen, wenn ihm das Präsidium schriftlich für seinc Arbeit dankte. Kusnezow zuckte nervös, seine Handprothese im schwarzen Handschuh rutschte über den Tisch – die eigentlich rein formale, doch immerhin wesentliche Nuance des »schriftlichen Danks« war »oben« offenbar nicht diskutiert worden. Konstantin Fedin, damals Vorsitzender des Schriftstellerverbands der UdSSR, half Kusnezow aus der Klemme.

»Wozu denn das, Jewgeni Alexandrowitsch!« sagte väterlich vorwurfsvoll dieser ästhetisierte Heuchler, den jemand treffend einen »ausgestopften Adler« genannt hatte. »Ein solcher Dank könnte gewissermaßen sogar taktlos sein, denn er versteht sich ja von selbst.«

Kusnezow klopfte mit seinem schwarzen Handschuh, der für immer zur kämpferischen Faust geballt war, begeistert auf den Tisch.

»Da sehen Sie's, der Genosse Fedin sagt auch, es wäre eine Taktlosigkeit.«

»Der wichtigste D-dank muß im Herzen sein, Shenja, nicht auf dem Papier«, rügte mich der sogenannte Kinderbuchautor sanft.

Ich gab nicht nach, denn ich begriff, daß das Ganze ein zynisches Spiel war.

»Aber wenn der Dank im Herzen ist, warum soll man ihn nicht zu Papier bringen?«

Die schwarze Faust Kusnezows klopfte nun schon drohend auf den Tisch.

»Weil das nicht üblich ...«

Stschipatschow, den dieses Gezerre demütigte, preßte die Hand aufs Herz und stürzte zur Tür.

»Entschuldigung, mir ist schlecht.«

»Da sehen Sie's, Sie bringen Stepan Petrowitsch um!« rief Fedin mit billiger Theatralik. Ich wußte damals schon, daß er Pasternak während des Skandals um dessen »Doktor Shiwago« verraten hatte und nicht einmal aus seiner Datscha herausgekommen war, als der Sarg mit dem Leichnam des gehetzten Kollegen und Nachbarn an ihr vorübergetragen wurde. In der Folgezeit begannen eben dank der kollaboratorischen Gleichgültigkeit Fedins, die praktisch einer Absegnung gleichkam, die Dissidentenprozesse.

Die wohllöbliche Versammlung, geleitet von der schwarzen Lederfaust der Partei, stimmte mit meiner Gegenstimme dafür, Stschipatschows Bitte nach Rücktritt »auf eigenen Wunsch« zu entsprechen, ohne ihm »taktlos« Dank auszusprechen.

Vertikale und Horizontale als revisionistische Termini

Aber zurück in den Georgssaal des Kreml, März 1963. Einer der »MPi-Schützen der Partei«, vielleicht auch eine »MPi-Schützin«, zitierte empört aus einem harmlosen Interview Wosnessenskis mit einer polnischen Zeitschrift, in dem er gesagt hatte, daß sich die Beziehungen zwischen den Literaturgenerationen nicht horizontal, sondern vertikal entwickelten. Einfacher gesagt, er fühle sich der Generation vieler älterer Dichter zugehörig, die ihm geistig nahestünden, und zugleich seien ihm etliche Altersgenossen dermaßen fremd, daß sie ihm wie Menschen einer anderen Generation vorkämen. Das war ja eigentlich eine metaphorische Bestätigung der möglichen geistigen Einheit zwischen Vätern und Kindern, auf der Chruschtschow so wütend bestanden hatte, als er primitiv das Generationsproblem der Väter und Söhne als nachgerade antipatriotisch leugnete.

Die Atmosphäre im Georgssaal war so absurd aufgeheizt, daß niemand Argumente hören wollte. Es gab keine Diskussion, nur Diskreditierung. Und diskreditiert wurden nicht Argumente, sondern Personen. Es genügte, daß vom Rednerpult der Name Wosnessenski und die Fremdwörter »Vertikale« und »Horizontale« gesprochen wurden, schon war es, als spritzte Zitronensaft in Sodawasser – der Saal zischte, schäumte, blubberte. Wosnessenski, am Rednerpult, hatte kaum etwas gesagt, da flog über seinem Kopf der Hammer von Chruschtschows Faust hoch.

»Nehmen Sie Ihren Paß, und scheren Sie sich weg, Herr Wosnessenski!«

Das Triumphgeheul der Kamarilla unterstützte die Flegelei ihres eigentlich verhaßten, verachteten, in diesem Moment aber vergötterten Oberganoven:

»Weg! Weg!«

Aber als Wosnessenski sich langsam umdrehte und Chruschtschow, der die Berliner Mauer gebaut und in Weizen versteckte Raketen über den Ozean bis vor die Küsten der USA geschickt hatte, das verwirrte, entsetzensbleiche Gesicht eines konkreten Menschen vor sich sah, nicht das gesichtslose Symbol des Bösen, das seine Schweineschnauze in unseren Sowjetgarten schiebt, da veränderte er sich augenblicklich und verwandelte den Hammer seiner Faust in eine offene flache Hand, mit der er das Geheul derer dämpfte, die ihn später verraten würden.

»So sagen Sie doch was«, knurrte er mit der Stimme eines brummigen Großvaters, nicht eines Henkers.

Wosnessenski brachte mühsam heraus, daß er sich ein Leben ohne die Heimat nicht vorstellen könne, und sprach das Gedicht von der Sequoia Lenins in den USA. Es tat weh, ihn anzusehen, denn kaum je waren zuvor Gedichtverse in einer so unangebrachten, erniedrigenden Situation, inmitten von blutdürstigen Feinden vorgetragen worden. Es ist kein Zufall, daß er danach das Gedicht von den Spießruten schrieb, die pfeifend in den »Fleischbrei des Rückens« dringen. Die Zeilen »Wofür kämpfst du, wassersüchtiger Zar? Für den Glauben, für das Vaterland?« sind natürlich an Chruschtschow gerichtet. Die Behauptung, die Dichter unserer Generation wären Lieblinge von Chruschtschow und dann von Breshnew und dann von Andropow und nachgerade Hofchronisten gewesen, ist eine Legende, fabriziert von der traditionellen staatlichen Desinformationsfabrik. Es weckt in mir nichts als verächtliche Verwunderung, wenn manche unserer Kollegen, die in jenen Jahren für die Zeitschrift »Oktjabr« und den Stalinisten Kotschetow Artikel schrieben, in denen sie Chruschtschows Hetze gegen die jungen, damals bettelarmen, aber mutigen Künstler unterstützten, wenn die uns heute hochnäsig Hofdichtertum vorwerfen wollen. Unser »Hofdichtertum« war nicht anders als das von Puschkin, der unglücklicherweise gezwungen war, zum Zaren zu gehen, um das Existenzrecht seiner Gedichte durchzusetzen, was keineswegs immer gelang. Das weiß niemand besser als Axjonow, weil wir in jenen Jahren einander nahe waren. Während der »Begegnung mit der Intelligenz« winkte Chruschtschow ihn, einer Eingebung folgend, aufs Rednerpult wie auf eine Richtstatt.

»Wer sind Sie? Wie ist Ihr Name?«

»Axjonow. Schriftsteller.«

Die Kamarilla, die gerade erst von Wosnessenski abgelassen hatte, jaulte wieder erwartungsvoll auf.

»Sie wollen Ihre Eltern an uns rächen? Wir weinen um sie«, sagte Chruschtschow, schon ein wenig ermüdet.

»Ich will mich an niemandem rächen«, sagte Axjonow mit gesenktem Kopf. »Meine Eltern leben.«

Chruschtschow begriff, daß er einen Bock geschossen hatte, und machte verärgert eine versöhnliche Geste, wie um zu sagen, ist gut, gehn Sie auf Ihren Platz. Axjonow war mit den Nerven am Ende, wie übrigens wir alle. Nach der »Begegnung mit der Intelligenz« verließen wir den Kreml – Neiswestny, Axjonow, Roshdestwenski und ich.

»Na, Jungs, ist es an der Zeit, Brot auf Vorrat zu dörren, werden sie wieder Menschen einsperren?« fragte Neiswestny mit bösen Fünkchen in den Augen.

Ich, der ewige Idealist, antwortete, nein, eine Rückkehr zur Vergangenheit sei unmöglich. Robert Roshdestwenski schüttelte unfroh, bedrückt den Kopf.

»Ich habe heute gedacht, es kann sich alles wiederholen.«

Axjonow schwieg in diesem Moment auf dem Manegeplatz, aber am selben Abend entfuhr ihm auf der Treppe:

»Begreifst du nicht, daß unsere Regierung eine Bande ist und zu allem fähig?«

Später, als uns das Leben nicht auf dumme, sondern auf häßliche Weise auseinanderbrachte, schrieb ich ein Gedicht, in der Hoffnung, er werde es hören und erraten, von welcher Treppe darin die Rede ist.

Mir träumte, alter Freund,
wie auf der Treppe schrie,
wo selbst der Teufel stürzt,
sie ist kaum zu beschreiben,
dein Haß – nicht gegen mich,
dein Haß – nur gegen die,
die Feinde für uns waren
und, Gott sei Dank, auch bleiben.

Aber er hörte es nicht oder wollte es nicht hören, oder er wurde von anderen eifersüchtig daran gehindert. Viele Jahre später stellte ich erschüttert fest, daß Axjonow in der von ihm redigierten postumen Neuauflage von »Marschroute eines Lebens«, dem großen Werk seiner Mutter Jewgenia Ginsburg, die uns im Krankenhaus beschworen hatte, uns nie zu zerstreiten, ohne jedes Recht das Epigraph weggelassen hatte – einen Vierzeiler aus meinem Gedicht »Stalins Erben«.

Aber bis heute lese ich immer wieder mit zärtlicher Nostalgie seine Meistererzählungen wie »Papa, lies vor«, »Der Sieg«, »Defizitposten Faßleergut«, »Der Kauz«, »Der Ortsrowdy Abramaschwili«, »Genosse Prachtmütze«, »Auf der Suche nach dem Genre«.

Das Schlimmste im Leben ist natürlich der Tod, auch der Tod einer alten Freundschaft.

Aber zurück auf die schneeweiße Terrasse in Koktebel, wo ich in der Nacht auf den 22. August 1968 mit Axjonow, Gladilin und Balter saß und wir zu erraten versuchten, wie es mit dem »Prager Frühling« ausgehen würde.

Balter lachte bitter auf.

»Shenja, Shenja, was sind Sie doch für ein Idealist. Vielleicht überqueren unsere Panzer genau in diesem Moment die Grenze zur Tschechoslowakei.«

Wir haben sie ernährt, und sie …

Am heißen Morgen des nächsten Tags gingen Axjonow und ich mit Brummschädel und so schlapp, daß wir uns kaum auf den Beinen halten konnten, den Strand von Koktebel entlang, um irgendwo einen Ausnüchterungsschluck aufzutreiben.

Wir trafen einen ukrainischen Schriftsteller, den ich immer für einen harmlosen alten Sammler von Strandsteinchen und Tennisfan gehalten hatte. Diesmal stand er auf der Balustrade, das Ohr an ein Kofferradio gepreßt, und die Krampfadern an seinen braungebrannten krummen Kavalleristenbeinen, die aus Gabardineshorts hervorlugten, zitterten freudig.

»Unsere Panzer sind in Prag!« schrie er, als er uns sah, und lud uns ein, an seinem gesamtnationalen Triumph teilzunehmen. Als Axjonow und ich im Radio das vaterländische Goebbelsgeschrei hörten, wonach unsere Panzer auf Wunsch des tschechischen Volkes hingefahren seien, steuerten wir schweigend die Stolowaja der Siedlung an, wo es in jenen unvergeßlichen Zeiten jederzeit Wodka zu kaufen gab. Die Terrasse der Stolowaja war fast leer. Wir gossen den warmen, fast heißen Wodka aus der Halbliterflasche in rosa Plastikbecher und kippten das scheußliche Gesöff. Dazu aßen wir feurigen Fischsalat mit nachdenklichen Heringsköpfen. Wir tranken und weinten: ich Tränen des enttäuschten Idealisten, Axjonow Tränen des Hasses.

Wir beschlossen, eine zweite Flasche zu kaufen, doch an der Kasse stand jetzt eine Schlange, die finstere Seitenblicke auf uns warf und uns keineswegs vorlassen würde. Unsere politischen Tränen waren der Schlange schnurz. Da sprach der vom Wodka und vor Verzweiflung wankende Axjonow die Schlange an:

»Wißt ihr denn, was heute nacht passiert ist?«

Die Schlange schwieg. Es waren hauptsächlich »wilde Urlauber«, die in Zelten am Strand nächtigten oder sich irgendeinen Winkel gemietet hatten. Endlich brummte einer von ihnen, ein robuster Bursche mit nacktem Oberkörper, einem Rucksack und braungebrannten Knien, die wie Backäpfel aus den Löchern seiner verschossenen Jeans ragten:

»Nichts Besonderes. Unsere Jungs sind in Prag. Damit die Revanchisten aus der BRD sich dort nicht mausig machen. Aber die Tschechen sind auch gut. Wir haben sie ernährt, und sie? Also, alles bestens.«

Da sprang Axjonow auf den hellblauen Plastiktisch, zertrat mit dem Turnschuh knackend den Teller mit dem Rest Fischsalat und hielt der Schlange eine Rede, die eines Perikles würdig war:

»Wißt ihr überhaupt, was ihr seid? Jämmerliche Sklaven. Sklaven nicht nur der Sowjetmacht, deren ihr würdig seid. Ihr seid Sklaven eurer eigenen Unwissenheit und Gleichgültigkeit. Ihr seid Sklaven dieses Tellers mit sauer gewordenem Fischsalat, nach dem ihr jetzt ansteht. Inzwischen aber zerquetschen eure Panzer in Prag die Freiheit, weil ihr wollt, daß überall die gleiche Sklaverei wie bei uns herrscht.«

Die Schlange glotzte Axjonow anfangs an wie einen bescheuerten Saufsack, doch allmählich dämmerte ihr, daß er, wenn auch betrunken, Beleidigungen sagte.

Der robuste Bursche mit nacktem Oberkörper wechselte einen Blick mit seinen ebenso robusten Freunden und zog bedächtig die Rucksackriemen von seinen mächtigen sommersprossigen Schultern. Ich begriff, daß Axjonow Gefahr lief, geschlagen und vielleicht getreten zu werden. Es gelang mir gerade noch, ihn wegzubringen, doch unterwegs nannte er jeden, der uns entgegenkam, schreiend einen Sklaven: die Frauen, die vor dem Kellerduschraum des Touristenstützpunkts Schlange standen, die Studenten, die vor dem Woloschin-Haus auf der Gitarre klimperten, und auch mich, der ich ihn auf dem Rücken schleppte.

In meinem Zimmer stürzte ich zum Radioapparat und erwischte genau die Stimme meines alten Freundes, des Journalisten Miroslav Zigmunt, der mit seinem Mitstreiter Jiři Hanzelka in einem tschechischen »Tatra« fast die ganze Welt bereist hatte, einschließlich Sima, wo sie auf dem Heuboden meines Onkels Andrej schliefen.

»Shenja Jewtuschenko, hörst du mich?« schrie Zigmunt. »Weißt du noch, wie wir in deiner Heimat Sibirien am Lagerfeuer saßen und über den Sozialismus mit menschlichem Antlitz sprachen? Shenja, warum sind eure Panzer in unseren Straßen?«

Ich setzte mich an den Schreibtisch und schrieb zwei Telegramme – eines an Breshnew mit einem Protest gegen den Einmarsch in die Tschechoslowakei und das andere an die tschechoslowakische Botschaft in Moskau, um die Regierung Dubček moralisch zu unterstützen. Auf dem Weg zum Koktebeler Telegrafenamt schaute ich bei Axjonow vorbei, um ihm die Telegramme zu zeigen. Ich bekam ihn kaum wach. Mühsam rieb er sich die Augen. Nachdem er gelesen hatte, machte er eine wegwerfende Handbewegung: »Alles sinnlos« und fiel zurück in den todesähnlichen Schlaf.

Die blutjunge Telegrafistin, welche die Telegramme entgegennahm, las sie und sagte furchtsam:

»Nein, so was, so was.«

Sie fürchtete sich nicht zu Unrecht. Drei Tage später kam sie in Tränen aufgelöst angelaufen und erzählte mir, sie sei gefeuert worden, weil sie meine Telegramme angenommen hatte. Ich fuhr nach Feodossia zum KGB und drohte, falls das gänzlich unschuldige Mädchen nicht wieder eingestellt würde, in Moskau eine Pressekonferenz für ausländische Journalisten einzuberufen.

»Meinen Kopf wird's nicht gleich kosten«, sagte ich. »Aber Ihren auch nicht.«

Die Telegrafistin wurde wieder eingestellt.

Als ich nach Moskau zurückkehrte, begann eine endlose Gehirnwäsche. Ich bekam Auftrittsverbot. Die Matritzen meiner Bücher wurden zerschlagen. Eines Nachts saßen meine Frau und ich in Peredelkino und verbrannten die sogenannte illegale Literatur, überzeugt, daß man mich verhaften würde. Schade um die verbrannten Bücher. Bald darauf ließen sie scheinbar von mir ab. Scheinbar.

Ich werde also rot

»Alter, du wirst ja rot«, rief Eldar Rjasanow mit unfroher Verwunderung, bemüht, sich und mich wenigstens etwas aufzuheitern. Das war 1969, als er mir Probeaufnahmen für die Rolle des Cyrano de Bergerac in seinem neuen Film anbot.

Rot wurde ich, als meine Partnerin Ljudmila Saweljewa mir während der Probe den Arm streichelte, den die Narben des berühmten Raufbolds und Duellanten zierten. Alle Proben in den Räumen von Mosfilm scheiterten mit Pauken und Trompeten, ich war verklemmt, gehemmt, denn ich war nicht an Partner gewöhnt – der Vortrag von Gedichten auf der Bühne ist eine einsame Arbeit. Rjasanow war ganz geknickt und im Begriff, die Hoffnung aufzugeben. Ich flehte ihn an, mich gehen zu lassen, aber er wollte einen letzten Versuch machen und eine Szene in der Schenke drehen, voll maskiert und kostümiert. Ich hatte mir eine schöne, aber zu große Nase ausgesucht, keine Clowns-, sondern eine Adlernase. Als ich zum erstenmal in Musketierstiefeln vor die Kamera trat, fühlte ich mich plötzlich leicht und frei und agierte so natürlich, als wäre ich in einem anderen Leben Duellant gewesen und hätte solche Stiefel getragen. Rjasanow küßte mich ab, die Lichter in seinen Augen gingen wieder an.

»Alter, ich hab mich wohl doch nicht getäuscht.«

Auf dem Fluß Witim, Vorbild von Schischkows Roman »Der dunkle Strom«, fuhr ein Boot, das wie vor vielen Jahren ohne einen einzigen Nagel gebaut war.

In der Nacht, in der Amerikas Apollo auf dem Mond landete, fuhren meine Kumpels und ich auf eine Sandbank in der Gegend der Marektinskaja-Stromschnelle, und wir befreiten uns mit Hilfe einer Winde. Wir waren eine tolle Mannschaft, alles alte Freunde, die einander auf Anhieb verstanden. Rjasanow hatte mir die Reise erlaubt, weil für ihn die Situation noch immer nicht klar war: Zwar hatte ich ihm endlich gefallen, aber ich hatte ernsthafte Rivalen, die den Cyrano auch gern gespielt hätten – Smoktunowski, Kwascha, Mironow, Jurski.

Eines Abends, als wir in einer bewaldeten Schlucht am Feuer saßen, erschien über uns ein Militärhubschrauber. Einen Landeplatz gab es nicht, darum warf der Pilot eine Konservenbüchse aus dem Fenster. Sie enthielt ein Telegramm: »Gratuliere. Der künstlerische Rat des Studios hat Sie einstimmig für die Rolle des Cyrano bestätigt. Kommen Sie sofort zum Fecht- und Reitunterricht. Ihr Rjasanow.«

Meine Reisegefährten veranstalteten für mich ein Abschiedsessen, tranken auf meinen Weltruhm als Filmschauspieler, und am nächsten Morgen machte ich mich zu Fuß zur nächsten Straße auf. Es war nicht mal weit, an die siebzig Kilometer, aber der Weg führte durch Wald und Sumpf der Taiga. Ich ging fast zwei Tage und Nächte, traf unterwegs eine Bärenmutter mit Kind, die mich gottlob verschonte, und übernachtete im noch unfertigen Haus eines Försters, das nach honiggoldenen Hobelspänen duftete. Dann mußte ich drei Stunden mit dem Hubschrauber nach Udan-Ude fliegen, von da zwei Stunden mit einer Jak bis Irkutsk und von da sechs Stunden mit einer Iljuschin bis Moskau.

Zwei Wochen nach meiner Ankunft in Moskau und nach meinen ersten Fecht- und Reitstunden standen Eldar Rjasanow und ich im Hof von Mosfilm und sahen zu, wie Flammen einen Haufen hölzerner Hellebarden verzehrten, die für unseren inzwischen verbotenen Film angefertigt worden waren. Rjasanow war zu dem damaligen obersten Film-Natschalnik bestellt worden, der ihn fragte:

»Stimmt es, daß du Jewtuschenko den Cyrano spielen läßt?«

»Ja«, antwortete Rjasanow. »Der künstlerische Rat hat ihn einstimmig bestätigt.«

»Weißt du, daß er einen Protest gegen unsere brüderliche Hilfe in der Tschechoslowakei unterschrieben hat?«

»Ja. Na und? Was hat das mit unserm Film zu tun?«

»Viel. Hast du vergessen, daß am Schluß des Dramas von Rostand gedungene Mörder Cyrano umbringen? Das wird ganz direkt auf Jewtuschenko übertragen werden und zu Spekulationen führen. Warum soll unser Filmwesen diesen Dichter mit einer Aureole von Opfermut umgeben? Kurz und gut, nimm für diese Rolle irgendwen, hol ihn dir meinetwegen von der Straße, nur nicht Jewtuschenko.«

Rjasanow lehnte ab, obwohl ich ihn zu überreden suchte.

»Alter, es geht hier nicht um Politik und nicht darum, daß ich besonders anständig sein will«, sagte er mir. »Ich muß so handeln, weil ich in diesem Film keinen anderen in der Rolle sehe.«

Er hatte nicht recht. Den Cyrano hätte auch ein anderer spielen können. Aber Rjasanow gehört zum besseren Teil der Menschheit, zu denen, die physisch nicht zu Verrat fähig sind. Solche Menschen sind kostbar, weil Anstand ihre wichtigste Politik ist. Dank ihnen habe ich bis heute nicht den Glauben an Rußland und an die Menschheit und an die Kunst verloren. Zum Abschied schenkte mir Rjasanow die maßgeschneiderten Kanonenstiefel des Cyrano de Bergerac. Vielleicht kamen sie mir noch zupaß?

Im Dezember 1962 fand im Gästehaus auf den Leninbergen die »erste historische Begegnung mit der Intelligenz« statt. Im Foyer hingen auf der einen Seite Bilder von Neprinzew, Laktionow, Gerassimow, Serow, auf der anderen Seite Bilder der sogenannten Abstraktionisten, über die sich Chruschtschow in der Manege so entrüstet hatte. Wir kamen in den großen Bankettsaal, wo trotz der frühen Stunde eine üppige Mahlzeit mit Wein für vierhundert Personen aufgetischt war.

»Und jetzt«, sagte Chruschtschow, »wollen wir beisammensitzen, wollen essen und trinken, um dann bei der Diskussion nicht böse zu werden.«

Alle lachten und machten sich über den Wein und die Speisen her.

Jemand flüsterte mir zu:

»Es scheint vorüberzugehen.«

Aber diese Hoffnung erfüllte sich nicht. Als das Essen vorbei war, trugen Kunsthistoriker in Zivil Skulpturen von Ernst Neiswestny herein und stellten sie direkt auf das Tischtuch mit den Fettflecken vom Schaschlik. Das Jesuitengesicht von Suslow blickte hinter einer Skulptur hervor: Ein Lagerjunge hält sorgsam eine Maus in der Hand, seine einzige Freude vor dem Tode.

Und dann ging es los: Er beleidigte die künstlerische Intelligenz und ihr Recht auf selbständiges Denken. Die Kulturministerin Furzewa, die neben Neiswestny saß, streichelte bei besonders beleidigenden Angriffen beruhigend sein Knie unterm Tischtuch, damit es niemand sah.

Alle Regenten Rußlands, die als Reformatoren anfingen, verloren den Boden unter den Füßen, sobald sie die Unterstützung der liberalen Intelligenz verloren und sich mit rechten Kräften einließen, die sie später verrieten. So war es mit Chruschtschow, und so wird es mit allen Regenten Rußlands sein, die unsere Intelligenz mit Füßen treten – entweder durch ihre Rüpelhaftigkeit oder durch ihre Gleichgültigkeit, was auf dasselbe hinausläuft.

Diese bittere Lehre ist die wichtigste Erkenntnis des Fechtens gegen einen Misthaufen. Unsere Hoffnungen auf die Perestroika und ihre sittlichen Siege waren unvergleichlich größer als die Hoffnungen auf das Tauwetter und seine zarten Siege, die so schnell dahinschmolzen. Darum werden auch unsere Enttäuschungen und Niederlagen unvergleichlich größer sein.

Diesmal dürfen wir es nicht zulassen.

Geschichte nach der Natur

Wie Fadejew mich rettete

Als ich noch Pionier war, fand in der Turgenjew-Bibliothek eine Leserkonferenz der Schüler des Dzierżyński-Bezirks über die Neufassung des Romans »Die junge Garde« von Alexander Fadejew statt.

Der Autor war anwesend – jugendlich-grauhaarig, von welkender Schönheit. Die Umarbeitung des Romans mochte ihm nicht leichtgefallen sein, und während er mit sichtlicher Anspannung auf jedes Wort hörte, bohrte er die Fingerspitzen in die schneeweißen Schläfen, als würde sein wie gemeißelter Kopf eines fernöstlichen Kommissars von pausenlosem Schmerz gepeinigt.

Die Jungen und Mädchen mit ihren Pioniertüchern, in den Händen Spickzettel, die diesmal unter lebhafter Teilnahme der Lehrer entstanden waren, beteuerten eifrig, daß sie unter der Folter der Gestapo ebenso standhalten würden wie die unsterblichen Helden des Romans.

Ich meldete mich ungeplant. Im Präsidium gab es leichte Unruhe, doch ich bekam das Wort.

Ich sagte:

»Ich beneide euch, daß ihr eurer Sache so sicher seid. Ich zum Beispiel kann physische Schmerzen nicht aushalten. Ich habe Angst vor Spritzen, vor Impfungen und Zahnarztbohrern. Kürzlich haben sie mir Polypen aus der Nase gerissen, da habe ich furchtbar gebrüllt und sogar den Arzt in die Hand gebissen. Darum weiß ich nicht, wie ich mich bei einer Folter durch die Gestapo verhalten würde. Ich verspreche der ganzen Versammlung und Ihnen, Genosse Fadejew, wie ein guter Pionier gegen diesen Fehler zu kämpfen.«

Die majestätische Büste der Volksbildungsvertreterin hob sich vor Entsetzen. Aber die Frau hielt sich wacker und ersetzte im letzten Moment den Schrei der gesellschaftlichen Entrüstung, der schon aus ihren sparsam geschminkten Lippen drängte, durch einen tiefen pädagogischen Seufzer.

»Dieser Junge ist eine Schande für den Dzierżyński-Bezirk«, sagte sie mit leidgeprüfter Stimme. »Ich hoffe, daß die anderen Schüler dieser feindlichen Äußerung würdig entgegentreten werden.«

Für mich unerwartet ging Kim Karazupa aus dem Saal nach vorn; er saß in der Klasse hinter mir und pflegte von meinen Literaturaufsätzen abzuschreiben. Er ging mit fast militärischem Schritt wie beim Wehrkundeunterricht zum Rednerpult, strich die rötlichen Haarwirbel glatt und sagte nicht mit Pionier-, sondern mit Pionierleiterstimme:

»Wie sagt doch Korolenko: ›Der Mensch ist für das Glück geschaffen wie der Vogel für den Flug.‹ Aber kann ein Feigling, der vor unseren sowjetischen Ärzten Angst hat, etwa fliegen? Solche Feiglinge hat Gorki erbarmungslos gebrandmarkt: ›Wer zum Kriechen geboren ist, kann nicht fliegen.‹ Die Feigheit der Schlangen paßt nicht zu uns, denn wir eifern den Junggardisten nach. Wir Pioniere der Klasse 7B der 254. Schule verurteilen einmütig das Benehmen unseres Klassenkameraden Shenja Jewtuschenko und glauben, daß sein weiteres Verbleiben in der Pionierorganisation in Frage gestellt werden muß.«

»Wieso einmütig? Du kannst nur für dich sprechen«, hörte ich die Stimme meines Fußballkumpels Ljocha Tschinenkow, aber sein Ruf ging im allgemeinen Beifall unter.

»Moment mal, Jungs«, sagte da Fadejew mit überraschend hoher, jugendlicher Stimme. Sein Gesicht war von unnatürlich heller fieberhafter Röte. »So schüttet ihr das Kind mit dem Bade aus. Wißt ihr, mir hat Shenjas Geständnis gut gefallen. Es ist sehr leicht, sich an die Brust zu schlagen und zu versichern, man könne alle Foltern ertragen. Shenja hat offen zugegeben, daß er Angst vor

Spritzen hat. Ich zum Beispiel habe auch Angst vor Spritzen. Und nun seid mutig und hebt alle die Hand, wer vor Spritzen Angst hat!«

Im Saal wurde gelacht, ein Wald von Händen ging hoch. Nur Karazupas Hand blieb unten, dabei wußte ich, daß er einem anderen Jungen eine Karte für das Spiel Dynamo gegen Armeeklub geschenkt hatte, damit der sich statt seiner gegen Pocken impfen ließ.

»Nicht der ist ein Feigling, der Selbstzweifel äußert, sondern der, der sie geheimhält. Mut gehört dazu, aufrichtig über eigene Mängel und über die anderer zu sprechen. Aber anfangen muß man immer bei sich selbst«, sagte Fadejew und lächelte aus irgendeinem Grund traurig.

Der Saal, der eben noch Karazupa applaudiert hatte, applaudierte jetzt stürmisch dem Schriftsteller.

Die majestätische Büste der Volksbildungsvertreterin seufzte erleichtert.

»Unser teurer Alexander Alexandrowitsch selbst hat uns allen ein Beispiel für eine gesunde Einstellung zu den eigenen Mängeln gegeben, als er die kameradschaftliche Kritik an seinem Roman ›Die junge Garde‹ berücksichtigte und eine neue, weit bessere Variante schrieb«, sagte sie.

Fadejew bohrte wieder die Fingerspitzen in seine schneeweißen Schläfen.

Die Geliebte von Berija

Den Namen dieses Mannes sprach man zu dessen Lebzeiten möglichst nicht aus, solche Angst flößte er ein.

Eines Tages fuhr er in seinem schwarzen SIM wie so oft langsam am Gehsteig entlang, geplustert wie ein Habicht. Er trug einen dunkelgrauen Ratinémantel mit hochgeklapptem Kragen; zwischen dem übers Kinn hochgeschobenen Halstuch und dem tief herabgezogenen Hut blinkte beobachtend durch die halb geschlossenen weißen Scheibengardinen der goldene Kneifer auf der Hakennase, aus deren Löchern mißtrauisch graue Härchen ragten.

Fröhlich hinwegschreitend über Frühlingsbäche mit Schiffchen aus Zeitungspapier, das womöglich sein Bild zeigte, ging auf dem Trottoir, eine Wachstuchtasche schwenkend, eine gut gewachsene, ein wenig dickbeinige Schülerin der zehnten Klasse mit Stupsnäschen und goldblonden Zöpfchen, die unter der blauen, zu ihren Augen passenden Baskenmütze mit dem lustigen Ferkelschwänzchen hervorstanden. Der Habichtsmensch mochte ein wenig dicke Beine, nicht zu dick, nur ein wenig. Er machte dem Fahrer ein Zeichen, und dieser, der die Gewohnheiten seines Herrn bestens kannte, hielt am Straßenrand. Aus dem Wagen sprang der Chef der Leibwache und bot der Schülerin galant an, sie nach Hause zu fahren. Da sie nur selten Gelegenheit zum Autofahren hatte, willigte sie ein.

In der Folgezeit entwickelte der Habichtsmensch, für sich selbst überraschend, Anhänglichkeit für sie. Und sie wurde seine einzige Dauergeliebte. Er besorgte ihr, was es damals selten gab, eine eigene Wohnung gegenüber dem Restaurant »Aragwi«, und sie gebar ihm ein Kind.

1952 lud ihre Schulfreundin mich und noch zwei Kumpels, die damals durch die Korridore des Literaturinstitus polterten und heute mit Dichterruhm beschwert sind, zu ihrem Geburtstag in diese Wohnung ein.

»Er« war verreist und wurde nicht erwartet, aber vor der Haustür standen, Galoschen an den Füßen, zwei Männer mit Gesichtern, die man sich nicht merken konnte, die sich aber alles merkten, und auf jedem Absatz des Treppenhauses standen ihre Doppelgänger und rauchten Papirossy.

Der Tisch war, damals unüblich, gedeckt à la fourchette, und obwohl das Grammophon Tangos und Foxtrotts spielte, tanzte niemand, und die wenigen Gäste drückten sich gehemmt an die Wände.

»Warum tanzt denn keiner?« fragte die junge Hausfrau angespannt fröhlich und versuchte, wenigstens einen an der Hand ins Zimmer zu ziehen. Aber die Zimmermitte blieb leer, als stünde dort, plötzlich erschienen, »Er«, geplustert wie ein Habicht, mit hochgeklapptem Mantelkragen, und von der Krempe seines tief herabgezogenen Huts tropften langsam getaute Schneeflocken aufs Parkett und zählten die Sekunden unseres Lebens.

Wie mir erzählt wurde, tat sie sich viele Jahre, nachdem der Habichtsmensch erschossen worden war, mit einem Devisenschieber zusammen, der später auch erschossen wurde.

So ging die Moskauer Schülerin, ihre Wachstuchtasche schwenkend, wegen ihrer ein wenig dicken Beine, nicht zu dick, eben nur ein wenig, in die Geschichte ein.

Isaak Melamed, der Sieger

Der legendäre Regisseur Wsewolod Meyerhold hatte einen Assistenten – Isaak Melamed, der wie durch ein Wunder die historischen Katastrophen überlebte. Meyerhold habe ich nicht mehr lebend gesehen, aber Melamed lernte ich kennen. Das war in den fünfziger Jahren im Café »National«, wo er sich allabendlich mit seinem Freund und Zechkumpan, dem Schriftsteller Juri Olescha, einzufinden pflegte. Melamed und Olescha waren, milde gesagt, nicht reich, und die mitleidigen Kellnerinnen erlaubten ihnen, gekauften Wodka aus dem Laden einzuschmuggeln, ohne Korkengeld zu verlangen. Melamed war eingefleischter Junggeselle, mager wie Dörrfisch, hatte eingesunkene sommersprossige Wangen und wehende rote Haare, die seinen Kopf umloderten wie eine feurige Aureole. Er trug stets und ständig dasselbe speckige, mit Kopfschuppen übersäte Jäckchen, eine irreparabel ausgefranste Hose, ein Hemd, das er ab und zu wendete, um ihm den Anschein von Frische zu verleihen, und dazu die unvermeidliche Fliege. Er hatte große, immer verwundert blickende Augen voll innerer Trauer, und er konnte bei Tisch stundenlang über Dante, Goethe und Shakespeare reden. Nur wenn er das Café verließ, stieg er aus dem Himmel der Kunst auf die sündige Erde herab und bat stolz um eine milde Gabe für den Trolleybus.

Eines Tages geschah etwas Ungewöhnliches. Im Café war eine lange Bankettafel aufgebaut, daran saßen wohlgenährte Ausländer von geschäftlichem Aussehen und schluckten Wodka, zu dem sie schwarzen Kaviar und Lachs aßen. Plötzlich verschluckte sich einer der Ausländer, ein glattrasierter, rosiger, mit Brillantnadeln und -knöpfen übersäter Mann an seinem Kaviarhappen, spuckte ihn gegen jegliche Etikette aus, sprang von seinem Stuhl auf, wobei er ihn umwarf, und brüllte durchs ganze Café: »Melamed! Mein lieber Melamed!«, stürzte zu unserm rothaarigen Wahrsager und quetschte ihn gegen seine mit Kaviarschrotkörnern übersäte Serviette, die er im Kragen stecken hatte. Melamed schwieg verlegen, solange der Ausländer ihn lachend und weinend umarmte und schüttelte. Wir wechselten Blicke, denn keinem von uns wäre in den Sinn gekommen, daß unser bescheidener Melamed auch nur entfernt mit einem Kapitalisten bekannt sein konnte. Auf einmal zuckten seine von ewiger Unterernährung eingesunkenen Wangen, und in seinen Kinderaugen glänzte Erkennen. »Paul!« schrie er, und jetzt schüttelten sie einander, und die Karaffe mit dem illegal unterm Tisch eingefüllten Ladenwodka zerschellte. Der Ausländer, Präsident einer westdeutschen Firma, winkte mit Päckchen von Mark- und Rubelscheinen und verlangte Sekt, der auch sofort gebracht wurde. Ohne uns etwas zu erklären, stimmten er und Melamed Tiroler Volksweisen an, dann entfernten sie sich Arm in Arm in unbekannter Richtung.

Die Geschichte ihrer Freundschaft, die ich später erfuhr, war folgende. Als Melamed sich 1941 freiwillig an die Front meldete, trug er bei der Frage nach seinen Sprachkenntnissen »Deutsch« ein, das er jedoch nur aus der Schule kannte. Deutschkenntnisse wurden damals geschätzt. Trotz seines rein symbolischen Gewichts – kaum mehr als fünfzig Kilogramm – und seiner skelettartigen Ähnlichkeit mit einem hungernden Inder schickten sie ihn in eine Luftlandeabteilung. Melamed sprang mit dem Fallschirm über den belorussischen Wäldern ab, um einen Deutschen, der befragt werden sollte, gefangenzunehmen. Bei der Landung fanden die Fallschirmspringer den Tod, nur Melamed nicht. Ihn rettete sein Federgewicht. Er blieb mit den Leinen an einem Kiefernast hängen, doch es gelang ihm, sie durchzuschneiden und auf die Erde zu kommen. Seinen Auftrag wußte er noch, und er war entschlossen, ihn auszuführen. Eines Tages nach einem sowjetischen Artillerieangriff fand er im Wald einen deutschen Oberleutnant, der am Bein verwundet war, und schleppte ihn weg. Für uns, die wir seine physischen Möglichkeiten kannten, war das unvorstellbar. Orientieren konnte er sich überhaupt nicht, denn die Ausbildung war übereilt gewesen, und sein Kompaß war bei der Landung zerbrochen. Seine Deutschkenntnisse waren schlecht, aber er hatte Zeit, sie aufzufrischen, denn er irrte mit dem Deutschen Paul auf dem Rücken über einen Monat durch die Wälder. Er operierte ihn sogar, indem er ihm mit dem Dolch einen Granatsplitter aus dem Bein stocherte, und bastelte ihm eine Krücke aus jungen Birkenstämmen, und so humpelte der Deutsche mit Melamed der Gefangenschaft entgegen, die ihn vor dem scheußlichen Krieg retten würde. Unterwegs freundeten sie sich an, und Paul brachte Melamed Tiroler Volksweisen bei. Nachdem sie die Frontlinie überquert hatten, sahen die Leute von der Spionageabwehr SMERSCH, wie Melamed zum Abschied den deutschen Oberleutnant umarmte, und verhafteten ihn für alle Fälle, ließen ihn dann aber angesichts seiner erkennbaren Unfähigkeit, ein deutscher Spion zu sein, wieder frei.

Das ist die ungewöhnliche Geschichte von Isaak Melamed, dem Sieger. Er ist nicht mehr am Leben. Aber wer ist der wirkliche Sieger?

Die mächtige Eichentür des Vorzimmers zum Korridor stand offen und wurde unten von einem sorgsam geschnitzten Holzklötzchen festgehalten. Die erfahrene Sekretärin, majestätisch wie eine Sphinx, mit üppiger hellorangefarbener Perücke, konnte dank diesem weisen Klötzchen das marmorne Treppenhaus mit dem rotsamtenen Geländer überblicken, durch das ihre Chefin heraufkommen würde, um durch die zweite Tür ihr Zimmer zu gewinnen.

»Sie warten umsonst«, bemerkte die Sekretärin. »Ich sage Ihnen doch, sie ist heute mit einer ausländischen Delegation unterwegs.«

»Macht nichts, ich kann warten«, antwortete ich sanft und besetzte im Vorzimmer einen strategischen Platz, von dem aus ich das Treppenhaus einsehen konnte.

»Es zieht ein bißchen.« Die Sekretärin bewegte die Schultern, schwebte zur Tür und stieß mit der Spitze ihres eleganten italienischen Schuhs, in den sie ihren Athletenfuß nicht ohne heroische Anstrengungen hineingezwängt hatte, das Klötzchen unter der Tür weg. Die Tür schlug mit surrenden Zugfedern zu und versperrte den Blick ins Treppenhaus.

»Und jetzt ist es stickig«, sagte ich ebenso sanft, doch unbeugsam und stand auf. Ich öffnete die Tür, holte mit dem Fuß das Klötzchen heran und verkeilte es wieder.

Die Sekretärin verdrehte beleidigt die Augen und schwebte hinaus. Es erschien der Assistent.

»Oh, Sie verschwenden Ihre Zeit, Jewgeni Alexandrowitsch. Und die ist doch kostbar. Ich habe Ihnen gesagt, daß sie heute nicht kommt. Sie glauben uns nicht, halten uns für Bürokraten, dabei sorge ich mich um Ihre Zeit.« Er sprach freundlich und stand mit dem Gesicht zu mir, doch sein linker Fuß, den er nach hinten führte, polkte ungeschickt an dem Klötzchen unter der Tür.

»Lassen Sie das Klötzchen«, sagte ich eisig.

»Welches Klötzchen?« Er lächelte lieblich, setzte aber seine Ballettpirouette mit dem linken Fuß fort.

»Das da«, antwortete ich ebenso lieblich. »Das aus Kiefernholz, das harte ... das nette.« Ich ging zur Tür und trat das Klötzchen tiefer hinein.

Der Assistent erschlaffte und ächzte auf, denn genau in diesem Moment erschien SIE auf der Treppe und strebte der zweiten Tür zu. Als SIE mich sah, erkannte SIE sofort die Situation und steuerte das Vorzimmer an. Mit ihrer kräftigen Tennishand drückte sie mir die Rechte; unter dem Spitzenbesatz ihres Ärmels lugte eine Narbe hervor.

»Entschuldigung, daß ich Sie warten ließ«, sagte SIE mit gastfreundlichem Lächeln und machte eine einladende Geste zu ihrem Kabinett hin; im Gehen zog sie den Nerzmantel aus. Ich griff helfend zu, und sie reagierte mit einem Aufblitzen von Fraulichkeit in ihren besorgten staatlichen Augen. Ich war begeistert von ihrer Selbstbeherrschung und ihrer sportlichen Schlankheit.

Die Sekretärin schwebte herein, ohne mich anzublicken, und stellte ein Tablett an den Rand des langen Sitzungstischs, der mit grünem Billardtuch bespannt war.

»Offen und ehrlich wie immer?« fragte SIE, zog aus dem dampfenden Glas das Beutelchen Lipton und ließ es am Faden schaukeln.

Plötzlich nahm sie meine Hand in die ihre, so daß die Narbe unter dem Spitzenbesatz ganz zum Vorschein kam, und fragte mit der aufrichtigen Wehmut des Nichtverstehens:

»Shenja, erklären Sie mir um Himmels willen, was ist mit Ihnen los? Sie werden gedruckt, Sie dürfen ins Ausland. Sie haben alles – Talent, Ruhm, Geld, Auto, Datscha. Und, soviel ich weiß, eine glückliche Familie. Warum bloß schreiben Sie immer von Leiden, von Mängeln, von Warteschlangen? Was fehlt Ihnen denn, na?«

Zusammengerollte Bilder

Im Frühjahr 1963 besuchte ich Pablo Picasso in seinem Haus in Südfrankreich.

Der kleine flinke Mann mit dem runzligen Gesicht einer alten weisen Eidechse, die ihren Schwanz viele Male in den Händen derer zurückgelassen hat, die sie zu fangen und zu zähmen versuchten, zeigte mir seine Arbeiten. Er selbst sah nicht sie, sondern mich an. Seine verschmitzten Augen, die vor Neugier funkelten, schienen mich in meine Bestandteile zu zerlegen und mich dann wieder in anderen, nur seiner Phantasie zugänglichen Kombinationen zusammenzusetzen. Der Rahmen des in schmutzig-rosa Tönen gemalten Bildes »Der Raub der Sabinerinnen« schwankte, als er ihn auf den nach oben gebogenen Eskimolatschen aus Rentierfell stellte, den er am bloßen Fuß trug. Seine Hände, mit lustigen grauen Haaren bewachsen, zeigten mir blitzschnell wie ein Zauberkünstler bald eine mythologische Komposition in Öl, bald getuschte Illustrationen zu Dostojewski, bald Bleistiftskizzen. Die sicheren und lässigen Beziehungen von Picassos Händen zu seinen Arbeiten waren wie die eines Puppenspielers zu seinen Helden, die mit Hilfe kaum sichtbarer Fäden zur Parade ausgerichtet werden.

»Na, gefällt Ihnen etwas? Aber ehrlich. Was Ihnen gefällt, schenke ich Ihnen.« Picasso bohrte seine Augen in mich, und sie drehten sich wie bei dem Schießbudenbesitzer in »Es blinkt ein einsam Segel«. Ich fühlte mich wie Gawrik, murmelte aber ehrlich, mir gefiele die »Blaue Periode« besser als die letzten Arbeiten.

Zwei junge Männer mit den angespannten olivfarbenen Gesichtern von Illegalen, die, wohl aus konspirativen Gründen (Picasso hatte die Fotoreporter der »Humanité« gebeten, sie nicht zu knipsen) nicht namentlich vorgestellt wurden, wechselten einen noch angespannteren Blick. Picasso brach, für alle überraschend, in begeistertes Lachen aus und verlangte Champagner, der sofort auf einem Tablett in den Händen der Hausfrau erschien, als wäre er vor unseren Augen von der Phantasie des Genies aus dem Nichts geschaffen worden.

»Mütterchen Rußland lebt! Es lebt!« schrie Picasso und schwenkte sein Glas. »Es lebt der Geist von Nastassia Filippowna, die Geld ins Feuer wirft. Denn jede Unterschrift von mir, selbst unter einer schlechten Zeichnung, ist mindestens zehntausend Dollar wert!«

Picasso umarmte mich und gab mir einen Kuß. Er roch nach frischen Äpfeln und frischer Farbe. Die beiden jungen Männer mit den angespannten olivfarbenen Gesichtern rollten derweil die drei Bilder zusammen, die ihnen der Hausherr mit einer Geste bezeichnet hatte, und verschwanden in die mit Gefängnissen und Verschwörungen angefüllte Welt.

Freikarten für den Prozess

In dem letzten Interview, das Juli Daniel vor seinem Tode der Zeitung »Moskowskije Nowosti« am 11. September 1988 gab, sagte er: »Seltsam, aber mir hat sich eingeprägt, daß im Gerichtssaal viele saßen, die mir wohlgesonnen waren, ich spürte eine warme Welle von Sympathie. Ich erinnere mich an das verzweifelte Gesicht von Jewtuschenko und an andere Gesichter voller Mitgefühl.«

Vor dem Prozeß hatte ich dessen Helden nicht gekannt, ich hatte nur Sinjawskis Vorwort zu der einbändigen Pasternak-Ausgabe gelesen, und von Zeit zu Zeit waren mir Übersetzungen von Daniel untergekommen. Die Pseudonyme Nikolai Arshak und Abram Terz kannte ich aus dem Tamisdat, aber ihre Werke hatten mir nicht besonders gefallen, und ich hatte sogar vermutet, sie seien im Ausland entstanden, nicht aber in der Sowjetunion. Die Enttarnung der Pseudonyme und die Verhaftung von Sinjawski und Daniel erschütterten die Intelligenz.

Ich ging in die Sprechstunde des ZK-Sekretärs Demitschew und bat ihn, es nicht zu einem Strafprozeß kommen zu lassen. Demitschew war nach eigenem Bekunden auch gegen die Gerichtsverhandlung. Er sagte mir, Breshnew sei erst nachträglich von der Verhaftung informiert worden und habe Konstantin Fedin gefragt, den damaligen Vorsitzenden des Schriftstellerverbands, ob das Problem von einem Gericht oder durch eine kollegiale Untersuchung innerhalb des Schriftstellerverbands geklärt werden solle. Fedin habe angewidert abgewinkt und gesagt, es sei unter der Würde des Verbands, sich mit solchen Kriminalfällen zu befassen. Außer einem kollektiven Brief gegen die Gerichtsverhandlung über Sinjawski und Daniel existierten weitere Briefe gleichen Inhalts, einer mit meiner Unterschrift. Ungeachtet aller Proteste fand der Prozeß statt. Für die Verhandlung wurden Eintrittskarten ausgegeben! Genauer gesagt, Freikarten. Mit gewaltiger Mühe ergatterte ich beim Parteikomitee eine Freikarte, doch die galt nur für einen Sitzungstag. Ich verspätete mich ein wenig, denn es war nicht leicht, mich durch die gewaltige Menge vor dem Gerichtsgebäude und durch die Miliz zu drängen. Als ich den kleinen Saal betrat, der an die hundert Menschen faßte, lief die Verhandlung bereits. Kaum hatte ich Platz genommen, als der Richter Smirnow, der mein Kommen bemerkt hatte, sogleich Sinjawski beschuldigte, er sei in einem für »Nowy Mir« vorgesehenen Artikel (der vor dem Prozeß verboten wurde) »gegen den angesehenen Dichter Jewtuschenko« aufgetreten.

Das war einer der scheußlichsten Momente in meinem Leben. Ich sah mich in eine schmutzige Provokation hineingezogen. Als die Zeitungen mich politisch bespuckten und mir »unabwaschbare blaue Flecke des Verrats« andichteten, hatte unsere ruhmreiche Rechtsprechung geschwiegen; jetzt plötzlich nahm sie mich »in Schutz«, indem sie zwei meiner Schriftstellerkollegen des Verrats an der Heimat zieh. In diesem Moment hatte ich sicherlich das »verzweifelte Gesicht«, das Daniel meinte. Mich rettete Sinjawski (ja, er, der Angeklagte, rettete mich, der ich im Publikum saß). Er sagte, sein Artikel sei keineswegs gegen Jewtuschenko gerichtet, dessen Gedichte ihm fast alle gefielen, die Kritik richte sich nur gegen einzelne Werke. Dabei sah er nicht den Richter an, sondern über die Köpfe hinweg mich, und in seinen Augen las ich etwas wie: »Sie wollen uns zu Feinden machen, doch das dürfen wir nicht zulassen.« So kam es dann auch.

Viele Menschen haben mir später die freundlichen Worte wiedergegeben, die sowohl Sinjawski als auch Daniel über mich sagten; diese hatten weder meine Unterschrift unter dem Protestbrief noch andere Hilfe vergessen, die ich ihnen nach Maßgabe meiner Möglichkeiten erwiesen hatte. In dieser Beziehung unterschieden sie sich von einigen anderen Kollegen, die nach dem Westen gegangen waren, Kollegen, für die ich mich in schweren Momenten ihres Lebens mehr als einmal eingesetzt hatte und die es mir später »heimzahlten« getreu dem traurigen alten Spruch »keine gute Tat bleibt ungestraft«. Möge Gott ihr Richter sein.

Nach diesem aufsehenerregenden Prozeß gegen Schriftsteller entstand das Wort »Unterschreiber« für Leute, die sich mit ihrem Namen für Andersdenkende eingesetzt hatten. »Unterschreiber« kamen auf schwarze Listen beim Fernsehen, ihre Stehsätze wurden auseinandergenommen oder durften nicht mehr verwendet werden, ihre Auslandsreisen wurden abgesagt, einige verloren ihre Arbeit. Zu diesen »Unterschreibern« wurde auch ich gezählt, und das trug mir nicht wenig Unannehmlichkeiten ein, aber im Unterschied zu vielen Kollegen schützte mich meine Popularität im In- und Ausland. Die Bürokraten versuchten, meine USA-Reise zu verhindern, aber es gelang ihnen nicht. Semitschastny, damals Chef des KGB, wollte den Fall Sinjawski und Daniel nutzen, um die »Schrauben fester anzuziehen«. Bei einer Diskussion über das Buch »Marschroute eines Lebens« von Jewgenia Ginsburg hatte er bereits sein wahres Gesicht gezeigt, indem er sagte: »Ich würde diese Dame wieder ins Lager stecken.« Vor meiner Reise in die USA griff Semitschastny mich öffentlich an – unsere Politik sei zu zwiespältig, mit einer Hand sperrten wir Sinjawski und Daniel ein, mit der anderen unterschrieben wir die Reisepapiere für Jewtuschenko. Das war gefährlich. Aber das Visum war mir schon ausgehändigt worden.

Während dieser USA-Reise im November 1966 lud mich Senator Robert Kennedy in sein New Yorker Stabsquartier ein. Ich verbrachte ein paar Stunden mit ihm. Während des Gesprächs führte er mich ins Badezimmer, drehte die Dusche an und teilte mir vertraulich mit, er habe Informationen, wonach die amerikanische Aufklärung dem sowjetischen KGB die Pseudonyme von Sinjawski und Daniel enthüllt habe. Ich war damals noch naiv und verstand nicht, warum, zu welchem Zweck. Robert Kennedy lachte bitter auf und sagte, das sei ein höchst vorteilhafter Propagandaschachzug gewesen. Das Thema der Bombardierung Vietnams rückte danach in den Hintergrund, und in den Vordergrund gelangte die Verfolgung der Intelligenz in der Sowjetunion. Ich bat Kennedy um Erlaubnis, diese Information an die Sowjetregierung weiterzuleiten, denn ich betrachtete ein solches Vorgehen als schädlich für die Interessen unseres Landes. Er willigte unter der Bedingung ein, daß sein Name nicht genannt werde. Ich ging zum Vertreter der UdSSR bei der UNO, Nikolai Trofimowitsch Fedorenko, einem Spezialisten für China und Japan, und erzählte ihm, was ich erfahren hatte. In seinem Gesicht zuckte kein Muskel. Er versuchte nicht mal herauszufinden, von wem ich die Information hatte. Ihm genügte meine gentlemanhafte Formulierung »ein großer amerikanischer Politiker«. Er bat mich, ein Telegramm aufzusetzen, das dann chiffriert nach Moskau abgehen sollte. Da ich die Gefährlichkeit dieses Telegramms für mich erkannte, fragte ich, wer es lesen werde. »Nur ich und der Chiffrierer«, versicherte mir Fedorenko. Ich hatte natürlich Angst. Diejenigen, die den Prozeß gegen Sinjawski und Daniel veranstaltet hatten, verfolgten zweifellos persönliche Ziele, denn sie konnten nur durch »Anziehen der Schrauben« nach ganz oben gelangen, indem sie Rivalen Laschheit vorwarfen. Also, ich ließ das Telegramm in unserer Mission.

Am nächsten Morgen um sieben läutete das Telefon in meinem Hotelzimmer. Eine Männerstimme sagte, ich würde unten im Foyer erwartet, unsere Mission habe in eiliger Angelegenheit einen Wagen geschickt. Ich verabredete mit meiner Frau, wenn ich nicht bis eins zurückkäme oder anriefe, solle sie eine Pressekonferenz einberufen. Galja hatte Tränen in den Augen, aber sie hielt sich tapfer. Ich hatte ein ungutes Gefühl, aber zum Glück war ich innerlich vorbereitet. Unten erwarteten mich zwei unbekannte Männer, ziemlich jung, mit sportlichen Gesichtern, die man sich nicht einprägen konnte. Als ich fragte »Was ist passiert?«, antwortete der eine kurz: »Sie werden gleich alles erfahren.«

Es war sehr dumm, daß während unseres nichtssagenden Gesprächs der andere im Auto das Radio anknipste und dazu eine Geste machte, die auf Abhören deutete. Diese gespielt ernsthafte Geste belustigte mich und verbesserte meine Stimmung ein wenig. Wir betraten das Gebäude der Mission, und als die Tür des Lifts aufging, verstärkte sich das Operettenhafte der Situation. Einer der beiden verdeckte mit dem Körper die Schaltknöpfe, damit ich nicht sehen konnte, welche Etage sein Partner anwählte. Als wir den Lift verließen, standen wir vor einer Tür ohne Nummer und ohne Namen. Der Raum, in den sie mich nötigten, war fast leer – ein Tisch, zwei Stühle und eine Tischlampe, das war alles. Weiter ging es wie in einem schlechten amerikanischen Krimi, davon hatten diese beiden wohl zu viele gesehen. Sie boten mir den Stuhl vor dem Tisch an. Einer baute sich hinter mir auf. Der andere benahm sich wie in einem Hollywoodfilm – er zog das Jackett aus, warf es über die Stuhllehne, setzte sich auf den Tisch, schlug malerisch ein Bein übers andere.

Dann öffnete er den obersten Hemdknopf, lockerte den Schlipsknoten, sah mich mit, wie er meinte, durchbohrendem Blick an und fragte:

»Wer war der Politiker, den Sie in Ihrem Telegramm erwähnen?«

Sie hatten es gelesen. Ich bereue, daß ich in diesem Moment schlecht von Fedorenko dachte. Um Zeit zu gewinnen, fragte ich:

»In welchem Telegramm?«

»In dem Telegramm, in dem Sie versuchen, die Sicherheitsorgane anzuschwärzen«, knurrte es hinter mir.

»Ich versuche niemanden anzuschwärzen«, sagte ich, denn weitere Verstellung hatte keinen Sinn. »Ich habe lediglich Informationen weitergegeben, die ich von einem amerikanischen Politiker bekommen habe. Wenn sie stimmen, haben diejenigen, die Sinjawski und Daniel verhafteten, das Ansehen unseres Landes beschädigt.«

»Verleumdung!« brüllte der andere, der auf dem Tisch saß.

»Wenn es nicht stimmt, trage ich die Verantwortung. Das wird man in Moskau herausfinden«, antwortete ich.

Da feuerten sie wie mit dem Maschinengewehr die Namen der

verschiedenen Politiker ab, mit denen ich mich während meiner Reise getroffen hatte, unter anderen den UNO-Vertreter Goldberg und auch Robert Kennedy. Ich antwortete, bemüht, möglichst ruhig zu bleiben, es gebe Gesetze des menschlichen Anstands, die ich nicht zu brechen gedächte. Dieses einfache Argument versetzte sie in besondere Gereiztheit.

Plötzlich hörte ich etwas, wovon es mir kalt den Rücken herunterlief:

»New York ist eine Gangsterstadt. Wenn Ihnen hier etwas zustößt, wird die Prawda einen sentimentalen Nachruf drucken über den Dichter, der in dem steinernen Dschungel des Kapitalismus ums Leben kam.«

Im nächsten Moment war es mit meiner Angst vorbei – ich hatte begriffen, daß ich hier frech und gnadenlos erpreßt werden sollte. Ich fuhr herum und packte meinen Hintermann am Schlips.

Und dann ergoß sich aus mir ein Schwall der großen, mächtigen russischen Sprache, wie ich sie auf sibirischen Bahnhöfen und Flohmärkten, in den Gassen und Kaschemmen von Marjina Rostscha gelernt hatte, ein solcher Schwall, daß meine »Ermittler« verblüfft schwiegen, einen mir unverständlichen Blick wechselten und hinausgingen.

Da erschrak ich richtig – allein in einem leeren Zimmer. Die Leere und das Alleinsein waren schlimmer als die Drohungen. Wie lange ich dort allein blieb, weiß ich nicht, vielleicht fünf Minuten, vielleicht eine halbe Stunde. Schließlich ging ich zu der geschlossenen Tür, zog, und sie öffnete sich leicht. Ich befand mich in einem vollkommen leeren Korridor unweit des Lifts, drückte den Knopf und sprang in die Kabine, wobei ich fast die dort stehende Kellnerin mit Häubchen umriß, die ein Tablett mit schneeweiß gestärkter Serviette trug.

»Wollen Sie zu Fedorenko?« fragte ich hoffnungsvoll.

»Ja«, sagte sie. »Geben Sie mir ein Autogramm?«

»Ich will auch zu ihm«, sagte ich eilig und schrieb ebenso eilig meinen Namen auf ihre Serviette.

Fedorenko saß in einem himbeerrosa Kittel mit Husarenborten auf dem Sofa und las ein Buch über östliche Philosophie. In seinem Gesicht zuckte wieder kein Muskel, weder als er mich sah, noch als er hörte, was mir widerfahren war. Er stellte auch keine überflüssige Frage und bat mich nur, ihm meine beiden »Ermittler« zu beschreiben. Das war nicht leicht, denn ihr oberstes Merkmal war die Merkmallosigkeit.

»Sie haben doch einen guten amerikanischen Freund, den Professor, der für Ihre Reise verantwortlich ist, Albert Todd. Fahren Sie jetzt gleich zu ihm und erzählen ihm alles, was Sie mir erzählt haben.«

Ich erstarrte. Gewöhnlich galt die ungeschriebene Regel, niemals Ausländern zu erzählen, was sich innerhalb der sowjetischen Botschaften abspielte. Und jetzt wurde ich sogar gebeten.

»Ich gebe Ihnen meinen Wagen, der bringt Sie zu Todd. Dem Fahrer können Sie trauen«, sagte Fedorenko. »Möchten Sie die neue schöne Ausgabe von Bo Ziu I geschenkt haben?«

Eine halbe Stunde später war ich bei Todd, von wo ich erst mal meine Frau anrief, dann erzählte ich ihm von dem Verhör à la Hollywood und der Erpressung.

Todd erbleichte und stürzte ins Nebenzimmer, um zu telefonieren, wobei er die Tür hinter sich schloß. Er hatte mich auch nicht gefragt, wer mir das von Sinjawski und Daniel erzählt hatte, er war ein Gentleman wie Fedorenko. Zwei Stunden später fuhr ein Wagen vor, dem zwei Männer entstiegen, gleichfalls ohne besondere Merkmale, aber von einem anderen, dem amerikanischen Typ. Sie stellten sich neben der Haustür auf. Todd ging hinunter, sprach mit dem Fahrer des sowjetischen Wagens und drückte ihm die Hand; der fuhr ab. Eine Zeitlang begleiteten mich die beiden ungesprächigen Männer auf meinen Fahrten durch die Gangsterstadt New York. Dann gingen Todd und ich auf Tournee durch die amerikanische Provinz, schon ohne Begleitung. Nach einem Monat kehrten wir zurück. Die sowjetische UNO-Mission veranstaltete mir zu Ehren einen großen

Empfang. An der Tür stand Fedorenko, wie immer gut gelaunt.

»Ihre beiden gar zu aufdringlichen Anhänger sind in die Heimat zurückgeschickt worden«, flüsterte er, für andere unhörbar, zwischen zwei Händedrücken mit dem peruanischen und dem malaysischen Botschafter, dann fragte er: »Haben Sie den neuen Roman von Kobo Abe gelesen? Großartig!«

Semitschastny wurde bald darauf abgesetzt, wie auch andere, ihm nahestehende Leute, die jetzt versuchen, sich in ihren Memoiren und Interviews nachgerade als Motoren des Fortschritts darzustellen. Aber leider hatten die »Dissidentenprozesse« allmählich das Beharrungsvermögen eines Schneeballs angenommen. Schon vor dem Fall Sinjawski und Daniel hatte ich mich brieflich für Brodsky eingesetzt, dann für Gorbanewskaja, Martschenko, Ratuschinskaja, Timofejew, Swetow und andere, zu schweigen von denen, die nicht strafrechtlicher, sondern der nicht minder quälenden gesellschaftlichen Verfolgung ausgesetzt waren. Eine der zynischsten Erfindungen im Kampf gegen Andersdenkende war, sie in die »Klapsmühle« zu stecken.

Die »Dissidentenprozesse« untergruben das Ansehen unseres Landes nicht nur im Ausland, sondern vor allem in unseren eigenen Augen. Sie zerstörten in uns das Gefühl der menschlichen und der staatsbürgerlichen Würde.

1997 trug ich in Petrosawodsk mein neues Gedicht »Die Unterschreiber« vor – über Leute, die keine Dissidenten waren, aber ihre Unterschrift unter kollektive Briefe zu deren Verteidigung setzten. Sie wurden von der Arbeit oder aus der Hochschule gefeuert, aus der Partei oder dem Komsomol ausgeschlossen und mitunter sogar eingebuchtet. Als ich den Titel des Gedichts nannte, sah ich in vielen Augen Unverständnis. Ich fragte geradezu: »Wer weiß, was ein Unterschreiber ist, der hebe bitte die Hand.« Vier oder fünf Hände gingen hoch. Provinz, dachte ich. Aber als ich einen Monat später vor einem exquisiten Auditorium im Moskauer Polytechnischen Museum las und dieselbe Frage stellte, ging höchstens ein Dutzend Hände hoch.

Die Geschichte vergißt zu schnell.

Wir dürfen uns nicht scheuen, an sie zu erinnern, sonst wiederholt sie sich.

Gott wird Mensch

Wie es in einem religiösen Lied zu
Mariä Verkündigung heißt, Adam wollte
Gott werden und irrte, wurde nicht
Gott, doch jetzt wird Gott zum
Menschen, um aus Adam Gott zu machen.
Boris Pasternak

Eine Handschrift wie Kraniche

Auf Ikonen Gott zu sehen ist leicht, ihn in Menschen zu entdecken ist mühsam.

Aber es gibt Menschen, die uns an die Existenz des Göttlichen erinnern, und sie haben keinerlei Ähnlichkeit mit Ikonen. Diese natürliche Göttlichkeit und zugleich Nichtikonenhaftigkeit besaßen Puschkin und sein graziöser Urenkel Pasternak, in dessen Augen Puschkinsche Sonnenreflexe tanzten.

Manche Menschen sind glücklich durch die Umstände, andere sind es durch ihren Charakter. Pasternak war von der Natur als glücklicher Mensch ausersehen. Später hatte sie es sich anders überlegt, ließ ihn nicht allzu glücklich werden, aber unglücklich machen konnte sie ihn nicht.

Achmatowa schrieb über Pasternak:

Kindheit für ewig sollt' geschenkt ihm werden,
So hatten Himmelsmächte prophezeit,
Und sie vererbten ihm die ganze Erde,
Doch er hat mit uns allen sie geteilt.

Ein großer Künstler wird als Erbe der ganzen Welt, ihrer Natur, ihrer Geschichte, ihrer Kultur geboren. Aber wahre Größe besteht nicht nur darin zu erben, sondern dieses Erbe mit allen zu teilen. Auch der höchstgebildete Mensch wird zu einem Balzacschen Gobseck, wenn er die Schätze seines Wissens vor anderen versteckt. Für einen mittelmäßig Gebildeten ist der Besitz von Wissen, das er in sich versteckt, ein Genuß. Für ein Genie ist der Besitz von Wissen, das er noch nicht mit anderen geteilt hat, eine Qual. Die Inspiration von Dilettanten ist die tänzerische Euphorie von Grashüpfern. Die Inspiration eines Genies ist die Märtyrerarbeit der Geburt von Musik in ihm selbst, die Großtat, Fleisch vom Fleisch der eigenen Erfahrung loszureißen, die nicht nur zur eigenen Seele geworden ist, sondern auch zum Körper innerhalb des eigenen Körpers. Pasternak hat die Poesie häufig mit einem Schwamm verglichen, der das Leben nur einsaugt, um »zum Wohle des gierigen Papiers« ausgepreßt zu werden, wie er sich ausdrückte. Im Unterschied zu Majakowski, den er qualvoll, aber treu liebte, glaubte Pasternak, ein Dichter dürfe seine Verse, seinen Namen nicht mit Hilfe von Manifesten und öffentlicher Selbstdarstellung ins Bewußtsein des Lesers hämmern. Er sah die Rolle des Dichters ganz anders: »Berühmt sein ist nicht schön«, heißt es bei ihm.

Und dennoch wurde Pasternak, der die Heldentat der »Unbemerktheit« besang, zum berühmtesten russischen Dichter des zwanzigsten Jahrhunderts, der selbst Majakowski übertraf. Warum kam das so? Die ganze Apologie der Bescheidenheit war keine von langer Hand geplante Kalkulation Pasternaks, durch Selbstherabwürdigung, die schlimmer als Stolz ist, der Menschheit ergriffene Anerkennung abzupressen. Genies haben für Bescheidenheit keinen Sinn – sie sind zu sehr von wichtigeren Dingen in

Anspruch genommen. Pasternak hat seinen Wert als Meister stets gekannt, aber ihn interessierte die Meisterschaft selbst mehr als der Massenapplaus für die Meisterschaft. Das Nobelpreiskomitee nahm Pasternak erst im Moment des politischen Skandals zur Kenntnis, dabei hatte Pasternak den höchsten Preis für Dichtung schon in den dreißiger Jahren verdient. »Doktor Shiwago« ist nicht das Beste, was er geschrieben hat, obwohl der Roman eine wichtige Etappe in der Geschichte der russischen und der Weltliteratur ist. Die komplizierten, verworrenen Beziehungen von Lara und Juri Shiwago in einer Zeit, in der die Perepetien der Revolution und des Bürgerkriegs sie bald zusammenführten, bald trennten, erinnern an die Beziehungen von Katja und Rostschin in der Trilogie »Der Leidensweg« von Alexej Tolstoi, die lange vor »Doktor Shiwago« in den dreißiger Jahren erschienen war. Tolstoi stellte die Historie über die Liebe, Pasternak dagegen stellte die Liebe über die Historie, und darin besteht der prinzipielle Unterschied nicht nur der beiden Romane, sondern auch der beiden Konzeptionen. Der französische Komponist Maurice Jarre, der die Musik zu dem Film schrieb, fing das ein, indem er die Komposition auf eine Kreuzung von revolutionären Marschmelodien mit dem Thema der Liebe aufbaute, dem Thema der Lara, dem Thema der Harmonie, die die Stürme besiegt. Es ist kein Zufall, daß dieses musikalische Thema über zwanzig Jahre lang weltweit populär war, überall gespielt wurde, nur in der Sowjetunion unbekannt blieb, denn hier war der Roman verboten. Einmal übertrug unser Fernsehen die Europameisterschaft im Eiskunstlauf, und einer der Eiskunstläufer lief nach der Lara-Melodie, da rief der jugoslawische Sportreporter, wohl wissend, daß seine Stimme in die Sowjetunion übertragen wurde: »Gespielt wird die Melodie aus dem Film ›Doktor Shiwago‹ nach dem Roman von Boris Pasternak«; die sowjetischen Kontrollapparate schalteten sofort den Ton ab. Der Eiskunstläufer drehte sich in völliger Stille auf dem Eis. Es war ziemlich lächerlich, aber eigentlich eher traurig und beschämend.

Es war paradox. Pasternak, der nie an einem politischen Kampf teilgenommen hatte, sah sich plötzlich im Mittelpunkt eines solchen Kampfes. War er wirklich überrascht? Er hat vieles vorausgeahnt, sogar sich selbst dargeboten, indem er die Kugel des Jägers im Namen des Vogels auf sich lenkte und den Jäger bat: »Schieß mich im Fluge!« Er stieg vor dem Tode hoch wie eine Waldschnepfe beim Hochzeitsflug, machte sich zum lockenden Ziel.

Der Skandal um den Roman, der Pasternak moralisch und physisch einen furchtbaren Schlag versetzte, erwies sich durch die Ironie des Schicksals im Westen als prächtige Reklame und machte den Dichter endlich für die sehr kurzsichtigen Augen des Nobelpreiskomitees sichtbar, wie auch für den sogenannten »Massenleser«.

Bedeutet das aber, daß Pasternak im Westen als großer Dichter begriffen wurde? Gespürt – vielleicht, aber begriffen – kaum. Selbst den Roman verstanden viele nicht, angeblich zu kompliziert, und die Verfilmung war trotz der großartigen Musik und dem wunderbaren Spiel von Julie Christie sentimental und vereinfacht, und der orientalische Schönling Omar Sharif war viel zu süßlich für den russischen Intelligenzler der vorrevolutionären Zeit Doktor Shiwago, der mit Tolstoi, Dostojewski und Tschechow aufgewachsen war. Die Lyrik von Pasternak ist, wie jede Lyrik, fast unübersetzbar, doch es bleibt das rettende winzige »fast«. Um die Wurzeln von Pasternaks Poetik zu verstehen, muß man seine Biographie zu Rate ziehen – die familiäre und die literarische.

Boris Pasternak entstammt der Familie des Kunstmalers Leonid Pasternak, der solchen Größen der russischen Intelligenz wie Tolstoi, Rachmaninow, Mendelejew nahestand. Geistigkeit war die Atemluft in der Familie. Pasternak stand schon in früher Jugend vor der Wahl zwischen Musik und Lyrik. Zum Glück für uns alle entschied er sich für das zweite, obwohl ihn sein Idol, Skrjabin, der Kompositionen des Jünglings gehört hatte, »lobte, beflügelte, segnete«. Vielleicht hatte Pasternak nicht genug Widerstandskraft. Er wählte die philosophische Bildung und als Beruf die Literatur, und er studierte in Marburg. Zweifellos hat die Lyrik von Rainer Maria Rilke großen Einfluß auf ihn ausgeübt. Das wird besonders deutlich, wenn man Gedichte von Rilke liest, die er russisch geschrieben hat – mit zauberhaften grammatischen und lexikalischen Fehlern, dennoch talentiert und mit deutlichem, gleichsam Pasternakschem Akzent. Es ist leicht zu erraten, daß vieles von Rilkes deutschen Gedichten Pasternaks geistiger Besitz wurde. Aber Pasternak, der viel von der westlichen Kultur in sich aufgenommen hat, war nie ein wirklicher Westler. Er schrieb einmal sogar die sehr kategorischen Zeilen: »Vom Westen geht die Seele weg – sie hat dort nichts zu suchen.« Pasternak war wie Puschkin zugleich Westler und Slawophiler, denn er stand sowohl über der Imitation westlicher Kultur als auch über dem beschränkten russischen Nationalismus. Er selbst hat am Ende seines Lebens seine ersten poetischen Versuche kritisiert, sie geringer geschätzt als seine letzten Gedichte, aber ich glaube nicht, daß er recht hat. Schriftsteller neigen überhaupt dazu, ihre letzten Werke zu lieben, und sei es auf Kosten der koketten Herabsetzung der vorhergehenden.

Pasternak hat lange gelebt, und seine Dichtkunst erstarkte und veränderte sich mit ihm. Der Aufstand gegen den akademischen Klassizismus hat sich zu Beginn des zwanzigsten Jahrhunderts in Rußland überall abgespielt – in der Malerei, in der Musik, in der Lyrik. Der junge Pasternak schloß sich damals sogar den Futuristen an, an deren Spitze Majakowski stand. Der nannte folgenden Vierzeiler von Pasternak genial:

> An jenem Tag trug ich umher dich mit mir,
> So wie ein Tragöde, der in der Provinz grad gastiert
> Sein Shakespeare-Stück und rezitierte aus dir.
> Beim Stadtbummel hab ich die ganze Zeit repetiert.

Er mag Majakowski deshalb gefallen haben, weil er ihm selber ähnlich war. In der frühen Periode hatten die beiden großen –

wenngleich völlig entgegengesetzten – Dichter einige Ähnlichkeit. Sie vereinigten sich, nach einem Ausdruck von Walt Whitman, für einen Augenblick wie Adler im Flug, dann setzten sie ihren Weg getrennt fort. Pasternak hat nach eigenem Bekunden das Zerwürfnis sogar provoziert, um sich zu trennen, wozu sie beide von vornherein verurteilt waren. Aber wohl niemand hat Majakowski so geliebt und bedauert wie Pasternak. Es war Pasternak, der über Majakowskis Selbstmord diese Zeilen schrieb:

Wie ein Ätna wir dein Schuß das Vorgebirge
Der Feiglingengeschlechter überragen.

Viel später stellte Pasternak in seinen autobiographischen Notizen in einer genauen Analyse fest, daß Stalins postumes Lob: »Majakowski war und bleibt der beste, talentierteste Dichter unserer Sowjetepoche« für Majakowskis Reputation nicht rettend war, wie es damals schien, sondern mörderisch. »Man begann, Majakowski mit Gewalt einzubürgern, wie die Kartoffel. Das war sein zweiter Tod«, schrieb Pasternak. Das deckte sich mit seinem bitteren Gedanken:

Ich überdachte das Entstehen
Der den Zeiten eignen Not.
Als Glücksbote erscheint der Genius.
Und unser Joch rächt seinen Tod.

Der Dichter selbst, der sich in der Form gegen die Klassizisten erhoben hatte und in der Konzentriertheit der Metaphern manchmal bis zur fast völligen Unverständlichkeit gegangen war, wurde allmählich transparenter und gelangte mit den Jahren zum kristallklaren, gefilterten Vers. Die späten Gedichte von Pasternak verloren an Dichte, gewannen aber dafür an Reinheit. In seinem Vers verschmelzen auf erstaunliche Weise zwei Prinzipien – das physiologische und das geistige. Die Philosophie seiner Poesie ist nicht mit dem Verstand herausgearbeitet, sondern »herausgehaucht«. Aber natürlich stand hinter der scheinbar improvisierten fieberähnlichen Phantasie eine gewaltige menschliche Kultur. Die Fieberphantasie eines hochgebildeten, feinfühlenden Menschen ist etwas ganz anderes als die eines Diktators oder Bürokraten.

Pasternaks Pantheismus schloß auch die Frau als höchste mütterliche Kraft der Natur ein. Seit Puschkin hat wohl kein Dichter die Frau so gefühlt:

Und so wie mich von Kindheit her
Der Frauen Los verwundet,
Des Dichters Spur ist Spur – nicht mehr,
Die ihren Weg erkundet …

Die Erotik hob er auf das Niveau religiöser Verehrung, auf das Niveau eines großen heidnischen Fatums:

Wenn auf der Decke Abendschein
Sich Schatten legen,
So kreuzen sich in Arm und Bein
Des Schicksals Wege.

Pasternaks Vers besitzt einen peinlich genauen plastischen Effekt – es scheint, daß sich aus der Buchseite ein Fliederzweig reckt, schwer von feuchten lila Blüten, in denen sich goldene Bienen tummeln.

Der duftende Zweig saugte gierig ein
Im Dunkel die kostbare Nässe,
Von Kelch fließt zu Kelch, wie ein dunkler Wein
Vom Gewitter berauschtes Wasser.

Und hat im Johanniskraut auch der Wind,
Am Tropfen gezerrt und gerissen.
Bleibt heil er und ganz, wie es zwei noch sind,
Die trinken hier und sich küssen.

Ich habe nie versucht, Pasternak kennenzulernen, denn ich finde, der Zufall soll Menschen zusammenführen. Seine Gedichte hatte ich schon als Kind gelesen, darum war ich wohl kein typischer sowjetischer Junge der Stalinzeit.

1950 sollte Pasternak im Zentralen Schriftstellerklub seine »Faust«-Übersetzung lesen. Um die Lyrik war es damals etwas still geworden, und es gab vor dem Klub weder Gedränge noch berittene Miliz. Der Eichensaal war voll, aber nicht überfüllt, und mir, dem siebzehnjährigen angehenden Dichter, war es gelungen hineinzukommen. Die Veranstalter waren nervös, denn Pasternak verspätete sich. Ich legte meine Schapka mit den Gedichten darin auf meinen Galerieplatz und stieg hinunter ins Foyer, insgeheim hoffend, Pasternak aus der Nähe zu sehen. Im Foyer erwartete ihn aus irgendwelchen Gründen niemand, und als die Tür aufging und er hereinkam, war niemand da außer mir. Er fragte mich mit schuldbewußtem Lächeln: »Sagen Sie bitte, wo findet hier der Pasternak-Abend statt? Ich habe mich wohl verspätet.« Vor Verlegenheit ging mir die Redegabe verloren. Zum Glück kam hinter mir einer der Veranstalter angesprungen und half ihm aus dem Mantel. Der Mantel fiel mir auf, denn genau den gleichen, braun mit Fischgrätenmuster, einen Reserveknopf auf der Innentasche, hatte sich gerade erst mein damaliger Gönner gekauft, Nikolai Tarassow, Abteilungsleiter der Zeitung »Sowjetsport«. Es war ein italienischer Mantel, damals eine Seltenheit, doch gekauft hatte er ihn in einem normalen Laden für 700 alte Rubel, ich hatte den Mantel schon ein paarmal auf der Straße gesehen. Ich weiß nicht mehr, wie ich mir Pasternaks Kleidung vorgestellt hatte, aber bestimmt nicht so, wie sie auch andere trugen. Das Erstaunlichste war nicht einmal der Mantel, sondern die Schirmmütze – grau mit weißen Pünktchen, aus derbem Bouclé; sie kostete einen Dreißiger, und ich hatte sie schon auf tausend Köpfen gesehen in Moskau, das es nach dem Krieg noch nicht wieder gelernt hatte, sich ordentlich anzuziehen. Aber abgesehen von dieser mich entmutigenden Gewöhnlichkeit seiner Kleidung, die ich aus Unverstand bei einem lebenden Genie nicht vermutet hatte, war Pasternak wahrhaft ungewöhnlich in jeder Bewegung, wenn er galant einer Frau die Hand küßte oder sich mit einer nur ihm eigenen, ein wenig spielerischen Höflichkeit verbeugte. Von dieser natürlichen Leichtigkeit der Bewegungen wehte die Luft einer ganz anderen Epoche, die sich wie durch ein Wunder inmitten der sozialen Erschütterungen und Kriege erhalten hatte. Erst jetzt, da ich mir nach so langer Zeit dieses In-die-Hände-Klatschen, diese Lockerheit der Drehungen, dieses ein wenig übermütige Funkeln der frohen und vorsichtigen Augen, dieses feine Muskelspiel in dem dunkelhäutigen Gesicht in Erinnerung rufe, möchte ich glauben, daß ebenso leicht und ungestüm Puschkin sich durchs Leben bewegte, umgeben von einer besonderen Luft.

Als Pasternak seine »Faust«-Übersetzung zu lesen begann, war ich buchstäblich verzaubert von seiner ein wenig singenden Stimme. Aber ihm selbst gefiel wohl seine Art zu lesen nicht besonders, denn mittendrin klappte er plötzlich sein Manuskript zu und sprach hilflos und kläglich zum Saal: »Entschuldigen Sie um Gottes willen, ich kann überhaupt nicht vorlesen. Das ist doch dumm.« Vielleicht war das leichte Koketterie, denn der Saal applaudierte und bat ihn fortzufahren. Im Saal saß, um die Schultern ein flaumiges weißes Tuch, die schöne Olga Iwinskaja, Pasternaks Liebe, das Urbild der Lara. Ich kannte sie gut, denn ich war schon 1947 zu ihren literarischen Konsultationen bei »Nowy Mir« gegangen, und ihre Freundin Ljussja Popowa leitete das Literaturstudio, das ich besuchte. Aber von Pasternaks und Iwinskajas Liebe erfuhr ich erst bedeutend später.

Seit dieser Begegnung empfand ich Pasternak immer als einen Teil der Natur, der sich harmonisch in sich selbst bewegt.

Einige Jahre vergingen. Zwei junge Lyriker aus dem Literaturinstitut, in dem ich damals studierte, besuchten Pasternak häufig auf der Datscha, lasen ihm ihre Gedichte vor und futterten sich bei ihm durch. Mehr als einmal übermittelten sie Bella Achmadulina und mir seine Einladung zu einem Besuch. Bella war empört, daß die beiden in Gegenwart anderer Pasternak lässig »Borja« nannten und daß sie ihm soviel Zeit stahlen. Sie war dem Dichter nur einmal auf einem Waldweg begegnet, hatte ihn aber nicht angesprochen.

Einmal rief die Auslandskommission des Schriftstellerverbands an und bat mich, Professor Angelo Maria Rippelino aus Italien auf die Datscha von Pasternak zu begleiten. Ich sagte, ich sei mit Pasternak nicht bekannt und könne es nicht tun. Man erklärte mir, es gehe nicht an, daß Rippelino ohne Begleitung die Stadt verlasse. »Aber er spricht doch sehr gut Russisch«, antwortete ich. Darauf sagten sie mir, ich verstünde die einfachsten Dinge nicht. »Bitten Sie doch jemanden, der Pasternak kennt«, antwortete ich. – »Aber Rippelino will doch nur mit Ihnen zu Pasternak fahren«, stöhnte im Hörer eine leidende Stimme. Ich mußte mitfahren. Aus der Tiefe des Gartens, hinter einem Baum hervor, trat der dunkelgesichtige, doch schon grauhaarige Pasternak in einer weißen Leinenjacke. »Guten Tag«, sagte er, wie beim letztenmal leicht singend, und sah mich mit seinen verwunderten und zugleich über nichts sich wundernden Augen an. Und plötzlich, ohne meine Hand loszulassen, sagte er lächelnd: »Ich weiß, wer Sie sind. Sie sind Jewtuschenko. Ja, genauso habe ich Sie mir vorgestellt – mager, lang und so tuend, als ob Sie nicht schüchtern wären. Ich weiß viel über Sie, daß Sie im Literaturinstitut die Vorlesungen unregelmäßig besuchen und alles so was. Und wer ist das? Ein georgischer Dichter? Ich mag die Georgier sehr.« Ich erklärte ihm, das sei Professor Rippelino aus Italien, und stellte ihn vor. »Sehr gut. Die Italiener mag ich auch. Sie sind genau rechtzeitig hier, wir essen gleich zu Mittag. Kommen Sie, kommen Sie, Sie haben bestimmt Hunger.« Alles war sofort leicht und einfach, wir saßen zusammen am

Tisch, aßen Hühnchen und tranken Wein. Pasternak war damals schon über sechzig, doch man hätte ihm höchstens fünfzig gegeben. Sein ganzes Äußeres atmete eine funkelnde Frische wie ein eben erst geschnittener Fliederstrauß, in dessen Blüten noch Tautropfen schimmern. Ein erstaunlich weißzähniges Lächeln überstrahlte sein Gesicht.

Wieviel seelische Tapferkeit mußte man haben, um so lächeln zu können! Diese Fähigkeit war bestimmt ein Schutz für ihn. Pasternak wirkte auf die Menschen seiner Umgebung nicht wie ein Mensch, sondern wie ein Duft, wie ein Licht, wie ein Rascheln.

Er erzählte lachend: »Heute habe ich was erlebt. Ich kenne einen Dachdecker, der kam heute, holte ein Fläschchen und einen Ring Wurst aus der Tasche und sagte: ›Ich habe dir das Dach gedeckt, und ich wußte nicht, wer du bist. Und nun haben gute Menschen mir gesagt, daß du für die Wahrheit bist. Darauf wollen wir trinken.‹ Wir tranken. Dann sagte der Dachdecker: ›Führe mich!‹ Ich verstand nicht. ›Wohin soll ich dich führen?‹ – ›Zur Wahrheit, führe mich.‹ Aber ich hatte nie vor, jemanden irgendwohin zu führen. Ein Dichter ist doch nur ein Baum, der rauscht und rauscht, aber nie jemanden irgendwohin führen will.«

Während er dies erzählte, warf er Seitenblicke auf seine Zuhörer und fragte verschmitzt: »Was meinen Sie, stimmt es oder nicht, daß der Dichter nur ein Baum ist, der nie jemanden irgendwohin führen will?«

Marina Zwetajewa schrieb, Pasternak gleiche einem Araber und zugleich seinem Pferd. Das ist erstaunlich genau. Als er dann ein Gedicht vortrug, wiegte er den Kopf und dehnte die Wörter. Es war das kürzlich geschriebene »Bacchanal«. Bei den Zeilen

Doch dem erstbesten Rocke
Läuft er nach wie verrückt,
Und was sind dann dem Bocke
Schon für Sachen geglückt!

blickte er übermütig zu seiner Frau, die nervös am Saum des Tischtuchs fingerte, und seufzte fröhlich im Bewußtsein seiner närrischen Jugend, die noch in ihm brodelte.

Pasternak bat mich, etwas vorzutragen. Ich sprach mein damals bestes Gedicht »Die Hochzeiten«. Aber es ließ Pasternak gleichgültig, offenbar erschloß sich ihm das darin verborgene zweite Thema nicht und er hielt es für sibirische Ethnographie. Er war jedoch ein gutherziger Mensch und bat um noch ein Gedicht. Ich sprach den »Prolog«, den selbst meine engsten Freunde geschmäht hatten:

Ich bin verschieden – verhältnismäßig
fleißig und faul-gefräßig.
Ich bin zweck-
und unzweckmäßig.
Ich bin ganz unvereinbar
unbequem,
schüchtern und unverschämt,
scheußlich und angenehm.

Pasternak geriet in Begeisterung, sprang auf, umarmte mich und gab mir einen Kuß. »Wieviel Kraft Sie haben, wieviel Energie und Jugend!« Er wollte noch mehr hören. Ich glaube, ihm hatten nur meine Kraft, Energie und Jugend gefallen, nicht die Verse selbst. Aber er gab mir eine Chance. Ich sprach das eben erst geschriebene Gedicht »Einsamkeit«, das so anfängt:

Wie schmachvoll allein ins Kino zu gehn,
ohne Freund,
ohne Freundin,
ohne Frau …

Pasternak wurde ernst, in seinen Augen standen Tränen: »Das gilt für uns alle, für Sie und für mich.« Ich bat ihn, mir das Buch »Meine Schwester – du Leben« zu signieren, in das mir vor langer

Zeit meine Mutter eine Widmung geschrieben hatte. Er nahm meine Bitte ernst, ging mit dem Buch ins Obergeschoß und kam erst nach einer halben Stunde wieder. Seither ist es das kostbarste Buch in meinem Hause.

Rippelino und die anderen Gäste waren schon gegangen. Pasternak und ich saßen bis tief in die Nacht und unterhielten uns, doch worüber – ein Fluch! – ist mir entfallen.

Später einmal widerfuhr mir noch Blamableres: Die Witwe des erschossenen jüdischen Dichters Markisch, Fira, hatte mich zu ihrem Geburtstag eingeladen, und ich saß den ganzen Abend neben einer schweigsamen, ganz in Schwarz gekleideten alten Frau, trank und redete Plattheiten, überzeugt, es wäre eine jüdische Verwandte aus der Provinz. Die alte Frau, der wohl mein Geschwätz auf die Nerven fiel, stand auf und ging.

»Worüber haben Sie mit Anna Andrejewna gesprochen? Ich habe Sie absichtlich nebeneinander gesetzt«, sagte Fira.

»Mit welcher Anna Andrejewna?« fragte ich erbleichend, mir wurde kalt, und ich konnte es noch nicht glauben.

»Mit welcher? Achmatowa«, sagte Fira.

So war es mir zum Glück mit Pasternak nicht ergangen, aber der größte Teil des Gesprächs ist meinem Gedächtnis total entfallen. Ich weiß nur noch, daß ich am Morgen nach Tbilissi mußte, und um 5 Uhr früh wollte Pasternak plötzlich mit mir fliegen. Aber da erschien seine Frau Sinaida Nikolajewna, die ich schlafend wähnte, und sagte drohend:

»Sie wollen Boris Leonidowitsch wohl ermorden. Nicht genug, daß Sie ihn die ganze Nacht zum Trinken verleiten, nun wollen Sie ihn auch noch entführen. Vergessen Sie nicht, wie alt er ist und wie alt Sie sind.«

Ihr Zorn war berechtigt, und ich schlich mich davon, nachdem ich im Hause des großen Dichters 18 Stunden verbracht hatte, von 11 Uhr vormittags bis 5 Uhr morgens!

Bald darauf gab mir Pasternak das Manuskript seines »Doktor Shiwago« zu lesen, aber für eine viel zu kurze Zeit, für eine Nacht.

Der Roman enttäuschte mich zunächst. Wir jungen Schriftsteller der Nach-Stalin-Zeit begeisterten uns damals für die kurz angebundene, sogenannte »männliche« Prosa von Hemingway, für Remarques »Drei Kameraden« und Salingers »Fänger im Roggen«. »Doktor Shiwago« empfand ich als zu traditionell und sogar langweilig. Ich hatte den Roman nicht gelesen, nur durchgeblättert. Als ich ihn am Morgen Pasternak zurückgab, fragte er:

»Na?«

Ich antwortete möglichst höflich:

»Mir gefallen Ihre Gedichte besser.«

Er war sichtlich verstimmt, und ich mußte ihm versprechen, den Roman irgendwann einmal in Ruhe zu lesen.

1967, nach Pasternaks Tod, nahm ich die ausländische Ausgabe des »Doktor Shiwago« mit auf eine Reise auf dem sibirischen Fluß Lena und las ihn zum erstenmal. Ich lag in der schmalen Matrosenkoje, und wenn ich den Blick von den Buchseiten zu der vor dem Fenster vorbeigleitenden sibirischen Natur hob und von der Natur wieder ins Buch sah, gab es zwischen Buch und Natur keine Grenze mehr.

1972 kamen in den USA Lilian Hellman, John Cheever und ein paar meiner Freunde ins Streiten, welcher Roman der bedeutendste des 20. Jahrhunderts sei, und wir einigten uns schließlich auf »Doktor Shiwago«. Das Buch ist nicht vollkommen – der Epilog ist schwach, der Autor organisiert die Begegnungen seiner Helden gar zu naiv. Aber es ist der Roman über den sittlichen Umbruch im 20. Jahrhundert. Als ich ihn las, wäre mir nie in den Sinn gekommen, was seinetwegen alles geschehen würde. Der tragische Skandal nahm seinen Lauf.

Der Roman erschien damals in der ganzen Welt. Einige westliche Zeitungen brachten Rezensionen mit provokatorischen Überschriften wie »Eine Bombe gegen den Kommunismus«. Chruschtschow bekam sie natürlich von beflissenen Bürokraten auf den Schreibtisch. Nach der Nobelpreisvergabe verstärkte sich der Skandal. Die sowjetischen Zeitungen veröffentlichten um die

Wette »Briefe von Werktätigen«, die etwa so begannen: »Ich habe den Roman ›Doktor Shiwago‹ nicht gelesen, aber ich bin darüber grenzenlos empört.« Der Erste Sekretär des ZK des Komsomol und spätere KGB-Chef Semitschastny forderte, Pasternak »aus unserem Sowjetgarten« hinauszuwerfen. Mich bestellte der damalige Parteisekretär des Moskauer Schriftstellerverbands, Viktor Sytin, zu sich und legte mir nahe, auf der bevorstehenden Versammlung Pasternak im Namen der Jugend zu verurteilen. Ich lehnte ab. Da zwang mich Sytin, mit ihm zum Sekretär des Moskauer Komsomolkomitees Mossin zu gehen. Ich muß Mossin Gerechtigkeit widerfahren lassen, er versuchte nicht, mich umzustimmen, und in seinen Augen war kein bürokratischer Unmut, sondern neugierige Achtung. Als ich ihn geradezu fragte: »Sagen Sie ehrlich, haben Sie den Roman gelesen?«, senkte er den Blick und stoppte mit einer Geste die empörte Suada Sytins an meine Adresse:

»Genosse Jewtuschenko hat uns seinen Standpunkt dargelegt. Die Frage ist erledigt.«

Jahre später ging ich ins ZK, um wieder mal Gedichte durchzuboxen, die von der Zensur gestoppt worden waren, da traf ich im Korridor Mossin, der in der Abteilung Landwirtschaft arbeitete.

»Wissen Sie«, sagte er, »nach unserm Gespräch damals habe ich den ›Doktor Shiwago‹ gelesen, und ich habe auch angefangen, Sie zu lesen.«

Wladimir Solouchin äußerte sich damals öffentlich gegen Pasternak und behauptete später, es sei damals unmöglich gewesen, so etwas abzulehnen. Das stimmt nicht – Verrat ablehnen kann man jederzeit. Der Schneeball wuchs immer mehr. Ein unerwarteter Schlag war für mich und viele andere, daß auf einer Versammlung zwei große Dichter gegen Pasternak auftraten – Martynow und Sluzki.

Nach dieser unwürdigen Tat, der einzigen in seinem makellos ehrlichen Leben, fiel Sluzki in Depressionen und zog sich bis zu seinem Tod in völlige Einsamkeit zurück. Er und Martynow hatten geglaubt, das »Tauwetter« retten zu können, indem sie Pasternak von der linken Intelligenz isolierten. Aber als sie Pasternak opferten, opferten sie damit das »Tauwetter«. Ein paar Jahre nach Pasternaks Tod erzählte Chruschtschow Ehrenburg, er habe als Gast von Marschall Tito auf der Adriainsel Brioni zum erstenmal den vollständigen Text des »Doktor Shiwago« gelesen und zu seiner Verblüffung nichts Konterrevolutionäres darin gefunden. »Surkow und Polikarpow haben mich betrogen«, sagte Chruschtschow. – »Warum wird dann der Roman nicht gedruckt?« fragte Ehrenburg. Chruschtschow seufzte. »Wir haben gegen den Roman die gesamte Propagandamaschine in Bewegung gesetzt. Das ist zu frisch in Erinnerung. Geben Sie uns etwas Zeit, wir werden ihn drucken.« Chruschtschow schaffte das nicht mehr, und Breshnew konnte sich nicht dazu entschließen oder dachte nicht einmal daran.

Aber zurück in das Jahr des Skandals, in die Zeit meiner letzten Begegnung mit Pasternak 1960. Ich fürchtete, mein Mitgefühl könnte taktlos wirken, wenn ich uneingeladen zu Pasternak ging. Meshirow sagte mir, Pasternak würde sicherlich das Konzert von Stanislaw Neuhaus besuchen. Wir fuhren ins Konservatorium und trafen Pasternak tatsächlich im Foyer. Er bemerkte uns von weitem, begriff alles, kam auf uns zu, bemühte sich, wie immer fröhlich zu sein, fand gute Worte für uns, unverdiente Komplimente, zitierte uns, lud uns zu sich ein. Bald darauf fuhr ich zu ihm auf die Datscha. Von ihm ging noch immer Licht aus, aber es war jetzt eine Art Abendlicht.

»Wissen Sie«, sagte Pasternak, »Ihre beiden Kommilitonen waren heute bei mir. Sie erzählten, daß Firssow und Sergowanzew unter den Literaturstudenten Unterschriften sammeln für eine Petition, in der meine Ausbürgerung verlangt wird. Wenn sie nicht unterschrieben, würden sie aus dem Komsomol und aus dem Institut geworfen. Sie wollten sich mit mir beraten, wie sie sich verhalten sollten. Ich sagte ihnen natürlich: ›Unterschreiben Sie, was bedeutet das schon. Mir können Sie sowieso nicht helfen, und sich schaden Sie nur.‹ Ich erlaubte ihnen also, mich zu verraten. Mit dieser Erlaubnis entfernten sie sich. Ich ging ans Fenster meiner Terrasse und guckte ihnen nach. Da sah ich, sie hatten sich bei den Händen gefaßt, liefen wie Kinder und hüpften vor Freude. Wissen Sie, die Leute unserer Generation waren auch oft schwach und haben leider auch manchmal Verrat begangen. Aber wir sind dabei doch nicht vor Freude gehüpft. Das gab es nicht, das wäre unanständig gewesen. Schade um die beiden Jungs. Sie hatten so viel Reines, Provinzielles. Ich fürchte, aus ihnen werden nun keine Dichter mehr werden.«

Pasternak hatte recht, aus ihnen sind keine Dichter geworden.

Die Poesie verzeiht nicht. Verrat an anderen Menschen wird zum Verrat an sich selbst.

Beim Abschied sagte Pasternak:

»Ich will Ihnen einen Rat geben. Weissagen Sie niemals Ihren tragischen Tod in einem Gedicht, denn die Kraft des Wortes ist so groß, daß sie durch Autosuggestion den geweissagten Tod herbeiführt. Denken Sie daran, wie unvorsichtig Jessenin und Majakowski mit ihren Vorhersagen waren und dann durch Schlinge und Kugel endeten. Ich bin so alt geworden nur, weil ich solche Vorhersagen vermieden habe.«

Die Widmung, die mir Pasternak am Tag unserer ersten Begegnung, am 3. Mai 1959, ins Buch schrieb, lautet so:

»Lieber Shenja, Jewgeni Alexandrowitsch, Sie haben heute bei uns Gedichte vorgetragen und mich und andere mit Ihrem Talent zu Tränen gerührt. Ich glaube fest an Ihre Zukunft und wünsche Ihnen auch weiterhin Gelingen. Mögen sich Ihre Gedanken in ausgereiften Formen verkörpern und Platz freimachen für weitere Ideen. Wachsen Sie, und entwickeln Sie sich.

B. Pasternak.«

Zwetajewa bemerkte einmal, Pasternaks Handschrift habe Ähnlichkeit mit fliegenden Kranichen.

Der früh verstorbene Kritiker Wladimir Barlas, der mir viel

über Pasternak erzählt hatte, schrieb: »Viele bleiben zu lange am Leben. Aber sie gewinnen nur Jahre der Lüge und der Angst.« Pasternak hatte auch Angst. Er nahm auch nicht immer den direkten Kampf gegen die Lüge auf. Aber er schritt über seine Angst, die zur Lüge werden konnte, hinweg und gewann mit dem Tode die seinen Kranichen geschenkten langen Jahre des Flugs.

Roman über den Roman

1985 verblüffte und verzauberte Michail Gorbatschow die Menschheit, indem er, der Kommunist Nummer eins im Reich des Bösen, völlig überraschend die These vom Primat der allgemeinmenschlichen Werte gegenüber dem Klassenkampf verkündete, womit er die kommunistische Doktrin gänzlich über den Haufen warf.

Aber im Donner des Applauses, der die vergeßliche Menschheit betäubte, erinnerte sich niemand, auch Gorbatschow nicht, daran, daß etwa dreißig Jahre zuvor ein Mensch aus demselben Land, der es gewagt hatte, diese These in einem Roman zu gestalten, von seinen Landsleuten moralisch gekreuzigt worden war.

Ich weiß nicht, ob Gorbatschow »Doktor Shiwago« gelesen hat. Sicherlich nicht, und vielleicht hat er als Komsomolfunktionär den ungelesenen Roman sogar auf einer Versammlung verurteilt, weil es »von oben« so angeordnet war. Aber das ist nicht so wichtig.

Ideen, die zu früh in die Luft der Menschheit geworfen werden und dadurch ihre Autoren gefährden, sind nicht vergeblich. Sie werden gleichsam zu Magneten, die in der Luft schweben und allmählich immer mehr Seelen anziehen. So war es in den römischen Steinbrüchen in der Zeit des frühen Christentums, und so war es in den sowjetischen Zufluchtsorten der Freiheit – den winzigen Küchen, wo die russische Intelligenz Pasternaks verbotenen Roman verschlang, in Form von blassen, fast unleserlichen Schreibmaschinenkopien.

Die heimlichen Leser, die den Roman eingeatmet hatten, atmeten ihn auch wieder aus, und die Gedanken des Romans wurden immer mehr zur Atemluft des auf Veränderungen drängenden Rußland. Einen Schluck dieser Luft nahm, nach eigenem Bekunden, auch Gorbatschow zu sich, als er in Moskau eintraf und im Wohnheim der Universität Gedichte von jungen Lyrikern seiner Generation hörte, die seine früheren orthodoxen Ansichten umkrempelten.

Man könnte einen Roman über den Roman »Doktor Shiwago« schreiben. Aber eigentlich hat ihn die Geschichte schon geschrieben.

Epilog eines solchen Romans könnte die Geschichte der Bank sein, die viele Jahre neben dem Grab des Dichters auf dem Friedhof von Peredelkino stand. Sie war aus Holz, nur die Beine waren in die Erde eingelassene Eisenrohre. Auf diese Bank setzten sich andächtige Pilger, die Blumen ans Grab brachten und auswendig Pasternak-Gedichte sprachen. Hierher kam man auch nachts, zündete eine Kerze an, wie in dem berühmten Gedicht im Roman beschrieben, und trank Wein. Die Bank war Schauplatz konspirativer Begegnungen von Dissidenten mit ausländischen Korrespondenten, ein idealer stiller Winkel für Beichten und ein scheinbar sicherer Zufluchtsort vor dem allessehenden Auge des Großen Bruders.

Die Literaturbürokratie, die Pasternak aus dem Schriftstellerverband ausgeschlossen hatte, widersetzte sich viele Jahre der Einrichtung eines Pasternak-Museums in seinem Haus. Aber als das Museum schließlich doch eröffnet wurde, sollte die Bank wegen Altersschwäche ausgewechselt werden.

Wer beschreibt das Erstaunen der Handwerker, als sie in den eisernen Beinen der Bank eine Abhöranlage entdeckten und dann noch einen Zwischensender in einer der berühmten drei Kiefern am Grab fanden? Man hatte alle Gespräche an Pasternaks Grab auf ein Abhörgerät übertragen, das in der Datscha eines der Verbandsfunktionäre stand; dort hielt sich ständig eine Einsatzgruppe des KGB auf, worüber der Besitzer der Datscha selbstverständlich unterrichtet war.

Solche Angst hatten sie vor Pasternak – sogar noch vor seinem Grab!

Aber warum? Pasternak war ohne jede politische Aggressivität und interessierte sich für Politik nur als Historiker. Sein Charakter war sanft, sogar ein wenig weiblich kokett, und er neigte weit mehr zum Kompromiß als zur Konfrontation. Er schrieb mehrere revolutionär-romantische Versepen: über das Jahr 1905, über Leutnant Schmidt. In die Fußtapfen seines Vaters, des Malers, tretend, zeichnete er nach der Natur ein keineswegs entlarvendes Porträt Lenins:

> Jahrhundertalter Neid vernehme,
> Von einer Eifersucht gebannt,
> Er führte die Gedankenströme
> Und nur aus diesem Grund – das Land.

Pasternak war kein »Feind des Sozialismus«, was ihm in seiner Heimat vorgeworfen wurde, sondern ursprünglich sogar ein Sympathisant:

> Du ferner Sozialismus – naher.
> Du sagst – ganz nah! Im Dunkelsein,
> Verbunden in des Lebens Namen,
> Führ uns dorthin – doch du allein.

1934, während des Ersten Schriftstellerkongresses der UdSSR, kam ein blutjunges zierliches Mädchen auf die Bühne, um eine Grußbotschaft zu übermitteln. Sie war eine Arbeiterin vom Metrobau, auf der Schulter trug sie stolz einen Abbauhammer als Symbol der von den Ketten des Kapitalismus befreiten Arbeit. Pasternak sprang von seinem Stuhl auf und stürzte zu dem Mädchen, um ihr zu helfen, die, wie er glaubte, unangemessen schwere Last zu tragen.

Pasternak hat, anders als Mandelstam, kein Gedicht gegen Stalin geschrieben, er hat dem Führer sogar zum tragischen Tod seiner Frau kondoliert – die am wenigsten würdelose Form der Anpassung an eine grausame Realität, die Pasternak selbst wie auch seine Angehörigen ins Unglück stürzen konnte. Und während des Krieges trug er begeistert die Uniform der Roten Armee und besang mit aller Aufrichtigkeit deren Heldentaten.

»Das Leben machst du nur unsterblich, wenn du ihm mit deinem Blut den Weg zu Licht und Größe zeichnest.« Ob er ahnte, daß sein wichtigster persönlicher Krieg in der Zeit nach dem Krieg stattfinden würde, in der er diesen Weg mit dem eigenen Blut auf den Seiten des Romans zeichnen mußte, wie auf den verschneiten Schlachtfeldern bei Moskau?

Er ahnte es, mehr noch, er war darauf vorbereitet. Schon in den frühen Dreißigern bezeichnete er das Alter als Rom, das vom Schauspieler nicht verlangt zu rezitieren, sondern zu sterben.

> Wenn das Gefühl diktiert die Zeile,
> Und auf die Bühne Sklaven schickt,
> Dann endet Kunst, und sie ereile,
> Der Erde Atem und Geschick.

Das Alter kam und stieß ihn in die Arena, in gewissem Grade sogar gegen den eigenen Willen. Der Roman ist längst nicht das Vollkommenste, was Pasternak geschrieben hat, aber dafür das Wichtigste für ihn selbst und für die Geschichte. Der Roman reifte lange in ihm, aber zur Niederschrift entschließen konnte er sich erst nach dem Sieg gegen den Faschismus auf der Welle des allgemeinen und des eigenen Höhenflugs. Wie kam es zu diesem Höhenflug, der unvorstellbar schien nach den vielen Verhaftungen und Erschießungen vor dem Krieg, nach dem Damoklesschwert der Angst über jedem Kopf, nach der Schmach des Rückzugs am Anfang des Krieges? Es war ein Geschenk des Schicksals, daß sich der Faschismus als ein noch schlimmeres Ungeheuer erwies als das eigene – das Gewissen war erleichtert, der Patriotismus mußte nicht von oben angeordnet werden, sondern war allen Pflicht und aufrichtiges Bedürfnis.

Einer der Helden aus Pasternaks Roman sagt zu seinem Freund: »Die Menschen, nicht nur wie du in den Zwangsarbeitslagern, sondern alle, im Hinterland und an der Front, atmeten freier, mit voller Brust, und warfen sich berauscht, mit dem Gefühl wahren Glücks in den Schmelztiegel des tödlichen und rettenden Kampfes. Die Charakterfestigung, hervorgegangen aus dem Unglück, das Nichtverwöhntsein, das Heldentum, die Bereitschaft zu großen, verzweifelten, nie dagewesenen Taten.«

Aus dieser Bereitschaft zu großen, verzweifelten Taten ist der Roman »Doktor Shiwago« hervorgegangen.

Aber der gewonnene Krieg gegen den fremdländischen Faschismus wurde allmählich zum verlorenen Krieg gegen den eigenen Faschismus, der sich verlogen als Antifaschismus ausgab. Das Paradoxon der Geschichte bestand darin, daß Stalin, der gegen Hitler kämpfte, gegen das eigene Volk nicht besser als Hitler handelte, indem er weiterhin Millionen Menschen hinter dem Stacheldraht der Lager hielt.

Stalin, der sich während eines Siegesbanketts mit unerwarteter Sentimentalität verplauderte und sagte, er habe vor dem eigenen Volk Schuld auf sich geladen, besann sich wieder und zog die Schrauben noch fester an, damit die Menschen nicht gar zu aufrecht gingen aus Stolz auf den errungenen Sieg. Es mißfiel ihm außerordentlich, daß sich bei einer Veranstaltung im Polytechnischen Museum der ganze Saal von den Plätzen erhob, als Anna Achmatowa die Bühne betrat. Früher wurde nur bei seinem, Stalins, Erscheinen aufgestanden. Er mußte die gefährlichen Mikroben der Freiheitsliebe ausrotten, die das Volk während des Krieges infiziert hatten. Er mußte die Sieger von gestern zügeln, die sich gar zu frei auf den europäischen Schlachtfeldern tummelten. Er mußte sie in die Schranken weisen, ob Marschall Shukow oder die aufmüpfige Intelligenz. Es kam zum Kalten Krieg, dem staatlichen Antisemitismus unter dem Motto »Kampf gegen die vaterlandslosen Kosmopoliten«, zur Verhöhnung von Schostakowitsch, Achmatowa, Sostschenko.

Mit »großen, verzweifelten Taten« konnte die Parteibürokratie nie etwas anfangen. Chruschtschow, der sich 1956 zu einem großen, verzweifelten Schritt, der Entlarvung Stalins, durchgerungen hatte, monopolisierte das Recht auf »verzweifelte Taten« für sich selbst. Alles übrige reizte und erschreckte ihn. Niemand anders als er war es, der wenige Monate nach seiner antistalinistischen Rede den Ungarnaufstand auf stalinistische Manier in Blut ertränkte.

Pasternak war natürlich bewußt, daß auf eine friedliche Veröffentlichung nicht zu hoffen war, aber der Roman nahm immer mehr Gestalt an, bekam neue Kapitel hinzu, so wie ein Zug neu angekuppelte Waggons bekommt, und fuhr unaufhaltsam der Entgleisung entgegen.

Pasternak wurde nervös und erlaubte sich, wie er etwas verschwommen in seinen biographischen Notizen formulierte, gelegentlich »Ausfälle«. Einer der Mutigen, die Pasternak auf seinem letzten Weg zum Friedhof begleiteten, der Übersetzer Bogatyrjow, der später unter geheimnisvollen Umständen von Unbekannten in seinem eigenen Treppenhaus ermordet wurde, erzählte eine dazu passende Geschichte. Pasternaks Nachbar in Peredelkino, Konstantin Fedin, ehedem Mitglied der literarischen Dissidentengruppe »Die Serapionsbrüder« und später zum Schriftstellerbeamten mutiert, lud ihn zur Feier des soeben erhaltenen Stalinpreises zu sich ein. Ein anderer Gast Fedins, der ebenfalls linientreue Dramatiker Wsewolod Wischnewski, brachte mit beleidigender Herablassung einen wohlwollenden Toast aus: »Auf den künftigen Dichter Boris Pasternak!« Alle erstarrten, denn schon dreißig Jahre zuvor hatten viele Pasternak nicht einfach als Dichter angesehen, sondern als Genie, darum klang das wie giftiger

Spott. Der gewöhnlich konfliktscheue Pasternak parierte mit einem unflätigen Ausdruck, der zu seinem superintellektuellen Mund überhaupt nicht paßte. Der von solcher Abfuhr verwirrte Wischnewski versuchte zu korrigieren: »Ich meinte – auf den künftigen sowjetischen Dichter.«

Aber der wütende Pasternak antwortete mit einem noch saftigeren Fluch, woraufhin Fedins Frau hysterisch wurde und Pasternak »antisowjetische Haltung« vorwarf. Fedin wollte sie zum Schweigen bringen und holte mit einer Flasche nach ihr aus, aber zum Glück wurde sie ihm aus der Hand gerissen. Derartige Ausbrüche waren kein Zufall: Pasternaks Nerven waren zum Zerreißen gespannt, er spürte bereits den unvermeidlichen Konflikt mit dem Staat.

Die wohl liberalste Zeitschrift jener Zeit, »Nowy Mir«, lehnte den Roman ab. Sie schickte dem Dichter einen kollektiven Brief des Redaktionskollegiums, in dem relativ zurückhaltend ein potentiell durchaus gefährlicher Vorwurf erhoben wurde: die Oktoberrevolution zu unterschätzen. Pasternak sah, wie sich die Wolken über seinem Kopf verdichteten, und lenkte den Blitz direkt auf sich selbst, indem er das Manuskript einem Italiener gab. Für damalige Begriffe war es eine unerhörte Frechheit, einem Ausländer ein Manuskript zu geben. Ein bißchen sollte es auch wie eine Erpressung wirken – vielleicht bekamen die Machthaber jetzt Angst und druckten seinen Roman, bevor er im Ausland erschien. Pasternaks Hauptmotiv aber war die Befürchtung, sein Lieblingskind könne verschwinden, verlorengehen, den Menschen weggenommen werden oder erst dann zu ihnen kommen, wenn sein Autor nicht mehr am Leben wäre. Pasternaks Verleger, Giangiacomo Feltrinelli, ein Millionär und Linker, der sich später beim Spielen mit Dynamit zufällig in die Luft sprengte, erzählte mir 1964 ein Detail, das bestätigte, wie wohlüberlegt Pasternak handelte: Er hatte mit Feltrinelli ausgemacht, dieser solle nur Telegrammen glauben, die französisch geschrieben seien. Das beweist ein übriges Mal: Er wußte, daß ihn große Unannehmlichkeiten erwarteten. Als die Machthaber und etliche Angehörige ihn bedrängten, er solle die Veröffentlichung des Romans im Ausland stoppen, schickte er ein entsprechendes Telegramm, aber auf russisch, in lateinischer Transkription.

Um Chruschtschow vom Weg der Liberalisierung abzubringen, fertigten die Ideologen, die mit erfahrenem Gespür witterten, daß ein Teil seiner Seele auch den »Rückwärtsgang« einlegen wollte, einen kunstvoll ausgewählten, 35 Seiten langen »Digest« mit »konterrevolutionären Zitaten« aus »Doktor Shiwago« für die Politbüromitglieder und schürten in den Zeitungen geschickt den »Volkszorn« über den Roman, den keiner der Zornigen gelesen hatte. Pasternak wurde manipuliert, und sein Roman wurde zu einer Trumpfkarte im schmutzigen politischen Spiel – im Westen wie in der UdSSR. In diesem Spiel war der Antikommunismus gescheiter als der Kommunismus, denn er sah als Verteidiger eines verfolgten Dichters humaner aus, während der Kommunismus, der den Roman verbot, der mittelalterlichen Inquisition ähnelte.

Aber der Parteibürokratie war schnuppe, wie sie in den Augen der sogenannten »öffentlichen Meinung der Welt« aussah, sie mußte sich im eigenen Lande an der Macht halten, und das ging nur, wenn sie unentwegt »Feinde der Sowjetmacht« produzierte. Das Zynischste in der Pasternakaffäre war, daß alle Beteiligten eines vergessen hatten: Pasternak war ein lebendiger Mensch und keine Spielkarte, aber sie benutzten ihn in ihrem Spiel und schlugen ihn mit dem Gesicht auf den Kartentisch ihres politischen Casinos.

Welche Schuld, welch abgefeimte,
Lastet auf mir, Mord, Raub, Zwang,
Der die Welt ich machte weinen
Vor der Schönheit seines Lands?

So rief Pasternak in verständnisloser Verzweiflung, als er im Todeskampf das Gedicht »Der Nobelpreis« schrieb. Aber die Verständnislosigkeit war unbegründet. In der Tiefe seines Herzens wußte er seit langem, daß er früher oder später um die direkte Konfrontation mit dem Staat nicht herumkam, obwohl sein ganzes Leben eine innere Konfrontation gewesen war.

Wie jedem großen Künstler graute es Pasternak vor Binsenwahrheiten, vor triumphierender Banalität, vor vulgärer Sprache und vulgären Manieren, vor pompösem Eigenlob, vor Intoleranz gegenüber jenen, die nicht mit den Wölfen heulen. Das war nicht so sehr eine politische wie eine physische Ablehnung von Herdenzwang und Fließbandgeist. Es war weder Haß noch Verachtung – zu solchen Gefühlen neigte Pasternak mit seinem moderaten Charakter nicht, es war der Ekel des geistig sauberen Menschen. Er geriet in Verzweiflung, wenn er sah, daß Ideen durch Ideologie ersetzt werden sollten und Achtung vor der Persönlichkeit durch den Kult des gesichtslosen Kollektivismus.

Wie kunstvoll der tolerante Pasternak den Zusammenstoß mit dem ungefügen, alles zertrampelnden Koloß der staatlichen Unduldsamkeit auch hinausschob, der Zusammenstoß konnte nicht ausbleiben. Schon in den frühen dreißiger Jahren hatte Pasternak im Monolog eines Dissidenten des Zarenregimes, des Leutnants Schmidt, sein eigenes Schicksal vorhergesagt:

> Ihr zittert sicher nicht vor Leid,
> Wenn Menschen ihr vernichtet.
> Ihr Märtyrer des Dogmas seid
> Auch – Opfer der Geschichte.
>
> ....
>
> Ich weiß, jene Säule, an der ich steh,
> Sie wird wie eine Schranke
> Durch zwei Hälften der Geschichte gehn,
> Bin auserwählt und danke.

Pasternak blieb auch hier sich selber treu, er bedauerte seine Henker im voraus. Aber sie mußten ihn früher oder später ergreifen. Er war ihnen mehr als verhaßt, er war ihnen unbegreiflich. Es reizte sie tödlich, daß er nicht mit ihnen kämpfte, sondern sie bedauerte. Dieses Mitleid nahmen sie verzerrt als verächtlichen Hochmut wahr, den Pasternak, wie alle Genies, nie hatte. Politischen Schlächtern ist Mitleid unbegreiflich, sie wähnen sich als Chirurgen der Gesellschaft, und das Fehlen von Haß erscheint ihnen verdächtig. Pasternak haßt niemanden in seinem Roman, er bedauert sie alle – den irregegangenen Kommissar Strelnikow, den blutjungen Weißgardisten Serjosha Ranzewitsch, den Bauern Pamfil Palych, der seine ganze Familie mit der Axt umbringt, nur weil er Angst hat, daß die Weißen sie sonst foltern und quälen würden, und sogar Komarowski, den Verderber, aber auch zeitweiligen Retter Laras.

»Doktor Shiwago« ist wohl der zärtlichste Roman des zwanzigsten Jahrhunderts, das sich an seinem Autor grausam gerächt hat. Das Jahrhundert war so paranoisch auf Politik fixiert, daß es diesen Roman als politisches Buch wahrnahm, dabei war es vor allem ein Buch über die Liebe.

Der Sinn des Romans besteht darin, daß die Geschichte der Liebe über der Historie steht. Und das ist es, was die politischen Fetischisten nicht verzeihen konnten.

Während der Beisetzung Pasternaks traten die KGB-Agenten frech an jeden heran, der es gewagt hatte, sich von dem toten Dichter zu verabschieden, und machten Großaufnahmen für die Dossiers. Ich hoffe, daß diese einzigartige Sammlung der besten Gesichter der Moskauer Intelligenz in den Archiven der Geheimpolizei erhalten geblieben ist. Ein im Westen veröffentlichtes Foto zeigt zwei junge Männer, die furchtlos Pasternaks Sarg auf den Schultern trugen – Andrej Sinjawski und Juli Daniel. Nur sechs Jahre später, 1966, würden sie auf ihren Schultern nicht minder furchtlos das Opferkreuz tragen müssen, das unausweichlich ist für russische Literaten, die sich der Zensur nicht unterwerfen.

»Doktor Shiwago« war das erste Buch, das den Eisernen Vorhang durchstieß. Durch die sich stetig erweiternde Bresche drangen, sich an den rostigen Scharten und Graten verletzend, immer neue Manuskripte in den Westen und kehrten als illegale Bücher in den Koffern von risikobereiten Touristen, von Mitgliedern offizieller Delegationen und sogar Diplomaten in die Heimat zurück. Samisdat und Tamisdat bohrten von zwei Seiten einen Tunnel durch die Mauer der Zensur.

Einmal, 1972, kam ich nach einem Auslandsaufenthalt zur gleichen Zeit auf dem Flughafen Scheremetjewo an wie die Truppe des Taganka-Theaters, die von einem Pariser Gastspiel zurückkehrte. Die Zöllner durchwühlten gnadenlos alles, sogar die Unterwäsche der Schauspieler. Sie suchten, was sie mehr fürchteten als Bomben und Drogen – verbotene Bücher. Der winzige kahlköpfige Komiker Dshebrailow stand in der Schlange vor der Zollkontrolle und verschlang vor aller Augen fieberhaft das damals »gefährlichste« Buch, »Archipel GULAG«, bevor es ein paar Minuten später unweigerlich konfisziert würde.

Beide Bücher – »Doktor Shiwago« und »Archipel GULAG« – kehrten etwa zur gleichen Zeit in die Heimat zurück, 1989, wenn ich mich nicht irre. Die russische Literatur wuchs glücklich und qualvoll wieder zusammen, und die früher verbotenen Bücher waren die chirurgischen Fäden, welche die blutenden Risse zusammenfügten. Aber als sie zusammengewachsen war, wurden die Fäden nicht mehr gebraucht und wurden gezogen. Schade. Es gibt die weitverbreitete Meinung, die Bücher Solshenizyns hätten eine umwälzende Rolle in Rußland gespielt. Das stimmt, und Rußland wird ihm ein Denkmal errichten. Er hat seinerzeit den furchtlosen Zweikampf gegen den Staat gewonnen, doch jetzt verwandelt sich sein Sieg fatalerweise in eine Niederlage, weil er zu sehr gehofft hat, mit dem Sieg eine Lizenz auf die Rolle des Vaters der Nation, des Volkspredigers, des Lehrers der Regierung zu haben. Aber es sieht so aus, als ob sein erhobener Zeigefinger den eher undankbaren Zeitgenossen zum Halse heraushängt.

Pasternak ist postum besser dran als der lebende Solshenizyn. Sein Vorzug ist, daß er keinen Sieg errang, nicht die Rolle des Mentors der Gesellschaft anstrebte.

Viel höher als das Belehren stellte er das Sichauflösen im Leben.

Leben ist nur Augenblick,
Auflösung im Denken,
Wie wir von uns Stück für Stück
Allen andern schenken.

Es ist letzten Endes weder dem Kommunismus noch dem Antikommunismus gelungen, »Doktor Shiwago« zu einem Zankapfel zu machen. Der Roman hat sich in der Luft der Epoche aufgelöst, er hat den Westen und Rußland einander nähergebracht als irgendein Politiker – wie ein Silberfaden blinkte über der Berliner Mauer, über dem Eisernen Vorhang, die Lara-Melodie, die berühmteste Melodie des zwanzigsten Jahrhunderts, die Pasternak nie hat hören können. Der Roman hat Schwächen, aber wir wollen nicht vergessen, daß Pasternak als Prosaiker ein junger Schriftsteller war. Das Werk enthält gleichwohl meisterliche Seiten. Denken Sie nur an den Jungen auf der Beerdigung seiner Mutter, an den Tod des Offiziers, der erschossen wird, weil er sich lächerlich macht, als er auf das Faß springt, um eine flammende Rede zu halten, und dabei das Gleichgewicht verliert, oder an Juri Shiwago, der auf einen verkohlten Baum zielt, um keine Menschen zu treffen, und doch versehentlich welche erschießt.

Wichtiger als das Sujet aber ist an dem Roman seine Religiosität, die sich an Menschen wendet und nicht an Ikonen. Lara wird zum Gott für Juri, Juri wird zum Gott für Lara.

Dem zwanzigsten Jahrhundert gelang es nicht, so zu sein wie Pasternak, sich zu erheben zu den Höhen seines Geistes, darum hat sein Jahrhundert ihn gekreuzigt – aus Neid. Ob es dem einundzwanzigsten Jahrhundert gelingen wird, so zu sein wie Pasternak?

Stacheldraht zwischen den Klaviertasten

Die Geigenbogen klopfen auf die Notenpulte

Das Moskauer Konservatorium war eine Art Kathedrale, in der sich selbst in den schlimmsten Zeiten Gläubige trafen, geeint durch die Musik und etwas noch Höheres.

Wenn sie in den Pausen durch das Foyer schlenderten, taten sie das mit bedächtigem Genuß, blickten sich verschwörerisch in die Gesichter und fanden erleichtert aneinander Zeichen von Gewissen und Geschmack, die wie durch ein Wunder erhalten geblieben waren. Dieses Foyer war die Allee von Zarskoje Selo der sowjetischen Intelligenz.

Ins Konservatorium nahm mich zum erstenmal mein Schulkamerad Dima Shdanow mit, zu einem Klavierkonzert seines Lieblingspianisten Sofronizki. Mich erschütterte, wie Sofronizki, nachdem er majestätisch ein paar Akkorde gegriffen hatte, ebenso majestätisch aufstand und sich entfernte. Wie mir später erklärt wurde, entsprach das ganz seinem Stil. Aber mich beeindruckte, mit welcher Achtung das Publikum im Konservatorium sogar das Nichtspielen als Ausdrucksform von Stolz und Freiheit akzeptierte und keineswegs gegen seinen eigensinnigen Abgott murrte.

Auf der Bühne des Konservatoriums standen gottlob keine Rednerpulte, von denen uns Parteireferenten klargemacht hätten, wie glücklich wir alle doch seien. Über diese Bühne hasteten, anders als in den Schauspielhäusern, keine schablonenhaften glatzköpfigen Lenins, die ihr Händchen aus der Weste zogen und damit fuchtelten, und es ergingen sich keine bedeutsamen Stalins.

Und von den Wänden des Konzertsaals blickten keine scheußlichen Porträts von Politbüromitgliedern, sondern Tschaikowski, Beethoven, Mozart, Grieg.

An diesen Wänden fehlte freilich noch das Porträt eines Komponisten, der uns allen das Glück bescherte, seine Zeitgenossen und oft auch die ersten Zuhörer seiner Werke zu sein. Die Sammler von Erstaufführungen guter Musik sind irgendwie glücklicher als die Sammler von Erstausgaben guter Bücher. Ein einmaliges Buch kann man auch nach hundert Jahren noch kaufen, aber die Teilnahme an einer Konzertpremiere kann man später nicht erwerben, sie ist wirklich einmalig.

Im Konservatorium herrschten Töne, die auch manchmal logen, aber doch bedeutend weniger als die Worte, die uns umgaben.

Zu Barbaren geworden durch unser tägliches Leben als Heiden, in dem wir selber uns so viele platte Götzen schufen, betraten wir furchtsam das lang ersehnte Harmoniebecken des Konservatoriums, so wie die alten Slawen zur Taufe in den Dnjepr gingen.

Am 18. Dezember 1962 hörte ich hier die Erstaufführung von Schostakowitschs Symphonie mit der Unglücks-Glücks-Zahl 13; sie ist vielleicht die einzige Symphonie, bei der die Menschen weinen und lachen. Diese Symphonie verwandelte auf einen Wink des Dirigentenstabs den Konservatoriumssaal mühelos bald in Golgatha, bald in die Gefängniszelle, in der Dreyfus schmachtet, bald in ein Gäßchen von Belostok, über dem der weiße Staub eines Pogroms schwebt, bald in das Kämmerchen der Anne Frank, bald in eine Jahrmarktsbude mit den Rohrflöten eines Komödianten, bald in die finsteren Gewölbe, in denen die Gerichtsverhandlung über Galilei stattfindet, bald in einen Moskauer Laden, in dem sich geisterhaft Frauen bewegen. Der ganze Saal stand auf, als auf der Bühne zwischen den Musikern, die mit ihren Geigenbogen auf die Notenpulte klopften, ein Mann mit etwas komischem Hahnenschopf und schief sitzender Brille erschien und sich irgendwie seitlich, krampfhaft die eigenen Hände pressend, nach vorn schob – Schostakowitsch.

Ich habe nie einen Menschen gesehen, der dem eigenen Schicksal so sehr ähnelte wie er. Es war genauso sprunghaft, komödiantisch wie er selbst. Sein ganzes Aussehen kündete von seiner

Schutzlosigkeit, und zugleich war er mächtig, da er, ohne sich mächtig zu stellen, die Bürde des Schutzes all derer auf sich nahm, die noch schutzloser waren als er.

Seine »Leningrader Symphonie« wurde zur klanglichen Luftverteidigung seiner Heimatstadt.

Seine Musik war das einzige, was während des Krieges nicht auf Karten ausgegeben wurde.

Nach dem Krieg war er den Machthabern gar zu berühmt. Nach einer erniedrigenden moralischen Prügel beschlossen sie, ihn durch rücksichtsloses Ausnutzen zu demütigen. Er mußte ständig Interviews geben, Reden halten, bei offiziellen Banketten Toaste ausbringen, alle möglichen kollektiven Grußadressen unterschreiben. Von Zeit zu Zeit hängten sie ihm Orden oder Preisträgermedaillen ans Jackett, die ihm aufs Herz drückten.

Sie setzten ihn nicht hinter Stacheldraht, aber der wuchs rostig zwischen den Tasten des Konzertflügels hervor und riß ihm die Fingerspitzen blutig.

Als sie ihn mit Gewalt nach Amerika schickten, ratterte er auf einer Pressekonferenz Dankesworte an die Partei herunter, denn seine Familienangehörigen waren als Geiseln in Rußland zurückgeblieben.

Später trat er in die Partei ein, in der Hoffnung, sie würden nun von ihm ablassen, ihm nicht mehr so gnadenlos in die Seele kriechen wie bisher, und seine Familie würde Sicherheit gewinnen. Aber sie krochen ihm weiter in die Seele, ein bißchen höflicher zwar, nicht mehr so flegelhaft, dafür mit schmeichlerischer Aufdringlichkeit.

Er übernahm den Vorsitz des Komponistenverbandes der UdSSR, um anderen helfen zu können, und er half, soweit es möglich war. Er opferte seine äußere Freiheit zugunsten der heimlichen inneren Freiheit. Aber diese heimliche Freiheit war nie ganz vollständig, wie sie auch bei Puschkin nie ganz vollständig gewesen war. Sie schleusten Spitzel in seine Umgebung ein, zeichneten seine Telefonate auf.

Einmal hatte er, fieberhaft wie immer, einen über den Durst getrunken und brach plötzlich in nervöses Gelächter aus, als ihn aus Amerika der Komponist Sam Barber anrief; jemand hörte das Gespräch ab und räusperte sich sogar, sozusagen als freundschaftliche Warnung.

»Ich stelle mir vor, wie in der Hauptabhörzentrale einer sitzt, die unzähligen Leitungen stöpselt und dazu mein Liedchen trällert: ›Die Heimat hört, die Heimat weiß …‹«

Es gibt so eine Redensart: »Du sollst nicht schön, sollst glücklich sein.« Man kann auch sagen: »Du bist ein Genie? Dann übe dich in Geduld.« Schon Pasternak bemerkte im »Geleitbrief«: »Gleichermaßen abgeschmackt sind seit langem die Wörter ›Genie‹ und ›schöne Frau‹. Dabei haben sie so viel gemeinsam.« Sowohl die schöne Frau als auch das Genie wollen alle haben, wenn nicht durch Bestechung, dann mit Gewalt. Von allen Seiten gierige Blicke, klebrige Hände. Das ganze Leben verläuft im Spalier dieser Augen und Hände.

Aber bei der Premiere der Dreizehnten Symphonie, als in der Luft des Konservatoriumssaals der zarte Glöckchenklang des Finales schwebte, schienen die klebrigen Hände nicht mehr zu existieren. Ovationen flogen, wie schneeweiße Möwen, aus allen Ärmeln, und das Genie stand auf der Bühne über dem tobenden Applaus und verbeugte sich unbeholfen. Und plötzlich kam er an den Rand der Bühne und applaudierte selbst – wem, das konnte ich zunächst nicht erkennen. Die Leute in den ersten Reihen drehten sich um und applaudierten auch. Ich drehte mich ebenfalls um und hielt Ausschau, wem der Applaus galt. Da tippte mir der Direktor des Konservatoriums Mark Wexler auf die Schulter, strahlend und zugleich verärgert: »Warum gehen Sie nicht auf die Bühne? Sie sind gemeint …« Ob Sie's glauben oder nicht – aber als ich die Symphonie hörte, vergaß ich beinahe, daß der Text von mir war, so sehr packte mich die Macht des Orchesters und des Chors, und das Wichtigste bei dieser Symphonie ist natürlich die Musik.

Als ich dann auf der Bühne neben dem Genie stand und

Schostakowitsch meine Hand in seine trockene, heiße nahm, konnte ich noch nicht fassen, daß dies Realität war. Aber ganz andere, klebrige Hände warteten noch auf mich. Eigentlich hatte mein Weg auf diese Konservatoriumsbühne auch durch ein Spalier von klebrigen Händen geführt.

Anatoli Kusnezow

»Ist der Kerl ein Jude?«

»Nein, kein Jude.«

»Wieso macht er dann solchen Wind mit Babi Jar in seinem Lebenslauf? Das müssen wir rauskriegen.« Der korpulente Mann, dem eine blutbespritzte Fleischerschürze wohl zu Gesicht gestanden hätte, drehte nachdenklich wie ein Ermittlungsführer den Lebenslauf des jungen Journalisten Anatoli Kusnezow, den er dessen Kaderakte entnommen hatte, in seinen fetten Fingern.

Das Gespräch fand 1952 in der Redaktion einer auflagenstarken Zeitung in Kachowka statt. Der Redakteur, zu Tode erschrocken, hatte beflissen den Safe geöffnet, wie es die beiden angereisten Schreiberlinge verlangten, da sie Kusnezow wegen dessen »ungesunden« Interesses für Babi Jar verdächtigten, jüdischer Abkunft zu sein.

Das Furchtbare jener Epoche bestand darin, daß das Schnüffeln in fremden Fragebögen und das Herausriechen von verdächtigen Gerüchen nicht als Schurkentum galt, sondern Alltag war.

Die Schreiberlinge tranken den ganzen Tag Pfefferschnaps und spielten Karten und verbrachten auf diese Weise ihre Dienstreise zu einer »Baustelle des Kommunismus«, abends aber nagte tödliche Langeweile an ihnen, und sie suchten jemanden, den sie verhöhnen konnten. Innere Leere ist oft der Hauptgrund für die Verhöhnung eines Menschen durch andere.

Ich warnte Kusnezow damals, daß man sich an ihn »heranpirschte«.

»Warst du wirklich in Babi Jar?« fragte ich.

Von der Tragödie dort hatte ich schon vierundvierzig als Junge aus dem schönen, leider fast vergessenen Gedicht von Lew Oserow erfahren:

Ich kam zu dir, Babi Jar,
Also altert auch Bitterkeit –
Also bin ich uralt – keiner war,
Die Jahre zu zählen, bereit.

»Nein, ich war nicht dort«, antwortete Kusnezow finster und senkte gehetzt die Augen. »Aber ich habe gesehen, wie das alles war ...«

Wir saßen am Flußufer, und Kusnezow erzählte, erzählte. Es dämmerte schon, doch ich glaubte im Nebel, der sich langsam auf den Dnjepr herabsenkte, die unendlichen Schatten von Kindern, Frauen und alten Männern übers Wasser gehen zu sehen ...

»Du mußt darüber schreiben«, sagte ich zu Kusnezow.

»Wer soll das drucken?« Er zuckte die Achseln. »Außerdem hab ... hab ich Angst ...«

Wie sich später bestätigte, war diese Angst berechtigt. Kusnezow wurde nicht in Babi Jar umgebracht, umgebracht hat ihn sein eigener Roman über Babi Jar. Der Roman wurde gedruckt, aber von der Zensur bestialisch verstümmelt.

Ich glaube, die Verhöhnung seines geistigen Lieblingskindes hat in seinem Kopf etwas durcheinandergebracht. Axjonow erzählte mir, er habe einmal bei Kusnezow übernachtet, und der habe ihm seine eigene Frau, auf hohen Absätzen und splitternackt, mit einem Tablett voller Getränke ans Bett geschickt. Als Axjonow und ich aus dem Redaktionskollegium der Zeitschrift »Junost« gefeuert wurden, nahmen sie eilig Kusnezow hinein und und schickten ihn ebenso eilig auf Dienstreise nach London, wo er an einem Roman über Engels arbeiten sollte; er benutzte die Reise zur Flucht und nahm zwei Mikrofilme mit – einen mit dem vollständigen Text des Romans »Babi Jar« und einen mit primitiven erotischen Arabesken. Wahrscheinlich wollte er Mitleid mit seinem Schicksal erwecken, als er im »Observer« die »Beichte eines Denunzianten« veröffentlichte, in der er gestand, über seine sowjetischen Schriftstellerkollegen, auch über mich, Berichte für den KGB geschrieben zu haben. Aber das weckte bei seinen westlichen Kollegen nur Verachtung. Ein paar Jahre später kam er bei einem Autounfall ums Leben. Es ist ein Jammer, daß das Leben dieses begabten Schriftstellers so unschön und absurd endete. Ich bin ihm trotzdem mein Leben lang dankbar dafür, daß er mich nach Babi Jar führte.

Damals, 1952, gingen Kusnezow und ich mit dem Regisseur Alexander Dowshenko, der gerade in Kachowka ein romantisches Drehbuch über eine Baustelle des Kommunismus schrieb, in einen japanischen Film der Neuen Welle. Den Titel weiß ich nicht mehr. Es war, ähnlich wie in den »Fahrraddieben«, die Geschichte einer kinderreichen Tokioter Familie, deren Vater keine Arbeit finden kann. Seine Frau und er beschließen, sich und die Kinder mit Gas zu vergiften. Vorher verkaufen sie ihre letzte Habe und führen die Kinder in den Park, um zu schaukeln und Boot zu fahren. Plötzlich fällt eines der Kinder ins Wasser, und der Vater rettet es. An dieser Stelle stand Dowshenko auf, ging, ohne das Ende abzuwarten, zur Tür und rief mit Donnerstimme in den Saal:

»Das ist so genial, daß ich es nicht mehr mit ansehen kann. Ich schäme mich für mein ganzes Leben.«

Ich empfand unerträgliche Scham im Jahre 1961, als ich zum erstenmal oberhalb der Schlucht Babi Jar stand, neben mir Kusnezow, der sich erboten hatte, mein Führer zu sein, und nun verstört sah, daß es da kein Denkmal und keinerlei Hinweise gab. Babi Jar war zu einer Müllkippe geworden. Der Anfang des Gedichts ergab sich von selbst: »Es steht kein Denkmal dort in Babi Jar ...«

Scham als Mitautor

Viele meiner Gedichte entstanden aus Scham. Meistens aus Scham für mich selbst.

Sich nur für andere zu schämen ist erheblich komfortabler.

Im Falle Babi Jar hatte meine Scham einen besonderen Grund.

Ich bin in einer Familie aufgewachsen, in der ich niemals jüdische Witze hörte, außer wenn Mutters jüdische Freunde sie erzählten, die gern über sich selbst lachten. In unserem Ort Sima lagen ein orthodoxer und ein katholischer und ein jüdischer Friedhof friedlich nebeneinander.

Das Wort »Jidd« hörte ich zum erstenmal in Moskau. »Wie kannst du auf einer Bank mit einem Jidd sitzen?« fragte mich ein Rüpel, der die Klasse zum zweitenmal wiederholte. Als ich ihn fragte: »Was ist das?«, hat er bestimmt gedacht, daß ich mich dumm stelle.

In Moskau nahm Mutter mich mit in das Jüdische Theater in der Malaja-Bronnaja-Straße, und ich sah auf der Bühne dreimal den großen Michoels, zweimal als König Lear und einmal als Tewje der Milchmann. Ich war ganz verliebt in ihn. Mutter nahm mich auch mit zu seiner Beerdigung; der Leichnam war aus Minsk überführt worden.

»Die Sache stinkt«, flüsterte eine Bekannte Mutter zu und zeigte mit den Augen auf den Sarg. Weiter blieb mir in Erinnerung, daß der Grabredner Fadejew eine unnatürlich hohe Stimme hatte, die gar nicht zu seiner Körpergröße und zu dem edlen Grau seiner Haare paßte. Er brachte seine Rede kaum zu Ende, sie wurde immer wieder von klirrendem Schluchzen unterbrochen.

Etwas Furchtbares kündigte sich an.

Als ich 1952 im Literaturinstitut anfing, gab es dort nur zwei Juden – einen cholerischen jungen Publizisten und eine sarkastische junge Kritikerin.

Sie hatten nie etwas miteinander, aber sie spazierten immer Hand in Hand durch die Institutskorridore und durch unsere kleine Grünanlage und tuschelten miteinander wie zwei innige Freundinnen. Der cholerische Publizist mit den etwas flaumigen Wangen, die bei jeder Gelegenheit erröteten, ähnelte mehr einem Mädchen, und sie gab sich äußerlich dämonisch, indem sie Papirossy paffte, die überhaupt nicht zu ihrem weißen Seidenschleifchen im Haar paßten. In jenem Jahr hatten sie besondere Gründe zu tuscheln.

Ein paar Apotheken waren geschlossen und jüdische Pharmazeuten entlassen worden, in der Stadt kursierten Gerüchte, man müsse mit Medikamenten vorsichtig sein, üble Feuilletons wurden gedruckt, Scholochow sprach sich gegen Pseudonyme aus, und von Hand zu Hand ging Sergej Wassiljews Parodie »Ohne wen lebt sich's glücklich in Rußland« – ein so offen antisemitisches Gedicht, daß es nicht gedruckt wurde. Die Psychose breitete sich aus wie eine Epidemie. Nachdem die »Prawda« die Verhaftung von Giftmischern im Arztkittel gemeldet hatte, sah ich den cholerischen Publizisten und die junge Kritikerin im Raucherzimmer des Instituts ganz allein stehen, als hätten sie die Pest. Man rührte sie nicht an. Man beleidigte sie nicht. Man beobachtete sie.

Ich mißachtete die unsichtbare Linie und lud sie ein, statt ins Seminar mit mir in eine Imbißbude zu gehen. Dort brachen sie beide vor Angst und Erniedrigung in Tränen aus.

Vierzig Jahre später rief ich den noch immer cholerischen Publizisten an, um meine Erinnerungen zu überprüfen.

»Weißt du noch, wie du in der Imbißbude geweint hast, als sie die Ärzte verhaftet hatten?« fragte ich.

»Natürlich weiß ich das noch.«

»Aber bald danach hast du, wenn mich meine Erinnerung nicht täuscht, im Festsaal des Literaturinstituts am Rednerpult vor dem Stalin-Bild mit dem Trauerrand gestanden und auch geweint«, sagte ich vorsichtig.

»Das stimmt«, antwortete er. »Aber ebenso erinnere ich mich, wie du an dem Tag auch dort gestanden und geweint hast.«

»Das kann nicht sein«, sagte ich bestürzt, »wieso weiß ich das nicht mehr?«

Um diese Erinnerung zu überprüfen, rief ich die Kritikerin an.

»Hör mal, man hat mir gesagt, daß ich im März dreiundfünfzig im Literaturinstitut eine Trauerrede gehalten und geweint hätte. Weißt du das noch?« fragte ich.

»Als ob's gestern war«, sagte sie nicht ohne Vergnügen. »Rotz und Wasser hast du geheult.«

»Übrigens, ich will mich vergewissern – ihr wart doch damals nur zwei Juden am Institut, oder?«

Und da verblüffte sie mich.

»Wie kommst du darauf, daß ich Jüdin bin?«

Ich verschluckte mich geradezu, denn ich kannte recht gut ihre Mutter Rosalia Aronowna, der ich sogar eine Zeitlang nachgestiegen war, allerdings ohne Erfolg, und ihren Onkel Jakow Aronowitsch.

Ja, im Vergessen sind wir alle talentiert. Unser Gedächtnis ist gemein und wählerisch. Darum sollte man allen Memoiren, auch diesen hier, nur – milde gesagt – »bedingt« glauben.

Es gibt natürlich Kleinigkeiten, es gibt die kleine Scham, aber es gibt auch die Große Scham.

Immer wieder wird versucht, unsere Generation, die Sechziger, niederzumachen, meistens aus Neid auf das, was wir geleistet haben. Aber idealisieren soll man uns auch nicht. Bei uns lief anfangs alles durcheinander, aber so waren wir eben. So glaubte ich trotz meines Abscheus gegen den Antisemitismus, daß die Ärzte unsern lieben Genossen Stalin tatsächlich vergiften wollten, und schrieb darüber ein Gedicht. Zum Glück hatte ich ein »Haus des Gewissens«. Es befand sich in der Kriwokolenny-Gasse, der Dichter Wenewitinow hatte einst darin gewohnt. 1953 lebte dort die Familie Barlassow, die in meinem Leben eine enorme Rolle spielte: Der Vater war Buchhalter eines Postamts, die Mutter Pharmazeutin, der Sohn, Wladimir Barlas, war Geophysiker und Kritiker, er schrieb später den ersten großen Artikel über mich, und seine Frau Lida war ebenfalls Geophysikerin. Sie waren in der Regel die ersten Hörer meiner Gedichte. So auch diesmal, ich las ihnen das Gedicht über die jüdischen Giftmischer vor.

Zunächst herrschte lastendes Schweigen. Dann sagte die Mutter, die sonst die Schweigsamste war, voller Schmerz:

»Was machen sie bloß mit euch, unsern Kindern. Shenja, das stimmt doch alles nicht. Die Ärzte sind gänzlich ohne Schuld. Vergessen Sie dieses Gedicht. Zeigen Sie es niemandem. Sonst wird es womöglich noch gedruckt, und das können Sie nie wieder von sich abwaschen.«

Später nahm ich diese Episode in den Film »Stalins Begräbnis« auf. Man wollte mich überreden, das nicht zu tun, um mich nicht »preiszugeben«. Aber ich tat es bewußt. Nicht nur zur »Reinigung des Gewissens«. Die bittere Lehre konnte anderen Dichtern helfen, vorsichtiger zu sein, wenn sie »staatsbürgerliche Gedichte« schrieben.

Vielleicht ist die Scham über das Gedicht, die nicht aus meinem Gedächtnis verschwand, zum Mitautor von »Babi Jar« geworden?

Eine Bühne steht auf Blut

Das Gedicht »Babi Jar« beendete ich spät abends, nachdem ich den schrecklichen Ort gesehen hatte, dann rief ich Alexander Meshirow in Moskau an und las es ihm vor.

»Das kann man nicht drucken«, sagte er. »Darin ist alles begradigt. Es ist doch viel komplizierter. Du blamierst dich vor der ganzen Welt.«

»Ja, es ist alles begradigt. Aber darüber müssen wir reden. Und jetzt, nicht morgen«, sagte ich. »Ich bin bereit, mich vor der ganzen Welt zu blamieren.«

In einem Kiewer Restaurant las ich das Gedicht meinen Jugendfreunden Iwan Dratsch, Iwan Dsjuba und Vitali Korotitsch vor. Ihnen gefiel es – damals verstanden wir einander auf Anhieb.

Ich sollte im Oktobersaal am Krestschatik eine Lesung haben, und schon vorher verbreitete sich in ganz Kiew das Gerücht, ich hätte ein Gedicht über Babi Jar geschrieben – das Thema war damals nachgerade verboten.

Was war der psychologische Grund? Die Furcht, an ein Verbrechen zu erinnern, in das auch ukrainische Hilfspolizisten verwickelt waren. Die mangelnde Bereitschaft, den Juden Mitgefühl auszudrücken. Vielleicht wurden sie ja wieder mal für einen Ausbruch von angestautem Grimm gebraucht. Der Antisemitismus, vom Zarismus übernommen, war insgeheim die Politik der Partei, deren Hymne paradoxerweise die »Internationale« war.

Eines der lächerlichsten und zugleich traurigsten Fotos der Welt, aufgenommen irgendwo in Amerika, zeigt den finsteren Kossygin mit dem Kopfschmuck eines Indianerhäuptlings aus Adlerfedern, der auf einer Pressekonferenz gehetzt beteuert, in der UdSSR gäbe es kein Judenproblem, und einige seiner persönlichen Freunde seien sogar Juden.

Er war beleidigt, weil er nicht begriff, warum die Journalisten lachten. Seine Leute dürften ihm kaum erklärt haben, daß gerade dieses Argument der »persönlichen Freunde« von den amerikanischen Rassisten benutzt wurde.

Die Kiewer Behörden wollten meinen Gedichtabend absagen. Ich suchte die Kulturabteilung des ZK der Ukraine auf und erklärte empört, das sei eine Mißachtung der russischen Poesie. Man versicherte mir, niemand habe die Absicht, meinen Abend zu verbieten, doch die Sabotage ging weiter.

Die Plakate wurden gedruckt, aber nicht geklebt. Das übernahm die Literaturlehrerin einer Kiewer Schule mit ihren Schülern. Aber flinke Hände klebten andere Plakate darüber.

Nichtsdestoweniger war der Saal proppenvoll.

Damals wußte ich noch nicht, daß unter der Bühne des Oktobersaals, der sich auf einer Anhöhe befindet, geheime Keller des KGB lagen, in denen viele Menschen zu Tode gequält worden waren.

Was für ein Paradox der Geschichte – ich trug Verse über unschuldig vergossenes Blut auf einer Bühne vor, die wie ein Floß auf dem Blut schwamm, das unsere einheimischen Faschisten vergossen hatten.

Einer, der sich Schostakowitsch nennt

Ende März 1962 klingelte das Telefon. Meine Frau Galja ging ran. Verärgert kam sie zurück.

»Dauernd rufen dich irgendwelche aufdringlichen Kerle an. Eben war da einer, der sich Schostakowitsch nennt. Warum hängen sich so viele Spitzbuben an dich?«

Wieder klingelte es. Wieder ging sie ran. Im Hörer eine höfliche Stimme:

»Verzeihen Sie, wir kennen uns nicht, aber hier ist tatsächlich Schostakowitsch. Wenn Sie wollen, notieren Sie meine Nummer, und rufen Sie zurück. Sagen Sie bitte, ist Jewgeni Alexandrowitsch da?«

»Ja. Er arbeitet. Ich hole ihn.«

»Er arbeitet? Stören Sie ihn nicht. Ich kann jederzeit wieder anrufen, wenn es ihm recht ist ...«

(So war Schostakowitsch. Er wußte, was Arbeit ist. Was für ein Unterschied zwischen dem Taktgefühl des wahren Genies und der Taktlosigkeit manch junger Genieanwärter, die in die Wohnung oder Datscha eindringen und fordern, daß man sofort ihre Gedichte liest, egal ob jemand in der Familie krank ist oder man selber bis zum Halse in Arbeit steckt.)

Meine Frau, blaß geworden, reichte mir den Hörer an der langen Schnur wie einen Wertgegenstand und flüsterte:

»Ich glaube, er ist es wirklich.«

Ich war natürlich aufgeregt.

Schostakowitsch sprach verlegen und undeutlich, in seiner altmodisch höflichen Weise:

»Lieber Jewgeni Alexandrowitsch, ich habe Ihr Gedicht ›Babi Jar‹ gelesen, und es hat mich tief berührt. Würden Sie vielleicht so gut sein, mir die liebenswürdige Genehmigung zu erteilen, daß ich zu diesem Gedicht eine … eine … ich weiß noch nicht mal, wie ich's nennen soll – eine Sache komponiere?«

»Natürlich, selbstverständlich, ich wäre glücklich«, stammelte ich.

»Oh, ich bin Ihnen sehr dankbar für Ihre freundliche Zustimmung«, sagte Schostakowitsch. »Könnten Sie nicht mal herkommen? Die Sache … die Sache … na ja, sie ist schon fertig.«

Keine Frage, meine Frau und ich fuhren sofort zu ihm. Er spielte und sang uns die soeben fertiggestellte vokal-instrumentale Dichtung »Babi Jar« vor.

Dann sagte er:

»Wissen Sie, ich fühle, daß ich es erweitern und vertiefen muß. Ich habe früher ein Werk über die Ängste geschrieben. Über die Ängste in unserem Land. Meine Musik wurde so interpretiert, als ob sie vor allem auf Hitlerdeutschland zielt. Haben Sie vielleicht ein Gedicht über die Ängste geschrieben? Das gäbe mir die einzigartige Möglichkeit, mich nicht nur mit Hilfe der Musik zu äußern, sondern auch mit Hilfe Ihrer Verse. Dann kann niemand mehr meiner Musik einen anderen Sinn unterlegen.«

Ich schenkte ihm mein Büchlein »Schwenkende Hand«, und bald darauf schrieb ich das Gedicht »Ängste«. Leider wurde es in der Zeitschrift »Moskwa« von der Zensur verstümmelt, und so gelangten zwei schlechte Strophen, die mich bis heute quälen, zu Schostakowitsch und blieben in seiner genialen Musik, nur in den Buchausgaben habe ich sie gnadenlos getilgt.

Die ursprüngliche vokal-instrumentale Dichtung wuchs unaufhaltsam zu einer Symphonie. Am 5. Juli vollendete Schostakowitsch den Teil »Humor«, am 9. Juli »Im Laden«, am 16. Juli »Ängste«, am 20. Juli »Karriere«.

Ende Juli lud er mich zu sich nach Hause ein und stellte den Klavierauszug der Dreizehnten Symphonie auf den Flügel. Er zuckte.

Ihm tat schon damals die Hand weh, und das Spielen fiel ihm schwer. Mich erschütterte, wie nervös er war, wie er sich bei mir entschuldigte wegen seiner kranken Hand und seiner schlechten Stimme. Und dann begann er zu spielen und zu singen.

Na?

Leider hat es niemand aufgezeichnet, aber Schostakowitsch sang auch genial – eine Stimme hatte er nicht, es klang sonderbar klirrend, als ob in der Stimme etwas geborsten war, aber dafür war sein Gesang erfüllt von einer einzigartigen inneren, fast jenseitigen Kraft. Er beendete sein Spiel, fragte nichts, führte mich rasch zum gedeckten Tisch, kippte hastig zwei Gläser Wodka und fragte erst danach: »Na?« An der Dreizehnten Symphonie verblüffte mich vor allem, daß ich (der musikalische Ignorant), wäre ich plötzlich mit einem Gehör gesegnet, absolut die gleiche Musik geschrieben haben würde. Mehr noch, wie Schostakowitsch meine Verse vortrug, das war in der Intonation und im Sinn so genau, daß es schien, er hätte unsichtbar in mir gesteckt, als ich die Verse schrieb, und die Musik zeitgleich mit dem Entstehen der Verse komponiert. Mich verblüffte auch, daß er in dieser Symphonie scheinbar unvereinbare Verse zusammengefügt hatte. Das Requiemhafte von »Babi Jar« mit dem publizistischen Ausgang und die beklemmende schlichte Intonation der Verse über die Schlange stehenden Frauen, die Retrospektive aller Gedenkverse mit den übermütigen Intonationen in »Humor« und »Karriere«. Als die Symphonie Premiere hatte, widerfuhr den Zuhörern fünfzig Minuten lang etwas sehr Seltenes: Sie weinten und lachten und lächelten und dachten nach. Ohne zu überlegen, machte ich Schostakowitsch gleichwohl eine Bemerkung: Der Schluß der Dreizehnten Symphonie kam mir zu neutral vor, zu weit hinausgehend über den Text. Ich war ein Dummkopf und hatte nicht begriffen, wie notwendig dieser Schluß war, eben weil dies in dem Gedicht fehlte – der Ausweg in die ozeanische, sich über die Hektik und die Aufregungen des Vergehenden erhebende, ewige Harmonie des Lebens. Ebenso schrieb Schostakowitsch auch »Die Hinrichtung Stepan Rasins« – eine andere Musik dazu kann ich mir nicht vorstellen.

Als ich »Die Hinrichtung Stepan Rasins« noch von den Zetteln des Urmanuskripts unseren drei berühmten Dichtern Wosnessenski, Achmadulina und Okudshawa vorlas, reagierten sie äußerst skeptisch.

»Na, Shenja, das ist nicht dein bestes, aber auch nicht dein schlechtestes Gedicht«, murmelte Wosnessenski ausweichend.

Okudshawa, der gewöhnlich die Zurückhaltung eines kaukasischen Aristokraten übte, schrie mich beinahe an:

»Wie kannst du diesen Mörder und Räuber besingen?«

Die sanfteste war Bella Achmadulina.

»Shenja, du weißt doch – ich würde dich auch lieben, wenn du nicht Gedichte schriebest.«

Während der Arbeit an »Stepan Rasin« hatte Schostakowitsch auf einmal Probleme, er rief mich an: »Was meinen Sie, Jewgeni Alexandrowitsch, war Rasin ein guter Mensch? Immerhin hat er Menschen umgebracht und viel unschuldiges Blut vergossen.« Ein anderes Kapitel aus dem »Bratsker Wasserkraftwerk« gefiel ihm sehr: »Der Jahrmarkt in Simbirsk«; er sagte, das sei ein Oratorium in reinster Form; er wollte komponieren, aber irgendwelche Zweifel erlaubten es ihm nicht. Im übrigen würde ich mich nie auf die Vertonung des scheinbar auf dem Prinzip der Unvereinbarkeit aufgebauten Gedichts »Das Bratsker Wasserkraftwerk« eingelassen haben, wenn mir die Dreizehnte Symphonie nicht Mut gemacht hätte.

Die erlogene Legende

Im Westen wurde später eine Legende in die Welt gesetzt, wonach ich unter dem Druck der Regierung eine zweite Version von »Babi Jar« geschrieben hätte, die der ersten zuwiderlief. Das stimmt nicht. Soll diese Legende auf dem Gewissen derer lasten, die gar zu vergeßlich sind und heute die Vergangenheit so darstellen möchten, als ob nur sie ehrlich waren. Die Selbsterhöhung durch Erniedrigung anderer ist nicht die beste Form von Humanismus. In Wirklichkeit war es so: Der Dreizehnten Symphonie drohte aus zwei Gründen ein Aufführungsverbot. Erstens stand ich im Feuer der offiziellen Kritik, und jede Zeile von mir wurde unter die Lupe genommen, um Rebellisches herauszufinden. Zweitens warfen mir die Chauvinisten nach der Veröffentlichung von »Babi Jar« vor, in dem Gedicht gäbe es keine Zeile über die Russen und Ukrainer, die mit den Juden erschossen worden seien. Die ideologischen Einflüsterer redeten Chruschtschow schon vor der Aufführung der Dreizehnten Symphonie ein, ich hätte die Tragödie des Krieges so dargestellt, als ob die Faschisten nur Juden ermordet und die Russen nicht angerührt hätten. Kurzum, sie beschuldigten mich, das eigene Volk zu beleidigen. Der Dichter Alexej Markow veröffentlichte in der Zeitung »Literaturnaja Rossija« eine gereimte Antwort auf »Babi Jar«, in der diese Zeilen vorkamen:

Was bist du für ein echter Russe,
Denkst an dein eignes Volk nicht mehr?
Eng wurd' die Seele wie die Hose
Und wie ein Treppenflur so leer.

Die Situation war so, daß Sänger und Dirigenten vor der Dreizehnten Symphonie flohen wie Ratten vom sinkenden Schiff. Im letzten Moment weigerte sich der ukrainische Sänger Boris Gmyrja zu singen – die Antisemiten hatten ihm gedroht. Der von Schostakowitsch ausersehene Leningrader Dirigent Jewgeni

Mrawinski lehnte ab. Das Dirigat übernahm Kirill Kondraschin, den Gesang der junge Sänger Vitali Gromadski. Zu den Proben im Konservatorium kamen viele Leute, denn alle waren überzeugt, daß die Premiere verboten würde. Am Tag davor wurde Kondraschin »nach oben« zitiert, und ihm wurde mitgeteilt, daß die Aufführung nicht genehmigt würde, wenn im Text nicht auch die russischen und ukrainischen Opfer Erwähnung fänden. Diese Opfer hatte es ja tatsächlich gegeben, gleichwohl war das eine grobe, taktlose Einmischung – keine Empfehlung, sondern eine Bedingung für die Aufführung. Was sollte ich tun? Kurzerhand schrieb ich folgende vier Zeilen:

> Hier stehe ich,
> am Brunnenquell alleine,
> der Glauben schenkt an unsre Freundschaft mir.
> Es liegen Russen und
> auch Ukrainer,
> mit Juden in derselben Erde hier.

Ich kann nicht sagen, daß diese Zeilen das Gedicht poetisch bereichert hätten. Aber sie änderten nichts an seiner Aussage, und die Legende von einer zweiten, der ersten zuwiderlaufenden Version ist Verleumdung. Ich zeigte die vier Zeilen Schostakowitsch, und sie wurden mit seiner Zustimmung in die Symphonie eingebaut. War es richtig, daß ich mich damals auf diesen Kompromiß einließ? Ich glaube, ja. Sonst hätte die Menschheit Schostakowitschs geniales Werk möglicherweise erst 25 Jahre später zu hören bekommen, heute während der Glasnost. Man darf nicht vergessen, daß dies das erste Gedicht gegen den Antisemitismus war, das in der sowjetischen Presse nach so vielen antisemitischen Kampagnen der Stalinzeit gedruckt wurde. Die Dreizehnte Symphonie war einer der ersten Säuglingsschreie der Glasnost in ihrer Wiege. Die Glasnost wurde in ihrer Wiege halb erstickt, doch sie überlebte und wirkt bis in die Gegenwart.

Schostakowitsch schlug mir vor, gemeinsam eine neue Symphonie zum Thema »Gewissensqualen« zu machen. Leider entstand dazu nur mein Gedicht, das ich Schostakowitsch gewidmet habe. Wir dachten auch an eine Oper »Der dumme Iwan«, aber daraus wurde nichts. Schostakowitsch stand in der Blüte seiner schöpferischen Kräfte, als der Tod sein Leben abbrach.

Das Genie steht über dem Genre

Mit ihm war nicht nur ein großer Komponist gegangen, sondern auch ein großer Mensch. Das Genie steht über dem Handwerk. Die Arbeiten von Handwerkern können mitunter lange leben, aber nur als Besitz eines bestimmten Genres. Das Genie steht über dem Genre. Die Zugehörigkeit zur Geschichte bedeutet keine Untreue gegenüber den Musen, sondern symbolisiert den höchsten Grad dieser Treue.

Schostakowitschs Talent war wie das Puschkins allumfassend – er war ein Meister des Kammerlyrismus, ein metaphysischer Philosoph (die Vierzehnte Symphonie zum Thema Tod und Unsterblichkeit), ein bissiger Satiriker (»Die Nase«, »Die Wanze«, eine glänzende frühe Improvisation zum Thema Eingaben von Mietern in Gemeinschaftswohnungen), ein einzigartiger Liederkomponist (»Schlaf nicht, steh auf, mein Lockenkopf«), ein machtvoller Opernepiker, ein hinreißender Jazzimprovisierer, und er verschmähte nicht einmal den Versuch, eine leichte, funkelnde Operette zu schreiben, was freilich mißlang.

Er war in rührender Weise zuvorkommend, wenn er erfuhr, daß jemand in Not oder krank war oder kein Geld hatte. Wie vielen Komponisten half er nicht nur mit seiner Musik, sondern auch mit seiner Unterstützung. Das Genie steht auch über der nicht eben besten menschlichen Eigenschaft, dem Neid. Einmal sprach Schostakowitsch über einen Komponisten und sagte seufzend: »Gemeine kleine Seele. Wie schade. Eine solche musikalische Begabung.« Und gleich darauf: »Genie und Übeltat schließen einander aus.« Begabt kann leider auch ein Schurke sein, aber der Genialität beraubt er sich selbst.

Von den zeitgenössischen ausländischen Komponisten liebte Schostakowitsch Benjamin Britten, mit dem er befreundet war. Einmal hörten wir zu zweit das »Kriegsrequiem« von Britten, und Schostakowitsch zerrte krampfhaft an seinen Fingern – seine Art zu weinen. Er war nicht nur ein großer Komponist, sondern auch ein großer Zuhörer und ein großer Leser. Er kannte nicht nur die klassische, sondern auch die zeitgenössische Literatur, verfolgte begierig die wichtigsten Prosawerke und Gedichte und fand mit einem feinen Gespür das Wesentliche heraus. Im persönlichen Gespräch war er unversöhnlich gegen Konjunkturritterei, Feigheit und Speichelleckerei, aber sanft und gütig gegenüber jedem Talent. Sosehr mir seine Urteile gefielen, die er im kleinen Kreis abgab, so sehr mißfielen mir viele seiner Artikel und Vorträge. Das waren hohle Lobsprüche auf die Partei und den sozialistischen Realismus. Meistens hatte er sie nicht selber verfaßt, sondern nur unterschrieben. Einmal machte ich ihm deswegen Vorwürfe. Er war ein Mensch mit Gewissen, unbarmherzig gegen sich selbst, und gab zu, daß ich recht hatte, erklärte aber traurig: »Einmal habe ich meine Unterschrift unter Worte gesetzt, die ich nicht gedacht hatte, und seitdem ist etwas mit mir passiert – ich wurde gleichgültig gegenüber Texten, die ich unterschrieb. Doch in der Musik habe ich keine einzige Note unterschrieben, die ich nicht gedacht hatte. Vielleicht wird mir deshalb verziehen werden.«

Im Frühjahr 1968 geschah folgendes. Ich war bei Schostakowitsch und sprach mit ihm über den »Prager Frühling« – mit Hoffen und Bangen. Mit Bangen deshalb, weil in unseren Zeitungen immer wieder Artikel erschienen, welche die tschechoslowakische »Glasnost« als »Verrat am Sozialismus« diffamierten. Solchen Worten konnten Taten folgen. Schostakowitsch zuckte nervös, griff krampfhaft nach dem Wodkaglas, lief dann plötzlich ins Nebenzimmer und zeigte mir einen offenen Brief von sowjetischen Kunstschaffenden gegen den »Prager Frühling«.

»Ich werde das unterschreiben. Ja, ich tu das. Was habe ich nicht schon alles unterschrieben in meinem Leben. Ich bin ein gebrochener, erledigter Mann«, so haderte Schostakowitsch mit sich selbst.

»Um Gottes willen, Dmitri Dmitrijewitsch, unterschreiben Sie das nicht«, sagte ich. »Damit würden Sie allen jungen Komponisten ein schlechtes Beispiel geben. Die können dann hinterher sagen: ›Na, wenn selbst Schostakowitsch alles unterschreibt, was man von ihm verlangt, warum soll ich es dann nicht auch tun?‹ Bitte, unterschreiben Sie diesen Brief nicht. Davon hängen Menschenleben ab. Die von Ihnen unterschriebenen Worte können sich doch in Panzer verwandeln.«

Schostakowitsch bebte, zerknüllte den Brief.

»Gut, gut. Ich unterschreibe nicht.« Er lief wieder ins Nebenzimmer. Blieb fünf Minuten weg. Als er wieder hereinkam, war sein Gesicht aschgrau und starr wie eine Maske. An jenem Abend sprach er kein Wort mehr.

Unfehlbare Menschen gibt es nicht, aber man muß – so wie Schostakowitsch – den Mut in sich finden, wenigstens vor sich selbst die eigenen Schwächen zu verurteilen. Doch es gibt Menschen, die nicht nur unfähig sind, mit dem Auge des strengen und gerechten Richters in sich hineinzublicken, sondern auch versuchen, ihre Schwächen als Überzeugungen auszugeben.

Schostakowitsch erzählte mir, wie er während der Arbeit an der Bühnenmusik zu dem Stück »Die Wanze« zum erstenmal mit Majakowski zusammentraf. Majakowski war damals nervös und schlecht gelaunt und reichte dem jungen Komponisten hochmütig zwei Finger. Schostakowitsch, trotz seines Respekts vor dem großen Dichter, kniff nicht und reichte ihm als Antwort einen Finger. Da lachte Majakowski herzlich und streckte ihm die ganze Hand hin. »Du wirst es weit bringen, Schostakowitsch.« Er hatte recht.

1991 machte ich mein morgendliches Jogging im schattigen Kiewer Park am Dnjepr-Ufer. Und blieb stehen, wie vom Donner gerührt. Auf die Skulpturen-Gruppe, gewidmet der Freundschaft des ukrainischen und russischen Volkes, hatte jemand mit großen schwarzen Buchstaben geschmiert: »Jidden und Rußkis raus aus der Ukraine!«

Das wäre an jedem Morgen scheußlich gewesen, aber an diesem, fünfzig Jahre nach dem Massenmord an Zehntausenden Juden in Babi Jar, war es besonders widerwärtig.

Am selben Tag erzählten mir die Mitarbeiter des Bulgakow-Hauses, daß man ihnen in der Nacht die Scheiben eingeworfen hatte.

»Wer?« fragte ich bedrückt.

»Sie haben sich nicht vorgestellt.«

»Aber warum?«

»Sie können Bulgakow nicht verzeihen, daß er die Pogrome unter Petljura beschrieben hat.«

Immerhin hatten sich die Petljura-Leute nicht vor ihren Opfern fotografieren lassen.

Den ganzen Krestschatik entlang zeigten Aufsteller mit Fotos die Nazigräuel, aufgenommen von den selbstzufriedenen Henkern – traurige Mengen von Kindern, Frauen, Greisen, wie sie zu ihrem gemeinsamen Grab getrieben wurden, weiße Leichenberge, die blanken Stiefel der Mörder am Rande der Schlucht.

Aber selbst die direkte Erinnerung an das, was hier im Jahre einundvierzig geschehen war, hatte die Schmierfinken nicht abhalten können.

Die ukrainischen Machthaber hatten sich erst mit dreißigjähriger Verspätung endlich bequemt, die Existenz der Dreizehnten Symphonie von Schostakowitsch zur Kenntnis zu nehmen, und mich zähneknirschend zu ihrer Aufführung eingeladen. Viele Jahre lang hatte ich selbst in Franco-Spanien, selbst in Salazar-Portugal auftreten können, nur nicht in der Hauptstadt Kiew, wo meine Dichtung so viele treue Freunde hatte. Es war schließlich kein Zufall, daß ich 1989 in der Ukraine zum Volksvertreter gewählt wurde.

Das Gedächtnis der Menschheit ließ sich nicht beschwichtigen durch das ungefüge Monument in Babi Jar, auf dem die Nationalität der meisten Ermordeten verschwiegen wurde.

Die fünfzig Jahre alte Tragödie, die durch die Dreizehnte Symphonie weltbekannt geworden war, einfach abzutun war nicht mehr möglich, und den traurigen Jahrestag ohne sie zu begehen wäre unanständig gewesen. Man mußte mich einladen.

Als ich nach Babi Jar kam, sah ich zu meinem Erstaunen eine gewaltige Tafel mit zwei Zitaten, das eine aus meinem Gedicht, das andere, auch über Babi Jar, von dem Dichter Dmitri Pawlytschko. Er hatte sein Gedicht zu dem Auftragswerk eines einheimischen Komponisten geschrieben, als das schon nicht mehr gefährlich war.

Aber gegen Schostakowitsch anzutreten war unmöglich. Nach der Dreizehnten Symphonie und den ersten Takten des nächsten Musikwerkes machten sich viele Besucher still und leise davon.

Auf dem Bankett nach dem Konzert herrschte eine Börsen- und Lobbyatmosphäre – man tauschte Visitenkarten, besprach Geschäfte.

Mein Gott, mit einer menschlichen Tragödie wurde Busineß gemacht. Aber war das nicht schon oft so in der Geschichte?

Verurteilt zur Unsterblichkeit

> »Von jedem Fisch aß er alles – Kiemen wie Schwanz, und auch die Augen aß er, wenn sie noch dran waren.«
>
> Alexander Solshenizyn, »Ein Tag im Leben des Iwan Denissowitsch«

Das System, in dem die Häftlinge alles aßen, was ihnen unterkam, sogar die Augen eines jämmerlichen Herings, fraß die Menschen und mit besonderem Vergnügen ihre Augen, damit die nichts sähen, nichts erinnerten.

Jede Propaganda ist gleichbedeutend mit dem Verschlucken von Augen.

Aber es gab auch Augen, die sahen und erinnerten. Der einstige Batterieführer Alexander Solshenizyn betrachtete seine Lagerhaft als Erinnerungsmission.

O weh – eine wenig angenehme Wahrheit steckt in den Worten von Bertolt Brecht, unglücklich sei das Land, das Helden brauche.

Noch unglücklicher jedoch ist ein Land, das Helden braucht, aber keine hat.

Dieses Unglück ist Rußland gottlob erspart geblieben.

Einer seiner Helden ist Alexander Solshenizyn.

Im Dezember 1962 sah ich im Moskauer Empfangshaus der Regierung, wie sich zwei Helden des zwanzigsten Jahrhunderts kennenlernten: Chruschtschow und Solshenizyn.

Es geschah auf der Marmortreppe, auf der ein roter Läufer lag, anzusehen wie eine kriecherische Variante des roten Banners unter den Mokassins der Politbüromitglieder, deren podagrische Knoten sich unter dem zarten Leder abzeichneten.

»Nikita Sergejewitsch, das ist dieser Solshenizyn«, sagte, vor Stolz strahlend, Chruschtschows Assistent Lebedew, als hätte er selbst den Schriftsteller neun Monate lang in seinem Mutterschoß getragen und dann zur Welt gebracht. In Wirklichkeit war er weder Vater noch Mutter Solshenizyns, hatte aber bei dessen erster Erzählung »Ein Tag im Leben des Iwan Denissowitsch« die Rolle der Hebamme gespielt.

Ich konnte sehen, daß Chruschtschow, während er Solshenizyn die Hand drückte, ihm mit einiger Befürchtung ins Gesicht blickte.

Solshenizyn verhielt sich gegen meine Erwartung zu Chruschtschow nicht wie ein stolzer Einzelgänger aus der Lagerbaracke zu seinem Natschalnik.

»Danke, Nikita Sergejewitsch, im Namen aller Rehabilitierten«, sagte er hastig, als ob er fürchtete, man könne ihm das Wort entziehen.

»Aber aber, das ist doch nicht mein Verdienst, sondern das der ganzen Partei.« Mit mühsamer Bescheidenheit zuckte Chruschtschow die Achseln, strahlte aber vor Vergnügen. Er legte Solshenizyn den Arm um die Schultern und führte ihn treppauf, um so gleichsam ein Symbol der Verbrüderung von Macht und freidenkender Intelligenz zu zeigen.

Wie kam es zu dieser Verbrüderung des Kommunisten Nr. 1 mit dem Antikommunisten Nr. 1?

1962 weigerte sich die Zensur, die laufende Nummer der liberalen Zeitschrift »Nowy Mir« zum Druck freizugeben; darin sollte die erste Erzählung eines noch unbekannten ehemaligen Stalinschen Lagerhäftlings erscheinen. Bei solchen Verboten pflegten die Chefredakteure der Zeitschriften entweder den Schwanz einzuziehen oder sich beim ZK über die Zensur zu beschweren. Chefredakteur Alexander Twardowski schrieb direkt an Chruschtschow, um die

Erzählung »Ein Tag im Leben des Iwan Denissowitsch« zu verteidigen. Auf eine positive Antwort konnte er kaum hoffen, denn Chruschtschow war nur ein halber Liberaler, und auch das nur, wenn er bei Laune war, was manchmal gar nicht lange dauerte.

Die Tragödie Chruschtschows bestand darin, daß er sowohl Antistalinist als auch Stalinist war. Als Abkömmling einer armen Familie mit bäuerlich-bergmännischen Wurzeln wußte er, wieviel Leid Stalin dem Volk zugefügt hatte, als er eine Orwellsche Variante des Kommunismus auf Menschenknochen errichtete, aber als Parteiapparatschik hatte er diese Variante ins Leben umgesetzt und war selbst bis zu den Ellbogen mit Blut besudelt. Nachdem er auf dem Zwanzigsten Parteitag 1956 Stalin als Mörder entlarvt hatte, fand er nicht den Mut, zu bereuen, daß er selbst an den Gewalttaten teilgenommen hatte. Später erschrak er selbst über seine Rede und legte den Rückwärtsgang ein, indem er den Aufstand in Ungarn und die Hungerrevolte der Arbeiter von Nowotscherkassk in Blut erstickte. Aber der Strom der Menschen, die in den Lagern überlebt hatten und nun rehabilitiert wurden, riß nicht ab und brachte die furchtbare Wahrheit über das mit, was in dem unbekannten DORT geschehen und worüber bislang in der gedruckten Literatur kein Wort verlautet war. Es entstand ein Abgrund zwischen dem bruchstückhaften Wissen über das Lagerleben, das die Rückkehrer mitbrachten, und dem künstlichen Verschweigen der Lagergeschehnisse in den Zeitungen und Zeitschriften. Chruschtschow, der einmal vor aller Welt ein Tabu gebrochen hatte, war höchst inkonsequent und trug später nicht nur zum Verschweigen der Verbrechen Stalins bei, sondern auch zu Versuchen, denjenigen reinzuwaschen, den er selbst einen Mörder genannt hatte. Da er aber spürte, daß dieses Reinwaschen sein eigenes Ende bedeuten konnte, da man ihm als dem ersten Entlarver Stalins nicht verzeihen würde, pendelte er zwischen Stalinismus und Antistalinismus hin und her. Im Zustand des Antistalinismus brauchte er zu seiner Rechtfertigung ein Buch über Stalins Verbrechen. Wenn es Solshenizyn nicht gegeben hätte, würde

Chruschtschow ihn erfunden haben. Aber nicht Chruschtschow, dieser spontanste Politiker der Welt, erfand ihn, sondern der GULAG. Der Antistalinist Solshenizyn war eine Hervorbringung des Stalinismus selbst. Als er dann in den Westen kam, der ihn mit offenen Armen aufnahm, erschreckte er ihn mit der Intoleranz seiner antiwestlichen Urteile. Aber zurück zur Geschichte der Erzählung.

Der umsichtige Lebedew hielt während der zahlreichen Reisen Chruschtschows stets einen Aktendeckel der Zeitschrift »Nowy Mir« mit den Fahnen der von der Zensur verbotenen Erzählung bereit, und als Chruschtschow, dieser spontanste Politiker der Welt, wieder mal einen Anfall von Antistalinismus hatte, schob er sie ihm zu, zusammen mit meinem Gedicht »Stalins Erben«. Chruschtschow entschloß sich, nicht auf Stalin zu setzen, sondern auf Iwan Denissowitsch. Die Erzählung hatte die Wirkung einer detonierenden politischen Sprengbombe. Sie führte Millionen erschütterter Leser in der Sowjetunion und im Ausland hinter den Stacheldraht, in die Lagerbaracken, zeigte den furchtbaren Alltag des täglichen Völkerselbstmords. In Rußland war sie nicht nur gesellschaftlicher, sondern auch ein literarischer Erfolg, denn die Erzählung war in einer farbigen lebendigen Sprache geschrieben, in der einzigartige folkloristische Metaphern mit Lagerjargon wechselten. Das ist bei der Übersetzung teilweise verloren gegangen, und Solshenizyns Ruf im Westen ist leider ein rein politischer Erfolg.

Die Parteinomenklatura, die nicht wußte, daß Chruschtschow selbst hinter der Veröffentlichung von Solshenizyns Erzählung und meinem Gedicht »Stalins Erben« stand, schrieb ihm kollektive Denunziationsbriefe mit Beschwerden über die Redaktion von »Nowy Mir« und sogar über die Redakteure der »Prawda«, denen sie die Propagierung »antisowjetischer Tendenzen« vorwarf. Chruschtschow geriet in Wut und schrie während einer ZK-Sitzung, man werde am Ende auch ihm noch Antisowjetismus vorwerfen. Damit war er nicht allzu weit von der Wahrheit entfernt.

Chruschtschow beauftragte den ZK-Sekretär für Ideologie, Iljitschow, den sensationellen Beschluß über die Abschaffung der Zensur vorzubereiten. Die Parteibeamten gerieten in Panik – die Abschaffung der Zensur würde das Ende des Systems und ihr eigenes Ende bedeutet haben. Da ließen sie sich eine pfiffige Provokation einfallen – in dem Wissen, daß Chruschtschow eine Gemäldeausstellung besuchen wollte, konzentrierten sie in einem der Säle avantgardistische Gemälde und zogen Chruschtschow dort hin.

Der glaubte zunächst, man zeige ihm unvollendete Arbeiten, denn er hatte noch nie Abstraktionisten gesehen. »Wo sind denn die menschlichen Gesichter?« fragte er verständnislos.

Man erklärte ihm, die Abstraktionisten haßten die Gesichter unserer Sowjetmenschen, und überzeugte ihn, es sei noch zu früh, die Zensur abzuschaffen.

In der Moskauer Intelligenz ging damals ein populärer Scherz um: Was wird in einer Enzyklopädie des einundzwanzigsten Jahrhunderts über Chruschtschow stehen? Antwort: Kunstexperte aus der Zeit Mao Tse-tungs.

Damals verfiel Chruschtschow auf die Idee einer »Begegnung mit der Intelligenz«, zu der er Solshenizyn einlud, um »mit den Abstraktionisten abzurechnen«. Zu Beginn der Diskussion sagte er: »Ich begrüße unseren zeitgenössischen Tolstoi – Alexander Solshenizyn.«

Der ganze Saal applaudierte stehend, auch der Autor der stalinistischen Nationalhymne der UdSSR, Sergej Michalkow, der ein paar Jahre später nicht minder enthusiastisch Solshenizyn aus dem Schriftstellerverband ausschloß.

Offen gestanden hatte ich erwartet, daß Solshenizyn, im Mittelpunkt der Aufmerksamkeit stehend, sich für die jungen Maler und die jungen Schriftsteller einsetzen würde, die von Chruschtschow mit Beleidigungen überschüttet wurden. Aber der »zeitgenössische Tolstoi« sagte nichts.

Ich denke, Solshenizyn war zu dem Schluß gekommen, daß er

nicht das Recht habe, seine späteren großen Werke, auch den »Archipel GULAG«, durch eine Konfrontation mit der Macht zu gefährden, und das wegen eines so geringfügigen Anlasses wie der Bilder irgendwelcher unbegreiflicher Maler. Solshenizyn begann schon damals, sich als einen Messias, als letzte Instanz der Wahrheit zu sehen. Das half ihm, seinen unmenschlichen, ungleichen Kampf zu gewinnen, den Kampf gegen die achtzehn Millionen der Partei, die zwanzig Millionen des Komsomol, die halbe Million des KGB, aber er verwandelte sich allmählich in einen Publizisten und verlor den Lyrismus seiner ersten Werke – »Ein Tag im Leben des Iwan Denissowitsch«, »Matrjonas Hof«, »Der Vorfall auf der Station Kretschetowka«.

Der »Archipel GULAG« wurde in einem einzigartigen Genre geschrieben: dem Aufschrei. Das Buch hat die Geschichte beschleunigt, und Solshenizyn hat ein Denkmal verdient, weil er so viele menschliche Schmerzen vor dem Vergessen bewahrt hat. Nachdem er jedoch aus dem Rahmen der Literatur einmal herausgetreten war, konnte er nicht mehr in sie zurückkehren. Sein heroischer Versuch der Epopöe »Das rote Rad« scheiterte, weil das Material sich als unverdaut erwies und es dem Autor nicht gelang, alle Fäden zu bündeln. Aber das einmalige Material verleiht der Epopöe unschätzbaren Wert.

Iwan Denissowitsch hingegen war nicht aus »gesammeltem Material« gemacht, er war kein Sammelheld, sondern dem Leben abgeguckt.

Solshenizyn hatte sich als Helden keinen liberalen Intelligenzler ausgesucht, wie sie die damaligen Lager füllten. Überhaupt ist für ihn eine etwas angewiderte Haltung zu den Liberalen charakteristisch – sie sind für ihn Menschen mit allzu zerbrechlichem, mitunter auch allzu elastischem Rückgrat. Iwan Denissowitsch ist kein Aufrührer, der das Lagerregime als etwas Unnormales ansieht, was dem gesunden Menschenverstand zuwiderläuft. Das Lager ist für Iwan Denissowitsch eine Gegebenheit, eine Dekoration, und er selbst ist nur ein Schauspieler, der vor diesem Hintergrund spielen muß, unabhängig davon, ob ihm die Dekoration gefällt oder nicht. Iwan Denissowitschs wichtigste Aufgabe ist es zu überleben. Darum verwendet er nicht allzu viel Kraft auf die hochtrabenden Diskussionen der Intellektuellen in der Lagerbaracke, hört nur mit einem Ohr hin. Nehmen wir den Streit des Filmregisseurs Zesar mit dem alten Sträfling Ch-123 über den berühmten Filmregisseur Eisenstein, der nur durch ein Wunder nicht auch hinter Stacheldraht saß.

»Nein, mein Lieber«, sagt Zesar sanft und mit absinkender Stimme. »Wir müssen objektiv sein und zugeben, daß Eisenstein genial ist. Oder ist sein ›Iwan der Schreckliche‹ etwa nicht genial? Der Tanz der Opritschniki mit den Masken! Die Szene in der Kathedrale!«

»Firlefanz!« ruft Ch-123 verärgert und hält eine Sekunde mit dem Löffel vor dem Mund inne. »So viel Kunst, daß es schon keine Kunst mehr ist.«

Das einzige, woran Iwan Denissowitsch in diesem Moment denkt, ist, ob Zesar ihm etwas zum Rauchen anbieten wird. Als er kapiert, daß er heute keinen Kippen kriegt, geht er leise hinaus, findet aber dafür im Schnee ein Stück von einem Sägeblatt und steckt es ein. Die Säge bedeutet ihm mehr als der Regisseur Eisenstein. Kann man mit Gesprächen über die Kunst etwas durchsägen? Darum geht er so sorgsam mit jedem Gegenstand um, der ihm überleben hilft – versteckt den Löffel im Schaft des Filzstiefels, bewahrt, in ein weißes Läppchen gewickelt, eine Brotrinde auf, mit der er die Breireste aus der Schüssel wischt. Iwan Denissowitsch ist von Leuten umgeben, die weit gebildeter sind als er; da ist zum Beispiel der Korvettenkapitän Buinowski, der gewohnheitsmäßig mit den anderen im Kommandoton spricht oder sie belehrt, sie sollten keine Kippen auflesen und zu Ende rauchen, weil das unhygienisch sei und sie sich eine Syphilis einfangen könnten. Alle seine goldenen Aufnäher haben ihm nichts genützt, ihn nicht klüger gemacht, er kommt in den Karzer. Und die drei Kunstmaler im Lager: Was nützen ihnen ihre Diplome – daß sie die Nummern auf den Rücken nachziehen können? Iwan Denissowitsch hat eine andere Bildung, er weiß, wie man es vermeidet, in den Karzer zu kommen, und wie man ein Stück Säge im Handschuh versteckt. Ein zusätzliches Stück Brot, mit allen erlaubten und unerlaubten Mitteln erbeutet, das ist sein täglich zu erwerbendes Diplom über die höhere Bildung – die Lagerbildung. Alles, was im Quadrat der Lagerzone im Bühnenlicht der Scheinwerfer vorgeht, die von den Wachtürmen gnadenlos in die Augen schlagen, gehört zu dem Theaterstück, in dem sich Iwan Denissowitsch als Hauptdarsteller fühlt, umgeben von philosophierenden, aber lebensuntüchtigen Intelligenzlern, zweitklassigen Schauspielern.

In welchem Maße ist Iwan Denissowitsch mit Solshenizyn identisch?

In hohem Maße. Aber Solshenizyn gehörte bei all seiner sarkastischen Feindseligkeit gegenüber der liberalen Intelligenz eben zu dieser Intelligenz. Übrigens waren die realen Iwan Denissowitsche von dem Buch nicht besonders angetan, hatten es vielleicht gar nicht gelesen. Aber die vom Autor ungeliebte sowjetische Intelligenz erhob das Buch zu ihrem Banner.

Sosehr Solshenizyn die Sowjetmacht auch haßte, so war er doch keineswegs ein vorrevolutionärer, sondern ein unheilbar sowjetischer Intellektueller. Seine Urteile über Kunst sind höchst konservativ, und die abstrakte Malerei ist ihm sicherlich nicht minder fremd als Chruschtschow.

Um diesen Widerspruch zu verstehen, wenden wir uns seiner Biographie zu.

Solshenizyn wurde 1918 geboren, auf dem Höhepunkt des Bürgerkriegs, den er vielleicht schon im Mutterleib hassen lernte, als er im embryonalen Zustand Detonationen, verzweifelte Schreie von Erschießungsopfern, das Stöhnen Verwundeter und das Todesröcheln Verhungernder hörte.

Kurz vor dem Zweiten Weltkrieg machte er sein Diplom (mit Auszeichnung) an der physikalisch-mathematischen Fakultät der Universität Rostow. Aber selbst wenn Solshenizyn schon bei seiner Geburt Dissident war, ein Diplom mit Auszeichnung zu bekommen war unmöglich, wenn man nicht von Zeit zu Zeit seine Loyalität zum Regime demonstrierte. Während des Zweiten Weltkriegs war er von 1942 bis 1945 Batterieführer, und in dem Beschluß des Obersten Gerichts über seine Rehabilitierung vom 6. Februar 1956 wurde ihm attestiert, daß seine Abteilung in Disziplin und Kampfhandlungen die beste war. Er bekam den Hauptmannsrang und zwei Orden. Konnte man Auszeichnungen der Sowjetmacht bekommen und zugleich ein Feind der Sowjetmacht sein? Dazu mußte man sich genial verstellen können. So begann schon vor dem Lager Solshenizyns Verwandlung in Iwan Denissowitsch. Einmal war er in einem Brief an einen Kameraden unvorsichtig und vergaß, daß die Briefe von der Militärzensur überprüft wurden.

Solshenizyn verbrachte insgesamt elf Jahre in einem Sondergefängnis, in Lagern und in der Verbannung, die »ewig« währen sollte. Das System war bei aller Grausamkeit und Gerissenheit doch dumm. Es lehrte seinen späteren Totengräber den Gebrauch des Spatens.

Nach seiner Rückkehr hatte Solshenizyn die Wahl, Lehrer oder Schauspieler zu werden. Er wählte das erste und unterrichtete sechs Jahre an einer Rjasaner Schule Physik. Aber letztlich mußte er beides werden. Ohne das schauspielerische Können des Lagerhäftlings würde er nicht in Freiheit überlebt, nicht sich durchgesetzt haben und wäre er nicht für viele zum Lehrer geworden, der ihnen predigte, »wie man ohne Lüge lebt«. Unglücklicherweise setzte er später seinen Zeigefinger beim didaktischen Predigen so oft ein, daß die übrigen Finger ihre Biegsamkeit verloren und keine harmonischen Akkorde mehr greifen konnten. Aber er brachte aus dem Lager die Idee zu dieser Erzählung mit, so wie er das Stück Sägeblatt im bereiften Handschuh an der »Filzung« vorbeimogelte.

Bis auf den heutigen Tag gibt es da, wo die Stalinschen Lager waren, kein einziges Museum, in dem unsere Zeitgenossen und Nachfahren wenigstens ein sowjetisches Auschwitz in Augenschein nehmen könnten. Die kleine Erzählung »Ein Tag im Leben des Iwan Denissowitsch« ist solch ein Museum.

Solshenizyn war der erste, der mit dem gefundenen Sägestück den Stacheldraht durchsägte und Millionen Leser in das Lager hineinließ, Russen und Ausländer, damit sie mit eigenen Augen den GULAG sahen und von Entsetzen gepackt wurden. Die Lektüre dieses Buches ist eine Exkursion ins Innere der Schmach Rußlands und der Menschheit. Schade, daß Marx und Engels es nicht lesen können, auch nicht den »Archipel GULAG«. Sie wären auch entsetzt.

Das Liebesverhältnis zwischen der Sowjetmacht und Solshenizyn ging rasch zu Ende. Die Sowjetmacht benahm sich wieder dumm, indem sie Solshenizyn nicht den Lenin-Preis gab, ihm, der bei der Entlarvung Stalins noch mit keinem Wort Lenin angetastet hatte. Sie selbst beschleunigte Solshenizyns Entwicklung zum Entlarver Lenins und zu ihrem unversöhnlichen Feind.

Kaum war Chruschtschow von der politischen Bühne vertrieben, war Solshenizyn von roten Fähnchen umstellt wie ein gehetzter Wolf – er wurde nicht mehr gedruckt, der KGB verkaufte über seinen Agenten Viktor Luis den Roman »Die Krebsstation« in den Westen, um einen Skandal zu provozieren, man schloß ihn aus dem Schriftstellerverband aus, und er lebte in dem Sommerhaus Rostropowitschs, wo er am »Archipel GULAG« arbeitete.

Später konfiszierte der KGB das Typoskript des »Archipel«. Die verzweifelte Stenotypistin hängte sich auf. Solshenizyn behauptete, erst danach habe er sich entschlossen, den Text dem Westen zu geben.

Mein Freund Per Hedin, der schwedische Verleger Solshenizyns, kam in einer heiklen Mission nach Moskau – er wollte herausfinden, ob Solshenizyn den Nobelpreis annehmen und ob das seine ohnehin gefährliche Lage nicht noch verschlimmern würde. Ein Treffen mit Solshenizyn war unmöglich, denn Rostropowitschs Sommerhaus war von Agenten des KGB buchstäblich umstellt. Ich leitete die Frage konspirativ, über eine dritte Person, weiter, und ebenso konspirativ wurde Hedin ausgerichtet, Solshenizyn nehme den Preis an. Am 8. Oktober 1970 wurde bekanntgegeben, daß Solshenizyn der Nobelpreis verliehen worden sei, mit der Formulierung: »For the ethical force with which he has pursued the indispensable tradition of Russian Literatur« (für die ethische Kraft, mit der er die beständigen Traditionen der russischen Literatur fortsetzte).

Im Zusammenhang mit der Nobelpreisverleihung gab es eine kleine spaßige Episode, die meine schwedischen Freunde mir erzählten. Ich will mich für die Details nicht verbürgen, kann mir aber vorstellen, daß es sich genau so zugetragen hat. Nachdem Solshenizyn aus seiner Heimat »rausgesetzt« worden war und er endlich nach Stockholm kam, um den Nobelpreis entgegenzunehmen, wurde er natürlich von seinem schwedischen Verleger nach Hause eingeladen. Außer den Kindern und der Ehefrau waren in Per Hedins Haus nur noch ein paar nahe Freunde und Nachbarn. Aber schon an der Türschwelle sagte Solshenizyn:

»Nein, nein, bitte keine Gäste. Das Leben ist so kurz ... Kommen wir gleich zur Sache ... Wo ist Ihr Arbeitszimmer?«

Per Hedin war verwirrt und wollte ihm etwas erklären, aber der Nobelpreisträger wiederholte unerbittlich:

»Wo ist Ihr Arbeitszimmer?«

Während sie über die »Sache« sprachen, nahm Solshenizyn plötzlich das oberste Blatt von einem Stoß Papier neben der Schreibmaschine, befühlte es und zog sogar daran.

»Ich erkenne dieses Papier. Darauf schreiben Sie mir Briefe. Wie fest es ist, unzerreißbar. Solches habe ich weder in Deutschland noch in der Schweiz gesehen. Können Sie mir ein paar Kilogramm davon besorgen?«

Per Hedin schickte ihm diese »paar Kilogramm« als Geschenk, ließ ihn aber zugleich höflich wissen, daß er nicht länger die Ehre habe, der Verleger Solshenizyns in schwedischer Sprache zu sein.

In dieser Episode zeigt sich Solshenizyn wieder als Iwan Denissowitsch, der sich nicht besonders für Gespräche über Eisenstein und über Kunst schlechthin interessiert, ein Mensch, der keine Zeit für »Lappalien« verschwenden will. Aber ein paar Kilogramm Papier, das ist konkret wie die Säge im Lagerschnee, das kann stets zupaß kommen.

Solshenizyn hält offensichtlich die Regeln der Höflichkeit und einfacher menschlicher Herzlichkeit für klein und unerheblich, verglichen mit der Aufgabe, Rußland zu retten. Ja, er ist Mönch und Recke, und wenn er es nicht verstanden hätte, »Lappalien« von sich fernzuhalten, hätte er vielleicht die übermenschliche Heldentat – ein Denkmal für den Archipel GULAG zu schaffen – nicht verwirklichen können.

Diese Selbstbeschränkung hat ihm sicherlich geholfen, ein großer unbeugsamer Kämpfer zu werden.

Der Verlust der eigenen Wärme führt dazu, den Kontakt zu den Menschen zu verlieren, die auf diese Wärme und nicht nur auf Rezepte der Selbstrettung warten.

Darin besteht die Tragödie der selbsternannten Messiasse.

Solshenizyn hat sich geirrt, als er viele Jahre lang den Westen mit der unvermeidlichen »roten Expansion« schreckte – entgegen seinen unheildrohenden Vorhersagen wird die Welt gegenwärtig nicht vom Kommunismus, sondern vom Kapitalismus regiert. Aber der Wechsel des Systems macht die Zahl der Unglücksfälle nicht kleiner. Es geschieht auch, daß das System vorsätzlich Unfälle organisiert, weil es dann an der Instandsetzung verdient. Kriege sind vorsätzlich organisierte Unfälle, an denen enorm verdient wird. Und wenn Solshenizyn früher den Weltkapitalismus wegen Versöhnlertum gegenüber dem Kommunismus angriff, greift er ihn jetzt an, weil er »den russischen Export durch Tarife abwürgt«, »innerrussische Programme diktiert«, »schwächende Anleihen« gibt und »Rußland fast in die Handlungsunfähigkeit treibt«. Er schont auch die heutigen Regenten Rußlands nicht. »Sie wähnen sich auf der historischen Höhe der Zeit, auf der sie nicht sind. Sie lenken den Gang der Ereignisse nicht.« Aber auch sich selbst schont er nicht, indem er seine Seele mit endlosen Projekten martert, wie Rußland einzurichten sei. Sein Aufsatz »Heuchelei am Ausgang des 20. Jahrhunderts« ist ein Aufschrei der Seele, aber um ihn zu hören, muß man auch eine Seele haben. Auf der Welt gibt es derzeit keinen einzigen Menschen, der ihm im Niveau des Schmerzes gleichkäme.

Fast niemand hört auf ihn in dem Land, in dem er der meistgeachtete Schriftsteller ist und Alexandra Marinina die meistgelesene Schriftstellerin. Solshenizyn, der in der Duma versucht, in den gähnenden und über ihre Geschäfte tuschelnden Abgeordneten den Schmerz um Rußland wachzurufen – welch ein tragisches Bild!

Wenn Iwan Denissowitsch der Fleisch gewordene Rat ist, wie Rußland überleben kann, dann ist Solshenizyn ein Opfer des eigenen Rates. Rußland hat sich ja schon angepaßt an den heutigen wilden Kapitalismus, so wie Iwan Denissowitsch an die Realität des Lagers. Rußland wird überleben, aber es interessiert sich – wie Iwan Denissowitsch ausschließlich auf das Überleben konzentriert – nicht so sehr für intellektuelle Streitgespräche darüber, wie es einzurichten wäre. Die »Businessisierung« des Bewußtseins nimmt zwar ein herrenloses Stück Säge im Schnee wahr, kann aber große Ideen und große Bücher übersehen und am Boden liegen lassen. Im vorigen Jahr machte das deutsche Fernsehen einen Dokumentarfilm über mich und bat mich, mit russischen Teenagern über russische Literatur zu sprechen. Ein Teenager sagte mir:

»In Dostojewski hab ich ein paarmal reingeschaut, damit kann ich nichts anfangen … Aber Al Pacino, das ist was anderes. Ich geh tagsüber in die zehnte Klasse, und abends verdien ich mir was. Womit? Unwichtig. Wenn ich spätabends nach Hause komm, hab ich immer ein paar Dollar. Einmal haben mich vier Mann in die Mitte genommen. Al Pacino war in einem Film genauso dran. Daher wußte ich, was ich machen muß. Was kann mir Ihr Dostojewski in so 'ner Situation nützen?«

Ja, er sagte tatsächlich: »Ihr Dostojewski«. Solshenizyn ist dem Charakter nach ein Kämpfer, und ein Kämpfer braucht einen Gegner. Sein gewohnter Gegner war der Staat. Heute aber hat er auf dem Kampffeld nicht nur den Staat vor sich, sondern die Gesellschaft.

Also, Solshenizyn erlitt Verluste, ging aber aus dem Zweikampf mit dem totalitären Staat als Sieger hervor. Der klapprig gewordene Staat war charakterlich schwächer als Solshenizyn.

Solshenizyn konnte diesen Staat besiegen, denn er war eine schlaue und rachsüchtige Hervorbringung dieses Staates und der Lager, in der sich alle Lagergespenster zusammenballten, eine verkörperte Vergeltung, aufgetaucht aus der Tiefe der ewigen Gefrornis mit einem Dornenkranz aus Stacheldraht.

Solshenizyn dachte, es gäbe nichts Schrecklicheres als den Kommunismus, aber als er den mafiosen einheimischen Kapitalismus sah, dürfte es ihn geschaudert haben.

Solshenizyn hatte die Prüfung durch den Haß der Machthaber bestanden. Aber auf die Prüfung durch respektvolle Gleichgültigkeit war er nicht vorbereitet, als er nach Rußland zurückkehrte.

Sie nahmen ihm taktlos die wöchentliche Sendung im Fernsehen weg. Sie hatten ihm schon den Lieblingsfeind weggenommen, die Zensur.

Platte Popstars mit orthodoxem Kreuz überm Hemd und Verfasser russischer Boulevardliteratur nahmen seinen Büchern die potentiellen jungen Leser weg.

Aber die Unsterblichkeit konnten sie ihm nicht wegnehmen. Zu der ist er verurteilt, selbst wenn er den Wunsch hätte, für immer vergessen zu sein.

Ein Land, das wenigstens einen großen Menschen besitzt, hat noch nicht die Chance verloren, groß zu sein.

Eine geniale Rolle in einem unbegabten Stück

Der Kommunismus – der Mörder des Kommunismus

Warum waren sie überzeugte Kommunisten, wenn auch nicht ihr Leben lang, so doch einen Teil ihres Lebens, die großen Künstler des zwanzigsten Jahrhunderts Wladimir Majakowski, Pablo Picasso, Graham Greene, George Orwell, Pablo Neruda, Abe Kobo, Pier Paolo Pasolini, Paul Eluard und schließlich Nazim Hikmet?

Die einfachste Methode, dieses Phänomen geringschätzig abzutun, ist, hochmütig die Achseln zu zucken und es sich leichtzumachen mit der verächtlichen Bemerkung: »Propaganda ...«

Es ist viel komplizierter.

Die offizielle kommunistische Propaganda war viel zu primitiv, um so viele Herzen zu erobern. Man kann sich ja wirklich nicht ernsthaft verlieben in solche Aphorismen wie den von Lenin: »Kommunismus, das ist Sowjetmacht plus Elektrifizierung«, den von Stalin: »Lenins Lehre ist unbesiegbar, weil sie wahr ist«, oder den von Breshnew: »Ökonomie muß ökonomisch sein«.

Der wichtigste Propagandist des Kommunismus war der Kapitalismus selbst mit seiner tatsächlichen, nicht von den Kommunisten erfundenen Ausbeutung, mit seinen Krisen, seiner Arbeitslosigkeit, seinen käuflichen Politikern, seinen Kriegen. Das Gespenst des Kommunismus aus dem nicht unpoetischen Manifest von Marx und Engels versprach selbstgefällig die Befreiung von alldem, und seine Autoren dürften kaum geargwöhnt haben, daß es kommunistische Ausbeutung und sogar kommunistischen Imperialismus geben könnte, und der Archipel GULAG erschien ihnen nicht mal im schlimmsten Alptraum. Marx und Engels an allem die Schuld zu geben wäre zu grausam. Aber in ihrer schönen und leider unvorsichtigen Idee steckte der vergiftete Samen des

Perfektionismus, aus dem der gewaltsame Versuch einer »Vervollkommnung des Menschen« entstand, der die Schaffung gnadenloser Gewaltorgane verlangte (die Tscheka, später GPU, NKWD, KGB). Das früher einmal sympathische Gespenst, das sein Skelett gegen eine staatliche Struktur getauscht hatte, erwies sich als furchtbar wie ein Zyklop, mit dem einzigen Auge der einzigen erlaubten Ideologie. Nicht zufällig war es ein russischer Schriftsteller – Samjatin, der das erste Pamphlet gegen den Kasernenkommunismus schrieb, und das zu einer Zeit, als der junge George Orwell, der spätere Fortsetzer von Samjatins Traditionen, noch von kommunistischen Illusionen erfüllt war. Die Interbrigade in Spanien, die im wesentlichen aus Idealisten bestand, zerfiel mitsamt ihren Illusionen, als teuflische Sektierer das Kommando übernahmen, Fanatiker vom Typ Marti oder die zynischen Stalinschen Agenten, die Hemingway beschrieben hat.

Der Zweite Weltkrieg zeitigte eine zweite Welle prokommunistischer Illusionen. Der Korrespondent der italienischen Zeitung »Unita«, Augusto Pancaldi, erzählte mir, daß er in die Kommunistische Partei eintrat, nachdem er das Buch »Sonnenfinsternis« von Arthur Koestler über das Jahr 1937 gelesen hatte und zu dem Schluß gelangt war, das wäre eine von den Faschisten bestellte Verleumdung der UdSSR. Aber die Welle der Illusionen sank in sich zusammen nach dem Sieg 1945, der außer der allgemeinen Freude auch die gegenseitigen Ängste der ehemaligen Alliierten brachte.

Der Kalte Krieg zeitigte auf beiden Seiten der sogenannten ideologischen Front eine Paranoia. Es begann eine Hexenjagd, die sowohl der UdSSR als auch den USA Schande machte, nur mit dem wesentlichen Unterschied, daß der »McCarthyismus« sich relativ bescheiden ausnahm, verglichen mit dem grausamen »Gespenst des Kommunismus«. Immer mehr Menschen in der westlichen Welt waren enttäuscht von diesem Gespenst, das noch vor kurzem Menschheitsretter zu sein schien.

Anders die dritte Welt, in der die Diktatur der Rechtlosigkeit und des Hungers so schlimm und das Gespenst des Kommunismus so weit weg war, daß es als einzige Hoffnung der Entrechteten auf dieser Welt erschien.

Ein solches Land war die Türkei, wo der Dichter Nazim Hikmet schon 17 Jahre im Gefängnis saß. Idealistische Kommunisten wie er wurden immer weniger, und sie glichen Mammuts, die durch ein Wunder überlebt hatten.

Vorauseilend möchte ich sagen, daß der Skandal um Pasternak, die Niederwerfung des ungarischen Aufstands, die psychiatrischen Kliniken für Dissidenten, der Einmarsch in die Tschechoslowakei und der Krieg in Afghanistan diesen Idealismus endgültig zerstörten. Aber er bleibt ein Teil der Geschichte, und er hatte seine edlen Ritter, die in der kommunistischen Idee ein romantisches Symbol sahen wie Don Quijote in Dulcinea. Das Ende dieser Romantik war tragisch – Genickschuß oder Lager, totale Enttäuschung und anschließender physischer oder moralischer Selbstmord, schmähliches Überleben durch Verrat an Freunden oder lächerliches Verweilen in den Illusionen der Vergangenheit bei rettender Blindheit für die Gegenwart.

1980 rief mich ein alter Freund an, der amerikanische Filmschauspieler und unwiderstehliche Verführer berühmter Darstellerinnen Warren Beatty. Er verfilmte gerade in England John Reeds Buch »Zehn Tage, die die Welt erschütterten« und bot mir die Rolle von Trotzki an.

»Hast du mal ein Foto von Trotzki gesehen?« fragte ich.

Aus dem Telefonhörer tönte ein ausweichendes Brummen, und mir kam der unhöfliche Gedanke, daß der große Liebhaber aller großen Frauen für solche Lappalien einfach keine Zeit gehabt hatte.

»Es geht nicht um Trotzki ... Ich will dich in diesem Film haben ... Such dir selber eine Rolle aus.«

»Na schön, schick mir das Drehbuch«, sagte ich.

»Das Drehbuch?« Warren war aufrichtig verwundert. »Ich bin mein eigener Herr, mein eigenes Drehbuch, und das Leben souffliert mir jeden Tag etwas Neues.«

Es gelang Warren nicht, mich für die Rolle zu gewinnen. Den

Trotzki spielte auf meine Empfehlung der polnische Schriftsteller Jerzy Kosinski. Immerhin hatte er, im Gegensatz zu mir, wenigstens ein bißchen Ähnlichkeit mit dem Theoretiker der permanenten Revolution. Als ich den naiven, wenngleich gut gemachten Film sehen konnte, erschütterte mich der dokumentarische Anfang, Interviews mit amerikanischen alten Männern, die kommunistische Idealisten geblieben waren. Sie taten mir entsetzlich leid, denn sie waren kristallklare Leute und ihren Illusionen treu ergeben.

Während des Kalten Krieges gab es unter den Kommunisten natürlich auch Spione. Unter den Antikommunisten etwa nicht? Dürfen alle spionieren und nur die Russen nicht? Es gab welche, die mit Geld gekauft waren. Aber es gab auch welche, die von der Idee angelockt waren. Nichts ist schurkischer als die Bestechung mit der Romantik. Der Kommunismus war die Verlockung der sozialen Gerechtigkeit.

Die Tragödie der kommunistischen Idealisten bestand darin, daß sich ihre Idee, als sie in der stalinistischen Variante materialisiert wurde, als die blutige Karikatur eines Traums entpuppte. Der Traum war von Zynikern vergewaltigt worden. Der Kommunismus hatte den Kommunismus ermordet.

Warren Beatty drehte seinen Film »Die Roten« praktisch ohne Drehbuch. Eigentlich ist ja auch die Geschichte solch ein improvisierender Regisseur. In der Geschichte und auch in einem schlechten Stück gelingt mitunter die geniale Gestaltung einer Rolle.

Eine solche geniale Rolle spielte Nazim Hikmet im Kommunismus, in dem die Geschichte so unbegabt Regie führte und darum ein Happy-End unmöglich machte.

Als der neunzehnjährige rothaarige Türke mit den russischen kornblumenblauen Augen 1921 zum erstenmal nach Sowjetrußland kam, steckte er voller Ideale, die freilich schon vom Blut des Bürgerkriegs bespritzt waren. Aber Chagall malte noch Bühnendekorationen für Agitationsstücke, und es gab Ausstellungen von Malewitsch, Rodtschenko, Larionow, Gontscharowa, Filonow, Falk, Lentulow. Von allen Estraden dröhnte Majakowski, gigantisch wie ein Verse deklamierender Eiffelturm, und er veröffentlichte ROSTA-Fenster mit gezeichneten dickbäuchigen Burshuis, die am gnadenlosen Bajonett der Revolution staken wie an einem Bratspieß. Eisenstein stieß im »Panzerkreuzer Potjomkin« den Kinderwagen die Odessaer Treppe hinunter, der bis heute in vielen anderen Filmen über die Stufen abwärts hüpft. Isadora Duncan tanzte für Rotarmisten, sie gab sich Mühe, auf der schmutzigen Bühne die an ihren bloßen Füßen klebenden Kippen und Sonnenblumenschalen nicht zu bemerken. Meyerhold führte seine explosiven Stücke auf und ahnte nicht, daß sie ihn, den großen Regisseur der Revolution, schon bald in den von Blut glitschigen Kellern der Lubjanka mit einem Gummischlauch auf die Fersen und die Nieren schlagen würden, denn in diesem Lande konnte es nur einen Regisseur der Revolution geben – Stalin. Aber der sowjetische Thermidor war noch Zukunft.

In seiner Jugend hatte sich Nazim Hikmet mitten in der konvulsivischen postrevolutionären Renaissance der Kunst bewegt, die sich krampfhaft mit ihrer Blüte beeilte, da sie instinktiv deren tragische Kürze spürte. Die hungrige, doch an Talenten reiche Revolution schüttete aus ihrem Füllhorn viele neue Namen auf die Kinoleinwände, auf die Theaterbühnen, an die Wände der Galerien und auf die Seiten der Zeitschriften. Es war die Renaissance vor den Lagern.

Die Energie dieser Renaissance war so groß, daß sie der gesamten Weltkunst einen überaus starken Impuls für viele Jahre gab und ihre Entwicklung bestimmte. Es geschah das gleiche wie mit dem Kosmos. Die Russen flogen als erste in den Kosmos, vermochten es aber nicht, als erste auf dem Mond zu landen.

Als Nazim Hikmet 1951 nach dreiundzwanzigjähriger Abwesenheit über Rumänien nach Rußland zurückkehrte, war er ein Idealist, der im Zynismus ankam. Aus dem Gefängnis geholt hatte ihn eine politische Protestbewegung, organisiert hauptsächlich von französischen Linken sowie von sowjetischen Schriftstellern. Ich war erst neunzehn und hatte damals klangvolle rhetorische Gedichte über ihn veröffentlicht. Und nun kam dieser legendäre Mann endlich zu uns nach Moskau! Aber er, der hinter Gittern aufrichtig eine begeisterte Ode auf Stalin, den Besieger Hitlers, geschrieben hatte, ahnte noch nicht (oder fürchtete sich zu ahnen), daß in Stalin noch ein anderer Mensch lebte – der Henker der sogenannten Volksfeinde und auch der Revolution. Das Land, von dem Nazim Hikmet geträumt hatte, existierte nicht. Er war in ein ganz anderes Land gekommen.

In jenem Jahr 1951 begann Stalins Paranoia, die mit der Verhaftung seiner eigenen Ärzte endete.

Als Hikmet in Rumänien gefragt wurde, wen er in Moskau sehen möchte, rief er freudig: »Kolja Ekk.«

Der Filmregisseur Nikolai Ekk war einer seiner Jugendfreunde. 1931 hatte er den berühmten Streifen »Der Weg ins Leben« gedreht, über elternlose Kinder, welche die Sowjetmacht, wie es damals hieß, »umschmiedete«. 1932 wurde er beim ersten internationalen Filmfestival in Venedig von den Zuschauern zum besten Regisseur gekürt. Aber die Zeiten änderten sich. Die Sowjetmacht war nicht nur in die Ideologie, sondern auch in die Kunst vorgedrungen, und sie betrachtete jedes formale Experiment als Abweichung von dem erfundenen »sozialistischen Realismus«.

Die stürmische Experimentierfreude der zwanziger und der ersten dreißiger Jahre wurde abgelöst von dem kommunistischen provinziellen Hollywood. Nikolai Ekk, den niemand mehr brauchte, bekam keine Arbeit und ergab sich dem Trunk. Sie fanden ihn mit großer Mühe nachgerade im Straßengraben, wuschen ihm den Hundegeruch ab, zogen ihm was Anständiges an, pikten ihm aufs Revers eine Kopie des Ordens, den er verloren oder versoffen hatte, drückten ihm eilig einen Rosenstrauß in die frisch manikürten Hände, schoben ihn in ein langes schwarzes Auto und schickten ihn los, den hervorragenden türkischen Friedenskämpfer zu empfangen.

Nazim Hikmet umarmte den alten Kumpel und fragte zum Entsetzen des KGB- und Schriftstellerverbandsgefolges:

»Was für einen Film drehst du gerade, Kolja?«

Panische Stille.

Einer der Kulturnatschalniks machte Ekk hinter Hikmets Rücken verzweifelte Zeichen, um ihm zu bedeuten, schweige nicht, sag irgendwas, du verdammtes A...

Ekk begriff, daß hier seine einzige Chance lag, und bäumte sich auf wie ein Kampfroß, das man zur Müllmähre machen will.

»Weißt du, Nazim, mich zieht's in letzter Zeit mehr zum Zirkus, ich inszeniere ein Wasserspiel!« verkündete er triumphierend, um eine längst in einer Amtsstube beerdigte Idee zu neuem Leben zu erwecken, dann packte er den nächsten Kulturbeamten an den Revers und zischte:

»Diesmal kommt ihr um einen Vertrag mit mir nicht herum.«

Aber trotz der Gönnerschaft Hikmets kamen sie drum herum, denn Ekk hatte ihnen ein wissenschaftlich-phantastisches Projekt vorgelegt, wonach die Markthalle auf dem Zwetnoi-Boulevard vollständig abgerissen werden sollte, um dort Berge zu errichten, von denen etwas wie ein Niagara-Fall herabstürzen würde.

Gleich in den ersten Tagen nach seiner Ankunft sollte Hikmet von Stalin empfangen werden. Einstweilen eilte er, der alte Theaterfan, der sich so nach der Moskauer Bühne gesehnt hatte, zu den Aufführungen der Nachfolger seines geliebten Meyerhold.

Aber was waren das für »Nachfolger«?

Damals wurden die Bühnen von zwei Anatolis beherrscht – Surow und Sofronow, Verfasser von Stücken, die in Dutzenden Theatern liefen, beide Stalinpreisträger. Surow, so stellte sich später heraus, schrieb seine Stücke nicht mal selbst, sondern heuerte zu diesem Zweck »Neger« an, das heißt, Juden, die er selbst aus dem Schriftstellerverband ausgeschlossen hatte. Sofronow, Textautor etlicher nicht mal schlechter Frontlieder, schrieb seine Stücke zwar selbst, aber nur wenn er nicht grade »Kosmopoliten« entlarvte, und da blieb ihm nicht viel Zeit für die Fertigstellung seiner Meisterwerke. Damals herrschte die »Theorie der Konfliktlosigkeit«, wonach es im glücklichen Leben der Sowjetmenschen keinen Konflikt zwischen Gut und Böse geben konnte, sondern nur einen Konflikt zwischen Gut und Besser. Solche kastrierte Dramatik bekam Nazim Hikmet 1951 in Moskau zu sehen.

Das Bankett der sogenannten »schöpferischen Intelligenz« zu Ehren Hikmets fand im Klub der Kulturschaffenden statt, spätabends, nachdem die Theatervorstellungen zu Ende waren. Die Leitung des Banketts hatte ein talentierter, aber zynischer Regisseur mit den Manieren eines ehemaligen Adligen, der Maître d'hotel geworden ist. Er hielt eine lange Begrüßungsrede, deren Phrasen genauso glatt geleckt waren wie er selber, während der von der Sowjetmacht gewaschene und gekleidete, aber noch immer nach Hund riechende Kolja Ekk am Bankettisch hastig ein Glas armenischen Kognak nach dem anderen kippte.

Hikmet hörte sich die Komplimente an seine Adresse geduldig an, aber dann setzte er zur Antwortrede an, sein Gesicht wurde hart, und in seine hellblauen Augen trat metallischer Glanz.

»Brüder«, sagte er auf russisch mit kehligem Akzent, »als ich in Einzelhaft saß, habe ich vielleicht nur überlebt, weil ich im Traum die Moskauer Theater vor mir sah. Ich träumte von Meyerhold, von Majakowski. Es war die Revolution der Straße, die in die Revolution der Bühne überging. Und was sehe ich jetzt in den Moskauer Theatern? Ich sehe eine kleinbürgerliche geschmacklose Kunst, die sich aus irgendwelchen Gründen Realismus nennt, noch dazu sozialistischer. Außerdem sehe ich eine Menge Speichelleckerei. Kann Speichelleckerei etwa revolutionär sein? In den nächsten Tagen soll ich mich mit Genossen Stalin treffen, vor dem ich große Achtung habe. Ich werde ihm von Kommunist zu Kommunist sagen, er möge dafür sorgen, daß seine unzähligen Porträts und Statuen beseitigt werden – das ist so vulgär.«

Totenstille trat ein, man hörte nur, wie Kolja Ekk ein Kognäkchen nach dem anderen schlürfte.

Einige Gäste schlichen sich nachgerade auf Zehenspitzen aus dem Saal, um, Gott behüte, nicht Zeugen der für jene Zeit unerhört frechen Rede sein zu müssen.

Kolja Ekk knurrte – so leise, daß nur die nächsten Tischnachbarn ihn hörten:

»Wenn Nazim bei uns im Knast gesessen hätte und nicht in der Türkei, würde er schön den Mund halten.«

Der Bankettleiter, der den bedrückenden Eindruck mildern wollte, hob mit zitternden gepflegten Fingern sein Champagnerglas.

»Teurer Nazimuschka! Ich bin überzeugt, daß dem Genossen Stalin einige seiner Porträts auch nicht gefallen. Aber woher sollen wir so viele Rembrandts und Repins nehmen! Kann etwa der Genosse Stalin die Liebe des Volkes zum Genossen Stalin verbieten? Auf den Genossen Stalin! Auf den Kommunisten Nummer eins!«

»Ich dachte, die Kommunisten werden nur im Gefängnis numeriert«, sagte Hikmet.

Nach dieser Bemerkung zu urteilen, hatte Kolja Ekk oder ein anderer alter Freund ihn bereits aufgeklärt, wohin so viele seiner Lehrer verschwunden waren.

Der Satz war nicht laut gesprochen worden. Aber wer ihn hören mußte, hatte ihn gehört.

Am nächsten Tag wurde Hikmet mitgeteilt, daß seine vorgesehene Begegnung mit Stalin entfalle, da der Genosse Stalin außerordentlich beschäftigt sei.

Ein morgendlicher Telefonanruf. Die wohlbekannte kehlige Stimme mit dem zauberhaften Akzent:

»Grüß dich, Bruder! Brauchst du Geld? Schade. Ich habe nämlich ein Honorar bekommen, das für mich allein zu groß ist. Hör mal, kennst du irgendwelche guten Menschen, die Geld brauchen?«

Ein solcher Anruf wäre heute kaum noch vorstellbar.

Hikmet liebte und unterstützte junge, offiziell nicht anerkannte Künstler. Als einer der ersten kaufte er dem damals noch kaum bekannten Maler Oleg Zelkow Bilder ab, und er betraute ihn mit den Dekorationen für sein Stück »Das Damoklesschwert« im Satire-Theater. Zelkow erzählte unlängst, wie er 1955 mit Hikmet in Tuschino am Ufer des Wolga-Don-Kanals saß und Hikmet spöttisch mit den Augen auf zwei Schatten deutete, die in höflicher Entfernung zu sehen waren.

»Wer ist das?« fragte Zelkow verständnislos.

»Sie beobachten mich, mein Lieber«, sagte Hikmet achselzuckend.

»Sie, den Friedenspreisträger? Warum?« fragte Zelkow fassungslos.

»Der eine paßt auf, daß mir keiner was tut, und der andere, daß ich keinem was tue ... So ist das, Bruder.«

1956 lud Hikmet den Maler Juri Wassiljew und mich für ein paar Tage nach Peredelkino ein. Er verstand unter Gastfreundschaft, daß er alle Telefone abschaltete und seine Zeit ganz dem Gast oder den Gästen widmete. Den ganzen Tag saßen wir auf den türkischen Kissen, und unser Gespräch schlängelte sich dahin wie der Dampf über den türkischen Teegläsern im silbernen Untersetzer. Juri Wassiljew bemalte ebenso gemächlich die Innenseite der Tür, und die schnell fortschreitende Geschichte in ihrer unvorhersagbaren grausamen Eile blieb außen vor.

Aber die Geschichte selbst öffnete von außen die Tür. Sie

wankte herein in der Gestalt eines betrunkenen alten Mannes, dessen irrlichternde Augen so hellblau waren wie die von Hikmet. Dieser Mann beachtete uns überhaupt nicht, er sah nur Hikmet an, dann hielt er es nicht aus, senkte den Blick, riß die nasse, violett schimmernde schwarze Ohrenklappenmütze aus nachgemachtem Seal vom Kopf und plumpste plötzlich auf die Knie.

»Verzeih mir um Christi willen, Nazim. Nimm mir die Sünde von der Seele. Ich muß dir alles erzählen.«

Die Mütze weinte violette Tränen auf den Fußboden.

Hikmet hob ihn auf.

»Steh auf, Bruder. Du mußt nichts sagen.«

»Doch, ich erzähl's ... ich erzähl's ... Viele Jahre schlepp ich das mit mir herum – ich kann nicht mehr.«

Und er erzählte, sich an den eigenen Worten verschluckend, die Geschichte, die ihn quälte.

1951 hatte man Hikmet einen staatlichen Wagen mit Chauffeur zur Verfügung gestellt. Der alte Mann war damals dieser Chauffeur gewesen. Sie hatten sich angefreundet, und Hikmet war sogar einmal bei ihm zu Hause gewesen.

1952 wurde der Chauffeur in die Lubjanka vorgeladen. Wie groß war seine Erschütterung, als er Berija persönlich vor sich sah.

»Weißt du, wen du fährst?« fragte Berija.

»Den Friedenspreisträger ... den großen Dichter ... den türkischen Kommunisten ... den Freund der Sowjetunion«, antwortete der Chauffeur verständnislos.

»Du fährst keinen Freund der Sowjetunion, sondern einen Feind«, zischte Berija. »Einen gewieften Feind, der sich tückisch als Revolutionär tarnt. Er will den Genossen Stalin ermorden. Aber wir können ihn nicht verhaften, er ist zu berühmt und außerdem Türke. Du mußt uns helfen, ihn zu beseitigen. Es dürfte einem erfahrenen Chauffeur doch nicht schwerfallen, einen glaubwürdigen Unfall zu arrangieren. Dann gibt es einen Spion weniger.«

»Das glaube ich nicht«, sagte der Chauffeur. »Er ist wie ein Vater zu mir.«

»Wir alle haben nur einen Vater«, sagte Berija finster.

Am nächsten Tag wurde der Chauffeur wieder in die Lubjanka vorgeladen, und man verlangte seine Einwilligung.

Er wurde geschlagen, aber er weigerte sich. Da holte man seine Frau in den Raum und dann ein paar abgefeimte Kriminelle.

»Diese netten Jungs haben schon ein paar Jahre lang keinen Frauenkörper gekostet«, sagte der Untersuchungsführer und blickte ausdrucksvoll auf die Männer und auf die Frau des Chauffeurs. Da begriff der Chauffeur und willigte ein.

Ein paarmal wurde ihm gesagt, es müsse am nächsten Tag stattfinden, doch im letzten Moment wurde die Sache immer wieder abgeblasen. Dann starb Stalin, Berija wurde erschossen. Hikmet kaufte sich ein eigenes Auto und brauchte das staatliche nicht mehr. Der Chauffeur wurde Taxifahrer – nur weg von dem Staat, der ihn beinahe zum Mörder gemacht hätte. Aber die Schuld vor Hikmet quälte ihn und ließ ihm keine Ruhe. Und nun war er gekommen, um zu büßen.

Während der Chauffeur sprach, war es mir kalt den Rücken hinuntergelaufen, und ich hatte nicht ihn, sondern Hikmet angesehen.

Der hatte die Selbstbeherrschung des echten Illegalen. Kein Muskel zuckte in seinem Gesicht.

Oder hatte er es schon geahnt?

»Nimm mir die Sünde von der Seele, Nazim«, flehte der Chauffeur noch einmal.

»Du hast die Sünde nicht begangen, Bruder«, antwortete Hikmet. »Laß uns lieber Wodka trinken. Zwar haben die Ärzte mir den verboten, aber mit einem guten Menschen darf man schon mal einen Schluck nehmen. Du bist ein ehrlicher Mensch, Bruder. Wie geht's deinen Kindern, deiner Frau? Ich kann mich gut an sie erinnern. Sie hat so leckere Kirschpastetchen gemacht, als ich bei euch zu Hause war. Weißt du übrigens, daß das Wort ›wischnja‹ (Kirsche) aus dem Türkischen kommt?«

Das hatte keiner von uns gewußt.

Ich glaube, hohe UNO-Beamte haben solch einen Paß. Ich habe nie einen gesehen.

Nazim Hikmet gehörte zu den Menschen, die einen solchen Paß verdient haben – mit ihrem ganzen Leben.

Die Behörden seines eigenen Landes hingegen taten alles, um Hikmets Namen vergessen zu machen.

Es gelang ihnen nicht.

Als ich 1986 zum erstenmal in die Türkei kam, war auf der Buchmesse in Ankara keines seiner Bücher ausgestellt, und von den türkischen Schülern und ihren Lehrern, die ich fragte, hatte keiner seinen Namen gehört. Aber der junge türkische Dichter Izdemir Inze schenkte mir ein Foto von ihm, das wie eine kleine Ikone in seinem Hause hing. Ich hängte das Bild über meinem Schreibtisch in Peredelkino an einen verblichenen Holzpflock mit der Aufschrift B-13, der umwickelt ist mit Stacheldraht aus einem Lager an der Kolyma. So endeten die Illusionen vieler Idealisten, zu denen auch Nazim Hikmet gehörte. Das türkische Gefängnis hatte ihn vor dem sowjetischen Gefängnis bewahrt, und wenn er zu Beginn der dreißiger Jahre nicht in seine Heimat zurückgekehrt wäre, würde er das Jahr siebenunddreißig kaum überlebt haben. Nach diesem Jahr wäre er ebenso undenkbar gewesen wie Meyerhold oder Majakowski.

Er war eine Erinnerung an die Unrealisierbarkeit vieler revolutionärer Illusionen, ein lebendiger, bezaubernder Anachronismus der Romantik der zwanziger Jahre und ein verspäteter tragischer Zeuge des Großen Verrats an den Hoffnungen.

Er benahm sich in der UdSSR nicht wie ein Ausländer – im Gegensatz zu unseren feigen Landsleuten äußerte er sich mutig zu jedem Anlaß, kritisierte die Behörden, nahm Talentierte und Verfolgte in Schutz. Das ging den Natschalniks auf die Nerven. Seine Satire auf die sowjetische Bürokratie, das Stück »Hat es Iwan Iwanowitsch denn gegeben?«, wurde schließlich verboten. Er wurde angeknurrt, er habe als Ausländer nicht das Recht, sich in unsere inneren Angelegenheiten einzumischen. Er sah sich genötigt, nach Polen zu reisen, und als er zurückkam, erwirkte er doch noch einen sowjetischen Paß. Ich erinnere mich an den festlichen Abend, an dem er nach den offiziellen Glückwünschen zum Erhalt der sowjetischen Staatsbürgerschaft den Paß hochhob und fröhlich und stolz sagte, jetzt könne kein Iwan Iwanowitsch ihm vorhalten, er als Ausländer habe nicht das Recht sich einzumischen.

Aber sein Herz, von den Gefängnisaufenthalten zermürbt, hielt schließlich nicht mehr stand.

Eines Morgens ging er wie gewöhnlich die Moskauer Zeitungen holen, und als er nach Hause kam, starb er, sie ans Herz drückend, als wären sie unser Planet mit seinen Leiden und seinen betrogenen oder noch an Erfüllung glaubenden Hoffnungen.

Menschen wie Nazim Hikmet sind in keinem Land Ausländer. Ihr Herz wird zu einem Weltpaß.

Die Rolle, die Nazim Hikmet in der Geschichte spielte, war ihm vorherbestimmt. Nur eine vorherbestimmte Rolle kann man genial spielen.

Traurig, aber fest

Mitte der siebziger Jahre lud Sacharow mich zu sich nach Hause ein und bat mich, einen kollektiven Brief zu unterschreiben, der die Abschaffung der Todesstrafe verlangte. Ich war für die Abschaffung, glaubte aber zu dem Zeitpunkt nicht besonders an die Wirksamkeit von kollektiven Briefen. Ihre Autoren, die sogenannten »Unterschreiber«, wurden hinterher einzeln zur Gehirnwäsche vorgeladen. Manche von ihnen zogen ihre Unterschrift zurück, erklärten, in die Irre geführt worden zu sein, und bereuten. Die Bürokratie strafte nicht nur, sie kaufte auch und trieb Keile. Die Zeit der Hinrichtungen war vorbei, jetzt war die Zeit des stillen Erdrosselns. In die »schwarzen Listen« gerieten nicht nur die Namen von Menschen, die gegen die Regierung aufgetreten waren, sondern auch solche, die nur ein humanes Anliegen geäußert hatten. Ein Teil der liberalen Intelligenz, die sich unter dem Druck des Personenkults krümmte, hielt sich an die sowjetische Abwandlung von Galileis Ausruf: »Und sie dreht sich doch«, indem sie hinzufügte: »... aber natürlich nur auf Weisung der Partei«.

Ich sagte Sacharow, ich würde in einem eigenen Brief die Abschaffung der Todesstrafe fordern. Er akzeptierte meine Argumente und sagte, das wäre auch nicht schlecht. Ich fügte hinzu, ich glaubte dennoch nicht an ein positives Resultat solcher Briefe. Er überlegte und sagte dann traurig, aber fest: »Ja, Sie haben natürlich recht. In der gegenwärtigen Situation ist das nur eine Geste. Aber auch eine humane Geste ist wichtig. Selbst wenn sie hoffnungslos ist.«

Sacharow hatte mich nicht überzeugt, aber ihn zu überzeugen war auch unmöglich. Er schwieg, ging wohl im Geist die wenigen

Intellektuellen durch, die er noch nicht gefragt hatte, und sagte dann: »Sie kennen doch Ljubimow gut. Vielleicht unterschreibt er?«

Dem Theater an der Taganka, das Ljubimow leitete, drohte damals ständig die Absetzung des Chefregisseurs, und ich antwortete: »Ljubimows Unterschrift unter dem Brief entscheidet nichts, aber sie führt vielleicht dazu, daß wir sein Theater verlieren.« Sacharow sah mich mit seinen guten, schüchternen und doch starken, direkt ins Gewissen blickenden Augen an und sagte wieder traurig, aber fest: »Meinen Sie nicht, daß wir, wenn unsere Intelligenz solche Briefe nicht unterschreibt, vielleicht alles für immer verlieren: das Theater an der Taganka und Ljubimow und vieles andere?«

Später stellte sich heraus, daß Sacharow – leider – recht hatte.

So lebte er – traurig, aber fest. Was hatte den seit seiner Jugend erfolgreichen Atomwissenschaftler so verändert, den Inhaber dreier Goldsterne des Helden der Sozialistischen Arbeit, dem laut Gesetz schon zu Lebzeiten ein Denkmal zustand? Was hatte ihn, den charakterlich der Politik so fern stehenden Menschen, zu einer der zentralen politischen Gestalten einer ganzen Epoche gemacht?

Die für die russische Intelligenz charakteristischen Gewissensqualen.

Die Wasserstoffbombe, an der er arbeitete, hatte schließlich bewirkt, daß sein eigenes Gewissen explodierte wie eine Bombe und die Stützpfeiler des weltweit größten Militärblocks, der die ganze Menschheit bedrohte, wegsprengte – die Bürokratie. Sacharows Kampf war neu in der Qualität – fein, gerecht, intelligent. Er behielt selbst gegenüber der Bürokratie seine gewohnte Höflichkeit und Wohlerzogenheit, als er der Breshnew-Regierung sein dilettantisches, aber prophetisches Manifest über die friedliche Koexistenz schickte, in dem er die Theorie der Konvergenz zwischen den sozialistischen und den kapitalistischen Ländern als die einzige Rettung proklamierte. Die Bürokratie wandte sich nicht einfach von ihm ab, sie wurde zu einem vielköpfigen Ungeheuer mit gefletschten, geifernden, schmerzhaft zubeißenden Rachen.

Sacharow befand sich in der gleichen Situation wie Pasternak, der auch kein Politiker war, aber gegen seinen Willen ins Epizentrum der Politik geriet, weil in einem gewissenlosen Kommandosystem ein funktionierendes Gewissen zu einer politischen Erscheinung wird. Aber Sacharow ging weiter als Pasternak, er opferte heldenmütig die Wissenschaft und wurde bewußt zum politischen Kämpfer. Als solcher war er einmalig, denn die Weltgeschichte kannte bis dato noch keinen so sanften, schüchternen Kämpfer, keinen so intelligenten, ungeschickten Helden. Sacharow war ein einmaliger Politiker, weil professioneller politischer Zynismus ihm fremd war, aber seine waffenlose weise Naivität, die an Kindlichkeit grenzte, richtete das schmählich gesunkene Ansehen der Politik als solcher wieder auf. Sacharow war ein einmaliger Patriot, der gegen den Einmarsch unserer Truppen in Prag und später in Afghanistan protestierte und damit bewies, daß Patriotismus, der für die Menschheit schädlich ist, kein Patriotismus mehr ist.

Sacharow lebte nach dem altertümlichen englischen Prinzip: Nur ein wirklicher Gentleman nimmt sich einer hoffnungslosen Sache an. Gleichwohl waren die Sachen, deren er sich annahm, nicht hoffnungslos.

Nach dem Anruf Gorbatschows in Gorki kehrte Sacharow aus der Verbannung zurück; aber Perestroika und Glasnost wurden nicht nur dank Gorbatschow möglich, sondern auch dank Sacharow und der ganzen Menschenrechtsbewegung.

Hat Sacharow etwa nicht zur Beseitigung der Berliner Mauer beigetragen, als er zur Beseitigung der ideologischen Barrieren aufrief? Es hat sich gezeigt, daß politischer Dilettantismus, gepaart mit reinem Gewissen, wirksamer ist als professionelles Politikastertum ohne Gewissen.

Als Sacharow noch mit dem Deputiertenfähnchen am Revers zum Kongreß ging, über das Holzpflaster des Kreml, das noch schlüpfrig war von dem im Laufe der Geschichte vergossenen Blut, wirkte seine Gestalt winzig und schutzlos vor den gigantischen Schatten Iwans des Schrecklichen und Stalins. Aber nach

Sacharows Tod wird sein Schatten, eingeprägt in die Kremlmauern, immer größer werden und der Schatten der Tyrannen immer kleiner.

Sacharow erschien nicht aus dem Nichts. Er wurde geboren von dem Besten, was uns die große russische Intelligenzia hinterlassen hat. Von Tolstoi übernahm er die These des gewaltlosen Widerstands gegen das Böse und verwirklichte sie. Von Dostojewski die These, daß auch die besten Ideale der Menschheit nicht die Träne eines unschuldigen Kindes wert seien. Von Tschechow die These, daß es keine kleinen Menschen und keine kleinen Leiden gebe. Sacharow hat gesiegt. Traurig, aber fest.

»Lerchen« mit angebrannten Rosinenaugen

1

»›Lerchen‹ mit angebrannten Rosinenaugen …« – so erstaunlich rosinig konnte nur ein Mann schreiben, für den diese zarten Kindheitsvögel aus Butterteig, an den Seiten gebräunt, eben erst aus den warmen Nestern der Bäckereien gekommen, weit weg geflogen und durch rauhes, nach Wermut riechendes Schwarzbrot ersetzt worden waren.

Valentin Katajew hatte selbst Rosinenaugen, die auch angebrannt waren. Und es gab was, wovon sie anbrennen konnten.

Die Revolution hatte ihm den Geschmack des Ruhms gegeben, aber ihm viele andere Geschmäcke und Gerüche weggenommen.

»Gawrik umfaßte mit beiden Händen, wie eine Kostbarkeit, vorsichtig das kalte schäumende Glas, kniff die Augen gegen die Sonne zu und begann zu trinken; er spürte, wie das duftende Gas durch die Kehle in die Nase stieg. Der Junge schluckte den Zaubertrank der Reichen, und ihm war, als müsse die ganze Welt seinem Triumph zusehen – die Sonne, die Wolken, das Meer, die Menschen, die Hunde, die Fahrräder, die hölzernen Pferdchen des Karussells und die Kassiererin des Stadtbads. Und sagen: ›Seht doch, seht doch, dieser Junge trinkt ‚Veilchenwasser'!‹«

Katajews »Veilchenwasser« war der Champagner »Veuve Clicquot«, insbesondere der Jahrgang 1916.

1963 kreuzten sich unsere Wege in Paris.

Er war zur Neuinszenierung seiner »Quadratur des Kreises« gekommen – ein mit allen Mitteln überlebender Zeitgenosse so vieler berühmter Schriftsteller, die nicht überlebt hatten, selbst auch berühmt, wenngleich nicht so sehr, wie er gern gewollt hätte. Ich badete damals nach dem Erscheinen meiner Autobiographie in der französischen Zeitschrift »l'Express« in unvorsichtigem Ruhm und hatte noch keine Ahnung, was für eine Kopfwäsche mir zu Hause bevorstand.

Ich war Katajew etwas schuldig, denn er hatte meine erste Erzählung »Die Straße« in der Zeitschrift »Junost« gedruckt, sie auf dem Schriftstellerkongreß gelobt und mir überdies aus Amerika ein Geschenk mitgebracht, meinen Knabentraum – eine Cowboyschnur mit graviertem Plättchen, in das ein Stückchen Türkis aus den Appalachen eingelassen war.

Ich kannte keinen anderen Chefredakteur, der nicht nur selbst berühmt war, sondern auch anderen gern zu Ruhm verhalf. Katajew war der Taufvater aller »Sechziger«. Ich war schon immer ein provinziell dankbarer Mensch, und ich hatte Lust, Katajew ein Geschenk zu machen.

Zu meiner Begeisterung war ich in Paris für kurze Zeit berühmter und reicher als Katajew. Ich lud ihn zum Abendessen ein und fuhr ins Hotel, um ihn abzuholen.

»Wieviel Piaster haben Sie, Shenja?« fragte er sachlich.

»Viele«, antwortete ich stolz.

»Was verstehen Sie unter viele?« präzisierte Katajew.

Ich leerte die Geldbörse und alle Taschen und schüttete einen Berg zerknitterter Banknoten auf das Doppelbett.

»Geld hat keine Achtung vor dem, der es nicht achtet. Das sagte mir einmal der Farbenhändler Lieberson in der Odessaer Deribassowskaja-Straße, als ich mit einem zerrissenen Rubel versuchte, bei ihm bengalische Kerzen zu kaufen«, bemerkte Katajew mißbilligend und machte sich daran, mit artistischer Geschwindigkeit das Geld zu sortieren. Zärtlich strich er die Scheine glatt und gruppierte sie wie Napoleon seine Kürassiere vor Austerlitz.

»Hier sind achtzehntausendzweiundzwanzig Franc«, sagte er mit einem schweren respektvollen Seufzer und warf mir einen prüfenden Blick zu. »Wieviel davon können wir in das Abendessen investieren?«

»Von mir aus alles!« rief ich begeistert.

»Dann wird das kein einfaches Abendessen, sondern ein Gelage. Kennen Sie den Unterschied zwischen einem Abendessen und einem Gelage?« fragte Katajew streng.

»Na, ein Gelage, das ist lange … und viel«, stotterte ich.

»Nicht nur lange und viel, sondern auch schick!« Er hob den Finger. »Und außerdem« – der Finger pendelte – »abwechslungsreich!«

Sein Gesicht erstrahlte in der Entschlossenheit eines Feldherrn.

»Shenja, dieses Geld, das Sie in den Zustand himmelschreiender Unansehnlichkeit versetzt haben, werde ich sorgsam auf alle meine Taschen verteilen, denn in eine paßt es – Pardon! – nicht hinein. Ihnen kann ich das Geld nicht anvertrauen, weil Sie es bei der Abrechnung mit dem Kellner wieder zerknüllen und die Gesichter angesehener Persönlichkeiten Frankreichs martern würden, unter denen übrigens das von Victor Hugo ist. Betrachten wir es als Ihre Bezahlung für den Unterricht. Literaturunterricht in Paris … Also, in welcher Kneipe fangen wir an? Natürlich im ›Scheherazada‹.«

Unsere Ehefrauen strafften sich entzückt und ließen unisono ihre Puderdosen knacken.

Ich stöhnte beinahe, verging im Vorgenuß.

Der Nachtclub »Scheherazada« war der Hauptschauplatz von Remarques Roman »Arc de Triomphe«, den unsere Generation immer wieder verschlungen hatte.

Wie groß aber war meine Begeisterung, als wir im »Scheherazada« ankamen und in der Tür der Remarque-Held und Sänger Morosow stand, vom Körperbau des berühmten Ringers Iwan Saikin aus Katajews Jugendzeit, aber mit einem zitronengelben, gänzlich unrussischen Gesicht und einem einschmeichelnden dünnen Schnurrbart.

»Herzlich willkommen, Monsieur Katajew und Monsieur Jewtuschenko«, sagte der Remarque-Held zu unserer Verblüffung und wies mit der Hand, die schwer war von zweifelhaft teuren

Ringen, in die dunkelrote samtene Tiefe, in der bronzene Kandelaber schimmerten.

Damals waren sowjetische Schriftsteller im Ausland eine Seltenheit. Daß ein Remarque-Held außer Katajew auch mich erkannt hatte, war der Gipfelpunkt meines Ruhms.

»Aperitif?« fragte der Remarque-Held respektvoll.

»Champagner. Nur Champagner«, sagte Katajew lässig.

»Wir haben ›Dom Perignon‹, ›Mumm Gordon Rouge‹, ›Heidsieck‹, ›Roederer‹, ›Tattinger‹, ›Veuve Clicqot‹«, zählte der Remarque-Held würdevoll auf.

»›Veuve Clicqot‹ ... Brut selbstverständlich.«

Der Remarque-Held wollte schon gehen, aber Katajew stoppte ihn mit einer gebieterischen Geste.

»Sie haben mich nicht gefragt, welcher Jahrgang ...«

»Entschuldigen Sie, welcher?« korrigierte der Remarque-Held seinen Fehler.

»Als junger Offizier kam ich nach Paris, um Waffen und Ausrüstung zu kaufen ... Zu Ihrer Kenntnis, Monsieur Morosow, das war neunzehnhundertsechzehn.«

Der Maître d'hotel wich bedrückt, doch noch vergleichsweise majestätisch zurück.

»So, nun werde ich Sie nach der Methode Bunins prüfen – welchem Helden Kuprins sieht dieser Maître d'hotel ähnlich?« fragte mich Katajew halblaut.

»Dem japanischen Spion unter dem Namen Stabshauptmann Rybnikow«, ratterte ich herunter wie ein Schuljunge.

»Ich fürchte, aus Ihnen wird ein Prosaiker«, sagte Katajew und lächelte verschmitzt – er freute sich, wenn junge Leute bei seinen stets unerwarteten Mini-Examen nicht ins Schwimmen gerieten. »Und Ihr Remarque hat Kuprin sicherlich nicht gelesen, schade.«

Als der Maître d'hotel zehn Minuten später wiederkam, war sein Gesicht ohne jede Farbe, nicht einmal zitronengelb. Vom Stabshauptmann Rybnikow keine Spur mehr, statt dessen war da der Tatarenjunge, der im Pferdestall des Herrn ausgepeitscht zu werden fürchtet. Aber der Remarque-Held versuchte, seine monumentale Imposanz zu wahren.

»Wir haben ›Dom Perignon‹ von 1926, ›Roederer‹ von 1932«, zählte er wieder auf.

»Aber ich habe doch gesagt – ›Veuve Clicquot‹ von 1916«, unterbrach ihn Katajew gereizt.

»Eigentlich überlebt Champagner selten eine so lange Zeit«, sagte der Remarque-Held ausweichend, »leider hat er die Tendenz, sich zu verflüchtigen, Monsieur Katajew.«

»Ich bin ganze neunzehn Jahre älter als dieser Champagner, aber sehe ich so aus, als ob ich mich verflüchtigt hätte?« parierte Katajew herablassend.

»Wenn Sie entkorkt werden, Monsieur Katajew, möchte ich nicht von dem Korken getroffen werden«, murmelte der Remarque-Held und gestand endlich: »Die Realität ist bedauerlich – ›Veuve Clicquot‹ von 1916 haben wir nicht.«

»Dann beschaffen Sie ihn«, schnaubte Katajew.

»Aber ich fürchte, daß …«, stammelte der Remarque-Held und verwandelte sich vor unseren Augen aus einem Muskelprotz mit gezwirbeltem Schnurrbärtchen in einen schmelzenden Schneemann mit herausfallenden Kohlenaugen.

»Kommen Sie mal näher heran«, sagte Katajew hypnotisierend freundlich.

Der Remarque-Held trat fast auf Zehenspitzen wie verzaubert an den Tisch und wiederholte:

»Ich fürchte, daß …«

»Jetzt herabbeugen«, befahl Katajew und ließ die Freundlichkeit zur Grausamkeit werden.

Die Kellner standen in Reih und Glied an der Bar und betrachteten das unerhörte Schauspiel – die Zähmung ihres majestätischen Tyrannen, den sie hinter seinem Rücken Tamerlan nannten, was jedoch mehr seinem Aussehen als seinem Charakter galt.

Dem Maître d'hotel wurde heiß. Er zog an seiner Fliege, so daß unter dem engen »Bristol-Kragen«, wie Katajew gern sagte, ein

Gummiband von denaturiertem Fliederblau zum Vorschein kam. Er beugte sich vor, griff nach dem Tischtuch, und unter seinem gestärkten Chemisette krächzte die gesprungene Schallplatte:

»Ich fürchte, daß ...«

»Fürchten Sie sich nicht«, sagte Katajew hart und legte dem entheroisierten Remarque-Helden seine, wie er gern scherzte, nicht mit Sommersprossen, sondern mit »Wintersprossen« gesprenkelten Hände auf die erschrocken zuckenden mächtigen Schultern. »Fürchten Sie sich nicht, Morosow. Man kann doch alles beschaffen, wenn man es wirklich will, oder etwa nicht?«

»Jawohl«, entfuhr es militärisch knapp dem Maître d'hotel, der sich vielleicht darauf vorbereitete, auf einem weißen Roß nach Rußland zurückzukehren, zusammen mit dem edlen General Kutjopow, den die Bolschewiken so taktlos entführt hatten.

»Und jetzt handeln Sie, Morosow! Wer sucht, der findet auch, wie Lebedew-Kumatsch sehr richtig gesagt hat«, belehrte ihn Katajew. »Zur Erinnerung: Veuve Clicquot, brut. Jahrgang neunzehnhundertsechzehn.«

Der Remarque-Held schwebte wie ein Schlafwandler zielstrebig zum Ausgang und verschwand in der Pariser Nacht, als hätte es ihn im Leben und im Roman nie gegeben.

Katajew klopfte melodisch mit der Gabel an sein Glas, und aus der Menge der Kellner kamen sofort zwei der mutigsten an unseren Tisch getrippelt, wobei sie jedoch furchtsame Blicke wechselten.

»Einstweilen öffnen Sie uns eine Flasche ›Dom Perignon‹ von 1926. Als Horsd'œuvre bringen Sie uns, wie 1916, zwei Dutzend Austern und Strasbourger Gänseleberpastete.«

Einer der Kellner beugte sich vertraulich vor und flüsterte Katajew etwas zu, ich vermute, den astronomischen Preis der Flasche.

»Ich sagte – öffnen Sie sie.« Katajew machte gelangweilt eine königliche Geste.

Oh, er hatte sich keineswegs verflüchtigt, der fast siebzigjährige Katajew, der seinerzeit Ilf und Petrow den nur scheinbar oberflächlichen Stoff der »Zwölf Stühle« geschenkt hatte; daraus wurde das tückischste und bezauberndste antisowjetische Buch, über das sich selbst die Sowjetmacht amüsierte!

Auch der »Dom Perignon« hatte sich nicht verflüchtigt.

Später erschien feierlich, vom Maître d'hotel in irgendwelchen verstaubten Kellern aufgetrieben, der »Veuve Clicquot« aus dem Jahr, in dem der junge Offizier Katajew in Paris tafelte, auf den Sieg Rußlands im Ersten Weltkrieg trank und nicht ahnte, womit das enden würde. Verwandte von Katajew behaupten allerdings, daß er in jenem Jahr gar nicht in Paris war. Aber selbst wenn das seiner Phantasie entsprungen war, der »Veuve Clicquot« auf unserem Tisch war real.

Er hatte sich auch nicht verflüchtigt. Kein Zufall, daß er Puschkins Lieblingsgetränk war. In unseren Gläsern tanzten goldene Funken ihren ewigen Tanz wie einst vor dem dunkelhäutigen kraushaarigen Choreografen der Reime, ohne den es uns alle nicht gäbe.

Der Maître d'hotel hatte umsichtigerweise gleich ein halbes Dutzend Flaschen mitgebracht. Den Preis habe ich mir nicht gemerkt, weil ich wohl davor Angst hatte. Der nach Katajews Hypnose allmählich wieder zu sich gekommene Remarque-Held trank, von Katajew eingeladen, auch von dem Elixier aus der Zeit des Ersten Weltkriegs und sang dann, vom Orchester begleitet, mit fast Schaljapinschem Baß das Lied »Dubinuschka«.

Katajew eilte mit Tränen in den Augen zu ihm, umarmte ihn und steckte ihm ein Päckchen Porträts vom Autor der »Elenden«, will sagen, Francs, hinter das Chemisette.

Ein jugendlich schlanker kaukasischer Fürst mit einem Greisengesicht, von den Runzeln der Verbannung gekerbt, tanzte mit einem Dolch zwischen den funkelnden Goldzähnen eine Lesginka.

Katajew griff in die Jacke und warf ihm großzügig Geldscheine aus dem Lohn für meine Unterrichtung in den Fächern Literatur und Paris vor die Füße.

Der Fürst, mit den Adleraugen räuberische Blicke werfend,

schleuderte den Dolch, nagelte eine Banknote nach der anderen aufs Parkett und ließ sie blitzschnell in seiner Persianermütze verschwinden.

Katajew warf mit den Geldscheinen so üppig um sich wie mit den Zitaten in seinen Spätwerken, die auf magische Weise zu seinen eigenen Metaphern wurden. Er schob Geld in den roten Stiefel einer Polin, die mit starkem Akzent »Früh am Morgen färbt sich rosa Moskaus alte Kreml-Wand« sang. Er stopfte Geld in die Korsage einer gewaltigen Zigeunerin, die ihre Glasperlen schüttelte, so daß die Scheine zusammen mit einem Schweißstrom abwärts glitten zwischen ihren kürbisgroßen Brüsten.

Und als ein Banduraspieler mit einem echten Saporoger Haarschopf auftrat, in Pluderhosen à la Gogol, so breit wie das Schwarze Meer, als Zeichen der Verachtung vollgeschmiert wenn nicht mit Teer, so doch mit Dijon-Senf, kam aus Katajews Jacke ein ganzer Fächer von Francnoten geflogen, die mit kleinrussischer Sentimentalität in den Saiten der Bandura steckenblieben.

Katajews Gesicht hatte sich gänzlich verändert, verjüngt, war beinahe das eines Fähnrichs, und ich sah ihn auf einmal im Jahre 1916, wie er in Pariser Restaurants mit Geldscheinen um sich warf. Aber mit wessen Geld warf er damals um sich, der Sohn eines armen Lehrers? Vielleicht mit dem, das für Waffen und Ausrüstung bestimmt war? Hatte ihn die Revolution vielleicht vor der Strafe für die unbekümmerte jugendliche Zechtour und die Unterschlagung bewahrt, und war das vielleicht der Grund, warum es ihn später unbewußt zu dem lustigen, wenngleich satirischen Thema der Defraudanten zog? Gewann er die Revolution vielleicht so lieb, weil sie ihm großzügig seine unbesonnenen frühen Sünden nachsah?

2

Aber dieselbe Revolution hatte ihm auch viel genommen, darunter die Möglichkeit, nach Paris zu reisen, wann er Lust hatte, nicht wann er aus Gnade »geschickt« wurde.

Genauer gesagt, nicht genommen, sondern herausgerissen. Wie Zähne.

Die Zeit ist ein Dentist, der uns ohne Betäubung die Zähne herausreißt.

Katajew zwang sich, die widerlich fetten haarigen Finger der neuen Macht mit den schwarzen Fingernägeln, die ihm mit Zahnzangen in die Kehle und in die Seele fuhren, zu lieben.

Sie, die neue Macht, beschrieb er in der Gestalt des wilden Weibsstücks, das sich am Ohr jedes neuen Beischläfers festsaugt und ihm wollüstig zuflüstert: »Und jetzt Sachen kaufen!«

Schon in den frühen Zwanzigern hatte Katajew angewidert die politischen Fragelisten und die vom Büffeln überschnappenden sowjetischen Angestellten verspottet: »Wer ist Renegat? Kautsky. Wer hat ein Mandat? Painlevé.«

Das war Liebe nicht aus Liebe. Liebe aus Angst. Liebe aus dem Fehlen einer Wahl.

Ausgerechnet 1936 begann Katajew fieberhaft sein geniales Buch »Es blinkt ein einsam Segel« zu schreiben; eingehüllt in die eigene Kindheit wie in einen Kokon, mußte er von Zeit zu Zeit den Füller aus dem Kokon herausstrecken, um wieder mal einen Brief zu unterschreiben, der »Volksfeinde« entlarvte. Sonst hätte man ihn womöglich selbst aus seinem Kokon herausgezogen und auf den Richtblock geworfen.

Es heißt, Talent sei eine Gottesgabe. Aber ein Teufelspakt läßt sich auch schließen, wenn man eine Gottesgabe besitzt. Nur – hört sie dann nicht auf, eine Gottesgabe zu sein?

Hätte Katajew nicht den kreatürlichen Selbsterhaltungstrieb gehabt, so könnte man dem Schriftsteller vielleicht keine moralischen Vorwürfe machen, doch dann würde er sicherlich nicht überlebt und nicht solche Bücher geschrieben haben wie »Es blinkt ein einsam Segel«, »Der heilige Brunnen«, »Meine Diamantenkrone«, »Das Gras des Vergessens«, auch nicht das erbarmungslose Urteil über die Revolution in seinem furchtbarsten Buch »Der Werther ist schon geschrieben«.

Doch er überlebte und fand keinen Preis dafür zu hoch, und daher liegt ein düsterer Schimmer von müdem Zynismus auf seinen phänomenalen letzten Büchern. Katajew war ein Zyniker des besonderen sowjetischen Typs – ein romantischer Zyniker, artistisch bis ins Knochenmark, ein Zyniker, der die Zyniker haßte, ein Zyniker, der manchmal aufs großzügigste allen half, die nicht nach Zynismus rochen.

Es war ein Zynismus mit sentimentalen Schüben. Es war eine nicht vorhersagbare, unlenkbare Form des Zynismus, unfähig zwar zum Golgatha, aber fähig zu Trotz, Nichtunterwerfung und sonstigen Launen, die unzulässig waren vom Standpunkt des herrschenden Zynismus und des amöbenhaften Zynismus der Mehrheit.

Katajew versuchte selbsterhaltend und selbstmörderisch mit aller Kraft, sich Liebe zur Revolution einzuflößen. »Wie ich auch war, ich bin mit meinem ganzen Leben und Schaffen der Revolution verpflichtet. Nur ihr allein. Ich bin ein Sohn der Revolution. Vielleicht ein schlechter Sohn. Aber ein Sohn.«

Nur ihr? Und Bunin? Das paßt nicht zusammen. Vielleicht daher die unangenehmen Passagen in »Gras des Vergessens«: »Dann wurde mir klar, daß es bei ihm nicht so sehr die Galle war wie die Hämorrhoiden« (über Bunin). Oder: »Ich glaube, ich habe eine Definition gefunden für die weiße Farbe, die in Vera Nikolajewnas Gesicht dominierte. Es ist die Farbe einer weißen Maus mit rosa Augen.«

Ob sich Katajew mit diesem Sarkasmus vor der eigenen kniefälligen Pietät gegenüber Bunin schützen wollte, ob diese kalten Beobachtungen des »bösen Jungen« den Neid auf den armen Emigranten dämpfen sollten, dem der Nobelpreis nur vorübergehend aus der Klemme half? Worauf war Katajew neidisch?

Wahrscheinlich doch auf den Nobelpreis – und ich denke mir, ohne diesen Neid würde er nicht die Briefe unterschrieben haben, die Pasternak und Solshenizyn ächteten. Aber neidisch war er vor allem auf Bunins arme Freiheit von allem, wovon er, Katajew, nicht frei war. Zu dieser Freiheit (nur arm durfte sie nicht sein) hatte er sich sein Leben lang hingedrängt wie ein Schüler, und am Ende seines Lebens hätte es fast geklappt. Fast.

Er war nicht frei von dem eifersüchtigen Groll auf diejenigen, die nicht überlebt hatten und denen man nicht den gleichen Vorwurf machen konnte wie ihm – Langlebigkeit auf Kosten des Gewissens.

Die Witwe Bunins verblüffte ihn, indem sie bei einem Wiedersehen nach vierzig Jahren die Küchlein auf den Tisch stellte, die er als Halbwüchsiger geliebt hatte.

»Woher wissen Sie, daß ich Meringel mag?«

»Ich erinnere mich«, sagte sie traurig. »Sie haben einmal gesagt, sollten Sie je reich werden, so wollten Sie jeden Tag bei Fanconi Meringel mit Schlagsahne kaufen.«

Ich glaube, für Katajew war es das wichtigste, »Veuve Clicquot« zu trinken und Meringel zu essen, egal unter was für einem Regime.

Seine Einstellung zu den sowjetischen Dissidenten war in etwa die gleiche wie die zu den vorrevolutionären Dissidenten in der Kindheit: »Es hat sich herausgestellt, daß Rußland unglücklich ist, daß es außer Papa noch gute Menschen gibt, die in der Katorga verfaulen ...«

Allen, die in der Katorga verfaulten, konnte man nicht helfen, Hauptsache, man verfaulte nicht selbst, so wie es Mandelstam geschah. Es galt zu überleben. Man mußte so tun, als wäre auch Portwein »777« gut. Der »Veuve Clicquot« lief ja nicht weg.

Na, und das Gewissen? In der Erzählung »Es blinkt ein einsam Segel« fuhr es heraus: »Zehn Minuten lang quälte ihn das Gewissen.«

Und ebendort: »Die Regeln des guten Tons machten es den

Jungs vom Schwarzen Meer zur Vorschrift, sich zu allem auf der Welt möglichst gleichgültig zu verhalten.«

Warum hätte er aufhören sollen, ein Junge vom Schwarzen Meer zu sein? Selbst Bagrizki hatte sich ja mit dem Schatten Dzierżyńskis abgefunden: »Aber wenn er sagt: Lüge, dann lüge. Und wenn er sagt: töte, dann töte.«

Und so gab Katajew sein geheimes Inneres preis:

»Ich schob die Hand in ihren Halsausschnitt ... Ich weiß nicht, wie sich mein weiteres Leben gestaltet hätte, wäre nicht plötzlich eine kleine Gruppe Jungpioniere mit weißen Hemden und roten Halstüchern an uns vorbeigezogen, die sich mühsam durchs schulterhohe Gras zwängte. Wir prallten voneinander zurück. Und als die Jungpioniere weg waren, begriffen wir, daß wir nicht gegen die böse geheimnisvolle Kraft ankamen, die nicht wollte, daß wir einander für immer gehörten.«

Und das schrieb der Lieblingsautor der sowjetischen Jungpioniere.

Alles geriet durcheinander: nicht nur Rußland, die Lethe, die Loreley, sondern auch Gewissen und Gewissenlosigkeit, echte Inspiration und Inspiration durch Angst. Die große und die verfluchte Zeit. Aber ein Leichenschmaus für die Sowjetliteratur, die von dieser Zeit hervorgebracht wurde, fand nicht statt.

Die von der Geschichte zerbrochenen Schriftsteller, die jedoch der Geschichte nicht auswichen, sondern die Epoche mitsamt ihren Illusionen, ihren Lügen, ihrem Blut in sich aufnahmen und von ihr zerquetscht wurden, erwiesen sich in ihren besten Büchern als Chronisten, ohne die die Geschichte als solche schlicht und einfach verschwunden wäre.

Ich kann mir die russische Literatur durchaus ohne »Die Moskauer Schönheit« des Totengräbers der Literatur Viktor Jerofejew vorstellen, der von seinen Manschetten Friedhofswürmer auf die Tische der internationalen Symposien schüttelt. Aber ohne Katajews »Es blinkt ein einsam Segel« oder »Der heilige Brunnen« kann ich es nicht, es geht nicht. Von zwei Zynikern bevorzuge ich immer noch den mit dem heiligen Brunnen. Denn der ist nicht nur ein Zyniker.

3

Aber zurück in das Jahr 1963, in den Nachtclub »Scheherazada«.

Alle sechs Flaschen »Veuve Clicquot« waren schon geleert, und Katajew wollte noch immer herumtollen wie in dem unvergeßlichen Jahr 1916.

Unsere Frauen waren müde geworden, sie ließen uns beide allein, denn sie begriffen, daß es unmöglich war, den Wirbel, in den wir uns allmählich hineingedreht hatten, zu stoppen.

»So soll es sein, feiert heute nach Herzenslust, Jungs«, sagte Esther Katajewa zärtlich, doch dann flüsterte sie mir zu: »Shenja, vergessen Sie nicht, daß Valja immerhin vierzig Jahre älter ist als Sie .«

Aber in dieser Nacht war Katajew noch lange zwanzig, er schleppte mich, der ich bereits entkräftet war, auf die Champs-Élysées, ins »Maxim«, ins »Dominique« und in eine Bahnhofskneipe, wo sich eine ganze Traube von Priesterinnen der Liebe in gestopften Netzstrümpfen an ihn hängte, die ihn von allen Seiten abküßten, während er ihnen Rosen schenkte und sie mit dem bewirtete, was sie Champagner nannten.

Das Ganze endete bei Morgengrauen im »Bauch von Paris«, wo wir das letzte Kleingeld zusammenkratzten und Zwiebelsuppe aßen, Schulter an Schulter mit Fleischern in blutigen Schürzen. Das gnadenlose Morgenlicht gab Katajew sein wahres Alter zurück, und die berauschende Frischluft seiner Jugend von 1916 entwich sacht aus ihm wie Helium aus einem angestochenen Luftballon. Allmählich wurde er leer und schlaff, und im Taxi schlief er ein wie ein Kind. Ich trug ihn auf meinen Armen hinauf ins Hotelzimmer und ließ ihn vorsichtig auf das Bett sinken, damit er nicht aufwachte.

»O Gott, morgen wird ihm der Schädel brummen. Dabei ist morgen die Premiere«, flüsterte Esther und legte ihm ein heißes Handtuch auf die Stirn.

Katajew schlief lächelnd, als lebte er im Schlaf ein ganz anderes Leben, das er in Wirklichkeit nicht hatte leben können, und ich war glücklich, daß ich ihm geholfen hatte, wenigstens kurze Zeit darin zu verweilen.

Wer ist der Stärkere auf diesem Bild?

In meinem Sommerhaus in Peredelkino hängt ein Bild. Wer mich auch immer besucht, das Bild hat eine hypnotische Anziehungskraft. Manchmal gefällt es auf den ersten Blick, manchmal zwingt es zum Nachdenken: Gefällt es oder nicht? Manchmal weckt es Begeisterung, manchmal verblüfft es, manchmal erschreckt es.

Das Bild heißt »Geburtstag mit Rembrandt«. Vor dunkelrotem Hintergrund von Blut oder loderndem Brand zwei Maler, beide am 15. Juli geboren, aber der eine, Rembrandt, 1606 in Leiden, der andere, Schöpfer dieses Bildes Oleg Zelkow, 1934 in Moskau. Beide haben einen Pokal in der Hand, gefüllt mit rotem Wein oder mit der Flamme der Geschichte. Der Russe beugt sich zu dem Holländer, flüstert ihm mit Verschwörermiene etwas ins Ohr, fragt vielleicht etwas, aber nicht einfach so, sondern hänselnd, stichelnd. Eine übermütige, doch nicht sehr fröhliche Teufelei glitzert in den Augen des Russen, der mit dem furchtbaren überlegenen Wissen um all das, was nach Rembrandts Tod auf dem Planeten geschah, ausgestattet ist. Eine unheimliche Kraft, eine Zählebigkeit ist in diesem russischen Künstler, der die Schule des russischen Alltags durchgemacht hat: die Warteschlangen vor den Läden, die Küchen der Gemeinschaftswohnungen, die überfüllten Straßenbahnen, die Angst bei nächtlichem Klingeln an der Wohnungstür, die Wutschreie Chruschtschows gegen die Maler, die Zerstörung der Kunstausstellung durch Bulldozer unter Breshnew, das Nicht-Reisen-Dürfen, das Nicht-Ausgestellt-Werden und der Nichtankauf von Bildern, die unzähligen Ausschlüsse, Verbote und Drohungen.

Der Rembrandt auf Zelkows Bild ist nicht mehr der, von dessen Schoß so bezaubernd Saskia lächelt, die nach dem genialen Willen des Malers das Gesicht den künftigen Generationen zukehrt, sondern ein sterbender Rembrandt, der seinen letzten Geburtstag mit dem sonderbaren russischen Maler feiert, den ein Wink Volands in eine andere Zeit versetzt hat. Es ist ein Rembrandt, der nicht mehr nach Ruhm strebt, sondern ihn schon erreicht hat und ihn verachtet. Es ist ein Rembrandt, der das Alter und die Geldnot nicht minder würdevoll durchgestanden hat als die Jugend und das Geld. Es ist ein Rembrandt, der dem Leben verziehen hat, was es ihm nahm, um alles dessen willen, was es ihm gab. Es ist ein Rembrandt, der keine Hinterlist nötig hatte, aber auch nicht auf bäuerliche Colas-Breugnonsche Pfiffigkeit verzichten mochte.

Viele Male habe ich mir selber die Frage gestellt: Wer ist der Stärkere auf diesem Bild? Ich habe auch meine Gäste gefragt. Die beste Antwort hat wohl Gabriel García Márquez gegeben: »Beide sind die Stärkeren.« Nicht schlecht war auch die Äußerung eines georgischen Gastes, der ungenannt bleiben möchte: »Der Stärkere ist, der den Pokal tiefer hält.« Das ist auf dem Bild der Ältere. Aber bitter für mich war, daß fast keiner meiner Gäste (mit Ausnahme einiger Ausländer und sowjetischer Kunstexperten) wissen wollte, wer das Bild gemalt hat. Und wenn ich den Namen Zelkow nannte, kannten sie ihn nicht.

Zelkow ist einer meiner zwei oder drei engsten Freunde. Bei ihm konnte ich ohne vorherigen Anruf zu jeder Tages- und Nachtzeit aufkreuzen – allein oder zu zweit und sogar mit großer Gesellschaft. Einmal kamen wir nachts aus seiner Wohnung und badeten bei Mondlicht im Kanal, wie um für immer von der Jugend und voneinander Abschied zu nehmen: Bella Achmadulina, Wassili Axjonow, Bulat Okudshawa, das japanische Mädchen Yuko, Oleg und ich. Wie durch eine unabänderliche Vorherbestimmung haben sich meine Wege von den ihrigen getrennt, nicht aber von dem Olegs. Er besitzt die große Gabe, Freundschaft zu bewahren. Das Geheimnis dieser Gabe besteht wohl in der Toleranz gegenüber den Ansichten anderer. In diesem Sinne hat Zelkow mehr Ähnlichkeit mit dem Rembrandt auf dem Bild als mit dem von ihm gemalten Zelkow. Er erteilt niemals Lehren, drängt sich nie als Ratgeber auf, bittet aber auch niemals um Ratschläge. Er besitzt zwei äußerst seltene Eigenschaften: Er hilft in der Not und ist nicht neidisch auf das Glück anderer. Sein Leben lang kämpfte er mit der Geldnot, doch er zählte im Geiste nie das Geld der anderen und kam fast unbemerkt und sogar elegant ohne eigenes zurecht.

Ich bin mit ihm viele Tausende Kilometer mit dem Motorboot auf den Flüssen Wiljui und Aldan gefahren. Es war komisch, wie ihn als Stadtmenschen die sibirische Natur ängstigte und entzückte, aber er blieb dabei stets ein furchtloser Kamerad. In den ersten zwei Jahren nach seiner für ihn selbst und alle anderen überraschenden Ausreise ertappte ich mein Auto ein paarmal dabei, daß es wie von selbst in der Nacht zu ihm nach Orechowo-Borissowo fahren wollte, bis mir einfiel, daß er nicht mehr dort war und nie wieder dort sein würde.

Der italienische Verlag »Fabbri« brachte in der Reihe »Hervorragende Meister des zwanzigsten Jahrhunderts« eine große Farbmonographie von Oleg Zelkow heraus. Nur wenigen lebenden Malern wurde die Ehre zuteil, in diese Reihe aufgenommen zu werden. Was war geschehen? Warum hatte sich unser Land den verbrecherischen »Luxus« erlaubt, sich eines Zelkow und vieler anderer Künstler zu berauben, insgesamt etwa zweihundert? Und das nicht in der Stalin-Zeit, sondern schon nach dem XX. Parteitag. Dafür sind wir alle verantwortlich. Natürlich war die Stalin-Zeit die Wiege dieser beispiellosen nationalen Selbstberaubung. Uns wurde die russische Avantgarde gestohlen – Kandinsky, Malewitsch, Filonow, Gontscharowa, Larionow, Tatlin, Tyschler, Lentulow, Rodtschenko, Melnikow!

Der Eiserne Vorhang zwischen den beiden Systemen wurde zu einer Mauer zwischen den beiden Kulturen. Anna Achmatowa erfuhr nur rein zufällig und mit großer Verspätung, daß der Italiener Modigliani, der sie damals in Paris geliebt hatte, nach seinem Tode weltberühmt geworden war. 1962 sagte Chagall, den ich in seinem Haus in Frankreich besuchte, er wolle in der Heimat sterben und werde ihr alle ihm gehörenden Bilder schenken, wenn man ihm nur ein bescheidenes Häuschen in seiner Geburtsstadt Witebsk gab. Er überreichte mir seine Monographie mit der für Chruschtschow bestimmten Widmung: »Für den teuren Nikita Sergejewitsch Chruschtschow mit Liebe zu ihm und zu unserer Heimat.« Chruschtschows Assistent W. S. Lebedew, der den Namen Chagall nie gehört hatte, wollte das Buch Chruschtschow nicht geben. »Juden ... und sie fliegen auch noch«, kommentierte er gereizt das Titelblatt, auf dem sich zwei Verliebte, über dem Erdboden schwebend, küssen. Lebedew, der – um ihm Gerechtigkeit widerfahren zu lassen – vor Jahren geholfen hatte, mein Gedicht »Stalins Erben« und auch Solshenizyns »Ein Tag im Leben des Iwan Denissowitsch« drucken zu lassen, war nicht zufällig gereizt und sogar eingeschüchtert. Die Angriffe Chruschtschows und seiner Umgebung auf die Künstler waren übergegangen in Angriffe auf die Schriftsteller und auf die frei denkende Intelligenz schlechthin. Im übrigen hatte sich der Spielraum für die Malerei viel langsamer erweitert als der für die Literatur. Nichts ändert sich so langsam wie die Gewöhnung an visuelle Stereotype. Selbst in der freizügigsten »Tauwetterzeit« wurde das Buch der Engländerin Camilla Grey über die russische Avantgarde von unseren unbeugsamen Zöllnern konfisziert. Die sittliche Kastration zeugte eine künstlerische, ja, stilistische Kastration. Eine ungewöhnliche künstlerische Form wurde bereits als antisowjetischer Inhalt wahrgenommen.

Oleg Zelkow berichtete, daß ihn in früher Kindheit niemand die Malerei gelehrt habe. Aber einmal im Pionierlager habe ihn der Maler Michail Archipow stark beeindruckt, als er plastisch von der Welt der Künstler, von der Malerei und ihrer heiligen Bestimmung erzählte. Der empfängliche Junge erkannte während einer schlaflosen Nacht, daß auch er ein Künstler war. Er wurde in die Surikow-Kunstschule aufgenommen. Seine Mutter erinnerte sich, daß er ein Stipendium bekam, zwanzig Rubel. Für einen Fünfzehnjährigen, dessen Familie mit einem Angestelltengehalt auskommen mußte, war das viel. Aber als er nach dem Winter seine beiden ersten Bilder vorlegte, wurde ihm das Stipendium wieder entzogen. Das eine zeigte ein Konzentrationslager. Hinter dem Stacheldraht hoffnungslose, an Gehorsam gewöhnte Gesichter. Dem Bild wurde Pessimismus vorgeworfen, Abweichung vom sozialistischen Realismus, allzu tragischer Realismus, allzu tragische Darstellung des Lagerlebens, denn in den Augen der Menschen sei keine Hoffnung auf baldiges Näherrücken der Sowjettruppen. Das zweite zeigte einen einsamen Soldaten, der an einem nebligen, dunstigen Morgen auf einer kleinen Anlegestelle Gitarre spielte. Der Direktor bestellte den Vater ein und befragte ihn unter vier Augen, wo bei dem Sohn die dekadente Stimmung herkäme, was er für Freunde habe und ob unter seinen Freunden ein älterer Maler sei, der einen schlechten Einfluß auf ihn ausübe. Der Vater wunderte sich: »Warum?« – »Sehen Sie doch, keine Sonne! Nur Wolken, Nässe, Grau.« – »Das war das erste besondere Vorkommnis in meinem Leben«, sagte Oleg Zelkow, »aber es war meine Feuertaufe, denn von da an war ich Maler.«

In solcher Atmosphäre wuchsen er und seine gleichaltrigen Malerkollegen auf. Als bei Schulabschluß die Leiter des Surikow-Instituts die Schülerarbeiten besichtigten, trampelte einer von ihnen vor Zelkows Bildern mit den Füßen herum und schrie: »Diese Kontschalowski-Masche kommt mir nicht ins Haus!« Zelkow entschloß sich gleichwohl, sich am Institut zu bewerben, und natürlich ließen sie ihn durchfallen. Auf einigen frühen Bildern stand damals mit Kreide eine fette Vier. Überraschend unterstützte ihn Ioganson, die Säule der damaligen offiziellen Malerei. Es gibt einen Brief an das Minsker Theaterinstitut: »Ich empfehle Oleg Zelkow als begabten Künstler ... Er ist ein ausgezeichneter Maler, und ich bin sicher, daß er die auf ihn gesetzten Hoffnungen rechtfertigen wird.« Ioganson zeigte in diesem Falle Konsequenz. Als Zelkow in Minsk ausgeschlossen wurde (wegen Formalismus), half Ioganson ihm ein Jahr später, in die Leningrader Akademie der Künste aufgenommen zu werden. Als Zelkow in der

Akademie seine Arbeiten vom ersten Studienjahr ausstellte, da schrieben die chinesischen Studenten einen kollektiven Protest – »gegen den zersetzenden bürgerlichen Einfluß«. Wo mögen sie jetzt sein, diese chinesischen Maler? Sind sie vielleicht ums Leben gekommen nach ihrer Heimkehr nach China, weil sie den vertierten Kinderhenkern der Roten Garden auch »zu bürgerlich« vorkamen?

Zelkow wurde aus der Akademie ausgeschlossen. Es half ihm der großartige Regisseur und Maler Nikolai Akimow, indem er ihn in seinen Kursus im Theaterinstitut holte. Eben damals, 1957, kam ich mit Sluzki zu einer gemeinsamen Dichterlesung nach Leningrad, und er stellte mir meinen späteren engen Freund ein wenig scherzhaft, doch mit ernstem Unterton so vor: »Oleg Zelkow, vielleicht ein künftiges Genie.« Der gut gewachsene, schöne, dunkeläugige junge Mann mit den Ringelhaaren stand lässig, mit der Schulter an den Türrahmen gelehnt, in der damals für literarische Begegnungen in Mode gekommenen Wohnung des Leningrader Schriftstellers Kirill Koszinski. In seiner Haltung war etwas, was an Dolochow auf dem Weg zum Fensterbrett erinnerte. Aber im Gegensatz zu Dolochow war Zelkow die höhnische Verspottung anderer fremd, er besaß jedoch die allen wirklichen Künstlern eigene kindliche Neugier auf Menschen, auf das Leben. Wir befreundeten uns auf den ersten Blick.

Bis ich Zelkow kennenlernte, war ich Anhänger von Glasunow gewesen. 1957 gab es im Klub der Kulturschaffenden eine sensationelle Ausstellung des noch unbekannten Leningrader Waisenkindes, verheiratet mit einer Enkelin von Benois, der aus der Akademie verstoßen worden war und Gerüchten zufolge in Moskau bei der Jachontow-Witwe in der Badewanne schlief. Nach den unzähligen Stalinporträts, nach all den mächtigen Kolchosbäuerinnen mit nicht minder mächtigen Garben in den gewaltigen Pithecanthropus-Pranken sahen wir nun diese riesengroßen Augen der Blockadekinder, das Märtyrergesicht von Dostojewski, das tragische Antlitz von Block inmitten von Schweinerüsseln im Restaurant, ein zeitgenössisches Paar, Junge und Mädchen, erwacht nebeneinander in einer Stadt, die einem Ghetto gleicht, und über dem Eisengitter ihres Betts qualmen die Schlote von etwas Grausamem, alles Verschlingendem. In einer Winternacht trugen Glasunow und ich seine Bilder, die in einem Wohnheim der Moskauer Universität versteckt waren, in meinen zerkratzten Moskwitsch. Hätte ich damals ahnen können, daß aus dem getretenen, bespuckten Maler Glasunow schon bald der inoffizielle-offizielle Kunstmaler des Außenministeriums werden sollte, der vom hohen Roß hochmütig-verächtlich über die leidgeprüfte russische Avantgarde herzieht?

Die Schmähungen Zelkows begannen schon in der Schule. 1957 dröhnten schwere akademische Geschütze. Zelkow wurde zu den Abweichlern vom sozialistischen Realismus gezählt, die Leitung des Künstlerverbandes fällte folgendes Urteil: »Eine sehr schlechte Fälschung à la Cézanne sind die Stilleben von O. Zelkow.« Um die gleiche Zeit sagte sich sein einstiger »Ziehvater« Ioganson von ihm los. Unterstützung erfuhr der junge Maler von einem Mann, der ein Freund Picassos war und etwas von Kunst verstand – Pablo Neruda. Er hatte zwei Stilleben von Zelkow in einer Moskauer Ausstellung junger Künstler gesehen und Zelkow in einem Brief geschrieben: »Sie gehen Ihren Weg als Maler wie ein wahrhafter Realist, der seine eigene Ausdruckskraft und Poesie besitzt. Bravo!« Auch Nazim Hikmet glaubte an Zelkow und bot ihm die Dekoration seines Stücks »Das Damoklesschwert« im Satiretheater an. Hikmet sah wohl in den Arbeiten Zelkows den Abglanz der großen Avantgarde, die er in den zwanziger Jahren im Moskau Majakowskis und Meyerholds gesehen hatte. Auch Kirssanow, Lilja Brik und Katanjan fühlten sich von ihm angezogen. Kurz vor ihrem Ableben besuchte ihn Anna Achmatowa, die nicht oft Maler beehrte.

Zelkow wurde zwar in die Theatersektion des Künstlerverbandes aufgenommen, aber die Funktionäre kauften seine Arbeiten nicht. Ohne die ständige Unterstützung seiner Eltern, die trotz allem an sein Talent glaubten, würde er nicht durchgehalten haben. Aber es kamen auch die ersten Käufer. Das waren damals ganz junge Schauspieler, Maler, Journalisten, Physiker. Ein Umschwung im Kaufinteresse setzte ein, nachdem einer der berühmtesten Sammler russischer Avantgarde, Kostaki, mehrere Bilder von ihm erworben hatte. Das »Gruppenbild mit Melone« war die erste große Arbeit Zelkows, die ins Ausland ging. Ich habe es in dem Gedicht »Die Taube in Santiago« beschrieben. Dieses Bild kaufte Arthur Miller, der sich später sehr lobend über Zelkow äußerte. Ich war dabei, als Siqueiros und Guttuso, diese beiden »mit Farben vollgefressenen Alleswisser«, gierig und sachlich fragten, womit seine Bilder gemalt seien. Zelkow drehte gelassen die Bilder um – auf der Rückseite hatte er die Zusammensetzung der Farben und Lacke notiert. Die beiden alten Wölfe der Malerei schrieben es fleißig ab wie kleine Jungen. Das war die höchste professionelle Anerkennung.

Von den Stilleben, in denen tatsächlich ein gewisser Einfluß Cézannes zu erkennen war, kam Zelkow langsam und machtvoll zu einer Serie von Einzel- und Gruppenbildern mit roboterhaften Fließbandwesen, gezeugt im Jahrhundert des gespaltenen Atoms und der Elektronik, in dem Jahrhundert von Dachau, dem Archipel GULAG und Hiroshima. Diese Wesen sind ein bißchen furchteinflößend, dennoch kennen sie menschliche Gefühle, und ihre automatisierte Psychologie schwankt zwischen Faschismus und kindlich wilder Naivität. Dieser Typ ist international, man findet ihn in New York ebenso wie in der russischen Provinz. Diese eindrucksvolle Serie ging zurück auf die »Frau mit Tragjoch« von Malewitsch und auf einige Bilder von Leger. Aber der Stammbaum der Wesen wuchs aus der Realität, und vor diesem Realismus erschraken die »Kämpfer für den Realismus«. Die waren die eigentlichen Abstraktionisten, denn ihre beflissenen Bilder zeigten ein nicht existierendes, abstraktes sowjetisches Leben. Die instinktive Angst der Unwissenden richtete sich in Wirklichkeit gegen eine realistische Porträtierung der Epoche. Die

Katze wußte, wessen Fleisch sie gefressen hatte, und wollte auf ihren Bildern nur harmlose Milch am Schnurrbart sehen und kein Blut. Aber warum wurde gleichzeitig der Abstraktionismus verfolgt? Das war doch wohl der politisch unverdächtigste Stil! Den Abstraktionismus fürchteten sie, weil sie in den stürmischen Farbklecksen verborgene herabwürdigende Porträts vermuteten.

Aggressives Nichtverstehen ist Selbstprovokation von Angst. Unwissenheit will nicht zugeben, daß sie etwas nicht versteht. Unwissenheit haßt instinktiv das Objekt ihres Nichtverstehens, schafft daraus ein Feindbild. In das Feld des aggressiven Nichtverstehens geriet auch Oleg Zelkow. Er selbst war niemals aggressiv, war niemals scharf auf werbewirksame Skandale. Er war viel zu beschäftigt mit seiner Selbstvervollkommnung, als daß er ausländische Korrespondenten hätte anrufen und sie beizeiten über seine »nächsten Verfolgungen« informieren können. Er paßte in kein Stereotyp, gehörte zu keiner Gruppe, nahm an keinen politischen Aktionen teil, und doch wurde er von allen geachtet, und seine Meinung wurde gehört. Möglicherweise gab es sogar Leute, die in ihm den heimlichen Anführer aller illegalen Künstler sahen. Die Logik war die von Kriminellen: »Wenn ihn alle achten, ist er also der Oberganove.« Doch die Achtung war verdient. Zelkow war ein überaus wohlwollender Mensch mit einem weitreichenden Geschmack. Einmal erzählte er mir einen ganzen Abend lang von der Großtat der »Wandermaler« und sagte, Perows Bild »Die Troika«, auf dem Kinder mit einem Schlitten ein vereistes Faß befördern, sei sein Lieblingsgemälde. Zelkow hat einen seltenen Charakterzug – Selbstsicherheit, die nicht in Überheblichkeit ausartet. Es ist die Selbstsicherheit des Meisters, der seine Sache kennt. Für Neid und Haß hat ein wirklicher Meister schlicht und einfach keine Zeit.

Zelkow, der die Literatur liebt, ist von allen figurativen Malern, die ich kenne, der am wenigsten literarische. Die Farbe – das ist drei Viertel des Inhalts seiner Bilder. Aber die attackierende Saftigkeit seiner Farbe wirkte auch politisch provozierend. 1965 wurde zum erstenmal eine Ausstellung seiner Bilder im Kulturhaus des Kurtschatow-Instituts eröffnet, aber die Organisatoren bekamen schwer eins reingewürgt. Sie mußten öffentlich ihre ideologische Unreife bereuen. 1970 veranstaltete das Haus der Architekten eine eintägige Zelkow-Ausstellung. Sie schlug den Weltrekord, denn sie wurde schon nach fünfzehn Minuten wieder geschlossen. Jemand hatte mit einem roten Büchlein vor der Nase des verängstigten Direktors herumgefuchtelt und verlangt, das Licht auszuschalten, das Publikum zu entfernen, die Bilder abzuhängen. Am nächsten Tag wurde Zelkow aus dem Künstlerverband ausgeschlossen – wegen eigenmächtiger (!) Organisierung einer Ausstellung.

Ich stürzte zu der damaligen Kulturministerin Furzewa, um meinem Freund zu helfen. Sie war diesmal gut gelaunt. »Wollen wir diesen Zelkow gleich im Atelier besuchen?« fragte sie tatkräftig und jovial. – »Lieber nicht, Jekaterina Alexejewna«, seufzte ich. »Wenn Sie seine Bilder sehen, wird es schwerer für Sie, ihn in Schutz zu nehmen.« Furzewa wußte meine Warnung zu schätzen und rief in meiner Gegenwart den Künstlerverband an, dabei gab sie sich den Anschein, eine zornige Vorgesetzte zu sein. »Dieser Ausschluß ist eine Voreiligkeit, die zu einem politischen Fehler führen kann«, sprach sie mit ritueller Wortwahl in den Hörer und zwinkerte mir zu.

Zelkow wurde wieder aufgenommen. Aber was änderte sich in seinem Leben? Seine Bilder wurden offiziell nicht angekauft, und das war für ihn eine Tragödie, denn sie waren nicht für Wohnungen bestimmt, sondern für Museen. Bewohnte Räume waren für sie zu klein. Ausgestellt wurde er nicht, es gab nur eine Gemeinschaftsausstellung inoffizieller Maler, die wie zum Hohn in dem Pavillon »Bienenzucht« in der Moskauer Volkswirtschaftsausstellung untergebracht und von einem lächerlich zahlreichen Milizkordon umstellt wurde. Zelkow zeigte dort zum erstenmal sein umstrittenes Bild »Das Abendmahl Christi«, auf dem – am Rande der Gotteslästerung – Christus und dreizehn Apostel als roboterähnliche Verschwörer gegen die Menschheit dargestellt waren.

Aber vielleicht sah er es so: das Abendmahl nicht Christi, sondern des Antichristen?

Die Bilder sammelten sich an. Es gab keine Perspektive. Das war das schlimmste am Sumpf der Stagnation – er saugte die Menschen hinein in die Hoffnungslosigkeit. Viele talentierte Leute wurden Pessimisten, und die Unbegabten drängten optimistisch nach vorn.

Zelkow wollte nicht für immer ausreisen, er wollte nur mal ins Ausland reisen. 1977 bekam er eine Einladung aus Frankreich. Einer der damaligen Natschalniks vom Hauptvisaamt versprach ihm einen Paß für zwei Monate. Seine Frau bat mich, auf ihre Wohnung aufzupassen, außerdem rang sie mir meine Vorkriegsausgabe von Maupassant ab, mit der sie einen Visabeamten bestechen wollte, der keine Windhundwelpen nahm, sondern seltene Bücher verlangte. Widerstrebend gab ich den Maupassant her. Doch da fand im Hauptvisaamt mal wieder ein Stimmungswechsel statt. Die Zelkows wurden zu ihrem »Wohltäter« bestellt, der ihnen mit dumpfer Stimme sagte: »Also: entweder jetzt und für immer oder nie.« Für immer, das klingt furchtbar, besonders wenn es sich auf die Heimat bezieht. Viele, nicht nur Künstler, wären niemals ausgereist, wenn man sie von vornherein vor die inhumane Wahl gestellt hätte: entweder jetzt und für immer oder nie.

Zelkow, mein engster Freund, reiste aus. Hätte ich das Recht gehabt, ihn zum Bleiben zu überreden? Was konnte ich ihm anbieten – eine Ausstellung auf dem Kusnezki Most, den Ankauf seiner Bilder durch die Tretjakow-Galerie? Was hatte ich für ein Recht, ihm die Möglichkeit zu nehmen, endlich den Louvre, den Prado, das Metropolitan-Museum, die Tate Galery, die Uffizien zu sehen? Aber warum sollte er für das Recht, diese großen Museen zu sehen, einen so furchtbaren Preis bezahlen – den Verlust der Heimat? Hatte man nicht vor der Revolution jungen Malern Stipendien gegeben und sie nach Italien und Frankreich geschickt, damit sie die Meisterwerke im Original sehen konnten?

Tonja Zelkowa kam kurz vor der Ausreise ganz verheult zu mir.

Eine Sonderkommission beim Kulturministerium hatte verlangt, ihr Mann solle für die Ausfuhr seiner eigenen Gemälde 22 000 Rubel bezahlen. Soviel Geld hatte Zelkow noch nie besessen. Der Kunstfonds hatte ihm eine Bescheinigung gegeben, wonach er in den fünfzehn Jahren seiner Mitgliedschaft im Künstlerverband insgesamt 4500 Rubel (!) verdient habe. »Solche Bilder sind keinen Groschen wert!« hatte man verächtlich gehöhnt. Und auf einmal schätzte derselbe Staat, der ihm kein einziges Bild abgekauft hatte, sie als wertvoll ein, aber nur bei der verfluchten Ausreise »für immer«. Der alte Rembrandt hatte auch einiges durchzustehen, aber es wäre ihm im schlimmsten Alptraum nicht eingefallen, daß es eine solche Zollaufsicht über die Kunst geben könnte. Ich lief zum stellvertretenden Kulturminister Barabasch und sagte ihm verworren etwa dies: Ein hervorragender russischer Maler reist aus. Aber wer weiß, wie sich sein persönliches Schicksal gestaltet und wie die Geschichte weitergeht? Warum muß man ihn mit so unmäßigen Abgaben quälen, als wolle man sadistisch die Fäden zerreißen, die ihn mit der Kultur seines Vaterlands verbanden? Barabasch hatte den Ruf eines harten, teilnahmslosen Menschen. Aber zu seiner Ehre muß ich sagen, daß er meine Argumente begriff und half. Am nächsten Tag waren aus den 22 000 Rubeln zweitausend geworden.

Mehr noch – Zelkow konnte ein paar Gravüren verkaufen, die ihm genau zweitausend einbrachten, so reiste er praktisch kostenlos aus. Aber eine erzwungene Emigration ist niemals kostenlos, weder für den Künstler noch für die Gesellschaft. Etwas geht für beide unwiederbringlich verloren.

Es ist eine Qual, für immer auszureisen, in der Fremde zu leben ohne Hoffnung auf Rückkehr oder wenigstens eine Besuchsreise. Zelkows Frau erzählte mir, daß sie nachts, wenn ihr Oleg schlief, leise in die Hand weinte vor Angst. Er vertat seine Zeit nicht, er gönnte sich einen »Museumstag«, den Freitag. Immerhin hat Paris 700 Bildergalerien, also gibt es etwas zum Schauen. Zelkow malte viel, entwickelte sich als Künstler. Vor kurzem fand er zu

Rauchgrau, zu Sanftheit, und er kehrte von seinen Fließbandungeheuern zu zarten Stilleben zurück.

Also, wer ist stärker auf diesem Bild? Die Beamtensymbiose des frechen Unteroffiziers Prischibejew und des schüchternen, angstschlotternden Akaki Akakjewitsch?

Oder doch der mutige Sammlerverstand unserer Nationalkultur?

»Komm vorbei, ich hab Dshondsholi«

Selbst wenn die Stimme im Telefon schlecht zu hören war, mußte ich nicht lange raten, wer dieses magische Wort aussprach, das vor vierzig Jahren der Code unserer Freundschaft war.

Dshondsholi ist ein Kraut aus Georgien (Staphylea, Pimpernuß) mit winzigen Glöckchen an dünnen Stielen, das in Glasgefäßen mariniert wird, wo es Ähnlichkeit mit khakifarbenen Wasserpflanzen bekommt. Es schmeckt ein bißchen bitter und sauer, und nichts paßt besser zu trockenem Weißwein als Dshondsholi mit schwach gesalzenem Suluguni-Käse.

Früher einmal, in meiner Jugend, gab es dieses Kraut noch im Restaurant »Aragwi«, doch später verschwand es, und vielleicht der einzige Mensch in Moskau, der es manchmal hatte, weil Verwandte es ihm schickten, war Bulat Okudshawa, der mich dann stets zu diesem kleinen Fest einlud.

Beim Dshondsholi hingen wir unseren Erinnerungen nach.

Die sechziger Jahre waren Jahre, in denen Dichter und Leser sich gegenseitig erschufen. Wir erschufen die Lyrikleser neu, indem wir laut sagten, was sie dachten, und sie erschufen uns durch ihre Unterstützung, die ihnen freilich manchmal teuer zu stehen kam. Für die Verbreitung von Tonbandaufnahmen mit den Liedern von Okudshawa oder der Samisdatausgabe meiner Autobiographie konnte man aus dem Komsomol, von der Universität oder von der Arbeit fliegen. Wir waren die ersten Dissidenten in einer Zeit, als Sacharow noch ein von Geheimhaltung umgebener, privilegierter Wissenschaftler war, Solshenizyn ein unbekannter Lehrer und ehemaliger Lagersträfling und Brodsky ein Schuljunge.

Die gesellschaftliche Bühne war leer, abgesehen von den wenigen mageren Dichterfigürchen unserer Generation. Ich bin sicherlich an die hundert Mal zusammen mit Bulat Okudshawa aufgetreten. Er wurde »Phrasendrescher mit Gitarre«, ich »Sänger der schmutzigen Laken« genannt. Über unsere Generation äußerte sich der Erste Sekretär des Komsomol, Pawlow: »Bei jedem Hochwasser entsteht Schaum. Den gibt's auch in der jungen Literatur. Besonders im Schaffen von Jewtuschenko, Wosnessenski, Okudshawa. Wie Leonid Sobolew einmal treffend sagte: ›An der vordersten Front stellen solche Leute statt eines Maschinengewehrs ein Restauranttischchen auf, um bei einem Cocktail kokette Gespräche zu führen.‹«

Ein anderer Komsomolfunktionär, der intelligente Schönling Lew Karpinski, ein späterer Dissident aus der Nomenklatura, der nach eigenen Aussagen die Lieder von Okudshawa liebte, hielt sie dennoch für gefährlich für die »unvorbereiteten« jungen Leute.

Aber je mehr Bulat Okudshawa angegriffen wurde, desto mehr Zuhörer hatte er. Anfangs kamen sie aus Neugier, später aus Liebe.

Viele von uns waren Idealisten, die später von der Geschichte betrogen wurden. Das ist tragisch, aber, wie ich finde, immer noch besser, als von Anfang an ein finsterer Zyniker zu sein und keine Hoffnung im Herzen zu haben. Die heutige Bella Achmadulina wird es wohl nicht mögen, wenn jemand sie als romantische Komsomol-Älteste des Studienjahrs erinnert, aber sie war es. Bis heute liebe ich Okudshawas frühes Lied von der Komsomol-Göttin. Aber selbst diese romantische Reinheit weckte die Gereiztheit der längst durch und durch von Zynismus verdorbenen Nomenklatura; sie segnete die Romantik nur, wenn sie was mit Neuland und Großbaustellen oder mit Musik von Pachmutowa und Kobson zu tun hatte.

1962 wollten Okudshawa, Roshdestwenski, Stanislaw Kunajew und ich mit unseren Frauen als Touristen nach Schweden fahren, aber der Orgsekretär des Moskauer Schriftstellerverbands, der ehemalige KGB-General Iljin, bestellte uns zu sich und eröffnete uns, Bulat sei »von oben« aus der Liste gestrichen worden. Einmütig erklärten wir, ohne Bulat würden wir nirgendwohin fahren. Erst nach dieser Erpressung und der Drohung mit einem Skandal durfte Bulat zum erstenmal ins Ausland reisen. Und es war erstaunlich – er zeigte dort eine so gelassene Würde und eine ironische Neugier, daß es mitunter schien, als wären wir das erstemal im Ausland und er ein häufiger, schon etwas gelangweilter Gast.

Dieses ganze Rauslassen-Nichtrauslassen ins Ausland, die erniedrigende Aufsicht durch die Zensur, die Dissidentenprozesse und schließlich der Einmarsch von Breshnews Panzern in die Tschechoslowakei zerstörten unsere Romantik. In Kischinjow sprach sich Okudshawa bei einem Auftritt scharf gegen die Besetzung von Prag aus. Er wurde denunziert, seine Konzerte wurden abgesagt, und wieder war die Grenze für ihn geschlossen.

Seine Lieder, anfangs so traurig und übermütig, wurden immer bitterer und härter.

Okudshawa war der erste Dichter unseres Landes, der die Gitarre zur Hand nahm, aber seine Gitarre ging schwanger mit den späteren Liedern von Galitsch, Wyssozki und anderen »Barden«, die angesichts der fehlenden Pressefreiheit das Recht auf die »Glasnost des Tonbands« durchsetzten. Der Bürgerprotest ertönte in den Gitarrenakkorden nicht minder als in den donnernden Klängen der Dreizehnten Symphonie von Schostakowitsch.

Das mußte die Rache der Nomenklatura herausfordern.

Der Parteisekretär im Schriftstellerverband, Sergej Smirnow, war ein zwiespältiger Mensch, und wahrscheinlich lag es an dieser Zwiespältigkeit, daß sein Gesicht ständig zuckte und die gehetzt huschenden Augen jedem direkten Blick auswichen. Er hatte viele Helden der Festung Brest, die zu Unrecht ins Lager geworfen worden waren, dort herausgeholt, aber er hatte auch die Versammlung geleitet, die Pasternak aus dem Schriftstellerverband ausschloß. In Smirnow ging der innere Kampf zwischen dem Helfer und dem Ausschließer weiter. Er zitierte Bulat Okudshawa ins Parteikomitee und hielt ihm mit zuckendem Gesicht einen Gedichtband hin, den der Emigrantenverlag »Possew« herausgegeben hatte. Im Vorwort hieß es, Okudshawa sei zwar formell Mitglied der Partei, doch sei sein ganzes Schaffen antikommunistisch.

Smirnow verlangte von ihm sofortige Distanzierung. Solche »Distanzierungen«, die eigentlich demütigende Loyalitätserklärungen waren, wurden damals aus Schriftstellern buchstäblich herausgepreßt.

Bulat lehnte mit der ihm eigenen ruhigen Würde ab und sagte, er habe mit dieser Ausgabe nichts zu tun. Da wurde er aus der Partei ausgeschlossen. In Smirnow hatte wieder der Ausschließer den Helfer besiegt. Der entsprechende Beschluß der Grundorganisation wurde zur Bestätigung an das Parteikomitee das Stadtbezirks Krasnaja Presnja geschickt. Als ich das erfuhr, schätzte ich die Situation ab: Wenn sie Bulat ausschlossen, würde er automatisch nicht mehr gedruckt werden, man würde seine Auftritte verbieten, und dann bliebe ihm nur ein Ausweg – die Emigration.

Am 18. Juli 1973, an meinem vierzigsten Geburtstag, veranstaltete ich in Peredelkino ein gewaltiges Fest. Unter den Gästen waren Konstantin Simonow und der Kosmonaut Vitali Sewastjanow. Ich sprach einen Toast auf den abwesenden Bulat Okudshawa und bat Simonow, der vielen Menschen, auch mir, in der Not geholfen hatte, Bulat zu schützen. Da plötzlich, für mich völlig unerwartet, besiegte in ihm der stalinistische Beamte den Autor des Gedichts »Wart auf mich« und den eigentlich wohlwollenden Menschen. Einer meiner Lieblingsdichter der Kriegszeit wurde einem gewöhnlichen Bürokraten ähnlich, als er unfreundlich und unzweideutig sagte:

»Aber er ist doch Mitglied der Partei, Shenja. Und ein Parteimitglied hat sich an den Beschluß der Grundorganisation zu halten.«

Ich war erschüttert, denn damit war das Bild eines der poetischen Helden meiner Kindheit zerbrochen.

Als Sewastjanow ihm auch noch beipflichtete, nahm ich allen Mut zusammen, stand auf und sagte, ich könne nicht erlauben, daß an meinem Geburtstag jemand auch nur mit einem Wort meinen abwesenden Freund beleidigte. Simonow und Sewastjanow gingen.

Am nächsten Tag schrieb ich, obwohl ich nie in der Partei war, einen Brief an Grischin, Mitglied des Politbüros und Erster Sekretär von Moskau, mit der Bitte, mich in der Angelegenheit Bulat Okudshawa zu empfangen.

Sein damaliger Erster Assistent Isjumow rief mich an: »Ich rate Ihnen, den Brief zurückzunehmen, Jewgeni Alexandrowitsch. Das Problem Okudshawa ist praktisch entschieden, und Sie helfen ihm nicht, bringen nur den Genossen Grischin gegen sich auf.«

Ich bestand jedoch auf meinem Anliegen. Grischin empfing mich finster, doch respektvoll. Zunächst berichtete er mir wie einem Revisor von der ökonomischen Situation in Moskau, erzählte von den Schwierigkeiten in der Milchproduktion beim Übergang von der Glas- zur Pappverpackung.

Dann schneuzte er sich dröhnend, genauer gesagt, er zog den Naseninhalt nach innen, irgendwo in die Hohlräume seiner von Staatssorgen gezeichneten Stirn, und schloß:

»Nun zu diesem ... wie heißt er gleich ... Okudshawow. Danke für den rechtzeitigen Hinweis, Jewgeni Alexandrowitsch ... Sie bemerken ganz richtig in Ihrem Brief: ›Wie lange noch will sich die Moskauer Parteiorganisation, ohne es selber zu merken, von München aus leiten lassen?‹ Wirklich, wie lange noch? Ich habe schon mit dem Bezirksparteikomitee von Krasnaja Presnja gesprochen – eine Rüge genügt. Eure Schriftsteller wollen dauernd der Partei vorauseilen, um dann alles auf sie abzuwälzen. Das werden wir ihnen nicht erlauben. Sagen Sie das diesem Okudshawow.«

Als ich zu Bulat kam und ihm mein Gespräch mit Grischin wiedergab, lachte er ein wenig, sagte dann aber finster:

»Na schön. Vielen Dank für deine Bemühungen. Aber ich hatte dich nicht darum gebeten. Vielleicht wär's besser, sie hätten mich ausgeschlossen. Ich habe mich schon längst aus dieser Partei ausgeschlossen.«

So war Bulat.

Er konnte meine »Hinrichtung Stepan Rasins« nicht akzeptieren.

»Wieso zum Teufel lobpreist du den? Der war doch ein Räuber und Mörder. Weshalb hat er die Fürstin ertränkt?«

Aber er konnte auch rührend sein. 1996 kam er, obwohl eben erst aus dem Krankenhaus entlassen, mit Olja überraschend zu meinem Geburtstag ins Polytechnische Museum, und das war mein schönstes Geschenk. Dann rief er an: »Komm vorbei, ich hab Dshondsholi.« Er trank wie immer sehr wenig, diesmal besonders wenig, aber obwohl er sichtlich schwach war, ließ er uns lange nicht gehen, fragte, wie es uns ginge, und machte Scherze, die schon fast seine Kraft überstiegen. Nachdem wir gegangen waren, sagte ich zu Mascha:

»Ich glaube, Bulat hat von uns Abschied genommen.«

So war es auch.

Mit Bulat Okudshawa habe ich wohl meinen einzigen ständigen Verteidiger unter den Schriftstellerkollegen verloren, die, meine Unantastbarkeit überschätzend, geglaubt haben mögen, ich bedürfte keiner Verteidigung, und meinen Namen mit neidischem Hochmut nannten. Jetzt habe ich diesen Verteidiger nicht mehr. Aber das ist mein persönlicher Kummer.

Der staatsbürgerliche Kummer all derer, die in unserm rasch verflachenden Land, wo entfesselter platter Pop den Ball regiert, noch nicht Zombies geworden sind, gilt dem Verlust des Mannes, der vielleicht der wichtigste Verteidiger des russischen Liedes gegen die Verflachung war.

Die Bedeutung eines Menschen bemißt sich nach der Leere, die nach seinem Weggang entsteht.

Rundfunk und Fernsehen übertragen häufig Lieder von Okudshawa, vollständig oder auszugsweise. Aber die Größe der entstandenen Leere wird sogleich deutlich, wenn nach der halblauten, aber sehr hörbaren Stimme, nach der Melodie, die das Geheimnis der Einprägsamkeit besitzt, nach den unkomplizierten, aber klugen, feinen Worten wieder der Niagara-Fall der textlichen und musikalischen Willkür über uns hereinbricht.

Wir haben keine zeitgenössischen Lieder, die wir uns einprägen und singen könnten – allein oder in freundschaftlicher Runde. Wir haben nur die alten Volkslieder, die Lieder aus dem Krieg, ein paar Nachkriegslieder und die Lieder von Okudshawa.

Jahrzehntelang haben wir damit angegeben, wir hätten die besten Leser der Welt. Aber das letzte Buch mit Gedichten von Okudshawa erschien in einer Auflage von grade mal 5000 Exemplaren, während der in- und ausländische Schund, mit Umschlägen, die wie bemalte Papuagesichter aussehen, millionenfach aufgelegt, verkauft und, was das Schlimmste ist, gelesen wird.

Für das Land Puschkins und Dostojewskis eine Schande.

Um nicht noch tiefer in Schande zu kommen, müssen wir lernen, unserer Schande ins Auge zu sehen.

Bulat Okudshawa konnte das. Als Staatsbürger hat er sich wohl nur ein einziges Mal geirrt, als er einen kollektiven Brief unterschrieb, der die Möglichkeit von Gewaltanwendung 1993 indirekt rechtfertigte. Aber aus zahlreichen Äußerungen läßt sich schließen, daß er es bereute.

Okudshawa hat sich würdig verabschiedet vom zwanzigsten Jahrhundert, das ohne ihn nicht vorstellbar ist.

Hat sich das zwanzigste Jahrhundert würdig von ihm verabschiedet?

Nach dem Maß an Liebe und Dankbarkeit, die ihm zu Lebzeiten zuteil wurden, ja. Nach dem Maß an Enttäuschungen, die das Los aller Sechziger waren, nicht. Bulat hat einmal ein ironisch-idyllisches Lied geschrieben über die Arbeitskabinette, die für seine Freunde eingerichtet würden. Leider saßen dann in diesen Kabinetten zu viele Leute, denen die Kultur ihrer Heimat gleichgültig war. In einem seiner letzten Interviews sagte Bulat: »Was mich ernsthaft beunruhigt, ist die absolute Vorherrschaft der Restaurantkultur. Im Restaurant hört man natürlich nicht ›Eugen Onegin‹, das ist eher ein Platz zum Mittrampeln und Mitklatschen. Das aber ist jetzt allgegenwärtig. Die Absicht ist klar: Jede Art von Mittrampeln ist dazu angetan, die Bevölkerung zu beruhigen und in eine Menge von Idioten zu verwandeln, und mit einer Menge von Idioten kann man machen, was man will – sie widersetzen sich nicht und denken nicht nach …«

Bulat bleibt unser Gewissen, an dem wir uns und das Rußland des einundzwanzigsten Jahrhunderts messen werden.

Er hat einen Weinkern im Hof des Arbat vergraben, und die Reben seiner Gedichte wachsen schon bis nach Japan.

Er hat den unverwechselbaren Geschmack von Dshondsholi in den Puschkin-Vers hineingebracht.

Er hat in sich zwei Dichtungen vereinigt, die einander einmal so geliebt hatten – die russische und die georgische.

Aber es tut weh, daß ich nie wieder seine Stimme im Telefon hören werde: »Komm vorbei, ich hab Dshondsholi!«

Das alterslose Alter

Einmal habe ich mich in ein Bild verliebt.

Schwer zu glauben, aber es war nicht mein Bild.

Es war das Foto einer zwanzigjährigen Frau, aufgenommen vor sechzig Jahren.

Sie sah aus wie Anna Karenina, Scarlett O'Hara und Madame Bovary in einer Person.

Ihre Augen waren voller Erwartung, doch was sie erwartete, stellte sie sich wohl nur undeutlich vor.

Sie hatte das Gesicht einer Frau, die noch nicht liebt, aber bereit ist zu lieben.

Vielleicht stellte sie sich vor, daß dieser Jemand jeden Moment um die Ecke kommen würde.

Aber wenn ich tiefer in ihre Augen blickte, konnte ich inmitten der goldenen Fünkchen verliebter Erwartung den traurigen blauen Widerschein der schon sterbenden Flamme sehen, die solche Angst vor dem Sterben hat und nur abkühlende Asche übriglassen wird.

Aber obwohl von bitteren Vorgefühlen verwundet, verlor diese Frau nicht den Mut, zu glauben, daß Jugend und Liebe unsterblich sind, trotz ihrer vielen Mörder, deren einer der Tod ist.

»Ist das Ihre Tochter?« fragte ich, außerstande, den Blick von dem Bild zu lösen, die achtzigjährige Amerikanerin, in deren Haus ich rein zufällig auf dem Weg nach Florida geraten war.

»Ich habe keine Tochter. Das bin ich selbst«, sagte sie schlicht, ohne zu seufzen. »Warum schauen Sie das Bild so lange an?«

»Ich habe vielleicht noch nie ein so schönes Gesicht gesehen«, antwortete ich ganz aufrichtig.

Sie nahm das Bild von der Wand und schenkte es mir.

Zwei Jahre lang lebte das Porträt an der Wand meines Hauses in Oklahoma wie ein Bild meiner unerfüllten Liebe, wie das Symbol einer Reinheit, an die kein Schmutz herankommt. Als ich begriffen hatte, daß sie und die achtzigjährige Greisin ein und dieselbe Person waren, fand ich im ersten Moment nichts Gemeinsames zwischen den beiden Gesichtern. Aber nach einem anderthalbstündigen mehr oder weniger oberflächlichen Geplauder bei einer Tasse Tee trat das junge Gesicht ein wenig zwischen den Runzeln hervor. Das erinnerte an die Restauration einer Kirche, wo unter den Schichten fremder Farben, die ein barbarischer Maler aufgetragen hat, nach und nach das ursprüngliche Meisterwerk zum Vorschein kommt.

Ich traf diese Frau zwei Jahre später wieder, als sie ihren Sohn, der Archäologe war, in Oklahoma besuchen kam, wo ich unterrichtete, und jetzt verhielt sie sich zu mir ganz anders, denn jetzt gehörte ich zu dem für sie wichtigen winzigen Kreis von Menschen, die wußten, wie schön sie gewesen war, und ihr Wissen um mein Wissen machte sie dem eigenen Porträt immer ähnlicher.

Einmal beschrieb mir ein junger Zyniker sarkastisch eine goldene Hochzeit, auf der die beiden Menschen, die fünfzig Jahre miteinander gelebt hatten, sich umarmten und küßten und sich mit Augen voller Tränen des Glücks ansahen.

»Billige Posse«, zischte der junge Zyniker höhnisch.

Ein unglücklicher Mensch. Ich glaube, Zynismus ist eine heimliche Form von Neid.

Darum trachten Zyniker stets, Menschen zu verhöhnen, welche die Würde haben, sich ihrer Clique nicht anzuschließen. Darum können sie in den sogenannten »Alten« nur Alte sehen, da sie außerstande sind, die von Lachfalten geschützten jungen Gesichter zu erkennen. Zyniker können sich nicht vorstellen, daß diese zwei, die auf der goldenen Hochzeit einander in die Augen schauen, nicht die Falten und die grauen Haare sehen, sondern das vom Alter unberührte geliebte Gesicht.

Dieses Gesicht ist die teuerste familiäre Kostbarkeit, die in der

Tiefe der erbarmungslos alternden Züge bewahrt wurde. Es ist der Zauber des alterslosen Alters.

Einmal, als ich noch ganz jung war, ging ich mit meiner Freundin spätnachts in Moskau spazieren. Große weiche Schneeflocken fielen. Plötzlich erstarrte ich und zog meine Freundin zur Seite; wir drückten uns an die Hauswand, als wollten wir mit ihr verschmelzen. Durch die Schneewehen auf dem Trottoir bewegten sich zwei rauchgraue Gestalten, in weißen Nebel gehüllt, auf uns zu. Es waren Pasternak und seine Liebe, Olga Iwinskaja. Pasternak lachte kindlich, küßte ihr die Schneeflocken von den Wangen und den Wimpern. In diesem Moment fiel mir zu meiner Bestürzung ein, daß er weit über sechzig war, und ich flüsterte meiner Freundin sein erst kürzlich geschriebenes Gedicht an Olga zu:

Du wirfst genauso ab die Kleider,
Wie Blätter werfen ab die Bäume,
Wenn du im Hausmantel aus Seide
Sinkst in Umarmungen und Träume.

»Wenn du so alt sein wirst wie Pasternak, kannst du mich dann auch noch so lieben?« fragte sie mich.

»Natürlich!« rief ich ohne jeden Zweifel.

Wir haben nicht geheiratet und uns schließlich getrennt.

Aber ich hatte sie damals nicht belogen.

Ich liebe sie noch immer, so wie ich alle die liebe, die ich einmal geliebt habe.

Vielleicht ist das der Grund, warum ich mich nicht alt fühle. Zum Glück habe ich nie erfahren, was die berühmte »Haßliebe« ist. Mit Entsetzen sehe ich mich von Leuten umgeben, die einmal ineinander verliebt waren und jetzt einander mit Schmutz bewerfen. Sie begreifen nicht, daß sie sich selbst die große Chance des alterslosen Alters rauben.

Wie wir alle, bin ich ein sehr guter Ratgeber für andere, nur nicht für mich selbst.

Für nicht sehr kluge Menschen, zu denen ich mich zähle, ist die Angst vor dem Alter sogar noch stärker als die Angst vor dem Tod.

In meiner frühen Jugend gab ich mir alle Mühe, älter auszusehen, und log hemmungslos, wenn ich von meinen nicht vorhandenen Liebeserfahrungen sprach und meinem von Rasierklingen und Küssen noch unberührten Gesicht den Ausdruck der Übersättigung verlieh. In dem hungernden und schlecht gekleideten Moskau der Nachkriegszeit war es modern, mit sexueller Erfahrung zu protzen.

Ein fünfzehnjähriges Mädchen – ich bin überzeugt, sie war noch unschuldig – verkaufte Küsse für einen Rubel das Stück, und für drei Rubel machte sie uns Halbwüchsigen rotblaue Knutschflecke auf die Brust, die wir dann wie Liebesorden trugen. Einmal wusch ich mich mit nacktem Oberkörper in unserer Gemeinschaftsküche und dachte nicht daran, daß auf meiner Brust ein Fleck am anderen saß. Unsere Nachbarn vergaßen ihre zischenden Pfannen und starrten mich an. Als meine Mutter diese Papua-Tätowierung sah, die von Mädchenlippen stammte und dämonische Leidenschaft vortäuschte, nahm sie einen nassen Wischlappen und schlug ihn mir ein paarmal um die Ohren. Damals kannte ich noch nicht den weisen englischen Ausspruch: »Die jungen Leute halten die alten für dumm. Aber die alten Leute wissen, daß nicht sie, sondern die jungen dumm sind.«

Als ich dreißig wurde, enthüllte ich zum erstenmal das Geheimnis meines Alters und tat nicht mehr so, als wäre ich älter. Aber mein Stolz war nicht von Dauer, obwohl ich mein Leben lang gern jeden Anlaß mit einem Gastmahl gefeiert habe, besonders die Geburtstage, meine und die anderer.

Ich hasse Stehbankette, die wie ein Flohmarkt von Visitenkarten sind. Ich liebe ausgedehnte Gastmähler mit festen Stühlen und mit langen bildhaften Trinksprüchen, bei denen sich biblisch hochtrabende Weisheit mit saftigen Ausdrücken aus einer Stadtrandkaschemme mischt. Ich habe es gern, wenn viele Tische zu einer Tafel zusammengeschoben werden, die sich unter der üppigen

Menge der Leckerhäppchen biegt, und wenn der Gast nicht demütig warten muß, bis der Kellner mit weißen Handschuhen dein leeres Glas bemerkt und es aus Gnade und Barmherzigkeit füllt. Ich liebe den Festschmaus als Landschaft, in der alle Flaschen auf dem Tisch stehen und zitternd darauf warten, daß endlich eine Hand ihre Taille umgreift. Aber außer einer solchen Rabelaisschen Landschaft mag ich allemal eine einfache russische Küchenrunde mit Sprotten, Schwarzbrot und Wodka – Hauptsache, in guter Gesellschaft.

Ich kann nicht begreifen, wie ein Rabelaisianer wie ich die Erlaubnis bekam, in den USA zu unterrichten, die von Puritanern gegründet worden waren, obwohl es ihnen Mühe gemacht hätte, sich die Streiche einiger ihrer Nachfahren vorzustellen.

Also, meinen dreißigsten Geburtstag feierte ich mit kindlicher Prahlerei, meinen vierzigsten mit relativem Optimismus. Aber wie es dazu kam, daß ich sechzig wurde, leuchtet mir nicht ein, und ich kann es bis heute logisch und physiologisch nicht verinnerlichen.

Ich hielt mein Alter nicht mehr geheim, aber ich begann, darüber zu schweigen. Ich und mein Alter lebten wie siamesische Zwillinge, bemüht, einander zu ignorieren, aber von Zeit zu Zeit machte sich mein Alter taktlos bemerkbar.

Einmal war ich mit meiner Frau Mascha, die etwas jünger ist als ich, um wieviel – das ist unser Familiengeheimnis, auf einem sibirischen Markt, und wir suchten eine Melone aus. Als wir eine gefunden hatten, begann ich zu feilschen, denn ein Markt ohne Feilschen ist kein Markt. Aber der Händler, ein Mann aus dem Süden, war ein Dickkopf, er rief genüßlich giftig:

»Wie können Sie im Beisein Ihrer zauberhaften Tochter feilschen!«

Gottlob war Mascha schlagfertig.

»Sie irren sich«, antwortete sie. »Das ist mein Adoptivsohn.«

Vor einiger Zeit fuhr ich stehend in der überfüllten Linie F der New Yorker Metro. Der Wagen war gefüllt mit Menschen aus aller Welt – Chinesen, Koreanern, Vietnamesen, Afrikanern, Italienern, Griechen, Polen, Lateinamerikanern und sogar einigen Wesen aus dem Roten Buch der bedrohten Arten – Angelsachsen. Zwischen den Lesern von Boulevardzeitungen sah ich ein junges Mädchen sitzen, die einen in den USA wenig bekannten französischen Schriftsteller las, in den ich mich erst vor kurzem, aber für immer verliebt hatte – Romain Gary. Er schreibt über alternde, aber innerlich noch junge Frauen wie wohl noch niemand vor ihm.

Das Mädchen in der Metro weinte. Aber sie schämte sich ihrer Tränen nicht. Niemand lachte über sie, niemand kommentierte ihre Tränen dem Nachbarn hämisch ins Ohr. Vielleicht blickten etliche Fahrgäste sie ein bißchen neidisch an, denn jeder möchte ab und zu weinen, doch nur wenige haben den Mut. Besonders wenn andere dabei sind. Besonders in der Metro in New York.

Ich überwand den schwierigen Komplex des Familienmenschen und des fast makellosen Ehemannes und machte einen Schritt auf das Mädchen zu.

In diesem Moment ruckte der Wagen, und ich wäre fast auf sie gefallen, was sie wohl als Schwäche eines alten Mannes wahrnahm, der sich nicht auf den Beinen halten kann. Sie stand auf und bot mir höflich ihren Platz an. Das war die schlimmste Katastrophe in meinem Leben.

Und als ich in einem Büchlein aus dem siebzehnten Jahrhundert – von wem, weiß ich nicht mehr – den traurigen Scherz fand: »Mit fünfzig bekommst du die Welt tödlich satt, und wenn du sechzig bist, hat sie dich tödlich satt«, da ließ ich ganz und gar den Kopf hängen.

Zum Glück stieß ich bald auf einen hilfreichen Satz von Oscar Wilde, der mein seelisches Gleichgewicht wiederherstellte:

»Die Tragödie des Alters besteht darin, daß es nicht existiert.«

Manche Menschen, die in den grausamen Augen der Jugend wie alte Leute aussehen, lieben in Wirklichkeit nicht weniger, manchmal sogar mehr als junge – aber sie verbergen es, denn sie fürchten die Lächerlichkeit.

Es gibt eine nostalgische Sehnsucht der alten nach jungen Menschen. Aber das sollte nicht nur als Lolitismus oder Cherubinismus gedeutet werden. Das wäre zu primitiv und sogar beleidigend.

Ein Frauenheld sagte mir: »Wenn du ein wirklicher Gentleman bist, heiratest du nur Mädchen, die halb so alt sind wie du, denn es ist grausam, zusehen zu müssen, wie unsere liebsten Menschen altern.« Aber was willst du machen, wenn du in deiner Jugend ein Mädchen deines Alters oder sogar älter liebgewinnst? Sie nur deshalb nicht heiraten, weil sie vor dir altern wird?

Wenn ältere Menschen einander liebgewinnen, macht die Liebe sie wieder jung.

Mein Onkel Andrej, der großartige sibirische Kraftfahrer, sagte mir einmal:

»Bis vierzig fahren wir auf den Jahrmarkt, Neffe, und ab vierzig kommen wir vom Jahrmarkt zurück.«

Er war zu der Zeit knapp über fünfzig.

Ich fragte ihn:

»Und wie fühlst du dich?«

Er lachte auf.

»Ich fühl mich so, Neffe, als ob mein eines Bein noch zum Jahrmarkt will und das andere schon vom Jahrmarkt zurückkommt.«

Ich bohrte:

»Na, und das Resultat?«

Er zuckte die Achseln.

»Das Resultat, Neffe, sind Schmerzen an einer bestimmten Stelle.«

Ich denke trotzdem, daß der Jahrmarkt nicht da ist, wohin wir fahren, sondern in uns selbst.

Es hängt von uns ab, was wir wählen – das Leben als Begräbnis oder als Festtag.

Auf dem Weg zu Heinrich Böll

1994 ging ich mit Lew Kopelew auf einem Kölner Friedhofsweg zum Grab von Heinrich Böll. Menschen waren nicht zu sehen, und wir hörten nur den Kies unter unseren Schritten knirschen. Aber von irgendwoher hinter dem Horizont der Vergangenheit, so schien es, ertönte das Trappeln Hunderttausender von Okkupantenstiefeln auf der brennenden russischen Erde, unter ihnen auch die Stiefel des jungen Wehrmachtgefreiten Böll. Und von der sowjetischen Seite der Frontlinie, die in schwarze Qualmwolken gehüllt war, schallte noch, so schien es, aus dem Lautsprecher des Agitationsautos die Stimme des jungen Kommissars der Roten Armee Lew Kopelew auf deutsch. Die Geschichte hat sich damals große Mühe gegeben, diese beiden einander hassen zu lassen. Aber Geschichte wird nur von Menschen gemacht, die sich ihr nicht unterwerfen. War es während des Krieges, der Russen und Deutsche in gegenseitigem Haß verblendete, vorstellbar, daß die beiden später die besten Freunde werden sollten? Das Schicksal hatte sie ausgewählt, mit dieser Freundschaft eine neue Ära in Europa einzuleiten. Der erste Liebesbrief an die Menschheit, der über den Eisernen Vorhang geworfen wurde, war Pasternaks Roman »Doktor Shiwago«. Zu einer lebendigen Fortsetzung dieses Buches wurde die brüderliche Freundschaft von Kopelew und Böll. Selbst Kinder zweier totalitärer Regime, boten sie mit ihrem eigenen Beispiel eine Alternative zum nationalistischen Patriotismus der Menschheit.

Böll wurde der erste deutsche Nachkriegsschriftsteller, den die russische Intelligenz verliebt verschlang; sie entdeckte mit Hilfe seiner Bücher, daß unter der Soldatenuniform der Okkupanten manchmal nicht das Herz eines Henkers, sondern das eines Menschen schlug. Kopelew, aus der Partei ausgeschlossen und verhaftet wegen sogenannten »Mitleids mit dem Feind«, weil er für vergewaltigte deutsche Frauen eingetreten war, wurde für viele Deutsche zum lebenden Beweis, daß längst nicht alle Russen grausame und rachsüchtige Barbaren waren. Die Mitleidlosigkeit war in beiden Ländern in den Rang der Tapferkeit erhoben worden, und das Mitleid sollte aus dem Prestige der Nation ausgeschlossen werden. Es stellte sich jedoch heraus, daß gerade das Mitleid, die Barmherzigkeit, zur Zivilcourage geworden, das Ansehen der Nation, ja, der ganzen Menschheit retten konnte. Puschkin hat den Sinn seiner Berufung als Dichter und Staatsbürger gerade in der Barmherzigkeit gesehen: »Weil ich die Freiheit pries in unsern strengen Tagen und Nachsicht mit den Opfern sang.«

Böll half den Russen, Deutschland nicht zu hassen, und Kopelew half den Deutschen, Rußland nicht zu hassen. Er schrieb über den, der gemäß der Logik der Geschichte sein Feind sein sollte:

»Ich danke Heinrich Böll, dem Künstler, dem Menschen, dem Freund; seine These ›Das Wort ist der Zufluchtsort der Freiheit‹, seine Gedanken und sein christliches Herz, das stets den Andersdenkenden, Andersglaubenden verstehen und liebgewinnen konnte, haben mir geholfen, den Weg zur Religion der Brüderlichkeit zu finden, die ich bis an mein Lebensende predigen werde.«

Worüber haben wir damals, 1994, gesprochen, Kopelew und ich, auf dem Weg, der zu Heinrich Böll führte?

Über den Krieg in Tschetschenien, über die Ereignisse im Oktober 1993, als unsere Panzer das Feuer auf das eigene Parlament eröffneten.

»Wie gut, daß Andrej das nicht mehr erlebt hat«, sagte Kopelew mit einem bitteren Seufzer, und ich dachte daran, daß ich jetzt, nach Sacharows Tod, neben einem der letzten Mohikaner des Idealismus ging. Kopelew hat seine früheren Ideale nicht verraten – sie haben ihn verraten. Aber er konnte nicht leben ohne Ideale, und seine Seele erarbeitete sie selbst aus der einzigen in ihr gebliebenen Angst – der Angst vor der Leere. Er wurde zu einem in der Geschichte der Menschheit einmaligen doppelten Botschafter. In Rußland war er der Botschafter der deutschen Kultur, und in Deutschland war er der Botschafter der russischen Kultur. Die Epoche tat alles, um ihm den Idealismus auszutreiben, aber das konnte sie nicht schaffen.

Es gibt keine schlimmeren Zyniker als die ehemaligen Idealisten. Aber er wurde kein Zyniker, nicht mal ein Pessimist, weder bezogen auf Rußland noch auf die Menschheit, obwohl er so viele eigene Illusionen hatte begraben müssen.

Einmal ließ die Moskauer Mafia auf einem Friedhof einen Sprengsatz hochgehen, als eben ein Begräbnis stattfand. Die Splitter von Kreuzen und Grabsteinen, abgerissene Arme und Beine, Kränze und sogar die Trompete eines getöteten Musikers mit der noch darin steckenden Trauermelodie flogen durch die Luft.

Das zwanzigste Jahrhundert endet ebenfalls mit einer Explosion auf dem Friedhof unserer begrabenen Illusionen, und durch die Luft fliegen, wie in einer Zeitlupenaufnahme, die Krone des letzten russischen Zaren und Lenins Schirmmütze, Stalins Pfeife, die noch immer zu qualmen scheint, die Hand des Führers, zum »Heil« erhoben, Kinderschuhe aus Auschwitz, ein Fuß mit einem Schildchen, fast gläsern geworden im ewigen Eis von Magadan.

Eine der kostspieligsten Illusionen, von der es für immer Abschied zu nehmen gilt, ist die Illusion, eine vollkommene Gesellschaft aufbauen zu können. Sie hat Millionen und Abermillionen Menschenleben gekostet. Die selbsternannten Vervollkommner glaubten und glauben das Recht zu haben, eine Vollkommenheit nach ihren Vorstellungen durchzusetzen, und das mit beliebigen gewaltsamen Methoden.

Vor kurzem fiel mir auf, daß in den Brillengläsern eines amerikanischen Anklägers und Moralisten der Widerschein der mittelalterlichen Feuer der Inquisition glänzte, vielleicht auch das Blinken von Lawrenti Berijas Kneifer, und daß sich hinter der Sturheit seiner Verhörmethoden eine eigene Unvollkommenheit verbarg, die preiszugeben er Todesangst hatte. Man suche nach Unvollkommenheit bei denen, die Vollkommenheit verlangen, und man wird entsetzt sein. Der Marxismus ist trotz seines überzeugenden kritischen Teils gescheitert bei dem Versuch, ihn zu realisieren, eben weil sein positives Programm auf künstlichem Perfektionismus aufgebaut ist. Goethe schrieb im »Faust« über den Homunculus Worte, die man getrost auf das Verhältnis von Perfektionismus und lebendigem Leben beziehen kann:

Natürlichem genügt das Weltall kaum;
Was künstlich ist, verlangt geschloßnen Raum.

Jede Gewalt verlangt nach Instrumenten der Gewalt, doch solche Mittel zur Erreichung eines Ziels ändern das Ziel nicht nur, sie vernichten es. Tscheka, GPU, KGB – dieselbe Bande unter diversen Pseudonymen – haben den Kommunismus vernichtet und dazu weit mehr Kommunisten als die Gestapo, die Siguranta, der Intelligence Service und die CIA zusammengenommen.

Lew Kopelews erste Lebenshälfte war die eines aufrichtigen Kommunisten, eines Aktivisten und Vervollkommners aus ehrlichem Herzen. Aber er hinterließ uns die lehrreiche Beichte, daß gewaltsame Vervollkommnung immer mit schlechtem Gewissen endet. Er schrieb: »Selbst wenn ich zweifelte … wenn ich sah, wie die Bauern im Winter 1932–33 ausgeplündert wurden – ich hatte ja selbst daran teilgenommen, war hingegangen, hatte mit einer eisernen Sonde nach verstecktem Getreide gesucht, hatte sie in die Erde gestoßen, um die Getreidegruben zu finden … und mir Mühe gegeben, das Geheul der Weiber und das Gekreisch der Kinder nicht zu hören. Damals war ich überzeugt, daß ich etwas sehr Notwendiges für die sozialistische Umgestaltung des Dorfes tat, daß sie es später besser haben würden, daß an ihrem Kummer und ihrem Leiden der Mangel an politischem Bewußtsein und die Umtriebe des Klassenfeindes schuld wären, daß diejenigen, die mich zu ihnen geschickt hatten, und ich besser als die Bauern wüßten, wo sie leben, was sie säen, wie sie pflügen müßten … Auch in dem furchtbaren Frühjahr 1933, als ich Verhungernde sah, als ich Kinder und Frauen sah, aufgequollen und blau angelaufen, noch atmend, aber schon mit erloschenen, tödlich gleichgültigen Augen, und Leichen, Dutzende von Leichen. Ich sah es und verlor nicht den Verstand, brachte mich nicht um, verfluchte nicht diejenigen, welche die ›politisch rückständigen Bauern‹ zum Tode verurteilt hatten, sagte mich nicht los von denen, die mich im Winter hingeschickt hatten, um ihnen das Getreide wegzunehmen ... Die fanatischen Anhänger der edelsten Ideale versprechen den Nachfahren ewiges Glück und bringen die Zeitgenossen gnadenlos um, sie schenken den Toten paradiesische Glückseligkeit und werden zu unerbittlichen Henkern und gewissenlosen Lügnern. Und dabei halten sie sich für tugendhafte und ehrliche Streiter und sind überzeugt, ihre Untaten im Namen des späteren Glücks zu begehen und um ewiger Wahrheiten willen zu lügen.

›Und willst du nicht mein Bruder sein, so schlag ich dir den Schädel ein‹, heißt es in einem Landsknechtslied. Genauso dachten und handelten wir – fanatische Novizen der kommunistischen Ideale.«

Durch einen Zufall wurde ich in eben diesem schrecklichen Hungerjahr 1933 geboren, das durch die gewaltsame Kollektivierung traurige Berühmtheit erlangte. Als junger Dichter lernte ich 1956 einen ganz anderen Lew Kopelew kennen, dessen zweite Lebenshälfte die Sühne für die erste wurde. Er und die Autorin eines großen Buches über die Frauenlager, Jewgenia Ginsburg, Abgesandte aus der Welt hinter dem Stacheldraht, in der mein Großvater Jermolai Jewtuschenko spurlos verschwunden war, wurden für mich zu Lehrern des Lebens, indem sie mir ihre und fremde Samisdat-Manuskripte gaben, was nach dem kurzen »Tauwetter« schon wieder gefährlich war. Als Chruschtschow soeben abgesetzt und an seine Stelle Breshnew getreten war, gab es im Polytechnischen Museum einen Abend »Schriftsteller vor dem Parteitag«. Dem Vorsitzenden, einem bekannten Autor, passierte infolge der Wirrnis im Lande und im eigenen Kopf ein Versprecher: »Wir müssen in voller Verantwortung gegenüber dem Volk schreiben, wie es die Partei und ihr Generalsekretär Nikita Sergejewitsch Breshnew uns lehrt.« Als er seinen Versprecher bemerkte, lief er vor Entsetzen puterrot an, der Angstschweiß brach ihm aus, und er schrie heiser mit weit aufgerissenen Augen: »Es lebe Leonid Iljitsch Chruschtschow!« Im Saal lachte niemand, denn es war peinlich, diesen kläglichen Menschen anzusehen. Der unglückliche Schriftsteller begriff, daß ihm in seiner Panik ein zweiter absurder, gefährlicher Versprecher passiert war, sein Selbstbewußtsein schwand zusehends, er winselte wie ein Hund und floh einfach vom Rednerpult. Tags darauf soll er mit einer Selbstanzeige ins ZK gerannt sein und um Absetzung von seinem Posten gebeten haben. Die Stalin-Zeit hatte Spuren hinterlassen, Menschen ohne Angst gab es nicht im Land, obwohl über die Mutigen unzählige Lieder im Radio erklangen. Es meldeten sich jedoch die ersten zu Wort, die ihre Angst zu besiegen trachteten. Kopelew besaß die Medaille »Für den Sieg über das faschistische Deutschland«. Aber er war einer der ersten, welche die Medaille »Für den Sieg über die Angst« verdient hatten. Er trat öffentlich gegen die Zensur auf, verteidigte Dissidenten, und seine Wohnung in der Krasnoarmejskaja-Straße wurde zum Stabsquartier des Kampfes für die Menschenrechte.

Zu guter Letzt wurde Kopelew aus der Partei ausgeschlossen, von der Arbeit entlassen und ins Ausland abgeschoben. Der Mann, der den Mut gehabt hatte zu bereuen, war ein lebender Vorwurf an all jene, die dazu zu feige waren. Wenn Chruschtschow, der als erster Stalin einen Mörder nannte, den Mut gehabt hätte, hinzuzufügen, daß auch er selbst Schuld trug an den Verbrechen der Stalin-Zeit, und wenn er, um seine Schuld zu sühnen, 1956 konsequent mit der Perestroika begonnen hätte, dreißig Jahre vor Gorbatschow, wäre vielleicht vieles nicht geschehen – die Niederwerfung des Ungarn-Aufstands, der Fall Pasternak, unsere Panzer in Prag, der Krieg in Afghanistan, die Dissidentenprozesse und der Zerfall der UdSSR. Aber die Perestroika kam leider zu spät – zwanzig Jahren Stagnation unter Breshnew hatten die Gesellschaft moralisch zersetzt, unsere Demokratie war ebenfalls korrumpiert, und von den Dissidenten kehrte kaum keiner zurück, denn die neue Macht brauchte sie nicht. Zwar kam Solshenizyn wieder, aber bei seiner Rede in der Duma gähnten die Deputierten unverhohlen, und seine Fernsehsendung wurde nach kurzer Zeit abgesetzt. Schließlich lehnte er einen Regierungsorden ab, was völlig gesetzmäßig war.

Auf noch prophetischere Weise als mit Böll hatte das Schicksal Kopelew mit dem anderen Nobelpreisträger vereinigt. Solshenizyn und Kopelew wollten gegen dieselbe Bürokratie kämpfen – aber für entgegengesetzte Ideen. Solshenizyn haßte die Sowjetmacht und dürstete danach, sie zu zerstören. Kopelew, wie viele andere kommunistische Idealisten, hoffte sie zu verbessern. Kopelew war vor seiner Verhaftung und sogar einige Zeit danach ein aufrichtiger politischer Don Quijote. Seine Dulcinea von Toboso war der Traum vom Sozialismus, und er versuchte, die Augen zu verschließen vor dem Blut und dem Schmutz, durch den er gehen mußte, um diesen Traum zu erreichen. Aber hinter dem Stacheldraht sah Kopelew das reale Gesicht seiner Dulcinea, und dieses selbstzufriedene Henkersgesicht hatte keinerlei Ähnlichkeit mit der Barrikadenschönheit von Delacroix, er sah das Blut an ihren fetten Händen, die sie nach ihm ausstreckte, um ihn zu umarmen oder zu erwürgen. Der Don Qujote in Kopelew hat immerhin überlebt, wenn auch mit knirschender Halswirbelsäule, aber er vertauschte die Dulcinea der Revolution gegen die neue Dulcinea der frustrierten russischen Don-Quijotes – die Demokratie, hoffend, daß wenigstens sie ihn nicht betrügen würde.

Der Lager-Opponent Kopelews, Solshenizyn, war auch ein besonderer Don Quijote, was er freilich nie eingestehen würde, aber seine Dulcinea war keineswegs die Revolution oder die Demokratie (diese Dame kann er offenbar noch weniger ausstehen als die erste), sondern das vorrevolutionäre, patriarchalische, orthodoxe, monarchistische, ländliche Rußland. Welcher dieser beiden Opponenten hat in dem alten historischen Streit gesiegt?

Kopelew sieht jetzt wie ein Verlierer aus, wie viele andere Demokraten und Dissidenten auch, denn die Demokratie in Rußland gibt sich noch ganz wie Gogols Nosdrjow – flegelig, launisch und instabil, kriminell und bestechlich, und man wünscht sich sehr, daß endlich ein richtiger Revisor käme. Aber Gott behüte uns davor, daß dieser Revisor an die beiden wohlbekannten Genossen erinnert – den einen in seinen weichen Kaukasus-Stiefeln, unhörbar über Leichen gehend, und den anderen mit seiner tarnenden Proletenmütze, dessen Hand in die Richtung weist, wo schon 1918 auf Grund eines von ihm unterzeichneten Dekrets das erste Konzentrationslager Europas errichtet wurde.

Solshenizyn sieht ebenfalls wie ein Verlierer aus, denn die Kommunisten, die er so zärtlich liebt, stellen jetzt die Mehrheit in der Duma, und sie bekreuzigen sich sogar ungeschickt beim Gottesdienst in der Kirche, wenn auch ihre ungehorsamen Parteifinger das rechtgläubige Kreuz nicht recht schlagen können, und die unzähligen Matrjonas in unseren wie früher hungernden Dörfern können noch immer kaum überleben.

Letztlich aber hat weder Kopelew noch Solshenizyn schon verloren. Ihr traditioneller Streit zwischen Westlern und Slawophilen wird nicht unbedingt durch den Sieg eines der beiden entschieden werden, sondern durch den gemeinsamen Sieg – Bewahrung der Nationalkultur bei Aneigung des Besten aus der Weltkultur. Denken wir dabei an Puschkin, der sowohl Westler als auch Slawophiler war.

Kopelew und Solshenizyn haben keinen endgültigen Sieg errungen, aber sie haben die Seelen derer gewonnen, denen nach der Lektüre ihrer Bücher das Gewissen niemals erlauben wird, ein Tyrann, ein Spitzel oder auch nur eine schweigsame staatliche Kreatur zu werden.

Hat etwa Pasternak endgültig gewonnen, der während des Kalten Krieges die Liebe von Lara und Juri höher stellte als die Geschichte und zum erstenmal mit den Tränen seiner Leser die Welt vereinte, die unabänderlich in zwei Hälften gespalten schien?

Hat etwa Sacharow endgültig gewonnen, der uns die Konvergenz-Idee schenkte, die das Beste aus allen Systemen akzeptieren und deren Fehler und Verbrechen verwerfen will, diese Idee, die vielleicht die Grundlage eines noch namenlosen dritten Systems bilden wird?

Haben etwa Christus und Buddha und Dante und Shakespeare und Einstein endgültig gewonnen?

Gibt es überhaupt einen endgültigen Sieg des menschlichen Denkens, das in die Unendlichkeit gerichtet ist?

Wir dürfen nur nicht den Weg vergessen, der zu denen führt, die für uns gelebt und gedacht haben, auch nicht den Weg zu Heinrich Böll und Lew Kopelew.

»Werfen Sie die Hölle aus dem Kopf«

»Die Demokratie ist eine empfindliche und verletzliche Frucht der Zivilisation. So wie radioaktive Substanzen ist sie einem Zerfallsprozeß ausgesetzt. Bei Störungen im gesellschaftlichen Mechanismus der Demokratie entstehen sofort – wie Krebsgeschwülste – Diktatur, Despotismus und Totalitarismus.«

Anatoli Sobtschak, »Probleme der russischen Verfassung«, 1998

Viktor Pelewin und meine Beziehungen zum Leben nach dem Tode

Wir gebärden uns oft hoffnungslos und traditionell masochistisch in bezug auf die Zukunft Rußlands, aber im Sommer 1998, vor dem Absturz des Rubels im August, war in den Museen der Welt eine hoffnungsvolle »Russifizierung« des Besucherstroms zu bemerken. Und es waren nicht nur »neue Russen« und »mittlere Russen«, sondern »halb mittlere Russen«, die billig in Autobussen anreisten und in verwahrlosten Hotels oder in leer stehenden Internaten übernachteten, nur um wenigstens einmal für kurze Zeit die restliche Welt zu sehen, die ihren Vätern und Großvätern gestohlen worden war. Das Wort »Ausreisekommission« haben die neuen Generationen gottlob schon vergessen. Zum erstenmal in der Geschichte geben die europäischen Museen ihre Broschüren auch in russischer Sprache heraus. Im Louvre, im Prado, in den Ruinen von Pompeji – überall kann man Russisch hören, und was am schönsten ist – es sind Kinderstimmen dabei.

Was habe ich mit neun Jahren gemacht? Nächtlich Schlange gestanden, die Filzstiefel gegeneinanderschlagend, die Brotmarken im hart gefrorenen Handschuh. Wie hätte ich da von Europa träumen können?

Der Vatikan war im August überschwemmt von russischen Touristen, die noch nicht ahnten, daß über ihnen nicht nur die Apostel und die Sünder der Sixtinischen Kapelle schwebten, sondern auch eine wirtschaftliche Katastrophe. Aber unsere Touristenbusse, die für kurze Zeit glückliche Aschenputtel aus den russischen Provinzen herbeischafften, damit sie einen Blick auf die Wandfresken von Michelangelo werfen konnten, verwandelten sich binnen weniger Wochen wie durch böse Zauberei wieder in unbewegliche Kürbisse. Der russische Tourismus wurde vom Absturz des Rubels lahmgelegt. Aber das war damals noch Zukunft.

Mein neunjähriger Sohn Shenja fragte mich angesichts der Fresken in der Sixtinischen Kapelle, wo die Sünder vergeblich ins Paradies zu krabbeln versuchen:

»Pap, wo kommst du später hin, in die Hölle oder ins Paradies?«

»Ins Paradies wohl nicht. Aber meine Sünden sind nicht gar so groß«, versuchte ich zu scherzen. »Also habe ich die Hölle hoffentlich nicht verdient.«

Aber mein Sohn gab sich damit nicht zufrieden, er durchbohrte mich mit seinen – meinen – hellblauen Augen, als befragte ich, in ihm steckend, mich selbst:

»Pap, meinst du wirklich? Und wenn sie dort alle deine kleinen Sünden zusammen abwiegen?«

Mir wurde ein wenig mulmig, ungeachtet meiner für einen Dichter pathologischen Abneigung gegenüber dem Mystizismus. Die Visionen der Hölle in den Varianten von Michelangelo oder Doré erschienen immer wieder in meiner Phantasie, eine Woche lang bis zur Rückkehr nach Moskau.

Als ich wieder zu Hause war, rief mich gleich am ersten Tag ein Schriftsteller aus Sankt Petersburg an, der – in der heutigen Zeit selten genug – voller Illusionen war. Vor Begeisterung schluchzend, teilte er mir mit, daß im nächsten Jahr in der Stadt Peters ein Weltkongreß der Dichter über Puschkin stattfinden solle und daß es schon Sponsoren gebe. Der Idealist spürte damals noch nicht, daß sich ein gigantischer staatlicher Erdrutsch auf seine Illusionen und deren Sponsoren zubewegte.

»Aber wo willst du so viele Dichter für einen ganzen Kongreß hernehmen?« fragte ich zweifelnd. »Ich fände es besser, Schriftsteller nicht nach dem Genre, sondern nach dem Talent einzuladen. Gabriel Marcía Márquez, Patrick Süskind, Arthur Miller ... Und von unseren jungen Prosaikern unbedingt Viktor Pelewin. In dem stecken Kafka und Ray Bradbury und dazu noch unsere sowjetisch-antisowjetische Absurdität. Von dem würde ich gerne hören, wie er über Puschkin denkt.«

»Dann besorge du mal Márquez. Pelewin, das ist kinderleicht. Den ruf ich selber an«, antwortete der flinke Petersburger. »Wir beide haben uns mal wegen einer Wette eine Literaturtheorie ausgedacht, es ging um eine Flasche Portwein ›777‹.«

Und dann nannte er einen Begriff, den ich noch nie gehört hatte, irgendwas wie »Turboschraubenprosa«.

Die Literaturtheorien interessierten mich nicht besonders, ich wollte die supergeheime Telefonnummer von Pelewin haben, die ich nicht einmal mit Hilfe unseres gemeinsamen Verlags »Vagrius« herausbekam. Pelewin ging Journalisten aus dem Weg wie Salinger, auf den Schutzumschlägen seiner letzten Bücher war das Gesicht des »unsichtbaren Autors« von einem schwarzen Balken verdeckt, und es ging das Gerücht, daß er viele Monate irgendwo in südkoreanischen Klöstern verbringe, wo er mal aus dem Buddhismus ins Internet tauche, mal aus dem Internet in den Buddhismus.

Nachdem ich mir die Nummer von Pelewin besorgt hatte, rief ich ihn sofort an, doch es meldete sich die trocken-sachliche Stimme des Anrufbeantworters auf russisch und englisch.

»Herr Pelewin«, sagte ich. »Hier ist ein gewisser Jewtuschenko, der es als eine überraschende Wohltat empfindet, daß Sie in einem

Ihrer Bücher sein Lied aus dem Film ›Der Kindergarten‹ mit verhältnismäßig sanfter Ironie zitieren. Übrigens, meine Frau, die eine Verehrerin von Ihnen ist, hätte sich beinahe von mir scheiden lassen, als ich mir unvorsichtigerweise erlaubte, zu bemerken, daß es in Ihrem Roman ›Buddhas kleiner Finger‹ neben starken Abschnitten auch ›Dünnbier‹ gibt. Ihr Buch ›Der gelbe Pfeil‹ ist meiner Meinung nach das Stärkste, was Sie bisher geschrieben haben. Meinen Glückw…«

Ich konnte nicht weitersprechen, denn im Hörer ertönte plötzlich statt des kühlen Anrufbeantworters ein lebendiger menschlicher Schrei, fast ein Geheul, aber überraschend freundschaftlich.

»Jewgeni Alexandrowitsch, wie schön, daß Sie mich anrufen. Was war bloß mit Ihnen los letzte Woche? Warum machen Sie sich solche Sorgen, in die Hölle zu kommen? Denken Sie nicht mehr daran, Sie haben mit Ihren Gedichten so viel Gutes getan, daß Sie schon von daher nicht in die Hölle kommen. Mir gefällt natürlich nicht alles von Ihnen, zum Beispiel, was Sie über die Socken des Präsidenten schreiben, und trotzdem, dafür kommt man nicht in die Hölle! Sie haben doch so vielen geholfen! Kümmern Sie sich nicht um die, wenn sie so undankbar sind. Wenn Sie in die Hölle kommen, dann nur aus Versehen, und ich versichere Ihnen, ich hole Sie wieder raus.«

»Haben Sie denn solch ein Privileg?« fragte ich vorsichtig.

»Hab ich, Jewgeni Alexandrowitsch, hab ich. Nur ist das kein Privileg, sondern eine Möglichkeit.«

Ich erlaubte mir weitere Neugier.

»Wie konnten Sie erraten, daß ich in der letzten Woche an die Hölle gedacht habe? Das kommt bei mir recht selten vor.«

»Übertragung, Jewgeni Alexandrowitsch, Übertragung.«

»Gedankenübertragung aus der Ferne?«

»Ja, so was Ähnliches. Über andere Quellen. Das zu erklären würde lange dauern.«

»Hat das was mit Buddhismus zu tun? Ich gebe zu, ich bin in den Religionen schwach und im Buddhismus ganz besonders.«

»Stehen Sie jetzt am Fenster, Jewgeni Alexandrowitsch?«

»Ja.«

»Und was sehen Sie draußen?«

»Bäume. Grüne Bäume.«

»Sehen Sie, das ist Buddhismus.«

»Aha«, sagte ich verwirrt und fühlte mich wie eine Amöbe. »Wollen Sie für alle Fälle meine Telefonnummern von Moskau und Oklahoma notieren?«

»Wozu, Jewgeni Alexandrowitsch?« war die entwaffnende Antwort. »Ich bin auch so bei Ihnen, und Sie sind bei mir. Hauptsache, Sie werfen die Hölle aus dem Kopf.«

Die Hölle hab ich aus dem Kopf geworfen. Aber wo werf ich den Kopf hin?

Was ist als Verrat anzusehen?

Und doch hat das große Märchen vom Paradies und von der Hölle seine eigene Pädagogik. Ich brachte es nicht fertig, die Frage meines neunjährigen Sohnes nach dem Gesamtgewicht aller sogenannten kleinen Sünden aus meinem Kopf zu werfen. Ich antwortete ihm, daß ich niemanden verraten habe, doch was ist Verrat und was nicht?

Jemandem ein Messer in den Rücken stoßen, einen Liegenden schlagen, bei einer Hetzjagd mitmachen, auf dem Karriereweg über tote oder lebendige Menschen steigen, lügen, betrügen – das ist Verrat durch Tun. Aber es gibt auch den Verrat durch Nichttun. Wer hat sich den nicht zuschulden kommen lassen, und sei es in geringem Maße? Und gibt es überhaupt bei Verrat ein geringes Maß?

Muß man lange nach Beispielen für Verrat suchen?

Den Krieg in Tschetschenien haben ein paar anmaßende Leute angefangen, die nicht einmal den Segen des Parlaments oder der Öffentlichkeit eingeholt hatten – Verrat durch Tun.

Aber die Nährlösung für den Verrat durch Tun ist immer der Verrat durch Nichttun.

Hat nicht ein solcher Verrat durch Nichttun erst den finanziellen Verrat durch Tun ermöglicht, der im August 1998 auf Falschspielerart an unserem Volk begangen wurde? Wenn einer ruiniert wird, stößt sich ein anderer daran gesund. Wie konnte es zu diesem angeblich unvorhergesehenen Absturz des Rubels kommen, obwohl der Staat gerade erst eine gigantische Dollaranleihe erhalten hatte? Die Zeiten der einfältigen Schlafmützen sind vorbei. Das Geld wird gemischt wie ein Spiel gezinkter Karten. Meisterlich kalkulierte Verbrechen werden als traditionelle Tölpelei getarnt.

Der Bau von Villen für die »neuen Russen« wurde durch die Finanzkrise keineswegs eingefroren – eingefroren wurde das Entstehen einer Mittelklasse, der Grundlage für eine stabile Gesellschaft. Den Menschen, die gerade erst anfingen, auf die Beine zu kommen, wurde mit einem Schlag wieder die Möglichkeit genommen, die Mona Lisa und die Sixtinische Kapelle zu sehen, und viele Einwohner Sibiriens und des Fernen Ostens konnten es sich nicht einmal mehr leisten, nach Moskau und Petersburg zu reisen, um die Tretjakow-Galerie und die Eremitage zu besuchen. Für die meisten Russen ist die Stadt Sotschi jetzt ebenso unerreichbar wie Miami.

Jeder Fachmann, der seine Arbeit verlor oder aber noch Arbeit hat und kein Geld dafür bekommt, jeder vom Staat betrogene Sparer – sie alle sind Opfer eines massenhaften Verrats. Ist es nicht Verrat an den eigenen Wählern, wenn eine Politikerin streikenden Bergarbeitern den Rat gibt, lieber Pilze in ihre Helme zu sammeln, mit denen sie viel zu laut an das Weiße Haus klopften? Die Menschen wurden früher als Schräubchen des Sozialismus betrachtet, heute sind sie zu Schräubchen des Kapitalismus geworden. Man wirft sie weg wie Schrott. Der Absturz des Rubels ist eine Folge des Absturzes der Moral. Worauf aber gründet sich die Moral? In erster Linie nicht auf die Politik, sondern auf die Beziehungen der

Menschen untereinander. Warum rackern sich so viele Menschen, keineswegs geborene Spitzbuben, aus Leibeskräften ab, um den Staat zu betrügen? Weil sie anders nicht überleben können, da der Staat selbst sie auf Schritt und Tritt betrügt, die Ehrlichen ebenso wie die Spitzbuben. Viele, die dem Staat aufrichtig helfen möchten, verbrennen sich bei der Berührung mit ihm die Finger oder stoßen auf seine unmenschliche Eiseskälte, also gehen sie ihm aus dem Weg und empfinden für ihn furchtsamen Abscheu. Der Staat verliert nach und nach die talentierten Menschen, und statt dessen umwuchert ihn gefährliches Mittelmaß. Die Unmoral gegenüber den Menschen führt zur Zerstörung des Staates und seines Fundaments, der Wirtschaft.

Gorbatschow hat fatalerweise nicht auf Schewardnadse gehört, als der ihn vor dem bevorstehenden Putsch warnte, er bat Schewardnadse nicht zu bleiben und entließ Jakowlew, »gab« sie beide »ab«, dabei waren sie die Schlüsselfiguren der Perestroika.

Jelzin spielte im August-Putsch eine historische Rolle, das ist ihm nicht zu nehmen. Aber er hat es leider nicht verstanden, über den persönlichen Beziehungen zu Gorbatschow zu stehen, er hat ihm nicht den Ehrenrang des Ex-Präsidenten gelassen, hat nicht die Vernunft besessen, dessen internationale Autorität für wichtige staatliche Missionen zu nutzen. Später hat er General Lebed mißbraucht, um dessen Wählerstimmen für sich zu bekommen und um den Krieg in Tschetschenien zu beenden, und dann hat er ihn rasch aus den höchsten Rängen der Macht entfernt.

Diese »Abgabe« von Menschen häufte sich und ging ohne sichtbare Gewissensbisse vonstatten.

Wie leicht wurde auch Sobtschak »abgegeben«, ein Mann, ohne den die ersten Schritte der jungen russischen Demokratie undenkbar wären! Bei ihm handelte es sich um jemandes Verrat durch Tun, aber vor allem um Verrat durch Nichttun, begangen von vielen Menschen, die zuvor mehr als einmal von ihm begeistert waren.

Und war ich an diesem Nichttun nicht auch schuld? Mein neunjähriger Sohn Shenja hatte gar nicht so unrecht, als er meinen

Scherz, meine Sünden seien nicht allzu groß und die Hölle drohe mir nicht, mit der Frage beantwortete: »Pap, bist du sicher?« Nein, ich bin nicht sicher, und Pelewins scherzhafte Indulgenz hilft mir nicht besonders.

Die Schuldvermutung

Als Stalin starb, wurden in Moskau gleich in der ersten Nacht mehrere tausend Menschen verhaftet. Unter ihnen war auch der Dichter und Dozent am Literaturinstitut Alexander Kowalenkow, ein betont elegant gekleideter Mann in jener Zeit der Feldblusen und Militärjoppen. Er hatte die leichte Macke des literarischen Feinschmeckers, denn er wähnte, alle unsere Verse wären schon lange vor uns geschrieben worden.

Gleich nach Kowalenkows Verhaftung kam das Gerücht auf, er wäre ein Agent ausländischer Geheimdienste. Es gab auch die erlesenere Version, er trüge unter seinen Herrenanzügen weibliche Spitzenwäsche und hinge Leidenschaften an, die damals noch illegal waren.

Von der Verhaftung erschüttert, saßen Wolodja Sokolowitsch und ich finster im Restaurant »Aragwi«, und ich sagte: »Findest du nicht auch, daß Kowalenkow wirklich viele Sonderbarkeiten hatte? Schon seine Art sich anzuziehen. Außerdem kennt er die Dichter der Emigration auffällig gut. Woher?« Wolodja fiel mir ins Wort: »Was machen wir eigentlich hier? Wir müssen zu seiner Frau fahren, bei ihr sein, sie unterstützen.« Das machten wir auch. Nach ein paar Wochen wurde Kowalenkow zum Glück freigelassen. Diese Geschichte muß mich wohl von der mir von klein auf injizierten Schuldvermutung kuriert haben. Aber offenbar nicht ganz. Da ist zum Beispiel der »Fall Sobtschak« und mein Gewissen.

Wir beide waren Volksdeputierte der UdSSR, 1989 wie viele unserer Kollegen ohne jede finanzielle Unterstützung gewählt, was in der Geschichte des Weltparlamentarismus wohl einmalig ist. Aber bei jenen Wahlen passierten so einige unwahrscheinliche Dinge; vor allem war der eben noch »Agent des Weltimperialismus« genannte Andrej Sacharow dabei anwesend.

Die Größe Sacharows bestand in seinem politischen Dilettantismus, denn er, der leidenschaftlich die Menschenrechte verteidigte, stand moralisch über den Berufspolitikern. Aber um die Menschenrechte gesetzlich zu verankern und diese Gesetze dann ins Leben umzusetzen, brauchte es Professionalismus.

Angesichts der »aggressiv gehorsamen Mehrheit«, die jedesmal trampelte, wenn Sacharow ans Mikrophon trat, angesichts der aufgeblasenen Nationalisten, die nur an ihre Ambitionen dachten, angesichts der amateurhaften Neandertalerei oder der gewieften Partei- und Beamtenbürokratie, angesichts der lieben, aber unpraktischen Idealisten im Parlament wirkte Sobtschak wie der geborene Berufsparlamentarier und war für mich die Nummer eins in Rußland.

In unserm Land, das so weit weg ist von der elementaren politischen Zivilisiertheit, konnte man über Sobtschaks parlamentarische Kultur nur staunen. Nicht nur seine emotionsgeladenen und zugleich logischen Reden, sondern auch seine Anfragen, kurzen Bemerkungen und Korrekturen wurden zu Lehrstunden der Demokratie für uns, seine Kollegen, und für das ganze Land. Damals waren die Übertragungen aus dem Kongreß der Volksdeputierten die beliebteste Sendung im Fernsehen. Das ist heute nicht mehr vorstellbar. Die Menschen interessieren sich nicht mehr für Politik, weil die Politik sich nicht mehr für sie interessiert. Heute ist die Einstellung des Volkes zur Politik noch verächtlicher und gleichgültiger als in der Breshnew-Zeit. Dabei hatten es unter Gorbatschow anderthalb Dutzend Volksdeputierte geschafft, nicht nur das Interesse, sondern auch das Vertrauen in die Politik wieder zu gewinnen, und einer von ihnen war Sobtschak gewesen. Makellos höflich und überzeugend, entwertete er seine Argumente nie durch Intoleranz gegenüber Opponenten, durch Ränke oder Geschrei. Oft genug halfen seine Kompromißvorschläge aus Konflikten heraus, aber er konnte auch unbeugsam prinzipienfest sein. Sobtschak war zunächst Vorsitzender des Leningrader Stadtsowjets, dann Bürgermeister von Sankt Petersburg. Und er war wohl der intelligenteste Bürgermeister von Rußland. Vielleicht führte das zu Gereiztheiten? Und dann noch die staatsmännische Würde, mit der er die höchsten Gäste der Stadt empfing und die Stadt im Ausland repräsentierte, ohne je in aufgeblasene Prahlerei oder schmähliche Schmeichelei zu verfallen. Sobtschak war es, der der Stadt den Namen ihres Gründers, Peters des Großen, zurückgab.

Seine Gegner sagen, er sei ein schlechter Wirtschafter gewesen. Aber viele Petersburger erinnern sich, daß unter ihm die niedrigsten Tarife für den Stadtverkehr und die niedrigste Wohnungsmiete galten. Auf seine Initiative wurden eine halbe Million Überlebende der Blockade den Kriegsveteranen gleichgestellt. Er tat alles in seinen Kräften Stehende, um den Schulen, den Universitäten, dem Filmstudio Lenfilm, den Theatern, der Philharmonie, den Museen zu helfen, aber das Geld war katastrophal knapp und reichte nicht für alles, doch war das etwa nur Sobtschaks Schuld?

Schwer ist es, ein Rußlandfan zu sein

Ich traf Anatoli Sobtschak, inzwischen ehemaliger Bürgermeister von Sankt Petersburg, im Juli 1998 in einem Pariser Restaurant. Er war wie immer straff und von natürlichem Charme, und sein Anzug, in dem ich ihn wohl schon vor drei Jahren in Petersburg gesehen hatte, sah wie neu aus. Nur das freundliche Lächeln wirkte ein wenig angespannt, die Frisur zeigte ein paar graue Strähnen mehr, und die Backenknochen waren härter, schärfer geworden. Und noch etwas: In den noch immer hellblauen Augen war wachsame Erwartung. Es war der Blick eines Menschen, den man mehr als einmal verraten hat und der instinktiv auf neue unerwartete Schläge seiner Feinde gefaßt ist und auf die Feigheit der Freunde, den schlimmsten Schlag. Nur Gleichgültigkeit, Mitgefühl mit Rückversicherung, sind noch verletzender.

»Wir haben uns lange nicht gesehen«, sagte ich.

»Nein, so lange ist es nicht her, das scheint nur so.« Sobtschak lächelte fein. »Es hat sich nur sehr viel verändert, darum scheint es so.«

Paris feierte den Triumphzug seiner Fußballmannschaft, die dem Weltmeistertitel entgegenstrebte. Zwar stand das Finale gegen Brasilien noch aus, aber in den Herzen der Pariser Fans war der Kampf um den Pokal schon gewonnen. Die Fans brausten mit ihren Autos durch die abendlichen Straßen und betäubten die Stadt mit einem wahnsinnigen Hupkonzert; Knallkörper krachten, bunte Raketen flogen in den Himmel und Champagnerkorken gegen die Decken der Restaurants, patriotische Lieder wurden gesungen, vor allem die »Marseillaise«, die Nationalfahnen wurden kriegerisch geschwenkt, die Menschen defilierten Arm in Arm durch die Straßen, geschmückt mit Trikoloreschals und hellblauen Fußballhemden, auf dem Rücken die Nummer 10 Zidanes, so als wäre, zur Einschüchterung der Brasilianer, der große Fußballspieler in Zehntausenden Exemplaren geklont worden.

Für uns zwei Russen hatte dieser Anblick etwas Lächerliches, machte uns aber auch ein bißchen neidisch. Schon seit langem, seit der schnell verflogenen August-Euphorie des Jahres 1991, hatten wir nichts mehr zu feiern, weder im Fußball noch in der Politik. Wir hatten vergessen, was das ist – eine Freude, welche die Menschen zu einer Nation eint. Wir eröffnen keine neuen Fabriken oder Kraftwerke mehr, wir schließen nur noch. Schüler schreiben in Aufsätzen, daß sie Schutzgelderpresser oder Nutte werden wollen, um nicht so arm zu sein wie ihre Eltern, die ein halbes Jahr auf ihr Gehalt warten müssen. Die Sportler Rußlands schweigen wehmütig in den Stadien der Welt, wenn unsere wortlose Hymne erklingt.

»Schwer ist es, ein Rußlandfan zu sein«, sagte Sobtschak seufzend.

Ich löcherte ihn nicht mit Fragen, um nicht taktlos zu sein, ich sah ihn nur an und erinnerte mich.

Ich hatte ihn in verschiedenen Situationen gesehen – als einen der ersten Volkstribunen, als gewissenhaften und scharfsinnigen Gesetzgeber, als Bürgermeister. Verblüfft hatte ich erlebt, wie glänzend er Gedichte vortrug – aus dem Gedächtnis. Während einer riesigen Party in Moskau, auf der viele Bonzen und Berühmtheiten in gegenseitiger Begeisterung vergingen, verschwand er plötzlich, und ich fand ihn in der Küche am Tisch, umgeben von Köchinnen, Kellnerinnen und Putzfrauen, die für ihn interessanter waren als alle diese Lackaffen.

Man appelliert oft an uns, dem Verstand und nicht dem Herzen zu glauben. Aber ist nicht das Herz ein Teil des Verstandes?

Mein Herz kann einfach nicht an den sogenannten »Fall Sobtschak« glauben, der schon viel zu lange nur aus schmutzigen Anspielungen, Drohungen und Erpressung mit angeblich gräßlichen Enthüllungen besteht.

Ja, es ist schwer, ein Rußlandfan zu sein. Um Rußlands Angelegenheiten steht es derzeit schlecht, nicht nur beim Fußball, wo einmal Bobrow nicht schlechter war als Zidane, sondern praktisch in allem. Wurde unser Land früher gefürchtet, so weckt es jetzt nur noch Mitleid. Aber gefährlicher als das Mitleid der Ausländer ist unsere eigene Mitleidlosigkeit. Für viele besteht der Sinn des Lebens nur noch darin, schlicht und einfach zu überleben. Wenn aber der Selbsterhaltungstrieb alle anderen Gefühle auslöscht, kommt es zu einer gefährlichen, umfassenden Mitleidlosigkeit anderen gegenüber.

Jelzins Mitleidlosigkeit gegenüber so vielen Mitstreitern, die er so mühelos »abgab«, bewirkte Mitleidlosigkeit ihm gegenüber, so daß seine Umgebung ihn trotz seines schlechten Gesundheitszustands mitleidlos ausbeutet. Warum tut sie das? Weil sie Angst hat vor der zukünftigen Mitleidlosigkeit ihr gegenüber.

Es gilt, nach Pelewins Rat »die Hölle aus dem Kopf zu werfen«. Aber dazu bedarf es einer zuverlässigen Infrastruktur, die auf konstitutioneller Grundlage den Schutz unserer Mitbürger gewährleistet.

Die Gesamtzahl der »Sündenböcke«

Das politische Ende Chruschtschows war vorbestimmt von seiner eigenen Halbherzigkeit, als er sich nicht entschließen konnte, seinen Teil der Mitschuld an Stalins Verbrechen zu tragen. Er machte zunächst Stalin zum »Sündenbock«, dann Pasternak, und zu guter Letzt machte er viele junge Maler und Schriftsteller zu einer Herde von »Sündenböcken«.

Breshnew zog das Fell des »Sündenbocks« Chruschtschow über und bezahlte dafür, indem er letzten Endes selber darin steckte.

Der nächste in dieser wenig beneidenswerten Rolle war Gorbatschow. Wird schließlich auch Jelzin »Sündenbock« sein, der ebenfalls an vielem die Schuld trägt, aber doch nicht an allem und nicht nur er allein? Wenn es dazu kommt, wird die weitere Geschichte Rußlands eine endlose Suche nach »Sündenböcken« sein.

Es gibt eine Schuld der Gesellschaft, eine Schuld des Volkes, obwohl wir das Volk gern idealisieren, als wäre es etwas unschuldig Leidendes. Aber das Volk kann nicht Opfer endloser Betrügereien sein, wenn es selber nicht betrogen zu werden wünscht. Es kann nicht zulassen, daß sein Land zerstört wird, wenn in ihm nicht selbstzerstörerische Tendenzen vorhanden sind. Es kann nicht so einfach seine Helden »abgeben« und auch nicht seine Mitbürger, wenn es sich nicht selbst aufgeben will. An dem massenhaften Völkermord bei uns ist nicht nur Stalin schuld, sondern die Masse selbst, die ohne zu murren auf Versammlungen für die Vernichtung der »Volksfeinde« stimmte. Wir müssen die historische Schuld für jeden Menschen, den das Land verloren hat, auf unsere gemeinsamen Schultern nehmen. Wir haben es schon fast gelernt, die Toten zurückzuholen. Nun müssen wir noch lernen, die Lebenden zurückzuholen.

Wir müssen aufhören, mit Menschen herumzuschmeißen, indem wir sie aus der Politik, aus der Wissenschaft, aus der Industrie, aus dem Bildungssystem, aus der Medizin, aus der Kunst hinausstoßen – in die Arbeitslosigkeit, in Lohnarbeit, die ihrer beruflichen Qualifikation oder ihrer menschlichen Würde zuwiderläuft, oder aber ins Ausland. Bürger können ihren Staat nicht achten, wenn er sie nicht achtet.

Man kann Geld verlieren, aber man darf seine Würde nicht verlieren. Vielleicht aber ist es an der Zeit zu lernen, beides nicht zu verlieren? Vor allem jedoch darf man sich nicht den verbrecherischen Luxus erlauben, Menschen zu verlieren.

Das Schicksal der Menschen darf endlich nicht mehr nur von den Regierenden abhängen. Das Fundament der Gesellschaft muß unerschütterlich sein, auch bei einem Mieterwechsel in den oberen Etagen.

Die Menschen wollen wissen: Wohin gehen wir alle? Wir brauchen keine gewalttätige Ideologie, wir brauchen Ideale. Zurück können wir nicht – dort sind der Archipel GULAG, die Zensur, die geschlossenen Grenzen, das Einparteiensystem. Aber wir dürfen auch eine neue Abart der Einparteiendiktatur nicht zulassen – die des Geldes.

Wir stehen zwischen Scham und Angst. In die Vergangenheit zurückzukehren haben wir Angst, für die Gegenwart schämen wir uns. Wir möchten nicht, daß unser Land wie früher Angst weckt, aber wir möchten uns auch nicht für alles schämen müssen.

Rußland sucht Rußland. Wer sich selbst sucht, ist nicht verloren.

Das Fensterchen der Hoffnung

Pessimist zu sein ist die leichteste Methode, klüger zu erscheinen als die anderen. Aber ist denn alles gar so hoffnungslos?

Selbst auf eine fensterlose Wand kann man ein Fensterchen der Hoffnung malen.

Während der Rubelkrise war ich in Moskau, wo Menschenmengen die Banken attackierten, um ihre fast wertlos gewordenen Ersparnisse zu retten. Zur gleichen Zeit belagerten Tausende die Stände der Buchmesse, um für ihr letztes Geld Bücher zu kaufen. Ein triumphales Paradoxon? Ein Bücher-Gelage während der Pest?

Wie bei den Menschen, so tobt auch bei den Büchern ein tödlicher Kampf zwischen frech entfesselter Geistlosigkeit und dem erniedrigten, nicht aber sich erniedrigenden menschlichen Geist.

Es heißt, während des Zweiten Weltkriegs habe Churchill in Moskau einen rotbäckigen russischen Soldaten bei vierzig Grad minus Eis essen sehen und habe ausgerufen:

»Ein Volk, das bei vierzig Grad minus Eis ißt, ist unbesiegbar.«

Ein Volk, das selbst während einer Krise Bücher kauft, geht nicht unter.

Aber es hängt viel davon ab, was für Bücher das sind.

Es gibt Bücher, die wurden sozusagen außerhalb des existierenden Gewissens geschrieben.

Aber gerade unserem Gewissen und seinen manchmal unerträglichen Qualen verdanken wir das Beste in den Büchern und in uns. Ich glaube, das Furchtbarste ist, keine Angst mehr vor dem eigenen Gewissen zu haben.

Ich denke wieder an die Sixtinische Kapelle, wo mich mein neunjähriger Sohn Shenja Jewtuschenko angesichts der Fresken von Michelangelo fragte:

»Pap, wo kommst du später hin, in die Hölle oder ins Paradies?«

»Die Hölle aus dem Kopf werfen« – dieser Rat Pelewins ist gut, aber es kommt darauf an, ihn richtig zu verstehen.

Vielleicht ist es doch besser, zur Abschreckung die Hölle im Kopf zu behalten, damit sie nicht im Leben ist?

Anhang

Glossar

Akaki Akakijewitsch – Figur aus »Der Mantel« von Nikolai Gogol

Aljoscha Karamasow – Figur aus »Die Brüder Karamasow« von Fjodor Dostojewski

Anna Karenina – Hauptfigur des gleichnamigen Romans von Lew Tolstoi

Ärzteprozesse – 1953, letzte Verschwörungstheorie unter Stalin; danach sollten neun Kremlärzte als ausländische Agenten Mordanschläge auf Stalin verübt haben

Babi Jar – Schlucht nördlich von Kiew, in der 1941 mehr als 33 000 Juden von einem deutschen Sonderkommando ermordet wurden

Berjoska-Laden – sowjetische Devisenläden

Dershimordismus – Dershimorda – Figur aus »Der Revisor« von Nikolai Gogol

Gawrik – Figur aus »Es blinkt ein einsam Segel« von Valentin Katajew

Genazwale – (georg.) mein Lieber

Gobseck – Typ des Wucherers in mehreren Romanen von Honoré de Balzac

Grigori Melechow, Axinja, Pantelej Prokofitsch – Figuren aus »Der stille Don« von Michail Scholochow

Ilja Muromez – Rittergestalt aus russischen Märchen

Jelissejew-Laden – bekanntes Feinkostgeschäft in Moskau

Jene Augustnacht – Putschversuch in Moskau (19.–21. 8. 1991)

Koktebel – Schwarzmeerort auf der Krim; der Schriftstellerverband hatte dort ein Erholungsheim

Lara, Juri – Hauptfiguren aus »Doktor Shiwago« von Boris Pasternak

Lubjanka – Zentrale des KGB in Moskau

Makar Nagulnow, Ljuschka, Stschukar – Figuren aus »Neuland unterm Pflug« von Michail Scholochow

Manege – Ausstellungssaal in Moskau

Marjina Rostscha – Moskauer Stadtviertel

Matrjona – Figur aus »Matrjonas Hof« von Alexander Solshenizyn

NÖP – Neue Ökonomische Politik – kurzzeitige Lockerung der Wirtschaftspolitik (1921–1927)

NKWD – Bezeichnung für den Geheimdienst (1934–1941)

Nosdrjow – Figur aus den »Toten Seelen« von Nikolai Gogol

»Ohne wen lebt sich's glücklich in Rußland« – Anspielung auf das berühmte Gedicht von Nikolai Nekrassow »Wer lebt glücklich in Rußland?«

Onegin – Titelfigur des Versepos »Eugen Onegin« von Alexander Puschkin

Pamjat – Nationalistische Organisation Rußlands

Peredelkino – Vorort von Moskau, in dem vor allem Schriftsteller Sommerhäuser mieten konnten

Petschorin – Hauptfigur aus »Ein Held unserer Zeit« von Michail Lermontow

Proletkult – Vereinigung der »proletarischen Kultur«, gegründet 1917, 1932 durch Parteibeschluß wieder abgeschafft

Samisdat – private, illegale Produktion und Verbreitung von literarischen und publizistischen Texten, die von der Zensur verboten waren

Schemelgeist – aus dem Roman »Das goldene Kalb« von Ilja Ilf und Jewgeni Petrow: angeblich Schnaps, der aus dem Holz eines Schemels gebrannt wurde

Sechziger – russ.: Schestidesjatniki – Bezeichnung für linksliberale Intellektuelle, die in den 60er Jahren das geistige Klima des Landes geprägt haben

Slawophile und Westler – ins Ende des 19. Jahrhunderts zurückreichende Spaltung der Intellektuellen in Anhänger einer national oder westlich orientierten Entwicklung Rußlands

Smersch – Abkürzung für: smert spionam – Tod den Spionen; während des Zweiten Weltkrieges und danach Abteilung der Geheimpolizei, die besonders in der Armee aktiv war

Sokolniki – Moskauer Stadtteil

Stolowaja – Mischung aus Kantine, Mensa und Selbstbedienungsrestaurant

Tamada – (georg.) »Maître de plaisir« einer Festlichkeit, von deren Teilnehmern gewählt

Tamisdat – Analogiebildung zu Samisdat; Bezeichnung für verbotene Bücher, die im westlichen Ausland auf russisch erschienen

Tauwetter – kurze Phase der Liberalisierung der Kulturpolitik nach Stalins Tod 1953; geht auf den Roman von Ilja Ehrenburg »Tauwetter« (1954/1956) zurück

Tschekist – Bezeichnung für Mitarbeiter des Geheimdienstes (Tscheka, GPU, NKWD, KGB)

Zarskoje Selo – Sommersitz der Zarenfamilie bei Petersburg; seit 1918 heißt der Ort Puschkin

Verzeichnis der wichtigsten Personen

Achmadulina, Bella (geb. 1937) – Lyrikerin; erste Frau von Jewtuschenko

Achmatowa, Anna Andrejewna (1889–1966) – Lyrikerin; wurde 1946 gemeinsam mit Michail Sostschenko Opfer einer Partei-Kampagne (s. Shdanow); Ausschluß aus dem Schriftstellerverband; konnte erst nach dem XX. Parteitag wieder veröffentlichen; gilt als eine der bedeutendsten Dichterinnen der Sowjetzeit

Alexander Alexandrowitsch, s. Fadejew

Axjonow, Wassili Pawlowitsch (geb. 1932) – Prosaiker; Sohn von Jewgenia Ginsburg; Herausgeber des Almanachs »Metropol«, der 1979 in 8 Exemplaren der Öffentlichkeit übergeben wurde (um die Zensur zu unterlaufen); emigrierte 1980 in die USA; lebt in Washington

Balter, Boris Isaakowitsch (1919–1974) – Prosaiker; Initiator des von Konstantin Paustowski 1961 herausgegebenen und sofort verbotenen Almanachs »Tarusskije stranizy«

Berija, Lawrenti Pawlowitsch (1899–1953) – Chef des Geheimdienstes unter Stalin; wollte nach dessen Tod die Macht übernehmen, wurde von seinen Gegnern erschossen

Boris Leonidowitsch, s. Pasternak

Breshnew, Leonid Iljitsch (1906–1982) – ab 1964 Generalsekretär des ZK der KPdSU und Regierungschef; besonders seine letzten Regierungsjahre werden als Zeit der Stagnation bezeichnet

Budjonny, Semjon Michailowitsch (1883–1973) – Marschall, im Bürgerkrieg erfolgreicher Kommandeur der Ersten Reiterarmee; wurde schon zu Lebzeiten zu einer Legende hochstilisiert

Bunin, Iwan Alexejewitsch (1870–1953) – Prosaiker, Lyriker; emigrierte 1920 nach Frankreich, erhielt 1933 als erster russischer

Autor den Nobelpreis; wegen seines Antikommunismus kaum in der UdSSR publiziert

Chruschtschow, Nikita Sergejewitsch (1894–1971) – ab 1953 1. Sekretär des ZK der KPdSU; hielt auf dem XX. Parteitag 1956 eine programmatische Rede, in der er die Verbrechen Stalins erstmals benannte; wurde 1964 wegen »Subjektivismus und Voluntarismus« abgelöst

Daniel, Juli Markowitsch (1925–1988) – Prosaiker, Lyriker; veröffentlichte zwischen 1956 und 1961 vier Erzählungen unter dem Pseudonym Nikolai Arshak im westlichen Ausland, wurde 1965 verhaftet und 1966 gleichzeitig mit Andrej Sinjawski in einem aufsehenerregenden Prozeß wegen Veröffentlichung »antisowjetischer Erzählungen« im Ausland und ihrer Verbreitung im Kreise seiner Bekannten zu 5 Jahren verschärfter Haft verurteilt

Dmitri Dmitrijewitsch, s. Schostakowitsch

Dubček, Alexander (1921–1992) – 1968 1. Sekretär des ZK der tschechischen KP, leitete Reformen ein (»Prager Frühling«), die durch den Einmarsch der sowjetischen Truppen unterbunden wurden; 1969 abgelöst, 1970 aus der Partei ausgeschlossen

Dudinzew, Wladimir Dmitrijewitsch (1918–1998) – Prosaiker; veröffentlichte 1956 den Roman »Der Mensch lebt nicht vom Brot allein«, der zum meistdiskutierten Buch der Tauwetterperiode in der UdSSR wurde

Dzierżyński, Felix Edmundowitsch (1877–1926) – Gründer des sowjetischen Geheimdienstes, ab 1917 Leiter der Tscheka und zugleich Innenminister; verantwortlich für die ersten Verbrechen des »roten Terrors«; sein Denkmal stand bis 1991 auf dem Platz vor der Lubjanka

Fadejew, Alexander Alexandrowitsch (1901–1956) – Prosaiker, Literaturfunktionär; sein Roman »Die junge Garde« erschien 1945, wurde mit dem Stalinpreis geehrt, dann aber wegen mangelnder Betonung der führenden Rolle der KP kritisiert, 1951 erschien er in überarbeiteter Fassung; war als Vorsitzender des Schriftstellerverbandes für zahlreiche Publikationsverbote,

Verhaftungen und die Ermordung vieler Schriftsteller mitverantwortlich; er beging nach dem XX. Parteitag Selbstmord

Furzewa, Jekaterina Alexejewna (1910–1974) – ZK-Sekretärin und Kulturministerin unter Chruschtschow, bekannt für ihre Launenhaftigkeit

Gagarin, Juri Alexejewitsch (1934–1968) – Kosmonaut; flog 1961 als erster Mensch ins Weltall, wurde danach für Propagandazwecke mißbraucht; kam bei einem Testflug ums Leben

Gaidar, Arkadi Petrowitsch (1904–1941) – Prosaiker; bekannt durch sein Jugendbuch »Timur und sein Trupp« (1940)

Gaidar, Jegor Timurowitsch (geb. 1956) – ab 1991 in der Jelzin-Regierung verantwortlich für die ersten wirtschaftlichen Reformen, 1992–1993 Vize-Premierminister

Ginsburg, Jewgenia Semjonowna (1906–1977) – Prosaikerin; verbrachte insgesamt 18 Jahre im GULAG; schildert diese Zeit in ihren Büchern »Marschroute eines Lebens« und »Gratwanderung«, die bis zur Perestroika nur im Samisdat kursierten; Mutter des Schriftstellers Axjonow

Glasunow, Ilja Sergejewitsch (geb. 1931) – Maler; äußerst populär und umstritten; war bis 1987 quasi Hofmaler der Regierung, porträtierte auf Bestellung Funktionäre und deren Frauen, war einer der wenigen Rubelmillionäre

Gorbatschow, Michail Sergejewitsch (geb. 1931) – von 1985 bis 1991 Generalsekretär des ZK der KPdSU und Präsident der UdSSR; leitete mit der Perestroika die gesellschaftliche Wende in seinem Land ein, die schließlich zum Ende des Sozialismus und zum Zerfall der UdSSR führte

Iljitschow, Leonid Fjodorowitsch (geb. 1906) – von 1961–1965 ZK-Sekretär, bekannt als Chruschtschows Berater im Bereich Kultur; 1965 Außenminister der UdSSR

Iwinskaja, Olga Wsewolodowna (1913–1995) – Übersetzerin; Geliebte von Pasternak, Vorbild der Lara aus »Doktor Shiwago«; saß von 1949 bis 1953 im GULAG; wurde 1960 erneut verhaftet und mit Tochter Irina wegen unerlaubter Verbindung zu westlichen Verlegern zu 8 Jahren Haft verurteilt, 1964 entlassen und 1989 rehabilitiert; veröffentlichte 1978 in Paris ihre Memoiren

Juri Andrejewitsch, s. Gagarin

Katajew, Valentin Petrowitsch (1897–1986) – Prosaiker, Dramatiker; Begründer und bis 1962 Chefredakteur der Literaturzeitschrift »Junost«; seine bekanntesten Werke sind: »Es blinkt ein einsam Segel« (1936), »Der heilige Brunnen« (1965), »Das Gras des Vergessens« (1967) und »Meine Diamantenkrone« (1978).

Kerenski, Alexander Fjodorowitsch (1881–1970) – nach der Februarrevolution von 1917 Premierminister der Provisorischen Regierung; emigrierte 1918, lebte in Berlin, Paris, den USA, Großbritannien

Kirssanow, Semjon Isaakowitsch (1906–1972) – Lyriker; wurde für seine experimentelle Lyrik als »Formalist« angegriffen, war besonders in der Tauwetterperiode durch seine kritische Verserzählung »Sieben Tage der Woche« (1956) populär

Koltschak, Alexander Wassiljewitsch (1874–1920) – Admiral; im Ersten Weltkrieg Kommandeur der Schwarzmeerflotte; emigrierte 1917 in die USA; kehrte 1918 nach Sibirien zurück, wurde von den Weißen in Omsk zunächst zum Kriegsminister und kurz danach zum »Obersten Herrscher« Rußlands ernannt; nach der Niederlage seiner Truppen an die Bolschewiken ausgeliefert und 1920 hingerichtet

Kommisarshewskaja, Vera Fjodorowna (1864–1910) – Schauspielerin; arbeitete mit Tschechow, später mit Meyerhold zusammen; gründete 1904 in Petersburg ein eigenes Theater

Kopelew, Lew Sinowjewitsch (1912–1997) – Prosaiker, Germanist; 1945 bis 1950 im selben Straflager wie Solshenizyn; setzte sich nach dem Ende der Tauwetterperiode für Dissidenten ein, publizierte ab 1971 regelmäßig im Westen, emigrierte 1980 nach Deutschland, lebte bis zu seinem Tode in Köln

Kossygin, Alexej Nikolajewitsch (1904–1980) – schon unter Stalin verschiedene Ministerposten, unter Chruschtschow stellvertretender Premierminister, ab 1964 Premierminister

Kuprin, Alexander Iwanowitsch (1870–1938) – Prosaiker; war vor der Revolution sehr populär, emigrierte 1919, lebte in Paris, als Autor nicht mehr erfolgreich; seine Rückkehr 1937 wurde für Propagandazwecke ausgenutzt

Kusnezow, Anatoli Wassiljewitsch (1929–1979) – Prosaiker; veröffentlichte 1957 »Fortsetzung der Legende« (dt. »Im Gepäcknetz nach Sibirien«, 1958) und 1966 eine stark zensierte Fassung seines Romans »Babi Jar« über die Ermordung der Juden bei Kiew im Zweiten Weltkrieg; floh 1969 nach Großbritannien, lebte in London

Michail Alexandrowitsch, s. Scholochow

Michoels, Solomon Michailowitsch (1890–1948) – Schauspieler, Regisseur; gründete 1925 in Moskau das Jüdische Theater; im Zweiten Weltkrieg Vorsitzender des Jüdischen Antifakomitees; vom NKWD in Minsk ermordet

Nazim Hikmet (1902–1963) – türkischer Lyriker und Dramatiker; saß wegen revolutionärer Tätigkeit mehrfach in türkischen Gefängnissen, emigrierte 1951 in die UdSSR, starb in Moskau

Neiswestny, Ernst Iossifowitsch (geb. 1926) – Bildhauer; geriet 1962 mit Chruschtschow in Konflikt, als dieser auf einer Ausstellung in der Manege die abstrakte Kunst beschimpfte; Ausschluß aus dem Künstlerverband, 1976 Ausreise zunächst in die Schweiz, später in die USA

Nikita Sergejewitsch, s. Chruschtschow

Okudshawa, Bulat Schalwowitsch (1924–1997) – Lyriker, Prosaiker, Sänger; begann bereits Ende der fünfziger Jahre, seine Gedichte zu vertonen und sie zur Gitarre zu singen, was ihn zunächst im eigenen Land, später auch international populär machte; veröffentlichte mehrere Gedichtbände und historische Romane, galt als kritischer Oppositioneller im Sinne der »Schestidesjatniki« (Sechziger)

Pasternak, Boris Leonidowitsch (1890–1960) – Lyriker, Prosaiker; erste Gedichte 1913, es folgten mehrere Gedichtbände und kleinere Versepen; publizierte ab 1922 auch Prosa, hatte sich aber bis zum Erscheinen seines Romans »Doktor Shiwago« 1957 in Italien vor allem als Dichter einen Namen gemacht; 1958 Nobelpreis, dessen Annahme er aufgrund der nachfolgenden Hetzkampagne verweigern mußte; »Doktor Shiwago« erschien in der UdSSR erst 1988

Paustowski, Konstantin Georgijewitsch (1892–1968) – Prosaiker; gilt als Meister der »lyrischen Prosa«; bemühte sich nach Beginn der Tauwetterperiode um die Rehabilitierung verfolgter Schriftsteller, wurde als »Symbol der Ehrlichkeit« verehrt

Petljura, Simon Wassiljewitsch (1879–1926) – Politiker, ukrainischer Nationalist; 1918 Verteidigungsminister der Ukrainischen Regierung, Befehlshaber der Ukrainischen Armee (Ataman); kämpfte ab 1919 im Bürgerkrieg als Verbündeter Polens gegen die Roten und die Weißen; emigrierte nach Frankreich, wurde dort von der Tscheka ermordet

Rasin, Stepan (Stenka) Timofejewitsch (ca. 1630–1671) – Anführer des Kosakenaufstands gegen den Zaren in den sechziger Jahren des 17. Jahrhunderts; in Moskau öffentlich hingerichtet

Roshdestwenski, Robert Iwanowitsch (1932–1994) – Lyriker; veröffentlichte ab 1950 Gedichte, eher publizistische Lyrik

Rostropowitsch, Mstislaw Leopoldowitsch (geb. 1927) – Violoncellist, Dirigent; unterstützte Anfang der siebziger Jahre Solshenizyn, fiel daraufhin in Ungnade, wurde 1978 aus der UdSSR ausgewiesen, erhielt 1990 die sowjetische Staatsbürgerschaft zurück

Sacharow, Andrej Dmitrijewitsch (1921–1989) – Physiker; war an der Entwicklung der Wasserstoffbombe beteiligt; ab Anfang der sechziger Jahre führender Kopf der Dissidentenbewegung, erhielt 1975 den Friedens-Nobelpreis; 1980 wurde er nach Gorki verbannt; im Dezember 1986 rief ihn Gorbatschow an, kurz danach konnte er nach Moskau zurückkehren; 1989 wurde er Abgeordneter

Schaljapin, Fjodor Iwanowitsch (1873–1938) – Sänger, Schauspieler; weltberühmter Baß; emigrierte 1921, lebte in Amerika und Frankreich

Schemjakin, Michail Michailowitsch (geb. 1943) – bekannter nonkonformistischer Maler, in ständigem Konflikt mit der Macht; wurde mehrfach verhaftet, in eine psychiatrische Anstalt eingewiesen; emigrierte 1971 nach Frankreich, 1981 in die USA

Scholochow, Michail Alexandrowitsch (1905–1984) – Prosaiker, Literaturfunktionär; stammt aus dem Dongebiet; erste Erzählungen 1926; bekannt vor allem durch den vierbändigen Roman »Der stille Don« (1928–1940), dessen Autorenschaft ihm immer wieder streitig gemacht wird (er soll das Manuskript eines 1920 gestorbenen Schriftstellers verwendet und unter seinem Namen publiziert haben); von 1934 an hohe Posten im Schriftstellerverband, Mitglied des ZK der KPdSU; erhielt 1965 den Nobelpreis; war 1966 führend in der Hetzkampagne gegen Daniel und Sinjawski, forderte ein noch härteres Urteil

Schostakowitsch, Dmitri Dmitrijewitsch (1906–1975) – Komponist; Klavier- und Kammermusik, mehrere Symphonien, Konzerte, Ballette; seine Oper »Jekaterina Ismailowa« (1934) wurde verboten; ab 1939 Professor am Leningrader und Moskauer Konservatorium; fiel 1948 erneut in Ungnade, seine Musik wurde für einige Zeit verboten; bekam Ende der fünfziger Jahre internationale Anerkennung (u. a. Ehrenmitglied der Königlichen Musikakademie in England, Sibelius-Preisträger, Ehrenmitglied der Amerikanischen Akademie der Wissenschaften

Semitschastny, Wladimir Jefimowitsch (geb. 1924) – von 1961 bis 1967 Geheimdienstchef; sein Einverständnis entschied 1964 die Ablösung Chruschtschows; verantwortlich für die Hetzkampagne gegen Pasternak

Shdanow, Andrej Alexandrowitsch (1896–1948) – Politiker; wurde nach dem Mord an Kirow 1934 Parteichef von Leningrad; einer der treuesten Anhänger Stalins; schmähte 1946 in einer Rede Anna Achmatowa als »halb Nonne, halb Dirne« und warf ihr und Michail Sostschenko »Katzbuckelei vor der gegenwärtigen bourgeoisen Kultur des Westens« vor; beide Autoren wurden daraufhin per Parteibeschluß aus dem Schriftstellerverband ausgeschlossen und erhielten Veröffentlichungsverbot

Simonow, Konstantin Michailowitsch (1915–1975) – Lyriker, Prosaiker, Dramatiker; bekannt durch Gedichte und Romane zum Kriegsthema; Sekretär des Schriftstellerverbandes

Sinjawski, Andrej Donatowitsch (1925–1997) – Prosaiker, Literaturwissenschaftler; veröffentlichte zwischen 1959 und 1965 mehrere Erzählungen und Essays unter dem Pseudonym Abram Terz in Frankreich; wurde 1965 verhaftet und 1966 zusammen mit Juli Daniel verurteilt; 1971 aus der Haft entlassen, emigrierte 1973 nach Frankreich

Sluzki, Boris Abramowitsch (1919–1986) – Lyriker; erster Gedichtband 1957; in den sechziger Jahren sehr bekannt; viele seiner Gedichte blieben bis zur Perestroika unveröffentlicht

Sobtschak, Anatoli Alexandrowitsch (geb. 1937) – Politiker; 1991 zum Bürgermeister von Leningrad/Sankt Petersburg gewählt; galt als Demokrat und Reformer

Solshenizyn, Alexander Issajewitsch (geb. 1918) – Prosaiker; 1945 zu acht Jahren Haft verurteilt, wovon er drei Jahre im GULAG verbrachte; verarbeitete diese Erlebnisse in der Ezählung »Ein Tag im Leben des Iwan Denissowitsch« (1962 mit Billigung Chruschtschows in »Nowy mir« erschienen); ab 1966 Veröffentlichungsverbot, erschien nur noch im Samisdat; bekanntestes Werk »Archipel GULAG« (1973/75); 1974 ausgewiesen, lebte zunächst in Zürich, ab 1976 in den USA; im Mai 1994 Rückkehr nach Rußland

Sostschenko, Michail Michailowitsch (1895–1958) – Prosaiker; in den zwanziger Jahren einer der populärsten sowjetischen Satiriker; wurde 1946 zusammen mit Anna Achmatowa aus dem Schriftstellerverband ausgeschlossen, konnte erst nach 1956 wieder veröffentlichen

Stachanow, Alexander Grigorjewitsch (1906–1977) – stellte 1935 als Hauer im Donbass einen Kohleabbaurekord auf, den die

Partei zu einer Massenbewegung hochjubelte, um die Arbeitsproduktivität zu erhöhen

Suslow, Michail Andrejewitsch (1902–1982) – ab 1946 Leiter der Abteilung Agitation und Propaganda im ZK der KPdSU; bis zu seinem Tode Chefideologe des Kreml

Twardowski, Alexander Trifonowitsch (1910–1971) – Lyriker; seine Verserzählung »Wassili Tjorkin« (1941–45) war eines der populärsten Werke der Kriegsliteratur; von 1950 bis 1970 (mit kurzer Unterbrechung) Chefredakteur der Literaturzeitschrift »Nowy mir«

Wertinski, Alexander Nikolajewitsch (1889–1957) – Sänger, Schauspieler, Komponist; seit 1915 populär als Interpret eigener Texte, emigrierte 1919, reiste durch die Welt, war überall erfolgreich; kehrte während des Zweiten Weltkrieges in die Sowjetunion zurück

Wosnessenski, Andrej Andrejewitsch (geb. 1933) – Lyriker; veröffentlicht seit Ende der fünfziger Jahre

Wyssozki, Wladimir Semjonowitsch (1938–1980) – Lyriker, Schauspieler, Sänger; einer der populärsten Künstler der Sowjetunion; erfolgreich als Schauspieler am Taganka-Theater; trotz Publikationsverbot kursierten im ganzen Land unzählige Aufnahmen seiner Lieder

Zelkow, Oleg Nikolajewitsch (geb. 1934) – Maler; emigrierte 1977, lebt in Paris

Bildnachweis

Bundesarchiv: S. 11 unten (E 070/58/19 N; Zentralbild/TASS)
S. 14 oben (E 1118/203/2 N; Zentralbild/AP TELE)
S. 18 (183/1983/0902/45 N; Zentralbild/TASS)
S. 19 oben (183/1983/0705/18 N; Zentralbild/TASS)
S. 21 oben (183/0916/313 N; Zentralbild/TASS)

Bildarchiv Verlag Volk & Welt: S. 20 (Barbara Morgenstern)
S. 21 unten (Roger Melis)
S. 23 oben (Valeri Schälicke)

Alle anderen Foto entstammen dem Privatarchiv von Jewgeni Jewtuschenko.

Erich Loest im dtv

»Lest Loest, und ihr wißt mehr über Leipzig und wie alles gekommen ist.«
Armin Eichholz

Zwiebelmuster
Roman
dtv 10919
»Dieser Roman erweist einmal mehr die Stärke Loests, Alltag pointiert in Szene zu setzen.« (Deutsches Allgemeines Sonntagsblatt)

Froschkonzert
Roman
dtv 11241
Satire auf bundesdeutsche Krähwinkelei. »Es gibt nur wenige Zeitromane, die so viel Lesevergnügen bereiten.« (tz, München)

Durch die Erde ein Riß
Ein Lebenslauf
dtv 11318

Wälder, weit wie das Meer
Reisebilder
dtv 11507

Fallhöhe
Roman · dtv 11596
Die letzten Tage der DDR.

Nikolaikirche
Roman · dtv 12448
Chronik einer Leipziger Familie. Ein Wende-Roman.

Völkerschlachtdenkmal
Roman
dtv 12533
Glanz und Elend der Stadt Leipzig – ein Parforceritt durch die Historie Sachsens. »Listig ausgedacht, kunstvoll aufgebaut und witzig formuliert.« (Deutsches Allgemeines Sonntagsblatt)

Es geht seinen Gang oder Mühen in unserer Ebene
Roman
dtv 12549
Ein Mann verweigert sich dem Leistungsdruck in Gesellschaft und Familie. DDR-Roman.

Gute Genossen
Erzählung, naturtrüb
dtv 12861
»Man taucht in den Mief des Parteibonzen-Regimes ein – und versteht plötzlich, warum die Menschen diese seltsame Welt ertrugen und auch ihre kleinen Zukunftshoffnungen darauf bauten.« (Nürnberger Zeitung)

Michael Ondaatje im dtv

»Das kann Ondaatje wie nur wenige andere:
den Dingen ihre Melodie entlocken.«
Michael Althen in der ›Süddeutschen Zeitung‹

In der Haut eines Löwen
Roman
dtv 11742
Kanada in den zwanziger und dreißiger Jahren. Ein Land im Aufbruch, wo mutige Männer und Frauen gefragt sind, die zupacken können und ihre Seele in die Haut eines Löwen gehüllt haben. »Ebenso spannend wie kompliziert, wunderbar leicht und höchst erotisch.« (Wolfgang Höbel in der ›Süddeutschen Zeitung‹)

Der englische Patient
Roman · dtv 12131
1945, in den letzten Tagen des Krieges. Vier Menschen finden in einer toskanischen Villa Zuflucht. Im Zentrum steht der geheimnisvolle »englische Patient«, ein Flieger, der in Nordafrika abgeschossen wurde… »Ein exotischer, unerhört inspirierter Roman der Leidenschaft. Ich kenne kein Buch von ähnlicher Eleganz.« (Richard Ford)

Buddy Boldens Blues
Roman
dtv 12333
Er war der beste, lauteste und meistgeliebte Jazzmusiker seiner Zeit: der Kornettist Buddy Bolden, der Mann, von dem es heißt, er habe den Jazz erfunden.

Es liegt in der Familie
dtv 12425
Die Roaring Twenties auf Ceylon. Erinnerungen an das exzentrische Leben, dem sich die Mitglieder der Großfamilie Ondaatje hingaben, eine trinkfreudige, lebenslustige Gesellschaft…

Die gesammelten Werke von Billy the Kid
dtv 12662
Die größte Legende des Wilden Westens – Liebhaber und Killer, ein halbes Kind noch und stets dem Tode nah: in ihm vereinigten sich die Romantik und die Gewalttätigkeit dieser Zeit.

Lars Gustafsson im dtv

»Verzauberung durch einen literarischen Rastelli.«
Die Zeit

Wollsachen
Roman · dtv 1273
Lars Herdin ist ein guter Lehrer, aber ein Außenseiter, der an seiner Isolation und an seiner totalen Liebesunfähigkeit leidet.

Nachmittag eines Fliesenlegers
Roman · dtv 11774
»Gustafsson ... zieht mit dieser virtuosen Parabel über die Sinnfrage auch eine Bilanz seiner eigenen Schriftsteller-Arbeit, beharrlich und versonnen wie der Fliesenleger.« (Der Spiegel)

Das seltsame Tier aus dem Norden und andere Merkwürdigkeiten
dtv 12120
Der Raumlord gleitet durchs Universum und langweilt sich. Also läßt er jeden seiner acht Admirale eine Geschichte erzählen ...

Die Sache mit dem Hund
Aus den Tagebüchern und Briefen eines texanischen Konkursrichters
Roman · dtv 12560
Eines Tages macht Konkursrichter Caldwell diesem widerlichen Köter aus der Nachbarschaft kurzerhand den Garaus ... Ein komischer Roman über Zufälle und Abgründe, über das Böse und das Gute, über das Erinnern.

Geheimnisse zwischen Liebenden
Roman · dtv 12733
»Gustafssons Roman ist das präzise gearbeitete Psychogramm eines Zögerlichen, der eigentlich lieben möchte, aber immer wieder bereitwilligst ausweicht... Eine großartige Karikatur des männlichen Liebes- und Glücksverhaltens.« (Pia Reinacher im ›Tages-Anzeiger‹)

Max von der Grün im dtv

»Max von der Grün kennt die Leute, die er beschreibt, er weiß, wie sie reden, was sie denken, er hat mit ihnen gelebt und vermag sie mit sicherem Griff darzustellen …«
Hans Albert Walter in der ›Zeit‹

Männer in zweifacher Nacht
Roman · dtv 11829
Als Werkstudent auf einer Zeche im Ruhrgebiet.

Stellenweise Glatteis
Roman · dtv 11830
Ein Arbeiter in einem Dortmunder Betrieb deckt einen Abhörskandal auf …

Leben im gelobten Land Ausländer in Deutschland
dtv 11926
Menschen verschiedener Nationalitäten, die in Deutschland arbeiten, erzählen von ihrem Leben, von ihren Erwartungen und Enttäuschungen.

Fahrt in den Morgen
Erzählungen · dtv 11994
21 Erzählungen aus dem Ruhrgebiet.

Zwei Briefe an Pospischiel
Roman · dtv 11996
Paul Pospischiel, Arbeiter in einem Dortmunder Elektrizitätswerk, erhält einen Brief von seiner Mutter, der existenzbedrohende Folgen hat.

Wie war das eigentlich?
Kindheit und Jugend im Dritten Reich
dtv 12098
Max von der Grün, Jahrgang 1926, erzählt seine Jugendgeschichte, die Geschichte seiner Familie und darüber hinaus die Geschichte einer Epoche totalitärer Herrschaft.

Die Lawine
Roman · dtv 12149
Ein Mann wird erhängt aufgefunden. Er hinterlässt Frau und Kinder, eine jugendliche Geliebte, eine Fabrik und ein Testament, das ohne Beispiel in der bundesdeutschen Unternehmensgeschichte ist …

Späte Liebe
Erzählung
dtv großdruck 25155
Kann man sich mit siebzig noch verlieben?